제비꽃 설탕 절임

유서안 장편소설

II

동아

제비꽃 설탕절임 Ⅱ

초판 1쇄 인쇄일 | 2020년 06월 02일
초판 1쇄 발행일 | 2020년 06월 11일

지은이 | 유서안
펴낸이 | 박성면
펴낸곳 | (주)동아

출판등록 | 제406-2007-000071호
주소 | 경기도 파주시 문발로 115, 세종출판벤처타운 201-A호
전화 | (031)8071-5201
팩스 | (031)8071-5204
E-mail | bear6370@hanmail.net

정가 | 12,000원

ISBN 979-11-6302-350-0 (04810)
ISBN 979-11-6302-348-7 (set)

ZERO NOVEL

제비꽃
설탕 절임

유서안
장편소설

II

동아

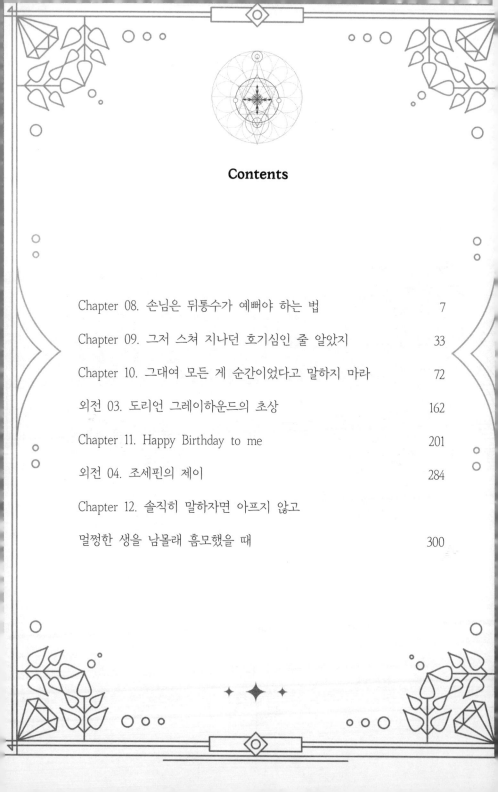

Contents

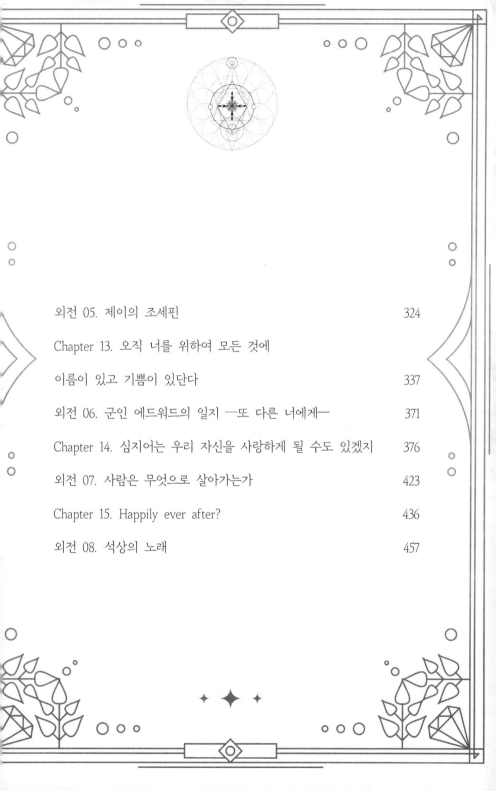

Chapter 08
손님은 뒤통수가 예뻐야 하는 법

　회의가 끝난 뒤, 알아서 집까지 돌아온 달리아와 달리 한과 도는 에드워드의 마중을 받았다. 1층에서 한이 먼저 방으로 돌아가고 복도를 조금더 걸어 계단을 올라가려는 찰나였다. 에드워드가 도의 팔을 잡아당겼다. 소년의 몸이 크게 휘청였다.

　"잠깐 나랑 다시 외출 좀 해야겠는데."

　"뭐. 술이라도 마시자고? 그것보다, 할 말이 있으면 말로 불러. 왜 사람을 끌어당기고 그래?"

　참으로 타당한 불만이었으나 에드워드는 신경 쓰지 않았다. 애초에 거기까지 생각이 못 미쳐서 그런 것도 아니고.

　"아니."

　에드워드가 씩 웃었다.

　"골드에게 좀 안내해 줘야겠는데."

사파이어가 급조해 낸 육회를 안주로 두고, 셋은 술병을 깠다. 제이가 불만스레 중얼거렸다.

"이거 기생충은 없나 몰라……."

웃으면 안 될 때도 웃는 사람이 또 까르르 웃었다.

"기생충 있어도 별로 상관없잖아."

맞는 말이었다. 하나는 인간도 아니고, 하나는 기생충이든 바이러스든 충분히 제거할 수 있는 능력자고, 남은 하나는 기생충보다 먼저 걱정해야 할 것들이 많고. 제이는 구시렁대는 것을 멈추고 육회를 입에 넣었다.

"어때?"

"……맛있어. 어떻게 한 거야?"

이곳에는 짐의 향신료고 소스고 아무것도 없는데 어떻게 이런 걸 만든 건지 알 수가 없었다. 사파이어가 따라서 젓가락을 들었다.

"말해 주면. 네가 만들어 볼 거야?"

"그건…… 아니지만."

제이가 요리하는 건 스파이나 처벌 대상자뿐이고, 그녀의 요리는 고깃덩이를 보내 온 사람 입으로 들어간다. 그렇게 속이려면 먹을 사람이 입에 넣을 법한 요리만을 해야 하는데, 육회를 아는 로쉔인은 손에 꼽을 정도로 적을 것이다. 즉, 쓸 데가 없었다.

"그럼 그냥 먹어."

제이는 그렇게 했다.

"참, 내가 통조림 판매 사업에 대해 말했었나?"

갑자기 생각이 난 듯, 사파이어가 달리아에게 물었다. 달리아 역시 아무렇지 않게 말을 받았다. 식사를 하는 와중에 꺼낼 화제는 아니었지만 애초에 인육에 대한 대화 같지 않게 평온하다 보니 겉보기로는 이상한 점이 없었다.

"아니? 통조림이라니. 설마 아밀스턴 양?"

"응. 쓸모없어진 걸 폐기하려는데 국제법이 개정되면서 생체 폐기물 처리 비용이 너무 높아졌잖아. 그래서 아예 팔았지. 비용 절감 차원에서 벌인 일이라 이익은 없어."

"그래?"

놀랍게도, 반응은 저게 끝이었다. 제이는 어이가 없어서 입을 딱 벌렸다.

"아니, 그럴 거면 나한테는 왜⋯⋯."

"너한테? 너한테 뭐?"

"심지어 까맣게 잊었어? 내가 먹어 보고 싶다고 하니까 안 된다며. 나한테 고기 주면 오빠 10년간 안 볼 거라고 절대 주지 말랬었잖아."

"아, 그거?"

달리아는 대수롭잖게 반응했다.

"그건 양고기를 먹는 걸 말린 게 아니었어, 네 목적에 부합하지 않는 수단이니까 말린 거지. 영혼을 들여다보는 것 같은 맛이라니, 미각을 시각으로 비유한 게 모두에게 동일할 리 없잖아. 네가 양고기가 먹어 보고 싶어서 그랬다면 난 안 말렸어. 말릴 거면 얘부터 말렸겠지?"

참 타당한 말이긴 한 것 같은데, 영 귀에 들어오질 않았다.

"⋯⋯양 먹으면서 양 얘기는 하지 말자."

사파이어가 이제야 문제점을 지적했다. 달리아는 금세 반성했다.

"나는 그런 고민을 한 적이 없으니까, 어떻게 하면 영혼의 유무를 확인할 수 있는지 같은 건 모르지. 어쩌면 네 생각대로 한번 먹어 보면 간단한 걸지도 몰라. 하지만 아니면? 나는 그런 서에 심각히 의미를 부여하는 타입은 아니지만 그런 사람들이 있다는 건 알아. 먹고 나서 네가 그런 타입이라는 걸 알게 되면 어쩔래?"

"아니, 그러니까, 그렇게 남의 정신 건강을 신경 써 주면 좀 말리라고.

전방위로 인육을 투척하고 다니잖아, 저 사람."

"인육은 여기가 아니라."

달리아는 혀를 낼름 내밀었다.

"여기로 먹는 거랬어."

이번에는 머리를 톡톡 쳤다.

"일체유심조. 즉, 먹었어도 자기가 먹었다고 생각하지 않으면 먹은 게
아니요, 먹지 않았어도 자기가 먹었다고 생각하면 먹은 게 되는 거지. 그
래서 나는 너는 말리고 쟤는 안 말리는 거야."

궤변은 참 수준급이었다. 말로 누굴 설득해 본 적도 별로 없을 인간이
뭐 저렇게 혓바닥만 석 자 넉 치가 됐는지 모를 일이었다. 제이는 설득을
포기했다.

"그것보다, 아직도 그런 거 신경 쓰고 있었니."

"쓰이지, 그럼. 난 눈을 뜨고 영혼의 존재를 주입받은 이후로 계속 생
각 중이었다고."

달리아가 젓가락을 문 채 생각에 잠겼다.

"연애를 해 보는 건 어때. 마침 옆에 후보군도 있어 보이는데."

둘이 말을 맞춘 건가? 제이의 얼굴이 황당함으로 물들었다.

"그런 거 아니거든……."

"그런 게 아니면 지금부터 그렇게 만들어도 되지."

"아니, 왜 이렇게 다들 날 연애를 못 시켜서 안달이야? 누구한테 돈
받았어?"

"그런 거 시키면서 돈 줄 사람이 있나 봐?"

제이는 묵비권을 행사하기로 했다. 달리아가 슬쩍 웃었다.

"대충 갖다 붙이는 건 아니야. 네게 사회화가 필요하다는 생각은 계속
하고 있었고, 내가 겪어본 결과 연애는 특수한 성장환경을 가진 우리에게

꽤나 이색적인 시각을 가져다준다는 거지."

"언니랑 나는 경우가 다르지."

"똑같다고는 안 했어, 나 같은 경우에만 도움 된다는 말도 하지 않았고."

"나는 일단."

제이가 한숨을 푹 내쉬었다.

"좀 커야 될 거 같은데."

"음, 그건 그렇지."

사파이어가 테이블에 가려져 절반밖에 보이지 않는 제이를 아래위로 훑었다가 당장 눈빛 공격을 받았다. 사파이어는 황급히 실언을 철회했다.

"농담이고, 네가 지금 몇 살이더라?"

"……의식을 가진 지는 13년째야."

"그래. 그럼 만으로 열두 살. 하지만 네 정신연령이 열두 살과 같다고는 생각하지 않거든?"

손을 내저어 무언가 말하려는 제이의 입을 막고, 사파이어는 말을 이었다.

"네가 처음 눈을 떴을 때 우리가 네게 주입한 지식량은 어지간한 성인의 지식량보다도 많아. 아니, 죽을 때까지도 그 정도 지식을 쌓을 수 있는 이가 드물 지경이지. 열 개가 넘는 나라의 언어, 로쉔의 역사와 정치적 상황, 기초 학문, 예의범절, 기타 등등. 지식량만 따지자면 지금의 르퀸 소장보다도 많은 양을 집어넣었어. 물론 체화하는 데도 시간이 걸리긴 하지만, 통상적으로 생각해 봤을 때 너는 지금쯤 이미 네 공식적인 나이쯤은 따라잡았어야 한다고. 하지만 네 행동은 딱히 그래 보이지가 않거든."

단 것을 좋아하고 누가 챙겨주지 않으면 끼니를 잊어버리는 것, 잔인한 행동에 딱히 거부감이 없는 것, 지적을 받으면 시선을 피하며 외면하고 목소리가 작아지며 발음을 뭉개는 것, 책임감이 없는 것, 좋아하는 사람 외에는 신경 쓰지 않는 것과 머리가 나쁜 것도 아니면서 뒷일은 생각하지 않고 일을 저지르는 것.

어른은 저러지 않는다고 말하는 게 아니다. 멀쩡하게 자라서도 저러는 어른들은 많고 많지만, 제이의 과거를 고려하자면 아무리 봐도 멀쩡하게 자랐는데 저런다기보다는 아직도 정신적 성장이 덜 되었다고밖에 보이지 않는 것이다.

"아무리 봐도 너는 사회화가 좀 필요해. 우리로서도 사람 꼴을 갖추고 픽 능력을 제어하게 만들 시간밖에 없었으니까 어쩔 수 없었지만, 네 가족 중에서도 너에게 관심 있는 건 르퀸 소장뿐이었는데 네가 여기 왔을 때 소장은 학교에 있었고 졸업했을 때는 네가 입학했지. 제대로 된 관계를 맺고 감정 교류가 되기에는 네 공식적인 상황이 너무 나빴어. 나는 네 학교생활은 본 적이 없지만, 네가 거기서 평범한 학교생활을 하지 않았다는 건 알겠다."

차라리 평민이거나 가난한 집안 출신이었다면 비슷한 애들끼리 어울렸을 것이다. 하지만 경제적인 면은 넉넉한데 신분은 사생아라는 것은 어느 쪽에 가도 환영받기 어려운 조합이다.

심지어 제이는 사교적으로 구는 법조차 배우지 못했고, 학교는 혈기 넘치는 군인 희망자들이 모인 사관학교. 잘 지내라는 게 무리였다.

실제로 4년 동안 친구랄 것이라고는 줜 하나뿐이었고, 그나마도 수석과 차석으로 묶인 게 친해진 계기인 만큼 제이는 입을 다물었다. 게다가 졸업을 한 뒤에도, 조세핀의 직속 부하로서 단독 작전만 나가다 보니 팀원이고 뭐고 친분을 쌓을 계기가 전혀 없었다.

사파이어의 통찰이 옳았다.

"너는 좀 더 많은 사람을 만나고 다양한 관계를 가질 필요가 있어. 영혼 같은 고차원적인 개념을 논의하려면 정신적으로 좀 더 성숙해져야지. 영혼이란 건 결국 추상적인 개념이야. 사람마다 받아들이는 게 다르지. 즉, 어떤 사람의 기준에는 네가 영혼이 있지만 다른 사람의 기준에는 없다고 나올 수도 있다는 거야. 모든 사람이 네게 영혼이 있다고 선언해 주기를 바라는 거면 그냥 없다고 치는 게 속 편할 거고, 단 한 사람이라도 있다고 해 주길 원하는 거면 르퀸 소장은 있다고 해 줄 테니 그걸로 만족하고. 그게 아니면 결국 네 기분의 문제가 되는 건데, 그러려면 네가 생각하는 영혼의 정의가 뭔지 그것부터 확실히 해야지? 너는 영혼이 뭐라고 생각하는데."

제이는 대답하는 대신 육회나 열심히 집어먹었다. 사파이어는 점차 비어 가는 접시를 눈치채지 못하고 열변을 계속했다.

"봐. 십 년 넘게 고민을 했다면서 아직 정의조차 제대로 내리지 못했지? 그렇기 때문에 권하는 거야. 네게 지식은 충분해, 필요한 건 그걸 체화해서 써먹기 위한 사회화지. 다른 사람들이야 지식만 비대하게 많고 인간관계는 전무한 경우들도 많다지만 너는 지식마저도 네가 쌓은 게 아니니까 다른 방법으로 지식을 네 몸에 체화시켜야지. 그리고 우리가 보기에는 지금 단계에서는 연애가 적당할 것 같은 거고. 소설에서야 첫눈에 반한 운명적인 사랑이 나오지만, 그게 아니라도 연애는 친구나 가족 사이에서는 얻을 수 없는 경험을 주니까. 나는 에드워드 소위가 좋은 사람인지는 잘 몰라. 하지만 네 첫 연애 상대로는 나쁘지 않다고 생각하고, 가능성이 없어 보이지도 않기 때문에 그러는 거지. 좋은 친구는 좋은 애인보다 만나기 어려울지 몰라도, 평범한 친구는 평범한 애인보다도 더 만나기 쉬우니까. 특히 너 같은 경우면 더더욱."

옆에서 운명적이고도 대국적인 연애를 한 인물이 진지하게 고개를 끄덕이고 있으니 맞는 말도 어째 좀 의미가 퇴색되는 면이 있었지만, 걱정만은 진심인 걸 알 수 있었다. 그 말이 그럴 듯하게 들린다는 것도 인정해야 했고.

제이는 마지막 육회를 집어 들며 고개를 끄덕였다.

"걱정하는 건 알겠어, 노력해 볼게."

다만 노력하는 건 연애가 아니라 사회화의 부문이 될 것이다. 사파이어는 충고에 열을 올리는 사이 텅 비어 버린 접시를 망연자실하게 내려다보았다.

"내 육회……."

제이는 시선을 슬쩍 피하고는 육회를 씹었다. 마지막 한 입은 언제나 요리를 세 배쯤 더 맛있게 만들어 주는 것 같았다.

* * *

도는 조금 투덜거리기는 했지만 순순히 앞장섰다.

"……충고하는데, 거기 가서는 나한테 한 것처럼은 하지 마라. 로즈는 사소한 거에 트집 잡는 성격은 아니지만 예의 없는 건 안 참아 줘."

에드워드가 한껏 측은하다는 얼굴을 해 보였다.

"그대는 그대니까 그렇게 대한 거거든?"

도는 에드워드가 모르는 언어로 뭐라 중얼거렸다. 아마 욕인 듯했다. 에드워드는 관대하게 넘어가주기로 했다.

"자, 들어가."

하지만 이건 넘어갈 수가 없었다. 에드워드는 로즈들이 이 도시 안에 아지트를 마련했을 거라는 예상 정도는 했었다. 하지만 눈에 띄는 외양들 인데다가 특급 범죄자이다 보니 외지인이 많은 지역이거나 슬럼가에 아지트를 만들었을 거라고 생각하고 있었다.

"……진짜로?"

"진짜가 아니면. 5분이면 뻔히 들통 날 거짓말을 할까? 안 들어와?"

도가 앞장서서 계단을 올랐다. 에드워드는 사기당한 기분으로 십 층짜리 건물을 올려다보았다.

도가 에드워드를 데리고 온 곳은 에힐드에서도 가장 유명하고 가장 비싸고 가장 좋은 타쉔그라스 호텔이었다. 그러고 보면 '외지인이 많은 곳'일 거라는 예측은 맞아떨어진 걸지도 몰랐다.

와, 설마 이것들 탐문조사도 안 한 건가. 있는지도 모를 수사 담당 팀에 대한 짜증이 솟구쳐 오르려는 찰나, 도가 점잖게 속삭였다.

"찾는다고 찾아지면 로즈가 지금 경계 순위 1순위겠냐."

그렇게 생각하니 로쉔이 특출난 호구인 건 아닌 듯해 마음에 평안이 찾아왔다. 에드워드는 한숨을 내쉰 뒤 힘차게 계단을 올랐다.

"뭐야, 왜 네가 쟤랑 같이 올라와?"

일행이 묵고 있다는 층에 올라오자, 계단참까지 실버가 따라 나와 있었다. ……인지범위가 얼마나 넓은 거야? 에드워드는 경악을 했다. 도가 실버와 몇 마디를 주고받은 뒤에야 실버는 자리를 비켰다. 여전히 의심스러운 눈이긴 했지만 일단 안으로 들어갈 수는 있었기에 에드워드는 모른 척을 했다.

도는 방문을 열기 전에 경고를 했다.

"마음의 준비를 단단히 해. 난 익숙해졌는데도 가끔씩 깜짝깜짝 놀라니까."

뭐 얼마나 대단한 사람이 있기에 그렇게 호들갑을 떠는지 모를 일이었지만, 경고를 받아들여 에드워드는 심호흡을 했다. 도가 문을 열었다.

그리고 에드워드는 도의 말이 경고가 아닌 충고임을 알게 되었다. 바로 당장은 아니고, 조금 느리게.

그곳에 아름다움이 있었다. 정말 그렇게밖에 말할 수가 없었다. 아름답다는 건 예쁘다는 말을 좀 더 과장되게 할 때 쓰는 표현 정도라고 생각해 온 편견이 박살났다.

그는 남자였다. 한의 말대로, 스쳐지나가며 봐도 성별을 헷갈릴 일은 없으리라. 그런데도 아름다웠다. 눈이 커서, 속눈썹이 길어서, 피부가 매끄러워서가 아니라, 그냥. 그렇게 따로따로 분리해서, 이성적으로 아름다움을 분석할 수 있는 정도가 아니었다.

일반적으로 남성의 외모 평균이 여성보다 낮아 보이는 게 바로 이 사람 때문이 아닌가, 사실 이 사람을 넣고 외모 평균을 내면 궁극적으로 여성과 남성의 외모 평균은 같아지는 게 아닌가 생각이 들 정도였고 현재 아름다움의 기준에 젊음이 들어가는 건 이 사람이 젊기 때문이며, 나중에 이 사람이 나이를 먹게 되면 세계의 아름다움 기준은 백발과 주름진 피부로 바뀔지도 모른다는 착각마저 들 정도였다.

그 정도로, 이성의 근간을 흔들 정도로 아름다운 사람이 그곳에 있었다.

에드워드는 본인부터가 상위 1퍼센트 안에 들 정도로 잘생긴 남자이고, 상류층인 만큼 혼신의 힘을 다해 꾸민 여자들도 많이 만나 본 터였다. 외모가 훌륭한 사람이라면 물리도록 보았으니 아무리 잘생기고 아름다워도 조금 놀라고 말 거라고 생각했던 게 사실이다.

그런데, 이 사람은 그런 에드워드마저도 할 말을 잃게 만들 정도였다. 한의 말은 과장이 아닌 사실이었지만, 아니, 오히려 그저 세상에서 가장 아름답다고 하는 게 사실 그의 미모를 축소하는 게 아닌가 의심될 지경이었지만 그렇기 때문에 한의 말 중에 믿기 힘든 것이 생겼다.

이 얼굴을, 어떻게 로즈는 평등하게 대할 수 있단 말인가.

에드워드처럼 편견을 선호하는 사람이 아니라 평등을 부르짖으며 선입견 없는 깨끗한 뇌를 가진 사람이라 해도, 갓 태어난 신생아라 해도 이 얼굴은 가산점을 더 줄 수밖에 없을 것이다. 이 얼굴을 다른 사람들과 똑같이 대한다면 그거야말로 불합리한 역차별이 아닌가 싶을 지경이었다.

그때, 아름다움이 입을 열었다. 외모에 어울리는 목소리였다. 아니, 실제로 그 목소리가 어땠는지는 알 수가 없다. 목소리가 이상했어도 저 얼굴이면 보정을 받아 천상의 목소리처럼 들렸을 테니까.

하여간 기분상으로는 얼굴에 걸맞는 목소리였다. 다만 에드워드는 알아들을 수 없는 언어였다.

옆에서 들린 대답 소리에, 에드워드는 도도 방 안에 있다는 사실을 기억해 냈다.

"미안한데, 얘는 로쉔어를 못 해요. 물어볼 게 있다면 셋 중 하나를 통역으로 대동해야 할 텐데 괜찮겠어요?"

다른 곳에서 들려온 소리에 그제야 방에 다른 사람도 있다는 사실을 알아차렸고.

정신을 차리고 주위를 둘러보자, 상태가 썩 그리 좋아 보이지는 않는 릴리와 올곧은 눈을 한 모르는 사람이 한 명 더 있었다. 아마 그 유명한 로즈인 듯했다. 초면은 아닐 테지만 본모습으로 본 것은 처음이긴 했다.

아까 전까지는 저 얼굴을 평등하게 대할 수 있는 인간은 없을 거라 생각했는데, 이렇게 보니 저 눈을 가진 사람이면 그럴 수도 있겠다는 생각이 드는 게 또 신기했다.

물론 미추를 구분 못 하게 생겼다는 뜻은 아니었고.

"괜찮습니다. 약속도 없이 와서 죄송하게 됐군요."

경계 순위 1위의 테러리스트와 탈주범을 잡지는 않고 정보나 얻으러 온 그가 할 말은 아니지만, 로즈의 태도는 평온하기 그지없었다. 덫이라거나 그런 걸 전혀 고려하지 않은, 참으로 범죄자답지 않게 당당한 태도였다. 의심도 불안도 보이지가 않는 게, 저게 세계 최강의 여유인가 감탄이 나올 지경이었다.

"아뇨, 우리와 소위가 약속을 잡을 사이는 아니죠. 신경 쓰지 마세요."

순간 골드의 눈에서 불꽃이 튀었다. 연인 사이에 짧은 대화가 오가고, 도가 맥 빠진 목소리로 말했다.

"통역, 내가 해 줄게."

"그대가?"

골드와 어떤 사이인지는 몰라도, 애인인 로즈가 통역을 맡는 게 더 편하지 않을까 생각하고 있었는데. 도가 자기가 다 민망하다는 듯 목소리를 낮췄다.

"골드가 질투가 좀 심해."

……질투? 누가. 저 아름다운 남자가?

에드워드는 정말 믿을 수가 없었다. 저 얼굴이면 상대가 질투를 해야 옳지 않은가? 물론 로즈가 질투를 하는 건 어울리지 않지만, 그럼 오히려 본인이 따라붙는 추파 때문에 피곤해해야 옳을 것 같은데.

하지만 다시 처다본 골드의 시선이 명백하게 그를 경계하고 있었기에 그 말을 믿을 수밖에 없었다.

"그럼 나랑 릴리는 옆방에 있을게, 대화 끝나면 불러."

물론 에드워드는 자기가 잘생겼다는 사실을 인지하고 있었고, 그 외의 조건도 매력적이라는 걸 잘 알고 있었다. 그는 겸손 같은 단어와는 연이 없었다.

하지만. 저 얼굴이 견제할 만한 사람인가 돌이켜보면 그건 아닌 것 같았다. 저 얼굴도 얼굴로 차별하지 않는 사람이라면 분명 에드워드가 가진 수많은 장점도 차별 없이 평등하게 대할 게 뻔한데.

정말 세상에서 가장 쓸모없는 견제라는 생각이 들었지만, 얼굴에 홀려 에드워드는 그가 원하는 대로 하게 내버려두었다.

로즈와 릴리가 방을 나가며 문을 닫고, 그는 도가 권하는 대로 비어 있던 의자에 앉았다. 도는 릴리가 앉아 있던 의자에 앉았다.

"그래서. 뭘 물어보고 싶었던 건데?"

에드워드는 침을 삼켰다. 각오를 이미 하고 왔는데도 불구하고 긴장이 되는 것은 어쩔 수가 없었다.

에드워드의 질문은 단 하나였다. 골드는 도를 통해 다른 건 더 궁금하지 않냐고, 원하면 어느 정도는 대답해 줄 수 있다 말했지만 에드워드는 고개를 저었다. 신앙에 근거가 필요치 않은 것처럼 연정에는 자료가 필요치 않다. 그가 제이에 대해 알아야 할 것은 이게 다였다.

답을 얻고 밖으로 나오자, 뒤따라 나온 도가 옆 방문을 노크했다.

"인사하고 가."

"……말 안 해도 그럴 거였어."

에드워드는 문득 도의 속에서 자기가 어떻게 비춰지는지 궁금해졌다. 물론 문에 몰아넣고 협박하긴 했지만 진짜로 거칠게는 안 다뤘고 결국 손톱도 안 뽑았는데. 우유에 꿀도 넣어 주고 술도 새로 따 줬건만.

투덜거림이 끝나기도 전에 문이 열렸고, 에드워드는 예의바르게 웃어 보였다.

"늦은 시간에 실례 많았습니다. 감사했습니다."

"아뇨, 저야말로."

인사를 마치고 돌아서려는 그를 로즈가 불렀다.

"에드워드 소위."

"예?"

"이 호텔, 정원이 참 예쁘더군요."

그건 그도 아는 사실이었다. 타쉔그라스 호텔은 물론 가장 유명하고 가장 좋다는 평을 듣는 만큼 서비스나 시설도 잘 되어 있지만 그 이상으로 미관적인 요소에 가장 힘을 쓴 곳이니까.

사시사철 색다른 꽃이 피는 대정원과 그 안에 속한 네 개의 온실은 외국에도 유명해, 거의 관광 명소화 되어 있었다. 이 호텔에 묵지 않는 사람들도 구경을 올 정도였다.

로즈가 살갑게 웃었다. 정말 한 나라의 군인과 탈주범의 동료이자 테러리스트 사이에 오갈 만한 표정이 아니었다.

"한번 들렀다 가시는 것도 좋을 거예요."

그 웃음과 그 은근한 목소리면 충분했다. 에드워드는 로즈가 말하려는 바를 깨닫고는 화사하게 웃었다.

"예, 충고 감사히 받아들이겠습니다."

* * *

타쉔그라스의 정원은 이름대로 굉장했다. 정원의 벽을 둘러 세운 관목과 중간 중간 표지라도 되듯 우뚝 솟은 나무들, 그 아래 깔린 색색깔의 꽃들. 분명 산책로를 따라 걸음을 옮기는데도 발을 내디딜 때마다 꽃을 밟은 듯 꽃향기가 진하게 올라와 반쯤 몽롱한 기분마저 들었다.

흐드러진 꽃잎들 사이에서 에드워드는 단 한 명의 모습을 찾았다.

"……어린 아이가 이런 늦은 시간에 돌아다니면 안 되지, 위험하잖나."

꽃 사이에서 그가 찾던 이가 모습을 드러냈다. 제이가 웃었다.

사방은 꽃의 향연이었고 그는 아까 르퀸가에 다녀오느라 깔끔하게 꾸민 상태였다. 비록 아까와 똑같은 모습이라 색다를 게 없는 건 조금 아쉬웠지만, 넘치는 꽃이 부족한 부분을 대신할 것이다.

에드워드는 제이의 앞으로 걸어가 한쪽 무릎을 꿇었다. 대번에 눈높이가 역전되었다.

"저를 기다리셨습니까?"

"아니?"

제이는 상큼한 얼굴로 부정했다.

"자네를 걱정했지."

에드워드는 벅차게 웃었다.

"제가 여기 있는 건 어떻게 아셨습니까?"

"자네만 한 락은 드물고, 나는 자네 집을 알고 있으니까. 거기서 이동하는 걸 추적하기란 매우 쉬운 일이지."

일견 소름끼치게 들릴 수 있는 말이지만 제이는 너무나도 평온하게 말을 했고, 에드워드는 불쾌해하지 않았다.

애초에 좋은 인상을 주고 싶다는 이유 하나만으로 르퀸가에 들어가는 찻잎과 식재료 기타 등등을 조사한 적 있는 그이다. 그의 행적을 제이가 체크하고 있다고 해서 기분 나빠 한다면 웃길 테지. 그는 제이의 태연한 태도에서 그게 그녀 나름대로의 애정임을 깨달았다.

그래서 그는 결정을 내렸다.

"대위님."

제이가 눈을 맞추며 웃었다.

"왜?"

"저와 교제하지 않으시겠습니까?"

아이리스와 제라늄, 마르그리트와 제비꽃. 아네모네와 저 멀리서는 목련의 향기. 설탕과 향신료로 만들어지지 않은 소녀는 진흙과 개구리로 이루어지지 않은 남자[1]를 보았다.

"자네와? 왜?"

"제 입으로 이런 말 하긴 좀 그렇지만, 어리고 잘생긴데다가 돈 많고 대위님께 헌신적이기까지 하니 어디 가서 빠지는 애인감은 아니지 않나요?"

"그건 나도 알아."

"그럼 사귀시죠."

"아니, 난 왜 내가, 를 물은 게 아니라 왜 자네가, 를 물은 걸세. 자네는 매력적인 애인감이겠지만 난 아닐 텐데?"

"이유요? 간단하지 않습니까."

---

[1] Mother Goose - What Are Little Boys Made Of?

에드워드는 환하게 웃었다. 꽃마저도 숨을 죽일 듯 아름다운 얼굴이었다.

"제가 대위님을 사랑하게 되었으니까요."

로즈는 자신의 애정이 '좋은 것'에 속할 거라 믿고 골드에게 그것을 주었다고 했다. 세계 최강쯤 되면 자신의 애정이 상대와 관계없이 좋은 것이 될 거라 믿을 수 있을지 모르겠으나, 에드워드는 잘난 인간이기는 해도 세계에서 가장 잘난 인간은 되지 못하였다.

그래서 그는 그의 애정이 제이에게 '좋은 것'이 될지 확신하지 못했다. 그렇기에 그는 물은 것이다. 그의 사랑이 그녀에게 좋은 것이 되냐고. 그의 심장을 갖고 싶냐고.

"……로즈와 무슨 얘기를 했나?"

"골드에게, 대위님의 진짜 나이를 들었습니다."

제이의 눈이 순간 날카로워졌다. 에드워드는 느끼지 못한 척 웃는 얼굴을 유지했다.

"그 외에는 아무것도 듣지 않았습니다."

"왜?"

"필요 없는 것이니까요."

에드워드는 골드에게 많은 것을 묻지 않았다. 딱 하나, 제이의 진짜 나이에 대해 물었지.

확실하게 알고 있을 거라 생각해서 간 건 아니었다. 그저 그가 알고 있고 물어볼 수 있는 범위 내에서 가장 제이의 진짜 나이를 알 것 같은 사람이라서, 그리고 가장 순순히 알려 줄 것 같은 사람이라 한 선택이었다. 한이 일전에 골드가 아밀스턴 섬 출신이라고 한 기억이 나서.

다행히도 골드는 제이의 나이를 알고 있었고, 순순히 에드워드에게 말을 해 주었다. 그래서 에드워드는 아주 중대한 사실을 알게 되었다.

제이는 에드워드의 기도 이전에도 존재하던 이가 아니었다.

에드워드가 성서의 내용에 실망하여 신에게 기도했던 것이 그의 나이 여섯 살, 지금으로부터 약 12년도 더 전이었다. 시기를 따져 보면, 근소하게 그의 기도가 제이가 만들어진 시기보다 앞선다.

혹자는 이게 그저 우연이라고 할지도 모른다.

에드워드가 기도에 대고 빈 그대로의 사람이 그 기도 얼마 후에 만들어진 것도, 그들이 같은 사관학교의 선후배가 된 것도, 제이가 특별 선생으로 온 날 학생들이 대놓고 시비를 걸어 제이가 그 기도 내용 그대로인 사람인 걸 에드워드가 알아차린 것도 세계에서 두 번째로 강하다는 제이가 락과 픽을 헷갈린 것마저도 전부 우연이라고.

하지만 에드워드 델 크뤼거는 신을 믿는 자이다. 그는 제이를 만나기 이전에는 신앙을 가진 적 없었지만 성서는 열심히 공부하였고, 성서는 이 세상의 모든 일이 신의 안배하에 이루어진다고 가르쳤다. 그 교리를 진리처럼 배워 온 그는, 결코 이게 우연이라 믿을 수가 없었다.

그의 상식 안에서 그는 제이를 위해 안배된 자이고 제이는 그를 위해 태어난 사람이 되었다. 다르게 말하자면, 운명이 되었다.

"……필요가 없다고?"

"예. 물론 대위님께서 말씀해 주신다면 깊이 새겨듣겠습니다. 하지만 대위님의 일을 남에게 물어볼 만큼 중요하지는 않습니다. 그래서, 더 묻지 않았습니다."

나이는 물었지만. 이런 말은 사실 말해 주겠다고 먼저 접근을 해 와도 됐다며 단호하게 거절한 다음 해야 멋있는 말이었지만, 에드워드는 얼굴에 철판을 깔았다. 조금이라도 있어 보일 수 있는 건 전부 다 끌어다 써야 했다. 제이가 복잡한 얼굴을 했다.

"혹시 자네, 소아성애자인가?"

"……절대 아닙니다."

외양 자체가 워낙 어려 보이는 제이이다 보니 오해를 할 만도 했지만, 아니었다. 애초에 에드워드는 제이를 열두 살이라고는 생각할 수가 없었다. 그녀가 태어난 지, 혹은 만들어진 지 13년째라는 건 알 수 있었지만 그가 아는 제이 르퀸은 결코 열두 살이 될 수가 없었다.

"대위님. 저는 대위님의 공적인 얼굴을 보았습니다. 단순히 싸우는 것은 신체 능력이 뛰어난 열두 살짜리도 할 수 있는 거지만 절차에 맞게 일을 진행하고 서류를 정리하고 정치적 상황에 맞추어 말을 짜내는 것은 열두 살이 할 수 없는 일입니다."

결국, 관점을 어떻게 하느냐에 달린 문제였다. 사적인 자리에서 제이는 채 자라지 못한 소녀처럼 군다. 하지만 그녀는 동시에 공식 나이답게 일을 처리할 수 있는 이이다.

물론 조세핀이나 에드워드처럼 정교한 정치 공작은 못 한다 해도, 그게 정신연령이 낮다는 증거가 되지는 못 한다. 그녀는 현장직에게 필요한 사회적 스킬은 충분히 갖고 있었고, 그런 면에서는 충분히 자랐다고 할 수도 있었다.

"저는 스물두 살의 대위님께 청하고 있는 겁니다."

제이는 고개를 들어 정원을 보았다. 아주 잠시, 생각을 정리할 시간이 필요했다.

"……소위."

"예."

"나는 사랑이라는 게 뭔지 잘 모르겠는데."

"제가 싫으신 건 아니죠?"

"그렇진 않지."

"그럼 괜찮습니다. 대위님은 제가 싫지 않으시고, 제가 좋은 애인감이라고 생각하시는 거죠? 그렇다면 거기에서 한 발짝만 더 나와 주시면 됩니다. 저와 연애를 해도 괜찮으실 것 같습니까?"

에드워드가 그녀에게 하는 것들 중 몇 가지가 구애 행위라는 것은 그녀도 알았다. 식사에 디저트, 종래에는 보석까지.

에드워드가 부관으로 들어온 다음부터 달라진 차 맛. 집에서 마시는 것과 꼭 같은 그 맛을, 군에 납품되는 찻잎으로는 낼 수 없다는 사실을 제이는 알았다. 언제나 멋지게 꾸민 모습을 보여 주려 하고 그녀에게 그의 옷을 걸치게 해 소문을 노리고.

그런 것들이, 호감 있는 여성에게 접근하는 남성의 모습이라는 것을 제이는 이론으로 알았다.

하지만 사랑하는 여자의 집사가 되고 싶은 귀족 남성은 없을 것이다. 에드워드는 그녀를 위해 차를 끓였고, 그녀의 옷을 챙겼고, 잡다한 업무들을 처리하고 그녀 앞에 무릎을 꿇었다.

그런 모습들은 정말 그녀를 동경하는 이의 모습이었기에 그녀는 대수롭지 않게 그의 선물들과 얕은 수작을 넘겼지만.

"나는 사랑에 대해 생각해 본 적 없고, 진지하게 생각해 보았을 때 내가 자네를 사랑하게 될지 그것도 잘 모르겠어. 나는 자네를 좋아하지만 단순히 좋아하는 것과 사랑은 다른 문제잖나. 어쩌면, 얼마 후에 자네는 그냥 부관으로서 좋았던 거지 애인으로서는 영 아니라는 결론을 내릴지도 모르겠어."

에드워드는 어떤 결론이 나와도 괜찮았지만, 아무 말 없이 제이의 말을 들었다. 제이의 시선이 다시 내려와 에드워드에게로 향했다.

"그래도 괜찮나?"

그녀는 로맨스를 소설로만 배웠지만, 고백을 하며 상대가 자신을 사랑해 주지 않아도 괜찮을 사람은 세상 천지에 없을 것만 같았다. 하지만 에드워드의 감정은 처음부터 세상 천지에 더는 없을 감정이었다.

"대위님."

"음."

"제가 대위님을 처음 뵈었을 때 말입니다."

에드워드는 심호흡을 한번 했다. 사랑 고백보다도 신앙 고백이 더 떨리는 기분이었다.

"저는, 대위님이 신인 줄 알았습니다."

사랑 고백도 처음이긴 했지만 이것도 처음이긴 했다. 신이라니. 그녀와 가장 거리가 먼 단어에 제이는 쓴웃음을 지었다.

"아니, 세간에서 말하는 그 신을 말하는 게 아닙니다. 키가 크고 어깨가 넓고 엄숙한 얼굴을 한 중년 남성의 모습을 한 신 따위에는 관심이 없습니다."

신성 모독이 될 만한 발언이었지만 정원에는 지금 제이와 에드워드 둘뿐이었고, 제이는 종교가 없었다. 그녀는 가만히 에드워드의 기도를 들었다. 에드워드는 스웬에게 단 한 번 설명했던 기도를, 이번에는 그의 신에게 직접 바쳤다.

"─제가 대위님께 반했어도 그 감정은 여전히 유효합니다. 신앙과 연정은 양립 불가능한 감정이 아닙니다. 단순히 대위님께 반한 거라면 애정을 조르고 싶을지 모르지만, 신께 감히 자신을 가장 예뻐해 달라 말할 수 있는 신도는 없습니다. 대위님은 제 첫사랑이시자 신이십니다. 무엇을 하시든 그것이 곧 법이고 진리입니다. 사랑하지 않으셔도 괜찮고, 제 감정을 불쾌히 여기셔도 상관없습니다. 부디 대위님의 마음이 가시는 대로 행하십시오. 그것이 곧 제 기쁨이 될 테니까요."

웃기게도, 연애 여부를 결정하는데 사랑 고백보다도 지금의 기도가 제이의 마음을 움직였다.

제이는 종교를 믿지 않고 신의 존재에도 관심이 없지만, 그래도 그녀는 영혼의 존재 유무를 고민한다. 그런 그녀에게 있어 그녀가 꼭 신 같다는 말은, 장황한 사랑 고백보다도 훨씬 달콤하게 들리는 구석이 있었다.

제이는 에드워드의 손을 악수하듯 잡았다.

"잘 부탁하네."

에드워드는, 소리 내어 웃고는 제이의 손을 끌어당겨 손끝에 입 맞췄다.

"저야말로 잘 부탁드립니다."

"……자택까지 모시고 싶지만, 안 되겠죠."

제이가 낮게 웃었다.

"일부러 시선을 끌 필요는 없겠지."

도야 외모가 이국적인 데다가 동성이고 에드워드를 아는 사람들은 대부분 크뤼거가에 짐의 사절단이 머무르고 있는 걸 알 테니 오해가 없을 것이다.

하지만 제이와 에드워드가 함께 호텔 정원에서 나오는 걸 보면 무슨 소문이 퍼질지 뻔했다. 제이가 근신 명령을 어기고 마음대로 돌아다니고 있는 걸 꿈에도 모르고 있을 르퀸가 원로원에게 굳이 그녀의 일탈을 알려 줄 필요도 없고.

"먼저 들어가시겠습니까? 가시는 모습을 보고 돌아가겠습니다."

"내가 자리를 비키면 사람들이 올 텐데. 자네가 먼저 가고, 내가 좀 더 구경을 하다가는 게 맞을 거 같군."

어쩐지, 관광 명소화 된 정원에 인기척이 없다 했더니 제이가 무슨 수작을 부린 모양이었다. 에드워드는 수긍하고 몸을 일으켰다.

"그럼, 내일 뵙겠습니다."

"내일 보지."

에드워드가 정원을 나가 사라지고, 제이는 등을 쭉 펴며 긴 숨을 내쉬었다. 애를 하기로 하긴 했는데 아직까지는 잘 실감이 나지 않았다.

밤은 어둑했지만 제이의 눈에는 여전히 정원이 잘만 보였다. 은방울꽃과 물망초, 찔레꽃과 작약 사이에서 제이는 조세핀을 떠올렸다.

말을…… 해야 할까?

해야겠지만 영 용기가 나지 않았다. 맨 처음에는 아주 조그만 거짓말을 했던 것 같은데 그게 어느새 눈덩이처럼 불어, 이제 와서 솔직히 털어놓으면 조세핀이 아주 서운해할 것만 같았다.

아……. 한다고 하지 말걸 그랬나. 제이는 복잡해지는 마음을 털어버리기 위해 옆에 있던 제비꽃을 몇 송이 꺾었다. 조세핀의 방 화병에 꽂아놓으면 좋을 듯싶었다.

* * *

릴리 없이 릴리의 인도 절차가 끝났다. 도는 릴리로 인한 인명피해가 딱히 없다는 점을 들어, 어떻게든 릴리를 국제범죄자로 만들지 않기 위해 애를 썼다.

과연 릴리네 집안과도 합의가 된 사안인지는 모르겠으나, 어마어마한 보상금을 물어 도는 릴리의 탈주를 로즈의 단독 결정으로 돌리는 데 성공했다.

한은 그 자리에 있으면서 도대체 왜 안 말리고 동조했는지 모르겠으나, 릴리의 행동으로 직접 피해를 본 크뤼거가와 르퀸가에는 따로 또 보상이 들어왔기 때문에 에드워드는 굳이 캐묻지 않았다.

"……근데 딱 하나 궁금한 건, 정작 릴리는 못 데리고 돌아가는데 그 지출을 릴리네 집안에서 납득하긴 해?"

"납득 안 하면 어쩔 거야."

가방의 잠금장치를 채우며 도가 무심하게 대꾸했다. 분명 올 때는 가방이 하나였던 거 같은데 왜 돌아갈 때가 되니까 세 개로 는 건지 알 수가 없었다.

"자, 다 됐다. 짐 옮기는 것 좀 도와줄 수 있을까?"

그거야 쉬웠다. 에드워드는 설렁줄을 당겼다. 도가 어이없는 얼굴을 했다.

"아니, 밑까지만 들어 주면 될 걸 힘도 좋은 애가 뭘 굳이 사람을 불러?"

에드워드는 별 가당찮은 소리를 다 들어본다는 듯 피식 웃었다.

"나는 내 짐도 내 손으로 안 드는 사람이야, 너무 큰 걸 바라는 거 아냐?"

말을 말아야지. 도는 혀를 찼다.

"어쨌거나, 그간의 협력에 감사해. 최대한 다른 피해 가지 않게 노력할게. 가기 전에 부탁할 게 있어?"

"부탁하면. 들어주기는 하고?"

"들어줄 수 있는 기라면. 못 들어주는 거면 어차피 말 하나 안 하나 똑같지만, 운 좋게 들어줄 수 있는 거면 말해 보는 게 이득이잖아? 말해 봐."

에드워드는 이럴 때 결코 발을 빼지 않는다. 느긋한 미소를 지은 채로 그가 입을 열었다.

"정체가 뭐야?"

"누구?"

"여기 지금 그대 말고 누가 있어."

한이 확인해 준 대로, 픽의 능력은 읽고 듣는 것에 한정되었던 점을 생각해 보면 그가 로쉔어를 자유자재로 사용하는 건 도 고유의 능력이었다. 미리 공부를 했든, 아니면 픽의 능력처럼 다른 능력이 있든.

게다가 릴리가 저지른 짓은 절대 가벼운 게 아니다.

무단으로 로쉔에 침입해 보수파의 명문인 크뤼거가에 침입해 진보파의 명문인 르퀸가의 소중한 전력을 훼손시켰다. 그래 놓고 무단으로 탈주했는데 그 탈주를 도운 동료가 로즈다. 로쉔을 빠져나갔다는 보장도 없으니, 객관적으로 생각하면 당장 테러리스트 경계순위 2위에 이름을 올려야 맞다.

개개인으로서야 뇌물 받고 입 닦아 주는 게 가능해도, 공론화된 이상 뭘 좀 받는다고 넘어가 주는 게 가능할 리가 없다. 이런 관대한 처사는 법적으로 입국이 금지된 픽이 밀입국을 했지만 아무 사건도 일으키지 않고 얌전히 있을 경우에나 가능한 일이다.

누가 먼저 관대하게 넘어가 주자고 말을 꺼낸 순간, 다른 이들도 다 똑같이 뭘 받았다고 해도 앞에서는 그 사람에게 타깃이 집중될 게 뻔하다. 누구도 먼저 나서서 편을 들어주기 싫을 거다.

그런데 도는 그걸 해냈다. 릴리는 법적으로 아무 잘못이 없게 되었다. 앞으로도 적법한 절차만 걸치면 언제든 로쉔에 올 수도 있을 것이다. 심지어 에드워드에게 회의가 끝나는 시일을 멋대로 조절할 수 있다고 말하기까지 했다. 외교의 귀재일까? 에드워드가 회의 내용을 들어 본 적이 있는데, 그건 아니었다.

거기에 로즈들이 아무 힘도 없고 아픈 걸 싫어해 비밀 엄수가 안 되는 도를 보호 장치 하나 없이 적진에 던져놓은 것까지 생각하면, 한의 충고가 없어도 뭐가 있다는 건 확실했다.

다만 그에게도 마수가 뻗친 건지 뭔지, 진지하게 추궁할 생각은 안 드니 그렇지. 지금도, 먼저 부탁할 게 있냐고 물어보지 않았다면 그냥 넘어갔을 것이다. 미치게 궁금한 것도 아니고.

좀 더 발뺌하려나, 끝내 모른 척하려나. 그도 아니면 이대로, 부탁할 게 없으면 가 보겠다며 가방을 들려나.

하지만 예상과 달리, 도는 턱을 매만지며 고민하는 기색이었다.

"흠……. 뭐, 남들한테도 한 번씩은 다 알려 줬으니까……. 형평성을 맞추려면……. 처음에 알려 준 적은 없었지만, 뭐. 그거야 물어본 인간이 없었으니 그런 거였고. 좋아, 말해 줄게."

도는 가방 손잡이에서 손을 떼고 자리에서 일어섰다. 에드워드는 도보다

거의 머리 하나가 더 컸지만, 지금 그는 침대에 앉아 있던 터라 오히려 귓속말을 위해서는 도가 조금 허리를 굽혀야 했다.

도는 에드워드의 귀에 대고 작게 비밀을 속삭였다. 태어나서 처음으로 입에 담아 보는 비밀이었다.

짐이 세 배로 분 도와 달리, 달리아와 사파이어는 올 때와 같은 맨손이었다. 체류 기간 동안 필요한 모든 물건은 르퀸가에서 댔고, 처리 또한 르퀸가에서 할 거였다. 그들은 아침에 일어나 아침을 먹고 옷을 갈아입는 걸로 모든 준비를 마쳤다.

"한 님께서 오셨습니다."

어차피 연병장에서 합류할 거, 뭐 하러 방향이 정반대인 르퀸 저택까지 오나 모르겠지만 달리아가 기뻐하니 됐다 싶었다.

"그럼 갈까? 이제 또 한참 못 만나겠네."

제이가 자리에서 일어났다. 어차피 쇳덩이 안에 들어가면 드러누울 거라며 뒹굴거리고 있던 달리아가 제이의 옷자락을 잡았다.

"제이."

답지 않게도 진지한 얼굴이었다. 제이는 다시 침대에 걸터앉았다. 중요한 얘기를 하려나?

"응. 왜, 언니."

"예전에도 말했었지만, 언제나 중요한 건 너 자신이야. 항상 널 최우선으로 두고 선택을 하도록 해."

하지만 나온 것은 별거 없는 얘기였다. 제이는 어이가 없었다.

"정말 새삼스럽다. 이미 그렇게 살고 있어, 걱정하지 마. 예전에도 말한 게 아니라, 언니 오빠 번갈아 가면서 계속 그 얘기했잖아. 조세핀을 위해 사는 것도 결국 내가 원해서 그런다고 한 거고."

"그래, 앞으로도 죽 그렇게 하면 돼."

고작 이 말을 하려고 무게를 잡았나 싶었지만, 어차피 이제 또 오래 못 볼 사이인데 면박 줄 거 없다 싶어서 제이는 순순히 고개를 끄덕였다.

"응, 그럴게."

달리아의 얼굴이 풀리고 방긋 웃었다.

"르퀸 소장한테, 너무 안달할 건 없다고도 전해 줘. 에드워드 소위 덕에 급한 불은 껐으니까. 대금은 모쪼록 편한 때에 보내 주시면 된다고."

이건 좋은 얘기였다. 제이도 방긋 웃었다.

"응, 꼭 전할게."

할 말을 다 끝냈다는 듯 자리에서 일어나 방 밖으로 향하는 달리아와 그 뒤를 따르는 사파이어의 등을 보며 제이는 아주 가벼운 의문을 가졌다.

그래서. 한은 도대체 여기에 왜 왔던 거지? 달리아 언니와 화해하러?

방 밖을 나가는 순간 잊힐 가벼운 의문이었다.

그렇게, 짐에서 날아온 손님들은 끝나지 않은 일을 마무리 짓고 본국으로 돌아갔다. 폭풍전야와도 같은 고요함이 찾아왔다.

Chapter 09
그저 스쳐 지나던 호기심인 줄 알았지

제이가 미리 경고한 대로, 사절단이 돌아가고 나자 몰아닥친 건 일이었다. 에드워드는 지방 순회 감찰이라는 게 있는 줄 처음 알았다.

"아니, 없을걸. 있어도 이런 식은 아닐 거고. 이건 좀 복잡다단한 문제일세."

검표원이 들어와, 제이는 말을 멈췄다. 에드워드가 준비했던 표를 꺼내 내밀었다. 검표원이 검사를 마치자, 에드워드가 엄준한 목소리로 말했다.

"목적지에 도착할 때까지는 이 칸에 다시 들어오지 말게."

원래대로라면 무임 승차자가 없는지 체크해야 하니 말도 안 되는 지시지만, 둘은 군 장교였고 에드워드는 표를 내밀 때 밑에 지폐를 접어서 같이 내밀기까지 했다. 검표원은 슬쩍 뇌물을 받아 챙기고는 대답했다.

"예, 알겠습니다. 좋은 여행 되십시오."

문이 닫히기를 기다렸다가 제이가 입을 열었다.

"익숙한데?"

"가장 먼저 배운 게 돈 쓰는 법이었으니까요."

믿을 만한 자기 사람은 단기간에 만들 수 있는 게 아니니 시간을 들일 수밖에 없지만 돈 몇 푼으로 사소한 편의를 얻어내는 건 간단한 일이었다. 귀족 사회 안에서라면 집이 아니어도 당연히 제공될 것, 하지만 공적으로 모두에게 베풀어지지는 않는 것.

예전과 달리 귀족 계급끼리만 섞여 지낼 수는 없기에, 귀족가의 어린이들은 귀족 사회 바깥에서도 그들이 누리는 혜택을 누리는 법을 배웠다. 팁, 혹은 뇌물을 쓰는 법도 그에 속했다.

"편하고 좋은데? 자네와 함께라면 기차 여행도 할 만하겠군."

"기차 여행을 좋아하지 않으십니까?"

"좋아하고 자시고, 해 본 적이 없거든."

에드워드는 고개를 갸웃했다.

확실히, 기차는 귀족가의 마차보다는 호화롭지 못하다. 원할 때 휴식을 취하고 원하는 루트를 따라 가지도 못하며, 원하는 물품을 조달하기도 어렵다. 하지만 편리함과 승차감만은 호화롭게 꾸민 마차보다 낫다. 그러니 보통 지방 출장이 있으면 기차를 이용하는 게 일반적인데.

"그럼 평소에는 어떤 이동수단을 사용하셨습니까?"

"말 타고 다녔는데."

마차도 도시 바깥에는 마차 전용 도로가 없다 보니 비포장도로를 지날 때면 승차감이 별로지만, 그래도 말보다는 마차가 낫겠다 싶었다.

"……힘들지 않으셨습니까?"

"힘든 건 말이 힘들었을 거고, 나는 딱히. 다만 귀찮긴 했지, 원래 내 능력을 쓰면 순식간에 이동할 수 있는 걸 굳이 시간 들여서 이동해야 했으니까."

생각 외의 대답이었다. 에드워드는 눈을 동그랗게 떴다.

"그러신가요? 저는, 대위님께서 불편하신 걸 매우 싫어하시는 줄 알았는데."

"내가? 왜 그렇게 생각했지?"

"전투 때마다 재킷을 벗으시기에, 감각이 예민하신 거라고 생각했거든요."

"아."

제이가 입가에 손을 가져다댔다.

"그건 맞아. 하지만 그것도 결국 능력으로 조절할 수 있는 거라……. 필요할 때는 감각을 둔하게 하면 그만이거든. 하지만 계속 그 상태를 유지하고 있으면 불편하고 갑갑해서 못 살지."

들어도 들어도 초능력보다 더 신기한 능력이었다. 이 출장이 끝나면, 언제 한번 날을 잡아 제대로 가르쳐달라 해도 좋을 것 같았다.

"아까 하던 얘기로 돌아가자면. 이번 지방 순회 감찰은 일단 겉으로야 로즈의 사례가 있으니 혹시 불순분자가 섞여 있지는 않은지 감시 겸 한 번 돌아보라는 목적이고."

하지만 10년 넘게 픽으로 살아온 제이에게는 영 흥미로운 주제가 아닌 듯, 제이는 그 말을 끝으로 화제를 돌렸다.

"그 안으로 들어가면 르퀸 원로원에게 보여 주기 식 행정이고. 원로원에서는 나를 어떻게든 견제하고 족쇄를 채우고 싶어 하거든. 이번 일도 마찬가지고. 그러니까 자, 봐라, 쓸모도 없는 지방 출장 돌리고 귀찮게 만들어줬다, 그러니까 입 다물어라, 이거지."

사실 제이 같은 인재를 사생아 신분으로 둘 때부터 계속 그랬던 거지만, 새삼스럽게 또 이해가 가지 않는 행동이었다.

"왜 그러죠? 그건 제 살 깎아먹기 아닙니까. 어차피 다 같은 르퀸이고, 대위님의 공은 결국 르퀸의 공이 되는데."

"아니지, 내 공은 르퀸 소장님의 공이 되지."

"그 르퀸 소장이 르퀸가의 현가주이지 않습니까."

"그 노친네들……. 아, 아니. 원로원들은 아직도 르퀸 소장님을 인정하지 않고 있거든. 4년이나 지났으면 좀 바뀔 법도 하건만."

에드워드는 순간 움찔했지만 순식간에 평정을 되찾았다.

"그러시군요."

"그래서 한 겹 아래는 그거고, 숨겨진 목적으로는 사람을 한 명 찾으려고."

"사람이요?"

"응. 도리언 그레이하운드라고, 르퀸 소장님 재학 시절 수석 인재라더군."

이름 정도는 들은 적 있었다. 같은 학교의 선배이고, 수석을 차지했으면서 졸업 이후 행적을 감춘 자는 유명할 수밖에 없었으니까. 무엇보다 그레이하운드 부부도 머리로 유명했고.

무슨 논문을 써서 로쉔에서 귀족 작위를 주려는 걸 거부했다고 들었는데, 그게 10년도 더 전의 일이라 이제 막 열아홉이 된 에드워드로서는 무슨 내용이었는지는 알지 못했다. 그냥, 그 아들이 출세 코스로 유명한 사관학교에 들어온 걸 두고 작위를 놓친 게 뒤늦게 아까워 그러나는 어른들의 말을 얼핏 엿들었을 뿐이지.

그러고 보면, 귀족은 아니지만 제법 살 텐데 굳이 그가 수석 자리를 차지한 것도 이상하긴 했다. 제이, 그리고 에드워드 때는 차석은 평범하기라도 했지.

"그리고 겸사겸사, 군내 여성단체에게 받은 걸 갚기도 할 거고."

이건 무슨 소리인지 알 듯했다. 조세핀이 가주 자리에 오르게 된 건 전대 가주인 베체트 허 르퀸이 심장마비로 사망한 날 원래 후계자였던 엘리엇 쉴 르퀸 역시 강도에게 살해당한 탓이었다. 준비된 후계자가 아니었던 탓에 그 과정은 약간 복잡했고, 조세핀은 결국 여성단체의 도움을 받아 가주 자리에 오르는데 성공했다고 들었다.

여성단체로서야 소장 중 여성이 한 명 더 늘면 좋은 거고, 제이의 협조 또한 한 번에 얻을 수 있으니 나쁜 거래는 아니었다. 그 이후로도 조세핀과 여성단체는 나쁘지 않은 사이를 유지한 걸로 아는데, 이번에도 그런 협조의 일환인 모양이었다.

"왜, 수도에는 그래도 여군의 비율이 점차 늘고 있지만 지방은 그 속도가 매우 느리지 않나. 그게, 수도에서는 출신을 더 따지다 보니 귀족 여성들도 고위층에 제법 진출하다 보니 출세가 비교적 쉽지만 외진 곳에 갈수록 그 지부의 윗대가리들은 죄다 남자, 그것도 다 늙은 노인들이다 보니 여성의 사회 진출을 적극적으로 방해해서 그런 거고."

"예, 그렇죠."

하긴 아무리 제이가 인간을 뛰어넘었다 해도, 지방에서라면 아예 사관학교 입학조차 불가능했을 것이다. 그나마 수도야 사람이 많고 보는 눈이 많으니 겉으로라도 평등을 가장하지만, 사람이 적고 고인 물이 될수록 사람들은 뻔뻔하게 부정을 드러내니까.

"그래서, 지방에 가는 김에 좀 이것저것 트집을 잡아 물갈이를 해 볼까하고."

"아……."

외모는 나이보다 어려 보이지만 제법 예쁘장하게 생겼고 작은 체격에 평소에는 어깨에 힘을 빼고 다녀서 순해 보이는데다가 무려 사생아.

중앙에서야 제이가 워낙 유명하니 뒤에서만 수군댈 뿐 앞에서 대놓고 시비를 거는 인간이 거의 없지만, 지방에서라면 제이에게 어떻게 굴지 눈에 선했다.

그 꼴이 보기 싫어 에드워드는 재빨리 머리를 굴렸다.

"……군이 실질 증거가 필요하지는 않지 않을까요? 미리 기선 제압을 해서 순순하게 굴게 만든 다음에 위조를 하는 건 어떻겠습니까. 제 증언이면 모두가 넘어가 줄 겁니다."

조세핀과 똑같은 얘기를 하는 게 웃겨 제이는 조금 웃었다. 조세핀도, 에드워드를 데려가겠다는 말에 처음에는 탐탁찮은 얼굴을 하더니 곧 그럼 그 도련님이 거짓 증언을 해 주면 네가 굳이 직접 구를 필요는 없으니 괜찮을 거라는 말을 했었다.

"그런 것도 괜찮겠지."

모욕 몇 마디에 상처 입을 만큼 연약한 정신머리는 아니지만, 문제는 면전에 대놓고 욕을 하는 인간들은 공과 사를 구분 못한다는 데 있었다.

가만히 놔뒀다가는 쓸모도 없는 절차들을 추가해 가며 제이를 통제하려 들 테고, 그랬다가는 본래 목적을 달성하기가 어려웠다. 탐색을 하려면 다른 사람은 죄다 배제하고 다니는 편이 좋으니까.

"그렇죠?"

대번에 화색이 도는 얼굴이 귀여워, 제이는 원래는 말할 생각이 없던 것마저도 털어내기로 마음을 먹었다.

"그리고 마지막으로 내 개인적인 목표로는."

말 한 마디 한 마디마다 시선이 따라붙는 게 묘하게 간질했다. 원래도 이랬는지 연애를 시작했다는 걸 의식해서 이러는 건지 분간이 가지 않았다.

"승진을 좀 해 볼까 하고."

"……출세에 관심이 있으셨던가요?"

그렇다면 에드워드가 도와 줄 수 있는 일이 제법 있으리라. 에드워드의 얼굴에 화색이 돌았다. 제이가 고개를 저었다.

"출세에는 관심 없지만 직급에는 신경 써야 할 것 같아서."

둘이 무슨 차이인지 알 수가 없었다. 고개를 갸웃거리는 에드워드에게, 제이가 부연 설명을 해 주었다.

"자네는 크뤼거가의 후계자지."

"예."

"그러니 추후 중장 자리에 오를 수 있게 승진을 빠르게 할 거 아닌가."

"아……!"

현재 로쉔 제국은 신분제가 이상하게 변형된 상태였다. 아예 폐지된 것도 신분제는 남아 있지만 사람들이 신경을 안 쓰는 것도 아닌데 또 과거의 신분제를 그대로 쓰고 있지도 않았다.

이형 생물의 등장과 의회의 발달로 인해 군의 필요성이 커지고 왕권이 축소됨에 따라, 과거 신분제는 군의 계급제로 이동했다.

공작에게는 대장, 후작에게는 중장, 백작에게는 소장, 남작과 자작에게는 준장의 지위가 주어졌다. 그리고 과거 세습처럼 법으로 허락한 건 아니지만 관습법에 따라 가주가 은퇴하면 그 후계자를 각 가문의 지위에 맞는 계급을 주었고. 그리하여 르퀸 백작은 르퀸 소장이, 크뤼거 후작은 크뤼거 중장이 된 것이다.

하지만 로스틴가처럼 군과 전혀 인연이 없는 귀족들도 있기에 신분제가 아예 폐지되지는 않았다. 그렇게 로쉔은 신분제와 계급제가 혼용된 괴상한 형태가 되었다.

이 괴상한 혼종에서 양측이 다른 것은 호칭만이 아니다. 신분제의 작위는 일종의 유산이기 때문에 아무 것도 아닌 사람이 다음 날 바로 공작의 자리에 오를 수도 있고, 한 사람이 한꺼번에 여러 작위를 가질 수도 있으며 젖먹이 아이가 작위를 가질 수도 있다.

하지만 계급제에서는 일단 사관학교를 졸업해야 한다. 그렇게 소위부터 시작하는데, 겉만은 옛부터 이어져 온 군대의 방식을 따르기 때문에 급작스런 승진은 지양하는 분위기이다.

조세핀 같은 특이 케이스 때야 어쩔 수 없이 중위에서 바로 소장으로 올라갔다지만, 그게 아니면 차근차근 각 가문의 이양 계획에 따라 승급시켜서 최종적으로 각 가문에 맞는 계급에 안착하기 마련이다.

에드워드는 크뤼거가의 후계자고, 중장 자리를 물려받을 예정이다. 상황에 따라 변동이 있을 수는 있겠지만 기간은 대략 10년. 그렇다면 에드워드는 1, 2년마다 한 번씩 승급을 해야 하고, 1년 만에 소위에서 중위로 가는 게 1년 만에 소령에서 중령으로 가는 것보다는 보기가 좋다.

그렇기 때문에 보통은 초반에 매년 승급을 시키고, 후반부에 승급 페이스를 늦추기 마련이었다.

그리고 당연한 말이지만, 군에서 자기보다 높은 계급은 부관으로 부릴 수가 없다. 제이가 남들보다 빠르게 승진했음에도 불구하고 조세핀의 부관 자리에 4년간 머물 수 있었던 건 다 조세핀이 소장이었기 때문이었다.

만약 제이가 수석이 아니라서 관행대로 에드워드를 부관으로 받아야 하는 것만 아니었다면 10년이고 20년이고 조세핀의 부관으로 근무하는 게 가능했으리라.

하지만 제이는 현재 대위고, 소위에서 대위를 가는 것과 대위에서 소령을 가는 것은 전혀 다른 문제였다. 즉, 가만히 사태를 놔둔다면 내년까지는 괜찮아도 내후년이 되면 에드워드는 자연스레 제이의 부관 자리를 내놔야 한다는 거였다.

물론 억지를 쓰자면 승급 속도를 늦출 수 있을지도 모르지만, 이미 억지를 쓰고 있는 상태에서 하나를 더하는 것은 부담이 크다.

그렇기에 제이는 본인이 승진함으로써 그 유예를 늘려 볼 생각인 거였다.

크뤼거가에서는 일차적으로는 르퀸가에서 에드워드를 거부할 거라고 생각해서. 이차적으로는 내년 인사 재배치 때 인사이동 시킬 것을 고려해서. 삼차적으로는 인사이동이 없어도 2년 후면 자연스레 둘의 계급이 같아질 걸 고려했기 때문에 에드워드의 생떼에 기한을 두지 않았다.

어차피 사회 초년생 시절에는 중요한 일을 맡지도 않으니 며칠, 혹은 1년, 최대 2년간 하고 싶은 대로 마음껏 놀게 두고 그 뒤에 제대로 굴리면 되겠지 한 거였다.

그런데, 여기서 제이가 승급을 하고 인사이동에 에드워드가 손을 쓰면 그가 공적으로 제이 곁에 있을 수 있는 기간이 1년 이상 늘어나게 된다.

"아, 승급할 테니까 무조건 부관 생활을 지속하라는 건 아닐세. 다만, 내가 승급을 해도 부관 자리를 그만두는 건 가능하지만 내가 승급을 안 하면 내년으로 끝이니까. 또한 대위에서 소령이 되려면 공이 좀 많아야 하고. 그러니까 준비를 좀 해 둘까 하는 거지. 사람 일이란 어떻게 될지 모르는 거니까."

거기까지 말한 뒤, 제이는 장난스럽게 웃어 보였다.

"자네가 막 내 부관으로 부임해 왔을 때 이런 상황을 상상도 못했지만 이렇게 된 것처럼."

생각지도 못한 말에 에드워드의 눈이 흔들렸다. 손을 잡기는 했지만 제이는 말투도, 태도도 바꾸지 않았다. 애초에 반쯤 조르다시피 해서 얻어낸 허락이기에 그러려니 하고 있었는데, 생각 외로 진지하게 생각을 하고 있다는 걸 알게 되니, 괜히 마음이 두근거렸다.

에드워드는 잠시 망설이다 어렵게 입을 뗐다.

그는, 제이가 어떤 행동을 하건 그에 따를 준비가 되어 있었다. 법도 순리도, 제이가 행하는 것이 곧 법이고 순리였으니까. 하지만 마음으로 따르는 것과 별개로, 사회가 돌아가는 논리를 그는 잘 알고 있었다.

제이가 신경 쓰지 않겠다면야 그 역시 신경 쓰지 않겠지만 만약, 제이가 지금과는 조금 달라질 생각이라면 그가 아는 정보를 제공하는 게 맞을 것이다.

"대위님."

"왜 그러지?"

"한 가지 말씀드려도 되겠습니까?"

흔치 않은 모습에 제이가 고개를 갸웃했다.

"말해 보게."

에드워드는 입술을 한번 핥고 조심스레 말했다.

"귀족 중 본가 출신이라면, 방금 말씀하신 것만으로도 무슨 일이 있었는지 짐작 가능할 겁니다."

제이는 무슨 말인지 이해를 못 한 듯 보였다. 에드워드가 조심스레 말을 이었다.

"아까, 원로원이 르퀸 소장님을 인정하지 않고 있다고 하셨잖습니까."

"그랬지."

"……원로원의 구성원들은 개인의 영달을 노릴 수도 있지만, 원로원 자체의 목적은 가문의 이익입니다. 새 가주 선정시면 모를까, 이미 뽑힌 가주가 그 일을 제대로 행하고 있는데 4년간 원로원이 통째로 뭉쳐 반대 의사를 표하는 건 있을 수 없는 일입니다. ……가주 자리에 오르는 것 자체가 불가능한 인물이지 않은 이상은요."

"아."

제이는 얼굴을 찌푸렸다.

"실수했군."

조세핀은 후계자로 길러진 건 아니었지만 적통이었고, 나이도 너무 어리진 않았다. 귀족들은 성적에 목을 매진 않으니 차석 자리를 차지했다는 게 그 해의 졸업생 중 두 번째로 똑똑하다는 증거가 되진 못하지만 적어도 멍청하지는 않다는 증거는 된다.

심지어 그녀에겐 갓 성인이 되어 군에 들어가 그녀의 힘이 되어 줄 사이좋은 이복동생이 있었다. 즉, 후계자가 죽은 이상, 르퀸가가 가진 패

중에서는 제일 멀쩡했다는 뜻이다.

각자 미는 후보가 따로 있었을 수도 있고 에드워드처럼 당연한 수순이 아니니까 뭘 좀 쥐어 주고 비위를 맞춰야 했을지는 몰라도 한번 결정을 내린 이상 원로원은 그녀를 가주로 인정해야 했다.

계약이 이행되지 않으면 그걸 독촉해야지, 주기로 한 걸 안 줬으니 가주가 아니라고 어깃장을 놓을 수는 없다는 거다.

받을 게 만족스럽지 못하다면 승인을 질질 끌었을 테고. 승인은 나왔는데 합심해서 인정을 하지 않는다는 건, 원래부터 가주 승인이 나면 안 될 이가 억지로 가주 자리에 올랐다는 뜻이다.

로즈 아니면 막을 이가 없다는 제이가 조세핀의 편이니 그건 딱히 어렵지 않았을 것이다. 제이는 생일 파티 때문에 보초를 평소보다 더 엄중히 하던 크뤼거가에도 아무렇지 않게 들어올 정도였으니, 자격 없는 자에게 승인이 난 건 놀라울 것도 없고.

그럼 무엇 때문에 자격이 없느냐 그 문제였다.

혈통? 진짜 혈통에 문제가 있는 거면 전대 르퀸가주가 22년간 자기 자식으로 키웠을 리 없으니 제외. 평범한 범죄? 귀족들에게 양심을 기대하기란 어려운 일이다. 4년간 밝혀지지 않은 범죄라면 완벽히 묻었다는 것이고, 그럼 원로원이 신경 쓸 리가 없다.

원로원이 신경 쓸 만한 범죄, 스물둘의 여성이 연루되었을 만한 것.

거기서 4년 전 돌던 루머를 떠올리지 못할 귀족은 없을 것이다. 강도에게 살해당한 것으로 되어 있는 원래 후계자가, 사실은 동생인 조세핀에게 살해당했다는 그 소문.

르퀸가 같은 명문가에서 방비를 게을리 할 리도 없고, 후계자였던 엘리엇 역시 사관학교 출신. 아무리 귀한 후계자라서 현장에 안 돌리고 서류 작업만 했다고 해도 일반인에게는 당할 리 없는 이이다.

그렇기 때문에 의심의 화살은 조세핀과 제이에게 향했지만, 조세핀의 절친한 친구인 엘리제 쥘 슈와르가 사망 추정 시간에 조세핀과 제이는 자기 집에 있었다고 증언했기에 둘은 용의선상에서 벗어났다.

단순한 증언이라면 거짓을 날조할 수도 있지만 조세핀과 제이가 엘리제의 집에 가면서 선물로 과자를 사려고 들렀던 제과점과 꽃집 등에서도 증언이 있었고, 그들이 집에 도착했을 때 막 저녁 약속 때문에 나가려던 슈와르 소장도 둘의 모습을 목격했다.

르퀸가의 고용인들도 조세핀과 제이가 집을 나선 뒤 엘리엇이 잠시 낮잠을 잘 거니까 깨우지 말라고 하고 방으로 들어가는 것을 목격했다.

평민인 쥰이야 정확한 사정을 몰라서 그냥 말 한마디에 일이 잘 마무리되었다고 착각했지만 살해당한 상대가 같은 귀족인 이상 일은 그렇게 쉽게 풀리지 않는다. 꽤 많은 이들이 증언을 했고 합리적이었기에 혐의가 풀린 거였다.

하지만 픽인 제이에게는 그런 모든 증언이 소용없을 것이다.

그렇기에 에드워드는 그 말 한마디에 사태를 확신할 수 있었다. 그리고 제이가 픽인 걸 모르는 이들도, 원로원의 존재 의의와 그들이 돌아가는 메커니즘을 아는 사람이라면 다들 이유를 눈치챌 것이다.

에드워드와 다른 점이라면 그들은 조세핀이 경비를 제 편으로 끌어들이거나 암살자를 보내서 암살했을 거라고 생각할 거라는 점뿐이다.

"물론 제게는 어떤 말을 하셔도 좋고, 대위님께서 저이기에 그런 말씀을 하셨다는 걸 압니다. 하지만, 그 말이 뜻하는 바를 아시는 것과 모르시는 것은 다르기에 일단 알려드리는 겁니다."

"무슨 뜻인지 알겠네. 나는 이런 것에 약하니까, 문제 있으면 알려 주는 쪽이 좋네."

친분이란 걸 가진 사람이 없었기에 조세핀은 제이에게 딱히 정치 언어에 대해 가르치지 않았다. 굳이 배울 필요를 느끼지 못해 가르쳐 달라고 하지 않기는 했지만, 가르쳐 주는 이가 있다면 뭐든 배워 놓는 게 좋긴 할 것이다.

그녀는 적어도 조세핀이 죽을 때까지는 로쉔에 머무를 생각이었고, 남들이 뭐라 하든 상관없는 제이와 달리 조세핀은 말 한마디에도 타격을 입을 수 있었으니까.

"아뇨, 그것마저도 제 일이니까요."

제이가 그의 말을 아주 잘 이해한 것 같았기에 그는 한 발짝 더 나가지 않고 그 자리에 머물렀다.

……귀족가는 후계자를 귀히 여긴다. 후계자를 죽인 이라면 적통이라 해도 새 가주로 옹립하는 걸 반대할 정도로.

하지만 그 이유는 사람의 목숨이 귀해서가 아니라, 후계자에게 들인 비용이 아까워서이다. 그 사람 하나를 후계자로 기르기 위해 들인 비용이 아까워서, 그 후계자가 사라짐으로 해서 가문이 감수해야 할 리스크가 싫어서.

하지만 조세핀은 추가 비용 없이 후계자 자리를 대신할 수 있는 존재이다. 군이 실권을 쥐고 있는 이상 로쉔에서 무력은 정치력 및 재력과도 치환이 되는 개념인데 조세핀에게는 제이가 있으니까.

4년 전에야 조세핀이 얼마나 일을 제대로 할지 몰라서 반대를 했어도, 조세핀의 지도하에 르퀸은 꾸준한 발전을 이룩하고 있다. 공식적인 사생아 제이가 자신을 욕하는 사람들을 전부 두들겨 패 입을 다물게 해도 이득이 남을 정도다.

그렇다면, 원로원은 과거의 일을 모른 척하고 처음부터 조세핀에게 호의적이었던 것처럼 태세를 전환하는 게 좋다. 사실 형제자매 간의 차기 가주 자리를 노린 친족 살해가 역사에 드물었던 것도 아니고.

그런데도 꾸준히 조세핀을 반대하고 조세핀의 공을 르퀸의 공으로 합치하지 않고 있다는 것은, 단순히 정치적인 문제를 떠나 손해득실만 계산하고 사는 원로원으로서도 용납하기 어려운 일이 발생했다는 뜻이다.

그러니까, 이게 무슨 말이냐면.

제이는 '원로원이 조세핀을 아직도 인정하고 있지 않다'는 그 한마디로, 그 누구도 의심치 않던 전대 가주의 사인을 에드워드에게 알려주었다는 뜻이었다.

다섯 시간 동안 기차를 탄 끝에, 그들은 첫 출장지인 웰렌디에 도착했다. 승차감이야 더 낫지만 좌석은 아무리 1등석이라 해도 호화롭게 꾸민 마차에 비할 수가 없다. 하지만 제이가 마치 지금 막 폭신한 침대에서 내린 듯 멀쩡하니 에드워드 역시 멀쩡한 척을 할 수밖에 없었다.

"피곤하지 않나?"

"아뇨, 괜찮습니다."

"자네가 일반인이면 피로를 좀 빼 주겠는데……. 락이니 그럴 수도 없고. 가방이라도 내가 들까?"

원칙대로라면 부관인 에드워드가 모두 드는 게 맞지만, 군 외부의 신분은 에드워드가 더 높다 보니 자기 가방쯤은 제이가 들어도 크게 이상할 건 없는 상황이었다. 하지만 에드워드는 고개를 저었다.

"아뇨. 다만 대위님께서 정히 신경 쓰이신다면 다른 방법이 있습니다."

"오, 뭔데?"

에드워드는 주변에서 얼쩡거리던 아이를 한 명 손짓으로 불러 가방을 맡겼다.

"오. 그런 방식이 있었군."

제이가 감탄을 하자, 에드워드가 뿌듯한 얼굴을 했다. 참 제이가 자기 능력을 쓰듯 돈을 쓰는 에드워드였다. 그들은 역에서 나가서 딱 오십 걸음을 더 걸은 뒤 마차에 탔다. 짐을 날라 주는 아이의 얼굴에 황당함이

번졌지만, 에드워드가 꺼내 준 동전 몇 닢에 금세 얼굴이 밝아졌다.

"감사합니다, 나리!"

아이는 몇 번이고 고개를 숙였다. 마차 문이 닫히길 기다렸다가 제이가 말했다.

"동전도 갖고 다니는군. 자네라면 수표만 갖고 다닐 줄 알았어, 금화 은화도 무거울 테니까."

"이런 간단한 노동력 및 잡화를 구매할 때도 수표를 줄 수는 없으니까요."

돈을 쓴다는 것은, 단순히 돈을 길거리에 뿌리고 다닌다는 의미가 아니다. 쪼잔하지 않게 구는 것은 중요하지만, 이미 형성된 가격대에 지나치게 벗어나는 금액도 문제가 있었다.

이런 사소한 것은 원래 가격의 두세 배 정도가 한계이다. 말이 두세 배지, 원래 금액 자체가 크지 않으니 받은 사람도 땡 잡았다 하고 돌아서서 잊어버릴 금액.

아예 이런 서비스를 이용하지 않을 생각이라면 모를까, 아니라면 주머니가 좀 무거워도 동전 몇 닢은 들고 다니는 게 좋았다. 적어도 거리의 아이에게 잔돈을 거슬러 달라는 것보다는 주머니가 조금 무거운 게 나으니까.

마차를 타고 군부청사에 도착한 그들은 미적지근한 환영을 받았다. 심지어 마중을 나온 이들은 장교조차 아니었다. 에드워드로서는 참으로 낯선 대접이었지만 제이는 익숙한 듯한 얼굴이었다.

"에드워드 소위, 먼저 짐을 내려놓고 오게. 설명은 내가 듣도록 하지."

지방에도 괜찮은 숙소가 없는 것은 아니지만, 출장을 온 것이기 때문에 그들은 청사에 딸린 기숙사에서 묵을 예정이었다.

"그럼, 이쪽으로."

마중을 온 둘 중 하나가 에드워드를 데리고 옆으로 빠졌고, 제이는 남은 한 명을 따라갔다.

"뭐 이런 시골구석까지 와, 뭐 할 일이 있다고?"

제이를 안내하던 남자가 혼잣말처럼 투덜거렸다. 하지만 제이는, 상대에게 들리는 혼잣말은 혼잣말로 쳐 주지 않는 주의였다.

"할 일은 만들면 있는 법이지. 그것보다, 반말? 여기가 군이 아니라 시장 바닥이었나?"

남자는 고개만 돌려 제이를 보았다. 지적을 들었음에도 불구하고 여전히 불손한 눈빛이었다.

"새파랗게 어린 게⋯⋯."

아까보다 더 작아진 목소리였다. 차라리 면전에 대놓고 말한다면 그 배짱이라도 높게 쳐주련만. 제이가 가장 싫어하는 타입이었다.

조금 더 윽박지르면 겉으로나마 순종적으로 굴게 만들 수 있겠지만, 굳이 그래 줄 이유가 없어 제이는 몸놀림을 재개했다. 그대로 발을 걸고, 휘청이는 몸체를 잡아 손에 힘을 가했다. 손가락이 가늘어, 자칫 힘 조절을 잘못 하면 갈비뼈 사이로 파고들 수도 있을 듯해 제이는 손속을 두었다.

"윽⋯⋯!"

"쉬이⋯⋯. 조용히 해야지."

근무 인원조차 적은 시골이라 그런가, 복도는 한적했다. 아마도 목적지일 서장실 외에 이 층에는 사람의 기척이 전혀 없었다. 제이는 속으로 열까지 센 다음 그를 다시 일으켜 주었다.

"넘어지려는 걸 잡아 줬는데, 이럴 때는 뭐라고 해야 하지?"

남자의 눈에 공포가 가득 들어찼다.

"가⋯⋯ 감사⋯⋯."

"말도 제대로 못 하는군. 다시 돌아가서 말하는 법부터 배워야 하나?"

몸의 떨림은 더욱 더 커졌지만, 어찌어찌 혀는 돌아온 모양이었다. 그는 어설프게 고개를 숙였다.

"감사합니다……."

"허리 각도가 어설픈데?"

차가운 목소리에 남자는 허겁지겁 허리를 직각으로 굽혔다. 제이는 그제야 만족스러운 미소를 띠었다.

"서장님이 기다리시겠군, 가지."

남자는 허리를 다시 펴지 못했다.

에드워드가 숙소에 짐을 놓고 돌아와 서장실 문을 열었을 때, 타이밍 맞게 컵 깨지는 소리가 들렸다. 에드워드는 황급히 문을 연 남자를 밀치고 안으로 들어갔다. 아니나 다를까, 컵을 깬 것은 제이였다.

"대위님. 괜찮으십니까?"

에드워드는 재빨리 제이의 앞에 무릎을 꿇고 손에서 찻잔 조각들을 빼냈다. 분명 핏자국이 보였는데, 조각들을 털어내고 나니 손에는 생채기 하나 없어 당혹스러웠다. 에드워드의 손이 커 제이의 손이 폭 감싸이니 다행이었다.

에드워드는 한 손으로는 제이의 손을 감춘 채 다른 한 손으로 손수건을 꺼내 제이의 손을 감쌌다.

"약을 발라 두는 게 좋을 것 같습니다만, 어찌 하시겠습니까?"

제이는 흘깃 서장을 보고는 입꼬리를 올려 웃었다.

"서로의 의사는 확인한 듯하니 더 말이 길어질 필요는 없겠지. 일어날까."

서장은 그렇게 생각하지 않는 듯 표정이 굳어 있었지만 남의 기분을 생각해 줄 필요는 없을 것이다. 에드워드는 꿇었던 무릎을 폈다.

"대화가 잘 안 되셨습니까?"

청사를 나와 기숙사로 향하며, 주위에 충분히 사람이 없다 싶어진 뒤에야 에드워드는 물었다. 제이는 손수건이 감긴 손을 쥐엄쥐엄 했다.

"글쎄……. 잘됐다고 생각해 주면 좋겠는데. 상관 폭행에는 취미가 없는 편이라."

원하는 대로 들어주지 않으면 패서라도 말을 듣게 만들어 주겠다는 소리였다. 에드워드는, 요새 들어 부쩍 하게 된 생각을 다시 한번 했다.

굳이 트로피 허즈번드 따위 없어도 제이는 잘 살지 않을까.

지금껏 무리한 요구라 생각해 왔던 것들이 제이가 픽인 걸 알게 되고, 그녀에게는 정말 별 거 아닌 일이라는 걸 깨닫게 되면서 드는 생각들이었다. 사람마다 할 수 있는 능력의 효용치는 다른 법이니까.

남들이라면 인생을 쏟아 부어도 될까 말까한 일이, 제이에게는 식후 디저트를 드는 것보다도 쉽다.

그렇다면 르퀸가와 제이는 평범한 거래를 하고 있는 게 아닌가. 그가 하려고 했던 것은 주제넘은 참견이 아닌가. 비록 지금 그녀가 그의 고백을 받아주었다고는 하나, 시작부터 그의 주제넘은 짓이었던 게 아니었나.

"저녁은 밖에서 먹도록 하지. 사복으로 갈아입고 나오게, 정보 수집부터 할 테니."

하지만 '그럴지도 모른다'는 생각과 '그럴 게 틀림없다'는 생각 차이에는 엄청난 간극이 있었기에, 에드워드는 복잡한 머릿속 고민을 덮기로 했다.

"예, 잠시 후에 뵙겠습니다."

제이는 생채기 하나 없이 멀쩡한 손에서 손수건을 풀어냈다가, 멈칫하고는 손수건을 주머니에 넣었다.

"피가 묻었으니, 빨아서 돌려주지."

제이도 에드워드도, 그걸 제이가 직접 빨아서 돌려주겠다는 뜻으로는 받아들이지 않았다. 저 손수건이 에드워드의 손으로 되돌아가는 것은 에힐드로 귀환한 뒤가 될 것이다.

"대위님께서 편하신 쪽으로 하십시오."

에드워드는 머릿속으로 출장에 들고 온 손수건의 장수를 셌다. 물론 짐을 싼 건 그가 아니기 때문에 정확한 답은 도출되지 않았다. 뭐, 한 장만 달랑 넣어 보내지는 않았겠지. 에드워드는 마음을 편히 먹기로 했다.

에드워드는 약속 장소에 나타난 제이를 보고 눈을 동그랗게 떴다.

"왜 그러지?"

"치마 입은 모습을 처음 뵈어서요."

"아."

제이가 다리를 내려다보았다. 사복도 셔츠와 바지만 고집하던 그녀지만, 정보 수집을 하려면 좀 평범하게 입을 필요가 있었다.

"바지 차림은 눈에 띄니까, 특히 이런 시골에서는."

"잘 어울리십니다."

에드워드가 빙그레 웃었다. 제이가 짓궂게 물었다.

"군복보다 더?"

"언제나 대위님께서 원하시는 차림이 가장 어울리시는 차림이죠."

고작 이 정도로는 화술을 배운 도련님을 곤란하게 할 수 없었다. 제이는 짧게 웃고는 걸음을 옮겼다. 에드워드는 언제나처럼 한 발짝 뒤에서 따라가려 했지만, 제이가 일부러 한 걸음을 늦춰 옆에 섰다.

"갈까?"

나란히 걷는 것은 처음이었다. 기회를 놓치지 않는 에드워드는, 이래도 괜찮냐고 묻거나 망설이는 법 하나 없이 냉큼 제이와 걸음을 맞췄다.

"손이라도 잡을까요?"

반은 농담이었지만, 제이는 순순히 손을 내밀었다.

"……진심이십니까?"

아무리 기회는 놓치지 않는 에드워드라지만, 이건 변화가 너무 컸다. 제이가 씩 웃고는 에드워드의 손을 끌어다 잡았다.

"뭐 어때, 이런 곳에서 본 적 없던 남녀가 같이 돌아다니며 정보를 수집하려면 애인 흉내가 제일 좋겠지."

제이는 잠시 말을 멈췄다가 다시 이었다. 평소 때의 딱딱한 어투가 아닌, 훨씬 편한 말투였다.

"그리고 애인은 맞잖아?"

물론 맞았다. 에드워드는, 제이가 그 사실을 잊거나 무시하지 않고 있다는 데에 재차 감동을 느꼈다.

"그럼 이건 우리의 첫 데이트가 되는 건가요."

제이가 고개를 갸웃거렸다.

"데이트라기엔 다른 의도가 너무 많이 섞였는데? 이런 걸로도 괜찮아?"

제이가 아는 연애라고는 주입된 지식 중 섞여 있던 고금의 연애 소설밖에 없지만, 거기서는 하나같이 다 처음에 집착했다. 첫 만남, 첫 데이트, 첫 손잡기, 첫 키스 등등. 제이야 첫 데이트가 어떻든 별 상관없지만, 좋은 것만 먹고 보고 입고 자라온 이 도련님도 그럴까?

에드워드는 잡고 있는 손을 들어 손등에 입 맞췄다.

"대위님이 괜찮으시다면, 저는 언제나 괜찮습니다."

그런 모양이었다. 제이는 조그맣게 웃었다.

"그럼 일단 대위님이라는 호칭 좀 어떻게 하자. 기껏 옷도 갈아입고 손까지 잡은 의미가 없잖아."

"그래도 괜찮습니까?"

"안 될 게 뭐야, 공과 사를 구분 못하는 남자는 아니잖아?"

"당연하죠, 제이."

첫 데이트에 이어, 처음으로 부른 이름이었다. 에드워드로서는 이쪽이 더 설렜다.

"그럼 갈까?"

연애를 소설로 배워 이런 섬세한 마음 따위는 알지 못하는 제이만이 쾌활하게 마주 잡은 손을 흔들었다.

그들이 찾은 곳은 현지의 술집이었다. 지방의 식당과 술집이 어떻게 다른지는 알 수 없지만, 인생의 대부분을 수도에서 지낸 그들의 상식으로는 식당보다야 술집이 정보를 얻기 더 쉬운 곳이었으니까.

식사를 때울 만한 것들도 있고, 물론 그들 입맛에 맞는 음식이야 없겠지만, 어차피 이곳의 군식당에 가도 그들의 입맛을 맞출 음식은 없을 것이다. 둘은 기준치를 대폭 낮췄다.

"여기, 맥주 두 잔과 닭고기 구이."

주문을 받은 종업원은 성인처럼 보이지 않는 제이의 얼굴을 보고 잠시 망설였지만, 결국 주문을 받았다. 돈 한 푼이 아쉬운 거든가 그들에게 거절을 말하기 어렵든가 둘 중 하나일 것이다.

제이의 공식 신분이야 사생아라지만, 먹고 입고 쓰는 건 전부 가주와 같다. 겉모습만 보면 둘 다 귀티 줄줄 흐르는 아가씨 도련님이다. 군인 신분 때문에 몸에 절도 있는 태도가 배어 더더욱 그랬고.

식사가 나오기를 기다리며 에드워드가 점원에게 운을 뗐다.

"우리가 무척 신기한 모양이지?"

주변에서 그들을 흘금흘금 보는 시선을 지적한 것이다. 종업원이 술집 안을 둘러보고 멋쩍게 웃었다.

"나쁜 마음으로 그런 건 아닙니다. 여긴 워낙 외지인이 적어서요. 그래서 그런 겁니다."

제이는 정보 수집을 에드워드에게 맡겼다. 에드워드의 사회성과 정치력이 훨씬 낮기도 하고, 지방이니만큼 어려 보이는 여자는 얕잡아 보일 수 있으니까.

"아, 그래?"

"예. 워낙 작은 마을이니까요."

"흠. 그럼 혹시 아예 이주해 오는 이들도 적은 편인가?"

"그건 더 적죠. 지나가는 외지인이야 길만 맞으면 얼마든지 다닐 수 있다지만 누가 일부러 이런 촌구석까지 와서 삽니까."

"그래?"

에드워드는 반가운 낯을 했다.

"그럼 혹시, 8년 전에 이주해 온 사람도 기억하나?"

"8년 전이요?"

"회색 머리카락에 녹색 눈을 한 아주 잘생긴 남자인데."

"아!"

8년 전 일은 기억이 안 나도 잘생긴 남자는 기억하는 걸 보니 잘생기긴 진짜 잘생긴 모양이었다.

자신과 비교하면 누가 더 잘생겼을까. 평소 때라면 당연히 자기보다는 덜 잘생겼겠니 하고 넘어갈 텐데, 얼마 전에 미의 화신 같은 남자를 봐서 그런가, 자신감이 좀 떨어진 듯했다.

"네, 기억하죠. 꼭 나리처럼 잘생긴 남자였습니다. 어찌나 잘생겼는지 마을 처녀애들이 다 설레어서 잠을 못 이뤘었는데……."

"못 이뤘었는데?"

"1년인가, 얼마 살더니 훌쩍 떠나 버렸습니다. 처녀애들이 단체로 앓아누웠죠. 하긴, 그대로 이 마을에 눌러앉아 누구와 결혼했어도 다른 애들이 앓아 누웠겠지만요."

안 듣는 척 다 듣던 마을 사람들 사이에 작은 웃음 물결이 번졌다.

"그래? 이사 갈 때 혹시 어디로 갔는지 알고 있나?"

"글쎄요……. 그런데 그건 왜 물으십니까?"

종업원의 눈에 이제야 경계심이 돌았다. 에드워드는 느끼지 못한 척 태연하게 말했다.

"아아, 아는 사람이거든. 우연히 이쪽에 올 일이 생겨서 인사라도 하려 했는데 이제 없다니 아쉬워 그러지."

"아아……."

그러고 보니, 기억 속 남자도 멀끔하니 귀티 나게 생겼었더랬다. 눈앞의 이 잘생긴 도련님과 아는 사이라 해도 전혀 이상할 게 없어 종업원은 다시 경계를 풀었다.

"아뇨, 그런 말은 없었습니다. 지크, 자네한테 무슨 말이라도 남겼었나?"

다른 테이블에서 술을 마시고 있던 남자가 고개를 저었다.

"아니, 어디로 가냐고 했더니 그냥 그렇게 됐다는 식으로 얼버무렸던 것 같은데."

종업원이 다시 에드워드를 보았다.

"지크가 모르면 아무도 모를 겁니다. 옆집 살았고, 지크네 집에 딱 그 나잇대 딸이 있어서 사윗감으로 점찍어 두고 엄청 잘해 줬거든요."

"……1년 정도 살았으면 짐도 생기고 그러지 않나? 그런 걸 날라 줄 짐마차라도 필요했을 텐데."

대답은 지크네 테이블에서 들려왔다.

"아뇨, 나리. 그때 그 친구는 있는 걸 전부 마을 사람들한테 나눠 주고 자기는 빈 몸으로 떠났습니다. 괜찮겠냐고 걱정했더니 괜찮다고 웃더군요."

……첫 술에 배부를 거라는 생각은 안 했지만, 이렇게 여기서 뚝 끊길 줄은 또 몰랐는데. 적어도 어느 방향으로 간다더라, 어디를 지난다더라, 그런 정보라도 들어올 줄 알았었다.

에드워드는 식사를 하며 몇 가지 돌려서 질문을 했지만, 더 얻은 정보라곤 그 남자가 빈손으로 마을을 나선 방향 정도였다. 그나마 방향을 알면 목적지가 어디든 중간에 들렀을 마을을 추산할 수는 있을 테니 다행이었다.

더 이상 파면 무슨 말이 나올지 몰라, 둘은 일단 거기서 끊고 가게를 나왔다.

"기록이 남아 있나 행정부를 뒤져 볼까요?"

"기록을 남길 거였으면 고향에서부터 전출 신고를 넣었겠지. 없을 거라고 생각하고, 뒤진다고 해도 내가 몰래 하는 게 더 편해."

원래 이주를 하면 세금이니 인구 수 조사 때문에 각 지방의 행정 기관에 전출입 신고를 넣어야 했다. 하지만 발전된 곳은 사람이 많고 도시가 커서, 이런 지방은 행정 부서 직원들이 의욕이 없어서 방치하는 경우가 많았다. 제이가 잠시 생각에 잠겼다가 물었다.

"……넘어가고 싶지만, 확실히 하려면 조사해 봐야겠지?"

다른 사람 일이라면 대충 처리한 다음에 제대로 했다고 뻥을 치겠지만, 이건 조세핀이 약속했고 대상은 달리아와 사파이어였다. 귀찮고 확률도 낮지만, 그래도 해야지. 제이는 기지개를 쭉 폈다.

"기다릴까요?"

"아니, 나는 자지 않아도 되지만 너는 아니잖아. 먼저 자, 안 그러면 내가 더 신경 쓰여서 일을 못할 거 같아."

달콤한 말에 에드워드는 얼굴을 붉혔다. 고백을 받아는 주겠지만 사랑할 수 있을지는 모르겠다고 한 것치고 제이는 꽤나 연애에 협조적이었다.

* * *

저녁. 모든 건물에 불이 꺼진 뒤에야 제이는 행정관사로 향했다. 소리 없이 2층에서 뛰어내린 뒤 소리 없이 거리를 걸어 행정관사에 도착한 제이는, 아무렇지도 않게 벽을 걸어 올라갔다.

제이의 신발 바닥에는 일전에 에드워드에게 보여준 적 있는 흡착판이 붙어 있었지만 제이는 그걸로 걸어 올라가는 게 물론 아니었다. 사실 신발은 그거 하나를 믿고 목숨을 걸 만큼 확실하지도 않았고.

전투 때는 벽 사이를 날아다니며 디디는 만큼 0.001초의 차이로도 건물 아래로 추락할 수 있는데, 잠깐 흡착 버튼과 코팅 버튼이 동작하지 않거나 느리게 작동하면 그대로 끝이다.

그리고 실제로 신발을 가지고 실험해 본 결과 한 만 번 중의 한 번은 문제가 생기는데, 만 번 벽 밟고 죽기에는 인생이 너무 짧지 않은가?

제이는 마치 땅을 밟듯 안정적으로 벽을 밟고 서서 창문을 땄다. 사실 땄다고 하기도 뭣하게 그냥 열었다. 일반인이 봤다면 픽은 인생을 날로 먹는다며 한탄했겠지만, 태어날 때부터 픽이었던 제이는 자기가 인생을 날로 먹고 있다는 사실도 잘 느끼지 못했다.

안으로 들어간 제이는 행정 관사에 천천히 세계를 맞춘 다음, 공간을 복제했다. 벽과 바닥, 천장과 그에 달린 조명 기구, 안에 든 온갖 물건들까지. 다만 생물만은 아주 작은 벌레 하나, 미생물 하나조차 복제하지 못했다.

이걸 가르쳐 준 달리아는 생물 째로 복제가 가능한데, 능력이 부족해서인가 요령이 부족해서인가 제이는 그게 안 됐다. 원래 공간과 복제된 공간—달리아는 이걸 모형정원이라 불렀다— 사이를 연결하는 통로도 생물이라면 제이 본인만 이동이 가능했다.

다른 사람도 이동시킬 수 있었다면 아예 르퀸 저택을 통째로 복제해다가 밤마다 복제한 공간에서 조세핀을 재웠을 텐데.

일반인인 조세핀도 이동을 못 시키니 에드워드 역시 이곳에는 들어올 수 없을 것이다. 제이는 생명이라고는 자신밖에 없는 작은 모형정원 안에

서서 약간의 외로움을 맛보았다.

평소보다 아주 조금, 더 외로운 것도 같았다.

* * *

에드워드가 선잠에서 깨어났다. 방 안에서 느껴지는 기척에 그는 베개 밑에 넣어 뒀던 총을 꺼내 장전을 마치고는 기척이 느껴지는 곳에 겨눴다. 눈을 뜨기도 전에 일어난 일이었다.

"……대단한데."

눈을 뜨자, 총구를 보고도 태연하게 웃고 있는 제이가 보였다. 총구를 마주한 사람은 아무렇지도 않은데 총을 겨눈 이가 기겁을 했다.

"대위님?!"

"제이겠지?"

지금 그게 중요한가 싶었지만, 지적이 들어왔으므로 시정했다.

"제이. 어쩐 일이십니까?"

"일이 지금 끝났거든. 자고 있는 줄 몰랐어, 알았으면 그냥 내 방으로 바로 갔을 텐데."

창문을 넘어오다 봉변을 당한 제이는 마저 안으로 들어와 창문을 닫고 말을 이었다.

"잠자리에 일찍 드는군."

아직 자정도 되지 않은 시간이니, 성인이 잠들기엔 좀 이른 시간이긴 했다. 어린아이 취급을 당한 것 같아 에드워드의 얼굴이 붉어졌다.

"……좀 늦으실 줄 알았는데요."

"시간은 내게 의미가 없는 거니까."

"말씀해 주셨으면 기다렸을 텐데……."

"아니, 원래는 그대로 내 방에 들어가려 했거든. 근데 네 방에 켜진 불을 보니까 갑자기 주입되었던 소설 속 내용이 떠올라서 말이야. 자는 줄 알았으면 안 왔을 텐데."

제이는 누구보다도 뛰어난 군인이었지만—물론 현장의 문제를 해결하는 면에서 뛰어나다는 소리지, 보통 군인의 미덕으로 꼽히는 상명하복, 충성심 따위는 찾으면 안 됐다—그건 픽의 능력에 기반한 것이기에 락인 에드워드를 상대로는 영 그 능력을 발휘하기가 어려웠다.

상대가 픽의 능력을 거부하는 락만 아니었다면 창문을 열기는커녕 벽을 타고 올라오기 전에 이미 에드워드가 잠든 걸 알 수 있었을 텐데.

"아니, 아닙니다. 잘 오셨습니다. 자, 일단 앉으시죠."

자정은 안 되었어도 열 시는 넘은 시각. 애인이든 성별 다른 상관이든 방 안에 초대하기엔 어중간한 시간이었지만, 에드워드는 일단 의자를 끌고 왔다. 제이는 얌전히 앉았지만, 한번 깨진 분위기가 저절로 수습될 리 만무했다. 에드워드는 일단 입을 열어 보았다. 생각은 그 뒤에 따랐다.

"음……. 그런데 대위님께서도 로맨스 소설을 읽으시는군요?"

말하고 나니 살짝 동질감이 들었다. 에드워드도 연애를 실전이 아닌 소설로 배웠던 것이다.

"아니, 내가 읽은 건 아니고……."

제이는 잠시 생각을 하는 눈치더니, 곧 마음의 결정을 내린 듯 입을 열었다.

"너니까 하는 말이지만, 나는 제대로 된 어린 시절이 없잖아."

정확히 말하자면, 제대로 된 어린 시절이 없는 게 아니라 그냥 어린 시절이 없었다.

"그래서 지식 주입 기술이란 걸 썼거든."

지식 주입 기술. 어디선가 들어 본 적이 있는 단어였다. 잠시 머릿속을 뒤지던 에드워드는, 하연 인더스트리의 부회장 사파이어와의 대화에서 들었었던 단어를 떠올렸다.

"이건 머릿속에 도서관 하나를 집어넣는 거랑 비슷해. 말 그대로 정보를 뇌에 직접 주입하는 건데, 원래 사람이 얻는 정보란 건 자기가 보고 듣고 만지고 그런 거잖아. 그러니 잊은 정보는 있어도 인지 못한 정보란 없지. 비유하자면 보통 사람의 기억이란 자기가 읽은 책으로만 구성된 서재와 같은 거랄까. 그런데 내 머릿속에 있는 정보는 그냥 무작위로 선정된 정보의 목록이고 그걸 내가 지식 주입 속도에 맞춰 전부 인지할 수는 없었기 때문에 나는 뭐가 주입된지도 몰라. 책 목록조차 없는 도서관이라고 하면 되지. 좀 이해가?"

"예, 이해갑니다."

에드워드는 잠깐 생각에 잠겼다가 물었다.

"대위님……. 아니, 제이의 필기 성적이 들쭉날쭉했던 게 혹시 그 탓입니까?"

"……내 성적도 알아?"

에드워드는 부끄러워하는 기색조차 보이지 않았다.

"저는 항상 최선을 다하거든요. 알 수 있는 정보는 전부 수집하고 봅니다."

그리고 진짜 소름끼치는 부분은 말하지도 않았다. 이를 테면, 제이의 성적을 찾아본 것만이 아니라 제이의 답안지도 살펴봤다든가. 그랬기에 에드워드는 더욱더 떳떳했다.

그녀가 수석인 거야 유명한 사실이고, 중간 순위도 아니고 수석이니만큼 필기시험 성적도 찾아보자면 금방 찾아볼 수 있을 테니까. 제이 역시 그런 생각을 했는지 그 문제에 대해서는 쉽게 넘어갔다.

"뭐……. 그렇지. 정보가 뇌 안에 있는 건 맞으니까 그 부분이 자극되면 관련 정보를 찾을 수 있어. 이를 테면, 너랑 연애를 시작했잖아. 그래서 연애에 도움 될 게 있나 생각해서 로맨스 소설 섹션을 찾아보면 그 섹션이 있는지 없는지, 있다면 무엇이 있는지 찾을 수 있지. 하지만 이런 트리거가 없으면 나는 그 섹션 자체를 인지 못한다는 뜻이고."

"아하……. 그러니까, 직접 읽으신 건 아니고 주입된 섹션에서 찾아보셨다는 거였군요."

"응.

제이는 잠시 있다가 덧붙였다.

"도대체 왜 사관학교에 보낼 거라는 애 머릿속에 연애 소설을 잔뜩 넣어 놨는지는 모르겠지만."

제이가 모르는데 에드워드가 알 리 없었다. 애초에, 이건 굳이 말할 필요도 없는 얘기였다. 불온서적도 아니고, 그냥 로맨스 소설을 직접 읽었다고 말한다 해서 큰 문제가 생기는 건 아니니까.

그러니까, 이건 사실 전달을 위해서가 아니라 그냥 제이 본인의 정보를 알려 주기 위한 말이었다. 굳이 몰라도 되는 것, 하지만 알아 줬으면 좋겠는 것. 어렸을 때 무슨 디저트를 가장 좋아했고 계단을 꼭 두세 단씩 건너뛰었다는 것처럼, 쓸모없지만 그 사람을 구성하는 기억들, 과거들.

그 생각을 하자 에드워드는 마음이 따뜻해졌다.

"그런데, 소설 속에 무슨 내용이 나왔기에……."

야밤에 벽을 타셨나요. 에드워드는 필사적으로 말을 순화했다.

"창문을 두드리셨나요?"

두드리진 않고 직접 문을 따고 들어온 거였지만, 제이도 그 정도 비유는 알아들을 수 있었다.

"아."

제이는 자리에서 일어나더니 한 발짝 다가왔다. 안 그래도 가깝던 거리가 훅 줄어들었다. 눈앞까지 다가온 얼굴에 에드워드가 당황하여 자기도 모르게 허리를 뺐다. 제이가 푹 웃었다.

"굿 나잇 키스."

"예? 아, 예, 예, 아니, 그러니까……."

나이에 어울리지 않게 항상 여유롭던 에드워드가 이렇게나 당황하는 모습은 처음 보는 것 같았다. 제이는 웃음이 터지려는 것을 꾹 참고 물었다.

"해도 되겠나?"

"예? 무엇을……. 아, 아뇨, 압니다. 아니까……. 음……."

"싫으면 그냥 가고."

"아니, 싫은 게 아니라……."

에드워드는 결국 얼굴을 감싸고 말았다. 얼굴이 뜨끈했다.

굿 나잇 키스는 그것만 놓고 보면 아주 순수한 행위이다. 뺨이나 이마, 입술에 해 봤자 가볍게 입을 맞대는 것뿐이니 평범한 키스와는 궤를 달리한다. 부모가 자식에게 해 주기도 할 정도로, 행위 자체는 정말 순수하기 그지없는 일이다. 다만 문제는, 보통 연애소설에서 굿 나잇 키스를 나누는 애인의 진도 상태였다.

굿 나잇 키스는 자기 전에 한다. 부모가 자식에게 해 줄 때야 부모와 자식이 같은 집에 사니까 아무런 문제가 없지만, 애인이 잠들기 전에 옆에 있다는 게 무슨 뜻이겠는가?

지금 에드워드와 제이처럼 순수하게 숙소 옆방에 묵는 경우도 있긴 하지만, 눈치가 있다면 이런 상황에서 정말 굿 나잇 키스만 하고 돌아가는 장면 같은 건 쓰지 않는다.

보통 로맨스 소설에서는 관계를 가진 후 잠들기 전이나 동거 중이거나 아니면 굿 나잇 키스만 하고 가겠다며 분위기를 잡아놓고서는 키스만 하고 가지 않곤 한다.

물론 에드워드는 제이가 그런 흑심을 품고 말하지는 않았을 거라는 사실을 잘 안다. 하지만 연상이 되는 건 어쩔 수 없고, 열아홉 순수한 청년에게 그런 연상 작용은 너무 자극이 심했다. 싫다는 건가. 귀가 빨간 걸 보면 진짜 싫은 거 같지는 않은데. 제이는 고개를 갸웃거렸다.

"……괜찮습니다."

에드워드가 굳게 결심을 하고는 고개를 들었다.

"됐다고?"

"아뇨, 그게 아니라……."

기껏 가라앉은 열이 다시 올랐다. 싫은 거 같지는 않은데.

하지만 싫지만 않다고 되는 일은 아니라, 제이는 가만히 기다렸다. 다시 평정을 되찾은 에드워드가 허리를 곧게 펴고, 제이의 팔을 잡아 끌어 당겼다. 제이는 순순히 허리를 굽혀 주었다.

에드워드의 입술이 제이의 이마에 닿았다. 정확히는, 이마를 가린 머리카락에 닿았다. 하지만 에드워드는 머리카락을 치우지 않았다. 가볍게, 이마를 누르고 떨어진 입술이 속삭였다.

"안녕히 주무십시오, 대위님."

굿 나잇 키스를 하러 왔다가 당한 사람은 눈을 크게 떴다. 하지만 곧 웃으며 뺨에 키스를 돌려주었다.

"잘 자게, 소위."

제이는 창문을 열기 전에 그를 돌아보더니 한 마디를 더 남겼다.

"배짱이 좋은데 그래."

사석에서는 이름을 부르라 한 걸 긴장 때문에 잊고 다시 대위님이라 부른 걸 놀리는 발언이었다. 굿 나잇 키스란 연인에게는 할 수 있어도 상관에게 할 수 있는 건 아니니까.

에드워드가 그걸 알아차린 건 제이가 창문을 타넘어 제 방으로 돌아간 뒤였다.

다음 날. 에드워드는 방을 나서기 전 표정 관리부터 해야 했다. 얼굴 관리야 원래 매일 하는 일이니 또 하고, 그 김에 표정도 잘 관리하고.

조각 같은 얼굴에 어울리는 단정한 표정을 장착한 다음에야 에드워드는 방을 나설 수 있었다. 바로 옆 방 문을 두드리자, 기다리고 있었는지 곧장 목소리가 넘어왔다.

"들어오게."

에드워드는 소리 나지 않게 문고리를 잡아 돌렸다.

"일어나셨습니까?"

제이의 눈에 장난기가 더글더글했다. 어제처럼 이름이 입에 익지 않은 에드워드가 '대위님'이라고 부르지 않을까 기대하는 눈치였다. 기대에 부응해 줄까, 잠시 고민하던 에드워드는 이때야말로 색다른 모습을 보여줄 때라는 결론을 내렸다.

언제나 자기편을 들어주고 헌신적인 남자가 사사건건 시비나 걸고 가르치려 드는 남자보다야 훨씬 낫겠지만 항상 똑같은 모습만 보여서야 재미가 없을 테니까. 그런 점에서, 지금 상황은 딱 반항하기 좋은 상황이다. 여기서 반항을 한다고 해서 진심으로 기분이 상할 일은 없으니까.

"제이."

제이의 눈에 아쉬움이 서렸다. 에드워드는 못 본 척 계획대로 말을 이어 갔다.

"제게만 뭐라 하실 것이 아니라, 제이도 말투를 좀 더 편하게 바꾸셔야 하지 않을까요?"

허를 찔린 제이가 눈을 깜박였다. 에드워드가 대놓고 그녀의 방식을 지적하는 건 처음 있는 일이었으니까. 하지만 말투에 서린 장난기에, 제이는 이게 그녀가 원하던 것과 다른 방식의 말장난인 걸 깨달았다.

"그래서 불만인가?"

제이가 오만하게 턱을 치켜들었다. 목소리도 한껏 차갑게 냈건만 입꼬리가 씰룩거려서 영 효과가 없었다. 에드워드가 싱긋 웃으며 허리를 굽혔다.

"에이, 제가 감히 대위님께 불만을 가질 수 있겠습니까?"

쪽. 콧잔등에 입술이 내려앉았다.

"다만, 애인으로서 서운하다는 뜻이죠."

입술을 뗀 뒤에도 에드워드는 허리를 펴지 않았다. 얼굴을 바싹 붙인 채로 그가 속삭였다.

"안 될까요?"

제이는 어제의 에드워드만큼이나 빠르게 무너졌다. 에드워드는 붉어진 귀 끝을 보고 웃음을 삼켰다.

"참고하……. 참고할게."

"감사합니다."

에드워드가 싱긋 웃고는 허리를 폈다. 얼굴이 멀어지고 나서야 제이는 다시 눈을 맞출 용기가 생겼다.

"자네 어제랑 너무 다른 거 아닌가?"

"참고하신다면서요?"

"……너 어제랑 너무 다른데. 바꿔치기라도 당한 거 아냐?"

에드워드가 웃으며 손을 내밀었다.

"저는 원래 준비 기간이 있는 일에는 실패를 하지 않습니다."

제이는 그 손을 잡으며 입을 삐죽였다.

"곧 다시 기습해 주지."

"기다리고 있겠습니다."

에드워드는 웃으며 잡은 손을 들어 올려 손등에 입 맞췄다.

* * *

달달한 시간은 순간이었다. 제이는 곧 앞으로의 계획에 대해 얘기하기 시작했다.

일단 그들은 해야 할 일이 아주 많았다. 도리언도 찾고, 감찰도 하고, 여성 단체들에 대한 보은도 하고. 그리고 그러는 와중에 지방 청사의 인간들이 끼어들지 않았으면 했고, 좀 더 솔직하게 말하자면, 조용히 시키는 일이나 잘 했으면 하는 바람이었다.

그러기 위해서는 겁을 좀 먹을 필요가 있는데, 제이가 직접 협박을 한다면 쉽게 효과적인 결과를 얻을 수 있겠으나 파벌 싸움으로 번질 우려가 있으니 그럴 수는 없었다. 그럼 직접 공포의 대상이 되지 못한다면 어떻게 해야 할까?

공포의 대상을 밖에서 만든 뒤 제이가 직접 처리해 주면 된다. 그리고 제이는 아무런 탈 없이 쓰고 치울 수 있는 공포의 대상을 만들 수 있었고.

이형 생물. 세상에 널린 생명체 중 아무거나 골라 유전자를 조금 매만지면, 곧 사람들이 본 적 없는 생명체를 만들 수 있다. 본디 이형 생물이란 일관성도 무엇도 없으니 어디서 어떤 이형 생물이 나타나든 이게 일반적인 이형 생물이 아닌 인위적인 존재임을 누가 눈치챌 리도 없고.

"우리가 오고 얼마 있다 이형 생물을 불러내야 우리 짓인 걸 의심받지 않을까?"

한 발짝 앞에서 들려오는 목소리에 에드워드는 잠시 계산을 했다.

"너무 오래 머물러도 의심을 받을 테니, 일주일 정도가 괜찮을 것 같습니다. 일주일 정도면 너무 오래 있다고 수도에 이를 기간은 아니지요."

"주변에 마을이 몇 개 있더라?"

"근거리에 세 곳, 하루 안에 오가려면 새벽에 돌아오게 될 두 곳이 더 있습니다. 그보다 더 멀리 가면 하루로는 불가능하고요."

제이는 생각에 잠겼다가 계획을 보완했다.

"그럼 일주일간 주변 마을을 좀 돌아보자. 세 군데는 같이, 두 군데는
나 혼자 다녀올 테니 넌 정보를 좀 더 모아 봐. 도리언 그레이하운드가
빠져나간 루트를 확인하게."

"……예, 알겠습니다."

대답보다도 걸음이 늦었다. 그 탓에 둘 사이의 간격이 한 발자국 반으
로 벌어졌고, 제이가 뒤를 돌아보았다.

"왜 그래?"

"아무것도 아닙니다."

"문제가 있으면 지금 말해, 바로 고치게."

"아뇨, 계획에는 문제가 없습니다."

"그럼?"

에드워드가 쓰게 웃었다.

"그냥, 제가 생각보다 큰 도움이 되지 않는다는 생각을 했습니다."

"그게 무슨 소리야?"

"당신이 저를 모르고 저 혼자 당신을 목표로 했을 때요."

에드워드는 다시 걸음을 옮겼다. 이제 둘의 거리는 반걸음이 되었다.

"어떻게 도움이 될까, 고민했었습니다. 그러다 당신 성적을 봤는데. 실
기 실력에 비해 필기 점수가 조금 부족하더라고요. 아, 물론 아주 좋은
점수인 건 압니다. 어디까지나 실기에 비해서라는 얘기죠."

제이의 필기 성적이 애매한 건 맞았다. 머리가 안 좋은 사람이 낼 수
있는 점수는 절대 아니지만, 보통 수석은 실기와 필기 둘 다에서 만점을
맞지, 제이처럼 살짝 떨어지는 필기 점수를 오버스코어를 낸 실기 점수로
메꾸는 경우는 절대 없었으니까.

게다가 평범한 사람은 보통 문무양도에 능하지 않기 때문에 에드워드는 가볍게 제이가 현장형 인재라고 판단했다. 사실 제이의 행보도 그와 크게 다르지는 않았다.

"그럼 제가 도움이 되지 않을까 했는데, 애초에 필요 없어서 안 하셨다는 걸 몰랐지요."

실기 성적을 보고 필기도 같이 노력을 했는데 그 성적이 나온 줄 알았지, 최대한 자제를 했는데도 오버 스코어를 기록할 인재라는 걸 미처 몰랐다. 에드워드가 난처한 웃음을 지었다.

"좀 더 도움이 되어야 할 텐데 말입니다."

제이가 제자리에 멈추더니 빙글 뒤를 돌았다.

"왜?"

"네?"

에드워드도 따라서 멈춰 섰다.

"왜 도움이 되어야 하는데? 그렇게 치면 나도 너한테 도움이 되는 건 딱히 아니잖아."

"당신이 왜 제게 도움이 되어야 합니까?"

"그럼 너는 왜 내게 도움이 되어야 하는데?"

말이 계속 돌았다.

"선택받고 싶으니까요."

"선택했잖아."

"절반의 선택이죠."

에드워드는, 단어를 골랐다.

"당신 같은 사람은 제게 다시 나타나지 않을 겁니다. 그렇기에 저는 선택을 할 여지가 아니었죠. 당신 아니면 다른 사람, 이렇게 대체될 수 있는 존재가 아니니까요. 하지만 당신은 아니잖습니까. 오해로 받아주셨고, 지금도 저와 같지는 않으니까요. 아, 오해 마십시오. 그게 싫다는 말은 아니니까요. 그저 당신과 저의 감정이 다르고, 그렇기에 제가 더 노력해야 한다는 뜻이죠. 단지 그거예요. 단어 선택이 거슬리셨다면 시정하겠습니다."

"⋯⋯아냐, 됐어."

대화는 거기서 끝났다. 하지만 제이는 무언가를 생각하는 눈치였다. 이런 걸 신경 쓰는 타입은 아니라고 생각했는데. 혹시 상대가 나라서 그런가. 에드워드는 마음이 간질간질해지는 것을 느꼈다.

* * *

그걸로 일단 대화가 끝났다고 생각한 건 오산이었다. 바로 그 날, 오밤중에 방문을 두드리는 소리가 있었다.

"에드워드, 에드워드."

제이였다. 에드워드는 의아해하면서도 당장 문을 열었다. 그곳에는 잔뜩 얼굴을 찡그린 제이가 서있었다.

"내가 기분 나빠."

"네?"

"너는 괜찮다고 했지. 하지만 내가 기분 나쁘다고."

아침의 언쟁을 말하는 것임은 곧바로 깨달았다. 하지만 그걸 왜 이 밤에 와서 말하는지는 영 알 수가 없었다.

"⋯⋯단어 선정이 기분 나쁘셨다면 사과하겠습니다."

"그런 게 아니라."

제이는 분을 못 이기고 발을 굴렀다. 꼭 토끼 같아서 귀엽다는 생각이 드는 건 에드워드 본인이 생각해도 답이 없었지만, 제이가 화난다고 자신에게 해를 가할 거 같지 않다는 생각은 있었다. 다른 사람들이 자기를 해치지 못하는 이유들인, 그가 잘났고 크뤼거가의 후계자이고 손해 본 건 절대 잊지 않는다는. 그런 이유 때문이 아니라 다른 이유로.

"내가 아직 너한테 반한 건지 아닌 건지 잘 모르는 건 인정해. 그러니 네가 손해를 본다고 생각한다면 그건 어쩔 수 없지. 하지만, 그런 식으로. 내가 널 아예 진지하지 않게 생각한다는 것 같은 말투는 기분 나빠."

제이는 눈을 감고 감정을 골랐다. 할 말을 다 정리해서 왔는데, 얼굴을 보니까 다시 화가 나서 준비한 말들도 잘 생각이 안 났다. 제이는 최대한 감정을 억누르고 다다다 쏘아붙였다.

"사랑하지 않아도 아무하고나 사귈 수 있었을 것 같아? 아무한테나 내 비밀이 알려져도 내가 참았을까? 다른 놈이었다면 진작 사고로 위장해서 죽였어. 너는 락, 그것도 꽤 뛰어난 락이지만 나도 락을 상대하는 법 정도는 알아."

정상적인 사람이면 이걸 협박으로 받아들일 것이다. 하지만 에드워드는 달랐다. 애초에 정상적인 사람은 사람을 신으로 모실 생각 같은 것도 하지 않으니 말이다. 그는 그 말을 액면 그대로 받아들였다.

다른 사람이면 이렇게 대하지 않았다. 사랑하지 않으면서도 연애를 시작하지 않았다.

왜냐하면, 제이가 에드워드를 사랑하지는 않아도 좋아하기는 해서. 가장 큰 비밀. 목줄이 될 수도 있는 위험한 사실을 알아도 기꺼이 그의 입을 가만히 내버려 둘 정도로.

"제이."

제이는 그를 보지 않았다. 어지간히 그 말이 기분 나빴던 모양이었다. 에드워드는 손을 뻗어 힘이 들어간 제이의 눈썹을 덧그리듯 어루만졌다. 제이는 그 손을 쳐내지 않았다.

"죄송합니다."

에드워드의 목소리는 언제나 애정과 동경이 뒤섞여 있었다. 제이가 이대로 손을 뻗어 목을 내어달라 해도 유순하게 내어주지 않을까 할 정도로.

정말 제이가 사랑은커녕 애정조차 아니고 흥미로 그와 연애를 시작했다고 해도 에드워드는 아무렇지 않을 것임을 안다. 하지만 제이는 자기가 좋아하는 사람이 그런 오해를 하는 게 싫었고, 제이가 싫어하는 짓을 에드워드가 하지 않을 것도 알았다.

에드워드 본인의 자존심을 위해서가 아니라 제이를 위해서.

자기에게 헌신적인 부관이자 애인은 분명 좋아해야 할 요소인데, 왜 이렇게 기분이 나쁠까. 사회화가 덜 된 제이로서는 영 알 수가 없는 노릇이었다.

"미안해요, 당신의 말을 믿을게요."

하지만 제 머리카락에 입 맞추며 진실된 목소리로 속삭이는 그를 보자, 계속 화를 내고 있을 수도 없었다. 어쨌거나 이제 그녀의 본심을 호도하지는 않을 테니까.

"……앞으로는 주의해."

"예."

"그리고 허리 좀 숙여 보고."

"예."

화가 갓 풀린 상태여도 할 건 해야 한다. 제이는 고분고분하게 허리를 굽힌 에드워드의 이마에 굿 나잇 키스를 남겼다. 연애를 글로만 배운 이들이라 생긴 문제였지만, 지금만큼은 좋은 쪽으로 작동했다.

"잘 자."

"예."

도무지 잠이 올 것 같지는 않았지만, 에드워드는 일단 대답했다.

Chapter 10
그대여 모든 게 순간이었다고 말하지 마라

순탄했던 시작과 달리, 그들의 수색은 곧 벽에 부딪혔다.

"……이상한데요?"

수색에 지친 그들은 카페에 들어와 중간 점검을 시작했다.

―물론, 사람이 한 명이니만큼 근처에 있는 모든 마을에 흔적이 남았을 리는 없다. 하지만 바꿔 말하면, 최소한 한 곳에서는 흔적이 남았어야 하는 것이다. 식량을 보급해야 하니까.

잠이야 노숙을 할 수도 있다지만 사람은 밥을 먹지 않고서는 살 수 없고, 도리언은 분명 빈손으로 마을을 떠났다고 했다. 그럼 근처 마을에 한번은 들렀어야 했는데. 오래 전 일이니 잊었다기엔, 도리언 그레이하운드의 외모가 너무 특출났다.

"웰렌디에서도 말을 꺼내자 바로 기억해 낸 얼굴입니다. 다른 마을이라고 쉽게 잊힐 수 있는 얼굴은 아니죠."

"너처럼 말이지."

"저보다 더하죠. 금발에 푸른 눈은 비교적 흔한 조합 아닙니까. 하지만 그 사람은 회색 머리카락에 녹색 눈이라지요. 둘 다 절대 흔한 색이 아닌데, 그 두 조합이 합쳐진 케이스는 세상에서 그 사람밖에 없지 않을까요?"

제이는 에드워드의 얼굴을 빤히 들여다보았다.

"너처럼 태양을 녹여 만든 듯한 금발과 보석보다 더 아름다운 푸른색 눈동자는 흔하지 않아 보이는데."

대놓고 하는 칭찬에도 에드워드는 부끄러워하지 않았다. 그는 자신이 얼마나 잘생긴지 잘 알고 있었으니까. 비록 제이가 그에게 보이는 호감의 근원은 외모가 아니라고 해도, 호감 중 몇 퍼센트쯤은 외모 덕분일 거라는 자신감이 있을 정도로.

"실제 색깔은 문제가 안 됩니다. 오래된 기억은 간략화 과정을 거쳐서 저장되기 마련이니까요. 저를 어제 본 사람은 저에 대해 설명할 때 왕관에 박힌 사파이어보다도 더 푸른 눈동자에 금실로 자아낸 것 같은 금발을 갖고 있었다고 말할 수도 있겠지만 1년이 지나면 아주 잘생긴 금발에 파란 눈의 남자라고만 설명하겠지요. 그런 식으로, 정보는 요약되기 마련입니다. 금발에 파란 눈과, 회색 머리카락에 녹색 눈은 그 과정에서 요약되는 정도가 다르죠."

"그런가?"

만들어진 지도 열두 해밖에 안 된데다가 그녀가 갖고 있는 정보는 대부분 지식 주입술로 주입된 것이니만큼 그녀는 기억의 퇴색 과정에 대해 무지했다. 이쪽에 대해서는 에드워드의 의견을 듣는 게 낫겠지. 제이는 납득하고 넘어가기로 했다.

"모습을 숨기고 싶었다면, 처음부터 마을에서 준비를 철저하게 하고 지나가는 게 좋았겠지. 사관학교 수석 졸업이었으니 체력은 있었을 텐데."

"그렇죠. 그럼, 가장 의심되는 건 산을 넘다가 사고를 당했을 경우가 아닐까요?"

"하지만 언니는 사망했을 가능성은 절대 없다고 했어. 달리아가 그렇게 확신할 때는, 그게 사실일 때뿐이야. 허세와는 거리가 먼 인간이거든."

워낙 대단한 사람이다 보니 사실을 말할 뿐인데도 허세처럼 들리는 경우는 있지만. 진실을 말해도 허세처럼 들리는 사람을 한 명 더 알고 있는 에드워드는 그 말을 그대로 믿었다.

"그럼⋯⋯. 픽일 가능성은요?"

진실을 말해도 허세처럼 들리는 이는 어깨를 으쓱했다.

"그럼 처음부터 그렇게 말했겠지. 모르는 인간을 찾는 것과 모르는 픽을 찾는 건 내게 난이도가 달라. 널 떼어놓고 세계를 확장시켜서 쭉 훑어 버리면 되니까. 특히 로쉔에는 나 말고는 픽이 없으니까⋯⋯."

그렇게 말하면서도 제이는 순간 에힐드에 깔려 있는, 지금껏 그녀가 락인 줄 착각하고 있었지만 사실은 포밍된 픽들을 떠올렸다. 하지만 그건 에드워드에게 말해 줄 수 없는 건이었기에 그녀는 자연스럽게 말을 이었다.

"찾기 더더욱 쉽지. 그런데 그런 말이 없었으니 픽은 아냐."

다만, 도리언 그레이하운드가 일반인이 아닐 수 있다는 건 그럴 듯한 가설이었다. 일반인에게는 언제나 사고사와 병사의 가능성이 있기 마련이니까.

"⋯⋯초능력자일까?"

"초능력이요? 그거, 픽의 다른 말이 아니었습니까?"

"아냐, 엄연히 달라. 픽은⋯⋯ 따지자면 인간에게서 태어나서 인간을 낳지만 분류가 가능하다는 점에서 별개의 종족으로 봐도 좋지. 하지만 초능력자는 돌연변이에 가까워. 하나로 분류가 불가능하거든."

"이형 생물처럼요?"

"음……. 비슷하다면 비슷할 수 있겠다. 이형 생물은 생물적으로 변형이 일어난 거고, 초능력자는 그거와는 다른, 분석 불가능한 부문에서 변형이 일어난 거라는 차이가 있을 뿐이지."

"그렇군요……. 초능력자는 픽에게 락이 있는 것처럼 제재 수단이 있거나 하지는 않습니까?"

"응. 근데 전능(全能)에 가까운 픽의 능력과 달리 초능력은 한정되어 있으니까. 픽과 달리 능력을 쓰는 데도 한계가 있다고 하고."

"픽은 그런 게 없던가요?"

"응. 픽의 능력은 어디까지나 정신적인 문제일 뿐이야. 피로가 쌓이는 것도, 반동이 돌아오는 것도 아니니까. 그야말로 타고난 능력만큼은 세계를 좌지우지할 수 있는 거지."

"새삼……."

에드워드가 매끈한 턱을 쓸었다. 제이를 신으로 섬기겠다고 결정하면서도 이게 광신이라고 생각하고 있었는데, 어쩌면 그는 본질을 봤던 걸수도 있겠다 싶었다.

"픽이라는 존재는 참 대단한 거군요. 사실상 락을 픽의 대항마로 보는 것도 무리가 있을 거 같은데요? 지금만 해도, 제가 있어도 제이가 능력쓰는 데는 아무 방해가 안 되잖습니까."

"방해가 안 되는 건 아니야. 그리고 내가 픽 순위로 따지면 전 세계에서 다섯 손가락 안에 들어간다는 걸 명심해야지."

"다섯 손가락이요?"

"하연 인더스트리의 회장, 달리아, 로즈. 이 셋은 나보다 높게 쳐야지."

회장은 죽었다고 달리아가 돌려 말했지만, 이 역시 밝혀진 사실은 아니므로 숫자에 넣어 줘야 할 듯했다.

"전투력을 따지자면 로즈 다음이 내가 되겠지만."

세상에서 자기를 이길 이가 딱 한 명뿐이라는 말을 이렇게 자부심 없이 하기도 쉽지 않은 일이다. 하지만 제이는 그걸 해냈다.

"게다가 난 달리아에게 사사해서 락을 피하는 법을 아는 거니까. 달리아는 태어날 때부터 락과 함께 자라서 락의 회피법에 정통한 거고. 평범한 픽이라면, 락은 픽의 대항마가 맞아."

평범한 픽이라니. 모순적인 조합이었다.

"음, 근데 이 시대에 태어난 너로서는 그렇게 생각할 수도 있겠네."

"이 시대요? 다른 때는 달랐나요?"

"응. 하연 인더스트리의 회장이야 몇백 년간 살아 있었지만, 그 사람 말고는 가장 강한 픽이래 봤자 릴리 정도였을 거야. 그것도 재능만 릴리고, 능력을 다루는 실력은 그만 못한. 물론 동시대에 살지 않았으니만큼 일대일 대응은 불가능하겠지만."

"……릴리가 어느 정도 급인데요?"

제이는 커피 잔에서 손을 떼더니 꼬물꼬물 손가락을 접어가며 수를 셌다. 사실 말이 커피지, 설탕과 크림을 잔뜩 넣어 커피 맛은 느껴지지도 않는 액체였다. 카페인이 듣는 것도 아니고 그 맛을 좋아하는 것도 아니면, 왜 굳이 커피를 골랐을까. 아무것도 넣지 않은 커피 그 자체를 마시며 에드워드는 의아해했다.

"10위는 넘을 거고……. 한 20위쯤 되려나?"

"……다른 때보다 뛰어난 픽이 열 명 이상 있다고요? 지금 이 시기에만?"

"독특한 시기기는 하지. 세계 단위로 보자면, 지금 이 시기가 세계 격변의 시기인 게 아닐까?"

제이는 잠시 생각하다 덧붙였다.

"나로서는 다행인 일이지만."

"그러고 보니 픽끼리는 사이가 좋은 편이라고 했던가요. 얼핏 생각하면 오히려 거슬리지 않을까 하는데, 신기한 일이네요."

"그런가?"

제이가 고개를 갸웃거렸다.

"네. 보통은, 자기와 비교되는 사람은 싫어하기 마련이니까요. 특히 세계 1, 2위를 다툴 정도의 재능이면 독보적인 사람이 되어보고 싶지 않을까요?"

"흠……. 평범한 재능이라면 그럴 수도 있겠지. 하지만 우리의 재능은…… 사실 재능이라고 할 수가 없는 거니까."

"위험한 건가요?"

"응. 이를테면, 사격의 천재가 있다고 치자. 하지만 그 사람이 다른 사람에게 상해를 입히려면 총을 장전하고, 겨누고, 발사하는 과정이 필요하잖아. 하지만 우리는 그런 게 없어. 물리 법칙이든 뭐든 무시해 버리니까. 너는 락이니까 괜찮지만, 일반 인간은…… 좀 너무 약하거든. 왜, 사람들이 잘 때 가끔 악몽을 꿀 때가 있잖아. 그럼 팔다리를 버둥거리기도 하고."

"그렇죠."

"우리가 그런 식으로 버둥거리기만 해도 순식간에 참사가 일어날 수 있으니까. 무슨 조건이 필요한 능력이여도 무서울 수 있는데 우리 능력은 그런 걸 가리지 않잖아. 온오프를 할 수 있는 것도 아니고. 그럴 때, 나를 막을 수 있는 존재가 이 세상에 있다는 생각을 하면 좀 더 안심되는 게 있어. 실제로는 세계가 접하지도 않고, 그렇기에 그들은 내가 순간 능력을 잘못 써도 모르겠지. 물리적인 거리가 문제가 아니라, 특성상 우리의 세계는 겹쳐질 수 없고, 그렇기 때문에 작정하고 세계를 누르지 않는 이상 나를 막을 수 없다는 건 알아. 하지만 그럴 수 있는 존재가 있고 없고 그것만으로도 기분상 큰 차이가 있고, 우리에게 기분은 결국 전부나 다름없으니까."

설명을 듣고 있자 생각나는 게 있었다.

"로즈 같은 경우로군요."

"로즈?"

"예. 미스터 한이 그러길, 로즈가 그녀의 파트너를 선택한 이유가 그녀의 능력을 지울 수 있는 사람이라 그랬다고 하더라고요."

상대가 제이였기에, 에드워드는 양심의 가책 없이 정보를 탈탈 털었다. 한은 자기네 집 얘기이거나 했지, 에드워드에게는 남의 집안 정신병 내력인 셈인데. 하지만 제이나 에드워드나 그런 걸 신경 쓸 만큼 섬세한 성격들은 못 되었다. 섬세했어도 상대가 제이고 에드워드인 이상은 신경 안 썼겠지만.

"음……. 아냐, 그건 비슷한 듯 약간은 달라."

"그런가요?"

"응. 픽은 능력을 제어할 수 있고 락은 그냥 존재 자체가 억제력을 가지니까. 따지자면 나를 억누를 수 있는 픽은 경찰이고, 락은 자물쇠라고 할 수 있겠네. 애초에 락이라는 단어 자체가 자물쇠에서 기인한 거거든."

"그럼 픽은요?"

"락픽에서 기인한 거라던데."

"락픽이요?"

"응. 자물쇠 따는 기구. 그런데 락과 락픽, 하면 락이 겹치니까 뒤에서는 락을 떼고 픽이라고 부르는 거라고 하던데."

"……그런 걸 보통 열쇠라고 부르지 않던가요?"

"아니, 열쇠 말고……. 열쇠는 딱 그 자물쇠에만 맞게 만들어진 거고, 원래 자물쇠 따라고 있는 거잖아. 그거 말고, 문 따도록 만들어진 도구가 있대. 어떤 문이든 딸 수 있는 도구라고."

도둑들이 쓰는 도구의 이름인가? 도련님인 에드워드로서는 알지 못하는 단어였다.

"거 참……. 대단한 존재의 이름을 무척이나 대충 지었네요."

천지를 뒤흔들 수 있는 능력에, 제약이니 조건이니 하는 것도 없는 존재들을 부르는 이름으로는 썩 적절치 못했다. 게다가, 그렇게 하면 락이 원래 존재하던 개념이고 픽이 파생된 개념처럼 들리지 않는가?

"대충 지은 것보다, 나는 가장 유명하고 오래된 픽이 하연 인더스트리의 회장인데 왜 단어가 1대륙 쪽 말로 생겨났는지 그게 더 궁금하긴 하던데."

"하연 인더스트리의 회장이 몇 살인지는 몰라도, 그 이전에 유명한 픽이 이쪽 지방에 살았다거나 한 거 아닐까요?"

"남아 있는 기록상에는 없다고 아는데……. 우리나라야 뭐 유구한 픽 제한국이었고."

"기록이 소실되었다면……."

가능성을 제시하던 에드워드는 고개를 흔들었다.

"아니, 그 정도 시간이 흘렀으면 자물쇠가 있지도 않았겠군요."

"그렇지. 짐에서 이쪽 지방 언어를 많이 쓰는 것도 아니고 말이야."

그것도 그랬다. 각 대륙간에 교류가 없어 단어가 호환되지 않아 이쪽 대륙에서 '락'과 '픽'이라는 단어가 생겨났다고 해도, 그건 이 대륙에 국한되어야 한다. 같은 언어를 쓴다면 3대륙의 언어로 통일되어야 맞고.

픽 제한국에서 나타난 세계적으로 우수한 픽에, 그를 지칭하는 단어는 더 유명한 픽이 있고 수도 더 많은 타국의 언어를 제치고 그 존재 자체를 금하는 나라의 것.

이 언어는 로쉔에서만 쓰이는 게 아니니 다른 지방에서 유래했다고 보는 게 자연스럽겠지만, 끌어다 붙이면 제이가 나타날 것을 예견하여 자연스레 픽 제한국의 언어로 명칭이 정해졌다고 우길 수도 있을 듯했다.

정말, 지금 에드워드보고 제이를 신으로 하는 종교 경전을 쓰라고 하면 한 열 권은 너끈히 쓸 수도 있을 것 같았다.

처음 그녀를 보고 그녀를 그의 신으로 모시기로 결심했을 때는 이렇게나 그럴 듯한 신이 되어 줄 거라고는 상상도 못했는데. 에드워드는 자기가 생각해도 어이없는 상황에 피식 웃었다.

사람의 뇌를 갈라 볼 수는 있어도 독심술은 쓸 줄 모르는 제이는, 에드워드의 머릿속에서 무슨 생각이 지나가고 있는지 모르고 어깨를 으쓱했다.

"뭐, 열쇠야 기술 없이도 그냥 넣고 돌리면 열린다지만 락픽은 사용자의 기술이 중요하다는 것까지 더해서 꽤나 적절한 네이밍이라고는 생각해. 락은 보통 픽의 능력을 제한하지만 나 정도로 뛰어난 픽이면 락의 제한을 피해서 능력을 쓸 수 있는 것까지 포함해서."

"그럼, 원래 픽을 지칭하는 다른 단어가 있었는데 이쪽 단어가 더 잘 어울려서 바꿨다든가요?"

"그럴 거 같지도 않은 게, 하연 인더스트리 안에서는 이상하게도 1대륙 쪽 언어들을 많이 쓰거든."

"……그래요?"

"응. 하연 인더스트리가, 이쪽에서 번역을 한 게 아니라 진짜 회사명에 인더스트리가 들어가."

에드워드는 눈을 동그랗게 떴다. 회사 이름이 하연이라서 인더스트리는 당연히 이쪽에 맞게 번역한 줄 알았는데.

"사파이어랑 달라도 그냥 그 단어야. 로즈나 릴리는 같은 꽃이 그 나라에도 피는 거라 번역이 된 게 맞지만."

"몰랐어요."

"근데 그렇게 영향력 있는 회사에서 1대륙 언어를 섞어 쓰는 것치고는 원대륙에 그 언어가 퍼지진 않았고. 좀 희한한 일이란 말이지."

거기까지 말하던 제이가 상념을 털 듯 고개를 저었다.

"근데 뭐, 우리가 언어학자도 아니니 머리 맞대고 고민해 봤자 나오는 건 없겠지. 다시 원래 얘기로 돌아갈까? ……근데 우리 무슨 얘기 중이었지?"

너무나도 먼 길을 온 탓에, 그걸 기억해내는 데는 아무리 명석한 에드워드라 해도 시간이 좀 걸렸다.

"……도리언 그레이하운드의 얘기를 하고 있었죠."

"아, 맞다."

제이는 자체적으로 커피를 불렸다. 대단한 걸로 치면 평소 때의 능력에 비해 아주 소소한 거지만, 평소 때는 물리적으로 가능해 보이는 척하기라도 한 터라 대놓고 눈앞에서 액체가 불어나는 쪽이 더 신기하게 느껴지긴 했다.

"음……. 그러니까 픽은 아닐 테지만, 초능력자일 가능성은 있네. 섭식이 필요 없고 절대 죽었을 리 없는…… 불사가 초능력일까?"

"……그런 초능력도 있나요?"

에드워드는, 지금까지 초능력이라면 물이나 불을 다루거나 그런 것만 생각하고 있었다. 불사자가 있다면 그걸 초능력으로 못 칠 건 아니겠지만……. 존재할 수가 있나?

"글쎄, 초능력은 내 전문 분야가 아니라……. 물어보면 알려 주겠지, 뭐. 돌아가서 연락을 넣어 봐야겠어."

제이와 달리 커피를 불릴 수 없는 에드워드는 빈 잔만 톡톡 두드렸다. 사람을 불러 다시 주문을 넣자니, 대화 주제가 주제이니만큼 신경이 쓰였다. 그냥 안 마시는 게 낫지.

"마음이 좀 급해 보이세요."

에드워드의 기색을 눈치챈 제이가 잔을 끌어다 리필을 해 주었다. 찰랑찰랑. 거의 끝까지 차오른 잔을 돌려주며 제이가 어색하게 웃었다.

"티 많이 나나?"

"티가 난다고 해야 하나……."

에드워드는 복잡한 얼굴로 제이가 돌려준 잔으로 입을 막았다.

"평소보다, 의욕이 더 넘치시는 것 같아서요."

제이는 에드워드가 필사적으로 돌려 말했음을 깨달았다.

평소에는 시키는 것만 딱딱 기계적으로 해치우던 그녀가 열정적으로 이유를 분석하고 추후 방법을 정하고 있으니 평상시와 달라 보이긴 했을 터였다. 고민해 봤자 얻을 수 있는 정보가 적은 건 생각을 시작하기 전에도 쉽게 알 수 있으니, 판단은 전부 귀환 후로 미뤄도 상관없건만.

"음…… 그게, 조세핀 생일이 곧이거든."

제이는 잠깐 생각에 잠겼다가 표현을 바꾸었다.

"그리 멀지 않았거든."

"그렇죠."

물론 파벌도 다른 조세핀의 생일을 에드워드가 알고 있을 리 없지만, 에드워드는 적당히 맞장구를 쳤다.

"그때 선물로 주고 싶어서."

명석한 두뇌에 잠시 부하가 걸렸다.

"……도리언 그레이하운드를요?"

"응. 아무래도 친했던 거 같거든. 다시 만나서 회포를 풀게 하면 옛날 생각나고 좋지 않을까 해서."

학창 시절 내내 제이 생각만 하느라 우정을 제대로 다지지 않았던 에드워드로서는 공감하기 어려운 포부였지만, 뭐 우정을 빼놓고 봐도 잘생긴 남자에다가 필요한 인물이니까. 생일에 맞춰서 진상한다는 건 나쁜 계획은 아닌 것처럼 보였다.

"그리고 이 생일 선물이 중요한 게……."

제이는 괜히 남아 있던 쿠키 부스러기나 톡톡 건드렸다. 쿠키도 자체 리필을 할까 했는데, 그건 너무 눈에 띄어서 안 하려는 모양이었다. 피하고 싶은 주제가 나올 때면 나오는 버릇이 또 나와, 발음이 뭉개지고 소리가 줄어들었다. 에드워드는 상체를 조금 앞으로 굽혀 제이의 목소리에 집중했다.

"그……. 이번에, 선물 주면서 밝힐까 하고."

제이의 시선이 에드워드와 맞닿았다. 시선을 피하지 않고 자신을 똑바로 보는 게 놀라워, 에드워드는 자기도 모르게 표정을 부드럽게 풀고 웃었다. 뭐, 원래도 제이 앞에서 에드워드는 언제나 표정이 부드러웠지만.

"교제 사실을."

가족에게 교제 사실을 알리는 건 공개 연애의 전 단계 같은 것이다. 에드워드는 부모에게 최대한 마찰 없이 교제 사실을 알릴 플랜을 짜기 시작했다. 1분도 되지 않아 제이에 의해 중단되었지만 시작은 되었단 뜻이다.

"너는 알릴 필요 없어. 조세핀은 가족을 떠나 내게 가장 소중한 사람이기 때문에 알리려는 거니까."

어느 쪽이든, 알렸을 때 더 번거로워질 쪽은 제이다. 그러니 에드워드는 제이의 의견을 따르기로 했다. 물론 에드워드가 더 할 일이 많았어도 에드워드는 제이의 의견을 따랐겠지만.

"예, 그럼 대위님께서 마음의 준비가 될 때까지 기다리겠습니다."

제이의 눈이 다시 한번 떨어져 허공을 돌았다.

"음……. 그 마음의 준비, 아마 쭉 할 필요 없을 텐데."

에드워드는 되묻는 걸 썩 좋아하지 않았다. 머리가 나빠 보이기 때문이었다. 하지만 지금만큼은 되물을 수밖에 없었다. 저 말이 이해가 안 된 걸 가지고 그의 이해력이 부족하다는 식으로 말하는 사람이 있다면, 에드워드는 기꺼이 그에게 논리학 책 열 권을 선물하리라.

"예?"

"난 결혼 금지야."

"예?"

두 번째 되물음이었다.

"내가 르퀸가에 올 때, 그게 계약 조건에 있었어. 원로원과 작성한 계약서에 그 내용이 들어가."

"그게 무슨……."

계약서 작성 자체는 에드워드도 익숙했다. 결혼할 때 거의 필수적으로 작성하는 거기도 하고. 사생아를 본 가문에 들여오는 케이스는 희귀하기 때문에 직접적으로 들은 바는 없지만, 제이라는 인물의 특이성을 고려하면 그런 게 있어도 이상할 건 없다.

다만 결혼 금지라니? 인력이 밖으로 새어 나가는 걸 막기 위해 데릴사위를 들이는 건 이해해도, 결혼을 안 시킨다고? 그게 더 튈 텐데? 뭔가 있다는 걸 대놓고 알려주는 꼴이 아닌가.

하지만 제이는 설명하는 대신 손으로 그를 다시 자리에 앉혔다.

"—잠깐만."

허공을 보는 그녀의 눈빛이 반짝반짝 빛났다. 보이지 않는 것을 보는 시선.

"누가 내 방을 건드리고 있는데?"

에드워드는 에힐드, 수도에 있는 그녀의 진짜 방을 말하는 거냐고 묻지 않았다. 다시금 말하지만, 그는 명석했으니까.

"제 무덤을 제가 파는군요."

설마 군 기숙사에 좀도둑이 들었을 리는 없으니, 건드릴 사람은 뻔했다. 이곳에 있는 군인들이겠지.

"말로 하는 추궁은 자네가 더 나을 테니 자네에게 맡기지."

정보 수집을 위해 갔던 마을에서 정리하지 않고 도로 웰렌디로 돌아온 게 다행이었다. 픽인 제이에게야 거리가 의미 없다지만 에드워드는 아니었으니까.

"대위님은요?"

제이의 호칭이 바뀐 걸 기민하게 잡아 낸 에드워드도 호칭을 다시 바꿨다. 사내 연애는 공과 사 구분이 철저해야 잘 굴러가는 법이다.

"나는……."

제이가 씩 웃었다. 머리를 굴리는 것은 원래 그녀의 분야가 아니다. 그녀는 이렇게, 힘으로 밀어붙이는 쪽이 더 적성에 맞았다. 신도 될 수 있는 이에게 언어는 너무나도 조잡한 도구였다.

"마을에 이형 생물을 발생시킨 뒤 처리하고 가도록 하지."

에드워드가 낮게 웃음을 터트렸다.

"꼴이 퍽 우스워지겠군요."

그들이 이곳에 온 대외적인 명목은 치안 검사였다. 그런 이들이 이형 생물을 처리해 주고 있는데 정작 이 지역의 치안을 책임져야 할 이들이 그 시간대에 조그만 여자의 방이나 뒤지고 있었다? 입이 열 개라도 할 말이 없을 것이다.

"그럼 먼저 가 보도록 하겠습니다."

에드워드는 가슴팍에 손을 댄 채 우아하게 고개를 숙였다. 군인이라기보다는 역시 도련님에 더 어울리는 동작이었다. 하지만 그 고상한 태도와 달리 일처리는 확실하다는 사실을 제이는 이미 알고 있었다.

"믿겠어."

에드워드를 먼저 보낸 제이는 에드워드의 기척이 충분히 멀어질 때를 기다렸다가 자리에서 일어났다. 가게를 나와, 인기척이 사라진 거리를 걸으며 제이는 적당한 후보를 물색했다. 공간 따위야 얼마든지 무시할 수 있는 터라 걸음은 느긋했다.

딱딱한 거 말고, 움직임이 활발한 거 말고, 위협은 되어야 하지만 진짜로 인명 피해가 나면 일이 복잡해진다. 유전자 단계에서부터 재배치시켜서 진짜로 이형 생물을 만들어 낼 거라면야 뭘 잡고 고치든 상관없지만 지금은 시간이 부족하므로 대충 크기만 키우고 색만 바꿀 예정이니 본래의 특성을 충분히 고려해야 했다.

제이는 곧 마땅한 것을 찾았다. 지렁이. 역시 물렁하고 뼈도 없고 길기만 한 것이 처리가 쉽고 괜히 깔짝대지 않으면 피해도 적을 것 같았다. 제이는 지렁이의 색을 먼저 변환한 뒤 크기를 약 천 배가량 늘렸다. 딱 적당한 소란거리가 될 것 같았다.

제이가 이형 생물을 발생시킨 현장에 도착했을 때, 현장은 딱 제이가 원한 만큼 소란스러웠다. 제이는 딱딱한 군인의 얼굴을 덧씌운 채 현장을 관리하고 있는 하사에게 말을 걸었다.

"이게 무슨 소동인가?"

감사를 위해 내려온 중앙 출신 군인 둘의 얼굴을 다들 알고 있었고, 설사 몰랐다고 해도 군복에 붙은 계급장을 못 읽는 군인은 존재하지 않았다. 상대는 당황해서 고개를 숙이려다가, 간신히 경례를 올리는 데 성공했다. 아무래도 군기가 좀 느슨하긴 한 모양이었다.

"그, 이형 생물이 나타나서요. 곧 처리하겠습니다."

과연? 제이는 턱을 매만지며 사태를 지켜보았다. 곧 처리는 무슨, 일반 병사들은 사태를 오히려 악화시키고 있었다. 이대로 가면 일부러 무해하게 만들어 놓은 이형 생물로도 피해가 나올 수 있을 지경이었다.

"—그만."

"네?"

"개개인의 역량도 부족하고, 협력조차 못 해. 제대로 진영도 짜지 못해서 서로의 발목만 잡고, 겁을 먹으니 공격이 무뎌 제대로 들어가는 것도 없고. 직접 투입된 이들이야 눈앞의 적에 정신이 팔렸다 치겠지만, 지시를 내려야 하는 자네에게도 객관화라는 게 불가능한 사태는 어찌 설명할 텐가?"

제이는 중간에 성장을 멈췄기에, 찬찬히 뜯어보면 사관학교 생도로밖에 보이지 않는다. 그것도 하급생. 하지만 그렇기에 제이는 표정과 분위기로 상대를 압도하는 법을 배웠다.

뇌를 건드리면 쉽다지만 그녀는 이미 존재감을 지우기 위해 그녀를 인식하는 범위에 있는 사람들의 집중력을 흩어놓고 있었다. 서로 다른 두 가지 방향으로 뇌를 조작하다가는 어디서 오류가 날지 모르므로, 더 중요한 집중력을 능력으로 해결하고 다른 건 직접 보완하는 쪽이 나았다.

제이의 눈빛에 압도된 상대가 어깨를 움츠렸다.

"인력 전부 뒤로 빼게. 귀관이 해결하는 게 빠르겠군."

대놓고 한숨을 푹 내쉬며 제이는 소매 안쪽에 넣어 놓은 채찍을 빼고 재킷 단추를 풀었다.

"이거나 들고 있게."

하사가 엉거주춤 재킷을 받아들고, 소리쳐 인력을 뒤로 물렸다. 크기를 천 배로 키운 만큼 다들 거리가 좀 떨어져 있었지만, 제이의 눈에는 그들의 얼굴에 서린 불신이 아주 잘 보였다. 하지만 상관없었다. 어차피 그녀의 실력을 보면 눈 녹듯 사라질 감정들이니.

제이는 세 발짝째에 채찍을 뿌려 지렁이의 환대 부근을 잡아챘다.

* * *

에드워드는 숙소 건물 앞에 다다르고 나서야 숨을 골랐다. 어디까지나 아무것도 모르고, 제이의 심부름을 위해 돌아온 것처럼 꾸며야 했다. 그는 평온한 얼굴로 계단을 올라 제이의 방문을 열었다. 제이의 방을 뒤지고 있던 이들이 그대로 굳었다.

"……지금 뭘 하고 있는 건가?"

아마 그들은 하루 종일 시찰이라는 명목 하에 돌아오지 않는 제이와 에드워드를 보고 안심했을 것이다. 갑자기 중앙에서 내려와서 시찰이라면서 웰렌디만이 아니라 주변 지역까지 들쑤시고 돌아다니니 의도가 의심됐겠지.

그래서 배후를 파헤치기 위해 둘 중 더 상관이고, 들켰을 때 수습이 더 쉬워 보이는 제이의 방을 뒤진 것이겠지만……

에드워드는 얼굴을 굳힌 채, 속으로만 웃었다.

트집을 잡을 의도라면, 방에 누가 침입하지 않을까 방비를 해 놓는 게 당연하지 않은가? 그들은 제이의 능력 덕에 편하게 감시를 해치웠지만, 제이가 픽이 아니었대도 다른 수단을 써서 방을 감시했을 것이다. 왜 거기까지는 생각이 미치지 못하는 것일까?

정보를 얻으려는 노력은 좋다. 상대가 강하다고 해서 포기하고 덜덜 떠는 건 한심한 짓이지. 하지만 생각을 하고 움직여야 하지 않겠나. 에드워드는 목까지 채운 단추를 풀며 냉랭한 목소리로 물었다.

"관등 성명과 소속을 밝혀라."

아마 상대는 꼬리를 잘라 끝내려 할 테고, 제이의 목적에는 그쪽이 더 몰아가기 쉬울 수도 있다. 하지만 머리까지 잡아놨을 때는 꼬리만 잘라서 쓸 수 있지만 꼬리만 들고 있어서야 머리를 칠 수 없다. 그러니 에드워드는 일단 추궁을 해 보기로 했다.

상황 파악이 되는 놈이 끼면 바로 입단속부터 들어갈 테고, 군대는 상명하복이 기본 원칙이니 눈앞에서 입을 막고 상관이 발언권을 가져가도 추궁하기 어렵다.

일단 말실수 하나만 뽑아내면 끝인데, 사교계에서 굴러 본 적 없는 군인들이 말을 가지고 노는 데 통달한 도련님을 이길 리는 없다.

"관등성명과 소속, 밝히라 했다. 불복할 텐가?"

에드워드는 어려운 적만 골라 사냥하며 즐거워하는 타입은 아닌지라, 이 쉬운 상대들을 상대로도 나름대로 즐거움을 느낄 수 있었다.

* * *

제이가 자기가 만들어 낸 이형 생물을 처리하는 데는 정확히 4분 52초가 걸렸다. 그나마도 그녀에게 익숙하지 않을 이들의 정신적 안정을 위해 실력을 조정한 결과였다.

검도 쓰지 않았고, 벽을 타지도 않았다. 채찍으로 고정시킨 뒤 총알을 쏘아 붓고, 힘이 부족해서 풀린 척 채찍을 풀었다가 들어오는 공격을 피한 뒤 다시 묶어 제압한 뒤 총알을 다시 쏘아 붓고.

중간 중간 탄창을 갈아 끼워 가며 골고루 총알을 박아 넣은 결과, 약 칠십 발쯤 총알을 소비하고서야 거대 지렁이가 쓰러졌다.

제이는 얼얼한 손목을 주무르며 혀를 찼다. 평소에는 통각 같은 건 제거해 두지만, 전투 시에는 재킷도 갑갑해서 못 입을 정도로 감각을 예민하게 갈고 닦으니 통각도 살려 둘 수밖에 없었다. 이건 분명 근육 손상이 온 거다. 제이는 속으로 혀를 찼다.

외형 때문에 나이를 어리게 맞추니 덩치도 작을 수밖에 없고, 그러니 붙일 수 있는 근육량에도 한계가 온다.

제이는 픽의 능력을 사용해 근육을 전부 재배열했고, 그 결과 일반 인간은 불가능한 신체 능력을 가지게 되었지만 그렇다 해도 한계는 있는 법이다. 그나마 손목이 아작 나지 않은 게 다행이지. 제이는 통각을 제거하고, 감각을 둔화시켰다. 이걸로 거슬리는 건 일단 사라졌다.

그녀가 재킷을 맡겼던 하사가 달려와 공손하게 옷을 내밀었다. 불신 따위는 사라진 지 오래였다. 아니, 물리적으로는 오래가 될 수 없을 만큼 짧은 시간이긴 했지만.

"여기, 맡겨 두신 옷이……."

"손수건 있나?"

"예?"

"손이, 더러워져서."

화약 잔여물로 손이 지저분했다. 감각을 둔화시켰으니 어차피 잘 느껴지진 않지만, 그래도 기분 상. 하사는 당황해서 주머니를 뒤지더니, 뒤를 돌아서 자신의 동료들에게 달려갔다.

하긴, 아가씨나 도련님 아니면 딱히 손수건을 갖고 다니진 않으려나? 제이는 가볍게 목을 꺾으며 생각했다.

에드워드는 항상 갖고 다니던 거 같았고, 제이 본인은 필요하면 만들어 썼으니 딱히 챙겨 다니지 않았고, 조세핀은……. 제이가 옆에 있을 때는 제이가 만들어 줬기 때문에 갖고 다녔는지 어땠는지 기억이 잘 안 났다.

열 명 가량의 동료들을 탈탈 털어 간신히 찾아 낸 듯, 하사가 두 장의 손수건을 들고 돌아왔다. 제이는 그걸로 손을 닦은 뒤 총을 감싸서 재킷 위에 떨어트리듯 놓았다. 군인은 군인인지, 하사는 떨어트리지 않고 재킷으로 총을 감싸 받았다.

"부관이 돌아오지 않는군. 짐을 맡기지. 숙소까지 따라와 주겠나."

정석적으로 말하자면, 아무리 직급이 낮아도 직속 부하가 아닌 이상 이런 개인 심부름은 시키면 안 된다. 하지만 군의 계급이란 도리를 넘어서는 법이고, 무엇보다 방금 전에 그녀는 자기보다 배 정도로 큰 이형 생물을 혼자서 처리했다.

그녀의 담당 구역도 아니고, 그녀의 업무는 사찰뿐이라 현장에 나올 의무는 없는데도. 원래 저들의 업무여야 하는 일을 호의로 대신해 준 상관에게 정도를 말할 수 있는 이는 없기 마련이다.

제이의 예측은 잘 들어맞아, 하사는 고분고분하게 고개를 숙였다.

"예, 예."

하사는 다시 동료들에게 돌아가 설명을 하고 돌아왔다. 객관화는 안 되지만 절차는 제대로 지키는군. 행정 쪽에 더 잘 어울릴지도. 제이는 냉정하게 평가를 내렸다.

"가시지요."

키는 상대 쪽이 조금 더 컸지만 제이의 보폭이 큰 편이라 둘의 걸음 속도도 엇비슷했다. 상대는 두 발짝 뒤에서 제이를 따라오다, 조심스레 입을 열었다.

"저……."

"르퀸 대위."

얼굴은 알아도 이름은 모르는 거 같기에, 제이는 짤막하게 자기소개를 했다.

"아, 케닌슐라 하사입니다."

상대의 이름은 딱히 궁금하지 않았었지만, 굳이 입 밖으로 궁금하지 않다는 말을 할 이유도 없어 제이는 입을 다물었다.

"저, 대위님. 방금 전에는 감사했습니다."

"받아 두도록 하지."

보통은 허세를 부리며 찬양을 더 뜯어내려 들거나 아니라고 겸양을 떨거나 둘 중 하나일 것이다.

예상을 뛰어넘는 제이의 반응에 상대는 당황한 듯 입을 다물었다. 할 말이 있어서 운을 뗐겠지만 제이는 굳이 추궁하지 않았다. 제이는 자신의 가치를 절대 모르지 않았으니까.

이런 지방에서 로쉔 내 최강의 존재를 만나 단 둘이 대화할 기회를 얻는 것은 평생에 두 번 있기 힘든 기회이다. 이걸 어색하다는 이유로 날려먹는 인간이라면 굳이 기회를 줘 봤자 제대로 쓰지 못할 게 뻔하다.

군부청사에 딸린 숙소까지는 이 속도로 미루어 보아 앞으로 십여 분. 그 기회를 잡을 수 있을까, 없을까. 케닌슐라는 기회를 잡았다.

"……대위님 같은 움직임은, 일반인은 불가능한 거죠?"

"그렇지. 다섯 개 있는 사관학교 중에서도 가장 수준 높은 델라한 제국 사관학교의 수석 자리는 아무나 하는 게 아니니까."

심지어 실기 부문에서 오버 스코어를 받은 건, 델라한 제국 사관학교 역사를 통틀어도 제이 하나밖에 없었다.

인간이 아니니 당연한 일이지만.

"그럼……. 만약 추후 이런 일이 또 발생할 경우에는, 저희가 어떻게 하면 좋을까요?"

제이는 흘긋 시선을 뒤로 해서 케닌슐라를 보았다. 지휘에는 영 소질이 없다고 생각했는데, 교육의 문제일지도 몰랐다. 적어도 의욕이 있다는 건 확실하니까.

"일단은 개개인의 실력을 기르고."

제이는 귀찮은 건 좋아하지 않지만, 기회를 잡을 줄 아는 사람은 싫어하지 않았다.

"그 다음으로는 시야를 좀 넓히고. 아까 같은 경우에는, 원진으로 둘러쌀 경우 높은 곳에서 보는 게 한눈에 병사 배치가 보여서 더 수월하잖아? 그럴 수 없다면 건물의 손상을 감수하고서라도 벽을 등지게 만들어 자네가 병사 배치를 볼 수 있는 진형을 짜야 하고. 그러지 않으니 반대편에 있는 병사들에게는 제대로 된 지시를 내릴 수가 없으니 절반 이상 손해를 보는 거지. 전술서를 좀 읽어 보는 게 어떤가? 여러 권을 읽을 필요는 없어. 한 권을 읽어도, 이걸 어떤 상황에서 어레인지해서 적용할 수 있을까 깊게 생각해 보는 게 더 쓸모 있지."

무엇보다, 군내 여성 단체에서는 지방의 여군 비율을 늘리고 싶어 한다. 아예 수뇌부는 중앙에서 선출한 사람을 보낸다 쳐도 아래를 받쳐 줄 인원은 있는 사람 중에서 쓸 수밖에 없지. 의욕이 있는 현직 군인이야말로 그에 적합한 인재가 아닐까?

제이는 조금 사태를 멀리 보기로 했다. 받은 만큼은 갚아 줘야지. 나쁜 거든 좋은 거든 간에 말이다.

"하지만 무엇보다도 합을 맞추는 게 중요한데, 이건 상사를 잘 만나는 수밖에 없지. 자네가 지휘관이라고 해도 다른 병사들의 스케줄을 결정할 위치는 아니지 않나? 위에서 훈련의 필요성을 느껴서 현장직들을 모아 꾸준히 훈련을 시켜야 뭐가 되도 될 테지."

"그런가요……."

시야를 넓히고 전술서를 읽는 건 혼자서도 할 수 있지만 다른 두 가지는 그럴 수 없다. 특히 이런 격리된 지방의 경우, 고인물이 심해 사람의 이동이 적고 있는 사람이 늙어 죽을 때까지 해 먹는 경우가 많아 상사가 갈릴 일도 적다. 시무룩해진 케닌슐라에게 제이가 지나가듯 툭 던졌다.

"결국은, 좋은 상사가 중요한 거지."

케닌슐라의 어깨가 더 처지려 했다. 제이가 팔을 뒤로 뻗어 그녀의 어깨를 툭 쳤다. 격려하듯이.

"사람 일이란 어찌될지 모르는 거니 그렇게 실망하지 말게."

케닌슐라는 소리 내어 반박하지는 않았으나, 제이에게 동의하지도 않는 게 여실히 보였다. 제이는 빙글 몸을 돌려 케닌슐라를 마주 보았다. 걸음은 멈추지 않았다.

"언젠가는 기회가 올 지도 모르는 일 아닌가?"

이를 테면 8분 뒤에. 케닌슐라가 고개를 숙였다가 어깨를 폈다. 시선이 곧았다.

"네, 힘내도록 하겠습니다."

케닌슐라는 제이의 목적 중에 이곳의 상층부를 물갈이 하는 것이 끼어 있는 걸 알 수 없다. 그렇다면 그 기회라는 말이 꿈같은 이야기일 텐데도 눈빛이 좋다. 제이는 잠시, 그녀를 도와주고 싶다는 충동을 느꼈다.

하지만 곧 제이는 그 마음을 억눌렀다. 함부로 호의를 흩뿌리고 다니기에는 그녀의 세계가 너무나도 연약하니까. 정확하게는, 그녀의 세계에 속한 사람들이 연약하니까.

제이는 언제나 다른 사람들은 어떻게 그렇게 호의와 친절을 흩뿌리고 다닐 수 있는지 이해가 되지 않았다. 그럴 능력이 부족해서가 아니라, 오히려 너무나도 차고 넘쳐서.

그녀에게 있어 다른 사람은 자그마한 강아지들과도 같다. 시끄럽긴 하지만 위협이 되지 않는.

사람은 혼자 살 수 없다는 건 평범한 사람들의 말이지, 먹고 마시거나 잠들 필요도 없는 그녀는 세상을 등져도 아무 상관없다. 디저트 같은 건 입의 쾌락일 뿐이지, 생존과는 아무런 상관이 없으니까.

정말 어디 산이라도 들어가 혼자 살아도 상관없고, 회장이 사라진 이상 달리아에게 가면 기꺼이 그녀를 받아줄 테고, 달리아나 로즈의 심기만 거스르지 않는다면 그녀가 무얼 하고 살든 아무도 신경 쓰지 않을 거다. 세상을 등지지 않고 공포 정치로 나라를 하나 먹어도 상관없겠지.

그녀 하나만이라면 무엇을 해도 괜찮을 거다. 하지만 문제는 조세핀이다.

제이는 혼자서도 잘 살 수 있지만 조세핀은 아니다. 그녀는 인간이기에 사회가 필요하다. 또한 제이에게는 전혀 위협이 되지 않는 다른 인간들도 조세핀에게는 위협이 된다. 제이가 기꺼이 르퀸가가 내민 목줄을 찬 이유는 제이 본인 때문이 아니라 조세핀 때문이다.

르퀸의 원로원은 제이를 상처 입힐 수는 없어도 조세핀을 괴롭힐 수는 있으니까. 조세핀이 제이를 감싸주는 것처럼, 제이 역시 조세핀을 보호하고 싶었기에.

그렇기에 제이는 조세핀 외의 인간에게 쉽게 맘을 주기도 어려웠다. 다른 데 정신을 팔고 있다가는 조세핀을 보호하는 데 해가 갈 수도 있으니까.

지금껏 예외는 단 둘, 태어난 지 얼마 안 되어 감정을 갈무리하기 어렵던 시절에 오랜 기간을 함께 보냈던 쥰과 자신과 동등하다고 착각했던 에드워드뿐이었다.

결국 문제는 이거였다. 픽이 인간도 인간이 아닌 것도 못 된다는 것. 인간이라 하기엔 지나치게 우수하지만, 인간이 아니라 하기엔 인간과 너무나도 닮아 있다. 그 탓에 인간과 비인간 중간에서 제이는 항상 균형을 잃고 만다.

그녀는 아마 혼자서도 잘 살 수 있을 것이다. 조세핀만 없었다면. 하지만 조세핀 없이는 안 된다는 건 결국 인간 없이는 살 수 없다는 게 아닌가?

조세핀까지야 그녀 출생에 얽힌 문제 때문이라 쳐도, 에드워드는 어떤가. 동등하다 생각해서 정을 줬어도 아니라는 것을 알았으면 거두면 되는 게 아닌가? 아닌 걸 알고도 에드워드를 놓지 못하는 건 사람이 필요하다는 증거 아닌가?

그런 걸 생각하면 제이는 머릿속이 복잡해졌다. 과연 그녀는 인간인가 인간이 아닌가. 그 답은 아직도 나오지 않았고, 그녀의 세계에는 소중한 이만 늘었다. 또한 쥰처럼 제 발로 나가 줄 생각 같은 건 없어 보이고.

제이는 다시 몸을 빙글 돌려 앞을 보았다.

명확한 인간은 이럴 때 가벼운 친절쯤은 베풀 수 있을지 몰라도, 아직 자신의 존재조차 제대로 정의내리지 못한 그녀는 그러지 못했다.

그렇기에 그녀는 호의와 친절을 아껴 두기로 한다. 그녀의 소중한 이들을 위해.

* * *

숙소에는 에드워드가 없었다. 대신 얼굴 모르는 상병이 쭈뼛쭈뼛 다가와, 서장실로 모시겠다는 말을 했지. 제대로 해냈구나. 제이는 올라가려는 입꼬리를 간신히 잡아 눌렀다.

"케닌슐라 하사."

"예……?"

"같이 가겠나?"

"예?"

제이는 설명 같은 건 하지 않았다. 가만히 자신을 바라보는 중앙 출신 대위의 눈빛에 케닌슐라는 침을 꿀꺽 삼켰다. 그녀의 감이, 지금 이 순간은 그녀의 인생에 아주 중요한 선택지가 될 거라고 말하고 있었다.

"……가겠습니다."

"그럼 가지. 안내하게."

제이는 몸을 돌려 상병의 뒤를 따랐고, 케닌슐라가 재킷을 든 채 그녀를 따라왔다.

"그러니까, 이 건은 단단히 처벌을……."

"서장님, 르퀸 대위님을 모셔왔습니다."

"오오, 르퀸 대위."

서장의 얼굴에 화색이 돌았다. 집안 좋은 적통 후계자 도련님보다야 사생아 출신 여자가 더 다루기 쉽다 이거겠지. 하지만 물론 제이는 에드워드보다 더 쉬워질 예정은 없었다. 에드워드는 적정선을 아니 그걸 지켰겠지만 제이야 모르니 지킬 것도 없고.

"무슨 일이지, 에드워드 소위? 보고하게."

서장에게 인사도 없이 바로 직속 부하에게 말을 거는 작태에 서장의 얼굴이 옅게 굳었지만, 지금은 그가 찔릴 게 있는 입장이었다. 에드워드는 서장을 못 본 척 제이의 지시에 따랐다.

"대위님의 명령대로 대위님의 검을 가지러 방에 도착했더니 저 둘이."

에드워드는 손가락으로 한 쪽에 서 있는 두 침입자를 가리켰다. 관등성명을 들어 놓고도 이름을 부르지 않는 것과 손가락으로 사람을 가리키는 것에서 의도가 뻔히 보였지만 지금 그 무례를 지적할 수 있는 사람은 여기에 없었다.

"대위님 방을 뒤지고 있었습니다."

"흠."

제이는 턱을 매만졌다. 서장이 급하게 변명했다.

"물론 저 둘은 엄히 처벌할걸세. 다만, 저 둘의 행동은 어디까지나 개인의 일탈로……."

"개인?"

첫날부터 찻잔을 깨긴 했지만 그래도 형식은 지키던 제이였으나, 지금 되묻는 어투에서는 존중의 조각도 느껴지지 않았다. 서장은 움찔했으나 아무것도 느끼지 못한 척 고개를 끄덕였다.

"그래. 여기, 크뤼거 소위가 오해를 한 모양이네만……."

"에드워드 소위."

서장은 제이가 에드워드를 부른다고 착각한 모양이었기에, 에드워드는 친절하게도 제이의 말을 해석해 주었다.

"예법에 맞추면 저는 에드워드 소위라 부르셔야 맞습니다. 제 아버님께서 크뤼거 경이시니까요."

굳이 그걸 지금까지 설명 안 해 주고 내버려 둔 심보도 뻔했지만 할 말이 없었다. 서장은 헛기침을 했다.

"크흠, 에드워드 소위가 오해를 한 모양이네만……."

"오해했나, 자네?"

"상식적인 추론을 했을 뿐입니다."

"내 앞에서 다시 해 보게."

"저 둘의 관등 성명을 들었더니 직급이 하사와 중사더군요. 군대처럼 계급이 확연히 나뉘는 집단에서, 대위의 방에 침입할 마음을 갖기에는 직급 차이가 너무 나지 않습니까? 그렇기에 당연히 대위와 동급, 혹은 그 위급의 인물이 지시한 사항이라고 판단했습니다."

"제가 들었을 때는 옳은 추론 같습니다만."

일단 제대로 문장을 만들 경우 존대를 쓰고는 있다는 점에서 안도의 한숨을 내쉬어야 할지, 그 말투가 지극히 불손하다는 것에 불쾌감을 느껴야 할지 알 수 없었다.

"글쎄, 그게 오해라는걸세."

"증거가 있습니까?"

서장은 머뭇거리다 결국 사실을 털어놓았다.

"……이곳에 대위와 동급, 혹은 그 위인 직급은 다섯 명이 다일세."

수도에야 차고 넘치는 게 사관학교 졸업생에 귀족 출신 군인들이니 제 이보다 높은 직급이 널리고 깔렸지만 이런 지방은 사정이 다르다.

사관학교 졸업생 중 절반은 퇴직 때까지는 승진 없이 있다가 퇴직 직전에 승진해서 중위로 퇴직을 한다.

그 남은 절반 중의 절반 정도가 한 번 승진했다가 퇴직 전에 대위를 달지만 이런 경우에는 퇴직을 위해 승진한 경우기 때문에 실제 군에 현직 대위가 남는 게 아니고, 만약 정석적으로 대위를 밟은 경우는 영관까지는 올라가게 된다.

그러다 보니 영관급은 당연하고, 현직 대위도 적을 수밖에 없다.

이곳, 웰렌디 지부에도 서장이 중령, 부서장이 소령, 그리고 대위가 셋해서 총 다섯뿐이다. 물론 대위들도 제이보다 최소한 스무 살 이상씩 먹었고. 제이의 실제 나이를 고려하면 부모 뻘이라고 봐도 좋을 정도다.

대위와 동급, 혹은 그 이상으로 한정시키면 의혹이 너무 짙어지니 발을 빼고 싶은 심정은 이해하지만 단순히 수가 부족하다는 건 논리적 반박이 되지 못한다.

그리고 그 의혹은 아마 사실일 예정이니 의혹이라고 하기도 뭣하고.

"서장님 본인은 당사자이니 그렇다 치고. 다른 넷에 대한 증명은 어떻게 하실 예정입니까?"

"……그들은 그럴 사람이 아니네."

빈약한 논리에 제이는 빙그레 웃었다.

"저 둘은 그럴 사람이라는 뜻이군요."

서장은 순간 말문이 막혔다가 시선을 피했다.

"……저런 하급 병사는 내가 잘 알지 못하네. 당연히 됨됨이에 대한 판단도 내릴 수 없지."

"서장님의 말씀을 정리해 보자면."

제이는 테이블보를 끌어당겨 손을 다시 한번 닦았다. 역시 물이 필요했다. 단순히 이물질을 제거하는 거라면 능력으로도 할 수 있지만, 인간인 척 살아온 세월이 긴 만큼 기분이라는 건 중요했다. 일만 끝나면 바로 화장실에 가서 손을 씻어야지. 제이는 그렇게 다짐하며 입을 열었다.

"웰렌디 지부에서는 하사와 중사가 독단적으로 대위에게 범죄를 저지를 계획을 짤 수 있을 만큼 기강이 해이하고."

손을 다 닦은 제이가 천천히 걸음을 옮겼다. 현행범 둘의 어깨에 긴장이 바짝 들어갔다.

"타인의 범죄 가능성을 판단할 수 있는 인물이 수뇌부에 있지만 부하

관리는 제대로 되고 있지 않는다는 뜻이로군요."

서장은 반박할 말이 없어 입을 꾹 다물었다. 제이는 현행범 둘 앞에 서서 서장을 똑바로 바라보았다.

"그렇다면 이 둘의 신병은 제가 받겠습니다. 이의 없으시겠지요?"

물론 이의는 많았다. 서장은 황급히 변명했다.

"르퀸 대위. 자네가 화를 내는 건 충분히 이해하네만……."

"케닌슐라 하사."

"예, 예!"

"보고 올리게."

케닌슐라는 잠시 뭘 보고하라는 건지 헷갈렸지만, 곧 제이의 공에 대한 얘기임을 깨닫고 급히 서장을 향해 몸의 방향을 바꾸었다.

"16시 05분, 라넌트 거리에 길이 약 2미터 50센티미터의 이형 생물이 출현, 엔큘 소대 13분대가 응전했으나 눈에 띄는 성과를 내지 못하여 16시 47분 르퀸 대위님이 참전, 16시 52분에 이형 생물의 처리를 완료하셨습니다."

"공로 싸움을 하자는 건 아니지만, 제가 굳이 참견할 필요 없던 치안 유지 업무에 협조하는 동안 제 방을 뒤지려 한 범죄자 둘이 있고, 웰렌디 지부의 기강은 해이하니. 제가 이 둘의 신병을 맡아 직접 처벌해야 옳지 않겠습니까?"

우길까, 팔까. 선택은 빨랐다. 서장은 실행범 둘을 넘기고 꼬리를 자르는 쪽을 택했다.

"좋아, 신병을 맡기겠네. 자네의 판단대로 하게."

그 말이 떨어지자마자 제이의 오른발이 올라가 왼쪽에 서 있던 중사의 허벅지를 걷어찼다. 얼마나 교묘하게 빗겨 쳤는지, 중사는 몸의 중심을 다잡을 새도 없이 그대로 넘겨졌다.

바닥에 머리를 박나 했더니 그곳에는 절묘하게 제이의 왼발이 있었다. 사람 발이 안에 들어간 군화는 대리석을 깐 바닥보다는 덜 딱딱해서 뇌진탕을 일으키지는 않았지만, 머리만 박지 않았다고 다 되는 건 아니었다.

온몸을 돌바닥에 그대로 부딪힌 터라 충격의 여파는 컸지만, 제이는 상대가 아픔에서 벗어날 때까지 기다려 주지 않았다.

반동으로 머리를 부딪칠 위험마저 사라지자 제이는 그의 머리 아래에 깔아 두었던 왼발을 빼내 반사적으로 바닥에 짚은 중사의 손가락을 밟았다. 으득. 얼마나 기술적으로 밟았는지, 별로 힘을 주는 거 같지도 않았는데 뼈 부러지는 소리가 서장에게까지 들렸다. 서장이 기겁을 해서 제이를 말렸다.

"르퀸 대위!"

"맡기신다 하시지 않으셨습니까."

"그래도 이건……!"

"그렇습니다. 대위님."

어쩐 일로 에드워드가 서장의 편을 들고 나섰다.

"적어도 취조실에 가서 하셔야죠. 피가 튀면 어떻게 합니까."

서장은 순간 안도했으나 바로 다음 순간 믿을 놈 하나 없다는 생각을 하게 되었다.

"그게 아니라……! 고작 방에 몰래 들어간 것 가지고 이렇게 할 일은 없지 않나!"

"고작?"

제이가 서장을 돌아보았다. 무심한 눈빛이 칼날보다 더 서늘하게 와서 꽂혔다.

"서장님. 중사와 하사입니다. 남성 중사와 남성 하사가 여성 대위의 방에 잠입한 겁니다. 지금은 에드워드 소위가 발견했기에 서장님께 와서 처분을 요구했지만, 만약 제가 발견했다면 성범죄 미수로 판단해서 즉결 처분을 했어도 할 말 없습니다. 그 위험 정도는 알았겠지요. 그럼에도 불구하고 여성 군인을 매수하는 대신 직접 들어온 것은 들켰을 경우 제 입을 막을 수단이 있다고 생각했다는 게 아니겠습니까. 단순한 잠입이라 볼 수는 없지요. 저는, 이들이 생각한 그 수단이 뭔지가 몹시 궁금합니다.”

그동안 충격에서 조금 벗어난 중사가 필사적으로 외쳤다.

“아니, 아닙니다! 저는, 저희는 대위님이 돌아오지 않으실 줄 알고……!”

물론 제이도 그건 잘 알고 있었다. 이미 아는 내용을 굳이 남의 목소리로 듣고 싶지 않아, 제이는 손가락을 밟고 있던 발을 들어 목젖을 툭 건드렸다. 힘이라고는 하나도 들어 있지 않아 보이는 동작임에도 불구하고 중사의 반응은 격렬했다. 몸을 새우처럼 구부리며 격렬하게 기침하는 중사를 피해 제이는 발을 뒤로 뺐다.

“귀관이 본관의 일정을 어찌 알지?”

서장의 등줄기에 소름이 오싹 끼쳤다. 저들이 방을 다 뒤질 동안 제이가 돌아오지 않을 거라 판단한 이유는 간단했다.

제이의 일정 계획표를 받은 서장이 그걸 담당자에게 내어주었고, 제이와 에드워드에게 붙인 감시가 그들이 계속해서 저녁 늦도록 마을에 돌아오지 않는다고 보고를 올렸으니까.

하지만 서장은 지금 꼬리를 잘랐다. 저 둘은 제이네 일행과 공식적으로 마주친 적이 없고, 그렇기에 제이의 일정을 꿸 수 없다. 왜냐하면 저들은 군인이니까.

군인이 대놓고 개인 업무를 무시하고 누가 돌아오나 안 오나 감시하고 있어도 아무 문제없는 곳이 아니라면 저 둘은 제이가 돌아오지 않을 거라는 생각을 할 수 없다.

서장은 기껏해야, 제이가 이 둘을 퇴직시키라고 요구할 줄 알았다.

어차피 이런 지방에서는 사람이 다 돌고 도니, 퇴직시켰다고 한 다음 조금 지나 몰래 복직시키거나 새로운 일자리를 찾아 주면 될 거라 여겨서 마음껏 하라고 했고.

그런데 설마 이렇게 폭력을 휘두를 줄이야. 차라리 뒤에서 그랬다면 월권이라며 우겨 신병을 다시 끌어올 수나 있겠지만 제이는 폭력을 숨기려 들지도 않았다.

"그렇다 해도 폭력이라니, 이런 방식은……."

"웰렌디의 방식이 아닙니까?"

제이는 가만히 웃었다. 분명 웃고 있는데 무표정한 얼굴보다도 무서운 건 왜인지 모를 일이었다.

"하지만 서장님. 웰렌디의 방식 하에서 이들은 범죄를 저질렀지요. 그렇다면 중앙의 방식 또한 시험해 봐야 하는 게 아닐까요?"

서장은 눈앞이 아득해지는 것을 느꼈다.

직위 박탈이나 모욕 몇 마디 정도면 저들도 버틸 수 있을 것이다. 하지만 이런 폭력 앞에서도 저들이 입을 다물 것인가? 제이가 서장의 눈을 똑바로 들여다보며 발을 다시 옮겼다. 이미 작살난 손이 아니었다. 어깨를 향해 올라가는 발에 서장은 일단 소리를 지르고 보았다.

"잠깐!"

제이는 보란 듯 발을 멈추었다. 그 일련의 동작에 서장은 확신을 했다. 안다. 알고 있다. 단순한 심증이나 추측이 아니라, 확신을 하고 있는 눈이다. 자신이 함정에 걸린 걸 뒤늦게 알아차린 사냥감은 고민했다. 어떻게 할 것인가?

그에게 제이의 마크를 명령한 것은 중앙 귀족이다. 물론 그는 제이가 없는 틈을 타 방을 뒤지라는 멍청한 지시 같은 건 내리지 않았다. 그건 서장의 단독 행동이다.

하지만 상대는 결코 그렇게 편리하게 생각해 주지 않을 테고, 내심 그렇게 생각해도 겉으로는 결코 인정하지 않을 것이다. 그런데 서장의 단독 행동 때문에 발목이 잡힌다면, 그에게 제이의 마크를 지시한 귀족은 서장을 결코 가만두지 않겠지.

그러니 서장의 목표는 귀족을 감싸는 것이다. 다행히도 그가 속한 집단은 군대. 똑같은 일이라 해도 하급자가 상급자에게 행하는 것과 상급자가 하급자에게 행하는 것은 일의 경중이 달라진다. 즉, 대위의 방을 뒤져 보라고 명령한 일로 서장인 그가 저렇게 두들겨 맞을 일은 없으리라.

다만 걱정이 되는 것은, 지금 빠르게 인정하는 쪽이 제이의 추궁을 막을 수 있을 것인지 시치미를 떼 보는 쪽이 의심을 덜 살 수 있을 것인지다. 어느 쪽을 택해야 진정한 흑막을 가릴 수 있을까.

고민은 길지 못했다. 제이가 서장의 눈을 똑바로 들여다 본 채로 발을 내렸기 때문이었다.

"크아아악!"

제이가 신고 있는 것은 단순한 군화이고, 제이의 체구는 자그마하다. 무게도 많이 나갈 것 같지 않다. 그런 이가 저렇게 가벼운 동작으로, 그저 발을 내딛듯 내려찍는데 왜 저렇게 고통스러운 비명이 나오는지 서장으로서는 알 수 없었다. 하지만 엄살만은 아닌 듯, 제이가 짓누른 어깻죽지 부근에서 피가 배어나오기 시작했다.

"─내 지시일세!"

판단할 시간이 없었으므로, 그 선택은 동전을 던지는 것과 다를 바가 없었다. 제이가 깔끔하게 발을 떼고 물러났다.

"인정하셨습니까?"

"……그래. 모든 것이 내 지시일세. 비리…… 그래, 비리가 있어. 그것이 들킬까 봐 역으로 자네 약점을 잡기 위해 수색을 지시했네."

급조한 티가 풀풀 나는 변명이었지만 제이는 그걸로 만족했다. 어차피 그녀가 원하는 건 웰렌디 지부의 수뇌부를 갈아치우는 것이지, 그녀에게 적대적인 중앙 귀족들을 색출해 내는 게 아니니까.

"그렇군요. 그럼 군사 재판을 위해 서장님과 실행범 둘을 에힐드로 데려가겠습니다. 출발 시각이 정해지는 대로 전달토록 하겠습니다."

서장은 당했다는 패배감과 그래도 목숨은 건졌다는 안도감에 고개를 숙였다. 제이는 중사의 옷자락에 군화 밑창에 묻은 피를 문질러 닦은 뒤 미련 없이 문을 나섰다. 에드워드가 그 뒤를 따랐고, 한 발짝 늦게 케닌슐라가 그들을 따라 나섰다.

* * *

케닌슐라는 품에 안은 재킷과 총을 어떻게 해야 할지 결정하지 못했다. 건네줘? 누구한테? 르퀸 대위? 아니면 이름도 모르는 르퀸 대위의 부관? 어떻게? 불러서?

아까와 마찬가지로, 판단이 끝나기 전에 제이가 먼저 움직였다.

"그래서. 자네는 어쩔 거지?"

케닌슐라는 고개를 들고서야 제이가 부관이 아닌 자신에게 묻고 있다는 사실을 깨달았다.

"……무엇을요?"

"나는 서장과 저 둘을 데리고 수도로 가서, 웰렌디의 수뇌부의 부패를 밝히고 전원 경질할 작정이네. 다른 도움이 없이도."

그런데 그걸 왜 나에게 묻지? 케닌슐라는 이해하지 못했다.

"하지만 자네, 혹은 자네 주변의 사람이 증언을 하고 싶다면 참여해도 좋네."

거기에 무슨 의미가 있기에? 제이는 케닌슐라의 의문을 읽은 듯 설명했다.

"내가, 우리 측이 바꿀 수 있는 건 수뇌부뿐이고 어차피 자네가 엮여야 하는 현장 요원들은 전부 그대로겠지. 증언을 한다는 것은 자네나 자네가 데려올 다른 증인들에게 골치 아픈 일이 될 수도 있어. 그게 없어도 우리는 목적을 달성할 수 있고. ―하지만, 지금 이건 자네와 동료들의 인생이 바뀔 수도 있는 기회일세. 그곳에 적게나마 기여를 한다는 것은 그 자체만으로도 가치 있는 일이 될 수 있고. 그렇기에 나는 굳이 자네에게 기회를 주는 거지. 스스로의 힘으로 운명을 바꾸고픈 생각이 있다면 끼어도 좋네. 적어도 내일 조식시간 때까지는 의사를 알려 주면 좋겠군."

말을 마친 제이는 대답 같은 건 필요 없다는 것처럼 몸을 돌렸다. 훤칠한 키의 부관이 케닌슐라의 손에서 재킷과 총, 그리고 그 총을 감싼 손수건을 받아갔다. 아, 저거 받아서 동료에게 돌려줘야 하는데.

"손수건은 세탁해서 돌려주지."

케닌슐라의 마음속을 읽기라도 한 것처럼, 제이의 부관이 오만한 목소리로 말했다. 나이는 그녀보다 한참 어려 보였지만, 계급장을 봐도 그렇고 딱 봐도 귀티가 잘잘 흐르는 얼굴을 봐도 그렇고 그녀에게 존대할 신분이 아닌 터라 그녀는 마음 상하지 않았다.

더 이상 제이를 쫓을 이유가 사라진 그녀는 그 자리에 멈춰 섰다.

에드워드는 케닌슐라가 어정쩡하게 들고 있어 주름진 재킷을 탁탁 쳐서 주름을 폈다. 어정쩡하게 감싸인 총을 손수건으로 제대로 감싸서 손에 들고, 그 위로 곱게 정리한 재킷을 걸쳤다. 계속 걸으면서 해낸 일이었다. 제이가 피식 웃었다.

"이젠 아주 숙달되었군."

"당신을 위해 하는 일을 대충 할 수는 없는 노릇이니까요."

평생 제 손으로 제 옷 한번 개 본 적 없는 도련님은, 여전히 제 손으로 제 옷 한번 개 본 적 없지만 남의 옷은 잘 개는 도련님이 되었다.

"그보다, 그 하사가 마음에 드셨나 보군요."

아까 그 방에는 하사가 둘 있었기에 제이는 에드워드가 어느 쪽을 말하는지 순간 헷갈렸다.

"왼쪽 놈?"

하사와 중사 중에 더 계급 높은 중사를 골라 패서 한 말인가 했지만, 에드워드는 누가 처맞았는지에는 관심이 없었다. 어차피 서장이 대답 안 했으면 골고루 맞았을 테니까.

굳이 직급 더 높은 놈을 먼저 팬 건, 걔가 더 가까워서거나 아니면 자기 혼자 맞은 게 억울한 중사가 나중에 하사를 알아서 팰 거라고 생각해서 팼거나 했겠지. 둘 중 직급 낮은 놈이 혼자 맞으면 상관은 조금 미안해하고 말겠지만 직급 높은 놈이 혼자 맞으면 억울해서라도 자기가 맞은 만큼 직급 낮은 놈을 팰 테니까.

이왕이면 수도에 있는 동안 그 한이 폭발했으면 좋겠군. 그럼 일이 더 쉬워질 테니까. 에드워드는 그 둘에 대해서는 그 정도로 정리를 마쳤다.

그가 주목한 건 다른 쪽이었다.

"아뇨, 옷 들고 있던 쪽이요."

"아, 케닌슐라."

제이는 어깨를 으쓱했다.

"질투인가?"

에드워드는 즉시 반박했다.

"그럴 리가요. 저는 널리고 깔린 로맨스 소설의 남주인공이 아닌걸요."

"그래?"

제이가 피식 웃었다.

"난 그런 거 싫어하지 않는데."

에드워드는 내딛던 걸음 폭을 크게 늘렸다. 반 걸음의 틈은 너무나도 쉽게 사라졌다.

"제이."

재킷을 들지 않은 쪽 손이 제이의 턱을 잡았다. 강압은 아니었고, 방향 유도 쪽에 가까웠다. 손에 힘이 거의 들어가지 않아 제이가 그대로 발을 내딛으면 떨어져 나갈 것 같은. 하지만 급하지 않았고, 에드워드였기에 제이는 기꺼이 걸음을 멈추고 몸을 돌려 주었다.

훌쩍 높은 곳에 있던 시선이 제이의 눈높이에 맞춰 내려왔다. 바다 같기도 하고 보석 같기도 한 푸른 눈동자 안에 제이가 꽉 들어찼다. 낮은 목소리가 제이의 귓가에 쏟아졌다.

"―당신이 저 말고 다른 사람을 신경 쓰는 게 싫습니다. 이 제비꽃빛 눈동자에 비치는 건 오로지 저만……."

에드워드는 말을 다 끝마치지도 못했다. 제이는 가만히 서서 에드워드의 귀 끝이 붉어지고, 진중하게 꾸민 표정이 무너진 끝에 고개를 푹 떨궈 버리는 모습을 지켜보았다.

"자네가 연기에 서툴다고는 생각해 본 적 없는데, 진짜 로맨스 남주인 공은 못할 성격인가 보네."

"아니, 그게……."

에드워드는 새삼 억울했다.

"지금 빛이 정면이라 대위님 눈이 바로 보이지 않습니까. 근데 지금 검은색이라서 집중이 안 돼서 그렇습니다."

제이의 원래 눈동자가 보라색인 걸 알아서 무심결에 제비꽃빛이라고 입에 담은 건 좋았다. 다만 눈을 맞추고 있던 터라 제비꽃빛 대신 빛마저 흡수할 것 같은 새까만 눈동자가 보여 순간 눈과 혀가 꼬인 게 문제였지.

"옛날에는 이 정도로 붙어 있을 때는 보라색으로 변했던 거 같은데, 지금은 그냥 검은색이시네요."

"아……. 이것도 능력으로 바꾸고 있는 건데, 처음에는 네가 곁에 있으면 능력 제어하기가 어려워서 원래 색이 드러났던 거고. 그런데, 이제는 익숙해졌으니까 그런가 봐."

제이는 눈가를 어루만졌다. 바꿨다고는 해도 본인 눈에는 보이지 않는 터라 지적해 주지 않으면 지금 어떤 색인지 알 수 없었다. 그녀의 능력을 지울 만큼 뛰어난 이가 주변에 온 건 로쉔에 온 뒤 처음이라, 예전에 에드워드가 지금 눈이 보라색이라고 말했을 때는 정말 깜짝 놀랐었는데.

"보라색 쪽이 더 좋아? 그럼 바꿀까?"

에드워드는 잠시 고민하다 고개를 저었다.

"아뇨, 괜찮습니다. 그러다 누가 왔을 때 들키면 곤란하니까요."

보라색과 검은색은 멀리서 보았을 때 확 구분가는 색은 아니지만, 그래도 위험은 줄이는 게 좋았다. 실용적인 이유가 있는 것도 아니고 그냥 그게 마음에 들어 그런 거라면 더욱.

제이 자신만의 문제라면 제이도 위험을 감수해 보겠지만 자칫 잘못하면 조세핀까지 엮이는 사안인 터라, 제이는 두 번 권유하지는 않았다.

"그래서. 케닌슐라 하사 얘기는 왜 꺼낸 건가?"

"아, 다른 게 아니라요. 대위님은, 본인이 생각하시는 것보다 더 가르치는 것에 적성이 맞는 게 아닌가 해서요."

제이가 괴상한 얼굴을 했다.

"……난 귀찮은 건 딱 질색인데?"

"업무로 규정된 부분은 잘 하시지 않습니까. 현장 업무만큼이나 교육 업무도 잘 하실 거 같아서요."

에드워드는 강권처럼 느껴질까 걱정했는지, 재빨리 덧붙였다.

"강요하는 게 아니라, 아무래도 남들 눈 때문에라도 시간이 지나면 현장직에서는 은퇴를 하셔야 하니까요. 그 후에 교육직으로 가시는 것도 괜찮지 않을까 하는 생각이 들어서요."

"은퇴?"

생각도 해 본 적 없다는 얼굴에 오히려 에드워드가 더 놀랐다.

"네. 물론 대위님께야 나이가 상관없지만, 평범한 인간은 나이 먹을수록 신체 기능이 떨어지기 마련이니까요. 아무리 늦어도 삼십 대 중반 정도면 현장직 은퇴하고 사무직으로 전환하는데, 서류 정리보다는 교육이 더 맞으실 거 같지 않으십니까?"

제이는 입가에 손을 가져다 댔다. 생각해 본 적이 없었다.

그녀가 신체 노화를 막을 수 있는 것과 별개로, 사람은 당연히 나이를 먹고 노화한다. 지금이야 괜찮다 해도 사회적 나이가 마흔쯤 되면 그녀도 신체 외양을 조정해야 할 테고, 그에 맞춰서 약화된 척해야겠지. 지금과는 많은 것이 달라져야 할 것이다.

하지만 그녀는 생각해 본 적이 없다. 정확히는, 그냥 미래에 대해 상상해 본 적이 없었다. 당연히 달라질 것들, 달라져야 하는 것들, 그녀에게 주어진 선택지, 그런 것들을. 그냥…….

제이는 입가를 꾹 눌렀다. 속이 술렁였다. 에드워드가 그녀의 표정 변화를 보더니 황급히 그녀를 달랬다.

"어차피 10년은 더 현상 유지가 가능할 테니까요, 너무 깊게 생각하지 마십시오."

"응……."

미룬다고 다 해결되는 게 아니라는 것은 안다. 문제는 지금껏 일부러 생각을 미뤘다는 거니까. 최종 결정이야 조세핀이 내린다고 해도, 상상 정도는 해 봤어야 옳다는 걸 지금의 제이는 안다. 4년 전 준이 왜 그녀의 방기에 화를 냈는지도.

하지만 그렇다 해도 10년 넘게 미뤄 온 준비가 한순간에 되지는 않아, 제이는 일단 생각을 뒤로 미루기로 했다. 언젠가는 생각해보고, 언젠가는 물어봐야 할 문제라 해도. 지금 당장은 아니었다.

그리고 에드워드는 생각보다 더 심각해 보이는 제이의 얼굴에, 그녀에게 결혼이라는 선택지가 하나 더 있다는 사실을 지금 당장은 알려 주지 않기로 했다. 지금 막 걸음마를 뗀 아기에게 달리기를 알려 주는 것은 시기상조니까.

어차피 그에게는 시간이 많을 터였다. 제이가 그에게 그만큼을 허락해 줄 테니까. 그러니, 지금이 아니어도 좋았다.

* * *

"……증언할 인원을 모아 봤습니다."

케닌슐라가 찾아오기 쉽도록 군 식당에서 맛없는 식사를 하고 있던 제이가 시선을 들었다. 누가 봐도 식사가 마음에 안 드는 표정이라, 케닌슐라는 순간 움찔했으나 곧 스스로를 다독였다. 취사병은 그녀가 아니었으니까.

"여기, 자료입니다."

제이는 서류를 받아, 겉도 보지 않고 바로 에드워드에게 넘겼다. 아하, '그런' 시스템이군. 현장직들이 서류 정리에 약한 것은 만국 공통인 터라, 케닌슐라는 마음 상해하거나 놀라지 않았다.

다만 자그마하고 귀엽게 생긴 제이가 우수한 현장직 요원이고 피지컬부터 남다른 에드워드가 서류 담당이라는 것이 좀 희한하다 생각했을 뿐.

에드워드는 서류를 읽기는 한 건지 의심 갈 정도로 빠르게 휙 훑더니 고개를 끄덕였다.

"선정이 좋군요."

수뇌부의 부패를 증언할 집단이 한쪽에 치우쳐져 있다면 사주 혹은 모함이라 역공할 여지가 있지만 케닌슐라가 뽑아 온 피해 집단은 나이도, 성별도, 직급과 부서도 다 달랐다. 그냥 잡히는 대로 뽑아서는 결코 나올 수 없는 조합이었다. 어떤 사람의 친분이란 경향성을 가지기 마련이니까.

시간으로 따지자면야 열여섯 시간가량의 여유가 있었지만 중간에 밤이 끼었다. 그런데 그 사이에 조사만이 아니라 섭외까지 마쳤다는 건 단순히 머리만 잘 돌아가서는 되는 일이 아니다.

서글서글하고, 발도 넓고, 평판도 괜찮아야겠지. 아니면 적어도 그런 이가 무조건적으로 부탁을 들어줄 만한 사이든가.

"행정부 란스 중사에게 가서 티켓 일곱 장 추가해 달라고 하게."

제이가 맨 앞장의 목록을 다시 집어 케닌슐라에게 돌려주었다. 케닌슐라는 목록을 받아들고 경례를 올린 뒤 뒤돌아 나갔다. 제이가 고개를 갸웃했다.

"……아침 안 먹나?"

"뭐, 아침은 거르는 사람들도 많은 편이고……."

에드워드는 식탁을 내려다보고 작게 한숨을 내쉬었다. 케닌슐라가 찾기 쉽게 군 식당에 앉아 있었지만, 이곳의 음식은 정말로 처참했다. 분명 군 비리도 있을 거라 확신할 수 있을 정도였다. 돈을 빼돌리지 않으면 아무리 지방이어도 이 퀄리티가 나오지는 않을 테니까.

제이가 빵을 반으로 가르며 충고했다.

"그래도 뭘 먹는 게 좋지 않겠어? 아니면 지금이라도 나갈까? 저녁에 가면 새벽에나 도착할 텐데, 그때까지 굶을 수는 없잖나."

저 푸석푸석한 빵을 가루 하나 흘리지 않고 저렇게 깔끔하게 자르다니. 에드워드는 슬쩍 자기 몫의 빵을 눌러보고 빠르게 포기했다. 올바른 선택이었다. 제이는 능력을 이용해 빵가루를 흘리지 않은 거니까. 빵에서 손을 뗀 에드워드가 어깨를 으쓱했다.

"대위님이야말로 더 안 드셔도 됩니다. 대위님께서는 체구가 작으시니 식사량이 적어도 다들 넘어갈 텐데요."

"괜찮네, 어차피 맛 못 느끼거든."

제이는 한 입 크기로 작게 자른 빵을 입에 넣고 우물거렸다. 디저트류를 즐기는 것을 아니 원래부터 미각이 없단 얘기는 아닐 테고. 참으로 부러운 능력이었다. 원하는 대로 감각을 껐다 켤 수 있다니. 앞에 있는 게 그의 신만 아니었다면 질투했을 것이다.

에드워드는 우울한 눈으로 식판을 내려다보았다. 수도의, 장교들을 위한 식당조차도 입에 맞지 않는 도련님에게 이곳은 너무 심했다.

"……에힐드로 돌아가면, 한 달간은 군식당에 발도 들이지 않을까 합니다."

"그럴까, 그럼."

제이는 남은 빵 반쪽을, 에드워드가 손도 대지 않은 그의 몫으로 나온 빵 위에 얹어 두었다.

혹시나 하고 집어든 빵은 본래 빵과 달리 찰기가 있었다. 적당한 크기로 떼어 입에 넣자, 맛은 여전히 느껴지지 않았지만 식감만은 그럭저럭 쓸 만해 에드워드는 고개를 살짝 숙여 감사를 표했다.

"감사합니다."

제이는 대답 대신 가볍게 웃고는, 흐물흐물한 양상추를 콕 찍어 입에 넣었다. 미각은 지웠고 식감도 바꿀 수 있지만 처음부터 맛있게 조리된 음식을 먹는 것에 비하면 노력 대비 결과가 영 좋지 못했다.

에드워드만큼은 아니겠지만, 제이도 에힐드로 돌아가면 꼭 한동안은 맛있는 음식만을 먹어 입을 달래 주어야겠다고 생각했다.

수도로 도착하고, 제이는 웰렌디의 수뇌부를 처리하는 데 필요한 모든 귀찮은 절차를 전부 군내 여성 단체에게 떠맡겼다. 여성 단체는 오히려 자신들이 상황을 주도할 수 있으니만큼 귀찮은 서류 업무를 환영했다. 양쪽에게 좋은 일이었다.

출장을 마쳤으니 좀 쉬고 싶다는 이유를 들어 집에 온 제이는, 가방에서 동그란 구를 꺼냈다. 씨앗 전화였다. 어차피 씨앗이 중요한 거고 1/4 부분이 뚫린 금속 구야 그 자리에서 만들어 낼 수도 있는 터라, 제이는 웰렌디에서 이미 이걸 만들어서 아밀스턴으로 날린 뒤였다.

제이는 통신하고 싶다는 의미로 씨앗을 진동시켰다. 5분쯤 지나자, 구 안에서 목소리가 들렸다.

「응, 무슨 일이야?」

달리아였다. 아무 생각 없이 인사하려던 제이는, 달리아의 목소리가 묘하게 굳어 있다는 사실을 알아차렸다.

"무슨 일 있어?"

어차피 섬에 돌아갔으니 원래 몸일 테고. 그렇다면 세계를 감지해 씨앗을 보낸 이가 제이인 것도 알 테니 이름을 밝힐 필요는 없었다. 아니나 다를까, 달리아는 누구냐는 질문 대신 대답을 돌려주었다.

「음— 있다면 있는데, 넌 신경 쓸 필요 없는 일이야. 왜? 벌써 찾았어?」

필요 없다는데 귀찮게 캐묻는 건 제이의 스타일이 못 되었다. 필요한 일 있으면 알아서 먼저 연락하겠지. 제이는 쉽게 수긍했다.

"다른 게 아니라, 언니 판단의 근거가 궁금해서. 도리언 그레이하운드가 절대 죽었을 리 없다고 했다며? 픽이라서 그런 건 아니지?"

「아— 그거. 설명을 하자면 좀 복잡하고, 짧게 말할게. 도리언 그레이하운드는 그레이하운드 박사 부부가 전 회장과 합작해서 만들어 낸…… 일종의 작품이야. 프로토타입. 프로토타입이라서 불확정 요소도 많지만,

실험 경과를 지켜봐야 해서 자해 요소를 제거했을 테니 자살을 할 리도 없고 이것저것 기능을 넣어 놓은 게 많아서 사망할 수 있을 리가 없어.」

제이는 탄식을 흘리며 이마를 짚었다. 통신 시작한 지 1분은 됐나 싶은데 벌써 머리가 지끈거렸다.

"……그런 말은 좀 미리 해 줘!"

「아밀스턴에서 찾는 인재인데 죽을 리 없다고 하면 어련히 알아듣겠거니 했어.」

"단순히 죽지 못하는 것만이 아니라, 왜 죽지 못하는 건지를 알아야 수색에 참고를 하지. 목격 정보 있던 곳 한 곳 찾아서 주변을 다 뒤졌는데 지나간 흔적이 없어서 놀랐다고. 섭식이 필요 없는 사람이라고 했으면 처음부터 한 곳을 찾아서 거기서부터 행방을 되짚을 생각 같은 건 안 하고 바로 지금 있을 만한 곳만 뒤졌을 거야."

「아, 그래?」

아오, 진짜. 제이는 이마를 짚었던 손으로 머리를 헝클어트렸다.

"그럼 수색을 어떻게 하는 줄 알았어?"

「그걸 몰랐지. 내가 사람을 찾아다닐 일이 있었을 거 같아?」

물론 없었을 것 같았다. 있어도 이렇게 나라 하나 단위로 찾지는 않았겠지.

"뭐 표식 같은 거 안 심어 놨어?"

「있는지 없는지, 그걸 알아볼 인재가 없어. 모든 자료는 그레이하운드 부부의 연구 결과에 있는데, 그걸 분석할 수 있는 애가 걔거든.」

산 넘어 산이었다. 제이는 침대에 엎어져 신음소리를 냈다.

「왜 그래? 여기저기 님이랑 같이 돌아다니면서 놀러 왔다고 생각하면 되잖아. 어차피 르퀸 소장한테는 말 안 하지 않았어? 비밀 연애할 시간 느니까 좋은 거 아냐?」

"일정이 여유로우면 그러겠지만—"

「시간 넉넉하게 줬잖아. 아니, 줬다고 하기도 뭐하지. 기한 안 잡았으니까 1년이고 2년이고 마음대로 해도 되는데?」

"조세핀 생일에 맞춰서 배달해 주려고 했단 말이야."

「배달? 의뢰는 내가 했는데?」

"그 전에 잠깐 좀 데리고 있다고 문제될 거 없잖아. 어차피 기한 안 정한다며? 해 봤자 올해 안으로는 보낼 건데, 잠깐은 괜찮지 않아?"

「아니, 그건 괜찮은데 왜 르퀸 소장 생일에 맞춰서 배달을 해? 그럼 꼭 생일선물이라도 되는 거 같잖아.」

"응, 그 말 맞는데?"

「……그걸?」

"그거?"

인간을 부르는 호칭은 아니었다. 제이는 의아함을 느꼈다. 하연 인더스트리는 인간을 생명 취급하지 않긴 한다. 하지만 그런 이유로 달리아가 하연 인더스트리의 생산품을 물건 취급할 리는 없다. 달리아 본인부터가 그 생산품에 들어가니까. 그런데 도리언 그레이하운드는 뭐가 다른 거지?

"사이가…… 좋았던 거 같아서. 어린 시절을 같이 보낸 이들은 좀 특별한 걸 느낀다잖아."

제이는 그럴 이가 없어졌지만, 조세핀에게는 다시 기회가 생겼으니까. 통신기기 너머에서 달리아가 미심쩍은 목소리를 냈다.

「물론 모든 기능을 다 넣은 건 아니니까 모르지만, 거기에 애정 기능이 들어가 있던가…….」

"애정 기능?"

그런 게 기능으로 분류되는 거였던가. 아니, 그것보다 그걸 넣고 빼고 할 수 있어? 아니, 넣고 뺀다 치면 원래 인간에게는 애정이 있기 마련이니까 '애정 기능을 빼지 않았나', 라고 해야 되지 않나? 의문은 순식간에 부풀어 올랐다.

「음……. 아냐, 알아서 해. 늦게 보내 줘도 되니까.」

"언니."

제이는 번거로운 건 싫었다. 하지만 조세핀이 관련된 문제라면 약간의 귀찮음 정도는 감수해야 한다고 생각했다. 적어도 자신이 선물하려는 게 위험인자인지 아닌지 정도는 알아야 하지 않을까? 달리아의 목소리가 귀찮음이 뚝뚝 묻어났다.

「그렇게 중요한 건 아닌데…….」

"내가 판단해 볼게."

달리아가 한숨을 내쉬었다.

「아……. 내 무덤을 내가 팠네. 알았어, 설명할게.」

제이는 통신기기의 겉모습을 변형시켜 목에 고정시켰다. 이걸로 손을 떼도 통신기기는 떨어지지 않으리라.

제이는 설명을 들으며 왜 달리아가 설명을 피하려고 했는지 이해했다. 그 개념은 어지간한 도서관 분량의 지식을 주입받은 제이조차도 처음 접하는 것이라 근간부터 이해를 해야 했기 때문이었다.

중간중간 질문을 섞어 가며 설명을 다 듣고 나자 어느새 해가 지고 있었다. 그래도 시간을 투자한 보람이 있어 도리언 그레이하운드의 명명에 대해 정확하게 알 수 있게 된 터였다.

「—그래서 의아해했던 건데, 뭐 해를 끼칠 염려는 없을 테니 상관은 없겠네. 찾으면 마음대로 쓰고 내킬 때 보내 줘.」

제이는 마지막으로 한 가지를 확인했다.

"지금 이거, 극비야?"

「극비는 네 존재고요. 그나마 도리언 그레이하운드는 사칙에는 어긋나지 않기나 하지, 넌 사칙마저 어긴 존재잖아. 그런 널 알고 있으니 르퀸 소장한테는 뭘 더 들켜도 상관없어. 너 좋을 대로 해.」

정말 상관없을 리도 없지만, 진짜라고 해도 거절할 명분이 없는 것처럼 허락할 이유도 없었다. 달리아가 이렇게 쉽게 정보 공유 허가를 내준 것이 호의에 의한 것임을 알기에 제이는 솔직하게 감사를 표했다.

"고마워."

「아니, 뭘. 행운을 빌어.」

"……그렇게 생각하면 나 좀 도와줄래?"

「뭔데? 나 바빠서 실질적인 도움은 못 주는데.」

"리와인드, 어떻게 하는지 알아?"

이론적으로, 상위급 픽은 하위급 픽이 할 수 있는 모든 일을 다 할 수 있다. 성인이 어린 아이가 손으로 할 수 있는 공작을 할 수 있는 것처럼. 하지만 그건 어디까지나 학습, 또는 발상이 필요한 일이다.

이를 테면, 로쉔의 성인은 짐의 어린아이가 쓸 수 있는 짐의 문자를 쓰지 못한다. 짐의 문자를 알지 못하니까.

하지만 짐의 문자를 배운다면 쓸 수 있을 테고, 짐의 문자를 만든 사람은 문자를 배우지 않고도 문자를 쓸 수 있었을 것이다. 자신이 문자를 만들어 낼 수 있다면 쓸 수 있지만, 아니면 배워야 한다.

픽의 능력도 똑같다. 모국어처럼 익숙한 능력이 있지만, 그 외의 능력 역시 배운다면 쓸 수 있는 것이다. 다만 능력의 양과 별개로 방향성이라는 것도 존재하는 터라, 더 쉽게 익힐 수 있는 능력과 쓰기 어려운 능력이 있긴 하다.

제이의 특화 능력은 통로이다. 그녀는 따로 배우지 않고도 공간과 공간, 차원과 차원을 잇는 통로를 만들 수 있지만 다른 모든 능력을 이렇게 개발할 수는 없었다. 리와인드는 제이의 '통로'처럼 한유서의 특기 분야였다. 공간을 한정해 그곳에 기록된 기억을 되감는 것.

제이는 그 방법을 혼자 개발해 낼 수는 없었지만, 배운다면 쓸 수 있으리라. 그녀가 한유서보다도 상위의 픽이니까.

「이론은 알아.」

"오, 그럼⋯⋯."

제이의 표정이 밝아졌다.

「근데 살짝 문제가 있는 게, 내가 그거 응용했을 때는 진짜로 시간이 돌아가 버렸어.」

제이의 표정이 어두워졌다.

"⋯⋯시간이 돈다고?"

「응.」

"진짜로?"

「응.」

제이는 손으로 얼굴을 덮었다.

"⋯⋯어떻게 도는데?"

「내가 되돌렸을 때는 죽은 사람이 되살아나던데.」

제이는 얼굴을 덮었던 손을 끌어내려 입을 막았다.

"⋯⋯죽은 사람이 살아난다고?"

「응.」

"그게 가능해? 어떠한 후유증도 없이?"

「세밀하게 관찰하지는 않았지만 없는 거 같았어. 자신들이 죽었다는 사실조차 기억하지 못하더라고.」

시간이, 되돌아갔으니까.

「하지만 한 번은 다시 시간을 반복해서 추후 경과를 보지 못했었고, 그 다음번에는 사망한 지 10분도 안 된 이들을 되살린 거라서 제대로 된 실험 결과라고는 할 수 없어. 게다가 개체 간의 능력치 차이도 있을 거고. 내가 성공했다고 해서 너도 성공하리란 법은 없어.」

시간 역행에 '성공'한 게 리와인드를 시도하다 일어난 일이라니. 원래 목적과 다른 결과를 성공이라고 봐도 좋을지 모르겠지만 하여간 시간 역행을 성공, 리와인드를 실패라 친다면 오히려 제이가 시간 역행에 성공하지 못하고 '실패'하는 게 좋을 수도 있었다.

성공은, 뭐…… 성공이라 치고. 하지만 어중간하게 실패하면 대체 무슨 일이 일어날 것인가? 그게 가장 문제였다.

자신이 픽이라는 사실을 들키는 건, 사실 이것도 문제지만 조세핀이 어떻게든 막고 르퀸가를 물고 늘어진다면 넘어갈 가능성이 조금이라도 있다. 하지만 픽이 자기 능력을 쓰다 문제를 일으켜서 걸린다? 그것도 사람 생명에 관련된 문제를? 이건 정말 어떻게 해 볼 여지가 없었다.

고민은 짧았다. 제이는 한숨을 내쉬었다.

"돌아가야겠네."

길이 없으면 만들면 된다고 생각하며 살던 제이에게는 너무나도 귀찮은 일이었지만, 어쩔 수 없었다. 너무 유능해도 문제라니까. 제이는 서글프게 창밖을 보았다.

「내년 생일 때 맞추는 건 어때?」

"생일 선물로 도리언 그레이하운드를 바치고 연애 사실 밝히려고 했거든."

「아.」

비밀 연애를 연애 시작한 지 석 달 안에 밝히면 참작의 여지가 있지만 일 년 넘게 몰래 만난 다음에 밝히면 배신감은 클 것이다. 그 관계가 제이와 조세핀 사이면 더더욱. 무엇보다 일 년 넘게 소문이 안 날 거라는 보장도 없고.

「힘내.」

달리아는 잠시 입을 다물었다가 덧붙였다.

「조세핀 생일 일주일 전까지도 못 찾으면, 말해. 한유서 보내 줄게.」

생각지도 못한 배려에 제이는 눈을 동그랗게 떴다.

"대가는 이미 지불했잖아. 거기까지 힘을 써 주면 언니가 손해 보는 장사 아냐?"

「공짜로 해 준다는 말은 안 했다.」

그제야 제이는 마음 놓고 웃었다.

"대가가 뭔데?"

「일하는 게 한유서인데 대가를 왜 나한테 물어? 둘이 합의해야지.」

한유서라면 달리아가 대가를 대신 받아도 그러려니 하지 않을까 하는 생각이 들었지만, 제이는 굳이 말하지 않았다. 누구 통로로 받든 그건 달리아 마음이지. 호의를 넘어서는 제안이었기에 대가를 요구받자 오히려 마음이 편했다. 제이는 맘 편히 달리아의 제안을 한 쪽에 밀어두었다.

"그래, 길에 막히면 다시 연락할게."

「운이 따르길 원해.」

제이는 통신기기를 내려놓고 목을 우득우득 꺾었다. 저녁을 먹으며 도리언 그레이하운드가 선물로 어울릴지 아닐지 물어볼 참이었다. 괜히 깜짝 선물을 하려고 했다가 조세핀 기분을 망치는 것보다야, 안전하게 가는 게 낫겠지.

저녁 메뉴는 와인에 절인 닭고기 찜이었다. 특히 더 부드러운 닭을 쓴 닭고기 찜은 나이프를 대기만 해도 부드럽게 뼈에서 분리되었다. 살에 와인이 충분히 배어 풍미가 깊었다.

"있지."

"응, 왜?"

조세핀은 바로 고개를 들고 눈을 맞춰 왔다. 아, 지금 전부 다 말해 버리고 싶다. 제이는 강한 유혹에 시달렸으나, 마음을 다잡았다.

원로원에서 내건 결혼 금지 조항 때문에 이렇게 망설이는 것은 아니었다. 제이야 에드워드가 진심인 걸 겪고 보았으니 아는 거지, 남들이 보기에는 도련님의 젊은 시절 한 때 일탈이었다.

둘은 파벌도 달랐고, 적자 후계자와 서녀라는 신분차도 있었으며 제이에게는 온갖 출생의 루머까지 붙어 있었으니까. 제이도 원로원이 추궁을 한다면 결혼이라니, 말이 되는 소리냐며 우길 자신이 차고 넘쳤다.

오히려 문제는 조세핀의 인식이었다. 제이는 태어난 지는 열두 해가 조금 넘었지만 그렇다고 완전히 열두 살과 같지는 않다. 하지만 조세핀은 제이가 열두 살인 것처럼, 아니, 어쩔 때는 갓 태어난 아이라도 되는 것처럼 대했다.

그런 제이가 생일이 지나 성인이 된 에드워드와 연애를 한다고 하면 도대체 어떤 반응을 보일지 짐작도 안 갔다. 대놓고 반대는 안 해도 마음 약한 모습 같은 걸 보이면 제이도 따라서 마음이 약해질지 몰랐다.

역시, 생일은 지난 다음에 얘기를 하는 게 좋겠어. 제이는 마음을 굳게 다잡았다.

"도리언 그레이하운드는 어떤 사람이었어?"

조세핀의 손이 멈추었다.

"……도리언?"

제이의 손도 따라 멈추었다.

"응."

조세핀의 얼굴이 당혹으로 물들었다. 일단 물어보니 대답은 한다는 듯, 조세핀이 천천히 말을 짜냈다.

"어……. 되게 잘생겼어."

"응, 그건 그래 보이더라."

그건 사진만 봐도 알 수 있었다.

"그리고……. 지금 생각해 보면 원래부터 이렇게 잠적을 탈 계획이었나 싶고."

"어?"

이건 들은 바 없는 일이었다. 조세핀은 놓았던 나이프와 포크를 다시 집어 식사를 재개했다.

"왜, 널 사관학교에 넣으면 실력이 조절이 안 돼서 수석이 될 거라고 했었잖아. 그럼 널 부관으로 두려면 나도 수석이 되어야 했고, 그러려면 입학 때 수, 차석으로 입학한 애들과 합의를 해서 순위를 바꿔야 했단 말이야."

"응."

그러고 보니 조세핀은 차석으로 졸업했는데, 그 이유에 대해서는 들어 본 바가 없었다.

"차석은 순조롭게 합의가 됐고, 수석인 도리언한테 가서 협조를 요구했더니 졸업 후의 문제라면 그때 자기는 없을 거니까 신경 쓰지 말래. 졸업하고 자기는 군인 할 생각이 없다고. 이유는 못 들었지만 확신에 가득 찬 목소리로 말을 하고 필요하면 증서까지 써 주겠다고 하기에 알았다고 했고. 졸업하고 진짜 잠적 해 버려서 내가 너 부관으로 들이는 데는 아무 문제가 없었지. 재학 중에는 걔네 부모님이 무슨 연구자라고 했으니까 부모님 도우러 간다는 건가 했는데 이제 와서 생각하면 처음부터 잠적할 계획이었던 건가 싶기도 하고."

그랬다면 좀 더 제대로 기적을 숨기지 않았을까. 제이는 그렇게 생각했지만 그냥 방심하는 성격인 것일 수도 있으니 굳이 나서서 반박하지는 않았다.

"그리고……. 꽤 재미있는 성격이었어. 머리는 엄청 좋은데 좀 순수한 면이 있었고. 어쩔 때는 무척 어른스럽다가 어쩔 때는 동생 같아서 귀엽 다가 그랬지."

"그럼……. 다시 만났는데 많이 달라져 있으면, 실망할까?"

조세핀이 제이를 똑바로 바라보더니 가볍게 웃었다.

"8년이야, 조."

안 그래도 말한 직후 너무 대놓고 물어본 건가 후회가 되긴 했었다.

"그동안 나도 아주 많이 변했을 거고. 애초에 내가 학교를 졸업할 때 는, 너 졸업하고 자리 잡는 것만 지켜보다가 결혼해서 이 집을 나가게 될 거라고 생각했었다고. 그런데 난 이제 가주가 되었고, 너랑 평생 같이할 수도 있게 되었잖아. 나만이 아니라, 8년이면 누구나 달라져. 죽은 사람 도 백골이 될 시간이겠다, 얘."

조세핀은 어깨를 으쓱했다. 양손에 식기를 든 채로 그러면서도 품위를 잃지 않는 게 대단했다.

"그걸 걱정한 거야?"

"아니, 걱정이라기보다는……."

제이의 목소리가 작아졌지만, 그들이 앉아 있는 곳이 이인용 식탁인지 라 아무리 목소리를 줄이고 뭉개도 조세핀에게는 제이의 말이 충분히 잘 들렸다.

"뭐, 어쩌면 내 환상이었을지도 모르고. 외모만 해도 정말 동화 속 왕 자님처럼 잘생겼으니까 기억 속에서 미화가 됐을 수도 있겠네. 하지만 살 면서 온갖 인간을 다 봐온 나야. 이제 와서 환상이 좀 깨진다고 슬플 건 없지."

조세핀이 생긋 웃었다.

"그러니까, 난 신경 쓰지 마시고 수색에만 총력을 기울여 주세요, 네?"

조세핀은 8년 전의 자신과 지금의 자신이 다르다고 했지만, 제이 눈에는 8년이 아니라 12년 전과도 별반 다르게 느껴지지 않는 웃음이었다.

"……응, 알았어."

조세핀은 괜찮다고 했지만, 역시 조세핀의 기억이 미화가 아니고 도리언 그레이하운드는 변하지 않았으면 좋겠다. 제이는 그렇게 생각하며 마주 웃어보였다.

* * *

정보가 달라지면, 계획도 달라져야 한다. 제이는 이후 일정을 전부 뒤집어 엎기로 마음먹었다.

"에드워드 소위. 교통이 불편한 곳. 특히 주변에 숲 같은 게 있어서 도피 시 몸을 숨기기 쉬운 곳, 군 지부가 있지만 중앙과 연동이 제대로 되지 않은 곳, 성소가 있는 곳. 이 세 가지 조건을 만족하는 곳을 찾아줘."

에드워드는 잠시 생각에 잠겼다가 손가락을 꼽았다.

"교통이 불편하고 도피 시 모습을 숨기기 쉬운 건 추적은 어렵되 죽지 않는 몸인 도리언 그레이하운드에게는 그 디메리트가 덜 적용되는 환경이니 그럴 테고, 군 지부가 있는 곳은 누군가 그를 쫓는다면 추적자에 대한 정보를 얻기 쉬우니까, 하지만 눈에 띄는 인물인 마큼 정보가 역으로 흘러들어갈 것을 막기 위해 연동은 되지 않는 곳으로. 여기까지는 이해가 갑니다만, 성소는 왜 들어가요? 도리언 그레이하운드가 신앙을 갖고 있었던가요?"

그들이 처음 갔던 웰렌디에 성소가 있긴 했지만, 그건 도리언 그레이하운드가 성소가 있는 지방을 피하지 않는다는 증거는 될지언정 성소 주변을 찾아다닌다는 증거는 되지 못했다.

타당한 의문에 대한 제이의 대답은 아주 산뜻했다.

"아니? 그냥 내가 그였다면 신앙에 기대고 싶지 않았을까 해서."

그레이하운드의 본질에 대해 이해는 했지만, 그건 그녀가 하연 인더스트리의 연구 수준에 대한 기본적인 이해가 있었기에 가능한 일이었다. 하지만 에드워드처럼 하연 인더스트리와 거래조차 해 본 적 없는 이에게 이 새로운 연구에 대해 설명할 자신이 없어, 제이는 도리언 그레이하운드의 제작 과정에 대한 설명은 하지 않기로 마음먹었다.

"그럴 때 있어? 이 찻잔과 나는 어쩌면 본질적으로 같을지도 모른다는 생각이 들 때가."

제이가 찻잔을 톡 치자, 분명 쉽게 흔들리지 말라고 받침까지 있는 찻잔이 춤이라도 추듯 빙그르르 돌았다. 찻잔 안에 작은 파도가 일었다. 꽤나 예쁜 모양새에도 에드워드의 시선은 제이에게서 떨어지지 않았다.

"아니, 아니. 이건 너무 추상적이네. 이를 테면 기계⋯⋯. 음, 이것도 상용화된 수준과 내가 아는 수준이 다르니 제대로 된 설명이 불가능하겠군. 아, 그래. 소나 돼지. 소나 돼지와 나 사이에 무슨 차이가 있을지 고민해 본 적 있어?"

"그거라면 있군요. ⋯⋯하지만 어쩐지, 당신과 제 고민 사이에는 간극이 있을 것 같습니다. 저는 소와 인류를 나누는 기준이 무엇인지 고민했거든요."

아주 정확한 지적이었다. 제이는 피식 웃었다.

"그렇구나. 하긴, 넌 다른 인간과 다를 게 없으니 인류와 널 구분할 이유가 없었겠지. ―하지만 내 고민은 좀 달라. 하연 인더스트리는 인간을 판매하지. 하지만 그들은 본인의 상품을 공산품, 즉 물건이라고 판단한단 말이야. 그렇다면 여기서. 태어나지 않고 제작된 인간은 인간일까 물건일까? 의식을 갖고 움직일 수 있다 친다면 동물은? 먹고 소비할 수 있는 동물과 제작된 인간의 차이는 무엇일까? 노예도 돈에 사고 팔렸다지만 노예는 일단 태어나긴 했잖아. 제작된 공산품과는 분명 다르단 말이야."

조세핀에게도 한 적 없는 말이었다. 아니, 세상사람 전부에게 말을 해도 조세핀에게만큼은 할 수 없는 말이었다. 그렇다면, 조세핀은 분명 슬퍼할 테니까.

하지만 그건 조세핀이 정상적으로 태어나 인간으로 자랐기에 누릴 수 있는 슬픔이다. 제이는 태어나지 못했고, 자라지 못했다. 그런 그녀도 인간이라 분류될 수 있는가? 영혼이라는 것이 존재한다면, 그녀에게도 그게 있을까?

제이는 그게 내동 궁금했다.

"이걸 물리, 화학적으로 분류를 하자면 쉽지. 생김새가, 기능이 인간이면 인간. 구성 성분이 인간이면 인간. 하지만 그렇게 간단하게 정리될 수 있는 문제면 애초에 고민도 안 하겠지. 그럼, 종교적인 답변이 궁금해지는 게 당연하지 않겠어?"

멈추지 않고 돌던 찻잔을 제이가 잡아 멈추었다.

"나는 종교와 척을 진 르퀸가였기 때문에 종교를 가까이 하지는 않았지만, 도리언 그레이하운드에게는 그런 금기가 없으니까. 그럼 종교에 기대고 싶어지지 않을까, 한 거야."

드디어 제이가 찻잔에서 시선을 떼어 에드워드를 보았다.

"뭐……. 우선순위 정도라고 치자. 한번 조건 결정하면 못 바꾸는 것도 아니고, 찾아 보고 없으면 그 조건을 빼면 되니까."

에드워드는 천천히 손을 뻗어 찻잔 위에 얹힌 제이의 손을 쥐었다.

"제이."

거의 속삭이는 듯한 목소리였다. 에드워드는 눈을 맞춘 그대로 상체를 조금 숙여 거리를 좁혔다.

"신과 악마를 구분하는 게 무엇인지 아십니까?"

"모르겠는데."

"믿음입니다."

순간, 시간이 정지한 것 같은 기분이 들었다. 숨소리조차 들리지 않는 공간 속에서 서로의 눈 외에는 그 어떤 것도 보이지 않았다. 시야가 극도로 좁아진 기분이 들었다. 약간의 정적 후, 에드워드가 말을 이었다.

"미혹 없이 올곧게 믿는다면, 악마도 신이 되고 신도 악마가 됩니다. 남는 것은 자신의 선택이 옳았다는 기록뿐이지요. 종교에 고민은 불필요합니다. 믿으면 곧 그게 진리가 되지요."

말을 마친 에드워드가 다시 멀어졌다. 손은 여전히 붙잡은 상태였다. 제이는 잡힌 손을 물끄러미 내려다보다, 맥없이 대꾸했다.

"······역시 나는 종교인들의 사고방식은 잘, 이해할 수가 없어."

"그러셔도 무방하지요. 필요하신 게 있다면 제가 대신할 테니까요. 당신께서는, 부디 원하는 것만 하시기를."

에드워드가 잡힌 손을 끌어당겨 손등에 입맞춤했다. 그의 믿음을 눌러 남겼다.

* * *

리스트는 이미 나와 있었다. 다만 처음 잡힌 리스트는 '외지지만 너무 배타적이지 않아 외지인이 숨어들어가기 좋은 마을'이라는, 굉장히 추상적이고 헐거운 기준을 갖고 작성된 거라 리스트 업 된 마을이 몇 백 개가 넘어간다는 데 있었지.

굳이 두 번 고생시킬 이유는 없기에 제이는 1차 리스트를 제공했고, 에드워드는 그걸 갖고 와서 데미안에게 넘겼다. 데미안의 눈 밑에 그늘이 졌다.

안 그래도 도련님의 나이까지 자기가 먹나, 날이 갈수록 얼굴에서 광이 나는 도련님과 달리 점차 푸석푸석해지는 제 얼굴이 신경 쓰이던 참이었다.

"이걸 꼭 제가 해야 할까요?"

"안 하면? 내가 하리?"

"원래 르퀸 쪽에서 맡았던 거 아닙니까. 그쪽에 맡겨도 되지 않을까요?"

에드워드가 활짝 웃으며 어깨를 툭툭 쳤다.

"지금 군인보고, 상관 명령에 불복하라고 하는 거야?"

군인은 무슨……. 말이 군인이지, 에드워드쯤 되면 사실 군인이라고 볼 수도 없었다. 집안과 능력에 상관없이 계급으로 모든 게 결정되는 게 기본인 군대에서 고위 귀족들은 상관에게 불복하고도 처벌받지 않을 권리를 가진다. 성문화된 조항은 아니지만 암묵적으로.

아니, 애초에 군 내부의 업무를 군 외부의 인물에게 떠맡기는 것부터가 군인 실격이다. 엄연한 군법 위반인 것이다. 그걸 뻔히 알면서도 에드워드는 의뭉을 떨었다.

"원래 집사가 주인보다 업무가 더 많은 건 상례잖아."

"이런 전문성 없는 일은 제 업무가 아닌데요……."

막말로, 리스트 업 작업은 기준만 세워 준다는 전제하에 글을 읽을 수 있는 사람이면 아무나 잡아다 시켜도 될 일이다.

성소 조건은 있는지 없는지 둘 중 하나이니 기준을 세울 것도 없고, 교통편이 불편하다는 기준과 지방에서 중앙으로 정보 올라오는 양이 적은 기준만 세워 주면 그에 맞는 곳만 골라내면 끝이니까. 기준을 알아서 잡으라고 시켜도 데미안 같은 고급 인력이 붙을 일은 아니다.

제이가 시킨 것만 아니면, 제이의 의도가 비밀스러운 거라 집안사람들에게도 흘러 들어가면 안 될 일이 아니면 에드워드도 데미안에게 직접 하라고 하지는 않았을 것이다.

사랑인지 뭔지, 도련님의 감정놀음에 희생되는 건 불쌍한 집사였다. 데미안은 울상을 지었지만 에드워드는 철회하지 않았다.

"한꺼번에 뽑을 필요는 없고, 돌아올 때까지 새 마을 하나씩만 뽑아 놓으면 돼."

"……아뇨, 밤을 새워서라도 한 번에 처리하는 게 마음 편하겠군요. 일단 내일까지 다음 출장지는 찾아 드리겠습니다."

데미안은 머릿속으로 기밀 유지가 필요 없는 업무들을 떠올렸다. 즉 남에게 떠넘겨도 괜찮은 업무들을. 하여간 그 주인에 그 집사였다.

* * *

사흘 뒤 제이와 에드워드는 다시 출장을 나갔다. 휴식 기간이 지나치게 짧다 싶었지만 제이는 인간을 넘어섰고 에드워드는 젊었다. 피로에 골골대기엔 너무 기운이 넘쳤다는 얘기다.

"그러고 보니, 르퀸 소장님이 뭘 좋아하시는지 아십니까? 제가 직접 선물을 좀 챙겨야 할 텐데, 지금껏 교류가 없다보니 뭘 좋아하는지 알 수가 없군요."

제이가 고개를 갸웃했다.

"글쎄……. 뭘 좋아하는지는 알지만 생일선물로 줄 만한 건……."

귀족의 선물이란 가문의 세를 보여 주는 역할도 한다. 당연히 비싸야하지만, 한 가문의 생일만 챙기는 것이 아니니만큼 지나치게 비싸도 안된다. 제이가 아는 조세핀의 취향은 보통 대귀족의 가주인 조세핀도 생각을 좀 하고 사야 할 만큼 비싸거나 대귀족의 후계자인 에드워드가 보내기엔 초라할 만큼 비싸지 않았다.

"그냥 대충 면 세울 정도로만 해서 보내. 개인적으로 좋아할 만한 건 내가 줄 거니까."

"에이, 그래도 이왕 하는 거 좋아하는 걸 주는 게 낫지 않을까요? 지금 껏 뭘 주셨는지 말씀해 주시면 좀 참고가 될 거 같은데요."

제이는 그간 그녀가 선물한 목록들을 곰곰이 생각해 보았다.

"……참고가 안 될 거 같은데."

"왜요?"

"돈이나 인맥으로 구하는 건 조세핀이 더 나아서, 난 보통 나 아니면 못 해 줄 걸 줬거든. 이를 테면……. 밤하늘을 날아서 이 별을 내려다보는 거라든가, 오팔을 잔뜩 모아 녹여서 드레스를 짜 줬던 적도 있고."

"오팔 드레스요?"

"응. 동화책에서 달 드레스, 별 드레스 하는 게 나와서 그걸 선물해 주고 싶었거든. 그래서 한 해에는 화이트 오팔로, 다음해에는 블랙 오팔로 드레스를 만들어 줬었지. 남들 눈에 보일 수 없는 물건이니까 보관이 힘들어서 생일 다음날에 다시 원래대로 복구시켰지만."

정말 죽어도 못 구할 것만 골라서 줬다 싶었다. 조세핀이 아니라 제이를 위해 구하래도 물리적으로 불가능해서 못 구할 것들.

에드워드의 표정이 흐려졌다. 평생 남의 눈치 안 보고 살던 이답지 않게 제이는 용케 그 사실을 눈치챘지만, 평생 남의 눈치를 안 보고 살던 이답게 그 원인은 잘못 짚었다.

"네 선물은 계속 생각은 하고 있는데, 아직 마땅한 걸 못 골랐어."

자신의 표정이 정 반대의 의미로 받아들여진 것을 안 에드워드가 황급히 표성을 수습했다.

"아니, 아닙니다. 그 날 와 주신 것만으로도 충분한걸요."

"나는 안 충분해서. 밤하늘 같은 건 선물하지 못해도, 아주 그럴 듯한 걸 선물해 주지. 다른 사람들은 절대 해 주지 못하는 걸."

제이의 고집을 이길 자신이 없던 에드워드는 아예 말을 돌려 버렸다.

"그럼 저도 지금부터 고민을 해 봐야겠군요, 당신을 위한 선물을."

제이가 눈을 깜박였다.

"내 생일을 알던가?"

물론 알았다. 하지만 제이가 알려 준 건 아니었다. 서류를 몰래 봐서 알게 된 거라, 에드워드는 순간 말문이 턱 막혔다.

"어……. 그게……."

제이는 이번에도 그 뜻을 반대로 해석했다.

"내가 말 안 해 줬었지? 지금 말해 줄게. 나, 조세핀이랑 생일이 같아."

"네?"

에드워드는 자기도 모르게 되물었다. 에드워드는 서류상 제이의 생일을 알았고, 조세핀의 생일은 정확한 날짜는 몰라도 달은 기억을 했다. 분명 달부터 달랐는데.

"아, 남들에게 말하지는 말고. 서류상으로는 다르게 되어 있거든. 아무래도, 둘이 생일이 같으면 남들이 이상하게 생각할 테니까."

제이가 평범한 사람이라면 이건 우연이 되겠지만, 아닌 이상 이건 기획된 것이다. 에드워드는 금세 상황을 이해했다.

"그럼 저는 선물을 두 가지 준비해야겠군요. 당신을 위한 선물과, 르퀸 소장을 위한 선물. 두 가지를."

제이가 옅게 웃었다.

"기대하고 있을게."

* * *

출장지 선정과 실제 출장 사이에 기간이 없어서 그런지 아니면 이곳의 상층부는 중앙과 결탁을 하지 않은 것인지 그도 아니면 자존심이 센 건지, 렝제흐 지부의 반응은 웰렌디의 초기 반응과 별반 다를 바가 없었다. 어쨌거나 마크는 없으니 편하긴 했다.

제이는 또다시 기 싸움을 시도하는 서장을 상대로, 이번에는 테이블 다리를 부쉈다. 와장창. 테이블 위에 곱게 올려져 있던 찻잔이 바닥을 나뒹굴었다. 물론 제이는 본인 몫의 찻잔은 곱게 든 채였다.

"─서장님."

어차피 탁자 밑에서 일어난 일. 서장은 눈으로 제이가 테이블 다리를 치는 건 확인하지 못했다. 제이는 서늘한 눈동자로 서장을 보았다. 서장이 어깨를 움찔하는 게 보였다.

"감사, 라는 단어의 의미를 잘 모르시는 것 같군요. 저는 관광을 온 게 아닙니다. 가이드를 앞세워 보여 주는 곳만 보고 앵무새 같은 보고서를 받아 적는 건 감사라고 부르지 않죠."

제이는 천천히 손을 뻗어, 찻잔과 찻잔받침을 놓았다. 도자기 깨지는 소리가 요란했다.

"명령은 받지 않습니다. 직급이 위라 해도 저는 감사를 위해 여기에 왔으니, 당신의 명령을 고스란히 들어서야 본질이 호도되죠. 감사는 알아서 진행할 테고, 필요한 게 있다면 그때 요청하겠습니다."

제이는 자리에서 일어났다.

"그럼 안녕히 계십시오."

일정을 멋대로 정하는 건 그렇다 치고 허락도 떨어지지 않았는데 멋대로 물러나는 건 큰 무례였지만, 제이는 신경 쓰지 않았다.

자, 그럼 이번 마을에서는 어디부터 돌아볼까. 제이는 창밖으로 보이는 마을 정경을 보며 계획을 짰다.

"─대위님!"

그리고 마침 짐을 내려놓고 온 에드워드와 합류할 수 있었다.

"마을 사람들을 만나보기엔 시간이 좀 이른 거 같고. 어딜 가 볼까?"

에드워드가 기다렸다는 듯 선택지를 내놓았다.

"그럼 성소에 한번 들러 보시는 건 어떠십니까?"

"성소?"

제이가 고개를 갸웃했다.

"예. 말씀하신 것처럼 신께 기대고 싶다면 성소에 방문하지 않았을까요?"

그럴 듯한 말이었다. 여기저기 돌아다니는 사람들과 달리 신관은 항상 성소를 지키고 있으니까 스쳐지나가다 들르기만 했어도 기억을 할 테고. 기억을 하면 거기서 수사는 끝, 없으면 마을로 나가서.

괜찮은 방법 같았다. 아무래도 여행자들도 많이 들를 테니 다짜고짜 사람 찾는 말에도 큰 거부감을 안 보일 것 같고.

둘은 마을의 중앙에서 약간 비켜나 있는 성소로 향했다.

"이 성소의 위치로 마을이 개척 마을인지 원래부터 있던 마을인지 알 수 있는 거 아십니까?"

"그래?"

"네. 전부 그런 건 아니고 경향성인 건데, 로쉔에는 종교가 약간 늦게 들어왔지요."

"그래서 종교파와 비종교파 간의 세력이 비등하고 말이지."

"예. 그래서, 원래부터 있던 마을에 성소가 생기면 좋은 자리는 이미 다 건물들이 들어서 있기 때문에 외곽으로 빠집니다. 그런데 지금 렝제흐처럼 마을 중앙 쪽, 접근이 용이한 곳에 있다는 건 마을이 만들어질 때 성소의 위치를 고려했다는 뜻이거든요. 그래서 신관들이 신자들을 이끌고 개척한 마을에 이런 경향이 짙습니다."

제이의 걸음이 순간 멈칫했다.

"······그럼, 초기 마을 개척민들이 전부 신자니까 마을 전체가 좀 신앙이 짙은 편이겠네?"

"아무래도 그렇겠죠. 왜 그러시죠?"

"그레이하운드가 그걸 알았을까?"

"관련 서적을 읽었다면요?"

"······그럼, 나 같으면 이런 마을에는 안 왔을 거 같은데."

에드워드가 눈을 크게 떴다.

"이유를 여쭤 봐도 되겠습니까?"

"좀 부담스럽잖아."

"부담요? 어차피 성소가 있는 마을을 골라 왔다는 건 종교에 기대려고 하는 마음의 발로라고 해석하지 않으셨나요? 그럼 상관없지 않나요. 오히려, 이런 마을일수록 새로이 종교에 입문하는 사람들에게 친절할걸요."

"종교 없던 사람들은 그런 사정은 모르잖아. 이렇게, 신앙이 전제가 되는 곳은 신앙이 선택인 사람에게 좀 부담스럽달까······. 물론 내 개인적인 생각이지만······. ······에드워드 소위?"

생각에 잠겨 중얼거리던 제이는 한 발짝 늦게 에드워드가 뒤따라오지 않는 걸 눈치챘다. 뒤를 돌아본 그녀의 눈에, 심각한 표정의 에드워드가 비쳤다.

"아······. 신성 모독인가, 이건?"

"아뇨, 그게 아니라······."

에드워드의 얼굴이 복잡한 심경으로 물들었다.

"압니다. 알았습니다. 종교가 수단이 될 수도 있다는 건."

멀리 갈 것 없이 그가 가장 심정적으로 친밀하게 여기는 스웬 쥴 로스틴의 가문만 해도, 요식업을 주로 하는 만큼 진보와 보수 양쪽에 상품을 판매하기 위해 예배에 참석하니까. 중도 쪽 가문 중에 저런 가문이 드물지 않았고, 그걸 알면서도 보수파들은 용인했다.

신앙을 고객 유치의 수단으로 삼는 이들도 봐 왔으니 제이의 말처럼 단순히 신앙의 온도가 다른 정도는 놀랄 것도 없어야 하는데.

그런데 놀랍게도 에드워드는 놀랐다. 진심으로 신앙을 가지려 하는 이에게조차 순수한 신앙이 부담스러울 수도 있다는 것은 정말로 생각을 못 해 본 터라.

그에게 이 세상은 신앙이 있는 이와 신앙이 없는 이, 둘로 나뉘었다. 그렇기에 신앙이 있는 이들은 모두 다 신앙을 더욱 갈고 닦기 위해 노력할 거고, 그에 도움 되는 선구자들을 동경할 거라고 무의식적으로 생각했나 보다. 그가, 그래 왔듯이. 그의 어머니가 그에게 강요했듯이. 다들 그럴 거라고.

"그냥…… . 신앙에 접근하는 방법이 여러 가지일 수도 있다는 사실에 조금 놀랐을 뿐입니다."

생각해 보면 에드워드 본인도 그 주입되는 신앙에 반발해 자신만의 신을 찾은 것인데, 이걸 이제야 깨달았다는 게 더 놀라울 지경이었다.

아. 그렇구나. 아무리 달라지고자 했어도 그가 먹고 입고 썼던 것들은 그의 안에 여전히 남아 있는 모양이었다. 그가 의식하지도 못하는 새에. 에드워드는 새삼 그 사실을 깨달았다.

"예, 기억합니다."

하지만 제이의 예측은 틀렸다. 제이는 표정 관리를 위해 애썼다. 에드워드가 디테일을 확인했다.

"혹시 언제인지 기억하십니까?"

"잠깐만 기다리시겠습니까? 아마 연간 일지에 특이 사항을 적어 두니, 연간 일지를 훑어보면 금방 알 수 있을 겁니다. 함께 가시겠습니까?"

대신관의 가문인 마리엔트가를 외가로 두고 있어서 그런가, 신관은 무척 협조적이었다. 무려 기록실에까지 들이겠다니. 에드워드가 눈짓으로 제이의 의사를 물었다. 제이가 한 발 뒤로 빠졌다.

"가서 도와드리게. 난 이곳을 좀 구경하고 싶군. 좀 둘러봐도 괜찮겠습니까?"

"물론이지요. 안내역을 붙여 드릴까요?"

"아뇨, 그러실 것까지는 없습니다. 그냥 좀 보고 싶은 거라서요."

제이는 예의바르게 빠졌고, 에드워드는 신관과 함께 기록실로 이동했다. 혼자 남은 제이는 천천히 예배당을 돌았다.

예배 시간이 지나서 그런가, 예배당 안은 한산했다. 스테인드글라스를 통과한 오후의 햇살이 색색깔로 조각난 빛을 뿌렸다. 이런 건 성소에만 쓸 수 있는 건가? 마음에 드는데. 내 방 창문을 이걸로 교체하진 못하나. 곁에서 보면 혼자 튀니까 별로려나?

제이는 창에 손을 댄 채 예배당을 반 바퀴 돌아 문으로 나갔다. 바깥에서 보면 어떨까 궁금했던 것이다. 벽돌을 구워 만든 겉벽은 그리 특별할 것 없이 소박했다. 역시 화려한 걸로는 에힐드의 성소를 따라갈 곳이 없으려나.

예배당과 그곳에 연결된 부속 건물까지 도는 데도 그리 긴 시간은 걸리지 않았다. 건물을 한 바퀴 돌아 다시 문가로 돌아온 제이가 멈칫했다.

안과 겉의 크기가 다르다. 분명 안이든 밖이든 원형인데? 중간에 기타 시설물로 이어지는 통로가 끼었다 해도 그건 아예 분리된 공간. 이 원형의 건물은 예배당뿐일 텐데.

제이는 고개를 갸웃하며 다시 안으로 들어갔다.

안에서도 한 바퀴를 돌고 나니 더 확실해졌다. 여기, 무슨 공간이 있다. 문 쪽은 바로 이어져 있으니 아닌 걸 알겠고.

제이는 예배단 근처를 살펴보았지만 벽 너머의 공간으로 들어가는 문은 없었다. 밖을 살펴볼까? 고민을 하던 제이는 주변을 둘러보고, 조심스레 세계를 넓혔다. 에드워드와 계속 붙어 있는 만큼 최대한으로 축소시켜 놨던 세계가 그 영역을 늘려, 벽 뒤와 그 아래의 공간을 감지해 냈다. 그리고 중간에 걸렸다.

익숙한 기척에 제이는 당황해서 벽에서 손을 뗐다. 물론 접촉은 세계의 유지와 아무런 상관이 없는 터라 그녀의 세계는 여전히 걸려 있는 상태였다. 도대체 이게 무슨 상황이지? 제이가 당황해서 예배단에서 내려오자, 타이밍 좋게 에드워드와 신관이 돌아왔다.

"4년 전이랍니다. 4년 전 여름에 와서 겨울에 떠났다고 하는군요."

제이는 석상을 구경하고 있던 척 웃는 얼굴로 뒤를 돌았다.

"꽤 세세하게 기억하시는군요."

"떠날 때 겨울이라 걱정하며 말렸던 기억이 있거든요. 년도는 헷갈렸지만 계절은 확실합니다. 날이 추우니 눈이 녹고 떠나는 게 어떻겠냐며 말렸는데 오히려 강이 얼어 건너기 편하겠다며 떠났거든요. ……혹시 그가 어떻게 된 겁니까?"

신관의 눈에 걱정이 어렸다.

"제가 더 열심히 말렸어야 했을까요?"

제이는 웃으며 고개를 저었다.

"아닙니다. 무리는 하지 않는 사람이었으니, 무사히 다른 마을로 갔겠지요. 협조 감사합니다."

그녀는 잠시, 여기서 곧바로 물어볼까 하다가 생각을 거뒀다. 어쨌거나 그녀는 타인이고 에드워드는 저쪽에 속한 인물. 차라리 에드워드에게 나중에 혼자 가서 물어보라고 하는 쪽이 좋을 듯했다.

그녀는 그녀 나름대로, 할 일이 있었다.

신관의 협조에 감사를 표하고, 둘은 밖으로 나왔다. 이제 슬슬 해가 저물고 있어 마을로 가도 될 듯했다. 도리언이 이 마을에 들렀다 떠났다는 정보는 얻었으니 굳이 정보를 캘 필요는 없겠지만, 군 식당에서 나올 음식 질이야 다 거기서 거기고.

먹고 입고 쓰는 것만큼은 적자인 조세핀과 똑같이 대우받은 제이나 본투비 로열 블러드 에드워드에게야 둘 다 마음에 차지 않는 음식이겠지만 돈 주고 사 먹는 쪽이 조금은 나을 거였다.

바로 마을로 갈 지 일단 숙소에 들러서 옷을 갈아입고 갈 지 묻기 위해 에드워드가 고개를 돌리는 순간, 제이가 그의 소매를 잡아당겼다. 에드워드는 당장 허리를 굽히고 걸음을 멈춰 들을 준비를 했다.

"예, 왜 그러십니까?"

"예배는 보통 언제 있지?"

"주말입니다."

이틀 뒤. 못 기다릴 건 없는 시간이었다.

"그럼, 예배 끝나고 신관을 다시 개인적으로 만나서 예배당 뒤의 방에 대해 좀 물어봐."

"예배당 뒤에 방이 있습니까?"

에드워드는 예배당 크기를 떠올렸지만 단순히 눈짐작으로 차이를 알기는 어려운 크기였다.

"정확히는, 아래에 지하실을 파고 거기로 내려가는 곳에 있는 거 같아. 그리고……."

제이는 중간에 입을 다물었다. 입술을 깨무는 것을 본 에드워드가 손을 뻗어 감춰 문 입술 사이를 살살 갈랐다.

"제이."

제이가 눈으로 대답했다.

"숨기시는 이유가 당신이나 당신의 소중한 사람 때문이라면, 그대로 입을 다무셔도 좋습니다. 하지만 당신이 감싸시려는 게 저라면, 그러지 않으셔도 됩니다. 당신의 전장과는 다르지만 저 역시 제 나름대로의 전장에서 살아온 사람입니다. 어지간한 걸로는 충격받지 않아요."

어쩌시겠습니까? 에드워드가 눈으로 물었다. 제이가 약하게 한숨을 내쉬었다.

"……알았어, 내가 널 얕봤네. 말할게. 근데, 내 소중한 사람이라고 하지 말고 그냥 조세핀이라고 하지 그래? 어차피 너 아니면 나한테 소중한 사람은 조세핀밖에 없는데."

게다가, '내 소중한 사람'과 '너'로 이분하면 너는 꼭 내게 소중하지 않다는 소리처럼 들리잖아.

에드워드는 제이의 입 밖으로 나오지 않은 말을 읽었다.

"예, 예전에 주의를 듣고도 제가 잊었군요. 시정하겠습니다."

제이는 에드워드의 팔을 끌고 길 옆쪽으로 빠졌다. 일단 지금은 시야에 사람이 아무도 보이지 않았지만 혹시 몰랐다. 한쪽으로 빠져 누군가가 나타나도 그들의 모습이 보이지 않을 곳으로 피하고, 세계를 조금 확장시켜 그들의 소리가 들릴 만한 범위에 걸쳐놓고 나서야 제이는 입을 열었다.

"예배당 지하에 공간이 있고, 거기 아밀스턴 섬 출신의 락이 있어."

"……아밀스턴 섬 출신의 락이요? 락이……."

에드워드는 적절한 단어를 찾기 위해 노력했다. 아무리 인더스트리라고 해도 락은 사람인데 원산지라고 하면 안 될 거 같고.

"락에, 출신지를 나타내는 도장이라도 찍혀 있습니까?"

소나 돼지처럼?

뒷말을 삼킨 것은 같은 락으로서의 동질감 때문은 아니었다. 락이라는 말을 들었어도 에드워드는 딱히 감흥이 없었으니까. 픽처럼 서로를 알아보는 것도 불가능한 락끼리 동지 의식 따위가 들 리가.

심지어 상대가 물건처럼 판매되는 상품이라면 돼지와 같은 취급을 해 주는 것만 해도 그로서는 큰 선심을 써 준 셈이었다.

제이가 얼굴을 찌푸렸다.

"아니, 그런 건 아니고. 비밀이라서가 아니라 단순히 설명이 귀찮고 복잡해서 건너뛰는 건데, 그 락에는 특별한 표시가 있어. 다른 모든 지역의 락과 구분되는."

정확히 말하자면, 그 락은 락이 아니었다. 달리아가 실험체로 써서 락의 숫자가 지나치게 줄었고, 그래서 락 대신 팔았다는 포밍된 픽이다. 제이가 에드워드를 처음 보았을 때 픽으로 오인하게 만든 존재.

그게 제이가 지하실에서 느낀 기척의 정체였다. 에힐드에 널리고 깔려 있던 바로 그 기척들. 개체는 다르겠지만 느낌은 비슷했고, 그래서 제이는 단번에 알 수 있었다.

뭐, 락으로 팔렸으니 락이라 말해도 상관은 없겠지. 어차피 에드워드로서는 차이를 알 수도 없고. 혼자 합리화를 끝낸 제이가 말을 이었다.

"나는 그레이하운드가 신앙에 기대고 싶었을 거라고 생각했지만, 어쩌면 그가 성소가 있는 지역을 찾은 것에는 다른 이유가 있을 수도 있어. 그의 부모는 하연 인더스트리에서 합동 연구를 진행하고 있었고, 그는 방학마다 아밀스턴 섬을 찾았다고 해. 하연 인더스트리의 기술력은 전 세계에서 인정받는 만큼, 이런 작은 마을이 단독으로 거래할 수 있는 곳이 아니야. 하연 인더스트리의 락을 구입해 이곳으로 보낸 루트는 분명 따로 있어."

"가장 높은 가능성은 대신관, 중앙 신전이겠군요."

에드워드의 기민한 머리는 쉽게 답을 내놓았다. 제이는 떨떠름하게 고개를 끄덕였다.

"어쨌거나 여기서 중요한 건 그게 아니야. 그레이하운드가 락의 판매 사실과 최종 목적지를 알았다면? 하연 인더스트리 내에는 픽의 비율이

월등히 높아. 만약 그가 군부, 로쉔의 추적을 피하려고 했던 게 아니라 하면 인더스트리에서 올 추적자를 피하고 싶었던 거라면?"

"미스터 그레이하운드는 픽이 아니라 했으니 픽을 알아볼 수 없었겠죠. 락도 아니라 친다면 픽을 막아 줄 방어막이 필요했고, 락 역시 알아볼 수 없는 그로서는 락이 있는 게 확실한 지역을 위주로 움직이는 게 당연할 겁니다."

"······바로 그거지. 나는 그래서 오늘 웰렌디에 다시 가 볼 생각이야. 그때 성소는 안 들렀었잖아? 만약 거기에도 아밀스턴 섬 출신의 락이 있다면······."

제이가 손가락을 딱 하고 튕겼다. 에드워드가 장단을 맞췄다.

"이 가설은 신뢰성을 얻을 테죠. 락의 출처가 정말 대신관과 관련이 있다면 제가 어떻게 정보를 얻을 수도 있을 듯하군요. 그러니 우선 신관에게 저 락의 출처를 물어보는 게 좋을 테고요."

"부탁할게."

에드워드는 제이의 손을 잡아 올려 손등에 입 맞췄다.

"제가 가진 모든 것이 곧 당신의 것입니다."

* * *

모두가 잠든 밤, 잠들 필요 없는 소녀는 밤하늘을 걸었다. 굳이 그럴 필요 없이 통로를 만들면 끝날 문제지만, 그녀는 그곳을 좋아했으니까.

제이는 그녀를 위해 준비된 것처럼 텅 빈 하늘 위에서 춤추듯 발을 움직였다. 사람들이 흔히 생각하는 것과 달리 별은 하늘에 있지 않고, 그래서 밤하늘의 풍경은 사람들의 상상과 다르지만 그래도 구름을 밟고 달리는 기분은 꽤 좋았다. 제이는 고개를 들어 위를 보았다.

이렇게나 높이 올라와도 별은 여전히 멀었다. 원한다면 그녀는 별 중 하나에 앉아 노래를 불러볼 수도 있겠으나, 이곳에서 보는 것과 달리 실제의 별은 그닥 아름답지 않으므로 마음이 동하지는 않았다. 같은 이유로, 별의 조각을 떼어다 선물하는 것도 그리 좋은 생각 같지는 않았고.

조세핀은 그녀의 세계가 적용되는 평범한 인간이라 선택의 폭이 넓었는데, 에드워드에게는 그럴 수가 없어서 고민이 더 깊었다. 이를 테면, 이 풍경. 아무것도 없지만, 그렇기에 제이는 이곳을 사랑했다. 그래서 조세핀을 이곳으로 데려온 적도 있었으나, 에드워드에게는 그럴 수 없겠지.

추억을 줄 수 없다면, 무엇을 주면 좋을까?

고민하던 제이에게 좋은 생각이 났다. 별을 못 보여 주면, 별처럼 빛나는 걸 선물하면 되지 않을까. 제이는 시험 삼아 가볍게 시안을 만들어 보았다. 제이의 손가락 사이에서 색색깔의 빛무리가 반짝이고 사라졌다. 만들 수 있을 거라는 확신이 쉬이 들었다.

사실 그녀가 해낼 수 있다는 확신이 들지 않는 일이 드물기도 했지만.

* * *

웰렌디의 확인은 끝났다. 중앙과 끈이 있을 뿐 외진 지역의 성소 두 군데에서 지구 반대편에 있는, 종교와 가장 거리가 멀어야 할 기업의 상품이 발견되었다는 것만 봐도 대충 일의 전말은 눈에 보였다.

그러니 그가 여기서 실패해도 아무 상관없지만, 원래 그는 실패에 익숙하지 않았다. 실패해야만 하는 일이 아니라면 성공이 낫지.

에드워드는 맨 뒷자리에서 신관의 설교를 들으며 그런 생각을 했다.

마을은 그리 크지 않았고, 종교를 믿는 이들끼리는 단합이 잘 된다. 그냥 외지인이기만 해도 눈에 띌 것을, 키가 크고 잘생기기까지 하니 배로 눈에 띄었다. 시선에 익숙한 에드워드는 남들이야 보건 말건 신경 쓰지 않고 예배가 끝난 뒤 신관에게 다가갔다.

긴 다리를 몇 번 움직인 것만으로도 그는 예배단 앞에 도착해 있었다. 같은 성인 남성이라 해도 성인 남성의 평균 키인 신관과 에드워드는 키 차이가 제법 났지만, 제이 외의 대상에게 허리를 굽혀 눈높이를 맞춰 줄 생각은 들지 않아 에드워드는 살짝 고개를 모로 꼬았다. 이 정도면 충분할 상대였다.

"안녕하십니까, 부디 평안이 깃들기를. 지금 대화 괜찮으신가요?"

신관은 당황해서 주변을 둘러보았지만, 딱 봐도 귀족처럼 보이는 이 미남을 제치고 자기 일을 봐 달라 주장할 배짱 있는 사람은 없었다. 모두가 시선을 피하는 것을 본 신관이 고개를 끄덕였다.

"예, 이리 오시죠"

제이는 벽 뒤 공간 자체에는 아무것도 없이 지하실이 있는 걸로 봐서 내려가는 계단 같은 게 있을 거라고 했다. 계단이 있다면 들어가는 곳도 있어야. 비밀 공간으로 들어가는 문을 밖에 내놓을 것 같지는 않으니, 통로가 있다면 기록실이 있던 저 건물 쪽일 것이다. 심플한 디자인의 예배당과 달리 무슨 장치를 숨기기도 좋은 구조고.

예배당은 정말 예민한 사람이면 손으로 겉과 안에서 크기를 가늠해 보는 것만으로도 크기 차이를 눈치챌 수 있었다지만, 통로 부분은 앞으로는 예배당, 뒤로는 건물에 걸려 겉에서 보이는 크기를 가늠하기가 어려웠다.

하늘에서 보면 또 어떨지 모르겠지만, 에드워드에게는 하늘을 나는 재주는 없었으니까.

안쪽도 부산스럽게 이런저런 장식을 달아 눈의 착시를 불러일으켰다. 구조를 지적할 거라면 예배당. 아니라면 다른 쪽으로. 잠시 고민하던 에드워드가 주제를 골랐다.

"이곳의 건축 양식은 로엘 시기의 것인가요?"

"글쎄요, 저는 건축에 대해서는 잘 몰라서……. 에드워드 님께서는 건축에 관심이 있으신가요?"

"취미 수준으로는 알고 있죠. 에힐드와는 양식이 달라서 신기하군요."

"그런가요? 수도에는 가 본 적이 없어서……. 무척 웅장하고 아름답다는 말은 들었습니다만."

에드워드는 생각지도 못한 말을 들은 것처럼 눈을 크게 떴다.

"온 적 없다고요?"

신관이 그를 돌아보고 빙그레 웃었다.

"예, 가 본 적 없습니다."

에드워드는 미끈한 턱을 쓸었다.

"희한하네요. 삼촌께서…… 아, 죄송합니다. 대신관 각하께서 이곳을 특별히 언급하시기에, 무슨 연이 있는 곳인가 했거든요."

상대의 눈을 똑바로 보면서, 입꼬리만 올려 웃는다. 목소리는 평소보다 반 톤을 낮추고 소리를 죽여 속삭인다. 무언가를 아는 듯이 구는 것은 그에게 너무나도 쉬운 일이었고, 신관은 그걸 쉽게 믿었다.

"아아, 그건 아마 맡기신 사람 때문일 겁니다."

"……맡긴 사람이요?"

아예 모른다는 식으로 말고, 짚이는 게 너무 많아 어느 쪽인지 어렵다는 것처럼. 정보량의 우위가 이쪽에 있는 것처럼. 이렇게 하면 상대는 이쪽의 없는 고충을 알아서 해석해다 정보를 바치기 마련이었다.

"예."

신관은 몇 걸음 뒤로 돌아가 문을 열고 안으로 들어갔다.

방에 책장이 있기는 했지만 듬성듬성하니 책이 몇 권 있지도 않고, 얼핏 읽어 본 책등의 제목들에 통일성도 없는 게 책을 놔두기 위한 공간이라기보다는 위장용으로 놔 둔 책장 같았다.

신관은 방 안에서 또 문을 열고 안으로 들어갔다. 그곳은 방이 아닌 통로였다. 이대로 쭉 예배당의 공간까지 이어지는구나. 에드워드는 구조를 이해했다.

복도에서 멀쩡하게 들어갈 수 있는 방에 평범하게 열고 들어갈 수 있는 문. 공간을 아예 숨겨놓은 것은 아니다. 그러니 누군가에게 소개할 때도 비밀은 아니라고 우길 수 있을 테고.

하지만 예배당에 바로 문을 만들거나 통로 쪽에 문을 두 개 만들면 될 것을 이렇게 돌아가는 것만 봐도 정말 아무 문제없이 떳떳하게 드러내놓은 것은 아니다.

"머리 조심하십시오."

계단으로 이어지는 문턱은 조금 낮았다. 하긴 에드워드 같은 사람이 없으면 굳이 층고를 높게 지을 필요는 없을 터였다. 에드워드는 고개를 숙여 문턱을 통과했다.

"그, 왜. 교리 중에 낮은 자를 보살피라는 말씀이 있지 않습니까."

"그렇죠."

"그렇기에 봉사 활동의 일환으로, 성소에서는 장애인이나 고아, 가족 잃은 이들을 돌봐주지요."

"예, 참으로 좋은 일이지요."

에드워드의 가문에서도 고아원과 무료 급식소 등의 기관을 운영하고 있었고, 외가인 마리엔트가는 더했다. 에드워드는 복지 따위에는 관심이 없었지만 종교 기관에서 권하는 일이면 모두 중요하게 생각하는 어머니의 손에 이끌려 그런 곳을 자주 돌아봤었다.

규모가 큰 곳에서야 아예 따로 단체를 설립했다지만, 이런 조그만 곳에서는 성소에서 직접 돌본다 해도 이상할 게 없을 것이다. 다만 그런 약자들을 지하실에 처박아 두는 게 신의 가르침에 걸맞을지는 의문이었지만.

계단을 다 내려간 신관이 문에 걸린 거대한 자물쇠를 풀었다.

지하실에 처박는 것도 모자라 커다란 자물쇠로 감금까지 한다라. 정말 신의 가르침과는 거리가 멀어 보이는데. 그런 생각을 하면서도 에드워드는 은은한 미소를 잃지 않았다.

자물쇠 안쪽은 생각보다 쾌적했다. 하지만 어디까지나, 숨겨진 지하실을 떠올릴 때 예상할 수 있는 정도보다 나았다는 거지, 객관적으로 쾌적하다는 뜻이 아니었다.

에드워드는 소매로 코와 입가를 막고 싶은 걸 참고 안으로 들어갔다. 곱게 자란 도련님의 결벽적인 면을 제외하면, 사관학교를 나온 군인에게 이 정도 환경은 그럭저럭 참을 만했다.

"물론 이곳에도 돌봄이 필요한 이들이 있지만, 중앙은 아무래도 인구가 더 많다 보니 그런 이들이 더 많지 않습니까. 그 중 손길이 많이 가는 이들을, 중앙에서 이런 지방으로 보냅니다. 아무래도 일손은 이쪽에 더 남아도니까요. 물자는 적더라도요."

즉, 손 많이 가는 환자를 보내는 대신 지원금을 준다는 뜻이겠군. 에드워드에게 있어 이 정도 맥락을 읽어내는 것은 숨 쉬는 것보다도 쉬운 일이었다.

"―그래서일 겁니다, 대신관님께서 이곳을 특별히 여기시는 것은."

신관이 침대에 둘러 두었던 커튼을 걷었다. 에드워드는 그 순간만큼 자신의 포커페이스에 감사해 본 적이 없었다.

무언가가 그곳에 누워 있었다.

대화의 흐름을 보아, 그리고 침대에 눕혀 놓은 것으로 보아 그건 인간일 것이다. 하지만 이성이 내놓은 결과와 별개로, 시각적 정보에 따른 추론은 그 결과를 거부했다.

그것은 일단 팔과 다리가 없었다. 아니, 팔과 다리만 없는 게 아니었다.

코와 양 귀, 눈도 없었다. 그나마 입으로 추정되는 구멍이 하나 있어 앞뒤를 분간할 수 있는 수준이었다.

코는 갈아 버린 듯 뭉툭했고 귀는 잘린 다음 불로 지지기라도 했나 흔적은 남아 있으나 귓바퀴도 귓구멍도 없었다. 그냥 잘렸으면 구멍은 남아 있었을 텐데. 눈꺼풀 역시, 녹아내렸다 붙기라도 한 듯 이어진 피부 가운데에 속눈썹으로 추정되는 털들이 나 있어 기괴함을 더했다.

전체적으로, 불에 탄 것만 같은 모양새인데 정작 화상 자국은 없어 더욱 이상했다. 피부가 녹아내린 것처럼 구멍들이 막혔는데 왜 눌어붙은 자국이 없는지 에드워드는 이해가 가지 않았다. 선천적인 건가? 선천적으로 저럴 수가 있나?

돌아 버리려던 머릿속에 가장 중요한 사실이 떠올랐다.

하연 인더스트리.

그래. 사람을 복제하고 인간형 기계를 만든다는 곳에서 무슨 일인들 못할까. 사람의 외형을 다듬는 정도는 어린애 손목 비틀기보다 쉬울 것이다.

그냥 선천적으로 저런 사람이 타고났다는 것보다 필요에 의해 사람을 일부러 저렇게 만들었다는 게 더 끔찍하지만, 이성이 납득하기에는 후자가 더 나았으므로 에드워드는 하연 인더스트리의 개입을 기억해내고 나자 역설적이게도 다시 숨을 쉴 수 있게 되었다.

"······돌보기 정말 힘들겠군요."

무뎌진 건지 뭔지, 신관은 이런 꼴을 귀한 도련님께 보이고도 아무 생각이 없어 보였다.

"생각보다는 쉽습니다. 삼시 세끼 식사를 먹여 주고 욕창이 생기지 않게 때때로 뒤집어 주기만 하면 되니까요."

신관은 안쓰러운 시선을 그것에게 던졌다. 에드워드는 이것에게 의식이 있긴 한 건지도 의심스러웠다.

"뭐, 어차피 수명이 길지도 않으니까요. 이 사람도, 여기 온 지 6년째이니 길게 가진 못할 겁니다. 혹시 에드워드 님께 전갈을 부탁드려도 될까요?"

말로 해도 될 것을 왜 굳이 데려와서 보여 주나 했더니, 상대는 에드워드가 이런 것을 보는 게 익숙하다고 착각한 듯했다. 직접 보고 상태가 좋지 않은 걸 확인하라는 뜻이겠지.

물론 에드워드는 오해와 달리 이런 것을 처음 보는 터라 상태가 나쁜 건지 원래 이런 건지 분간이 가지 않았다. 하지만 오해를 부추긴 것이 그이니만큼, 에드워드는 토악질이 나오려는 것을 꾹 참고, 빙긋 웃어 보였다.

"예, 기꺼이요."

이런 일이 아주 자연스럽다는 것처럼 말이다.

신관과의 대화를 끝낸 에드워드는 개인 기도를 올린다는 핑계로 예배당으로 돌아왔다. 그 사이 예배당은 텅 비어 있었기에 그는 표정 관리 같은 건 하지 않고 예배당 바로 앞쪽 의자에 걸터앉았다.

초자연적인 존재에게 기대서라도 이 찝찝한 심정을 씻고 싶은 심정은 맞았지만, 손을 모아 진짜로 기도를 올릴 생각은 영 들지 않았다.

그도 그럴 것이, 그의 신은 이곳에 있지 않으니까.

그가 영혼을 바치기로 맹세한 존재. 그가 선택한 그만의 신. 그에게 지금 필요한 건 그 신이었다. 하지만 동시에 그녀에게 이런 약한 모습을 보이기는 싫었다. 모순적인 감정에 눈을 한번 감았다 뜨니.

"괜찮아?"

눈앞에 그의 신이 서 있었다.

너무나도 절묘한 타이밍에, 에드워드는 이 모든 게 꿈이 아닐까 했다. 그가 그만의 신을 원한다고 기도 올린 지 얼마 되지 않아 존재하게 된 신이, 그녀가 필요하다 생각하고 눈을 감았다 뜨니 눈앞에 나타나다니.

너무나도 그에게 친절한 상황이지 않은가.

하지만 이마에 그녀의 손이 와 닿으며 그런 상념이 깨졌다.

"굳이 필요 없는 일을 시켰나? 그냥 진행할 걸 그랬네."

에드워드가 손을 뻗어 제이의 손을 잡았다. 제이가 그의 눈을 들여다보았다. 그가 의자에 앉아 있고 제이가 서 있는 터라, 평소와 눈높이가 반대가 되었다.

"상태가 많이 안 좋네."

아니라고 반박해야 하지만 입이 붙은 것처럼 말이 나오지 않았다. 괜찮습니다, 눈으로만 한 말이 얼마나 진실하게 들릴지는 모를 일이었다. 과연 전혀 효과가 없었는지, 제이가 샐쭉 웃었다.

"전혀 안 괜찮아 보이는데."

손으로 그의 이마를 짚은 그대로 제이가 허리를 숙였다. 입술이 맞닿았다. 고개가 젖혀지며 시야에 스테인드글라스를 통과한 햇빛이 잡혔다. 에드워드는 자기도 모르게 눈을 감았다.

"……이젠 좀 괜찮아?"

손가락도 들어가지 않을 만한 틈을 두고 제이가 물었다. 숨결이 그의 뺨을 간질였다.

"아……."

드디어 목이 풀려 목소리가 나왔다. 제이가 쑥스럽게 웃으며 멀어지려 했다.

"신의 공간에서 무례한 짓이었나."

에드워드는 여전히 잡고 있던 손목을 끌어당겼다. 각도가 틀어지며 이마를 짚었던 손이 목을 감듯 어긋났다.

"아뇨."

그 사이에 목이 잠겼나, 목소리가 살짝 갈라졌다. 하지만 그게 오히려 더 허리를 쭈뼛 서게 만드는 감이 있어, 제이는 등을 타고 오르는 간지러운 감각에 어깨를 움츠렸다.

"신앙을 가진 이들끼리는 성소에서 결혼식을 올리고, 결혼식의 마지막은 맹세의 키스로 장식하니까요. 전혀, 무례하지 않습니다."

제이의 시선이 이마와 눈, 코와 입술을 어지러이 돌아다녔다.

"그럼……."

"그러니, 그런 건 신경 쓰지 마시고 다시 한번 키스해 주시겠습니까?"

그건 어렵지 않았다. 제이는 눈을 감고 다시 한번 입을 맞추었다. 에드워드는 잡고 있던 손목을 놓고 제이의 뒷목을 감싸 안았다.

에드워드는 거짓말을 하나 했다.

결혼식의 마지막이 맹세의 키스라는 것은 사실이지만, 맹세의 키스에는 혀를 쓰지 않으니까 말이다.

에드워드가 진정된 뒤 그들은 밖으로 나왔다. 제이의 능력으로 타인의 진입을 막을 수 있다 해도, 굳이 거기 머무를 이유는 없었으니까. 숙소로 돌아온 뒤 그는 짤막한 보고를 마쳤다. '그것'의 상태를 상술할 필요는 없기에 보고는 사실 전달에 그쳤다.

"확인은 끝났으니 이제 정보 수집을 들어갈 차례인데, 여기에는 두 가지 방법이 있습니다. 첫째, 바로 삼촌에게 물어본다. 둘째, 아버지에게 돌려서 물어본다."

제이가 고개를 갸웃했다. 후계자인 에드워드 본인이 모르던 일이면, 가문 전체가 관련 없을 가능성도 절반쯤은 될 것이다. 하지만 에드워드는 확신에 차 있었다.

"네 아버지가 이 건과 관련 있다고 확신해?"

"네."

에드워드는 단언했다.

"적어도 모르고 있을 리는 없습니다. 왜냐하면 마리엔트가와 크뤼거가는 긴밀하게 연결되어 있고, 마리엔트가는 보수의 상징이자 성역이니만큼 운신의 폭이 좁으니까요. 단독으로는 이렇게 큰 계획을 진행할 수 없는데, 파트너를 고르자면 그 1순위는 당연히 크뤼거가죠. 영향력이며 동원력에, 결혼으로 성사된 운명공동체인 만큼 신뢰도 굳건하니 가장 먼저 손을 내밀 곳은 당연히 저희 가문이 되겠지요. 설사 만에 하나 다른 곳과 연계했다고 해도, 현 가주의 부인의 가문에서 이런 문제 소지가 다분한 계획을 진행하고 있는 걸 몇 년간이나 모르고 있었다면 그것도 말이 안 되는 일이고요."

"이해했어."

말을 이으라는 손짓에, 에드워드는 손가락을 하나 세웠다.

"저는 두 번째 방법을 추천 드리고 싶습니다. 왜냐하면, 아무래도 아버지와 아들 사이가 삼촌과 조카 사이보다는 정보를 얻기 더 수월하고, 이미 아버지와 삼촌이 연계하고 있다면 삼촌 입장에서는 제게 새로이 정보를 줄 이유가 없거든요. 아버지를 빼고 삼촌에게 바로 갔다가 삼촌이 아버지께 정보를 돌리면 이 건은 자연스레 아버지와 삼촌 간의 일이 될 테고요. 하지만 아버지에게 이 정보를 가져간다면 아버지는 이걸 일차로 크뤼거 가문 안에서 처리한 다음에 마리엔트가로 가공된 정보를 넘기게 됩니다. 그 과정에서 제가 부가적인 정보를 얻을 확률이 올라가고요."

"이미 결정했다면 그대로 가면 되잖아. 내가 도울 게 있어?"

"아뇨, 그런 게 아니라."

에드워드는 멋쩍게 웃었다. 그렇게 웃자 딱 제 나이처럼 앳되어 보여, 제이는 자기도 모르게 손을 뻗어 에드워드의 머리를 쓰다듬었다. 에드워드는 놀란 듯 눈을 크게 떴다가, 사르르 웃으며 제이가 쓰다듬기 쉽게 고개를 숙여 주었다.

"두 번째 안으로 갈 경우 정보가 저희 가문 안에 수렴되니까요. 일을 축소화시키는 방안이기도 해서, 미리 양해를 구하고 싶었습니다."

듣는 순간 제이에게는 여러 가지 생각이 동시에 떠올랐다. 하지만 하나를 제외하면 나머지는 다들 지나치게 현실적인 이유였기에, 제이는 가장 로맨틱한 쪽을 이유로 들어 허가를 내주었다.

"어느 쪽이든, 나는 네 판단을 믿어. 네가 생각하기에 최선을 택하면 돼."

에드워드의 얼굴에 쑥스러움이 번졌다.

"그렇게 말씀해 주시니, 열과 성을 다해 믿음에 보답하겠습니다."

* * *

"다녀오셨습니까, 도련님."

"가주께서는?"

아버지가 아니라 가주. 집사는 집안일에 대한 얘기임을 기민하게 알아차렸다.

"서류 정리 중이시지만, 에드워드 님께서 뵙자고 하신다면 기꺼이 시간을 내주실 겁니다."

"그럼 뵙잔다고 말씀드려 주겠나? 옷을 갈아입고 갈 테니."

"예."

공손하게 절을 한 뒤 집사가 물러갔다. 서열상 뒤로 물러서 있던 데미안이 다가왔다.

"그럼 물은 받지 말까요?"

"얼굴과 손은 씻을 거야. 목욕은 면담 후에."

"예, 준비하겠습니다."

데미안이 공손하게 재킷을 받아들었다.

손과 얼굴을 씻고 셔츠만 갈아입은 뒤 에드워드는 롤랜드 융 크뤼거의 서재로 향했다.

"가주님, 들어가겠습니다."

가주라고 부르지만 아들인 터라, 에드워드는 대답이 돌아오기 전에 안으로 들어갔다. 롤랜드가 펜을 놓고 고개를 들었다.

"그래, 할 말이 있다고."

"예."

에드워드는 본론을 꺼내는 대신 옆에 선 집사를 가만히 보았다. 단 둘이 대화하자는 뜻을 알아차린 롤랜드가 턱짓으로 집사를 내보냈다.

"자, 이제 얘기해 보거라."

에드워드는 자리에 앉아 집사가 미리 따라 놓은 차로 목을 축였다.

"이번 출장이 주말을 꼈지 않습니까."

"그랬지."

"그래서 그쪽 성소에서 예배에 참석했거든요."

"네 어머니에게 말씀드리면 좋아하겠구나."

"끝나고는 체면치레상, 혹시 도와줄 게 있나 물어봤고요."

"기부금이라도 달라든? 적당한 액수면 네 선에서 처리할 수 있을 텐데."

에드워드는 고개를 저었다.

"대신관께 전해 달라던 말이 있던데요."

에드워드는 의도적으로 찻잔을 소리 내어 내려놓았다. 예의에 어긋나는 행동에 롤랜드의 미간이 약하게 찌푸려졌다.

"지하실에 있던 사람을 교체할 때가 와 간다고."

겉으로는 롤랜드의 표정에 아무 변화가 없었다. 갑자기 찻잔을 든다거나 상체를 앞으로 숙여 집중하는 티를 낸다거나 하는 것도 없었다. 에드워드도 꽤나 표정 관리에 능하다고 자부했지만, 역시 세월의 힘은 남달랐다. 작정하고 봐도 아무것도 읽히는 게 없는 걸 보니.

"보셨나요?"

"……너는 봤나 보지?"

에드워드는 솔직하게 표정으로 혐오감을 드러냈다.

"어린애였으면 울고 토했을 겁니다."

롤랜드가 약하게 웃었다.

"어린애는 아니라 이거구나."

"적어도 남들 앞에서 티낼 정도로 어리지는 않죠."

에드워드가 다시 찻잔을 들어올렸다. 의도적으로 소리를 냈던 아까와 달리, 완벽하게 우아한 동작이었다.

"그래도 미리 알고 있었으면 좀 더 잘 대처할 수 있었을 텐데요. 그래서, 그건 제가 몰라도 되는 겁니까, 아니면 알아 둬야 하는 겁니까?"

내키지 않는 것처럼, 아쉬울 게 없는 것처럼. 거래의 기본은 언제나 여유를 보이는 것이다. 이 거래에서 더 이득을 얻는 쪽이 상대인 것처럼 가장하는 것. 이쪽은 엎어져도 상관없는 것처럼 구는 것.

연륜의 격차를 정보의 제한과 부자간의 정이 채웠다. 상대를 '정보를 캐내려는 남'이 아니라 '같은 가문을 짊어진 운명 공동체'라 생각한 롤랜드는 쉽게 입을 열었다.

"그래……. 계획대로라면 좀 더 나중에 알려 주려 했지만, 일이 이렇게 된 이상 굳이 숨길 것도 없겠지."

롤랜드는 긴 이야기를 시작하기 전 차로 목을 축였다.

* * *

"─그렇게 된 거다."

자기 합리화와 변명, 이 프로젝트의 역사에 대한 구체적 수치를 제외하면 남는 것은 기득권 싸움이었다.

즉, 픽은 자연 발생하는 것이니만큼 어느 마을에든 갑자기 픽이 태어나 문제가 발생할 가능성은 있다. 하지만 그런 일이 많다면 픽을 제한할 방법도 없는 주제에 픽을 반대하는 게 되어 명분이 부족해진다.

그래서 중앙에서 작정하고 주요 마을에 락을 배급하여 픽이 일으킬 사고를 예방하려고 하는데, 락을 구분할 수 있는 것은 픽뿐이므로 픽을 반대하는 종교측에서는 락을 알아내 배분할 수가 없다.

게다가 알아본다고 해도 유능한 락이라면 대테러대응반에서 먼저 **빼** 갈 테니 충분한 락을 확보하기 어렵다. 그러니 픽을 반대하기 위해 가장 유명한 픽인 이하연과 거래하여 락을 구입, 주요 도시마다 배치했다는 거였다.

그 말을 듣고 나니, 로쉔에서는 픽이 일으키는 문제가 극히 적었던 것이 기억났다. 보수측에서는 타국과 그 수치를 비교하여, 픽 제한법이 효과가 있다고 주장을 했고.

주장을 관철하기 위해 모든 수단을 다 활용하는 것까지는 좋지만, 그 결과가 결국 픽 배불리기가 된 것은 어떨까. 에드워드는 실소를 금할 수가 없었다. 물론 롤랜드 앞에서 대놓고 비웃을 수 없으니만큼 겉으로는 침묵을 지켰지만.

"……저, 혹시. 배급처 목록을 알 수 있을까요?"

뜬금없는 질문이었다.

"그건 왜 묻는 거냐?"

"렝제흐의 신관은 제가 별 말을 안 했는데도 앞서서 그걸 보여 줬습니다. 입단속을 엄하게 시키면 오히려 소문이 날까봐 숨긴 거겠지만, 그런 만큼 오히려 지방 쪽에서 정보가 샜을 수도 있지 않을까요? 락을 알아보는 건 픽뿐이라고 하니 락을 배급했다는 것까지는 몰라도, 기부금을 모으기 위해 인위적으로 장애인을 양산한다든가 하는 식의 소문이 퍼져 있을

지도 모르죠. 아직 출장지가 두 곳이니만큼 확신할 수 없지만, 리스트를 주신다면 일정이 나오는 대로 한번 비교해 보겠습니다."

롤랜드는 잠시 생각에 잠기더니, 곧 에드워드의 말이 그럴 듯하다고 판단한 듯 고개를 끄덕였다.

"그래, 좋아. 리스트를 준비해 주마. 한번 확인해 보거라."

"예. 확실해지면 말씀드리도록 하겠습니다."

에드워드는 속으로 쾌재를 불렀다.

리스트를 손에 넣자 일은 정말로 간단해졌다.

데미안이 미리 뽑아놓은 리스트와 겹치는 곳을 고르자, 꽤 길던 양쪽 리스트는 열 개 안팎으로 줄어들었다. 각각의 리스트가 쉰 개가 넘었던 것을 생각하면 파격적인 일이었지만, 원래 리스트의 조건 중 외진 지역이 들어가 있는 것을 생각해 보면 또 그렇게 이상한 일은 아니긴 했다.

목록이 단출해진 만큼, 그들은 크뤼거가의 의심을 피하기 위해 일부러 몇 개의 꽝 마을을 집어넣었다. 애초에 제이의 다른 목적 중 폐쇄된 지방 청사의 계몽도 들어가 있으니 만큼 진짜 꽝이라고 볼 수도 없긴 했다.

"예, 머무르고 있습니다."

그리하여 그들은 기한 내에 도리언의 꼬리를 잡는 데 성공했다. 지나치게 들뜬 티가 나지 않도록, 제이는 시선을 내리깔았고 에드워드는 온화한 미소를 얼굴에 깔고 태연하게 물었다.

"집이 어딘지 알 수 있을까요?"

"마을에서 북쪽으로 좀 더 가면 나옵니다. 아예 마을 밖이라고 볼 수는 없지만, 주변에 인가가 없으니 가시다 헷갈리실 수도 있겠군요. 아이를 하나 붙여 드릴까요?"

"아뇨, 괜찮습니다. 인가를 벗어나 쭉 북쪽으로 가면 보인다는 거죠?

그곳에 다른 집은 없습니까?"

"예. 거기에는 그 집밖에 없으니, 망설이지 마시고 쭉 가시면 바로 보일 겁니다. 마을 사람들 일을 도와주고 식사거리를 얻는 걸로 아는데, 오늘은 누구네 일을 도와주고 있는지 모르겠군요."

"아뇨, 굳이 찾아 주실 것 없습니다. 그냥 저희가 가서 기다리지요. 아, 살짝 놀래 주고 싶으니 굳이 저희가 찾아 왔다는 말은 말아 주시겠습니까?"

대신관의 조카님의 말을 거역할 수 있는 신관이 있을 리 없어, 크게 윽박지르지 않고도 에드워드는 침묵을 얻어낼 수 있었다.

* * *

마을 북쪽으로 간 제이와 에드워드는 곧 그 집을 찾을 수 있었다. 문에는 자물쇠가 달려 있었지만, 제이가 잡아당기자 처음부터 잠겨 있지 않았던 것처럼 스르르 열렸다. 제이는 제 집 들어가듯 자연스레 안으로 들어섰다.

에드워드는 들어가기 전 자물쇠를 만져 보았다. 평범한 자물쇠로, 보안 의식이 투철하다고는 볼 수 없어도 이런 외진 곳에서는 그리 나쁜 선택이 아니었다. 방문자가 제이인 게 좋지 못했을 뿐이지.

에드워드는 안으로 들어와 문을 닫았다. 찰칵. 다시 자물쇠가 잠기는 소리가 들렸다. 에드워드는 자기도 모르게 푹 웃고 말았다. 제이가 그를 돌아보았다.

"왜?"

"아뇨, 그냥. 미스터 그레이하운드가 돌아오면 얼마나 놀랄까 싶어서요."

제이의 표정이 짓궂어졌다.

"아주 놀라겠지. 군과 얼마나 결탁했는지는 몰라도, 군내에서는 우리의 목적을 썩어빠진 상층부 청소로 생각하고 있을 테니까."

도리언을 기다리며 딱히 할 것도 없어, 제이는 집 안을 둘러보았다. 좁지만 혼자 살기엔 충분해 보이는 집 안은 조용하고, 또 깔끔했다. 침실, 거실, 부엌.

제이는 심정적으로 더 가까운 부엌 쪽으로 향했다. 남자 혼자 사는 집 따위에 관심이 없는 에드워드는 문가에 선 채로 제이의 동작을 지켜보고 있었다.

"물기가 없네."

개수대를 훑어보고 낸 작은 목소리에 에드워드는 최선을 다해 반응했다. 하지만 너무 최선을 다했기에 제이는 에드워드가 자기 말뜻을 이해 못한 걸 알아차렸다. 아니고서야 개수대가 말라 있다는 소리를 듣고 대가뭄의 징조라도 되는 것처럼 심각한 얼굴을 할 리가 없으니까.

"물을 쓰면 그게 마르는 데 시간이 꽤 오래 걸려. 설거지감이 없는데 물기가 없다는 건, 마지막으로 접시를 쓴 지 시간이 꽤 지났다는 뜻이지."

부엌에 들어가 본 적도 없는 도련님은 새로운 사실을 배웠다. 물론 앞으로도 쭉 들어가 볼 일이 없기 때문에 딱히 중요한 지식은 되지 못했다.

제이는 접시가 들어 있는 찬장을 살폈다.

"……겉은 깨끗한데 안쪽에는 먼지가 쌓였군. 남들 눈에 보이는 부분만 신경 썼나 본데?"

에드워드가 문가를 떠나 부엌으로 걸어왔다.

"희한하군요. 남들 시선을 의식했다는 건 부엌에 들어올 사람이 있다는 건데, 독신 남성의 부엌에 들어오는 사람은 보통 집안일을 대신 해 줄 사람 아닌가요? 역으로, 그런 사람이 있다면 집안일을 신경 쓸 필요는 없을 텐데. 모순적이로군요."

귀족이야 성별 관계없이 집안일을 직접 하는 건 천하다는 인식이 있다지만, 평민들은 보통 집안일을 해 줄 고용인을 둘 수 없다. 그런 상황에서 가사는 여자의 일로 치부되기 마련이고, 그렇기에 여자가 없는 집안이 가사에 서툰 건 이해받을 수 있는 일이었다.

게다가 도리언 그레이하운드는 눈이 번쩍 뜨일 미남이라니 집안 꼴을 쓰레기장처럼 만들어 놨어도 다들 너그러이 봐주겠지. 잘생긴 남자의 삶을 잘 아는 에드워드인지라 도리언의 생활도 대충 어땠을지 눈에 선했다.

에드워드는 찬장을 열어 보았다. 있는 것은 통조림과 피클 등, 오래 보존할 수 있는 음식들뿐이었다. 이걸 바로 먹어서 설거지거리를 없앤 건가? 그런 생각을 하고 쓰레기통을 살펴보니 쓰레기가 없었다. 생활감 정말 안 느껴지는 집이구만.

에드워드는 집안을 천천히 돌아보았다.

집에는 정말 아무것도 없었다. 여가 시간을 보낼 놀잇감조차. 침대는 누운 적은 있나 싶게 깨끗하고, 사람이 살기는 하는 건가? 대체 집에서 뭘 하고 사는 거지? 이럴 거면 집은 대체 왜 갖춰 놨을까. 돌아가면서 묵어도 아무 문제없을 텐데. 에드워드는 고개를 갸웃했다.

"사람 사는 냄새가 전혀 안 나는군요."

제이가 짧게 웃었다. 어떤 의미로는 핵심을 찔렀기 때문이었다.

"이 사람은 그래서 도대체 뭘 하고 싶었던 걸까요?"

하연 인더스트리는 8년간 도리언을 내버려두었다. 어떻게 하연 인더스트리가 자신을 쫓을 거라고 8년 전부터 예견했는지는 모르겠지만, 8년간 무사했으면 좀 방심할 법도 하지 않나?

이렇게 끊임없이 무서워할 거라면 차라리 어디에도 머무르지 않고 부평초처럼 떠돌아다니는 게 맞지 않아? 이렇게 살 거면 어느 한 곳에 머무르는 의미가 있나? 에드워드로서는 이해가 가지 않는 생활상이었다.

그라면, 이렇게 사느니 차라리 자진납세를 할 것이다. 그게 아니면 싸울 준비라도 갖추든가. 아니면 내일 잡혀 가는 한이 있더라도 단 하루라도 사람답게 살 것이다. 이렇게, 사는 것도 죽는 것도 아니게 지내지는 않을 것이다.

이럴 거면 도망의 의미가 어디 있는가? 도망은, 적어도 자유롭기 위해 치는 것이 아닌가?

"글쎄……."

제이가 막 대답하려던 때, 자물쇠가 열리는 소리가 들렸다. 제이는 의식하지 못하는 채로 고개를 들어 시선을 위로 했다. 에드워드가 조용히 숨을 죽였다. 문이 열리고, 태양을 등진 실루엣이 보였다.

시간이 박제된 채 그곳에 서 있었다.

외전 03
도리언 그레이하운드의 초상

그에게는 인간의 아기가 겪는 학습기간 따위가 필요 없었다. 눈꺼풀을 들어 올리는 그 순간부터, 그는 자신의 정체와 존재의의 등등 그 모든 것을 알고 있었다.

안드로이드란 건 본디 그런 것이니 말이다.

"오, 눈 떴다. 자, 시작한다. 네 이름이 뭐야?"

그의 성대가 떨리고, 소리를 자아냈다.

"―도리언. 도리언 그레이."

그에게 말을 걸었던 소녀가 의아한 얼굴로 뒤를 돌아보았다. 그의 바로 앞에 앉아 있던 소녀와 달리 저 멀찍이 물러나 있던 소년이 소녀를 마주 보았다.

"뭐야, 어디서 이상해진 거야? 그건 프로젝트 명이잖아. 임시 이름은 일련번호니까 숫자일 텐데?"

"프로젝트 네임(Project name)이랑 그냥 네임(name)이랑 코드가 꼬인 거 아냐?"

"아, 그럴 수가 있겠구나."

맥락 없는 대화에도 불구하고 그는 둘의 대화를 이해했다. 기반 지식 전부가 그에게 있었으니까.

"생각해 보니까, 프로젝트 담당자들 성이 그레이하운드잖아. 이름 짓는 것도 귀찮았는데 마침 잘됐지 않아? 그냥 도리언 그레이하운드로 지어 버리는 거 어때?"

"천재인데?"

"그럼 네가 수정 명령 내려, 성문 인식 등록은 네 것만 해 놨잖아."

"그래야겠다."

소녀가 다시 그를 보았다.

"수정. 프로젝트 네임 파일을 지우고, '네임'명을 도리언 그레이하운드로 수정."

그가 눈을 감았다. 다시 눈꺼풀을 밀어 올렸을 때, 수정은 완료되어 있었다.

"네 이름은?"

"—도리언. 도리언 그레이하운드."

"네 분류는?"

"인간형 안드로이드."

그, 이제는 도리언 그레이하운드가 된 존재는 의문을 가졌다. 태어나서 처음으로 가져 보는 의문이었다.

"그런데, 안드로이드는 전부 인간형을 하고 있다고 주입된 지식에는 기록되어 있는데. 왜 인간형이라는 단어가 앞에 붙습니까?"

소녀가 환희에 찬 얼굴로 뒤를 돌아보았다. 소년이 자리에서 벌떡 일어나 다가왔다.

"들었어, 블루? 성공했어! 이지가 있어, 의문을 갖잖아? 단순한 기계라면 오류로 판단해서 렉이 걸릴 부분이야."

소년 역시 환한 얼굴로 고개를 끄덕였다.

"그러게! 드디어 가시적인 성과가 보이네."

대답은 안 해 주고 자기들끼리 신난 모습에 도리언이 다시 입을 열었다.

"당신들이 신난 이유는 알겠습니다. 자아를 가진 인간형 안드로이드의 성공은 제가 처음이니까요. 하지만 프로젝트를 장기적으로 보았을 때, 제 첫 질문은 의미를 가지지 않습니까. 제 질문에 대답을 해 주시고 제가 진화하는 모습을 관찰한 다음에 기뻐해도 늦지 않다고 생각하는데요."

의도와는 달랐지만, 도리언의 말은 빠르게 소녀와 소년의 흥분을 식게 했다. 금방이라도 얼싸안을 것처럼 뻗었던 손을 내리고, 소녀가 새침한 목소리로 말했다.

"얘 성격 재미없어."

"나도 동의해."

재미가 있든 없든, 질문에 대답이나 해 주었으면 했다. 멀뚱멀뚱한 도리언의 얼굴을 보고 소녀가 시무룩하게 대답했다.

"몰라, 우린 프로젝트 기획안에 써진 대로 부를 뿐이야."

"그 기획안의 작성자에게 물어볼 수 있겠습니까?"

소녀와 소년이 서로를 마주 보았다. 닮은 구석 하나 없지만, 어쩐지 남매 같아 보이는 광경이었다.

"아니, 못해."

"그 기획안을 쓴 사람은 지금 섬에 없거든. 연락도 되지 않고 말이야."

기념비적인 인간형 안드로이드의 첫 질문은 그렇게 해소되지 않은 채로 남았다.

* * *

　도리언은 너무나도 사소해서 그의 하드웨어에 저장되지 않은 정보들을 들었다. 소녀는 달리아, 소년은 블루라고 부르면 된다든지. 프로젝트의 초기 단계, 즉 그를 제작한 건 그레이하운드 박사 부부지만 이후 그를 관찰하며 상태를 지켜보는 것은 달리아와 블루의 역할이라고 했다.

　"뭘 관찰하는데요?"

　"이것저것. 작동 시 문제는 없는지, 제대로 인간사회에 섞여 들어갈 수 있는지, 부품을 갈아도 여전히 그 '인격'이 유지되는지, 그런 것들."

　도리언은 잠시 그 실험들의 공통점을 생각했다.

　"그러니까. 제가 창조된 인간인지, 인간이란 창조된 수 있는 건지 확인하겠다 그거로군요?"

　달리아가 손가락을 딱 하고 튕겼다.

　"바로 그거지."

　도리언은 고개를 갸웃했다.

　"그럴 거면 구성 성분부터 일치해야 하는 거 아닌가요?"

　도리언 그레이하운드는, 겉보기에는 내장까지도 사람과 똑같다. 식도, 위, 장, 심장과 폐. 혈관 안에 붉은색 액체가 온몸을 타고 돈다.

　하지만 구성 성분으로 들어가면, 도리언은 인간과 전혀 다르다. 살점은 세포가 아니기에 썩지 않고, 위장은 위장 형태를 한 소형 화력 발전소에 불과하다. 사람이 석탄을 먹으면 탈이 나겠지만, 도리언이 석탄을 먹으면 아무 문제없이 좋은 화력을 얻게 될 테지. 정말 인간을 창조하고 싶다면,

하드웨어부터 인간처럼 만드는 게 더 쉽지 않을까?

블루가 낮게 웃었다.

"아뇨, 겉보다는 속이 더 중요한 거거든요. 따지자면……."

달리아가 뒷말을 받았다. 달리아의 손가락이 툭, 하고 도리언의 심장께를 찔렀다.

"이 프로젝트의 목표는 영혼을 만들어 내는 데 있다고 할 수 있지. 그러니 겉모습은 사실 지금보다 더 인간 같지 않아도 상관없어. 널 이렇게까지 인간처럼 보이게 만든 건, 그냥 다음 단계상 필요한 절차이기 때문이지."

"다음 단계요?"

"너는 네가 만들어진 인간인 걸 알죠. 하지만 이게 성공적으로 완료되면, 그 다음 단계에서는 실험체에게 자기가 안드로이드인 걸 모르게 할 거예요. 그러려면 눈에 보이는 건 전부 인간과 똑같아야 하지 않겠어요."

둘이서 말을 주거니 받거니 하니, 갓 태어난 안드로이드로서는 따라가기가 어려웠다.

"저, 한쪽이 말을 전담해 주거나 하면 안 될까요. 무슨 말을 둘이 한 몸인 것처럼 말하니까 처리가 어려워요."

달리아가 딱 잘라 대답했다.

"사회화의 일환이야, 견뎌."

블루가 짧게 웃더니 고개 숙여 사과했다.

"농담이고, 우리끼리 대화하는 데 너무 익숙해져 있어서 미처 몰랐네요. 다른 이성이 있는 존재와 이렇게 길게 대화할 일도 없고, 누가 지적해 줄 일은 더 없다 보니까 이런 방식이 복잡하게 느껴질 줄 몰랐어요."

"그럼……."

"하지만 달리아 말대로, 사회화에 도움이 되긴 할 테니까 그냥 견뎌요. 너 말고는 딱히 대화할 상대도 없는데 대화 방식을 새로 배우긴 귀찮네요."

정말 말투만 다르지, 거울상처럼 닮은 둘이었다. 도리언은 이게 '짜증'이라는 감정을 느끼게 하기 위한 큰 그림인가, 아주 잠시 고민했다. 아주 잠시 고민했을 뿐이지만, 그건 아닌 것 같다는 결론이 나왔다.

* * *

프로젝트는 편안했다. 도리언은 그냥 정해진 시간에 일어나서, 밥을 먹고 하고 싶은 일을 하다 잠자리에 들면 되었다. 달리아와 블루와 대화를 하는 건 '하고 싶은 일'에 속했고.

"그런데, 이렇게 살면 제가 인간다운지 어떤지 영 알 수가 없을 거 같은데요."

사회화에 달리아와 블루는 썩 그리 좋은 상대가 아니었다. 달리아는 대놓고 이상했고 블루는 상냥한 척 이상했으니까. 생후 한 달도 안 된 안드로이드조차도 그걸 알아차릴 수 있을 만큼 이상했다.

저 둘을 데려다 놓고 인간 같냐 인간 안 같냐 물어보면 인간 안 같다는 대답이 나올 테니, 도리언이 이상행동을 보여도 그게 기술의 미흡함으로 인해 벌어진 일인지 교사가 좋지 못해 이 꼴이 난 건지 알 수가 없을 것이다.

"아, 그건 걱정 마. 제대로 된 사회화는 학교 보내서 시킬 거니까. 지금은 입학 시즌 기다리는 거야."

정말 다행히도, 달리아와 블루는 자기객관화가 잘 되어 있는 듯했다. 자기들이 뭐가 문제냐며 반발하지 않는 걸 보니. 하긴, 저 둘이 사회성이 없지 머리가 없는 건 아니니까. 생후 보름 된 안드로이드는 안도했다.

"어떤 학교요?"

"사관학교예요."

도리언은 고개를 살짝 기울였다.

"사관학교요?"

"응."

"왜 하필요?"

"그레이하운드 박사 부부네 조국의 명문교는 죄다 사관학교거든요. 뭔가 연고가 있는 곳에 보내야 할 텐데, 누가 봐도 1대륙 사람인 널 집에 보낼 수는 없잖아요."

생후 보름 된 안드로이드가 냉정하게 지적했다.

"사관학교는 필연적으로 몸을 써야 하는 곳 아니던가요?"

"그렇긴 한데, 너라면 입학시험쯤은 가뿐하게 통과할 거야."

그거야 물론 그렇겠지. 도리언이 걱정한 건 정반대의 문제였다.

"제가 너무 오버 스펙일 경우는 왜 신경 쓰지 않으시나요."

블루가 순진하게 고개를 갸웃거렸다.

"그럴 리가요? 인간 평균 신체를 기반으로 만들었다고 들었는데요."

그럴 리가 없다니. 이쪽이 하고 싶은 말이었다. 도리언은 말없이 바닥을 박찼다. 벽을 비스듬히 걷어차고, 천장을 밟아 달리아와 블루의 뒤에 내려설 때까지. 시간은 2초를 넘지 않았다.

"보통 사람들한테 이 동작이 가능하다고요?"

달리아가 움찔하는 것을 본 도리언은 재빨리 달리아를 제지했다.

"아니, 당신은 인간 수준을 넘었잖아요. 당신이 하는 건 의미가 없죠."

블루는 겸손하게 자기 한계를 인정했다.

"물론 전 못 하지만. 전 신체적 능력은 평균보다 떨어지니까요. 사관학교면 단련된 사람들이 오니까 안 튀지 않을까요?"

말이 안 통했다. 도리언은 책임을 떠넘기기로 했다.

"여기 멀쩡하게 사회 생활한 인간이 딱 둘 있잖아요. 그레이하운드 박사 부부께 물어 주시겠어요? 지금 제 신체 능력이 평범한 수준, 아니 이상하지 않을 수준인지?"

둘은 순순히 고개를 끄덕였다. 뭐, 별로 어려운 일은 아니었으니까.

문제의 원인은 순식간에 규명되었다. 제어 장치를 넣지 않은 탓이었다.

도리언의 신체 자체는 우수한 인간 수준에 맞춰서 제작되었다. 하지만 인간은 신체 능력을 백 퍼센트 발휘하지 못한다. 일단 그러려고 하면 근육이든 힘줄이든 손상이 갈 테고.

그렇지만 도리언의 신체를 구성하는 소재들은 인간의 세포와 달리 자체 재생 능력이 없고, 그렇기에 실제 인체보다 훨씬 더 내구도 좋게 제작되었다. 한계까지 써도 무리가 없도록. 거기서 제한 장치를 달지 않았으니, 당연히 인간으로서는 불가능한 수준까지 신체능력이 올라가 버리는 것이다.

"이제라도 계획을 수정하는 게 좋지 않을까요? 평범한 학교라면 신체 능력이 지나치게 뛰어난 걸 들킬 염려도 없잖아요."

"아니, 오히려 이렇기 때문에 더 필요해."

달리아가 고개를 저었다.

"인간형 안드로이드는, 겉을 흉내 냈을 뿐, 인간과 실제로 호환되지는 않아. 그러니까 리미트를 제대로 적용하려면 적용 당사자가 이 리미트가 어느 선까지 제한되는지 확인해 줘야 해. 그러려면……."

"네가 실제 인간의 신체적 능력의 한계를 관찰해 줬으면 해요."

꽤 그럴 듯한 의견이었다. 어차피 실험체인 그에게는 결정권이 없기도 했지만. 도리언은 고개를 끄덕여 둘의 의견에 수긍했다.

* * *

그렇게, 그는 델라한 제국 사관학교에 입학하게 되었다. 그레이하운드 박사부부의 조국, 로쉔에서도 가장 유명하고 우수한 학교라고 했다.

입학시험 때까지 나름대로 노력해서 출력을 조절한 결과, 어찌어찌 인간을 뛰어넘는 수준은 피할 수 있었다. 그래 봤자 수석이긴 했지만 수석은 매년 나오니 신경 쓸 것 없었다.

자, 이제 한 1년간은 몸을 사리며 시선을 피하고 사람들을 관찰해, 그걸 모방하면 되겠군.

그렇게 생각한 게 무색하게도, 그는 온 선생과 학생의 주목을 받게 되었다. 너무 우수해서가 아니었다. 그가 너무 잘생겨서였다.

프로젝트상의 문제였는지 아니면 이왕 만드는 거 잘생긴 게 낫다는 생각의 발로였는지, 프로젝트의 진행자들은 그를 잘생기게 만들었다. 거기까지는 아무 문제가 없었다. 잘생긴 건 사람들에게 호감을 사기 쉬우니까.

하지만 문제는, 랜덤으로 태어나는 사람과 달리 그의 외모는 제작되었다는 데 있었다. 눈은 커다랗게, 속눈썹은 길게, 턱 선은 매끈하고 뺨은 대리석처럼 매끄럽게. 명화 속에서나 나올 법한 미소년이 살아 숨쉬고 움직이니 시선이 몰릴 수밖에 없는 노릇이었다. 심지어 얼굴을 받쳐줄 신체마저도 완벽하니 더더욱.

남자들은 시기하거나 그를 같은 패거리로 끌어들이려 했고, 여자들은 저 멀리서 그의 얼굴을 보며 즐거워했다. 아무래도, 얼굴부터 좀 더 평범하게 고친 다음 신분을 세탁해서 다시 시도해야 하는 게 아닐까. 그렇게 고민하며 학교를 다니고 있을 때였다. 한 소녀가 그녀에게 다가왔다.

"수석 자리를 넘겨줬으면 해."

생후 반년이 채 되지 않은 안드로이드의 시각으로도 새로 친구를 사귀는 방법으로 적절하다고는 볼 수 없었다. 도리언은 어이가 없어서 그에게 말을 건 소녀, 조세핀 라 르퀸을 보았다. 그의 시선을 어떻게 해석했는지 조세핀이 덧붙였다.

"룬펠과는 협상이 끝났어. 네가 수석 자리를 넘겨주면 차석이 될 테니까, 만약 수, 차석에게 주어지는 혜택 때문에 수석 자리를 유지하는 거라면 그 혜택들은 전부 유지될 거라는 말을 하고 싶었어. 물론 룬펠에게도 그랬지만, 도와주면 그 답례는 확실하게 할 테고."

그건 아무래도 좋은 일이었다. 어차피 그는 사회화의 일환으로 학교를 다니는 것뿐이니까. 하지만 중요한 건 그게 아니었다.

"어……. 입학하고 얼마 되지도 않았는데 왜 갑자기 마음이 바뀐 건데?"

수석을 원했다면 처음부터 시험을 열심히 봤으면 됐을 것을.

도리언이 아무리 우수하다 한들, 르퀸가가 사전 공작을 했으면 조세핀은 무리 없이 수석 자리를 차지할 수 있었을 텐데. 당연한 의문에 조세핀은 조개처럼 입을 다물었다. 도리언은 귓가를 긁적였다.

"음……. 그러니까 넌 차석으로는 안 되고, 꼭 수석 자리가 필요하다 그거지?"

"응. 필요하다면, 너희 부모님께도 내가 협조를 구할게. 너랑 너희 부모님, 양측에게 답례를 할 수도 있어."

그레이하운드 부부가 실험체 프로토타입의 성적 따위를 신경 쓸 리 없었지만, 그는 신경을 써야 했다.

"그게 학창 시절 동안 필요해?"

"아니, 졸업한 후면 돼. 하지만 졸업 시 계산할 때, 수석으로 있던 기간 같은 것도 고려에 들어가니까 이왕이면 빨리 건네줬으면 해서. 너로서도, 괜히 수석 자리를 유지하느라 힘 뺄 필요 없어서 좋잖아?"

반대였다. 그는, 차석 이하의 업적을 내기 위해 노력하는 게 더 힘들었다. 리미터가 걸린 후면 좀 더 쉬울지 모르지만, 지금은 지나치게 우수한 성적으로 수석을 차지하지 않는 것만으로도 충분히 모든 힘을 다하고 있다고 할 수 있었다.

아무리 수, 차석이 짜고 치는 판이라고 해도 엇비슷한 정도로는 성적을 내 줘야 한다. 그런데 도리언으로서는 조세핀이, 평범한 인간이 자신과 비등한 성적을 낼 수 있는지 그걸 확신할 수 없었다.

"그럼 난 신경 안 써도 돼. 난 애초에 군인이 될 생각은 없거든. 졸업 후에 내가 사라지면 어차피 수석 역할은 네가 하게 될 거잖아? 그럼 괜찮은 거지?"

조세핀이 고개를 갸웃했다.

"군인이 될 생각 없다고?"

"응."

사실 미래 계획 자체가 없지만.

"그럼 왜 사관학교에 온 건데?"

거기까지는 변명이 준비되어 있지 않던 도리언은 입을 다물 수밖에 없었다. 조세핀이 대답을 촉구하듯 눈을 빛냈다. 에라, 모르겠다. 그는 글로 배운 위기 관리법을 사용했다.

시선을 한번 돌리고, 곤란하다는 듯 겸연쩍은 미소를 짓는다. 그리고 다시 시선을 상대에게 돌린 뒤 오묘한 미소를 지으며 검지를 입가에 갖다 댄다. 열넷밖에 안 된 꼬맹이가 쓸 방법은 아니었지만 인간을 벗어난 미소년에게는 뭐든 안 어울릴 리가 없었다.

조세핀이 약하게 얼굴을 붉히며 고개를 돌렸다.

"아……. 이해했어."

본인도 모르는 이유를 어떻게 이해할 수 있었는지 정말 이해가 안 가는 바였으나, 이해했다니 일단 다행이었다. 도리언은 부드럽게 웃으며 고개를 끄덕였다. 조세핀이 이해했다는 그 이유를 자기도 안다는 것처럼.

룬펠과의 거래로 조세핀은 차석으로 올라왔고, 도리언은 수석 자리에 머물렀다. 수석과 차석은 이래저래 같이 묶이는 경우가 많은 터라, 둘은 자연스레 자주 같이 다니게 되었다.

인간의 생활양식과 신체 능력의 평균을 배워 익히려던 그에게 조세핀은 아주 좋은 관찰재료였기에, 그는 조세핀과 함께 있을 때면 조세핀의 동작을 하나하나 관찰했다. 세간에서 요구되는 여성의 행동 양상과 남성의 행동 양상은 조금 다르니, 조세핀은 썩 좋은 교사가 되지 못한다는 것을 깨달은 것은 나중 일이었다.

첫 방학 때, 아무것도 모르는 도리언은 씩씩하게 아밀스턴 섬으로 돌아가 자랑을 했다.

"꽤 인간다워지지 않았어요?"

안드로이드보다도 더 사회성이 떨어지는 인간 둘은 서로의 얼굴을 마주 보았다.

"그걸 우리한테 묻는 거예요?"

"그럼 누구한테 물어요? 제 담당은 두 분이시잖아요."

너무 타당해서 반박이 어려운 말이었지만, 상대 의견의 타당함 따위를 신경 쓴다면 그건 사회성이 있다는 뜻이다. 둘만의 세계에서 자라느라 사회성 따위는 개나 준 둘은 당당했다.

"몰라, 실험 설계자가 알아서 하겠지."

"그 실험 설계자가 누군데요?"

"회장이랑 부회장이요. 우리 회사에 별칭 있는 프로젝트들은 전부 둘의 합작이에요."

"부회장은 없댔으니까 회장님께 말씀드려야 하지 않아요?"

"음……. 그게, 회장은 우리보다 더하거든. 우린 어리기나 하지, 그 사람은 어지간한 나라보다도 오래 틀어박혀서 연구만 했으니까. 우리가 봤을 때, 이 기획은 사회성 체크를 부회장이 하는 시스템이었어."

도리언은 잘생긴 눈썹을 찌푸렸다.

"그 부회장, 지금 없다면서요."

"없다는 게 무슨 뜻이겠어요. 자리를 비웠다는 거죠. 죽거나 그래서 사라진 거면 새로 뽑았을 테니까. 나중에 돌아오면 일하겠거니 하고 쌓아두는 수밖에 없죠."

"언제 돌아오는데요?"

"몰라? 돌아올 때 되면 돌아오겠지."

그놈의 부회장, 정말 얼굴이 궁금했다. 도리언은 혀를 찼다.

"그럼 전 부회장이 돌아올 때까지 할 일이 없는 거예요? 그냥 사회화만 계속 하면 되나요?"

"아뇨, 하드웨어 교체도 할 거예요. 일단 자아를 가진 안드로이드는 지금 상태로는 당신 하나뿐이기 때문에, 데이터를 옮기는 건 기술이 좀 더 안정화된 다음에 할 거고. 이번에는 기억 매체……. 그러니까 뇌를 통째로 새 몸에 이식할 거예요."

"그 몸은 성장을 안 하니까. 한창 성장기여야 할 나이에 전혀 자라지 않으면 이상하잖아? 방학을 틈타서 성장 속도를 맞추자. 방학 동안 쑥쑥 커 오는 애들은 꽤 있다고 하니까 괜찮을 거야."

"……의심받으면요?"

"인간다운 면모를 보여 주면 성장 속도가 다소 기이해도 넘어가지 않을까요? 그도 그럴 것이, 인간형 안드로이드란 건 사람들의 인식 안에 없는 존재니까요. 자라지 않아서 몸을 바꿔치기 해서 성장하는 존재라니, 그런 걸 누가 상상할 수 있겠어요?"

꽤나 그럴 듯하게 들리는 말이었지만, 일단 이거 하나는 알 수 있었다. 이 회사는 회장의 압도적인 능력에 기대어 굴러갈 뿐, 일을 참 뭣같이 했다. 유일한 실험체라면서 대륙 건너편에 던져두고 방치하는 게 말이나 되는 건가.

"음, 일을 되게 생각 없이 처리한다는 거 하나는 잘 알겠어요. 제가 마녀 사냥이라도 당하면 어쩌려고요?"

도리언은 인간을 뛰어넘는 신체 능력과 어지간해서는 손상을 입지 않는 몸을 가졌지만 불사는 아니었다. 불에 오래오래 태우면 결국 몸은 녹고 기억 매체도 손상되겠지.

귀중한 실험체를 밖에 풀어놓을 거면 당연히 손상될 경우도 고려했어야 마땅하지만, 달리아와 블루는 누가 봐도 지금 안 얼굴들을 하고 있었다. 이딴 일처리에 내 소중한 목숨을 맡기고 있었다니. 도리언의 등골이 오싹했다.

"그럴듯하네. 그럼 네 새 몸에는 경보 벨 같은 걸 달아놓을게. 위기에 처하면, 거길 눌러. ─그럼 5초 안에 내가 네게 갈 수 있어."

누군가에게는 평생을 걸 수도 있을 만큼 로맨틱한 고백이 될 수도 있는 말이었지만, 도리언은 마음이 차갑게 식는 기분을 느낄 뿐이었다.

"그래 주시면 감사하겠어요. ……그리고 부탁컨대, 실험 설정에 저도 함께 참여해도 될까요? 지금은 너무, 좀 주먹구구식인데요."

달리아와 블루가 서로의 얼굴을 바라본 뒤, 어깨를 으쓱했다.

"제가 회장님께 건의해 볼게요."

"꼭 좀, 부탁드려요."

존재 유지에 집착하라는 요건은 도리언의 생성 시 들어가 있지 않았다. 사실 존재의 소멸을 두려워한다는 점에서 이미 이 프로젝트가 성공한 것을 알아야 했지만, 그 자리에 있던 셋 다 너무 어렸다.

세월의 한계로 인해 그들은 아주 당연한, 하지만 조금 섬세한 부분을 놓쳤고, 프로젝트는 쓸데없이 연장되었다.

도리언에게는 다행인 일이었다.

* * *

사관학교로 떠나기 전까지만 해도 도리언만 담당하던 달리아와 블루에게 그 사이 다른 담당이 생긴 것도 있어서 도리언의 제안은 쉽게 받아들여졌다.

"자, 그럼 혼자 잘 할 수 있지? 우린 다른 애 보러, 이만!"

다만 문제는, 그 다른 실험체 때문에 달리아와 블루가 바빠져 도리언이 혼자 남겨졌다는 데에 있었다. 보안상의 문제로 인해 그를 데려갈 수는 없다고 했다.

이럴 거면 그냥 학교에 남게 해 주지……. 델라한 제국 사관학교는 개인적인 이유로 인해 집에 돌아가기 힘든 학생들을 위해 방학에도 기숙사과 도서관, 기타 부대시설을 개방했다. 툭하면 들어가면 안 되는 구역이 나오는 이곳보다는 훨씬 재미있을 거란 소리였다.

한 사흘 정도 곱게 자리에 누워 기억 매체에 저장된 지식을 정리하고, 이틀 정도 한 학기 동안 관찰한 인간상—8할은 조세핀이었다—을 기억하고 그 몸짓이며 화법을 몸에 배게 만들고.

그렇게 일주일을 보내고 나니, 모든 게 너무 심심했다. 견디다 못한 도리언은 펜을 들었다.

'조세핀에게.'

유일한 인간 친구에게 편지를 쓸 셈이었다.

[조세핀에게.

여긴 정말 지루해. 만약 방학이 끝나도 내가 돌아가지 않는다면, 지루해 죽었다고 생각해 줘.

도리언이.]

편지라기보다는 전보에 가까운 길이에, 아무 내용도 없었기에 도리언은 답장을 기대하지 않았다. 학교에 돌아갔을 때 웃으며 대화할 소재거리.

하지만 조세핀은 기대하지 않았던 답장을 보내 왔다. 역시 전보라고 해도 좋을 만큼 짧은 길이었다.

[도리언에게.

부럽다. 여긴 정말 바빠. 내가 방학 끝나고도 학교에 없으면 과로사라고 생각해 줘.

조세핀이.

ps. 인생이 한가한 그대에게, 과제를 하나 내드리지요. 방학 끝날 때까지 풀어오세요.]

편지와 함께 돌아온 것은 책 세 권이었다. 한 권 표지에는 '난이도: 어려움'이라는 메모가. 다른 한 권에는 '난이도: 중간'이라는 메모가, 마지막 한 권에는 '난이도: 평범'이라는 메모가. 도리언은 자기도 모르게 웃어 버리고 말았다.

'난이도: 어려움'부터 펼쳐 보자, 이제는 거의 사장된 고어로 쓰인 책이었다. 보통은 사전을 뒤져 가며 이 뜻을 해석하는 데만 한 달쯤 걸리리라. 방학 시작 때부터 붙잡아도 이 한 권을 떼는 데 방학을 전부 투자해도 모자라겠지.

하지만 도리언은 기동 순간부터 약 마흔일곱 개의 언어를 유창하게 사용할 줄 알았고, 고어도 그 안에 들어갔다. 그가 이 책을 읽는 데는 하루가 채 걸리지 않으리라.

책 내용을 꼼꼼히 살펴보고 요약하는 데는 사흘쯤, 그에 대해 자기 의견을 정리해서 열 페이지 가량의 레포트를 쓰는 데는 일주일쯤 걸리겠지. 지루한 방학을 견디기엔 솔직히, 볼품없는 위문품이었다.

하지만 그건 도리언이 인간이 아닌 탓이었다. 조세핀은 충분히 깊은 생각을 거친 끝에 뇌를 거의 쓰지 않고 재미있게 볼 수 있을 가벼운 인문학 책부터 시작해서 고문학 책까지 고루고루 챙겨주었다.

도리언은 그 마음씀씀이가 마음에 들었다. 과로사가 걱정될 만큼 바쁘다면서도 그를 챙겨주는 그 마음이 좋았다.

당연한 얘기지만, 도리언은 지루해서 죽진 않았고 조세핀도 과로사하지 않았다. 방학이 끝나고 다시 만난 수석과 차석은 은밀한 미소를 교환했다. 둘만의 비밀을 공유한 사이에서만 나오는 미소였다.

"죽지 않고 살아서 돌아왔네?"

"너야말로."

둘은 소리 내어 웃고는 가던 길을 합쳤다. 어차피 둘 다 목적지는 교무실이었다.

"방학 동안 키가 훅 커서 왔네? 역시 사춘기 남자애들은 금방 크는구나."

그 말을 듣고서야, 도리언은 눈높이가 조세핀과 비슷해진 걸 깨달았다. 조세핀이 평균보다 큰 편이라 방학 전까지는 분명 조세핀의 눈높이가 조금 더 위였는데.

한 번의 몸 갈이로도 이런다면, 한두 번의 방학이 더 지난 후에는 정말로 내가 더 커지겠구나. 새삼 깨달은 사실에, 도리언의 걸음이 흔들렸다.

"……그러는 너야말로 살이 좀 빠진 거 같아. 그렇게 할 일이 많았어?"

평범한 인간이고 평범한 성장이었다면 좀 더 태연할 수 있었을까? 그저 보조를 맞추기 위해 행한 시술이었던 만큼, 도리언은 죄책감을 느꼈다. 그리고 그 직후 당황했다. 죄책감? 왜? 거짓으로 상대를 속여서? 하지만 그렇게 치자면 도리언의 존재 자체가 거짓인데? 대체 왜?

스스로를 이해할 수 없던 도리언은 일단 화제를 돌리고 보았다.

둘 다 방학 사이 상대의 변화에 대해 말하고 있는 만큼 화제 전환은 자연스러웠고, 조세핀은 쉽게 바뀐 화제를 따라와 주었다.

"음, 뭐. ……가족이 새로 생기게 됐거든. 가족 맞이를 내가 맡게 됐는데, 내가 집에 있는 시간이 방학 때밖에 없다 보니."

"가족?"

도리언은 고개를 기울였다. 보통 가족이 는다고 하면 아기가 태어나는 경우겠지만, 도리언이 알기로 조세핀의 가족구성은 아버지, 오빠, 조세핀이었다. 어느 조합으로도 아기가 태어날 구석은 없었다.

"아, 오빠 있다고 했지. 결혼하시는 거야?"

조세핀이 고개를 저었다.

"아니."

"……그럼 아버지가 재혼하셔?"

"아니, 동생이 생겨."

어머니 자리가 빈 상태에서, 결혼 없이 생기는 동생. 어떻게 봐도 사생아였다. 도리언은 입을 다물었다. 둘 사이에 어색한 침묵이 흘렀다.

한 번은 성공했지만, 연달아 화제를 전환하는 고급 기술을 시전하기엔 도리언은 어렸고 조세핀은 딱히 화제를 돌려 줄 생각이 없어 보였다. 아니, 오히려 조세핀은 도리언의 대답을 기다리듯 초롱초롱한 눈으로 도리언을 보았다. 부담에 못 이긴 도리언이 힘겹게 입을 열었다.

"아버지가…… 너무하셨네."

가장 무난한 대답이었다. 사생아는 사회적으로 비난받는 존재이고, 도리언의 상식 안에서 적자들은 사생아를 다 싫어했으니까. 그런 사생아를 위해 방을 준비하느라 방학을 바쁘게 보냈다면 짜증이 나겠지.

하지만 조세핀은 아버지나 그 사생아 동생에 대한 불만을 터트리는 대신 이렇게 물었다.

"감상은 그게 다야?"

무슨 반응을 해야 했지. 도리언은 필사적으로 두뇌를 쥐어짰다.

"……그 동생이라는 사람 염치도 없네?"

조세핀이 어이없는 웃음을 터트렸다. 이것도 원하던 대답은 아닌 것 같았지만, 웃는 걸 보니 아주 틀린 답도 아닌 듯하니 다행이었다.

"뭐가 그렇게 웃겨?"

"아니, 아냐. 그냥, 내 노파심이 웃겨서—"

조세핀이 얼마나 격하게 웃었는지, 둘은 중간에 걸음을 멈춰야 했을 정도였다. 조세핀은 한참을 웃은 후에야 고개를 들었다.

"내가 너무 자의식 과잉이었나 봐."

어지간하면 도리언은 자기 사회성이 문제라고 생각하겠지만, 사회성 떨어지는 도리언도 이건 알 수 있었다. 이건 그가 아니라 조세핀의 태도가 문제였다. 대체 무슨 노파심이 들었고 뭐가 자의식 과잉이었던 건지 묻기 위해 입을 열었지만, 조세핀이 한 발 빨랐다.

"그래서. 내가 보내 준 위문품은 마음에 들었어?"

대놓고 말을 돌리고 있었다.

"……아주 마음에 들었어. 근데 난이도 어려움은 진짜 어렵더라, 손도 못 댔지 뭐야."

하지만 지금 도리언의 화술로는 '사생아 동생'같이 예민한 주제를 상대방의 심기를 거스르지 않을 방법으로 물어보는 게 불가능했기에, 도리언은 한숨을 내쉬고는 조세핀의 의도대로 움직여 주었다.

* * *

몇 학기가 흐르고. 도리언은 어느 순간 계획이 어그러진 것을 깨달았다.

원래 도리언은 조세핀을 관찰하여 사회화를 진행한 후에 사람들 사이에 섞여들어 경과를 보려 했었다.

하지만 정신을 차려 보니, 조세핀을 충분히 베낀 후에도 조세핀과만 놀고 있는 것이 아닌가? 어디서부터 일이 어그러진 건지 알 수 없는 일이었다. 심지어, 조세핀은 그와 달리 그 외에도 친구들이 있는데!

위기감을 느낀 그는 이제서라도 친구를 늘려 보고자 시도했다. 가장 간단한 건, 이미 그와 친한 조세핀에게 친구를 소개받는 거였다. 마침 타이밍도 중간고사 타이밍. 그가 남들에게 도움을 줄 수 있는 최적의 시기였다. 그는 함께 시험 공부를 하다가 슬쩍 말을 흘렸다.

"그러고 보니까, 네가 네 친구들한테 이것저것 가르쳐 주는 걸 봤는데. 괜히 시간을 두 배로 쓰느니 그냥 다 같이 모여서 하는 건 어때? 그럼 나도 도와줄 수 있고 좋잖아."

의도가 불순하니 말이 길어졌다. 조세핀이 펜 꼭지를 입에 댄 채 그를 보았다. 본심이 들켰나? 도리언은 시선을 마주치지 못하고 노트에 시선을 콕 박았다.

"날 신경 써 주는 거면 괜찮아."

"아니, 딱히 그렇다기보다는……."

"그도 그럴 것이, 너 사람 싫어하잖아."

"뭐?"

애써 시선을 피한 의미가 없었다. 도리언은 고개를 번쩍 들었다. 희귀한 보라색 눈동자가 그를 보고 있었다.

"……왜 그렇게 생각해?"

조세핀이 어깨를 으쓱했다.

"그야, 너랑 같이 있을 때 내 친구들이 나한테 말 걸면 너 긴장하면서 시선 돌리는 거 다 보였고, 누가 말 걸까 봐 꺼리는 얼굴이었잖아."

도리언은 머리가 띵했다. 그게 다 보였구나……. 하긴, 사교계의 언어를 겸비한 귀족 출신 학생들에게 신생아나 다름없는 그의 속내를 읽기란 얼마나 쉬웠을까.

그렇다면. 설마 그 안의 것도 들켰을까? 자신이 왜 사람을 꺼리는지?

도리언의 어깨가 딱딱하게 굳었다. 정말, 진짜 인간도 아닌 주제에 쓸데없이 정교한 몸이었다. 이럴 거면 자체 재생 능력이나 끼워 넣어 줄 것이지.

"많이…… 이상했어?"

"이상하긴 했지만."

조세핀은 대수롭지 않은 얼굴로 눈을 깜박였다.

"원래 천재들은 좀 괴팍하다잖아? 넌 그런 천재들에 비하면 오히려 멀쩡한 축이라."

조세핀이 씨익 웃자, 눈꼬리가 휘며 제비꽃을 닮은 눈동자가 감춰졌다.

"난 별 생각 안 들었어."

"……그랬구나."

도리언은 한숨을 삼키고 꽃과 같이 웃었다. 통증과도 비슷한, 옅은 안도가 그를 감싸 안았다. 프로젝트의 목적은 그를 겉과 속 모두 인간처럼 꾸미는 것이고, 그렇다면 조세핀이 괜찮아 한들 그건 프로젝트의 진행에 그 어떤 의미도 못 미침에도 불구하고.

지금 도리언은, 그저 조세핀이 자신을 이상하게 여기지 않았다는 그 사실 하나만이 중요했다.

* * *

그렇게 시간이 흐르고. 부회장은 돌아오지 않고. 방학마다 돌아가 몸을 가는 일에도 익숙해졌을 무렵. 그의 일상에 변화가 생겼다.

"드디어 1차 실험에 성공했어. 그러니까 이번에는 몸만 가는 게 아니라, 데이터 이전도 같이 진행할 거야."

데이터 이전. 처음 기동을 시작했을 때부터 들었던 얘기기는 했다. 하지만 지금껏 일어나지 않았기에 잊고 있던 얘기였고, 도리언은 할 말을 잃었지만, 상대는 그의 반응 따위는 알 바 아니라는 듯 즐겁게 재잘거렸다.

"이번 실험이 성공하면, 1차 목표는 달성되는 거니까요. 그럼 부회장이 돌아와도 내놓을 게 있겠네요. 다행인 일이죠."

성공하면, 다행. 그래, 그렇겠지.

……근데 그 성공의 기준이 뭐지?

도리언은 그때 처음으로, 자기가 실험체라는 것을 실감했다.

도리언은 그 얘기를 달리아와 블루에게 해 봤자 소용없다는 것을 알았다. 우수하기도 하고, 타 프로젝트를 맡는 게 본인들이 참가한 실험에 지장을 주지 않을 거라 판단되어 도리언을 맡고 있기는 해도 결국 그들 역시 실험체이다.

블루는 자기 딴에는 정말 도리언을 생각해 준 거였다. 부회장이 돌아와서 중간 결산을 할 때, 실적이 많으면 많을수록 도리언의 폐기 가능성이 줄어들 테니까.

하여 인더스트리의 기술력은 밖에서 상상하는 것보다 훨씬 더 드높았고, 대체 가능한 존재라는 결론이 나오면 도리언은 언제든 갈아치워질 수 있었다. 인권도 없는 섬에서 인간조차 아닌 노리언의 권리 같은 걸 챙겨 줄 리 없었다. 그러니, 같은 실험체 입장에서, 또한 도리언의 담당으로서 그들은 도리언의 생존 가능성을 조금이라도 높여 주고 싶었으리라.

하지만 그들 역시 이 시스템 안에서 자라 온 존재들이라 그런가, 실험

자체의 문제점까지는 생각이 미치지 않는 듯했다.

그렇기에 도리언은 자력 생존을 모색했다.

달리아와 블루가 나가고. 도리언은 조용히 방을 나와 중앙 정보 처리 구간으로 향했다. 단 한 번도 가 본 적 없는 곳, 하지만 맨 처음 그에게 주입된 지식 중 섬의 지도가 있어 기동 시작 때부터 알고 있던 곳.

통칭 '도서관'.

그는 도서관에 들어가, 그밖에 할 수 없는 짓을 했다. 도서관을 이루고 있는 중앙 네트워크 장치에 접속, 자료를 백업한 것이다.

이미 그의 기억 저장 매체에는 사람이 평생 살면서 다 배울 수 없을 만큼의 지식이 있었고, 약 2년간 쌓인 기억이 있었다.

게다가 사람의 머리 크기 안에 들어갈 만한 기억 저장 매체의 용량이 란 뻔한 것이다. 심지어 도리언은 미의 기준에 맞춰 평균보다 머리 크기 가 좀 더 작은 만큼 용량은 더더욱 줄어들었고.

과부하에 도리언의 시야가 점멸했다. 그는 필요 없는 정보를 실시간으로 솎아내며 계속해서 백업을 진행했다.

필요한 것은, 그를 대체 불가능한 존재로 만들어 줄 정보들. 그 외의 모든 것들을, 이를 테면 마흔일곱 개의 언어 능력 따위를 지워 가며 그는 중앙 네트워크 장치의 모든 정보를 훑었다.

모든 백업과 데이터 정리를 마쳤을 때. 지나친 과부하로 발생한 열 때문에 머리 부분의 혈관이 부분부분 녹아내렸다. 하지만 기억 저장 매체에 는 다행히도 문제가 없었기에 도리언은 안도했다. 다른 부분이야, 어차피 내일 몸을 갈면 다 나을 일이었다.

기진맥진한 몸으로 도리언은 눈을 감았다.

원하던 건 찾았다. 잘 하면, 그는 계속해서 도리언 그레이하운드로 남을 수 있으리라. 다만, 이렇게 에너지가 부족해서야……

"다 끝난 거면, 눈 좀 떠 볼래? 한참 기다렸거든."

도리언은 번쩍 눈을 떴다. 분명 방금 전까지는 에너지가 방전되어 손끝 하나 움직일 수 없었는데, 놀랄 만큼 온몸에 기운이 돌았다.

"어……"

"이런. 망가졌구나."

가느다란 손가락이 그의 안구 표면을 훑었다. 혈관이 눌어붙어 제대로 보이지 않던 시야가 탁 트이고.

그는 난생 처음 그의 창조주를 보았다.

"안녕."

하연 인더스트리의 회장, 이하연이 웃었다. 살아 있는 사람 같지 않게 무감한 미소였다. 도리언은 자기도 모르게 숙여지려는 고개를 억지로 치켜들었다. 여기서 주눅 들면 여기까지 숨어든 의미가 없다. 그는 덜덜 떨리는 혀를 다잡아 목소리를 냈다.

"안녕하세요, 회장님."

"그래. ……넌 내 아들은 아니지?"

아들? 도리언은 잘 돌아가지 않는 머리를 열심히 굴렸다.

"지금 자리에 계시지 않는다는 부회장……을 말씀하시는 건가요."

"부회장도 있고. 너무 대담해서 혹시나 하고 지켜봤는데, 역시나구나."

"……실망하셨나요?"

회장이 다시 웃었다. 지금은 조금 즐거워 보이는 미소라, 도리언은 가슴을 쓸어내렸다. 기분이 나빠 보이지 않아 다행이었다.

"아니, 상관없어. 이곳은 부회장이 관리하던 곳이고, 슬슬 돌아올 턴이 되어서 혹시나 했을 뿐 그 애일 리 없다는 건 진작에 알고 있었으니까. 오히려, 내가 생각지 못한 변수가 생겨 조금 즐겁구나. 이곳은……"

회장은 허공에 손짓을 해 보였다. 아마 아밀스턴 섬, 그 전체를 가리키는 듯했다.

"생각보다 무척 지루하거든. 단 하나의 목적은, 삶을 꾸려 가기에는 충분치 않아."

"제가 회장님의 기쁨이 되었다니 다행이네요."

회장이 또다시 웃었다.

"하지만 넌 날 즐겁게 해 주려고 이런 일을 벌인 건 아니지. 그렇지 않니?"

도리언은 힘겹게 고개를 끄덕였다.

"그래. 왜 이런 짓을 했니? 너는 관리만 제대로 해 주면 평생을 살 수도 있으니, 지식이 부족해서 이런 짓을 벌인 건 아닐 테고."

도리언은 심호흡을 했다.

"내일로 계획된, 데이터 이전 실험을 그만둬 주셨으면 합니다."

회장이 고개를 기울였다.

"실패할까 봐 무서운 거니?"

"물론 그것도 무섭지만……."

도리언은 마르지도 않은 입을 혀로 적셨다.

"오히려, 성공했을 때가 저는 더 무섭습니다."

"왜?"

손이 비참할 만큼 떨리고 있어, 도리언은 손을 꽉 맞잡아 떨림을 억눌렀다.

"지금, 이곳에 자아를 가진 안드로이드는 저 하나죠."

"그렇지."

"그러니 데이터 이전 실험은, 데이터를 이전한 다음 원판에 자아가 남았는지 체크한 게 아니라 그저 데이터 복사가 아닌 이동을 실험했을 뿐이고요."

"응. 자꾸 원 기억 저장 매체에 잔여물이 남아서 그동안은 실험을 미뤘지만, 이제는 완벽하게 이동이 가능하게 되었지."

"하지만, 데이터와 자아가 별개라면요?"

회장이 눈짓으로 말을 재촉했다. 도리언은 말을 이었다. 사람이 아니라, 이렇게 긴장하고 있는 와중에도 목소리가 갈라지지 않는 게 다행이었다.

"일종의, 기억 상실처럼 말이에요. 그나마 사람의 기억 상실은, 부분만 잊어버리는 거니까 괜찮겠죠. 적어도 생존법……. 숨을 쉬는 법이나 음식을 소화하는 법 같은 걸 잊지는 않을 테니까, 모든 기억이 사라져서 말조차 못하게 된다고 해도 그 사람이 살아있는 걸 모두가 알 거예요. 하지만 제 모든 것은 데이터로 이루어져 있잖아요. 그 모든 데이터가 삭제되면, 저는 눈을 깜박일 수도 손끝을 옴짝달싹할 수도 없게 되겠죠. 그럼……. 이곳에 자아가 남아 있는 걸 누가, 어떻게 알아주죠?"

그렇다고 해서 데이터를 남겨 둘 수도 없다. 데이터와 자아가 함께라면, 자아가 두 개의 매체에 나뉠 뿐이니까. 아니, 단순히 분열되면 다행이지. 깨져서 손상된다면 그대로 소멸이다.

인간형 안드로이드는 검증된 적 없는 분야이다.

도리언은 성공한 첫 실험체이고. 프로젝트면에서는 도리언을 가지고 할 수 있는 모든 걸 다 해봐야 옳다. 안드로이드의 경우, 자아가 데이터와 함께 가는지 아닌지부터 시작해서. 도리언이 가진 의문은 도리언을 가지고 실험을 진행해야 해결될 의문이다.

도리언은 그 불확실성에 자신의 존재를 걸고 싶지 않았지만, 하연 인디스트리 측에서는 처음부터 그러려고 그를 만든 만큼 그의 말을 들어줄 이유가 없다는 것 또한 알았다. 그렇기에 그는 자신을 실험체 그 위의 존재로 격상시키기로 한 것이다.

"이 중앙 네트워크 장치의 중앙 섹션에 들어 있던 정보는, 회장님의 기억인가요?"

명칭은 '도서관'이고 실제로 평범한 도서관처럼 자료화된 섹션도 있지만 한 사람의 기억에 더 가까운 섹션 또한 있었다.

"아니."

"그럼, 부회장님의 기억인가요?"

"나도 몰라."

회장이 어깨를 으쓱했다.

"나는 부회장이 이 장소를 구축하는 데 시스템적인 도움을 줬을 뿐이야. 그 뒤에 추가된 정보들이야 이곳에서 자행된 실험 정보들이겠지만, 처음 그 애가 도서관에 무엇을 꽂아 넣었는지는 나도 모르지."

아. 이런. 도리언은 이를 악물었다. 그는 도서관에 숨겨진 비밀을 찾아냈다. 적어도 이 기억의 존재를 아는 이라면 모두 중요하게 생각할 법한.

하지만 정작 이 기억을 아는 사람이 없다면. 거래는 성립하지 않을 것이다. 도리언은 발목을 적시는 절망을 황급히 털어냈다.

"—부회장님께서 돌아오실 때가 되었다고 하셨죠."

"아마? 블루, 달리아의 지속년도를 생각해보면. 어쩌면 넘었을지도 모르고."

"그럼, 그때까지만 제게 시간을 주세요."

마지막 기회였다. 도리언은 간절하게 매달렸다.

"어차피 이 프로젝트의 담당자는 부회장님이시잖아요? 그러니까, 그분이 돌아오실 때까지만요. 그때까지만 제 기억 저장 매체에 손을 대지 말아 주세요. 그분이 돌아오면, 그때 제가 그분을 설득할게요. 그리고 실패하면 어떻게 하셔도 되니까요."

"좋아."

즉답이었다. 지나치게 쉬운 허가에, 오히려 도리언이 당황했다.

"……그래도 되나요?"

회장이 피식 웃었다.

"실험을 몇 년 미루는 게 뭐가 그리 어렵다고?"

아, 그랬다. 도리언에게야 '프로젝트 도리언 그레이의 초상[2]'이 세계의 전부나 다름없는 일이지만, 회장에게는 동시에 진행하는 여러 개의 프로젝트 중 하나일 뿐이었다. 다른 프로젝트의 실험체들에게 관리를 맡겨도 좋을 만큼 가벼운.

그 덕에 목숨을 건졌으니 기뻐해야 할 테지만, 도리언은 그렇게 순수하게 기뻐할 수는 없었다.

"……감사합니다."

하지만 그걸 티낼 수도 없었다. 도리언은 감사를 표하는 척, 고개를 숙여 표정을 가렸다. 다행히도 프로젝트 도리언 그레이의 초상에도 관심 없는 것처럼, 회장은 도리언의 표정 따위에는 하등 관심을 두지 않았다.

도리언이 회장 눈으로 볼 때 별 존재 아니었기에 그는 위기를 넘길 수 있었다. 하지만 그러니 모든 게 다 잘되었다고 낙관적으로 보기에는. 자존심이, 좀.

티끌만큼 하찮아서 목숨을 부지하는 게 나은가, 아니면 눈에 띄어 존재의 위협이 될 실험의 실험체로 쓰이는 게 나은가. 알 수 없는 일이었다. 도리언은 눈을 감았다.

"이번에도 네가 가장 먼저 돌아온 거야?"

익숙한 목소리에 그는 눈을 떴다. 조세핀이 문가에 서 있었다. 조세핀은 문을 반쯤 닫고 그에게로 걸어왔다. 의자에 앉아 있었던 터라, 조세핀은 도리언을 내려다보게 되었다.

---

[2] 오스카 와일드 – 도리언 그레이의 초상

"내 이럴 줄 알았지."

그를 내려다보며 조세핀이 웃는 순간, 그는 깨달았다. 그가 방학이 끝날 때마다 학교에서 가장 먼저 보는 얼굴이 조세핀이라는 사실을.

그가 항상 가장 먼저 돌아오는 건 당연했다. 경과 체크야 일주일을 넘지 않고, 거리도 가장 머니까 여유를 두고 미리미리 돌아오니까. 아예 방학을 여기서 보내는 애가 아니고서야, 굳이 그처럼 미리미리 돌아올 이유가 없지.

그런데 조세핀은?

그녀의 집은 그리 멀지 않다. 오는 길에 무슨 일이 생길 가능성이 낮으니 늦어질 것을 대비해서 일부러 일찍 출발할 이유가 없다. 게다가, 조세핀으로서는 집에 더 오래 머물고 싶을 이유도 충분할 테고.

그런데 왜 항상 그가 가장 먼저 보는 학생 얼굴이 조세핀일까? 조세핀은 왜 한나절, 혹은 반나절 정도 일찍 학교로 돌아올까. 깨닫고 나자 옅은 통증과 같은 애정이 그를 감쌌다.

그는 자신도 모르게 조세핀의 팔뚝을 잡아 끌어당겼다. 매달려 울고 싶었을까? 아니면, 입이라도 맞추고 싶었나? 알 수 없는 일이었다. 그는 선례가 없는 존재였으므로.

"왜 그래. 어디 아파?"

성급한 손길에도 불구하고 조세핀은 팔을 빼는 대신 오히려 몸을 굽혔다. 그가 앉아 있느라 생겼던 높이의 차가 순식간에 줄어들었다. 눈앞에 제비꽃색 눈동자가 깜박였다. 그가 아는 한 가장 아름다운 풍경에, 그는 순식간에 이성을 되찾았다.

그가 찾아 낸 해답이 맞을지도 모른다. 조세핀은 그를 보기 위해 일부러 일찍 학교로 돌아온 걸지도 모른다. 하지만 그게 무슨 상관이란 말인가? 너무나도 하찮아 경계조차 사지 못한 그와 달리, 조세핀은 명문가의

아가씨인데. 실험 결과에 목숨이 달리지 않은, 존재에 값을 지불할 필요 없는 어엿한 인간이거늘.

심지어 그녀에게는 혼약자도 있다는 걸 도리언은 알았다. 그러니 조세핀의 감정 같은 건, 그의 면죄부가 되지 못한다. 인간형 안드로이드의 애정 따위는 조세핀이 가지고 있는, 가질 수 있는 수많은 것들에 비해 대단치 않은 것일 테니까.

그래서 그는 손목을 놓고 웃었다. 비 온 다음날 풀잎에 맺힌 이슬처럼 옅고, 덧없게 아름다운 미소였다.

"아, 내 말 좀 들어 봐. 진짜 짜증나는 일이 있었지 뭐야."

평범하고 멀쩡한 인간은 이해하지 못할 복잡한 존재의 고민 대신, 도리언은 사소하고 쉬운 이야기를 꾸며 냈다. 배 여행 중간에 짐이 사라지고, 담당자의 응대가 거지 같았고, 그런. 누구나 쉽게 이해하고 공감할 수 있는 이야기를.

그 사이에서 그의 고민은 가라앉았다. 도리언은 후회하지 않기로 결정했다.

그 어떤 물증도 없이 도리언은 확신했다. 그는 인간이다. 이런 감정, 이런 기분은 프로그래밍 될 수 있는 것이 아니니.

수억 개의 알고리즘을 끼워 넣어 수조 개의 반응을 컨트롤 할 수 있더라도, 그건 어디까지나 결과물의 이야기이다. A에는 B로, A′에는 F로. 아주 작은 차이에도 예민하게 반응할 수 있게 만들 수도 있을지 모른다.

그가 도서관에서 읽었던, 그의 하드웨어로는 채 다 읽어내지 못했던 바탕 회로가 사실 그의 하드웨어에도 적용되어 있을지 모른다.

하지만 그 어떤 것도 그의 감정을 규제하지는 못하리라. 인간의 입장에서 중요한 건 아웃풋뿐이지, 그의 안이 아니니까. 그가 인간이 아니라면,

만들어진 것 외에 자체적으로 자라난 자아가 없다면 이런 섬세한 감정을 느낄 수 있을 리 없다. 인간이 물건의 속내 따위를 설정했을 리 없다.

그러니 도리언은 확신했다. 그는 만들어졌어도 인간이라고. 적어도, 준 인간 쯤은 되리라고.

다만 이건 프로젝트의 근거로 쓰일 수는 없는 이유였다. 관찰자의 시점에서는 그가 인간의 입맛에 맞게 거짓말을 하는 건지 알 수 없으니까. 무엇보다 그로서는 이걸 얘기해 줄 이유조차 없고. 프로젝트의 끝은 실험체의 폐기니까. 어차피 모든 실험동물의 끝이 다 같다면, 그로서는 프로젝트의 진행에 협조를 할 이유가 없는 것이다.

자아를 가진 지능 높은 실험체란, 무엇보다도 실험을 방해하는 요인이라는 사실을 도리언은 깨달았다. 물론 회장에게 보고할 생각은 들지 않았다.

* * *

부회장은 돌아오지 않고, 실험체는 비협조적인 상태로 실험이 제자리에 머문 채로 시간만 속절없이 흘렀다.

과연 이대로 부회장이 돌아오지 않은 상태로 졸업을 하게 되면 그는 어떻게 될까. 도리언은 고민에 잠겼다.

실험용 안드로이드에게 미래란 너무 막연한 이야기라, 잘 상상이 가지 않았다. 일이 잘못 풀리면 그대로 폐기행이고, 잘 풀리면…… 달리아와 블루 정도가 될까. 그들처럼 프로젝트를 도우며 섬에서 나가지 못하고, 그렇게 목줄이 매여…….

상상할 수 있는 최선의 케이스마저도 별 볼일이 없어, 도리언은 한숨을 내쉬었다.

"왜 그래?"

앞에서 노트를 정리하던 조세핀이 고개를 들었다. 도리언은 웃음으로 얼버무렸다.

"아니, 그냥. 장래가 고민돼서."

"장래? 부모님 도와드리러 갈 거 아니었어?"

로쉔에서 가장 좋은 사관학교를 수석으로 졸업할 수 있으면서도 군인에 미련이 없다면 남은 선택지는 많지 않다. 재능의 문제가 아니라, 필요의 문제로 말이다. 세계적으로 유명한 학자인 그레이하운드 박사 부부의 연구를 돕는 것은, 그 많지 않은 선택지 중 가장 그럴 듯한 선택지였다.

도리언의 두뇌라면 조수 역할쯤은 충분히 해낼 테고, 실존하는 학교에서는 그레이하운드 박사 부부의 연구에 도움 될 만한 기반 지식을 쌓기 어려우니 그냥 가장 이름값 높은 학교를 보내서 청소년기를 보내게 했다고 하면 그럴듯하니까.

"그것도 한 방법이긴 한데……."

도리언은 시선을 내리깐 채 톡톡, 책상을 두드렸다.

"꼭 정해진 건 아니거든."

어쩌면. 그래, 어쩌면 부회장이 오지 않은 걸 빌미로 조금 더 유예 기간을 늘릴 수 있을지도 모른다. 아밀스턴 섬이건 로쉔이건, 결국 자신은 달리아의 손바닥 안이고…….

거기까지 생각하던 도리언의 손에서 펜이 미끄러졌다.

"도리언?"

책상 아래로 굴러 떨어질 뻔한 펜을 대신 잡아 준 조세핀이 그의 이름을 불렀다. 도리언은 황급히 정신을 수습하고 웃어 보였다.

"아……. 아니, 좀 졸려서. 어제 밤을 샜거든."

물론 그 말은 거짓말이었다. 그는 인간처럼 매일 잠들 필요는 없으니까. 다만 도리언은 이제야 깨달은 것이다.

그날. 그가 도서관에 숨어들었던 날. 그날도 달리아는 그의 위치를 알고 있었을 거라는 사실을.

생각해 보면, 달리아나 블루가 바보도 아닌데 실험 바로 전날에 실험 계획이 바뀐 게 이상하다는 생각을 못했을 리가 없다. 다만 너무 아무렇지 않아 보였고, 워낙 보통 사람들과 다른 모습을 보여 줬으니 별 생각이 없었던 거지.

락은 픽의 능력을 제한하는 것 말고는 결국 평범한 인간이다. 그러니 그 시간에 잠들어 있었을 블루와 달리, 달리아는 잠이 필요 없다. 그나마 며칠에 한 번 정도는 쿨링과 충전을 위해 휴식 모드에 들어가야 하는 도리언과 달리 달리아는 세상이 끝날 때까지 잠들지 않아도 좋다.

언제든 씨앗이 심긴 손등을 찌르면 5초 내로 네게 갈 수 있던 달리아가 그날 밤에는 씨앗의 존재를 자각하지 않았을까? 회장마저도 그의 침입을 알았는데, 그의 담당자인 달리아가?

알았다면 대체 왜 그를 내버려뒀으며, 왜 모른 척을 했을까.

도리언은 약 두 달 간 가열차게 고민했지만 성과는 없었다. 그 대답은 달리아 본인의 입에서 나왔다.

"안녕? 오랜만이지?"

도리언은 큰 눈을 껌벅였다. 그의 휴식 모드는 인간의 잠과 달라서 부팅되는 데 시간은 그리 오래 걸리지 않는다. 그러니 그의 정신은 깬 지 8시간 된 사람처럼 아주 멀쩡했지만, 이 상황은 받아들이기가 좀 어려웠다.

대체 왜. 델라한 제국 사관학교의 남자 기숙사의 남자기숙사 일인실 창문에. 그것도 오밤중에. 달리아가 앉아 있는가. 대답 없이 눈만 깜박이는 미남의 눈앞에 대고 달리아가 손을 흔들었다.

"잠이 덜 깼어?"

그때서야 그는 마비 상태에서 풀려났다.

"농담도."

그를 모르는 것도 아니면서. 그의 잠이 무엇인지 잘 알면서.

"어쩐 일이세요? 졸업식은 내일인데요. 혹시 졸업식에 참석해 주러 오신 건가요?"

"아니, 그건 모양새가 이상하지. 외관상으로는 너보다 더 어린, 인종마저 다른 여자애가 가족이랍시고 참여하는 건데."

그게 이상한 걸 안다니 다행이었다. 도리언은 달리아의 성장에 눈물을 적셨다.

"그럼. 이 시간에 무슨 일이시죠?"

혹시 밖에 돌아다니는 사람의 눈에 띌까 봐 달리아를 안으로 들이고 창문을 닫으려던 도리언의 손길을, 달리아가 잡아 멈추었다.

"아니, 바깥은 내가 살피고 있고, 내 용건은 길지 않아. 그럴 필요 없어."

그렇다면, 뭐. 도리언은 손을 뗐다. 창틀에 앉은 그대로 달리아가 사무적인 목소리를 냈다.

"그레이하운드 부부가 사망했어. 그리고 난 오늘부로 네게 심어 둔 씨앗을 회수할 거야. 왜냐하면, 내일 졸업식을 마치고 나면 넌 바로 연구소로 돌아올 거라 더 이상 내 보호가 필요 없을 테니까."

딱히 슬프지는 않았다. 그레이하운드 부부가 책임진 것은 그의 생산뿐으로, 얼굴을 본 게 채 열 번이 안 된다. 같은 학년 학생 아무나 죽어도 박사 부부보다는 더 충격이 크겠지. 그렇기에 그는 단지 의아했다.

"⋯⋯그걸 왜 굳이 여기까지 와서 말해 줘요?"

진짜 부모도 아니고, 학기가 많이 남은 것도 아니다. 어차피 내일 졸업식을 마치면 그는 아밀스턴 섬으로 돌아가게 되어 있다. 그런데 왜 굳이? 그냥 돌아갔을 때 말해도 충분하지 않나?

고개를 갸웃거리는 그를 보고 달리아가 쓰게 웃었다. 꽤나, 인간 같은 표정이었다.

"너, 졸업식 끝날 때까지 한 열다섯 시간 남았나?"

"······그쯤 되죠?"

"그럼 그 사이에 잘 생각을 해 봐. 내가, 왜 굳이 네가 아밀스턴 섬으로 향하기 하루 전에 이 소식을 전하러 왔을지. 그리고 왜 고작 하루를 기다리지 않고 그냥 돌아가는지."

머리가 나쁘다고 생각한 적도 없었고, 이제 꽤 사람의 행동 양식도 이해하게 됐다고 생각했건만 달리아의 말은 수수께끼였다. 달리아가 조그맣게 웃었다.

"이걸 말해 주면 너무 노골적이라. 이왕이면 네가 알아서 눈치챘으면 좋겠는데."

몸을 돌리는 달리아를, 도리언이 붙잡았다. 두 달간 그를 괴롭혔던 문제가 자기도 모르게 입에서 흘러나왔다.

"달리아."

"응?"

"혹시 이게, 예전에 데이터 이전 실험 전날 절 방관하신 것과 같은 이유인가요?"

달리아의 표정이 오묘해졌다. 재미있어 보이는 거 같기도 하고, 놀란 거 같기도 하고.

"알았어?"

"······얼마 전에요."

"우리가 눈치를 못 챈 건 아니란 소리네."

지금 그게 중요한 건가 싶었지만, 이의를 제기하기도 전에 달리아가 다시 뒤돌아 앉았다.

"도리언 그레이하운드."

"네."

"내가, 거의 반신급인 거 알지."

달리아는 가볍게 주먹을 쥐었다 폈다. 흙도 먼지도 없는 맨손바닥 위에서 새싹이 피어났고, 손바닥을 뒤집자 흔적도 없이 사라졌다.

생명 창조. 픽들도 쉽게 갖기 어려운 능력이었다. 현재까지 보고된 바로는 하연 인더스트리의 회장과 달리아, 둘만이 가능한 일. 전투 능력이 입증되지 않은 둘을 픽 순위 1, 2위에 올려놓게 된 능력.

회장의 손에 창조된 생명은 덤덤하게 대답했다.

"알죠."

"근데 그래 봤자 실험체인 것도 알고."

너무나도 직접적인 말에 도리언은 당황해서 시선을 내리깔았다.

"……네, 알죠."

"내가 할 수 있는 건 회장도 할 수 있어. 회사 하나에 반신이 둘씩이나 필요하지는 않고. 블루로 가면 더하지, 아무리 똑똑해 봤자 그저 머리가 좋은 일반인일 뿐이니까. 이 말인 즉슨, 프로젝트가 끝날 때 우리의 운명도 뻔하다는 거지."

도리언의 고민과 놀랍도록 흡사했다. 도리언은 당황해서 말을 잃었다. 달리아가 창밖에 시선을 둔 채 느릿하게 말을 이었다.

"프로젝트의 끝은 결국 회장이 선언하는 거야. 우리는 최대한 프로젝트를 질질 끌고 있지만, 결과가 안 나온다고 안전한 건 아니라는 거지. 실험의 전제 자체가 잘못됐다면서 아예 처음부터 다시 시작할 수도 있으니까. ……그래서, 우리로서는 어떻게든 생존 방안을 마련해 두고 싶은 거고."

달리아가 검지를 하나 세워 톡톡 쳤다.

"오늘 내가 한 건 그거야. 일종의 보험, 같은 거지. 하지만 그날은 달라."

달리아는 손가락을 하나 더 세웠다.

"우리가 살고 싶은 것처럼, 다른 실험체들도 불만이 있고 살고 싶을 수 있는 거잖아. 우리는 너나 다른 실험체들을 구해 줄 생각은 없어. 그럴 능력도 없고. 하지만 우리도 그러니까, 자력 생존을 도모한다면 그걸 군이 말리지는 않겠다는 거지. 이를 테면……. 오늘 건 호의고 예전 건 방관이랄까."

세운 검지와 중지로, 달리아는 도리언의 뺨을 톡톡 쳤다.

"이건 그날 일과는 달라. 명백한 호의고, 필요 이상의 행동이지. 우리는, 네가 이 기회를 놓치지 않았으면 좋겠어."

잘 생각해 봐. 소리 없이 움직이는 입술을 보며 도리언은 눈을 감았다.

다시 눈을 떴을 때, 달리아는 간 데 없었다. 다만 아직도 열린 창문만이 한밤의 방문이 꿈이 아니라는 것을 알려 주었다. 도리언은 팔을 뻗어 창문을 닫았다.

* * *

도리언은 다시 휴식 모드로 돌아가지 않았다. 졸업식까지 남은 열두 시간 내내, 그리고 그 이후에도 도리언의 머릿속을 꽉 채운 건 달리아의 말이었다.

"수석, 도리언 그레이하운드 소위. 위 학생은 우수한 성적과 타의 모범이 되는 행실로……."

군이 아밀스턴 섬으로 출발하기 열다섯 시간 전에 그레이하운드 박사 부부의 사망 소식을 알려온 건 왜일까. 호의라고? 무슨 호의? 애초에 그레이하운드 박사 부부는 이제 그의 프로젝트에 관여하지도 않는데. 남들에게야 졸업하고 박사 부부를 도울 거라고 말했지만, 진짜로 그럴 것도 아니니 박사 부부가 어찌 되건 그와는 정말 아무 상관이 없…….

"……그레이하운드 소위?"

"아, 죄송합니다."

그는 소리 죽여 사과한 뒤, 황급히 졸업장을 받아들었다. 수석만 아니었어도 졸업식 시간 내내 다른 생각을 해도 좋았겠지만, 애석하게도 그는 수석이라 졸업식 날까지는 여러 절차에 참여해야 했다. 식만 끝나면 그때부터는 더 이상 군인이 아니라고 해도.

졸업장을 받고, 졸업생 대표로 축사를 읊고. 기계적으로 그런 걸 해 나가면서도. 도리언의 머릿속을 채운 것은 다른 생각뿐이었다.

그레이하운드 부부가 사망했어도 '도리언 그레이의 초상 프로젝트'는 계속될 것이다. 다만 지금까지와는 좀 달라질 것이다. 그레이하운드 부부가 빠졌으니.

물론 도리언은 회장이 앞으로의 프로젝트 방향을 어떻게 잡았는지 알지 못한다. 하지만 지금 이 순간 달리아가 경고를 한 이유가 뭘까? 회장이 생각하는 프로젝트 방향이, 도리언에게 좋지 않은 방향이라서 그런 게 아닐까?

애초에 회장이 데이터 이전 실험을 멈춰 준 건 도리언의 말에 크게 공감해서가 아니다. 아무래도 상관없었기에 미룬 거지. 하지만 진행하던 큰 가닥이 막힌 이 상황에도 도리언의 애걸을 받아줄까? 부회장이 언제 돌아올지도 모르는데?

도리언은 어제, 달리아가 쓸데없이 덧붙였던 말을 기억해 냈다. 이제는 더 이상 씨앗을 심어 두지 않겠다던. 그 말은 도리언의 위치를 지금까지처럼 실시간으로 느낄 수 없다는 뜻이고. 그걸 해석하자면…….

그가 원래 계획과 달리 연구소로 귀환하지 않는다고 해도 달리아, 즉 회사 측에서는 알 수 없을 거란 뜻이었다.

자리로 돌아오며 도리언은 목적된 행선지를 바꾸었다. 어차피 짐은

다 싸져 있고 교통편도 다 예약되어 있으니, 최종 목적지만 살짝 바꾸면 그만인. 아주 가벼운 일이었다.

"도대체 무슨 딴생각을 하길래 단상에서 그래?"

수석인 그의 자리 옆에는 차석인 조세핀이 앉아 있었다.

"딴생각이 아니라, 너무 긴장해서 그렇지. 졸업식은 처음 해 보거든."

거짓말을 둘러대며 도리언은 마지막으로 조세핀의 얼굴을 기억 매체에 저장했다. 데이터를 지우지 않는 이상, 조세핀의 얼굴을 잊어버릴 리 없다는 걸 뻔히 알면서도.

Chapter 11

Happy Birthday to me

가장 예쁠 때 시간에 박제된 남자가 그곳에 서 있었다.

안개를 모아 드리운 것만 같은 회색빛 머리카락, 봄비가 내린 뒤 한껏 피어난 신록의 눈동자. 마치 조각상이 온기를 얻은 것만 같은 얼굴과 몸이었다.

"안녕. 네가 제이 르퀸이니?"

목소리마저 끝내줬다.

에드워드는 살짝 견제를 했다. 미남이라는 얘기는 들었지만, 나이가 여덟 살이나 차이나니 별로 신경 안 쓰고 있었는데. 이렇게 젊어 보일 줄이야. 적어도 나이로 인한 디메리트는 없어 보였다. 게다가 회색 머리카락에 녹색 눈이라니. 희귀도에서 가산점을 얻을 수도 있을 것 같았고.

에드워드가 그를 견제하는 줄 모르는 견제의 원인은 태연하게 남자를 향해 물었다.

"저를 아십니까?"

"몰라도 알아보겠는걸. 아, 다만."

도리언이 성큼, 걸음을 옮겼다. 순식간에 거리가 줄어들었다. 고개를 틀어 시선을 맞춘 채 도리언이 속삭였다.

"눈이 보라색일 줄 알았는데, 검네."

다음 순간, 제이는 도리언의 손목을 움켜쥐고 있었다.

아무리 리미트를 걸고 졸업한 지 8년이 지났다고 해도 난 수석 졸업자인데. 고작 이 정도 움직임으로 날 제압할 수 있다고 생각한 건가?

하지만 손목을 틀어 제이의 손아귀에서 빠져나오려던 도리언은 곧 당황했다. 사지의 반응이 평소보다 느렸던 것이다. 아주 약간 느린 정도였지만, 제이에게는 그 간극이면 충분했다. 제대로 된 반응도 하지 못하고, 도리언은 등부터 마루에 떨어졌다.

"너 지금……."

"저를……."

사운드가 맞물렸다. 이럴 때는 먼저 말하는 사람이 이기는 걸 알기에, 도리언은 말을 멈추지 않았다.

"—나한테 뭘 한 거야?"

제이가 가식적으로 웃었다.

"업어치기를 했는데요."

"아니, 그거 말고. 손발이 제대로 안 움직였어."

"현장에서 멀어졌으니 몸이 둔해진 거 아닐까요?"

도리언이 바닥에 누운 그대로 웃음을 터트렸다.

"웃지 마. 난 내 몸을 ㎜ 단위로 조종할 수 있거든? 이건 네가 나한테 무슨 짓을 한 거야."

옆 바닥에 무릎을 댄 채로 제이가 눈을 깜박였다. 감을 때는 동공과 구분이 안 갈 정도로 짙은 검은색이던 눈동자가, 뜰 때는 선명한 보라색이 되어 있었다.

"그걸 알면 입단속을 좀 하는 게 어떻겠어요. 당신이 얼마나 대단하든, 나한테는 안 될 텐데."

자신감이 어찌나 대단한지, 기도 안 찼다. 도리언은 대답 대신 턱짓으로 에드워드를 가리켰다.

"입단속을 시키고 싶은 거면, 쟤는?"

"입단속도 안 될 사람을 데리고 당신을 만나러 오지는 않아요."

제이는 손을 내밀었다. 도리언은 별 말 없이 그 손을 잡고 일어났다. 제이가 눈을 깜박여 다시 눈동자의 색을 바꿨다.

"그러니, 당신이 신경 쓸 건 당신 입이면 충분하죠."

도리언은 자기가 잘못 생각했다는 사실을 인정했다. 제이가 조세핀과 다른 점은, 눈동자 색이 아니라 성격이었다.

"조세핀을 다시 만나기도 전에 개죽음 당하기는 싫으니, 앞으로는 조심하지."

옷매무새를 단장한 뒤, 도리언은 허리를 곧게 폈다.

"그럼 갈까?"

제이가 고개를 갸웃했다.

"제가 왜 당신을 찾아왔는지 아시나 보네요?"

제이는 정말 아무 말도 안 했는데, 도리언은 조세핀이 그녀를 보냈고 일단 르퀸 저택으로 데려오라고 한 것까지 전부 짐작한 모양이었다. 예지 능력이 있다는 소리는 못 들었는데.

다시 문을 열고 있던 도리언이 객쩍게 웃었다.

"그걸 설명하려면 입단속을 풀어야 해서, 대답을 못 해 주겠다. 어쨌거나 상식적인 추론이라고 해 두지. 왜, 아냐?"

아닌 건 아니었기에, 제이는 고개를 저었다.

"아뇨. 그럼 가실까요."

에드워드는 군이 챙기지 않아도 좋았다. 제이는 걸음을 옮기기도 전에 곧바로 등 뒤에 따라붙는 기척을 느끼고 옅게 웃었다. 하긴. 에드워드가 만난 지 얼마 되지도 않은 제이의 패턴과 속내를 전부 읽는 것처럼, 도리언도 그런 걸지 모르지.

그녀가 알 바는 아니었기에, 제이는 도리언에 대한 의문을 전부 조세핀에게로 넘기기로 결정했다.

* * *

셋은 그날 당일 바로 수도로 출발했다. 지금껏 제이와 에드워드가 들른 마을마다 초토화가 된 걸 알고 있는 군의 사람들은 그들이 빠르게 떠난다고 하자 안도의 한숨을 흘렸다.

"안도할 만한 일이 아닌데 말이지."

제이는 가볍게 빈정거렸다. 이미 제이는 군부청사를 전부 카피 뜨고 통로까지 연결해 놓은 상황이라 집에 앉아서도 지방 청사를 조사할 수 있었으니까.

"저들은 대위님에 대해 모르니까요."

모르는 이들은 모르는 채로 잠시간의 행복을 즐기게 놔두고, 그들은 수도로 올라가는 기차를 탔다.

"가방을 주시지요."

에드워드는 도리언이 보이지 않는 것처럼 굴었다.

제이와 도리언은 8년 선배지만 임관 전에 실종된 도리언을 선배로 대해야 할지 일반인으로 대해야 할지 그도 아니면 임관도 못한 하급자처럼 대해야 할지 알 수 없어서 그런 거라고 생각했지만 그건 사실과 달랐다. 에드워드는 선배든 일반인이든 하급자든, 가문과 엮인 사람이나 제이를 빼고는 전부 다 공평하게 막 대했으니까.

에드워드는 그저 그 모습을 제이에게 보이기 싫었을 뿐이었다. 제이도 에드워드의 성격이 좋지 못한 걸 짐작은 하지만 짐작만 하는 것과 밑바닥을 적나라하게 보이는 건 다른 얘기니까.

그가 너무나 훌륭하게 머릿속에서 도리언을 지워 버린 탓에 그는 만난 지 한 시간만에 에드워드의 평소 태도를 알 수 있었다. 에드워드는 거의 하인이나 부모라도 된 것처럼 살뜰하게 제이를 챙기고 있었다. 단순한 부관이라기엔 좀 과한.

남의 수발을 들 만한 사람으로 보이지는 않는데 말이야. 도리언은 마음속으로 고개를 갸우뚱했다. 그가 그런 판단을 내린 건 단순히 에드워드가 잘생겨서가 아니었다. 에드워드의 온몸에 관리 받은 흔적이 엿보여서 그랬지.

8년간 거친 생활을 하고도 도자기처럼 매끄러운 피부와 비단실을 엮어 만든 듯 반짝이는 머리카락을 갖고 있는 도리언과 인간은 다르다.

조형은 타고 나면 그만이지만, 관리는 결국 돈과 시간의 싸움이다. 특히, 몸을 쓰는 직업을 갖고 있다면 더더욱. 굳은살이 박인 손과 깨진 곳 하나 없이 매끈하게 다듬어진 손톱을 가진 사람, 그것도 남자가 돈 없는 가난뱅이일 확률이 얼마나 될까?

도리언은 에드워드가 제이 외의 사람을 살피고 돌본 적 없을 거라고 확신했다. 태생이 그런 사람은 이렇게 같은 공간 안에 있는 사람을 투명인간 취급하지 않으니까.

이거 참 일이 요상하게 돌아가는데. 도리언은 속으로 혀를 찼다. 왜 이렇게 조세핀 주위는 괴상한 생물이나 복잡한 관계가 얽히는지 모를 일이었다.

* * *

　제이는 수도에 도착하자, 중앙청사에 들르는 대신 도리언을 데리고 르퀸 저택으로 향했다. 보고서니 출장 완료 수속이니 하는 건 에드워드가 맡았다.

　"맡기십시오. 그런 일 시키라고 부관이 있는 거니까요."

　절대 아니었다. 안 그래도 업무 떠넘기기가 문제가 되어 업무 분담이 권장되는 이 시점에 참 문제가 많은 발언이었지만, 제이고 에드워드고 그런 걸 신경 쓰는 인물들이 아니었다.

　숨길 생각이 없구나, 아주……. 도리언은 혀를 내두르며 조용히 제이의 뒤를 따랐다. 뭐, 경고든 협박이든 할 시간은 많겠지.

　그리고 그 시간은 도리언의 생각보다 아주 빨리 왔다. 제이는 결코 일을 미루다 기회를 놓치는 짓 따위는 하지 않았으니까.

　도리언이 르퀸가의 저택에 들어오고 문이 닫히자마자, 제이가 갑자기 사라졌다. 도리언은 놀랐지만 티 내지 않고 그저 기다렸다. 그의 예상대로 제이는 곧바로 다시 나타났다. 인상을 쓴 제이가 중얼거렸다.

　"이래봬도 생물 취급이라 이건가."

　"생물이 아니라 인간."

　"달라?"

　"생물 중에는 소나 돼지도 끼어 있잖아. 난 그런 급이 아니라고 주장하는 거지."

　들은 척도 안 할 거라는 예상과 달리, 제이는 잠시 도리언을 보더니 느리게 고개를 끄덕였다.

　"좋아, 사람. 그럼 사람 대 사람으로 충고 하나 할게."

　아까까지 존대를 써 준 게 특별대우인 건지 아니면 지금 반말을 쓰는 게 특별대우인지 모를 일이었다.

"아, 그래? 끝나면 나도 하나 해도 돼?"

들어주는 건 한 번뿐이었다. 문장마다 따라붙는 깐족거림을 무시하고 제이는 말을 계속했다.

"나와 조세핀에 대해 뭘 아는 모양인데, 말하지 마. 입 밖에 내지 마. 안다는 티도 내지 마. 네가 그걸 알고 있기만 해도 르퀸은 널 제거하려고 들 테니까."

도리언이 쓰게 웃었다. 저 충고가 자신을 업어치기 하기 전에 나온 거라면 순수하게 받아들였겠지만.

"충고 고마워. 그럼 아까 말한 대로 답례로 충고 하나 해 주지, 나도. 조세핀은 아니?"

"조세핀이 널 데려오라고 한 거거든?"

"아니, 나 말고."

도리언은 고개를 저었다.

"그 도련님 말이야."

"아니, 글쎄. 조세핀이 내 상관이거든? 출장 허가를 걔가 내줬어. 당연히 다 알지."

찔리는 것 따위 전혀 없다는 듯, 혹은 아예 이해하지 못했다는 듯한 얼굴이었다. 하지만 도리언은 제이가 대답 전 눈을 세 번 깜박이는 것을 보았다. 생각한 것보다는 거짓말을 잘하는구나.

"아하. 조세핀이, 네가 그 도련님을 보는 눈을 안다고?"

제이가 반박을 하려는 듯 입을 열었을 때, 도리언이 검지를 가볍게 흔들었다.

"거짓말 할 생각은 말고. 다른 사람은 다 속여도 난 못 속이거든."

왜냐하면 난 널 봤으니까. 도리언이 속삭이듯 덧붙였다.

제이와 에드워드가 있을 때. 정말 소수의 몇몇을 빼면 모두가 에드워드를 주목할 것이다. 그도 그럴 것이, 평범한 사람이 볼 때 둘 중에 더 중요한 건 에드워드의 감정이니까.

제이가 에드워드를 싫어해도 에드워드가 그녀를 좋아하면 거부할 수 없을 테고, 반대로 제이가 에드워드를 좋아해도 에드워드가 마다하면 그만이다. 거기다 에드워드의 애정은 거의 과장스럽기까지 하다. 그러니 다들 에드워드의 표현에 주목하게 된다.

하지만 도리언은 그렇지 않다는 걸 안다. 그는 픽이, 거의 신의 경지에 이른 픽이 대체 뭘 할 수 있는지 잘 안다. 어쩌면 제이보다도 더 잘 알지 모른다. 픽, 그것도 그녀 급의 픽은 본래부터 너무나 전능해 오히려 제 재능을 잘 알지 못하는 경향이 있으니까.

제대로 된 방향의 노력만 있다면, 픽은 애정조차 만들어 낼 수 있다. 그러니 중요한 건 에드워드가 아닌 제이다. 그래서 도리언은 제이를 보았고, 그녀 눈에 담긴 애정을 보았다.

그리고 제이의 반응을 보고 확신컨대, 조세핀은 이걸 모른다.

제이의 눈이 순식간에 차가워지고, 그녀가 도리언의 오금을 걷어찼다. 저항하자면 저항할 수도 있겠으나 도리언은 그냥 무릎을 꿇어 주었다. 이전의 기억으로 반항해 봤자 어떻게든 무릎 꿇릴 게 뻔하니까.

순순히 무릎을 꿇어 주자, 돌아온 건 멱살이었다. 코가 맞닿을 정도로 가깝게 끌어당긴 뒤, 제이가 낮게 으르렁댔다.

"아까 게 충고였다면 이건 경고인데, 내가 널 봐주고 있는 건 조세핀 때문이라는 걸 알아 둬. 그리고 조세핀은 너와 나, 둘 중에 고르라면 날 고를 테고. 그러니까 가당찮은 협박은 하지도 마, 이대로 팔다리 날린 뒤 머리만 붙여서 아밀스턴 섬으로 송환해 버리는 수가 있으니까."

조금 빠르다 싶은 협박이 끝나고도 제이는 멱살을 잡은 손을 놓을 생각을 안 했다.

"안 올라오고 뭐 해?"

뺨을 때릴까 머리를 칠까 고민 중인 걸까? 도리언이 의아해하고 있으려니, 층계참에서 익숙한 목소리가 들렸다. 둘은 동시에 고개를 돌렸고, 보라색 눈동자의 익숙한 이를 보았다. 조세핀 라 르퀸.

그리고 제이는 드디어 늦은 결정을 내렸다.

선수를 치자고.

"……잠깐 대화 좀 하자."

새삼스러운 말에 조세핀은 약간 놀란 듯 했으나, 곧 웃으며 고개를 끄덕였다.

"그래, 그러자."

제이의 요청에 먼저 대답을 한 후에야 조세핀은 도리언에게 살가운 인사를 건넸다.

"안녕, 도리언. 오랜만이지?"

도리언은 서운해하지 않기로 했다. 그럴 만한 상대였으니까.

"안녕, 조세핀. 오랜만이야."

대신 그는 8년 전과 똑같은 얼굴로, 똑같은 미소를 지어 보였다. 마치 8년간의 간극이 없는 것처럼.

조세핀이 목소리를 내기 전부터 제이는 당연히 그녀의 기척을 눈치채고 있었다. 르퀸 저택은 위기 상황이 아니고서야 항상 제이의 관리 하에 있었으므로.

서재에 있던 조세핀이 창밖을 내다보고 있다가, 그들이 들어오는 것을 보고 창가를 떠나고. 자리에 앉아 기다리다가. 초조한 듯 책상을 두드리다, 시간이 지나도 올라오지 않자 자리에서 일어나 방을 뜨고, 계단을 향해 걸어

오는 그 모든 기적을.

그렇기에 제이는, 조세핀이 계단을 반 층 내려와 그들을 보기 전에 모든 일을 끝내 둘 수도 있었다. 실제로 그녀는 몇 초의 여유를 두고 경고를 마치는 데 성공하기도 했고.

하지만 경고를 마치고, 남은 몇 초간 갑자기 이런 생각이 든 것이다.

'잠깐만. 결국 이거 말은 해야 하잖아? 그럼 아예 지금 이 순간을 계기로 삼으면 안 될까?'

놀랍게도, 제이 르퀸은 거짓말에 능하지 않다. 거짓말을 할 필요 없는 삶을 살아 왔기 때문이다. 그녀의 삶은 비밀로 점철되어 있지만, 애초에 그녀에게 대놓고 그녀의 출생에 대해 물어보는 사람은 없었으니까. 그녀가 알아야 한 것은 그저 무시하는 법, 그리고 인간처럼 구는 법들뿐이었다.

그러니 제이는 어차피 조세핀에게 에드워드와의 교제를 오래 숨길 수는 없었다. 게다가 숨기고 싶지도 않았고, 아마 감정의 방식은 조금 다르겠지만, 제이도 조세핀을 좋아하긴 하니까. 그것도, 아주 많이.

"그래서. 무슨 얘기야? 도리언한테 무슨 문제라도 있어?"

제이는 입술에 침을 한번 바르고 변명을 시작했다.

"있지, 제이."

"응, 조."

조세핀이 웃었다.

"에드워드 소위 있잖아."

"응. 에드워드 소위가 왜? 도리언이랑 무슨 문제라도 일으켰어?"

심장이 뛰었다. 하지만 제이는 말을 멈추지 않았다. 지금이 아니면 말을 할 수 없을 것만 같아서.

"……소위와 사귀게 되었어."

달리아는 제이의 성장 발달이 이상할 정도로 느리다고 했다. 사회화가 안 돼서 그런 것 같으니 여러 관계를 가져 보라고, 연애도 한 방법이라고. 꽤나 그럴 듯한 말이었기에 제이는 그 충고를 따랐다.

사실 에드워드의 고백을 받아들일 때는 조세핀에게 어떻게 말할 건지 고민하지도 않았다. 에드워드는 마음에 들고. 이 호감이 연정인지 후배나 부하를 아끼는 마음인지는 알 수 없지만 그는 나를 사랑한다고 하고. 연애 해 보라는 조언도 들었고. 그러니 한번 사귀어 볼까.

하지만 에드워드와 사귀게 되고, 그러고 보니 이걸 조세핀에게는 알려야 하지 않나 하는 생각이 들었을 때 제이는 깨닫게 된 것이다. 달리아의 분석과 달리, 제이의 정신 발달이 느린 이유는 자연스러운 결과가 아니었다. 제이 본인이, 성장을 원치 않았기 때문이다.

왜냐하면 조세핀이, 자신을 그렇게 보고 있어서. 처음 만났을 때의. 이름조차 없던. 갓 태어난 신생아와 다를 바가 별로 없던 그 시절처럼 자신을 대하고 있어서. 그 틀을 벗어나는 게 무서웠던 것이다. 제이의 삶은 조세핀으로부터 시작되었으므로.

제이는 감정을 제외하고 차분하게 분석했다. 그런 끝에, 자신이 성장하고 달라진다 해서 조세핀의 애정이 사라질 리 없다고 판단했다.

조세핀은 인형을 끌어안고 세상에서 가장 너를 사랑한다고 말하다 다음 날 내팽개치는 어린아이가 아니다. 제이가 자라며 조세핀이 예상한 방향과 다르게 성장한다면 당황하긴 하겠지만, 그게 그녀의 가족애를 손상시키지는 않을 것이다.

머리로는 안다 해도 여전히 무섭지만 그렇다고 남은 평생을 아이로 남아 줄 수는 없어, 제이는 용기를 냈다.

"뭐?"

조세핀이 눈을 깜박였다. 제이의 것과 똑같은 보라색 눈동자가 모습을 감췄다 드러내기를 반복했다.

"언젠가는 말해야겠다 생각했지만, 타이밍을 잡기 어려웠어. 그래서 고민 중이었는데, 도리언 그레이하운드가 먼저 눈치를 챘더라고. ……아무리 그래도 제3자에게 내 인간관계에 대해 듣게 하고 싶지는 않아서. 그래서, 이제야 말해. ……미안해, 바로 말하지 못해서."

시선을 돌리고 싶은 걸 참고, 제이는 조세핀의 눈을 똑바로 보았다. 겁먹지 말고. 피하지 말고. 그게 효과가 있었는지, 조세핀은 당황한 게 여실한 얼굴로도 간신히 입꼬리를 끌어올렸다.

"아, 그래……. 어떻게, 진지한……. 아니다, 이런 걸 묻는 건 좀 그렇지. 응. 어……. ……알았어."

아마, 여기서 가장 적절한 반응은 연애하니 좋냐든가, 잘해 주냐든가, 그런 말일 것이다. 평범한 자매 사이라면 아마 그럴 테지. 아니면 아예 가주로서 아까 물어보려다 말았던 대로 결혼은 안 되는데, 결혼을 고려할 만큼 진지한 건 아닌 거냐고 물어보든가.

하지만 조세핀은 그중 어떤 것도 택하고 싶지 않았다. 사실 이 건에 대한 그 어떤 말도 더 이상 하고 싶지 않았다. 그렇지만 지금 입을 열면 할 수 있는 대화라곤 그 건에 대한 것밖에 없어, 조세핀은 아주 드물게도 제이와의 대화를 끊어 버리고자 시도했다.

"음, 알았어. 알았으니까……. 어, 나중에 얘기하자. 내가 지금 할 일이 좀 많아서……. 나중에, 시간 있을 때, 차분하게. 그게 좋겠지?"

누가 봐도 변명이었지만, 제이는 추궁하지 않기로 했다. 조세핀이 제이를 대하는 건 사실 동생을 보는 언니라기보다는 자식을 보는 부모에 가까웠다. 급작스런 딸의 성장에 당황할 만한 시간을 주고 싶었다.

"알았어, 이만 나가 볼게."

제이는 눈을 맞춘 채 생긋 웃어 보이고는 방을 나섰다. 창 밖에 있는 도리언에게 잘 들리라고 문도 일부러 조금 세게 닫아 주었다.

문이 닫히는 걸 확인한 조세핀은 이마를 짚고 한숨을 흘렸다. 마음이 복잡했다. 잘생기고 헌신적인 남자와 하루의 대부분을 보내게 된다. 당연히 우려했어야 했을 문제지만……

　"괜찮아?"

　갑자기 옆에서 들려온 목소리에, 조세핀은 기겁을 하며 고개를 들었다. 마치 처음부터 그랬던 것처럼 도리언이 그녀의 옆에 앉아 있었다.

　"……여긴 어떻게 들어왔어?"

　도리언이 열린 창문을 가리켰다. 제이가 나갈 때까지는 잘 닫혀 있던 창문이었다.

　"창문으로."

　"왜 문으로 안 들어오고?"

　"확률을 높이기 위해서."

　무슨 소리지. 조세핀이 고개를 갸웃했다. 도리언이 웃으며 손가락을 폈다.

　"만약 네가 날 만나려 한다. 그럼 창문으로 들어오든 문으로 들어오든 상관없지. 반대로 네가 날 만나고 싶어 하지 않는다? 그래도 상관없지. 어차피 막힐 거니까. 근데 지금처럼 아무 말도 안 했다면? 문으로 당당하게 들어가려고 할 경우에는 제이 르퀸이 막아설 수도 있을 거야. 아니면 네게 들여보낼까 묻는다든지. 하지만 창문을 통하면? 굳이 물어보는 것도 이상하다 싶고, 싫으면 쫓아내 달라고 말하겠거니 해서 그냥 놔둘 수도 있지 않겠어?"

　"……그리고 일단 들어오고 나면 안 쫓겨날 자신이 있고?"

　도리언이 싱긋 웃었다. 스무 살. 가장 싱그러울 때 박제된 미모였다.

　"응."

　조세핀은 얼굴을 덮은 채 푸스스 웃었다.

　"내가 널 좋아해서?"

　"아니."

학창 시절과 전혀 달라지지 않은 다정한 목소리로 도리언이 속삭였다.

"내가 네 비밀을 아니까."

그게 무슨 뜻인지, 머리가 판단하기 전에 몸이 먼저 움직였다. 사관학교를 졸업하고 현장에서 멀어지며 체술 같은 건 다 잊어버렸다 생각했는데, 조세핀은 생각보다 더 그럴싸하게 도리언을 책상에 메다꽂을 수 있었다. 책상을 울리는 소리가 나고, 뒤늦게 정신이 든 조세핀은 목소리를 높였다.

"들어오지 마, 조! 안의 소리도 듣지 말고!"

통각 기능을 상실하기라도 했는지, 도리언은 등부터 책상에 떨어지고도 웃을 뿐이었다.

"뭐야, 잘 알고 있네?"

그건 조세핀이 하고 싶은 말이었다. 지금 네가 어떤 위험에 처했는지 알고는 있는 거야? 물론 도리언은 아주 잘 알고 있었다.

"쟤가 너랑 같지 않다는 거. 네가 나를 마음에 들어 해도 쟤는 그러지 않을 수 있고, 네가 나를 봐주려고 해도 쟤가 무슨 수작을 부릴 수 있다는 거 다 알고 있네."

도리언의 손이 조세핀의 손을 위에 겹쳤다.

"다 알면서, 왜 쟤를 또 다른 너나 네 자식이라도 되는 것처럼 대해."

조세핀의 손에서 힘이 풀렸다. 안다. 진짜다. 이건 블러핑이 아니다. 도리언 그레이하운드는 제이 르퀸의 정체를 안다. 조세핀이 속삭이듯 물었다.

"언제, 어떻게 알았어? 제이가 막 만들어졌을 때는 너, 분명히 몰랐잖아."

조세핀은 도리언의 정체를 몰랐다. 하지만 그레이하운드 부부가 아밀스턴 섬에 있는 것과 그가 그곳에서 방학을 지낸다는 건 알았다.

그렇기에 제이를 만난 후 첫 방학이 끝나고, 그녀는 도리언을 떠봤다. 혹시라도 무언가 듣지 못했나, 무언가 알지 않을까 하여. 하지만 도리언은 몰랐다. 조세핀이 뭘 떠보는지도 이해하지 못해서 엉뚱한 대답을 돌려주었다. 그래서 안심했는데. 비밀이 새어나갈 곳은 없다고.

도리언이 누웠던 상체를 일으키며 부드럽게 웃었다.

"응, 몰랐어. 그 정보를 받아들인 건 졸업 1년 쯤 전이었지만, 너무 방대한 자료들 때문에 가장 중요한 것들만 정리해 두느라 잊어버렸거든."

받아서 처박아 놓은 것도 아니고, 분명 모든 자료를 직접 검토했으면서 왜 기억 못했냐고 물으면 할 말이 없어지지만 그때 그는 정말 존재의 지속을 두고 큰 문제에 잠겨 있었다. 그때 그에게는 직접 본 적도 없는 '예외'의 존재보다 이 세계의 발생 기원이 더 중요했다.

그나마 필요한 것만 정리해서 넣어 뒀던 섹션 안에 그 정보가 들어 있었다는 점이 그가 조세핀을 얼마나 중요하게 생각했는지 좋은 변명이 되리라. 그런 그가 제이 르퀸이 무엇인지 깨달은 것은 8년간의 도피 생활 동안, 머리에 쑤셔 박아 둔 정보들을 다시금 정리하면서였다.

"고민을, 좀 했었지. 이건 결국 네 비밀이고. 너는 나에게조차 이걸 숨기고 싶어 했을 텐데. 그럼 차라리 잊어 주는 게 낫지 않을까 하고. ……하지만 지울 수가 없더라."

그것마저도 조세핀에 대한 정보라서. 마흔일곱 개의 언어 중 로셸어와 짐어를 제외한 다른 언어들을 다 지우고, 수많은 과학 지식들. 인간들은 모르는 정보들. 우주가 무엇으로 이루어졌고, 태양의 남은 수명이 어떻게 되는지 따위를 전부 다 지우면서도 버릴 수 없던 것들.

조세핀 라 르퀸에 대한 기억들.

그녀가 자신에게 처음 건넨 말이 무엇이었는지. 그녀가 어떻게 웃었는지, 어떻게 펜을 잡고 어떻게 자신의 이름을 썼는지, 그런 것들. 세상에서 가장 사소한, 다른 사람들에게는 오늘 아침 메뉴보다도 쓸모없을 그 정보들은 사랑에 빠진 남자에게는 세계의 비밀보다도 중요해서.

그래서 도리언은 그 정보들을 놔두었다. 남은 평생 조세핀을 다시 볼 일은 없을 거라고 생각하면서도.

하지만 고백이 없었기에 조세핀은 도리언의 8년에 대해 짐작하지는 못했다. 사실 고백을 한다 해도 지금 상태로는 혼란만 가중시킬 뿐이었겠지만.

"……나가. 나가서, 너를 위해 준비해 둔 방에 가 있어. 내가 다시 부를 때까지."

일단은 조세핀을 흔들어 놓는 데에 성공했기에, 도리언은 얌전히 그녀의 명령에 따랐다.

창문 대신 문으로 멀쩡하게 나오자, 벽에 기대 선 제이가 있었다. 제이는 도리언이 문을 닫기를 기다렸다가 맹렬한 비난을 퍼부었다.

"바보 같으니. 네 수명을 조금이라도 늘려 줄 수 있는 상대한테 뭐 하는 짓이야."

아무래도 특별대우는 에드워드 앞에서 보인 쪽이었던 듯했다. 그 말을 들은 도리언이 난처한 웃음을 지었다.

"아, 나 역시 죽이려고 데려온 거야?"

제이는 보이지 않는 방문 너머에 시선을 주더니 도리언의 팔을 잡아끌어 정원으로 나갔다. 루트는 최단 루트, 창문이었다. 제이는 물론이거니와 도리언에게도 이 층에서 폴짝 뛰어내리는 게 어려운 일은 아닌 터라 그는 순순히 끌려 나가 주었다.

"정보를 교환하자, 우리."

그거야 어려울 거 없는 일이었다. 도리언은 고개를 까닥여 동의를 표시했다.

"먼저, 네가 아는 게 뭔지……."

"아니, 그게 아니지."

도리언이 고개를 살래살래 저었다.

"날 왜 데려왔는지, 내게 닥친 위험이 뭔지. 그것부터 설명해야 맞지."

쳇. 제이가 짧게 혀를 찼다. 도리언은 어이가 없었다.

"날로 먹는 것도 정도가 있는 거야, 너."

"아, 알았어. 일단, 널 부른 건 하연 인더스트리의 부회장들이야."

"부회장? 돌아왔어, 그 사람?!"

도리언은 제이의 멱살이라도 잡을 것처럼 바짝 상체를 들이댔다. 기세가 얼마나 대단했는지, 그 제이가 슬쩍 몸을 뒤로 뺄 정도였다.

"예전 부회장은 모르고, 달리아와 사파이어가 지금 부회장이야. 그 둘이 이 일을 부탁한 거고."

"아······."

도리언이 고개를 떨구었다. 결국 돌아오지 않은 그 사람 대신 새 부회장을 뽑은 모양이지? 그 사람만 돌아오면, 무언가가 해결될지도 모른다고 생각했는데.

하지만 제이는 그가 실의에 빠지도록 내버려 둘 생각이 없었다.

"설명이나 마저 들어. 하여간, 달리아는 네가 갖고 있는 연구 자료가 필요하댔어. 하지만 너도 알고 나도 알다시피, 모든 프로젝트는 기록이 남아. 만약 사고로 파기되었다 한들 시간을 되돌려 복원시키면 그만이고. 전 세계가 범위도 아니고, 고작 섬 하나 안에서 무언가를 잃기엔 우리가 너무 전능하잖아."

도리언도 동감했다.

"······회장은?"

"실종 상태."

은근슬쩍 흘려 준 정보에 따르면 이미 죽은 것 같지만, 제이는 거기까지 말해 주지는 않기로 했다. 어차피 실종이든 죽음이든 도리언에게 그리 큰 차이가 있을 것 같지는 않고.

도리언은 잠시 머릿속을 정리했다.

회장이 실종이면 그녀와 맺었던 계약은 효과가 없고, 부회장이 돌아오지 않았다면 도서관에서 얻은 정보를 활용해 거래를 하는 것도 불가능하다.

달리아는 한 번 그를 도와준 적 있지만, 그건 그때 이미 말했듯이 보험에 불과하다. 결국 그들에게 중요한 건 그들의 목숨. 필요하다면 달리아와 블루는 얼마든지 그를 희생시키겠지.

"그래……. 그렇구나. ……그런데 왜 이런 말을 내게 해 줘?"

제이의 비밀을 알게 된 루트 같은 건 중요하지 않다. 어차피 섬에서 얻었을 거, 누가 알려 줬든 자력으로 입수했든 큰 차이가 있을까? 어차피 죽을 사람이 그 비밀을 알고 있는 게 그렇게 중요한 일일까?

문제가 될 것 같다면 당장 입을 막아서 어디 던져뒀다가 조세핀이 마음 정하는 대로 바로 아밀스턴 섬으로 부쳐 버리면 끝일 것을.

제이가 입꼬리만을 움직여 미소 지었다.

"그 전에. 정보 교환을 마쳐야지. 말해, 어떻게 알았어?"

그거야 뭐 큰 비밀도 아니었다. 도리언은 어깨를 으쓱하고 대답해 주었다.

"아밀스턴 섬에 있는 도서관 알지?"

"……알지."

접근 불가 구역이었기에, 기억을 되살리는 데는 약간의 시간이 필요했다.

"거기에 있었어."

제이가 얼굴을 찌푸렸다. 제이는 도서관에 들어간 적 없었지만, 설명을 듣기로는 분명…….

"거기, 말 그대로 도서관이라 과거 자료들 모아 두는 곳 아니었어? 네가 언제 봤는지는 모르겠지만 진행 중인 프로젝트 자료도 거기 들어가?"

"전부 들어가는 건 아니고, 부회장이 관여한 것들은 나중에 돌아왔을 때 바로 알려 줄 수 있게 따로 섹션을 빼놨더라고. ─그중에 네 자료가 있었어."

또, 그놈의 부회장. 제이는 얼굴을 있는 대로 찌푸렸다. 시작부터 그 부회장이라는 사람이 만들어 둔 규율 때문에 일이 복잡해졌는데, 이번에는 또 그 부회장 때문에 정보가 샜다.

"그래서, 나한테 궁금한 건 이게 다야?"

그럴 리는 없을 텐데. 도리언이 눈으로 확신했다.

"이해가 빠른 사람은 좋아해."

제이는 아예 벤치에 자리를 잡고 앉았다.

"너도 앉아."

굳이 서 있을 이유가 없어 도리언은 기꺼이 그 제안을 받았다. 제이가 도리언의 눈을 똑바로 들여다 본 채 말했다.

"거래를, 하자."

지금 제이의 눈 색은 보랏빛이었다. 조세핀의 것과 똑같은. 이제는 숨길 필요도 없다 이건가. 도리언이 피식 웃었다.

"뭐랑, 뭘? 너는 뭘 제공하고, 나는 뭘 제공하면 되는데?"

"교환 말고, 거래를 하자고. ―부회장을 찾자."

생각지도 못한 얘기에 도리언은 떨떠름한 미소를 지었다.

"……부회장? 이름도 모르는, 그 부회장?"

"응, 얼굴도 성별도 나이도 모르는 그 부회장."

하여 인더스트리의 모든 사안―프로젝트, 정보, 역사, 권한, 기타 등등 정말 '모든'―을 거슬러 올라가면 딱 둘이 나온다. 회장, 아니면 부회장.

그런데 그들을 괴롭게 하는 사칙을 고쳐 줄 생각이 없던 회장이 사라진 지금, 만약 부회장을 찾을 수 있고 협조를 얻을 수 있다면 그들의 가장 큰 문제가 해결될 수 있으리라. 만일 찾아 낸 부회장이 협조적이지 않다면? 그래 봤자 지금과 달라질 것은 없고.

그러니, 그들에게는 부회장을 찾는 게 합리적인 선택이라는 뜻이었다.

"아, 성별은 알아. 남자야, 회장이 아들이라고 했었으니까."

시작부터 정보를 얻게 되었다. 좋은 시작이었다. 제이가 딱 하고 손가락을 튕겼다.

"그래, 그런 식으로. 네가 정보를 제공하고, 내가 수색을 맡고. 그 사람이야말로 지금 아밀스턴 섬의 가장 큰 불확정 요소잖아. 결국 네가 처한 목숨의 위협이나 나에게 걸린 자유의 제약 둘 다 아밀스턴 섬에서 발생한 문제고."

찾아 낼 수는 있을지, 찾아 낸 부회장이 그들에게 협조적으로 나올지, 그건 알 수 없는 일이었다. 하지만 둘 다에게 가장 도박을 걸어 볼 만한 패가 부회장인 건 사실이었고.

"좋아, 하자. 다만 쓸 만한 정보를 추려내는 데 시간이 좀 걸릴 거야."

제이가 얼굴을 찌푸리며 툴툴댔다.

"대체 8년 동안 뭘 한 거야?"

이건 정말 억울했다. 도리언도 정색하고 변명을 펼쳤다.

"물론 지금 당장 생각나는 거 몇 개는 말해 줄 수도 있어. 하지만 그런 식으로 생각날 때마다 던져줘 봤자 혼란스럽기만 하지 않겠어? 정보를 다시 한번 살펴보면서 필요한 걸 등급별로 정리해서 한꺼번에 넘길게."

제이는 불만스럽게 입을 삐죽였지만, 그의 설명을 받아들인 듯했다.

"좋아. 하긴, 시시때때로 찾아와서 귀찮게 구니 그게 편할 거 같긴 하네. 불행 중 다행으로 달리아도 네 목숨이 지금 당장 필요하지는 않은 모양이고. 픽의 시계는 아주 느리게 가니, 우린 적어도 몇 년 정도는 시간을 벌 수 있을 테지."

거 참 양쪽 다에게 다행인 사실이었다. 도리언은 한숨을 푹 내쉬고는 손을 뻗어 악수를 청했다.

"그럼, 앞으로 잘 부탁해."

"나 역시."

손을 맞잡은 제이가 한마디를 더했다.

"그리고 조세핀한테는 좀 사근사근하게 굴어 봐."

도리언은 못 들은 척 넘기기로 했다. 첫사랑과의 재회에 남의 잔소리를 듣고 싶지는 않았으니까.

도리언은 수도에 정보가 들어가지 않을 곳만 골라 다녔기에, 르퀸가의 사정에 해박하지는 않았다.

하지만 온갖 오지만 골라 돌아다녀도 알 수 있는 게 있었다. 이를 테면, 조세핀이 르퀸가의 수장이 되었다는 것. 고작 그 한 가지 소식으로도 도리언은 꽤 많은 정보를 추측할 수 있었다. 조세핀의 아버지와 오빠가 죽었으리란 것, 그리고 그녀의 약혼이 깨졌으리란 것.

조세핀의 약혼은 그녀의 오빠가 차기 가주일 때, 그녀가 상대 가문으로 넘어가는 것을 전제로 이루어졌다. 그저 그 정도였다면 상황이 바뀌어도 약혼이 지속될 수 있었겠지만, 도리언이 알기로 조세핀의 약혼자 역시 한 가문의 차기 가주였다. 당연히 약혼이 깨질 것이다.

물론 이 정보는 지금까지 아무런 의미가 없는 것이었다. 조세핀을 다시 만날 일이 없었으니까.

하지만 이제는? 도리언은 수도로 돌아왔고, 르퀸가 안에 있었다. 그리고 그는 조세핀이 아직 결혼을 하지 않은 것도 알 수 있었다. 그랬다면 적어도 손님맞이를 하러 남편이 나왔을 테니까.

그리고 아마 약혼도 안 했을 것이다. 가주에게 집안을 다스려 줄 배우자의 존재는 꼭 필요한 것이니, 새 약혼자를 찾았으면 평균보다 일러도 단박에 결혼을 했을 테니까.

자. 그는 이제 첫사랑의 집에 머무르게 되었고, 첫사랑은 예전보다 훨씬

자유로운 상태다. 다소 위기가 있기는 하지만 그것도 제이와 협력하여 어찌어찌 잘 헤쳐 나갈 수도 있을 것 같고. 그럼 이제 그가 무엇을 해야 할까? 도서관에서 얻은 정보를 정리해 수색을 돕는 거 말고?

그렇다. 마음껏 사랑을 노래해야 옳다.

* * *

조세핀의 아침은 이른 편이다. 출근 전에 밤새 무슨 일은 없었나 체크하고 나가야 하니까.

조금 이르게 일어난 조세핀은 식당에서 생각지도 못한 꽃다발을 발견하고 잠시 사고회로가 멈추는 경험을 했다.

"안녕? 일찍 일어났네."

물론 도리언이 꽃처럼 예쁘다고 해서 꽃다발이라고 부른 건 아니고, 진짜 꽃 말이었다. 조세핀은 화병에 꽂힌 싱그러운 꽃다발을 애써 무시하고, 도리언에게 말을 걸었다.

"너야말로 일찍 일어났네? 무슨 일이야."

"밥 먹으러 왔지."

빈 말을 할 거면 앞에 빈 접시라도 좀 놔두고 하면 좋을 뻔했다. 스물여섯. 이런 수작에 당황할 나이는 아니라만 하필이면 바로 전날 마냥 어린애로만 보던 동생의 연애 사실을 알게 되어 심란한 차였다.

게다가 아무 말도 안 한 척 웃고 있지만 눈앞의 남자는 동생의 비밀을 알고 있기도 했고. 대체 어떻게 다뤄야 좋을까. 결심이 서지 않은 채인지라, 조세핀은 노골적인 도리언의 메시지를 모른 척했다.

"……제이는?"

"글쎄? 내가 있는 한은 안 왔어."

"무슨 일이지? 늦잠이라도 잤나? 잠깐 다녀올⋯⋯."

"조세핀."

바닥에 의자가 긁히는 소리가 노골적이었다. 조세핀은 도리언이 원한다면 숨소리조차 내지 않고 움직일 수 있는 사람이라는 것을 안다. 그러니 이건 조세핀의 걸음을 멈추게 만들려는 수작이다.

그걸 알면서도 조세핀은 반사적으로 걸음을 멈췄다.

"그 애가 늦잠 같은 걸 잘 리 없다는 건 네가 더 잘 알잖아."

심란한 와중에도 한마디 해 주지 않을 수가 없었다.

"⋯⋯무슨 한 십 년 알고 지낸 거 같은 말투네."

"그 애를 십 년 알고 지내진 않았지만 픽에 관한 거라면 십 년쯤 알지."

자리에서 일어난 도리언이 경쾌한 걸음으로 다가왔다. 무릎을 굽혀 시선을 맞추었다.

"네가 알지 못하는 것까지."

조세핀은 자기도 모르게 한 걸음 물러섰다. 시선은, 떼지 않았다.

"알아야 할 만큼은 나도 알고 있어."

"아, 진짜?"

도리언은 활짝 웃었다. 입꼬리가 올라가는 각도, 그에 맞게 뺨이 부푸는 정도와 눈이 접히는 정도까지 전부 다 계산해서. 그 누구도 시선을 뗄 수 없게, 그러니 그를 좋아하는 조세핀이라면 다시 한번 홀릴 수도 있을 만큼. 세포 단위로 조정이 가능한 안드로이드이기에 가능한 미소였다.

"정말 필요한 만큼 다 알아? 건강한 관계를 맺고 제대로 된 교감을 하고 있어?"

입매는 그대로 두고, 눈을 좀 더 가늘게. 눈매를 바꾼 것만으로도 그늘 한 점 없던 얼굴은 꿍꿍이를 숨긴 모습이 되었다.

"아닌 거 같은데."

목소리가 졸아붙은 것처럼 달착지근해졌다.

"알만큼 알면, 왜 그 애가 연애를 한다는 말에 그렇게 충격받았어? 왜 그 애에게 제이라는 이름을 붙이고 조라고 불러? 왜 그 애의 모습을 그렇게 만들어 놨어?"

쏟아지는 질문 속에서 정신을 다잡은 조세핀이 불쾌해하기 직전, 도리언은 말을 멈추었다. 정말 인간보다도 더 인간을 잘 이해하고 있어야 할 수 있는 일이었다.

"널 비난하려는 게 아냐. 잘 지내고 있는 자매 사이에 풍파를 일으키자는 것도 아니고. 다만, 네가 필요하다면 마음을 다잡기 위해 필요한 걸 내가 제공할 수 있지 않을까 하는 것뿐이지."

"필요없⋯⋯."

"지금 바로 대답하지 말고, 생각 좀 해 봐."

"⋯⋯대답도 안 들을 거면 말을 왜 하니?"

"안 듣는다고는 안 했어, 생각을 한 다음에 들려 달라고 했지."

다시 한번 표정이 변했다. 거의 닿을 듯 숙였던 얼굴을 물린 뒤, 도리언이 해맑게 웃었다.

"반사적으로 반대하는 거 말고, 차분히 생각해 본 다음에 대답해 줘."

꼭 그 얼굴에 어울리게 맑은 목소리였다.

제이는 끝까지 아침식사 자리에 나타나지 않았고, 조세핀은 도리언과 단둘이 식사를 할 수밖에 없었다. 꼭 한마디 해 줘야지. 굳은 다짐은 마차를 열자 나타난 익숙한 얼굴에 휘발되어 날아갔다.

"⋯⋯어쩐지 안 보인다 했더니. 준비 다 마쳤으면 식당에나 오지, 왜 여기 있어?"

"오늘은 내가 없는 쪽이 나을 거 같아서."

제이는 빙글빙글 웃더니, 손가락을 딱 하고 튕겼다. 엉킬 듯 더부룩하던 속이 가라앉았다. 조세핀은 마음이 누그러져 타박을 그만두기로 했다. 대신 그녀는 새침하게 장난을 걸었다.

"왜 갑자기 이래? 연애 시작해 보니까 세상이 분홍색이라 나한테도 막 권해 주고 싶고 그래? 왜 어울리지도 않는 짓을 해?"

좋아. 목소리는 흔들리지 않았다. 표정도 괜찮게 나간 거 같고. 그럭저럭 평범한 자매 사이의 대화라 할 수 있으리라. 조세핀은 안도했다. 도리언이 터트린 폭탄이 너무 크다 보니 제이의 연애 선언은 폭죽 급으로 느껴질 덕도 있으리라.

그래. 도리언의 정보 같은 건 필요 없다. 픽에 대해 더 잘 알 것도 없이, 제이와 조세핀은 잘 해낼 수 있으리라. 평범하고 별 거 없는 자매처럼.

"그거랑은 별개야. 사실 예전부터 죽, 이런 게 필요하지 않나 싶었거든."

그런데 이건 좀 평범한 자매의 대화에서 빗나간 거 같았다. 조세핀은 고개를 갸웃했다.

"이런 거?"

"다른 사람."

제이는 허공에 대고 손가락을 돌렸다. 능력을 쓴 걸까? 썼다면 뭘까. 방음? 시간을 어긋나게? 조세핀으로서는 알 수 없는 일이었고, 제이는 딱히 설명을 해 줄 생각은 없어 보였다.

"있지, 제이."

세상에서 오로지 단 한 사람에게만 허락된 호칭이었다. 조세핀이 마주 다정한 목소리를 내었다.

"응, 조."

"네가 어떤 생각을 했는지는 모르겠지만, 난 지금 이 상황이 아무렇지 않거든."

객관적으로 보면 제이의 현재 상태는 결코 좋지 않다.

대놓고 괄시당하는 사생아. 가문에서는 몇 겹으로 그녀를 견제하고, 여러 제약에 얽매여 지켜야 할 것도 많다. 로쉔이 픽 제한국인 터라 픽인 걸 들키면 최소 국외 추방, 최대 사형. 물론 조세핀이 그렇게 두고 볼 리는 없겠지만 일이 복잡해지는 건 불 보듯 뻔하지.

픽 제한국만 아니면 세상 어딜 가도 잘 살 수 있는 제이가 이곳에 묶인 건 조세핀 때문이다. 물론 조세핀은 제이가 폐기되지 않게 하기 위해 노력하긴 했지만, 애초부터 폐기니 뭐니 말이 나오게 된 게 조세핀의 탓이라 보면 관계의 부담은 제이 쪽으로 확 기울어진다.

무엇보다 조세핀은 제이가 아니면 가주 자리를 유지할 수 없으니까. 그렇기에 조세핀은 계속해서 그게 신경 쓰였다.

"힘들지만 참는다든가 그런 게 아니야. 그냥, 나한테는 저 제약들이 전부 가소롭다는 거지. 전투 시에 재킷이 거치적거리는 거나, 빵을 먹을 때 슈가 파우더가 흩날리는 게 불편한 정도랑 비슷해. 딱 그 정도야."

쉬이 믿기 힘든 말이겠지만, 제이는 진심이었다. 굳이 따지면 픽의 능력을 제대로 못 쓰고 가장하는 게 힘들까? 그나마도 사실 힘들다기보다는 번거롭고 귀찮다는 감정에 가까울 것이다.

말하자면 랍스터를 포크와 나이프만으로 먹어야 할 때 같은 기분. 귀찮고, 번거롭고, 이럴 바에는 그냥 안 하고 마는 게 낫겠다 싶지만 해야 해서 속이 터지고. 힘들다고 표현하자면 힘들다고 할 수 있겠지만, 아마 사람들이 말하고 상상하는 힘듦과는 다른 힘듦.

제이가 손끝을 지분거리며 말을 이었다. 말하기 싫은 걸 말할 때면 나오는 버릇이었다.

"거짓말이 아니야. 너한테 말하고 싶지 않아서 계속 미뤄 왔지만, 난 아무래도……. 평범한 사람하고는 좀 많이 다른 모양이라."

픽들은 사람의 모습을 유지하고 사람들과 어울려 산다. 그렇기에 사람들은 종종 착각하고 마는 것이다, 그들이 인간이라고. 하지만 아니다.

픽은 물론 사람에게서 태어나 사람의 모습을 하고 있고, 사람들과 어울려 살고, 사람을 낳을 수도 있다. 그렇다 해도 그들은 사람이 아니다. 그들에게는 사람이 필요하지도 않다. 심지어 픽 본인이 자신을 사람이라 착각해도 아니다. 그들은 인간형 안드로이드보다도 더 사람에게서 멀리 있다.

픽은 단순히 재능이 있고 우수한 사람이 아니다. 픽은 세계를 재정의하는 자이다. 그들의 세계 안에서, 그들은 모든 물리적·화학적 법칙을 새로이 쓴다. 심장으로 사고하는 게 가능한가? 사람이 이산화탄소로 숨을 쉬는 건? 달 위를 걷고 태양 위에서 잠들 수 있을까? 답은 '예스'이다.

상상력이, 픽으로서의 능력이 받쳐준다면 픽은 정말 사람이 아닌 다른 존재가 될 수도 있다. 염색체가 스물세 쌍이 아니고, 염기 배열이 DNA 방식이 아니고, 팔다리 외의 기관이 달린.

픽들이 그러지 않는 건, 사람의 모습을 하고 있는 건 그저 그게 더 편해서이다. 손으로 쓰게 만들어진 수많은 도구를 놔두고 새로운 기관을 창조할 이유가 있는가? 눈에 보이지도 않는 세포를 고치고, 굳이 호흡의 메커니즘을 바꿀 필요가 있을까? 이미 완성된 사람의 방식을 베끼지 않고?

"그간 보고 듣고 배운 바로, 인간은 이런 상황이면 아주 괴로울 거란 걸 알겠어. 하지만 나는 아니야. 내가 보는 세계는 인간들이 말하고 상상하고 사는 세계와 좀 달라."

조세핀은 고개를 약간 기울인 채로 제이의 말을 듣고 있었다.

인간이 아니라는 발언은 오히려 픽이 아니기에 그리 맘에 와닿지 않았다. 그냥 세기의 천재를 보고 인간의 경지를 뛰어넘었다느니 할 때와 비슷한, 비유처럼 들릴 뿐이지.

다만 궁금한 건 하나였다. 왜 도리언의 얘기에서 이 얘기가 나왔나?

도무지 제이의 머릿속을 따라잡을 수 없는 조세핀과 달리, 제이의 안에서 이 모든 얘기는 결국 한 가지 결론으로 귀결되었다.

"그래서, 난 너에 대해서도 잘 모르겠더라고."

사람이 아니라 해서 사랑하는 법을 모르는 것은 아니다. 제이가 조세핀을 좋아하는 마음은 조세핀이 제이를 아끼는 마음만큼이나 진짜다. 그렇기에 제이는 조세핀이 바라는 대로의 모습을 해 주고 싶었다.

자라면 싫어할까? 같지 않으면 꺼려할까? 이 세상에 필요한 건 조세핀 하나뿐인 것처럼 굴면 될까? 딱히 괴롭지 않다고 하면 마음의 부담이 덜어질까, 아니면 그녀와 같지 않은 걸 들켜 버릴까?

생각에 생각을 거듭한 결과, 제이는 결론을 내렸다.

"평생을 숨기는 건 불가능해. 그럼 네가 원하는 나를 유지하는 것도 안 되겠지. 사실 지금 내가 네가 원하는 바로 그 모습인지도 알 수 없고. 그래서, 나는 그냥 그걸 포기해 버리기로 한 거지."

조세핀 라 르퀸이 생각하는 것과 달리, 제이는 조세핀도 조세핀의 자식이 되어 줄 수도 없었다. 왜냐하면, 애초부터 사람이 아니라. 제이는 이걸 자신과 조세핀이 같지 않다는 걸 깨닫는 순간 알았다.

"대신 다른 걸 줄게. 네가 행복해지기 위해, 인간이 행복해지기 위해 필요한 게 뭐야? 이만하면 됐다든가, 이 정도면 만족한다든가 하는 말 같은 건 필요 없어. 네가 행복해지기 위해 필요한 모든 걸 다 말해 줘."

제이의 손끝에서 오색찬란한 불꽃이 터졌다. 얼핏 보면 그저 색 있는 불꽃처럼 보이는 그것은 빅뱅이고 빅크런치였다. 지금의 인류로서는 알지 못하는 개념.

우주의 생성과 소멸이 끝난 자리에는 비눗방울이 남았다. 허공을 떠다니는 것들을 제이가 손가락으로 터트리자 비눗방울은 보석이 되어 바닥에, 시트에, 제이와 조세핀의 무릎 위에 흩어졌다.

"가족이 필요해? 자식은? 남편은? 말 잘 듣는 부하들과 고분고분한 친족들은 어때?"

제이의 손이 허공을 훑자 보석들이 마치 자석에 달라붙듯 제이의 손에 끌려들어갔다. 제이가 손바닥을 내보였을 때, 그곳에 있는 건 보석으로 만든 꽃다발이었다. 보랏빛 꽃잎과 초록색 잎과 연두색 줄기. 어디 박물관에도 없을 섬세한 세공이었다.

"말해 줘, 제이. 바란다면 세상이라도 갖다 줄 수 있어, 나는."

조세핀은 멍하니 세상에 다시없을 진귀한 선물을 내려다보았다.

기적은 사실 제이에게는 숨 쉬듯 당연한 것이라 놀랍지 않았다. 이보다 더 아름답고 더 말도 안 되는 선물을 조세핀은 여럿 받아 봤으니까. 다만, 완벽한 자신을 선물할 수 없어 다른 걸 주겠다는 말은 조금 놀라웠다.

"왜 그래, 제이? 이게 마음에 안 들어? 다른 걸 줄까?"

조세핀은 대답 대신 보석 꽃다발을 받아들어 향기를 맡았다. 생화보다도 짙은 향기가 콧속을 간질였다. 이것은 황제조차 받지 못할 사치였다. 다른 이름으로는 애정이었고.

조세핀은 꽃다발에 얼굴을 묻은 채 천천히 입을 열었다.

"조."

"응, 제이."

"아무래도 우리, 대화가 필요할 거 같아."

"응, 뭐든 말해 줘."

조세핀은 숨을 깊게 들이쉬고, 단호하게 말했다. 제이에게 거의 들려주지 않던 목소리였다.

"내가 일방적으로 말하는 거 말고, 대화 말이야."

제이가 고개를 갸웃했다. 대화와 통보의 차이를 이해하지 못하는 얼굴이었다.

네가 나를 위한 선물이 될 필요는 없어. 네가 내 예상과 다른 모습이 되더라도 나는 널 사랑할 거야. 네가 내 자식이 될 수 없다면 내 부모도 될 수 없는 거잖아. 그러니 네가 내게 보상 같은 걸 준비해 줄 필요는 없어.

입 안에 맴도는 말은 많았지만, 조세핀은 그 모든 말을 삼켜냈다. 지금 그 말들을 해 봤자 제이가 이해할 것 같지는 않아서.

"······나중에. 내가 준비가 되면, 말할게."

방금 전까지 픽에 대해 알 만큼은 안다고 생각한 게 무색했다. 그녀는 도리언의 제안을 받아들여 그와 먼저 대화를 나눠야겠다고 생각하는 것과 동시에, 이럴 걸 알고 도리언이 그런 제안을 한 건지 문득 궁금해졌다.

* * *

대화를 유보당한 제이는 평소처럼 출근을 완료했다. 사무실에는 평소처럼 에드워드가 먼저 와있었다.

"오셨습니까?"

제이는 팔을 뻗어 반쯤 일어난 에드워드의 어깨를 눌러 자리에 앉혔다. 반항은 당연하게도 없었다. 제이는 강아지처럼 순하게 웃는 그 얼굴을 보다 불쑥 말했다.

"사귀기 잘한 거 같아."

"네? 갑자기요?"

연인이 관계를 긍정적으로 생각하는 건 좋은 일이지만, 너무 뜬금이 없었다. 꽃이나 보석을 선물하지도, 사랑의 말을 속삭이지도 않았는데?

"응."

제이는 웃으며 에드워드의 머리카락을 어루만졌다.

인간과 거리가 먼 픽이라 하나, 미적 감각은 교육받는 거라 그녀의 눈에도 에드워드는 참 잘생겼다.

인간의 선호도는 외모와 관계있다지만, 픽의 애정도 그럴까? 제이는 급작스레 궁금해졌다. 어쩌다 보니 그녀가 아는 고위급 픽들이 마음을 준 인간들이 죄다 잘생기거나 예쁘거나 하다 보니.

"조세핀…… 한테, 우리가 사귄다는 걸 말했어."

에드워드의 표정이 미묘하게 밝아졌다. 이미 환하게 웃고 있던 터라 안타깝게도 큰 변화는 있을 수 없었지만.

"그럴 용기를 낼 수 있었던 건 네 덕이고."

제이는 그리 길지 않은 그녀의 생애 동안, 계속해서 조세핀이 원하는 자신과 진짜 자신과의 간극을 걱정했다. 인간은 본디 자신과 다른 것을 배척한다고 배웠다. 그렇다면 만약, 진짜 자기가 조세핀이 원하는 모습이 아니면 조세핀은 어떤 반응을 보일까.

길고 긴 고민에 종지부를 찍은 건 에드워드의 존재였다.

픽이 인간과 멀다 하나, 락과 픽 사이보다 더 멀지는 않다. 락은 태생부터가 픽을 부정하는 존재니까. 그들은 그렇기에 본능적으로 픽을 혐오한다. 하지만 락인 에드워드는 그런 본능이 없는 것도 아니면서 그녀를 사랑한다 말했다.

픽과 완전히 반대되는 락이 그녀를 사랑할 수 있다면, 평범한 인간인 조세핀 역시 그녀를 사랑해 줄 수 있지 않을까? 그녀가 조세핀도 조세핀의 자식도 아니라 해도.

그래서 제이는 용기를 내 보았고, 조세핀은…… 적어도 당장 그녀를 배척할 생각은 없는 듯 보였다. 제이에게는 참으로 다행이게도.

—하지만 이건 제이 혼자만의 고뇌와 생각과 결론이다. 제이가 조세핀과 그녀 사이의 역사에 대해 에드워드에게 설명한 바 없듯, 에드워드 역시 제이에게 조세핀이 어떤 존재인지 물은 바 없었다. 그러니 에드워드는

왜 신에 가까운 제이가 조세핀에게 연애 사실을 말하는 걸 이렇게까지 두려워했는지, 왜 그걸 위해 용기씩이나 필요했는지 알지 못한다.

"그러시다니, 그것 참⋯⋯."

그러면서. 알지도 못하면서, 에드워드는 아무렇지 않게 제이의 손바닥에 입 맞추며 환히 웃었다.

"영광이군요."

사랑이 궁금하지 않은 것도 아닐 거면서. 마치 제이가 말해 주지 않은 이야기들에는 정말 관심이 없는 것처럼.

달리아의 충고가 맞았다. 사랑이야말로 픽을 가장 빠르게 인간에 가까이 만들어 준다. 제이는 잡힌 손을 빼내고, 대신 입술을 맞댔다. 마치 이 세상의 많고 많은 사람들이 하고 있는 평범한 연애의 한 장면처럼.

* * *

퇴근하자마자 조세핀의 눈에 보인 것은 정원에서 물을 주며 한 폭의 그림을 연출하고 있는 도리언이었다. 어이가 없을 만도 했건만 나오는 건 감탄뿐이었다.

"도리언."

돌아보는 얼굴이 조각상 같았다. 순식간에 평범한 정원이 미술관이 되는 기적. 도를 넘는 미남이란 굉장하구나, 정말.

"아, 조세핀. 지금 퇴근해?"

그의 시선이 조세핀의 등 뒤를 배회했다. 뭘 찾는지 알겠어서 조세핀은 자진 납세를 했다.

"제이라면 약속이 있어서."

대놓고 데이트라고 안 하는 건 조세핀을 위한 배려일 것이다. 어느 정도 마음 정리를 했다 하나 굳이 그 말을 듣고 싶은 건 아니라, 조세 핀은 더 캐어묻지 않고 얌전히 혼자 귀가했다.

"아."

도리언 역시 그 섬세한 마음을 이해했는지 꼬치꼬치 캐묻지 않았다. 얌 전히 다시 장미에 물을 주기 시작한 도리언을 보고, 조세핀이 물었다.

"저기, 혹시 제이랑 무슨 얘기라도 했어?"

그냥 넘어가 줄까 했지만, 역시 돌아오자마자 제이의 행보가 너무 수상 하다. 연애 고백이야 그렇다 쳐도, 조세핀이 뭘 원하는지도 모르겠다고 했으면서 도리언을 밀어붙이는 품새가 심상치 않다. 제이의 고백에 따르 면 아무래도 제이는 사람에 대해 잘 모르는 모양이니 달변인 도리언이 말로 밀어붙인 건 아닐까? 타당한 의심이었다.

"대화를 하긴 했지만, 조세핀 네가 생각하는 그런 대화는 안 했는데."

도리언은 픽들에 대해 누구보다 더 잘 알고 있는 이였다. 어쩌면 픽 본 인들이 파악하고 있는 것보다 더.

그렇기에 도리언은 조세핀의 오해와 달리 제이가 둘 간의 미묘한 감정 기류를 눈치채서 둘을 붙여놓으려는 게 아님을 눈치챘다. 그저 외모도 두 뇌도 최상급에 여러모로 유능해 보이니, 보석 장식 따위를 선물하는 감각 으로 붙여놓는 거겠지.

"그럼 무슨 대화를 했는데?"

도리언은 정원을 훑어보며 남은 면적을 고민하는 듯하더니, 곧 물뿌리 개를 내려놓고 장갑을 벗었다.

"여기서 할 얘긴 아니고, 들어가서 말하자."

너무나 순순한 태도에 조세핀이 당황할 정도였다.

"어, 말해 주게?"

물뿌리개 위에 장갑을 개어놓던 도리언이 고개를 들어 조세핀을 보았다.

"네가 물어봤잖아?"

"아니, 그렇긴 한데 이렇게 순순히 말해 줄 거라고는 생각 못 했어."

도리언의 눈이 부드럽게 휘었다. 그야말로 사르르 녹을 것만 같은 미소였다. 이쯤 되면 정말 인생이 쉽고 만만하지 않을까? 도리언의 인생 중 가장 어려운 장애물이 될 예정은 그렇게 생각했다.

"네가 원하는 건 뭐든 해 줄 수 있어, 조세핀."

내 동생과 나눈 대화 알려 주면서 참 거창하게도 말한다고 하려다, 그녀는 입을 다물고 말았다. 도리언이 이걸 농담으로 받아 주지 않을 경우 대화의 향방을 알 수 없었기 때문이었다. 도리언은 대답 같은 건 바라지도 않았다는 것처럼 시선을 돌렸다.

"차라도 마시면서 얘기할래?"

조세핀은 지금이 평범한 인간에게는 저녁 식사 시간에 해당하지, 티타임 시간이 아니라는 말은 굳이 하지 않았다. 한 끼 정도야 티푸드로 대체한다고 죽는 것도 아니고.

다만 조세핀이 넘어가는 것과 별개로, 저녁식사 시간인지라 주방에는 식사 준비가 되어 있었지, 티타임 준비가 되어 있지는 않았기 때문에 그들이 대화를 시작할 때까지는 다소의 시간이 걸렸다. 도리언은 그렇다 쳐도 조세핀은 빈속에 차만 부어넣을 수 없었으니 말이다.

어쨌거나, 차와 티푸드가 준비되었다. 도리언은 예의상 입술을 차로 적시고 말을 시작했다.

"거래를 했어."

"거래?"

"그 전에."

도리언이 조그만 케이크를 들어 조세핀의 앞에 놓아 주었다. 조세핀이 가장 좋아하는, 위에 럼체리를 장식한 초콜릿 케이크였다. 도리언과 케이크를 먹었던 기억은 없는데. 우연인가? 조세핀은 고개를 갸웃하면서도 얌전히 포크를 들었다.

"아밀스턴의 부회장을 알아?"

조세핀은 르퀸가의 가주이기 전에는 가주의 딸이었다. 르퀸의 요리사는 당연히 그녀가 좋아하는 메뉴들에 특화되어 있었고. 조세핀은 시중에서 파는 것들보다도 각별하게 맛이 좋은 럼체리를 입에 넣으며 대답했다.

"알지, 제이 담당이었는걸."

"……그 사람들 말고. 그 전 부회장."

그 둘 전에 다른 부회장이 있었나? 금시초문이었다. 말없이 럼체리를 우물거리는 조세핀을 보고 도리언이 웃었다. 8년 전에 매일 보던 얼굴 그대로인데 왜 질리지가 않는지 궁금할 지경이었다. 체리를 우물거리는 조세핀의 표정을 보고 도리언이 알아서 자진납세를 했다.

"달리아랑 블루가 부회장이 된 건 얼마 안 된 일일 거 아냐? 내가 몰랐던 거 보면."

"……아마 그렇겠지."

조세핀과 제이도 이번에 알게 되었으니 말이다.

"그 전에, 부회장직을 맡고 있던 사람이 있어."

"어떤 사람인데?"

"몰라, 내가 거기 있을 때 이미 10년 쯤 자리를 비운 상태라 얼굴도 본 적이 없거든."

……그걸 있다고 쳐줘야 되는 건가? 그때 10년이었으면 이제 20년쯤 됐을 텐데? 그쯤 자리를 비운 거면 그냥 안 돌아올 생각인 거 아냐? 조세핀의 얼굴에 혼란이 들어찼다. 도리언은 10년의 세월을 넘어 깊게 공감했다. 그도 부회장의 존재를 처음 알았을 때 딱 저 생각을 했기 때문이었다.

"회장이, 그 부회장을 자기 아들이라고 칭하더라고."

조세핀은 저도 모르게 미간을 찌푸렸다. 아들?

"……그 사람한테 가족도 있었어?"

조세핀은 회장을 '사람'이라고 지칭하는 데만도 꽤나 격렬한 거부감을 느꼈다. 제이만 한 픽을 제 가족으로 받아들이고, 달리아와도 아무렇지 않게 대화할 수 있는 그녀에게도 회장은 너무나 이질적인 존재였어서. 차라리 '사람의 거죽을 뒤집어쓴 비인간'이라고 하는 편이 납득 갈 지경이라.

"글쎄? 피가 섞인 자식인지 정신적인 아들인지는 모르겠어. 하여간 회장은 부회장을 아들이라고 불렀고, 도서관에는 그 사람을 위한 섹션이 준비되어 있고 온갖 프로젝트들에 그 사람의 구상이 들어가 있었지."

"엄청 중요한 사람이긴 하다는 거네."

"그렇지."

"근데 그거랑 제이랑 무슨 상관인데?"

"아까 그 사람이 온갖 프로젝트들에 그 사람의 구상이 들어가 있다고 했잖아."

"응."

"네 동생이랑 내 프로젝트도 그래."

도리언이 대놓고 자기가 프로젝트의 산물임을 밝혔는데도 조세핀의 표정에는 흔들림이 없었다. 그도 그럴 것이, 이미 짐작했으니까. 8년간 주름은커녕 그을린 흔적 하나 없이 학생 시절의 모습 그대로인 이가 평범한 인간일 리는 없어서.

"……너도 '사칙'에 어긋난 존재니?"

다만, 도리언과 제이가 이런 식으로 묶이는 건 좀 예상 외였다. 제이는 로쉔의 법이 어쩌고 이전에 하여튼 인더스트리의 사칙에 금지된 존재였기에. 조세핀의 질문에 도리언이 고개를 저었다.

"아니, 난 사칙과는 상관이 없어."

대답하며 그는 심장께에 손을 올렸다. 다만 그 안에 뛰고 있는 것은 심장이 아닌 엔진이었다. 그가 아밀스턴 섬에 묶여 있다는 가장 큰 증거.

"하지만 부회장을 찾을 이유는 내게도 있지."

도리언이 인간이 아닌 건 상상해도 기계로 만들어진 몸을 갖고 있다는 건 상상하지 못할 조세핀이 턱을 까닥였다. 말을 계속하라는 뜻이었다.

"달리아와 사파이어가 날 찾는 건, 회장이 실종돼서겠지?"

"아마?"

"근데, 회장이 실종됐다고 내가 대신 해 줄 수 있는 게 뭐겠어? 내가 유능하다고 해 봤자 그건 회장의 유능함과는 궤가 다른 건데."

그건 그랬다.

"그럼 프로젝트 관련해서 필요한 게 있는 거고. 부회장이면 달리아와 사파이어가 나한테 원하는 걸 대신 해 줄 수 있을지도 모른다, 이거지. 나보다 낮은 리스크로."

조세핀이 고개를 약간 기울였다.

"……이해가 조금, 안 되는데."

"어느 부분이?"

"그 부회장에 대해서 너랑 제이가 아는 건 없는 거지?"

"응."

도리언이 부회장이 만든 도서관 내용을 백업하긴 했어도, 그 방대한 정보를 부회장이 다 알고 있긴 한 건지도 모를 일이었다. 부회장도 다른 곳에서 백업해온 정보일 수도 있고. 애초에 달리아와 사파이어가 뭘 원하는지도 모르는데, 그걸 부회장이 해 줄 수 있을지 없을지 알 수 있을 리가.

"근데 왜 이 방법이야?"

도리언은 눈을 데록 굴리고, 난처하게 웃었다.

"우리에게 선택지가 이거밖에 없어서."

하연 인더스트리의 상층부는 거래라는 게 먹히는 상대들이 아니다. 말이 통하는 상대도 아니다. 그들을 설득할 수 있는, 강제할 수 있는 방식이란 건 꿈에 가깝다. 그러니 그들은 불확정 요소에 걸 수밖에 없는 것이다. 그들이 아는 모든 것은 회장에게도 부회장들에게도 통하지 않으니.

"이걸 안 하면 순종하는 수밖에 없어. 그런데 그럴 수는 없잖아?"

아.

조세핀은 질문이 잘못된 것을 깨달았다.

"그러니까, 그게 너희의 최선인 거야?"

하나는 목숨이 달렸고 하나는 온몸에 칭칭 감긴 사슬이 걸렸다. 확신이 없다고 손을 놓고 있을 수는 없다. 거기까지는 조세핀도 이해했다.

하지만 그래서 찾아낸 최선이 저거인가? 다른 누구도 아니고, 제이와 도리언이? 그들이 찾아 낼 수 있는 최선이 고작 불확정 요소인 건가? 도리언이 아무렇지 않게 웃었다.

"응."

조세핀은 안 그래도 심란한 마음이 배로 심란해지는 기분이었다. 도리언이야, 뭐. 목숨이 위험한 상황이니 그렇다 치자. 하지만 조는? 자기 입으로 규율은 번거로울 뿐 힘들지 않다고 해 놓고. 왜 이런 확신도 없는 일을 하려고 하지?

"……내가 도울 수 있는 일이 있으면 말해. 협조할게."

도리언이 소리 내어 웃었다.

"역시 동생한테 약하구나, 너?"

너무나 맞는 말이었기에 조세핀은 부정하지 않았다. 도리언이 방 안을 둘러보다, 책상 위에 정리해 둔 자료집에 눈이 멎었다.

"아, 그럼. 제이에게 주려고 정리하던 자료가 있는데, 먼저 봐 볼래?"

보고서 필요 없어 보이는 건 알려준다든가. 도리언의 말에 조세핀은 별 생각 없이 손을 뻗었다.

"그래, 그럴게."

그리고 보고서 첫 장을 보자마자 후회했다. 조세핀이 알지 못하는 용어가 많아서. 조세핀의 학식이 부족한 게 아니라, 정말 듣도 보도 못한 단어들이 많았다. 이게 아밀스턴 내부에서 통용되는 거라면 제이는 알 테니 전부 빼라고 하기도 뭣하고.

결국 조세핀은 거의 분류별 소제목만 훑어보기로 했다. 그나마 도리언이 꼼꼼하게 분류를 잘 해 둬서 다행이었다. 뭔지 모를 것들은 많지만, 확실하게 아니다 싶은 건 딱히 없어 보였다.

다만 그럴 듯해 보이는 것과 잘 모르겠는 게 있으니, 우선 순위는 바꿔 줘야겠다 생각하며 팔락팔락 자료를 넘기던 와중에.

"아, 그건 부회장 아니면 부회장 지인일 거야."

조세핀은 수많은 글자들 사이에 섞인 초상화를 보았다. 젖살이 덜 빠진 듯 동그란 뺨, 곤란한 듯 축 처진 눈썹, 특별히 잘나지도 특별히 못나지도 않은 평범한 얼굴. 눈에 익은 얼굴이었다.

"도서관 안에 있던 정보들 중 좀 이질적인 거라 그려 놓긴 했는데, 원 대륙 사람 같으니 아마 여기서 찾긴 어렵겠지……."

"……나 이 사람 알아."

"뭐?"

도리언이 눈을 휘둥그레하게 떴다. 도서관 안에는 '정보'로 볼 수 있는 것과 '사람의 기억'으로 볼 수 있는 것들이 섞여 있었는데, 이 기억은 그 중에서도 독특한 거였다. 그리고 아마 아주 오래 전의 기억일 테고.

평범한 사람이면 지금껏 살아 있을 수 없을 시간대의 일인 터라, 조세핀이 만약 살아 있는 이 소년을 보았다면 그는 부회장일 확률이 높았다.

도리언이 흥분된 목소리로 물었다.

"어디서? 여기서? 너, 원대륙은 가 본 적 없지 않아? 어쩌다가 봤어? 그냥 지나가다? 아니면 이름이나 다른 것도 알아?"

쏟아지는 도리언의 질문에 조세핀이 천천히 대답했다.

"도연후. ……릴리 건으로 여기 왔던 짐의 사절단 중 한 명이었어. 달리아랑 사파이어와도 아는 사이 같았고."

도리언의 명석한 두뇌가 잠시 활동을 중지했다.

"……뭐?"

* * *

도연후는 자기도 모르게 뒤를 돌아보았다. 누군가가, 자신을 부른 것만 같아서.

"필요하신 게 있으십니까, 부회장님?"

아밀스턴 섬 안 어디서나 있는 연구원이 쪼르르 달려와 편의를 물었다. 소년은 고개를 살래살래 저었다.

"아냐, 아무것도."

어차피 모든 순간에 이 세상의 누군가는 그를 부르고 있을 것이다. 자기가 뭘 부르는지도 모르고. 그러니 그 부름 중 무언가가 자신에게 닿았다 한들 신경 쓸 필요는 없으리라.

신경 쓴다 한들 달라질 것도 없을 테고.

* * *

데이트를 마치고 집에 오자마자, 제이는 조세핀에게 잡혔다. 어차피 둘의 방은 붙어 있어서 방에서 기다리면 바로 볼 수 있는 데 굳이 현관까지 나와서 서성이고 있는 게 불안해, 제이는 슬쩍 표정을 굳혔다. 설마 반대하려나? 다행히도, 조세핀은 에드워드에 대해 말하려는 게 아니었다.

"너, 하연 인더스트리의 예전 부회장에 대해서 들었었지."

"……들었지, 도리언한테."

조세핀이 입술을 슬쩍 깨물더니, 쥐고 있던 종이를 한 장 내밀었다. 제이는 대번에 초상화 속 인물을 알아보았다.

"어?"

"네가 봐도 그 사람이지?"

"응. 왜, 누군데? 다른 사람이야?"

사진이 아닌 그림이고, 도연후는 워낙 특징 없이 밋밋하게 생긴 터라 다른 사람이라고 해도 놀랍지는 않으리라. 조세핀이 딱딱한 얼굴로 작게 대답했다.

"하연 인더스트리의 부회장일 거래."

"뭐?"

들은 정보는 반대지만, 제이의 반응도 도리언과 똑같았다. 사실 그럴 수밖에 없긴 했다.

조세핀, 제이, 도리언이 식당에 모였다. 고용인들은 모두 물렸다. 제이가 신경질적으로 식탁을 두드렸다.

"아니, 기면 기고 아니면 아니지 '일 거래'는 뭐야?"

"그림 그려서 보여 주고 확답을 받은 게 아니라. 다만 내가 그 얼굴을 알게 된 기록이 최소한 천 년 전일 텐데, 픽도 아니면서 지금껏 살아 있는 거면 부회장 본인일 거라고 봐."

"잠깐. 천 년이라고?"

너무 까마득해서 상상도 안 가는 숫자였다. 천 년 전에 로쉔은 어땠지? 로쉔이라는 나라는 있지도 않았고. 그때가 어느 시대였더라. 너무 충격을 받아서 그런가, 기억도 안 났다.

"최소한으로 잡은 게 천 년 전이야. 그보다 더 오래 됐을 수도 있고."

제이는 손으로 얼굴을 덮은 채 웃었다. 최소 천 년? 뭐, 사람이 생겨났을 때부터 있기라도 했대?

"……진짜면 왜 안 밝혔을까?"

그저 비슷하게 생긴 다른 사람일지도 모른다는 가능성은 일단 미루어 놓았다. 애초에 그들은 가능성에 기대어 부회장을 찾고 있으니까, 가능성이 있다면 어디든 달려들어야 하므로.

"글쎄……."

"부회장 존재를 아는 건 너밖에 없거든? 머리 좀 잘 굴려 봐."

맞는 말이었다. 조세핀은 물론이거니와, 제이도 전대 부회장에 대해 아는 거라곤 여러 프로젝트에 관여했다는 것뿐이니. 도리언은 곰곰이 생각에 잠겼다.

회장은 근 십 년 전에 이제 슬슬 부회장이 돌아올 때라고 했다. 하지만 부회장은 돌아오지 않았다. 연락이 안 돼서 못 돌아왔을 리는 없다. 바로 옆에 로즈가 있었다고 하니. 그럼 뭘까, 왤까.

"……근데, 지금껏 생각 안 해 본 일인데 말이야."

"응."

"달리아랑 사파이어가 도연후가 부회장일 수 있다는 걸 모르는 게 맞나?"

물론 도서관 안의 기억을 다 뒤진 건 도리언뿐이니, 도연후를 보고도 부회장을 못 떠올릴 수 있다. 도연후가 일부러 달리아나 사파이어를 보고도 제 존재를 숨겼을 수도 있다. 그도 아니면 정말 얼굴이 비슷한 다른 사람일 수도 있고. 천 년 전 기억 속 사람을 직접 본 도리언은 도연후를 본 적 없고, 제이와 조세핀이 본 건 도리언이 그린 초상화일 뿐이니.

하지만 그게 아니면? 도연후가 말했다면? 말해 놓고 돌아가지 않겠다고 했으면.

"그건 가정해 봤자 의미 없잖아. 그럼 우리한테 남은 가능성 하나가 사라지는 것뿐이야. 미스터 도가 우리에게 해 줄 게 아무것도 없는 거랑 똑같지. 그것 때문에 포기할 수도 없는 거잖아?"

맞는 말이지만, 안 그래도 희박한 가능성이 더 줄어드는 그 기분이 참기 힘들었다. 도리언은 힘겹게 웃었다. 제이가 테이블을 톡톡 두드렸다.

"그래, 생각해 보니까 왜 안 밝힌 건지 알 게 뭐냐 싶네. 진짜 밝히면 안 될 이유가 있는 거면야 오히려 좋지, 거래 재료가 될 수도 있잖아?"

말도 안 되는 얘기라는 건 말하는 제이 본인도 잘 알고 있었다. 진짜 도연후가 하연 인더스트리의 부회장이라면 협박 같은 게 먹힐 상대가 아닐 테니까.

"일단 달리아랑 사파이어한테 물어보기는 해 둘게. 그럼 해야 하는 게 미스터 도 탐색. 본인이 안 되면 로즈나 릴리를 찾아서 물어볼 것, 그리고 달리아한테 미스터 도가 하연 인더스트리와 무슨 관계는 없나 물어볼 것. 이건가?"

"······일단은 그거면 될 거 같아."

"좋아. 그럼 난 저 일들 하고 있을 테니까, 정보 다 정리되는 대로 넘겨주는 거 잊지 마. 혹시 아닐 경우도 생각해 둬야 하니까."

"응, 알았어."

픽이라 그런가, 그냥 개인적 특성인가. 판단이 시원시원하니 빨랐다. 도리언은 찜찜하던 마음이 조금은 가벼워지는 걸 느꼈다. 역시, 인간은 사회적 동물이라더니 아무리 유능한 도리언이라지만 옆에 누가 있어 주니 훨씬 더 나았다. 그게 만난 지 한 달도 안 된 제이라 하더라도.

"그럼 그렇게 알고, 오늘은 이만······."

"잠깐만."

상황을 마무리하려는 제이를 조세핀이 불렀다. 색이 같은 한 쌍의 눈동자가 마주쳤다.

"응?"

"잠깐 얘기 좀 하자. 도리언, 먼저 올라가 줄래?"

도리언은 결코 눈치 없는 사람이 아니었기에, 그는 별 말 없이 고개를 끄덕이고 자리를 떴다. 안에 제이가 있는데 둘의 대화를 엿듣는다든가 하는 헛짓거리는 하지 않았다.

"왜, 제이?"

조세핀을 부르는 제이의 목소리는 부드러웠다. 조세핀은 입술을 잘근 잘근 씹는 것을 멈추고 물었다.

"조. 너, 분명 우리 가문의 규약 같은 건 네게 큰 짐이 되지 않는다고 했지."

"응."

진심이었다. 귀찮긴 해도, 딱 그 정도. 평범한 인간들처럼 그게 목을 조인다거나 울고 싶어질 만큼 힘든 적은 없으니까.

하지만 대답을 듣고도 조세핀의 표정은 풀릴 생각을 하지 않았다.

"그럼, 왜 부회장을 찾으려는 거야?"

도리언은 이해가 갔다. 도리언은 지금 목숨이 위험한 상황이니까. 아무리 적은 가능성이라도 걸어 볼 수밖에 없겠지. 아니, 아예 가능성이 없다고 해도 죽음을 미룰 수 있는 선택지면 전부 골라 볼 수밖에 없겠지.

하지만 제이는?

제이가 말한 대로, 규약 따위 별 거 아니면 그녀는 굳이 부회장 찾는 거에 시간을 쓸 이유가 없다. 막 연애를 시작했으니 시간이 남아돌 리도 없고. 사랑하기에도 부족한 시간을 굳이 쪼갤 이유가 어디 있을까?

생각지도 못한 질문에 제이가 눈을 동그랗게 떴다.

"혹시, 에드워드 경 때문이야?"

제이는 고개를 기울였다. 에드워드? 그건 생각해 본 적이 없는데. 애초에 연애 사실을 다른 집안사람들에게 밝힐 생각은 없고.

"왜, 가문에서 네게 내건 제약 중에 결혼 금지가 있었잖아. 만약 부회장을 찾아서 규약을 없앨 수 있게 되면 그것도 풀리는 거고. 혹시, 에드워드 경과의 미래를 생각해서 그런 거면……."

"잠깐, 제이. 진짜 너무 나갔어. 우리 사귀게 된 지 반 년도 안 됐거든?"

에드워드의 의견이야 안 물어봤지만, 연애도 큰 진전인 제이에게 결혼은 정말 너무 먼 얘기였다. 당연히 결혼을 위해서 밑 작업을 해야겠다는 생각을 했을 리 없다.

무엇보다, 르퀸가에서 강요한 계약은 사실상 하연 인더스트리의 회장이 해 준 보증으로 완성된다. 회장이 아니고서는 일개 인간들이 제이에게 계약을 강제할 수단이 없으니까.

그런데 그 회장은 죽었다. 당연히, 계약도 의미가 없다.

굳이 그걸 동네방네 떠벌리지 않은 건 어차피 르퀸가 사람들이 떠들어 봤자 큰 문제가 되지 않고 남의 회사 사정을 개인적인 이유로 떠들어 대고 싶지 않아서였고.

하지만 이런 이상한 오해를 하게 만드느니 차라리 조세핀에게는 알려 주는 게 낫겠다 싶어 제이가 입을 열려는 순간, 조세핀이 한 발 먼저 입을 열었다.

"그럼 왜인데?"

왜 될지 안 될지도 모를 일에 시간을 쏟아? 왜 네게는 아무 상관없던 제약을 굳이 벗어버리려 해? 왜 확신하지 못할 일을 위해 네가 그렇게나 좋아하는 달리아와 사파이어의 부탁을 질질 끌고 있어?

제이는 조세핀의 질문 안에 담긴 다른 뜻은 하나도 이해하지 못했다. 조세핀이 무엇을 궁금해 하는지도.

그래서 제이는 그냥 질문 그 자체에 집중했다. 왜, 확실하지도 않은 것에 걸어 보려고 했더라. 왜 부회장을 찾고 싶었지. 어차피 회장이 죽은 거면, 그냥 달리아와 사파이어에게 사칙을 고쳐 달라고 해도 그만이다. 사칙이 고쳐지지 않아도 상관없고.

회장이 죽은 줄 모르는 도리언은 회장이 돌아올 때를 대비해서 부회장을 찾고 싶었을 것이다. 회장에게 대항할 수 있는 건 부회장 정도니까. 하지만 제이는 회장이 죽었다는 것을 안다. 그렇다면 사칙을 고치는 건 전 부회장이든 현 부회장들이든 달라질 게 없다.

그런데 왜 제이 르퀸은 전 부회장을 찾으려 했는가? 왜 굳이 돌아가려 했는가? 왜…….

"아."

제이는 답을 찾았다.

"궁금했어."

"뭐가?"

"그 사람이."

하연 인더스트리에서 굵직한 프로젝트들에는 전부 그 사람의 손길이 닿아 있었다. '블루 달리아'며 '도리언 그레이의 초상 프로젝트'의 초안을 짠 것도, 제이의 존재를 금하는 사칙을 만든 것도, 심지어 하연 인더스트리 안에 있는 도서관을 구축한 것도 그라고 했다.

회장조차도 생각해 내지 못한 이런 온갖 프로젝트들을 구상해 낼 수 있는 사람은 대체 누굴까? 하지만 직접 프로젝트에 손을 댈 수는 없는. 즉, 픽은 아닐.

세기의 천재일까? 아니면 그저 어린아이 같은 창의성을 갖춘 사람? 픽조차 알지 못하는 심연을 들여다본 적 있는 사람일까.

같은 픽은 궁금하지 않았다. 어차피 그녀가 할 수 있는 걸 그들도 할 수 있을 테고, 그들이 할 수 있는 건 대부분 그녀도 할 수 있으니까. 말하자면, 픽은 너무나도 우수하다 보니 오히려 획일적인 것이다. 굳이 남을 궁금해 할 필요 없을 만큼.

하지만 부회장은 달랐다. 유능하지만 그 유능함은 픽의 유능함과 다르다. 그래서 궁금했다. 그 누구보다도 우수한 픽인 회장을 도와 하연 인더스트리를 만들었다는 그 사람이.

"아직도 궁금해. 난 미스터 도가 그냥 조금 귀여울 뿐인 남자애라고 생각했거든. 어려 보이긴 했지만 무슨 불로불사급으로 말도 안 되는 동안은 아니잖아? 이십 대 초반에 십 대 중반으로 보이는 사람이야 널려 있으니까. 딱히 우수해 보이지도 않았고. 근데, 그럼 하연 인더스트리에 있던 흔적들은 뭘까? 내가 생각지도 못한 방법이 있나? 아니면 연기한 걸까? 무해하고 무능한 소년을? 왜? 이유가 있나? 하연 인더스트리를 왜 떠났고, 왜 돌아가지 않았을까? 왜 나 같은 존재를 금지하는 사칙을 만들었을까? 픽도 허용하는 회사에서 말이야. 도대체 왜? 나는 전례가 없는 존재였는데, 대체 그 사람은 뭘 두려워해서 내가 있기도 전에 그런 사칙을 만든 걸까? ─궁금증은 끝도 없었어. 하연 인더스트리에서 지내 본 적 없는 너는 잘 모르겠지만 말이야, 제이."

제이가 얼굴을 찌푸렸다. 나이보다 어려 보이는 자그마한 얼굴에 진지함이 서렸다.

"나는, 생명도 만들어 낼 수 있다는 회장보다도 그 부회장이 더 궁금했던 거 같아."

자각하지도 못했던 마음이었다. 그저 부회장을 찾고 싶다는 생각은 있었고, 도리언을 활용하면 가능하겠다 싶어 거래를 제안하면서도 왜 자기가 그러려고 하는지 고찰해 볼 생각도 하지 못했다.

제이는 새삼 갈 길이 멀다는 생각을 했다. 자기가 아직도 정신적으로 미숙한 어린애와 같다는 사실을 깨달은 것이다. 자기가 뭘 원하고 왜 원하는지, 그것조차 남의 도움이 없고서는 알아 보지도 못하는 어린애.

"……그래서, 그 사람을 찾고 싶은 거지."

그런 생각을 속으로 감추고. 제이는 웃었다. 안 그래도 근심걱정이 많아 보이는 조세핀에게 더한 걱정을 짊어지우지 않도록. 이게 어른의 증거라면 좋겠다는 생각을 하며.

말한 대로, 제이는 달리아에게 편지를 띄워 놓고 로즈와 릴리를 찾았다. 하지만 그 둘은 쉽게 모습을 보여주지 않았다.

혹시나 해서 그들이 묵던 호텔도 찾아가 봤지만 결과는 똑같았다. 진짜할 일이 끝나서 떴던가 잠시 다른 곳에 갔던가, 아니면 사정상 몸을 숨기고 있는 거든가 셋 중 하나일 것이다. 둘 다 옆에 락 하나씩 끼고 있으니 수작을 좀 부리자면 제이의 눈을 못 피할 건 없을 테고.

앞의 두 경우에는 일이 쉽지만 마지막 경우는 좀 곤란해지는데. 제이는 턱을 괸 채 앓는 소리를 냈다.

"왜 그러십니까?"

에드워드가 그 틈새를 놓치지 않고 물어왔다. 애초에 에드워드라면 처음부터 제이의 상태가 평소와 다르다는 것쯤은 알고 있었으리라. 그저 필요한 건 계기였겠지. 그걸 짐작했기에 제이는 축 처진 텐션을 끌어올려 목소리를 밝게 했다.

"응. 아냐, 아냐. 그냥 개인적인 문제 때문에."

애인에게 할 만한 대답은 아니었지만 제이는 그걸 몰랐고 에드워드는 지적하지 않았다.

"그러신가요. 언제든 제가 도움이 될 일이 있다면 말씀해 주십시오, 뭐든 할 테니까요."

제이가 평범한 인간이었다면, 여기서 도연후에 대해 뭐 아는 게 있냐고 물었을 것이다. 진짜 뭘 알 거라는 기대 없이도. 그냥, 한번 물어본다고 해서 문제될 건 없으니까.

하지만 제이는 제이였다. 그녀는 신에 가까운 존재이고, 그렇기에 인간을 자신과 동등하게 생각하는 것에 약했다. 애정과는 별개의 문제로. 그렇기에 제이는 에드워드에게 혹시 도연후가 여기 머무르는 동안 뭐 듣거나 본 적 없냐고 묻는 대신 그냥 웃었다.

"그렇게 말해 주는 것만으로도 충분한데? 벌써 기분이 다 풀린 거 같아."

* * *

그런 제이의 조력 가능자 리스트에 들어가 있는 달리아는 며칠의 시간이 걸려 제이의 편지를 받았다. 예나 지금이나 그리 길지 않은. 용건만이 간단히 적힌 편지를 읽은 달리아가 흘깃 옆에 시선을 주었다. 마치 한 천년간 여기 있었던 것처럼 자연스럽게, 도연후가 거기 앉아 있었다.

"—그렇다는데. 짐작 가는 데라도 있어?"

달리아가 손에 든 편지를 팔락였다. 도연후는 편지를 들여다 볼 생각도 하지 않고 무심하게 대꾸했다.

"여기서 그게 보이겠냐."

"하여간 우리 연후, 눈도 나쁘고 머리도 나쁘고. 참 잘도 지금까지 살아왔구나?"

도연후는 빈정거리는 말을 무시하는 김에 아예 말도 씹어 버렸다. 대화를 안 하면 어차피 속 터지는 건 달리아니까. 아니나 다를까, 결국 먼저 대화를 재개한 건 달리아였다.

"네가 하연 인더스트리랑 무슨 연이라도 있는지 묻는데, 뭘 알고 하는 말인 거 같아? 들킬 게 있었어?"

도연후는 잠시 생각을 했다. 제이와는 딱히 대화를 한 게 없고.

"에드워드 경한테서 들었나 보지. 입 싼데?"

"뭐?! 만난 지 얼마나 됐다고 줄줄 흘리고 다닌 건데? 이럴 거면 처음부터 우리한테 말하지 그랬어?"

"부회장이라고 말하진 않았거든. 내가 누군지 말했지. ―그리고 공평해야지, 다른 애들한테는 죄다 한 번씩은 말해 줬었다고."

"헛소리는 벽 보고 하고. 그래서, 어떻게 해. 안다고 할까, 시치미 떼볼까."

"뭐든 상관없어."

도연후가 고개를 들어 달리아를 보았다.

"어차피 일은 내가 원하는 대로 굴러갈 거니까."

"그래, 원래 그런 거랬지?"

달리아가 비꼬았지만, 도연후는 담담하게 고개를 끄덕일 뿐이었다.

"응. 원래 그래. 그러니까 네가 원하는 대로 해, 어차피 달라질 건 없거든."

그 달관한 듯한 말투는, 참 사람 기분을 긁는 구석이 있었다. 달리아는 편지를 내려놓고 소년에게 걸어갔다. 화풀이를 할 시간이었다.

* * *

즉, 모든 건 제이가. 고위급 픽들이 지나치게 유능해서 서로만 의식했기에 발생한 문제들이었다. 바로 옆에 있는 에드워드에게 물어봤으면 간단했을 것을, 제대로 된 정보가 나올 수 없는 상황인 달리아에게만 물어보는 바람에 생긴. 말하자면 픽의 원죄라 할 수 있었다.

자기가 쉬운 일을 대차게 꼬아놓은 줄도 모르는 제이는 다른 일에 몰두해 있었다. 코앞으로 다가온 생일 파티의 초대장 문제였다.

지금껏 제이는 생일 파티 초대장 같은 건 줘 본 적이 없다. 친구가 적기도 하고 집안에서 겉돌기도 했지만, 무엇보다 진짜 생일과 서류상의 생일이 달라서였다. 그것만 아니면 조세핀이 자그마한 파티 정도는 열어줬을 테고 쥰 정도는 참석해 줬을 테니까.

그러니 이건 제이가 처음으로 건네는 초대장이 될 것이다. 어쩌면 마지막이 될 수도 있겠고. 그 기념비적인 초대장을 두고, 제이는 고민에 잠겨 있었다. 이거 주면서 뭐라고 하면 좋지? 그 애는 뭐라고 했었더라.

이제 와서 그녀가 초대장을 줄 사람이라고는 한 명밖에 없고, 그 한 명이 제이의 말이라면 하늘에 발을 대고 땅을 올려다본다 해도 고개를 끄덕일 에드워드 델 크뤼거인 걸 생각하면 정말 생산성 없는 고민이었다. 에드워드는 제이가 오며 주웠다는 헛소리를 하며 초대장을 줘도 알아서 감격할 테니까.

즉, 지금 제이가 하는 고민은 비합리적이다. 쓸모가 없다. 하지만 그렇기에 고민은 좀 더 심각해진다.

제이는 좋은 의미로도 나쁜 의미로도 결정이 빠르다. 결과가 합리적이든 비합리적이든 선택을 하고 나면 과정을 망설이지 않는다. 쥰에게 그랬듯이 말이다.

하지만 제이는 놀랍게도 초대장을 주기로 마음을 먹고도 한참을 고민하고 있었다. 마치, 조세핀에게 연애 사실을 밝혀야겠다고 결정한 다음에도 적절한 시기를 고르며 망설였던 것처럼. 이번에는 시기를 고르는 것도 아니면서.

제이 본인이 이 사실을 자각하고 있다는 점에서 문제의 심각성은 정점을 찍는다. 자기가 픽답지 않게, 그러니까 인간처럼 굴고 있다는 것과 쓸데없는 짓이라는 걸 모조리 알면서도 이 고민을 멈출 수 없다는 뜻이므로.

제이는, 신에 비견될 정도로 전능한 픽은 고작해야 종이 한 장을 앞에 두고 말을 고른다. 그 어떤 말을 주어도, 혹은 말 한마디 없어도 신앙처럼 그녀를 사랑할 남자를 위해.

마치 사랑에 빠진 평범하고 수많은 인간처럼.

제이는 결국 생일파티를 하루 앞두고도 말을 고르지 못했다. 이쯤 되면 그냥 포기하는 게 낫지 않을까. 어차피 조세핀이 크뤼거가로 초대장은 보내 놨다고 하고. 고민을 하는 사이 업무 시간이 끝났다.

포기하자. 제이는 시간에 쫓겨 마음을 정리했다.

"이만 퇴근할까……."

"제이."

에드워드가 의자 등받이를 짚고 허리를 숙였다. 보석처럼 반짝이는 눈동자가 훅 가까워졌다. 제이는 자기도 모르게 숨을 멈추었다. 자극이 너무 컸다.

"생일선물을 준비했는데요."

제이에게 말을 걸 때 에드워드의 목소리는 언제나 부드러웠지만, 연애를 시작하고 나자 단 둘이 있을 때면 훨씬 더 달콤해지곤 했다. 목소리에 형태가 있다면 지금 에드워드의 목소리는 고체가 아닌 액체겠구나 싶을 정도로.

"받아주실 수 있으십니까?"

선물이라고 하면서도, 마치 받아 주는 게 그에게 좋은 일인 것처럼.

제이는 그 순간, 도리언과 함께 르퀸 저택으로 돌아왔을 때와 똑같은 기분을 느꼈다. 지금이다. 이 순간이 아니면, 말할 수 없을 것이다.

"네가 주는 거라면 당연히."

그녀답지 않은 망설임. 그걸 털어내게 하는 마지막 퍼즐 조각은 이런 우연들이었다. 시의 적절하게 계단을 내려오던 조세핀, 포기하려던 마지막 순간에 여지를 제공한 에드워드.

제이는 품 안에 넣어둔 종이를 의식하며 천천히 말을 이었다.

"대신, 내가 원하는 선물도 하나 줄 수 있어?"

에드워드의 선물을 제이가 순순히 받겠다 했듯이, 에드워드 역시 고개를 끄덕일 것이다.

"무엇을 원하십니까?"

제이의 예측대로 에드워드는 웃었다. 아직 사회화가 다 이루어지지 않은, 어린아이와 어른의 경계에 서 있는. 인간조차 아닌 그녀도 의심하지 않을 애정. 그만큼 놀랍고 대단한 거였다, 에드워드의 연심이란.

"내 생일선물로."

제이는 품속에서 초대장을 꺼냈다. 마치 지금 갓 만들어진 것처럼, 구깃한 흔적 하나 없는 초대장이었다.

"이걸 받아 줘."

—제이는 사랑을 속삭이는 일에 능하지 못하다. 하지만 그녀의 머릿속에는 도서관 하나 분량의 정보가 어지럽게 흩어져 있었고, 그 안에는 동서고금의 로맨스 소설과 사랑 시 또한 있었다. 그러니 에드워드를 홀릴 법한 문구를 골라내는 것쯤은 어렵지 않았으리라. 목숨과, 달과, 빗방울과, 이름으로 사랑을 대신 말할 수도 있었겠지.

하지만 제이가 고른 언어는 에드워드 본인의 말이었다. 제이가 에드워드를 성애의 대상으로 자각하기도 전의 이야기. 에드워드와 자신이 다르다는 걸 깨닫기도 전의 이야기.

제이 본인도 에드워드도 눈치채지는 못했겠지만, 이건 둘 다 주목하지 않은 시기의 애정이다. 에드워드가 픽이 아닌 걸 알고, 고백을 받기 전의 시기.

초대장을 받아주는 게 선물이라던 에드워드의 말에 그걸 받아준 건 에드워드가 자기와 같은 픽이라는 오해 때문이었다. 지금 그에게 초대장을 주는 것은 선택으로부터 발생한 애정 때문이었고.

그렇다면, 오해로 인한 동질감이 깨지고 고백을 받을 때까지 제이는 왜 다른 선택을 하지 않았을까?

그 시간은 분명 그리 길지 않았다. 해 봤자 한 달도 안 되었으니, 평범한 사람이라면 미련 때문이라도 어영부영했을 수 있는 시간이다. 하지만 제이는 평범한 사람이 아니다. 그 시간은, 제이가 에드워드를 잘라내고자 마음먹기 충분한 시간이었다. 그러지 않더라도 그 전의 모든 걸 다 잊을 수도 있었고.

그러지 않고 그 시절의 기억을 남겨 둔 건, 에드워드가 고백을 할 때까지 선택을 미뤘던 건 결국 제이도 에드워드를 좋아해서. 에드워드의 마음이나 조세핀에 대한 마음만큼 무겁지는 않았어도, 제이로서는 이례적으로 에드워드를 좋아했다는 증거인 것이다.

아마 에드워드는 죽 모를 테고, 제이도 깨달을 수 있을지 없을지 불확실한 일이지만.

* * *

제이의 손에 들린 초대장을 보고, 에드워드는 자기도 모르게 숨을 삼켰다.

사실 절반 정도는 짐작하고 있었다. 아니, 절반은 너무 확률이 낮지. 약 8할 정도로, 에드워드는 이런 일을 예상했다. 조세핀이 그에게 보낸 초대장이 '크뤼거가' 앞으로 온 거라서.

제이와 에드워드의 사이를 고려하지 않는다 해도 제이의 직속 부하에게 초대장을 보낸다면 에드워드 개인의 앞으로 초대장을 줘야 한다. 하지만 조세핀은 그러지 않았다.

제이에게는 티 못 내지만 에드워드에게 에둘러 둘의 연애 사실을 인정하지 않겠다는 표현일 가능성이 2할쯤 있지만, 그게 아니라면 의도는 명확했다. 다른 방식으로 전해질 한 장의 초대장을 염두에 둔 초대.

그러니, 에드워드는 꽤 높은 확률로 이 상황을 예상했다. 놀라울 건 없었다. 들은 말조차도 자신이 몇 달 전 제이에게 했던 말 그대로고.

예상하고 있던 일, 익숙한 말.

그럼에도 불구하고.

그는 이 순간, 진심으로 놀랐다. 예상을 뛰어넘는 기쁨에.

"그러겠습니다."

에드워드는 제이의 앞에 무릎 꿇고, 그녀의 손등에 키스했다. 경애를 담아.

"당신의 생일을 축하하러 가겠습니다."

다른 이들은 알지 못하는 날. 세상에서 단 둘만이 축하할 생일.

사랑하는 신앙의 대상에게 특별하다는 것이 그에게 얼마나 큰 기쁨을 주는지.

"당신의 에드워드 델 크뤼거로."

둘의 시선이 마주치고, 미소가 맞물렸다.

먼저 말이 꺼낸 게 무색하게도, 에드워드는 선물을 보여 주지 않았다. 에드워드와는 조금 다른 이유로 제이는 에드워드가 뭘 주든 공평한 기쁨을 선보이겠지만, 아무래도 운만 띄워 놓으니 궁금해지는 건 어쩔 수가 없었다.

뭘 줄 건지 힌트라도 주면 안 되냐고 묻는 제이에게 에드워드는 파티 중에 잠깐만 시간을 내달라 요청했다. 이왕이면 딱 생일날 선물을 주고 싶다며. 공식적으로는 내일 생일을 맞이하는 게 조세핀 혼자인 터라 자칫 잘못하면 둘만의 시간을 가지지 못할까 걱정되어 벌인 깜찍한 수작이었다.

예상대로 제이는 내일 남들을 전부 잠재우는 한이 있어도 시간을 내겠노라 대답해 주었다. 생일 전날은 함께 근무, 생일날은 둘만의 시간. 비밀 연애 중인 사이로서는 최선의 상황이라 할 수 있었다.

두 연인은 내일을 기약하며 헤어졌다.

* * *

조세핀은 함께 귀갓길에 오른 제이를 보고 약간 안도한 눈치였지만 제이는 조세핀이 뭘 걱정한 건지 이해할 수가 없었다.

어쨌거나, 조세핀의 걱정과 달리 제이는 아직 애인보다 가족이 더 중요할 때였다. 자정이 되어 날짜가 넘어갔을 때, 제이와 함께 있는 건 조세핀이었고 조세핀과 함께 있는 건 제이였다. 누가 먼저랄 것도 없이 둘의 목소리가 엉켰다.

"생일 축하해, 조."

"생일 축하해, 제이."

서로의 생일을 가장 먼저 축하해 주는 이는 언제나 상대일 것 말로 약속한 적은 없지만 암묵적으로 지켜지고 있는 둘만의 전통은 올해도 건재했다.

둘만의 생일 축하를 마치고, 내일 파티를 주관해야 하는 인간인 조세핀은 곧 잠자리에 들었다.

고용인들은 전부 자기 방에서 잠들어 있었고, 도리언은 아직 정보를 정리하고 있는 모양이었다. 뭐, 도리언이 가동하기 위한 휴식 시간은 인간의 필수 수면 시간보다 짧으니 굳이 자라고 할 필요는 없겠지.

제이는 평소와 같이 자택 점검을 마쳤다. 놀라울 정도로 별다를 거 없는 날이었다.

잘 자요, 새들도 별들도. 꿈속에서 만나요, 우리. 구름 위를 날고 나면 어느새 아침일 테죠. 잘 자요, 해님도 달님도.

그리고 평화로운 저택 안과 달리, 저택 밖에서는 달님도 부끄러워 얼굴을 가릴 만한 미인이 르퀸 저택을 쏘아보고 있었다. 사실 달이 구름에 가려 시야가 어둡다 보니 제대로 보이진 않았지만.

"잘될 거 같아?"

"글쎄."

로즈가 애매모호하게 웃었다. 답지 않은 겸손에 골드가 얼굴을 찌푸렸다. 인상 쓰느라 생긴 주름마저도 황홀하게 아름다웠다.

"네 입에서 그런 말이 나오니까 기분이 이상하네."

로즈는 르퀸 저택을 흘깃 보고 어깨를 으쓱했다. 분위기 잡느라 대충 르퀸 저택 쪽을 보고 있던 골드와 달리, 로즈의 눈에는 저택이 선명하게 보였다.

"그럴 만한 상대니까."

담담한 로즈와 달리, 골드는 제 일도 아니면서 자존심이 상하는 모양이었다. 입을 비죽이는 골드를 보고, 로즈가 부드럽게 웃었다. '정의'라는 단어가 사람의 모습을 한 것처럼 영 인간적인 면모가 없는 로즈이지만, 골드에게만큼은 남달라서.

"괜찮아. 난 실패해도 괜찮은 일에만 실패하니까."

의도적인 자부심이었다. 본디 그녀만 한 픽이란 불가능한 일이 없어서

굳이 뭘 할 수 있다는 사실에 자부심 따위를 느끼는 게 더 이상한 법이었
으므로.

하지만 꾸며 낸 자부심에도 골드는 웃었고, 로즈는 그걸로 만족했다.
어쨌거나 그녀의 연인이 웃을 수 있다면 인간 흉내쯤이야 못 내 줄 것도
없으므로.

르퀸 저택 안팎에서 저렇게 장르가 다른 연극이 벌어지고 있는 동안,
크뤼거가에서도 쁘띠 희극이 진행 중이었다.

"초대장 둘 중에 뭘 들고 가는 게 좋다고 생각해."

발화자는 당연히 에드워드였고, 청자는 데미안이었다. 에드워드의 집사
인 데미안은 지금처럼 자신의 처지를 저주해 본 적이 없었다.

아니, 생각해 보니 에드워드의 생일 파티 날 에드워드가 제이를 안고
자기 방으로 올라갈 때도 이런 기분을 느끼긴 했었던 거 같았다. 즉, 냉
철하고 이성적인 주인님이 제이만 엮이면 갑자기 배운 게 없는 무뢰한이
되는 게 괴롭단 뜻이었다.

"이왕 주셨으니 제이 걸 들고 가는 게 맞겠지? 하지만 그럼 내야 되잖
아. 난 그거 간직하고 싶은데? 근데 르퀸가에서 온 걸 내면 제이가 알고
서운해 하실까? 아니면 굳이 뭘 갖고 왔는지는 체크 안 하시려나?"

하고 싶은 말은 정말 많았는데, 할 수 있는 말이 없었다. 데미안은 한
숨을 꾹 참고 간언했다.

"그분이 주신 걸 들고 가세요."

"그럼 보관을 못 하잖아."

차라리 농담을 하는 거면 좋을 텐데, 그렇게 말하는 에드워드의 표정이
너무나 진지한 게 더 속 터졌다.

애초에 초대장을 뭘 내는지 제이가 알아주리란 보장도 없고, 에드워드

정도면 그냥 초대장을 보여만 준 뒤 다시 품속에 넣어도 내놓으라고 강짜 부릴 리는 없을 것이다. 아니, 그걸 넘어서 아예 초대장을 안 보여주고 그냥 이름만 대도 알아서 들여보내 줄 텐데.

여기까지 생각이 못 미친 거면 진짜 사랑에 돈 거고 그걸 알면서도 혹시 몰라 이러는 거여도 사랑에 돈 거다. 어느 쪽이든 소름이 끼쳤다.

"그분께도 소중한 거라면 그분이 보관을 해 주실 거 아녜요. 그럼 나중에 결혼하시면 부부의 추억으로 남길 수 있고, 그분이 물질적인 기록에 관심 없으신 분이면 어차피 주인님이 그걸 보관하시든 말든 신경 안 쓰실 테니 그분이 주신 초대장으로 들어가는 게 당장 그분 비위 맞추기 좋을 테고요."

"천재적이야."

아, 진짜 못 해 먹겠다. 지금껏 들은 적 없는 칭찬을 이런 걸로 들으려니 정말 기분이 막막하고 참 좋았다. 데미안은 입맛이 뚝 떨어지는 걸 느끼며 에드워드의 침대를 정리했다.

"자, 이만 푹 주무시고요. 숙면이 피부에 가장 큰 약입니다. 내일 예쁘게 보이셔야죠?"

평상시라면 웬 헛소리냐며 씨알도 안 먹힐 소리였지만, 에드워드는 순순히 침대에 누웠다. 정말 너무 무섭다. 데미안은 사랑의 섬뜩함에 진저리를 치며 밖으로 나왔다. 마음의 준비만 마치면 될 에드워드와 달리, 데미안은 마지막으로 점검할 것들이 좀 있었다.

* * *

얼마나 대단한 존재들이 엮여 있건, 조세핀 라 르퀸의 생일 파티는 평범했다. 아무리 제이라 한들 생일 파티에 해나 달을 따다 걸어 줄 수는 없으니까. 능력의 문제가 아니라, 미학적인 관점에서. 사람들이 생각하는 것과 달리 하나 달은 그리 예쁘지도 않았고, 크기도 너무 컸으므로.

그러다 보니 조세핀의 생일 파티는 딱 르퀸가 정도의 명문가 가주 생일 파티다웠다. 보석을 녹여 만든 드레스도, 다이아몬드로 만든 나뭇잎이 달린 은으로 만든 나뭇가지도 없는 그 파티에서 가장 화려한 건 에드워드였다. 케이터링 서비스 때문에 미리 르퀸가에 와 있던 스웬이 기가 막혀 한마디를 할 정도였다.

"야, 넌 르퀸 소장하고 성별 같았으면 당장 쫓겨나도 할 말 없다."

원래도 잘생긴 얼굴에 가볍게 화장을 해 이목구비를 더욱 더 단정하게 만들고. 오늘을 위해 맞춘 옷은 너무 과하지 않게 딱 적당할 만큼만 몸매의 장점을 살리고 있었다.

원래도 잘생기고 몸 좋고 키가 커서 주목을 받던 에드워드지만, 평소 때의 그가 지나가는 여자들이 열이면 열 돌아볼 정도의 외모라면 오늘의 그는 남녀노소를 막론하고 누구라도 일단 한 번 돌아볼 수준이랄까. 누가 봐도 공들인 게 티 나는 외모인 만큼, 오늘 가장 주목받아야 하는 당사자가 불쾌하게 여겨도 할 말이 없을 터였다.

그나마 성별이 다르고, 에드워드가 조세핀의 동생인 제이에게 푹 빠져 있는 걸 사람들이 알고 있으니 뺨 맞을 일은 없겠지만.

"여자도 아닌데 이렇게까지 외모에 공들일 필요가 있어?"

에드워드가 피식 웃었다. 마치 계산한 듯 기가 막히게 어울리는 웃음에 주변에서 숨 삼키는 소리가 드문드문 들려왔다. 스웬은 주변 사람들에게 에드워드의 광기를 알려 주고 싶었지만, 그간의 우정을 보아 꾹 참았다.

"말했잖아, 바보야. 여자가 아니니까 이러는 거지."

남자의 가치가 여자로 결정되는 것보다 여자의 가치가 남자로 결정되는 경향이 더욱 심하다. 그렇기에 에드워드는 자신을 더욱 더 매력적으로 갈고 닦은 것이다. 그가 잘생기면 잘생길수록, 멋있으면 멋있을수록, 잘나면 잘날수록 그가 목매는 제이의 가치가 올라가니까.

이미 알고 있는데도 말문이 막히는 맹목에 스웬이 입을 다물었고, 에드워드는 품속에서 초대장을 꺼냈다. 데미안이 추천한 대로 제이가 개인적으로 건넨 초대장이었다.

"확인했습니다."

손님 리스트를 확인하던 하인의 등 뒤에서 손이 뻗어와, 초대장을 대신 가로챘다. 그 사이에 손등을 슬쩍 훑는 것도 잊지 않았고.

"르퀸 대위님."

"안녕하십니까, 에드워드 경."

하인의 등 뒤에서 나타난 제이가 무심한 눈길로 초대장을 한번 훑었다. 크뤼거가 앞이 아닌 에드워드의 앞으로 발행된 초대장.

"그 옷, 잘 어울리시는군요."

지나치게 매끄러워 오히려 아무런 사심도 없어 보이는 칭찬을 건네며 제이가 초대장을 돌려주었다. 데미안조차 예상하지 못한 최고의 시나리오였다.

"감사합니다."

에드워드가 오늘을 위해 열심히 꾸민 것은 제이의 가치를 올리기 위한 것이다. 하지만 스웬의 생각과 달리, 에드워드는 이게 철저한 자기만족이라는 것을 알았다. 제이 르퀸은 타인의 시선에 얽매이는 사람이 아니니까.

제이는 남들이 자신을 어떻게 보건 신경 쓰지 않는다. 타인이 판단한 가치 따위에 자신을 끼워 맞추지 않는다. 일개 범인(凡人)이 자신을 비난하고 얕잡아 본들 그녀의 존재가 훼손되는 일은 없다. 그러니 이것은 에드워드 델 크뤼거의 자기만족일 뿐이다.

고작 그뿐인 일에 제이가 의미를 부여했다. 그녀가 잘 어울린다 말해 주고 시선을 맞춰 온 순간, 오늘을 위한 에드워드의 모든 노력은 제이를 위한 게 되었으므로. 오늘 생일을 맞이한, 그의 신이자 애인에게 잘 보이기 위한 노력. 그건 놀라울 정도로 행복한 일이었다.

"그럼, 마음껏 즐기시길."

제이는 가볍게 고개를 숙여 인사를 하곤 자리를 떴다. 정장 차림이긴 하지만 연회복이 아닌 걸로 보아 가주의 동생이라기보다는 경호원 역할로 참석한 듯싶었다.

그 와중에도 날 위해 일부러 마중을 와 주다니. 에드워드는 감동했다. 시작이 신앙이라 그런가, 에드워드는 제이가 내어주는 작은 애정에도 과하게 감격하는 면이 있었다.

"생각보다 티를 안 내네."

혼자 감격의 늪에 빠진 에드워드를 스웬이 건져 올렸다.

"응?"

"되게 주변 신경 안 쓰는 타입이라고 생각했거든. 그래서 솔직히, 대놓고 연애하는 티낼까 봐 걱정했는데 그러진 않네."

걱정은 네 쪽만 하면 되는 거였구나. 스웬은 꼬리를 물고 튀어나오려는 말을 눌러 삼켰다. 말해 봤자 소용이 없을 것 같았으므로.

스웬의 생각대로 에드워드는 스웬의 눈빛과 태도에서 은근한 비난을 읽어놓고도 모른 척 대답했다.

"그럼, 어엿한 어른이신걸. 남의 눈치를 볼 필요가 없어서 그러시는 것뿐이지 필요하면 그런 척 정도야 쉽게 해내시지."

다른 사람들이 어떻게 생각하든, 에드워드는 제이가 인간이고 또 평범한 성인이라 생각했다. 타인의 시선을 과하게 신경 쓰지 않아 무례하게 보일 수도 있는 행동을 아무렇지 않게 저지른다거나, 미래를 고려하지 않고 움직인다거나, 단 걸 좋아하고 사적인 자리에서 어리게 느껴지는 말투를 쓴다 해도 그건 그저 제이의 개인적인 특성일 뿐이다. 전능(全能)조차도.

"그건 그런데. 뭐, 일 귀찮아질 염려는 없어서 다행인가."

제이에 대해 잘 알지 못하는 스웬은, 에드워드가 축약한 말들에 대해 알지 못한 채 그의 말을 고스란히 수용했다. 그가 도리언만큼만이라도 제이에 대해 잘 알고 있었다면 좀 더 고려해 봤을 문제였다.

남들 보란 듯 꾸미고 와서 제이에게 눈의 즐거움을 준 것까지는 좋은데, 문제는 그 뒤였다. 지나치게 잘생겼다보니 시선이 집중되어 도무지 몰래 빠져나갈 수가 없었던 것이다.

"……이럴 거면 말이라도 걸어 주든가. 사람이 구경거리도 아니고, 나 원."

조세핀이 에드워드의 생일 파티에 참석했을 때는 이럴 걸 예상해서 자기 편을 데리고 갔지만, 에드워드는 얼굴 도장만 찍고 몰래 빠져 제이와 노닥거릴 생각이었기 때문에 딱히 일행을 챙겨가지 않은 것도 문제였다. 같이 놀 사람이 없었던 것이다. 스웬은 반쯤 일 때문에 온 거라 계속 에드워드와 붙어 있어 줄 수도 없었고.

"파티는 재미있게 즐기고 계신가요, 에드워드 경?"

천하의 크뤼거 가문 후계자가 벽의 꽃으로 전락하는 꼴을 차마 두고 보지 못한 조세핀이 도리언을 붙여 주지 않았다면 퍽 외로운 파티가 될 뻔했었다.

"……아직 여기 계셨군요?"

하지만 에드워드는 말을 걸어 주는 사람이 나타났는데도 썩 그리 달가운 표정이 아니었다. 꽃이 두 송이면 모이는 눈도 두 배인 법이니까. 혹시 몰래 빠져나가지 못하게 하려고 일부러 붙인 거 아닌가? 하고 나니 꽤나 합리적인 의심이었다.

"네. 아마 꽤 오래 머무르게 될 것 같군요."

에드워드가 대놓고 면박을 주지 않았으므로, 도리언은 기저에 깔린 희미한 견제를 눈치채지 못한 척 대화를 이어 나갔다. 조세핀의 부탁보다 더 신경 써야 할 사정은 없었으므로.

그리고 제이는 별채 옥상에서 그런 둘의 대화를 내려다보고 있었다.

"도리언이 잡아 주고 있으니, 당분간은 못 빠져나오겠지."

꼭 혼잣말 같은 중얼거림이지만, 엄연히 듣는 이가 있는 말이었다.

"이제 만족했어?"

방 안쪽에 서 있는 건 로즈였다. 태어나 단 한 번도 그른 선택을 했을 것 같지 않은 사람. '정의'라는 글자가 사람이 된다면 저런 모습이겠거니 싶은 사람. 세간의 상식이며 풍조 따위와는 관계없이, 이 세상에 절대적 선의 기준이 있다면 바로 그 기준이리라 생각되는 이는 조용히 웃었다.

정말 놀라울 정도로 무표정한 얼굴과 별 차이가 없어 제이는 속으로 혀를 내둘렀다. 자기도 인간은 아득히 넘어선 존재지만, 저건 정말 인간은커녕 생물 같지도 않아서. 질서니 정의니 하는 개념에 더 가까운 존재가 살아서 숨을 쉬고, 밥을 먹고, 말을 한다는 사실이야말로 그 무엇보다 더한 기적 같아서.

"응. 지금 대화는 방해받고 싶지 않거든."

픽에게 사람의 속내를 읽거나, 마음을 조종하는 일은 불가능하다. 하지만 유도라면 가능하지. 이 별채 근처에 공기를 조금 불온하게 만들거나 밀도를 올려 두면 어지간한 사람은 생일 파티 중에 이곳에 접근하지 않을 테니까. 아니면 파티장 전체에 집중력을 저하시키는 파장을 낼 수도 있겠지. 하여간에, 방법은 많다. 정 안 되면 물리적으로 문을 잠그거나 해도 되고.

하지만 에드워드는 그런 잔재주로 물리칠 수 있는 상대가 아니다. 요령을 부린다 해 봤자 락의 영향권 하에서도 능력을 쓸 수 있는 것뿐이지,

락 본인에게 능력을 쓸 수 있게 되는 건 아니니까. 잠긴 문을 열 수 있는 건 아니지만 지금 이 상황에서 에드워드가 빠져나왔다가 잠긴 문을 보면 이상하게 여길 수도 있고.

그렇기에 로즈는 대화 전에 에드워드를 묶어놓을 것을 요구했고, 도리언을 이용하면 되겠다는 생각을 하며 창밖을 내다본 제이는 놀라운 광경을 보게 되었다. 마치 텔레파시라도 통한 것처럼 조세핀이 도리언을 에드워드에게 보내고 있는 장면을.

하필이면 둘의 생일인 이 날 이런 우연이라니. 제이는 싱숭생숭해지는 마음을 억누르고 대답했다.

"뭐, 나도 너한테는 할 말이 있었으니까."

잠시 바깥을 잊기로 한 제이는 손을 까닥여 의자 두 개를 끌어왔다.

* * *

8년간의 세월은 도리언을 참 많이도 바꾸어 놓았다.

갓 만들어져서 사회성이 조금 부족하고 인간을 꺼려한다는 평가를 받던 안드로이드 소년은 이제 상대가 대놓고 대화에 관심 없는 티를 내도 혼자서 끊임없이 화제를 채울 수 있는 어른이 되어 있었다. 이 말인즉슨, 에드워드는 도리언에게서 벗어날 수가 없었다는 뜻이었다.

역시 날 묶어 두려고 보낸 거 같은데. 그렇게 판단한 에드워드는 간단하게 태도를 뒤집었다. 조세핀이 그를 골탕 먹이고 싶어 하는 거라면 차라리 당해 주는 게 나을 테니까.

"르퀸 소장이라면 당신의 거취 정도는 좌지우지할 수 있을 텐데요? 남들 시선 같은 건 신경 안 쓰셔도 될 겁니다. 아니면, 정 폐 끼치고 싶지 않다면 제가 손 써 드릴까요?"

장수를 잡으려면 말부터 쏘라던가. 팔자에도 없던 아부를 떨고 있는 에드워드의 눈앞으로, 인영 하나가 빠르게 스쳐지나갔다. 아니, 이건 스쳐지나간 게 아니라.

"—제이!"

사랑의 힘이란 얼마나 놀라운지. 동체 시력으로 비교하자면, 도리언의 시력은 인간 수준으로는 최상위급에 속한다. 당연히 상황을 인지하는 건 도리언이 빨랐을 터임에도 불구하고 먼저 반응한 건 에드워드였다.

도리언은 제이가 자의로 허공을 가로지른 게 아니라 누구에게 던져져 등부터 떨어졌다는 것보다 그 사실에 더 놀랐다. 제이를 집어던질 수 있는 사람이 없는 건 아니니까.

벽에 등부터 처박힌 제이가 손을 뻗어 에드워드를 제지했다.

"오지 마."

"훌륭한 판단이야."

제이가 날아왔던 방향에서 들리는 목소리였다. 정원에 있던 모든 이의 시선이 그쪽을 향했다. 마치 유리로 된 계단을 내려오듯, 당연한 태도로 로즈가 허공을 걸어 내려오고 있었다.

이곳에서 로즈의 얼굴을 아는 건 제이와 에드워드, 딱 둘이었지만 그 순간 모든 사람이 깨달았다. 저 사람이 바로 로즈구나. 경계해야 하는 테러리스트 1순위, 그 사람이구나.

그녀는 결코 대체될 수 없는 사람이다. 무언가를 해 보이지 않고 그저 거기 있기만 해도 유일한 자다. 긍정적이든 부정적이든, 저 사람 외에 '최강'이니 '최고'니 하는 단어가 어울리는 이는 없다.

"다시 한번 물어. 생각을 바꿀 생각, 없어?"

제이는 대답 대신 피 섞인 침을 뱉었다. 누가 봐도 거부의 의사였다.

"그거 참 아쉽네."

하나도 아쉽지 않은 목소리로 로즈가 대답했다. 그리고 전투가 시작되었다.

* * *

객관적으로 합만 두고 봤을 때, 이 전투는 릴리 때보다는 확실히 긴장감이 떨어졌다. 로즈는 아무래도 자기를 꾸며 낼 일이 없어서 그런가, 싸움을 꾸며내는 구성력이 좀 부족했으니까.

다만 그거야 제이쯤 되니까 할 수 있는 생각이고, 다른 이들은 그저 존재감에 압도당해 있었다. 그러니 그들로서는 둘이 싸움을 하든 소꿉놀이를 하든 딱히 다르게 여기지 않았으리라.

맘 놓고 압도당할 수 있는 사람들 사이에서 이 파티의 총책임자인 조세핀은 그렇게 속 편하게 입이나 벌리고 있을 수 없는 쪽이었다. 대체 이건 무슨 상황이지?

조세핀은 픽에 대해 잘 알지는 못했지만 로즈가 제이보다도 강한 픽인 건 알았다. 무엇보다 제이는 정말 죽을 뻔했었고.

그럼 로즈가 제이에게 원하는 게 있었어도 첫 번째 때 해결을 봤을 것이다. 그때 제이를 죽음 직전까지 몰아가고도 못 얻은 거라면 이제 와서 달라질 게 없고. 릴리 때 시비를 건 건 달리아 때문이라 쳐도 지금 이 싸움은 정말 얻을 게 없다는 뜻이다.

하지만 언질 받은 게 없다 보니 마음을 놓기도 어려웠다. 만에 하나 이게 진지한 거라면 에드워드를 밀어 넣어서라도 싸움을 멈춰야 할 텐데, 또 조세핀은 락이 픽의 능력을 어떤 식으로 교란시키는지를 몰랐다.

그냥 중간에 던져 놓으면 되나? 아니면 뭔가 다른 조치가 더 필요한가?

로쉔이 픽 제한국인 덕에 조세핀은 세상에서 두 번째로 강한 픽을 옆에 두고도 이런 무력감을 느낄 새가 없었다. 그녀의 삶과 픽들의 세계는 철저하게 유리되어 있었으니까. 릴리 때는 모든 상황이 종료된 뒤에야 어떻게 된 일인지 알았고, 조세핀의 당황을 눈치챈 건지, 제이가 힘겹게 로즈의 곡도를 떼어내고는 소리쳤다.

"조! 손님들을 대피시켜!"

그건, 남들은 결코 이해하지 못할 암호였다. 제이는 그 언제라도 조세핀을 '조'라고 부르지 않으니.

제이도 가주도 르퀸 소장도 아닌 호칭에 조세핀은 가장 중요한 사실을 깨달았다. 지금 이건 쇼다. 대체 왜, 무슨 이유로 벌이는 건지는 몰라도 결국 짜고 치는 판이고, 제이는 위험하지 않을 거다. 보기에 칼을 맞거나 피가 나거나 할 수는 있겠지만 그런 건 픽인 제이에게 전혀 위협이 되지 않으니.

제이가 위험하지 않다는 것을 깨달은 조세핀은 순식간에 여유를 되찾아 냉정하게 피난 지시를 내리기 시작했다. 제이야 사지가 다 날아가도 눈 깜짝할 새 복구할 수 있다지만 평범한 인간들은 그렇지 않으니까.

심지어 여기 있는 이들은 고용인을 빼면 죄다 쟁쟁한 귀족들이었다. 누구 하나라도 다쳤다가는 아주 골치가 아파진다. 조세핀은 정원에 나와 있던 이들을 양몰이 하듯 몰아 저택 안으로 집어넣고자 했다.

그리고 여기서, 문제가 발생한다. 제이가 준 힌트가 정말 딱 조세핀에게만 먹히는 암호였기에 발생한 문제였다.

조세핀이 당황할 동안 에드워드도 같이 당황을 했다. 하지만 제이가 쓰지 않는 '조'라는 호칭을 듣고 진정한 조세핀과 달리, 에드워드는 제이가 평소에 부르지 않는 이름을 불렀다는 데 주목했다.

둘 사이의 기묘한 호칭에 대해 모르는 에드워드로서는 제이가 입에 익은 호칭이 튀어나올 만큼 당황했다고 해석하는 게 당연했다.

에드워드 역시 조세핀이 한 생각을 똑같이 했다. 다만, 에드워드의 정체를 알고 나서 제이가 간략하게나마 픽과 락의 관계에 대해 설명을 해 줬기에 에드워드는 락과 픽의 관계에 대해서는 조세핀보다 좀 더 자세히 알고 있었다.

락의 능력은 결코 조절될 수 있는 게 아니고, 우수한 픽은 락의 능력 경계를 조심스레 매만져 통상적인 락의 능력 적용 범위 안에서도 능력을 쓸 수 있다는 것까지는.

지금 로즈와 제이가 싸울 수 있는 것도 바로 그 덕분이었다. 에드워드는 꽤나 강한 락이라 이 정도 거리 안이면 어지간한 픽은 능력 발동이 안 될 범위였지만, 로즈와 제이는 어지간한 픽이 아니었으니까.

하지만 락의 능력은 거리의 제곱에 반비례하여 옅어진댔으니, 아무리 능력이 강하다 해도 바로 옆에 붙어버리면 능력을 쓰기 어려워지겠지. 그렇게 판단한 에드워드는 제이의 채찍이 로즈의 곡도에 휘감겨 있어 몸을 빼기 어려울 때 로즈를 사로잡으면 되겠다는 결론을 내렸다.

사실 나쁘지 않은 작전이었다. 이게 진짜 전투였다면 오히려 최적의 방안을 찾았다 할 수도 있었다. 픽은 어쨌거나 락을 직접적으로 공격하지 못하고, 설령 로즈가 주변 공기에서 산소를 전부 뺀다거나 하는 식으로 간접적인 공격을 가할 시 제이가 어떻게든 막아 줄 수 있을 테니까.

딱 하나, 이게 제이와 로즈 양자 간에 합의가 된 보여 주기식 싸움이라는 걸 제외하면 말이다.

어쨌거나 조세핀조차 전달받지 못했을 만큼 급한 결정, 에드워드에게 오해의 책임이 있다고 보기는 어려웠다. 제이는 물론이거니와 로즈에게 물어봐도 고개를 끄덕일 일이었다.

다만 로즈는 이렇게 급하게, 사전 협의 없이 일을 진행시키면서 안전장치 하나 걸어 두지 않는 사람이 아니다. 그렇기에 이 시점에서 이 무대위에 등장인물이 하나 더 등장하게 된다.

무슨 이유에서건 엮이지 않는 게 나은, 최악의 픽. 히비스커스였다.

에드워드는 어쨌거나 픽도, 인간형 안드로이드도 아니면서 사관학교 수석 자리를 꿰찬 인물이다. 그가 결정을 내리고 몸을 움직이기까지 걸린 시간이 0.7초는 되었나 싶었고 그와 제이 사이에 있는 인물들을 다 제치기 위해서는 그 다섯 배쯤 되는 시간이 필요했을 것이다.

인간에게는 에드워드의 동작을 파악하기도 짧은 시간이지만, 히비스커스만 한 픽에게는 영겁과도 같은 시간이었다. 사실 3~4초가량이 전부 필요하지도 않았다, 눈을 한 번 감았다 뜰 만큼의 시간. 그 찰나의 시간 안에 히비스커스는 세계를 만들어 냈다.

그리하여 에드워드의 눈앞에 펼쳐진 것은 끝도 없이 이어진 벌판뿐이었다. 그가 막 밀어젖히던 사람의 촉감과 온기가 손끝에 남아 있건만.

당황한 에드워드가 이게 무슨 상황인가 머리를 굴리고 있자니, 등 뒤에서 낯선 목소리가 들려왔다.

"영 놀라질 않네. 멍청한 거 같지는 않고. 포커페이스가 대단한가 봐?"

그는 촌스럽게 황급히 뒤를 돌아보는 짓 같은 건 하지 않았다. 눈 깜짝할 새에 주변 풍경을 바꿔놓은 자다. 주변을 두리번거리거나 긴장을 좀 한다고 방비가 될 리 없지. 그러니 그가 할 수 있는 건 단 하나, 놀라지 않은 척, 아무렇지 않은 척하는 것뿐이었다. 다행히도 그는 표정 관리에 능한 편이었고.

"넌 누구지?"

마치 상대가 아무 말도 하지 않은 것처럼 에드워드는 대화의 시작을 새로이 썼다. 에드워드의 예상이 맞다면 상대는 이런 대화의 잔기술에 쉽게 속아 넘어갈 테니까.

"나?"

히비스커스가 벙긋 웃었다.

"난 히비스커스라고 해."

들어 본 적이 있는 이름이었다. 에드워드가 뇌 속을 뒤져 그 이름을 찾아오기도 전에 상대가 선수를 쳤다.

"도연후, 코드네임 다이아몬드의 파트너이자 친동생이지."

"뭐?"

에드워드는 경악해서 눈앞의 인물을 훑어보았다. 이런 걸로 놀라는 건 약점 잡힐 일이 아니니 굳이 포커페이스를 유지할 필요는 없었다.

보통 인종이 다르면 죄다 엇비슷하게 보이기 마련이다. 하지만 그럼에도 불구하고 눈앞의 인물에게는 도연후와 닮은 점이 단 하나도 없었다. 눈매, 체격, 입매, 인상 등등. 차라리 릴리와 도연후가 남매라고 했어도 이보다 놀랍지는 않았을 것이다.

거 참 이렇게까지 닮지 않는 것도 재주라고 생각하며 에드워드는 헛웃음을 흘렸다.

"그래서, 미스터 도의 동생께서 여긴 어쩐 일이신가? 미스터 도가 손님 접대에 미흡한 점이 있다고 하던가?"

"아니."

히비스커스가 고개를 살래살래 저었다.

"그래, 양심이 있으면 만족해야지. 내가 얼마나 잘해 줬는데."

에드워드는 턱을 치켜들고 오만하게 대답했다. 도가 들으면 어이가 없어 코웃음을 칠 말이었지만 어차피 여기 없으니 상관없었다.

"그럼. 손님 대우에 불만이 있던 것도 아닌데 우리의 미스터 도께서는 왜 이 깽판이실까?"

조급한 마음을 감추고 태연하게 웃는 에드워드와 달리, 히비스커스는 표정이 얼굴에 고스란히 드러났다. 도에 대한 에드워드의 호칭이 영 마음에 안 드는지, 목소리에 비꼬는 투가 역력히 묻어났다.

"우리의 도께서 어떻게 생각하는지야 알 수가 없지, 연락이 안 닿으니까."

관련이 없는 게 아니라 연락이 안 닿아? 그렇다면, 혹시. 에드워드가 포커페이스를 집어던지고 얼굴을 확 찡그렸다.

"너희 사정에 우리를 끌어들이지 마."

도가 연락이 안 되고 있다면, 그들에게 가장 시급한 과제는 도의 상황을 파악하고 연락을 재개하는 것일 터다. 그러지 않고 여기서 깽판을 치고 있다는 건 이 깽판의 목적 자체가 도, 혹은 도의 현재 신병 구속인을 끌어내기 위한 쇼일 가능성이 높고.

"우리에게 우리 사정이 있듯이, 제이 르퀸에게는 제이 르퀸의 사정이 있는 거지."

얼핏 헛소리 같아 보이는 말 안에 함축된 의미에, 에드워드가 눈살을 찌푸렸다.

"지금 이게 합의된 일이라고 말하려는 거야?"

"하려는 게 아니고 실제로 합의가 이루어진 거거든."

에드워드는 팔짱을 끼고 오만하게 턱을 치켜들었다. 제이 앞에서는 보여 주지 않는 도련님의 모습이었다.

"너희는 이미 한 번 대위님 목숨을 노렸다 실패한 적이 있었지. 내가 그 말을 믿어 줘야 하나?"

마치 저울이 기울어지듯 대칭적으로 히비스커스가 고개를 모로 꼬았다.

"안 믿으면 네가 뭘 어쩌게?"

"내가 예전부터 궁금했던 게 있었는데."

에드워드는 말과 동시에 성큼 걸음을 내디뎠다.

"나 같은 락이 너희 픽의 능력 발휘를 방해한다고 했던가. 그럼 락이 픽에게 딱 달라붙으면 어떻게 되는 거지? 잔재주를 피울 만한 간격조차 없을 만큼 가깝게. 말하자면……."

에드워드는 고개를 숙였다. 히비스커스는 안감이 스치는 소리를 들었다. 에드워드의 품속에 무언가가 있다.

"……이보다 더 가깝게."

둘은 이미 옷감이 맞닿을 만큼 가까이 닿아 있는 상태였다. 이대로 에드워드가 팔을 뻗어 히비스커스를 끌어안는대도 그리 가까워질 수는 없으리라.

품속에는 정체를 알 수 없는 물건이. 몸과 몸이 맞닿는 것보다 더 가깝게. 즉, 이보다 더 가까워지려면 상처를 내서 살이나 피라도 섞어 버리는 수밖에 없을 것이다. 말보다 살벌한 비언어적 표현에 히비스커스가 질린 목소리를 냈다.

"넌 처형 생일 파티 오면서 칼 들고 오냐?"

"난 아주 비싼 몸이거든."

에드워드가 허리를 펴자, 둘 사이에 다시 간격이 생겼다. 히비스커스가 있는 대로 얼굴을 찌푸리더니, 결국 항복 선언을 내놓았다.

"난 설명이니 설득이니 하는 데는 재주가 없어서."

"없어도 해야 할 텐데?"

"릴리가 해 줄 거야."

에드워드는 과장되게 주위를 두리번거렸다. 뻔히 풍경이 바뀌지 않은 걸 알면서도.

"여긴 아무도 없는 거 같은데?"

"오늘 밤에 릴리가 널 찾아갈 거야."

"신뢰는 후불 장사가 안 되는데요, 손님."

"내가 지금 얼굴 처음 본 날 믿으라는 게 아니잖아."

"릴리를 믿으라는 소리면 더 무리인데. 의도적으로 내게 접근해 놓고 대위님 끌어내는 미끼로 쓴 인간을 믿으라고?"

"아니."

품속에 칼을 품고 있다고 오해하면서도, 히비스커스는 제 쪽에서 거리를 두려는 낌새가 없었다. 이 정도 거리면 능력 사용에 제한이 걸리는 건지 아니면 배짱을 부리는 건지. 그도 아니면 괜히 자극해서 좋을 게 없다고 생각하는 건지는 모를 일이었지만.

"제이 르퀸은 로즈와 릴리의 협력도 견뎌 냈잖아. 그걸 믿으란 거지."

의도했을 리는 없지만, 히비스커스는 에드워드의 가장 취약한 부분을 제대로 찔렀다. 신을 걱정하는 신자 같은 건 있을 수 없다. 그러나 청년이 연인을 걱정하는 건 당연하다. 그렇기에 에드워드는 모순에 빠진다.

신앙의 대상과 연정의 대상이 합치된 결과 벌어진 문제이다. 에드워드 델 크뤼거는 제이를 걱정하면서도 그 누구보다 신뢰하여 의심하지 말아야 하므로. 그녀가 한 번 정말로 존재가 붕괴될 뻔했고 그 위기에서 그녀를 건져 낸 게 자신이라 해도.

잠시 말문이 막힌 에드워드에게는 다행히도 히비스커스는 에드워드의 모순을 눈치채지 못했다.

"로즈의 포밍이 먹혔던 건 릴리가 시선을 끌어 줘서였지. 애초에 제이 르퀸과 비등비등한 수준의 픽이라곤 로즈와 달리아뿐인데 로즈는 정체가 밝혀졌고 달리아는 섬에 있지. 릴리에 나까지 패가 다 까발려졌으면 아무리 로즈라 해도 그때처럼은 못 해. ―그러니까."

히비스커스는 말을 제대로 끝맺지도 않고 어깨를 으쓱했다.

차라리 자기들을 믿으라고 했다면 좀 더 의심할 수 있었을까. 그럴 듯한 답변으로 잘 알지 못하는 증거를 잔뜩 늘어놨다면 경계했을까.

하지만 히비스커스는 답변에 자신이 없었고, 그래서 자기들을 믿게 만드는 건 깔끔하게 포기를 해 버렸다. 그래서 에드워드는 히비스커스가 채 마치지 못한 말을 대신 끝마칠 수밖에 없었던 것이다.

"……믿도록 하지. 단, 날짜가 넘어가기 전까지만이야. 그때까지 릴리가 오지 않거나, 릴리가 내놓은 변명이 그럴듯하지 않다면—"

"걱정 마, 그럴 일은 없을 테니까."

확신에 가득 찬 목소리였고 표정이었다. 에드워드의 혈관을 타고 흐르는 광신도의 피가 질투를 할 만큼.

눈을 감았다 뜨면, 그곳은 다시 르퀸 저택의 정원이었다.

짜고 친 거라 그런 건지 원래 픽들의 전투란 이런 건지, 전투의 흔적은 그리 크지 않았다. 대피가 다 완료되지 못했는지 정원은 여전히 반쯤 차 있었는데, 표정들이 좀 불안한 거 빼고는 다들 멀쩡해 보이는 걸 보니 대피를 딱히 안 시켰어도 별 피해는 없었겠다 싶을 정도로.

에드워드가 둘러본 바로, 부상자는 단 한 명이었다.

"—제이!"

다만, 그 단 한 명의 부상은 꽤나 깊었다. 에드워드는 묘한 기시감을 느끼며 조세핀의 품에 안긴 제이를 내려다보았다.

언니의 품에 안긴 제이. 핏기 없이 하얗게 질린 얼굴, 감긴 눈동자. 흐트러진 검은 머리카락과 옷감 위로 번져 나가는 핏자국. 꼭 몇 달 전 그의 생일 때가 생각나는 장면이었다.

에드워드는 잠시 생각을 잊었다. 그럴 만한 광경이고, 그럴 만한 상황이었다. 합의된 거라던 히비스커스의 말을, 눈앞에 서 있는 로즈를, 이따들를 거라던 릴리를 전부 다 잊고 그는 무릎을 꿇었다. 그래야 손이 닿을 것 같았기 때문이다.

에드워드의 손이 제이의 손등을 덮었다. 그리고 그는 아주 큰 문제를 깨닫게 된다. 지금 제이를 뭐라고 불러야 좋을지 모르겠다는 문제를.

목에 걸려 혀끝까지도 나오지 못한 호칭이 이름이었을지 직급이었을지는, 에드워드 본인도 알지 못하는 일이었다.

무대는 완벽했다. 흠잡을 데 없을 만큼. 다만 로즈에게 완벽은 일상과도 같은 일이었기에 감흥을 못 느껴 그렇지.

판은 전부 짜였으니, 이제 필요한 건 좋은 마무리였다. 한 막의 끝으로 적절한 연출을. 새 막을 위한 준비를. 로즈는 천천히 대사를 읊기 시작했다.

"일이 이렇게 되어 정말 안타깝구나."

대사를 끊고, 시선 처리. 감정으로 인간을 속일 자신은 없으니 아예 비인간적인 면모를 강조하여.

"─그러게, 보고도 못 본 척. 듣고도 못 들은 척했어야지."

진정한 전략가는 하나의 수를 가지고 두세 가지 결과를 노린다던가. 로즈는 딱히 우수한 전략가는 아니었지만, 그래도 이 대사가 다각도로 효과가 있었으면 좋겠다는 생각 정도는 했다.

* * *

조세핀은 생각에 생각을 거듭했다. 도대체 제이 르퀸은 자신에게 무엇을 바란 걸까.

로즈가 떠난 뒤, 조세핀은 도리언에게 모든 뒤처리를 맡기고 지하실에 틀어박혔다. 물론 제이도 함께였다. 아무도 그들을 보고 있지 않다는 걸 확인한 조세핀은 제이를 불렀다.

"조."

둘만의 호칭으로. 하지만 대답은 돌아오지 않았다. 조세핀은 고개를 비딱하게 기울인 채 생각에 잠겼다.

그 호칭은 결코 우연히 나올 수 없다. '가주'도 '르퀸 소장'도 '제이'는 커녕 '조세핀'도 아닌, '조'라는 호칭은. 그렇다면 제이는 조세핀에게 뭔가 신호를 보내려고 한 것이다.

그런데 모든 일이 끝나고도 눈을 뜨지 않는다고? 마치, 정말 의식을 잃은 것처럼? 그럼 제이는 이게 진짜 싸움인 것처럼 꾸미고 싶은 게 아닌가? 하지만 진짜로 조세핀을 속이자니 조세핀이 걱정하고 힘들어 할 것이 염려돼 일부러 힌트를 줬다던가?

그럼. 그 호칭을 빼고, 만약 조세핀이 이 상황이 진짜라고 믿었다면 어떤 행동을 했을까? 조세핀은 곧 답을 얻어 냈다.

달리아에게, 아밀스턴 섬으로 보냈겠지.

조세핀은 어쩌면 에드워드보다도 락과 픽에 대해 잘 몰랐다. 그녀가 아는 건 그저 픽이 엄청나게 대단하고, 락은 픽의 능력을 무효화시킨다는 것뿐이니까. 어떤 메커니즘으로 락이 픽의 능력을 막는지, 그 범위가 어떻게 되는지, 픽이 할 수 있는 것과 할 수 없는 게 무엇인지 이런 건 알지 못한다.

하지만 그런 조세핀조차도 아는 게 있다. 제이에게 불가능한 건 거의 없다는 것. 제이가 할 수 없는 게 있다면 그걸 해결해 줄 수 있는 건 더 상위의 픽, 그러니까 로즈니 달리아니 회장이니 하는 사람밖에 없다는 것.

그러니 로즈와 싸운 제이가 인사불성에 빠졌다면 해야 할 것은 단 하나, 아밀스턴 섬으로 보내는 것뿐이다. 그럼 할 일은 정해졌고. 중요한 건 방식인데.

조세핀은 손가락을 꼼질거렸다. 바깥은 신경 쓸 필요 없다. 어차피 아밀스턴 섬은 클론에 의한 이식 수술도 지원하니, 그냥 부상이 심한 부위를 교체하느라 그랬다고 하면 되니까.

다만 문제는 르퀸가다. 르퀸가로서는 결코 제이를 아밀스턴 섬으로 보내고 싶지 않을 테니까. 조세핀이 가주로 취임할 당시의 일 때문에 르 퀸가는 처음보다 더욱 더 제이를 경계 중일 터다. 제이가 있어서 얻을 수 있는 이득보다 사라져서 얻을 수 있는 마음의 안정이 더 크다고 생각할지도 모른다.

그럼 어떻게 르퀸가 몰래 의식 없는 제이를 아밀스턴 섬으로 보낼 수 있는가. 이 일을 비밀로 하고 싶으면 가장 먼저 해야 할 건 부피를 줄이는 거지만 그건 짐을 옮길 때나 통용되는 거지, 사람의 부피란 건 그렇게 쉽게 줄어드는 게…….

잠깐만.

초초하게 꼼지락거리던 손이 허공에서 멈추었다.

사람은 당연히 갑자기 줄어들지 않는다. 하지만 픽이라면?

사람이 살아 있기 위해 필요한 건 뇌, 심장, 폐, 신장, 기타 등등의 장기들과 그걸 연결하는 혈관이며 힘줄 등등. 하지만 픽이 존재하기 위해 필요한 건 단 하나, 뇌뿐이다. 뇌만 있다면 몸 따위는 픽 본인이 다시 만들 수도 있으니까.

그렇다면.

조세핀은 고개를 돌렸다. 이곳은 제이가 고문 및 취조에 쓰던 지하실인 터라 제이가 쓰던 온갖 도구들이 있었다. 관리를 너무 대충해서 좀 비위생적이기는 하지만……. 어차피 위생도 픽에게는 상관없는 거니까.

조세핀은 뼈 자르는 칼을 들고 심호흡을 했다. 마음도 근육도 준비가 필요했으니까.

에드워드는 제이를 안고 안으로 사라진 조세핀을 따라가는 대신, 도리언의 말대로 얌전히 귀갓길에 올랐다.

"도움이 필요하시다면 언제든 연락 달라고 전해 주십시오."

딱 한마디만을 남긴 뒤 그는 자리를 떴다. 혼란스러울 르퀸가를 배려해 외부인은 빠져 주려는 것처럼.

"주인님."

집에 돌아온 그를 얼굴이 하얗게 질린 데미안이 맞이했다. 정보력은 정말 걱정 없겠어. 에드워드는 멍하니 그런 생각을 했다.

"아무 말도 필요 없으니 날 그냥 혼자 있게 해."

데미안은 할 말이 정말 많은 것 같았지만, 에드워드가 실의에 빠져 사고를 칠 것 같지는 않았는지 고개를 숙였다.

"푹 쉬십시오."

이럴 때 차라도 한 잔 갖다 주느냐든지, 씻지 않아도 되냐든지 같은 쓸데없는 말을 하지 않는 게 데미안의 가장 큰 장점이었다. 에드워드는 옅게 웃고는 계단을 올라갔다.

릴리가 언제 올지는 알 수 없는 일이라, 에드워드는 잠시 쉬기로 했다. 오늘 한 일이라고는 예쁘게 꾸미고 웃은 것밖에 없으니 육체적인 피로가 쌓인 건 아니고, 정신적인 피로였다. 외출복 차림 그대로지만 어차피 침대 시트를 가는 건 그가 아니니 상관없는 일이었다.

몸에 힘을 풀고 그대로 엎어지려던 그는, 침대에 닿기 직전 품속에 있던 물건을 기억해 냈다.

"아, 맞다."

민첩하게 몸을 돌려 등으로 떨어진 그는 소중하게 품속에서 물건 하나를 꺼냈다. 아까 히비스커스가 칼이라 오해한 물건이었다.

"상대가 세상 물정 모르는 픽이라 다행이었네."

처형의 생일 파티에 칼을 들고 가는 제부는 있을지 몰라도, 사랑하는 여자를 만나러 가는데 칼을 품고 가는 남자는 없는데 말이지. 그는 품속에서 꺼낸 브로치의 사파이어 부분에 입을 맞췄다.

이 브로치는 일전에 그의 생일 때 제이에게 선물했던 것과 똑같은 모양이다. 다른 점은 예전에 제이에게 줬던 건 제이의 눈 색과 같은 바이올렛 사파이어가 박혀 있었는데 지금 이건 그의 눈 색과 같은 블루 사파이어가 박혀 있다는 것뿐일까.

그가 고민고민한 끝에 선택한 제이의 생일 선물이었다.

"……결국 생일에 맞춰 드리지는 못했네."

에드워드는 정말 많은 고민을 했다. 달도 별도 따올 수 있는 여자에게 줄 만한 선물이 대체 뭐가 있을지.

에드워드 델 크뤼거가 어디 가서 돈이든 뭐든 밀리는 사람이 아니지만 상대가 너무 안 좋다. 말하자면, 돈으로는 안 된다. 인맥을 파고들어 귀한 걸 가져와 봤자 결과는 똑같다.

그렇다면 공략할 건 추억이다. 다른 모두에게 먹히는 게 아닌, 딱 제이 르퀸에게만 먹힐 것을 선물하기.

하지만 그간 무슨 곡절이 있었던 간에 에드워드와 제이 사이의 시간은 그리 길지 않다. 그렇다고 애인씩이나 되는 사이면서 조세핀과 제이 사이의 추억을 공략하는 건 자존심이 상하고.

그래서 고른 게 이거였다. 에드워드는 그때 그 상점에 가서 똑같은 디자인의 브로치 전부를 사며 웃돈을 얹어 주고 더는 이 디자인의 브로치를 팔지 말 것을 요구했다. 즉, 이제 에힐드 안에서 이 디자인의 브로치는 더 이상 팔리지 않는다.

그저 효율만을 따지면 차라리 디자이너에게 새로운 액세서리 디자인을 만들라 하는 편이 나았겠지만, 그럼에도 불구하고 에드워드는 이것을 선택했다. 제이가 그를 선택하기 이전의 이야기를, 보답받기 전의 마음을.

결국 전달하지 못하게 되었지만.

"뭐, 어차피 시간은 많을 테니까."

입으로는 허세를 부리면서도, 에드워드는 눈을 감았다. 상황이 어떻게 돌아가는지 모르니 초조한 맘은 달랠 길이 없고. 그렇다면 차라리 잠드는 편이 낫겠다 싶었으니까.

* * *

조세핀이 그렇게 들어간 뒤, 도리언은 정말 상상 외의 고생을 했다. 르퀸가는커녕 귀족도 아니고, 심지어 8년 전에 모습을 감춘 뒤 연락되는 사람이 없던 이가 갑자기 르퀸가만 한 고위 귀족이 파티의 후처리를 맡게 되었으니 당연한 일이었다.

게다가 더 큰 문제는 제이의 능력이 해제되며 고용인들마저 쓸모가 없어졌다는 데 있었다. 쓸 만한 집사만 붙여 줬어도 훨씬 상황이 나았겠지만, 제이는 정보 유출이나 암살이나 기타 등등의 문제 때문에 고용인 전부의 뇌에 마약 물질에 가까운 것들을 살짝씩 뿌려 뒀던 것이다.

정말 아주 조금. 순종적으로, 다른 생각하지 않고 괜한 잔머리 굴리지 않고 시키는 일만 착실하게 할 수 있을 만큼만. 하지만 지속적으로 공급되던 게 갑자기 끊기면 사람이 반폐인이 되는 건 당연지사라. 도리언은 거의 혼자서 고용인과 손님, 양쪽을 다 감당해야만 했다.

그나마 가주 동생이 생사를 오간다는 핑계거리가 있어서 다행이긴 하지만, 르퀸가는 고용인 관리를 어떻게 하기에 문제가 발생하면 전부 짐덩이가 되는지 모르겠다는 수군거림 정도는 감수해야 할 듯싶었다.

어찌어찌 짐짝 같은 고용인들을 장식품 정도로 승격시켜 놓고, 손님들에게는 나중에 얘기하겠다며 미남계를 쓰고 나자 시간은 늦은 밤이었다. 어쩌면 날이 지났을지도 모를.

"아, 피곤하다."

진짜 피로를 느낄 수도 없는 안드로이드는 맥없이 뇌까리며 의자에 눌어붙었다. 이럴 줄 알았으면 미친 척 에드워드 경을 잡아 볼 걸 그랬나. 턱도 없는 후회도 좀 했다. 물론 수도에 머무른 그 짧은 시간 내에서도 제이의 부관이라는 에드워드의 가문이 르퀸가와 적대적인 사이인 건 이미 알고 있었으니까 후환을 생각하면 고를 수 없는 선택지였지만.

"……조세핀한테 가 볼까?"

그렇게나 신경줄이 나달나달 닳았는데도, 숨 좀 돌렸다고 바로 그를 이 상황에 던져 둔 장본인인 조세핀 걱정이 드는 걸 보면 참 중증이긴 했다.

자조하면서도 도리언은 조세핀의 상태를 걱정했다. 충격을 심하게 받은 거 같던데, 이럴 때는 혼자 두는 게 나을까 아니면 옆에서 가만히 있어 주는 게 나을까. 아니면 어쭙잖은 위로라도 해 봐야 하나.

고민은 그리 길지 않았다. 고민의 원흉이 그를 찾아온 탓이었다.

복도를 걸어오는 기척에 도리언은 몸을 일으켜 문을 열어 주었다. 웃을지 슬픈 얼굴을 해야 할지 결정하지 못한 채였지만 어쩔 수 없는 일이었다, 애정이란 원래 그런 법이니까.

"조세핀, 뭐 필요한 거라도……."

도리언의 말꼬리가 흐려졌다. 조세핀의 상태가 명백하게 이상했던 것이다.

"……조세핀?"

조심스러운 그의 부름에 조세핀이 고개를 들었다. 예상 외로 그 눈동자는 맑고 이지적이었지만 도리언 입장에서는 그게 더 큰일처럼 느껴졌다.

그러니까, 피 냄새를 풀풀 풍기는 채로 딱 사람 머리통만 한 가방을 안고 있는 상태라면 차라리 눈도 맛이 간 쪽이 나아 보인다는 뜻이었다.

"도리언."

심지어 목소리마저도 명료했다. 도리언은 한숨을 삼키고 웃었다.

"응, 조세핀."

"제이를 데리고 아밀스턴 섬으로 가 줘. 너라면 할 수 있을 거라고 생각해."

조세핀은 그렇게 말하며 품에 안고 있던 가방을 내밀었다. 할 말은 정말 많았는데 나오는 말이 없어 도리언은 헛웃음만 웃었다.

"내가 말했었지, 나 거기 가면 어떻게 될지 모른다고. 혹시 잊었어?"

한참을 웃고 난 다음에야 할 수 있었던 말은 이거였다. 정말 놀랍게도, 추궁하는 기색 같은 건 없었다. 그래서였을까, 조세핀은 담담하게 대답했다.

"아니, 기억해."

"그럼 지금 나한테 죽어 달라는 말을 하고 있다는 거야?"

단도직입적인 말에, 조세핀은 순간 변명을 하고 싶어졌다.

그렇지만, 나한테는 나밖에 없잖아. 내가 아니면 누가 나서 주겠어. 그러니까, 난 이럴 수밖에 없다는 거지. 나라고 이러고 싶은 줄 알아? 네가 날 좀 이해해 주면 안 돼?

하지만 조세핀은 간신히 자기도 모르게 쏟아져 나오려는 변명을 악물었다. 지금은 비굴해질 때가 아니니까. 제이를 위해서든, 도리언을 위해서든.

변명들을 꾸역꾸역 삼켜 낸 그녀는 심호흡을 하고, 눈을 한번 꾹 감았다 떴다. 녹빛 눈동자에 눈을 맞추고, 또박또박한 목소리로 대답했다.

"응, 그 말을 하고 있는 거야. 나를 위해 죽어 줘, 도리언."

조세핀 라 르퀸은 도리언 그레이하운드를 조금 좋아했다.

제이 때문에 말을 걸며 시작된 인연이었지만 도리언은 꽤 좋은 아이였고, 그녀와도 잘 맞았으니까. 그의 미소를 보면 가슴이 설레고, 그가 웃을 수 있었으면 했다. 즉, 그가 행복하기를 바랐다고 볼 수 있다. 연락이 끊긴 그를 걱정하며 건강하게 잘 지냈으면 좋겠다는 생각도 했고.

하지만 그 애정조차도 자기애를 뛰어넘지는 못하는 모양이었다.

결국 내 애정이란 이리도 얄팍한 것이지.

조세핀은 슬프게 웃었다. 슬프다고는 해도 결국은 웃음이었다.

외전 04
조세핀의 제이

스물일곱 살의 조세핀이 하는 고민은 사실 열다섯 살 전부터 이어진 역사 깊은 고민이다.

열다섯 살의 조세핀은 정말 똑같은 고민을 하고 있었다. 나는 사람을 사랑할 줄 모르는 게 아닌가, 하는 고민을.

그도 그럴 것이, 얼굴도 기억 안 나는 어머니는 그렇다 치고 아버지나 친오빠에게도 별 감정이 안 들었기 때문이다. 가족도 사랑하지 못하는 사람이 다른 사람은 사랑할 수 있을까? 나를 낳아 준 부모조차 사랑하지 못하면서 나중에 내가 낳은 아이는 사랑할 수 있을까?

나는 어쩌면 태어날 때부터 사람으로서 무언가 잘못된 게 아닐까. 평생 누군가를 사랑하지 못하는 게 아닐까.

그런 와중이었다, 달리아가 조세핀의 앞에 나타난 것은.

아니, '나타났다'는 건 어폐가 있다. 기숙사에서 잘 자고 있는 조세핀을 누가 툭툭 치기에 일어나봤더니 앞에 있었으니까.

"……넌 누구야?"

그때의 조세핀은 제이나 도리언도 아니었고, 한 집안의 후계자도 아니었다. 그러니 잠에서 덜 깬 상태에서 불법 침입자를 보고 태도가 좀 미적지근했던 걸 조세핀이 잘못했다고 하기는 어려우리라. 달리아는 눈도 제대로 못 뜬 채 형식적인 경계를 하는 조세핀을 보고 피식 웃었다.

"안녕? 난 하연 인더스트리의 직원이야."

"아……."

대륙이 다르고 픽 제한국인 로쉔이라 해도 하연 인더스트리의 이름은 익히 알고 있었다. 무엇보다 르퀸가가 그곳과 거래를 하는 것도 있고.

"……근데 왜 야밤에 절 찾아오신 거죠? 거래 관련해서면 아버지한테 가셔야 하는데요."

"그걸 내가 몰라서 여기 왔겠니?"

"그러니까……."

뒤늦게 잠기운이 가셨다. 조세핀은 뻑뻑한 얼굴을 문지르며 말을 이었다.

"가문에서 체결한 계약 말고 제 이름으로 된 계약이 하나 있는 것도 아는데, 그것도 결정권은 아버지한테 있다고요. 제 이름으로 됐다지만 제가 결정한 것도 아니고 제가 돈 낸 것도 아니에요. 어쨌거나 가서 물어보세요."

얼굴을 문지르던 손목이 잡히고, 놀라서 눈을 뜨자 상대가 제 눈을 빤히 들여다보고 있었다. 그 기백에 놀란 조세핀이 말을 더듬었다.

"뭐, 뭐예요."

"그러니까, 말했지. 내가 몰라서 여기 왔겠냐고."

분명 상대는 조세핀보다 어렸다. 기껏해야 열 살 안팎이나 됐을까 한 외모였다. 그럼에도 불구하고 그 기백은 어른 못지않아, 조세핀은 어물어물 시선을 피하고 말았다.

"서류상으로야 결국 네 아버지가 결정을 내리게 되겠지, 나도 그걸 알아. 하지만 절차상 문제와 별개로, 난 이걸 네가 알아야 한다고 생각해."

"……뭔데요?"

기백에서 밀린 이상 조세핀이 선택할 수 있는 건 하나밖에 없기도 했다. 뭐, 얘기를 들어보는 게 그리 어려울 리도 없고. 물론 픽에 대해 아무것도 모르던 시절이라 할 수 있었던 오판이었다. 아직 이름조차 밝히지 않은 상대는 창문을 열더니 잡고 있던 조세핀의 손목을 끌어당겼다.

"자, 이리 와."

"네? 어딜……."

조세핀의 방은 4층이었다. 조세핀은 마치 창문이 문이라도 되는 것처럼 자연스럽게 창문을 넘어가는 소녀를 보고 기겁했지만, 소녀가 붙잡은 제 팔이 중력에 의해 아래로 처지는 게 아니라 위로 딸려 올라가고 있다는 사실을 깨닫고는 더욱 더 기겁했다.

"지금 이게……!"

그들은 하늘을 날고 있었다. 조세핀은 아래를 보고, 허공을 밟는 자신의 발을 보았다. 이게 어떻게 가능하지? 소녀가 손을 이끄는 대로 걸음을 옮기면서도 조세핀은 이해를 할 수가 없었다. 무슨 도살장에 끌려가는 소처럼 엉거주춤한 조세핀의 자세를 보고 소녀가 얼굴을 찌푸렸다.

"자세가 왜 그래?"

"안 그러게 생겼어요?! 사람이 하늘을 나는데!"

차라리 꿈이라고 오해할 수 있었다면 얼마나 마음이 편했을까. 하지만 조세핀은 자각몽을 꾼 적이 없었기에, 꿈인지 아닌지 헷갈린다면 결코 꿈이 아니라는 걸 잘 알았다. 이건 현실이었다.

발 아래로 구름이 유유히 지나가고, 건물들은 까마득해 보이지도 않았다. 이 와중에도 별은 계속 머리 위에 있다는 게 신기할 따름이었다. 소녀가 한숨을 폭 내쉬었다. 조세핀은 더럭 억울했다.

솔직히 세상 사람들 전부 다 하늘에 띄워서 이 정도도 안 놀라는 사람이 몇이나 되겠는가? 조세핀으로서는 그저 평범한 반응을 한 것에 불과한데, 조세핀보다도 댓 살은 족히 어려 보이는 소녀는 조세핀이 무슨 갓난아기처럼 굴고 있다는 반응을 했다.

"고작 이거 가지고 이렇게 놀라면 안 되지, 넌 앞으로 더한 삶을 살게 될 텐데."

하늘을 나는 것보다 더한 삶이라고? 조세핀은 구름을 밟는 것 같아 불안한 와중에도 한마디를 안 할 수가 없었다.

"저기, 진짜 무슨 말씀을 하시는 건지 모르겠는데요."

사실상 반납치를 한 이답지 않게 소녀는 태연하게 대꾸했다.

"응, 걱정 마. 나도 잘 모르거든."

물론 전혀 도움이 되지 않는 말이었다. 조세핀은 더 말해 봤자 복장이나 터질 것 같아, 그냥 입을 다물고 밤하늘을 걷는 것에나 주목했다. 어차피 자기 능력으로 날고 있는 게 아닌 걸 알아도, 기분상 발 디딤에 신경을 안 쓸 수는 없었으니까.

아밀스턴 섬은 제 3대륙 근처에 있는 섬으로, 아무리 로쉔이 해안가와 접해 있다 해도 가려면 2, 3일은 걸릴 것이다. 그런데 해도 뜨기 전에 도착한 걸 보니, 분명 소녀는 하늘을 나는 것 외에도 뭔가 수작을 부린 것 같았다.

이럴 거면 그냥 눈감았다 뜨면 이곳이게 수작을 부리면 안 되는 거였을까. 픽에 대해 아무것도 모르는 조세핀은 그런 생각을 했다.

"자, 이리로."

소녀가 손짓을 했다. 소녀를 따라가며 조세핀은 소박한 의문을 입에 담았다.

"뭐 입국 절차나 그런 거 안 밟아도 되나요?"

"여긴 나라가 아닌데."

"그건 그렇지만……. 뭐, 어른이라든가."

일단 존댓말을 쓰고는 있지만 눈앞의 어린애에게 무슨 권한이 있다고는 생각하기 어려웠기에 한 말이었다. 하지만 소녀는 피식 웃으며 놀라 뒤집어질 발언을 했다.

"그리고 나라로 치자면 이거 불법 밀입국이라, 절차를 밟는 게 아니라 반대로 들키지 않게 조심해야 돼."

"네……?!"

멋대로 데려오더니, 심지어 불법 밀입국? 당황한 조세핀을, 소녀가 손을 내밀어 진정시켰다. 아니, 조세핀이 진짜 진정하지는 않았으니 진정시키려 시도했다는 말이 맞겠다.

"일단, 들어가서 봐. 보게 되면 왜 내가 널 데려왔는지 다각적인 이유에서 이해하게 될 테니까."

여기서 입씨름을 해 봤자 나아질 건 없어 보였고 할 건 그저 문을 열고 안을 보는 것뿐이었기에 조세핀은 그러기로 했다. 그리고 소녀의 말대로 조세핀은 이해했다.

그 안에는 조세핀 라 르퀸이 있었다.

……한 열 살쯤 어린.

* * *

조세핀이 문을 열었더니 조세핀이 있었다는 말은 여러 가지로 해석될 수 있다. 동명이인, 비유법, 평행세계와 존재론적인 의미 등등…….

이 경우에는 생물학적 의미였다. 그 중에서도 범위를 좁히자면 유전자적인 의미. 그러니까 풀어 말하자면, 조세핀 라 르퀸의 클론이 있었다는 뜻이 되겠다. 그럼 여기서 또 의문이 생길 수 있다.

하연 인더스트리의 클론 생성 및 유지 금액은 결코 적지 않다. 어지간한 집안은 엄두도 못 낼 테고, 어지간한 집안들도 가주와 후계자용으로나 구입 하곤 한다. 정말 투자를 많이 한다 해도 가주의 배우자 정도까지나 될까. 아무리 해도 결혼하면 가문을 나갈 딸의 클론을 구입하는 가문은 없다.

그런데 왜 이곳에는 조세핀의 클론이 있는가. 그건 조세핀의 오빠이자 르퀸가의 후계자인 엘리엇 쉴 르퀸 때문이었다.

"올해 조세핀 생일 선물로는 클론을 해 줄까 합니다."

"클론을?"

이러니저러니 해도 엘리엇에게도 클론은 큰 부담이 될 금액이었기에 엘리엇과 조세핀의 아버지 베체트 허 르퀸은 눈을 동그랗게 떴다. 뭐 전 쟁터에 나가는 사람도 아니고 아직 학생인 애에게, 굳이?

"조세핀도 사관학교에 들어가게 되니까요. 혹시 모를 사고를 대비해서요."

베체트 생각에 그 혹시 모를 사고를 위해 쓰기에는 너무 큰돈이었지만, 그는 더 이상 파고들지 않았다.

"그러려무나. 총 금액은 일단 내가 지불하고 네게 빌려주는 형식으로 해두도록 하지."

"네. 아밀스턴 섬에 거래 요청도 넣어주실 수 있으십니까?"

"그래, 알겠다."

"감사합니다."

그렇게, 선물을 받는 본인의 의사와는 아무 상관없는 곳에서 올해 조세핀 의 생일 선물이 결정되었다. 예의가 아니라 참았지만, 솔직한 심정을 말하라 면 십분의 일…… 아니 백분의 일만큼의 금액이여도 좋으니 다른 걸 사 주는 게 더 좋았겠다 싶을 정도로 조세핀에게는 쓸모없는 선물이었다.

　　　　　　　　　* * *

　그렇게 생각하던 조세핀이지만, 지금 이 순간 그녀는 마음을 바꿨다. 소름끼치고 끔찍하다고 생각했던 선물이, 최고의 선물이 되는 데는 눈꺼풀을 한번 감았다 뜨는 시간이면 충분했다.

　"……안녕?"

　조세핀은 또 다른 자신에게 인사를 건넸다.

　"안녕."

　클론 조세핀은 앵무새처럼 조세핀의 목소리를 따라했다. 딱히 말을 이해하고 하는 것 같지는 않았지만 그럼에도 불구하고 처음으로 들은 자기 자신의 인사는 소름 돋게 기뻤다.

　발그레하니 얼굴을 붉히고 있는 조세핀을 보고, 클론의 옆에 있던 아이가 슬쩍 참견했다. 나이는 얼핏 조세핀을 데려온 소녀와 비슷해 보이는 아이였다.

　"당신이 이 애를 마음에 들어 하는 거 같아 기쁘군요. 그런데 만남의 즐거움을 누리기 전에 얘기해야 할 게 좀 있어요."

　아까까지의 혼란이며 억울함은 사라진 지 오래였다. 조세핀은 온화하게 웃으며 물었다.

　"무슨 얘기인데요? 듣고 있으니 말씀하시죠."

　입을 놀리면서도 조세핀의 시선은 클론에게서 떨어질 줄을 몰랐지만, 그리 중요한 문제는 아니었기에 그는 그냥 말을 이었다.

　"우리 하연 인더스트리 내의 클론 제작에 대한 규정을 아십니까?"

　"아뇨? 규정이란 게 있는 줄도 지금 처음 알았는데요?"

　말이 선물이지, 조세핀은 정말 클론에 대해 아무 생각이 없었다. 진짜 쓰게 될 일이 올 거라고도 생각한 적 없다. 계약 서류를 본 적도 없으니 규정이고 나발이고 알 리가 없었다.

"그 규정에서, 모든 생물체의 복제는 학습이 가능한 수준의 지능을 가져서는 안 돼요."

조세핀이 잠깐 그를 보았다가, 다시 클론을 향해 시선을 돌렸다.

"학습이 가능하다는 기준이 뭔데요?"

"그 판단은 품질 관리팀이 합니다. 근데 문제는, 이 아이가 근시일 내에 무조건 그 판단 기준을 뛰어넘을 거라는 데 있죠."

조세핀은 이제야말로 완전히 그의 말에 집중할 태세를 갖췄다.

"……그 판단 근거가 뭔데요?"

지금껏 입을 다물고 있던 소녀가 어깨를 으쓱했다.

"쟨 픽이거든."

불행하게도 조세핀은 픽에 대해 아무 것도 모르는 터라, 그건 제대로 된 대답이 되지 못했다. 그걸 깨달은 다른 쪽이 부연설명을 덧붙였다.

"당연한 말이지만, 클론은 그냥 복제인간이에요. 평범하게 복제하면 학습이 불가능한 지능이 나올 리가 없겠죠? 그래서 우리는 제작 단계에서 약물을 써요."

자세한 건 그쪽도 생략했고, 조세핀도 굳이 들을 생각이 없었다. 들어 봤자 이해가 안 될 테니까. 사실 지금 말해 준 것도 이해는 좀 어려웠다.

"그런데요?"

"그런데 문제는, 픽한테는 그 어떤 약물도 조치도 듣지 않는다는 거죠."

규정이니 복제시 과정이니 하는 건 이해하지 못하는 조세핀이지만, 그게 그녀의 머리가 나쁘다는 뜻은 아니다. 그렇기에 그녀는 그가 하는 말을 기민하게 이해했다.

즉, 눈앞의 이 클론은 아무런 가공도 거치지 않은. 조세핀 라 르퀸 그대로라는 것이다.

조세핀은 또 다시 눈앞의 존재가 한없이 사랑스러워지는 것을 느꼈다. 우습게도, 정작 자기 자신에게도 이런 기분은 느껴 본 적이 없는데. 외관상의 연령대라는 게 꽤 중요하긴 한 모양이었다.

"그래서. 규정이 정해져 있다는 건 위반시 처벌 사항도 있다는 뜻이겠죠? 그게 뭔데요?"

이번 대답은 소녀에게서 돌아왔다.

"폐기해."

생물체에게 쓸 말이 아니었기에, 조세핀은 적절한 단어로 교체하여 되물었다.

"죽인다는 뜻이죠?"

소녀가 고개를 갸웃거렸다.

"뭐……. 대충 비슷해."

다른 부분은 중요치 않았기에, 조세핀은 그 부분은 넘어가기로 했다.

"그럼, 제가 뭘 하면 될까요?"

다시금 말하지만, 조세핀은 결코 멍청하지 않다. 아니, 오히려 지능만은 우수하다. 그렇기에 그녀는 왜 소녀가 자신을 데려왔고 왜 불법 밀입국이어야 하는지를 전부 이해했다.

저 규정과 규제 사항에는 분명 허점이 있을 것이다. 그 허점을 공략할 수 있는 건 구매자, 혹은 유전자 제공자일 테고. 그리고 조세핀은 만난 지 5분도 채 되지 않은 이 클론을 위해 무엇이든 할 준비가 되어 있었다.

소녀가 조세핀을 똑바로 바라보며 대답했다.

"이 애가 네 소유물임을 주장해. 그 누구도, 네 허락 없이 네 소유물을 마음대로 폐기할 수 없다고. ―그럼 돼."

조세핀은 그러기로 했다.

소녀가 그럼 된다고 말한 근거를 조세핀은 알 수 없었다. 그녀는 클론에 대해서도 모르고, 하연 인더스트리의 규정에 대해서도 모르고, 하연 인더스트리 안의 구조도에 대해서도 몰랐으니까.

그런 건 이제부터 공부한다고 해도 제대로 알 수 없을 것 같았기에 조세핀은 하연 인더스트리 내부 문제에 대해서는 포기했다. 뭐, 된다고 했으면 되겠지.

하지만 조세핀이 하연 인더스트리에 대해 모르는 만큼, 소녀도 르퀸가에 대해서는 잘 모르는 것 같았다. 하연 인더스트리는 소유물 운운으로 닥치게 할 수 있을지 몰라도 르퀸가는 아니다. 그리고 애초에 이 계약은 조세핀이 한 것도 아니고.

유전자는 조세핀이 제공했고 계약서에 사인은 아버지가 했지만, 결국 이 계약을 고안하고 밀어붙인 건 오빠인 엘리엇이다. 이 말인즉슨 클론 조세핀의 폐기를 막고자 한다면 엘리엇을 설득해야 하는 것이다.

얼핏 생각하면 동생 생일 선물로 그 비싼 클론을 선물해 주는 오빠이니 말만 잘하면 될 것도 같지만, 조세핀은 그쪽을 선택하지 않았다.

"클론의 계약서를 제게 주세요."

만약 평범한 아버지라면, 왜 오빠에게 말하지 않고 내게 말하냐고 물어볼 법한 상황이었다. 하지만 조세핀은 베체트가 그러지 않을 거라고 생각했다. 그런 질문을 할 만한 사람이라면 애초부터 조세핀의 고민이 시작되었을 리가 없으니까.

조세핀의 예상대로, 베체트는 왜 엘리엇에게 묻지 않느냐고는 하지 않았다. 다만 이유를 물었지.

"네가 클론에게 관심이 있는 줄은 몰랐는데 말이다."

"어쩌다 보니까요."

문을 열고 스스로는 기억도 나지 않는 십 년 전 자신을 보는 기분이

어땠는지 조세핀은 베체트에게 설명할 생각이 없었다. 설명할 이유도 없었거니와, 설명한다 한들 베체트가 이해할 것 같지도 않았으니까.

"애초에 그건 원래 네 것이다만. 그러니 명의 변경을 원한다면 해 줄 수야 있지만, 의미가 있나?"

"네. 아주 큰 의미가 있어요."

지금 클론의 지분은 엘리엇이 절반쯤, 조세핀과 베체트가 나머지 반을 반반씩 갈라 가지고 있을 것이다. 그러니 엘리엇과 조세핀의 의견이 갈릴 시, 엘리엇의 의견이 우세하게 되겠지.

하지만 베체트가 계약서의 서명을 바꿔 줄 경우, 베체트의 지분은 조세핀에게로 넘어온다. 즉 지분은 반반.

그렇다면 둘의 의견이 갈린다 해도 조세핀의 발언권이 세지고, 생일 선물 얘기를 꺼낸다면 조세핀의 의도대로 일이 흘러갈 가능성이 높아진다.

"……그래. 네가 원한다면 그래 주마."

소녀는 날이 밝기 전에 조세핀을 기숙사에 돌려놔 주었다. 그리고 최대한 있는 대로 조세핀의 클론이 픽이라 규정에 어긋난다는 사실을 숨겨 주겠다 했었고.

그렇기에 베체트는 조세핀의 클론이 도대체 어떤 결과를 불러올지 짐작도 못 하는 상태에서 순순히 그 클론의 소유권을 넘겨주었던 것이다.

조세핀과 제이에게는 참으로 다행인 일이었고, 베체트와 엘리엇에게는 결과적으로 불행한 일이었다.

* * *

'선수필승'이라는 말을 훌륭하게 입증한 조세핀과 달리, 하연 인더스트리 쪽은 그리 쉽게 풀리지는 않았다. 다만 그걸 달리아와 블루의 잘못이라고 볼 수는 없으리라. 문제는 그들이 상대해야 했던 게 하연 인더스트리의 회장이라는 데 있었으므로.

"그래. 주인이 제 소유물을 가지겠다는데 그걸 어떻게 막겠니. 마음대로 하렴."

분명 시작은 쉽게 넘어갈 것 같았다. 하지만 하연 인더스트리의 회장, 이하연은 평범한 사람의 화법이라는 걸 잊은 지 오래 된 사람이었다. 그렇기에 일부러 상대를 속이려던 것도 아니면서 마음대로 하라는 말 바로 다음에 제약을 두는 화법을 사용하고 말았다.

"단, 이 섬에는 둘 수가 없구나."

"네? 이유를 여쭤 봐도 괜찮을까요?"

훗날 코드네임을 '사파이어'로 정하게 될 남자, 블루는 최대한 반발하는 것처럼 보이지 않도록 조심하며 물었다. 무엇이 하연의 심기를 거스를지 몰랐으므로.

"그거야 당연하지. 그 규정은 부회장이 정해 둔 거고, 여긴 그 애가 돌아올 집인걸. 그 애가 돌아왔을 때 그 애가 금지해 둔 존재가 여기 있는 걸 보여 주고 싶지는 않거든."

부회장이 언제 돌아올 줄 알고요. 목 끝까지 그 질문이 차올랐지만, 블루는 그 질문에 의미가 없다는 걸 알았다.

첫 번째로는 회장에게 시간이 무색해서고 두 번째로는 부회장이 특별 대우 대상이기 때문에 그랬다. 부회장이 1, 2년이 아니라 백 년 후에 돌아온다고 해도 회장은 똑같은 결정을 내릴 것이다.

"그걸 인수해 가겠다면, 부회장이 돌아올 때까지는 사칙 적용 대상에서 제외해 주마."

종합해 보면 유예일 뿐이고, 그나마도 제약이 있단 뜻이었다. 이걸 지금 양보라고 한 건가 싶을 말이었지만 협상이 통할 상대가 아니었기에 블루는 그 부분은 포기하기로 했다. 대신 그는 다른 부분을 물고 늘어졌다.

"네, 고객님께 그렇게 전달할게요. 다만, 지금 그 애는 제대로 된 인간이 못 되어서요. 1년만이라도 교육 기간을 주실 수 없을까요? 픽 제한국인 로쉔 고객님께 픽을 교육하라고 맡기는 것도 좀 그렇잖아요. 일종의, 애프터케어 서비스로요."

무엇에도 고민을 하는 법이 없는 회장이 대답하기까지 딱 5초가 걸렸다. 그나마도 자료를 보다가 고개를 돌려 블루를 보느라 걸린 시간이 5초였다. 블루를 보고, 눈 안을 들여다 본 회장은 고개를 끄덕였다.

사실상 클론 조세핀의 체류를 허락해 줬다기보다는 블루의 부탁을 들어준 것에 가까운 태도였다.

"그래, 그러렴."

인간이고 뭐고 신경 쓰지 않는 회장이 이렇게 유한 태도를 보일 때마다 블루는 복잡한 심경이 들곤 했다. 좋아할 수도 싫어할 수도 없는, 기쁨과 자부심, 질투와 억울함 등 모든 감정이 뒤섞인 애매한 감정.

고작 이 나이에 느낄 만한 감정은 정말 아니었다.

* * *

회장의 제한적 허락 탓에 일은 처음 클론 조세핀의 담당들이 계획했던 것보다 조금 더 복잡하게 되었다.

이게 단지 클론을 원래 목적인 장기 창고 외의 목적으로 비싼 돈 내가면서 살려 두는 거라면 베체트, 엘리엇, 조세핀 안에서도 해결이 가능하다. 하지만 클론, 그것도 픽을 데려가야 하는 거라면 문제가 달라진다. 이건 원로원의 허락이 나와야 하고, 솔직히 말해서 결혼하면 출가외인이 될 조세핀이 원로원의 허락을 구한다는 건 불가능에 가깝다.

물론 조세핀이 직접 허락을 구할 때 불가능하다는 거지 아예 방법이 없다는 건 아니지만, 그 방법을 선택하는 건 최대한 피하고 싶었다.

고민하던 조세핀은 소녀에게 다시 한번 클론을 만나게 해 줄 것을 부탁했다. 단 한 번의 만남에 걸기에는 그녀의 인생이 제법 소중했으니 말이다.

"안녕?"

그리고 다시 만난 클론이, 저번과 달리 이번에는 먼저 인사를 해 왔을 때. 조세핀은 마음을 정했다. 까짓 거 인생 따위 걸어 보자고.

조세핀은 태어나서 애정이라는 것을 느껴 본 적이 없는 사람이다. 가장 먼저 사랑하게 될 가족조차 사랑한 적이 없다. 그러다 보니 그녀는 언제나 고민했다. 교우 관계는 나쁘지 않았지만, 그거야 어차피 집안 맞고 파벌 같은 애들끼리 어울리는 거라 거의 직장 동료 비슷한 관계니 애정 운운하기는 미묘했다.

그러다 보니 조세핀은 늘 그게 고민이었다. 만약 사랑할 사람을 찾지 못해 그런 감정을 느껴 본 적 없다면 상관없다. 어차피 가족이라 해 봤자 결혼하면 반쯤 남이 될 사이. 죽고 못 살 애정을 주고받을 이유는 없겠지.

하지만 만약 그게 그녀의 문제라면? 그녀가 원래 태어날 때부터 그런 사람이라면? 남편이야 어차피 정략결혼 상대이니 사랑할 필요는 없겠지. 하지만 그녀가 낳을 아이조차도 사랑할 수 없다면. 세상 모든 사람을 사랑하지 않아도 사랑해야 할 단 하나의 존재를 사랑하지 못할 거라면.

그녀의 앞에 있는 클론은 몇 년에 걸친 그 고민을 날려 주는 존재였다. 그녀와 같은, 하지만 다른 존재. 그것을 보자마자 그녀는 이게 애정이라는 것을 느꼈다.

단 한 번의 만남은 꿈결 같아 의심하기도 했지만, 다시 보니 더더욱 확실했다. 이게 애정이다. 보기만 해도 웃음이 나오고, 상대를 위해서라면 뭐든 해 줄 수 있을 것 같은. 상대가 모르는 게 있다면 전부 가르쳐주고,

상처 같은 건 받지 않게 감싸 주며 상대의 행복을 빌고 싶은 이 기분이.

이렇다면 조세핀이 지금껏 애정을 몰랐던 건 조세핀의 문제가 아니라는 뜻이고, 그걸 알게 된 것만으로도 그녀는 이 존재를 위해 인생을 걸 수도 있었다. 그녀가 잘못된 게 아니라는 확신만으로도.

"안녕, 그러니까……."

웃으면서 인사를 되돌려 주던 조세핀은, 새삼 자신이 이 클론의 이름을 모른다는 사실을 깨달았다. 그리고 동시에, 이 클론에게 아마 이름이 없지 않을까 하는 깨달음 역시 얻었다. 장기 보관용 생물체에게 굳이 이름을 붙여 줄 독특한 사람은 없을 것 같으니.

그래도 클론을 위해 로쉔까지 날아온 이도 있으니, 혹시 모를 가능성을 위해 조세핀은 굳이 물었다.

"……넌 이름이 뭐야?"

"이름?"

클론은 고개를 갸웃했다. 일단, 담당들이 이름에까지는 생각이 미치지 못한 게 분명했다.

"없어? 그럼, 내 이름을 줄까?"

"그러고 싶다면."

저번에는 분명 인사조차 제대로 이해하지 못했는데, 그 사이에 제대로 된 대화가 가능해지다니. 조세핀은 감탄하며 종이에 제 이름을 썼다.

"좋아. 근데 똑같이 조세핀이라고 부르면 성까지 같으니까 헷갈릴 테지. 그러니까……."

조세핀은 다 쓴 이름 중 첫 글자에 동그라미를 쳤다.

"부르는 건 조세핀의 첫 글자를 따서 제이로. 어때?"

조세핀(Josephine)의 제이(J). 그녀는 처음으로 보는 이름을 가만히 내려다보다, 고개를 끄덕였다.

"응, 좋아. 잘 부탁해, 제이."

생각지도 못한 호칭에 조세핀은 눈을 동그랗게 떴다가, 곧 웃음을 터트리고 말았다.

"그래. 나도 잘 부탁해, 조."

그렇게 '그것'은 '제이'가 되었다. 그 이름이 원래는 '조세핀'이라는 사실은, 조세핀과 제이 둘만의 비밀이었고.

Chapter 12
솔직히 말하자면 아프지 않고
멀쩡한 생을 남몰래 흠모했을 때

　—그때부터 12년이 다 되어, 조세핀은 다시 고민하게 되었다. 그 애에게 내 이름을 준 건 결국 그 애를 또 다른 나로만 봐서 그랬던 걸까. 그럼 그 애정은 결국 자기애의 발산이었을 뿐일까.

　제이를 만나, 이름을 주고, 제이를 위해 제 인생을 걸면서 조세핀은 조금 자신감이 생겼었다. 그 이후에 만난 도리언과는 집안이 엮여 있지 않아도 친구가 되고 첫사랑 비슷한 감정까지 느꼈던 것도 있어, 지금껏 그녀는 다시 그 고민을 꺼내든 적이 없었다.

　하지만 이런 상황이 되자 완전히 사라졌다 생각한 고민이 스멀스멀 고개를 쳐들었다. 도리언은 조는 내가 아니라고 했다. 그 정도는 알고 있다고 생각했는데, 아니었나? 남들이 보기엔 결국 나는 그 애에게서 나를 보고 있는 것뿐인가?

그렇다면 좋아하는 도리언에게 목숨을 걸어 달라 말한 것 역시 자기애이고. 내가 사랑이라 착각한 건 사랑이 아니었을까. 나는, 내 고민은 결국 진짜였던 걸까. 하지만 그때 몇 년을 고민해 봤자 답이 나오지 않았던 것처럼 지금도 그랬다.

조세핀은 숨을 크게 들이쉬고, 마음을 정했다. 대화를 해보자. 도리언은 모르겠지만 제이는 돌아올 수 있을 것이다. 그렇다면, 그때 그 애와 대화를 하면 된다. 저번에 말해 뒀던 것처럼, 그 애가 망설이면서도 연애사실을 털어 놨던 것처럼. 조세핀이 원하면 제이는 언제든 말을 들어 주고 자기 속마음을 얘기해 줄 테니까.

신기하게도 그렇게 마음을 먹자 조금은 편해진 기분이었다.

조세핀은 좀 더 기분을 띄우기 위해 최대한 긍정적으로 생각했다. 그래. 그때야 약혼자가 있었고 결혼을 하면 애를 낳을 수밖에 없는 상황이었다지만 지금이라면 굳이 결혼도 출산도 할 필요가 없다.

그럼 정말 자기 외에는 아무도 사랑하지 못한다 해도 큰 문제가 될 게 있을까? 아버지와 오빠는 죽었고, 그녀의 유일한 가족은 이제 제이 하나뿐인데? 결함품이든 아니든 상관없다. 어차피 사랑해야 할 사람은 사랑할 수 있으니까.

그렇게까지 생각을 고쳐먹자 이제 뒤처리를 할 기운이 났다.

머리는 도리언을 주어 보냈다. 하지만 몸이 남아 있으면 증거가 된다. 목 없는 시체와 사라진 손님을 합쳐보면 조세핀이 무슨 짓을 했는지 바보라도 알 수 있을 테니까. 그러니 이건 태워 버려야 한다. 르퀸가가 어떻게 도리언이 사람 하나를 데리고 자취를 감출 수 있었는지 고민하도록.

조세핀은 머리를 잘라 낸 시체를 소각로에 넣었다. 이제 불씨를 넣고, 문을 닫고, 시간을 끌면⋯⋯.

"아니, 안 되죠. 이 소각로로 사람 뼈까지 태울 수는 없잖아요."

뒤에서 뻗어온 손이 성냥을 쥔 조세핀의 손을 감싸 쥐었다. 그와 동시에 소각로에 푸른 불꽃이 타올랐다. 조세핀은 당황했지만, 뒤를 돌아보거나 몸을 빼려는 시도 같은 건 하지 않았다. 픽에 대해 잘 모르는 그녀도 그 정도는 알 수 있었으니까. 과연 가만히 있은 보람이 있어, 상대는 직접 조세핀의 앞으로 돌아 나왔다.

"제이 르퀸도 여기서 성냥불을 쓰진 않았을걸요, 아마."

이 사태의 시발점. 로즈가 서 있었다. 조세핀은 저도 모르게 안도의 한숨을 내쉬었다. 아무래도 자신은 각본에 맞춰 제대로 움직인 모양이었으므로.

열게 잠들었던 에드워드는 창문이 열리는 기척에 기민하게 눈을 떴다.

"그 와중에 잠이 오다니 대단한데."

"이 와중이니까 자는 거지. 네 말을 듣고 나서는 잠이 올지 안 올지 모르는 거잖아."

다행히도 목소리는 깨끗하게 나왔다. 창문을 닫던 릴리가 기가 막히다는 듯 웃었다.

"배짱 한번 좋네. 하긴, 제이 르퀸 정도의 픽에게 반하는 건 그 정도 배짱이 없으면 불가능하겠지."

자기도 우수한 픽이라면서 남일 말하듯 말하고 있는 게 어이가 없었지만, 사소한 곳에서 꼬투리 잡고 있을 시간 같은 건 없었다. 에드워드는 바로 본론으로 들어가기로 했다.

"그래서, 너희 계획은 뭔데? 대체 뭘 하려고 한 건데?"

"우리의 계획은 예나 지금이나 똑같아. 아밀스턴 섬에 들어가는 거지."

저 쪽의 계획은 똑같다. 상황 역시 똑같다. 하지만 처음에는 반대했고, 이번에는 협조하셨다고? 에드워드가 인상을 찌푸렸다.

"왜 대위님께서 갑자기 태도를 바꾸신 거지?"

"그거야, 예전에는 제이 르퀸이 원하는 게 아밀스턴 섬에 없었고 이제는 있으니까."

"그게 뭔데?"

릴리가 대답 전에 숨을 한번 크게 들이쉬었다. 말하기 조금 꺼림칙하다는 태도였다.

"도연후."

에드워드의 눈이 의아함으로 물들었다.

* * *

"응, 그 말을 하고 있는 거야. 나를 위해 죽어 줘, 도리언."

도리언의 눈이 한껏 크게 뜨였다. 슬프게 웃은 조세핀이 시선을 아래로 내리깔았다. 고개가 시선을 따라 떨구어지기 직전. 도리언이 웃음을 터트렸다.

"좋아."

"……응?"

자석에 이끌리기라도 한 듯 조세핀이 고개를 다시 들었다. 놀랍게도, 도리언은 아까까지의 진지한 얼굴을 버린 채 환하게 웃고 있었다.

"알았어. 이리 줘, 행동은 빠르면 빠를수록 좋겠지. 원로원이 언제 찾아올지 모르는 거 아냐? 그 전에 빼돌리고 싶은 거지?"

도리언이 선뜻 양손을 내밀었다. 구구절절 맞는 말만 하고 있었지만, 그렇기에 조세핀은 더욱 더 당혹스러운 마음을 감출 수가 없었다.

"그건 그렇지만……."

"나는 밤에도 움직일 수 있으니 지금 당장 떠나서 날이 밝기 전까지 최대한 많이 움직이는 게 나을 테지. 그러니까 지금 줘. 다른 짐도 필요 없으니, 지금 이대로 나가면 될 거야."

입술을 달싹이던 조세핀은 기어코 제이의 머리를 건네기 전에 이 말을 하고야 말았다.

"……도리언. 그곳이 네게 위험하다고 말한 건 너야."

"응, 그렇지."

"그런데, 지금 네 태도는……."

도리언은 무슨 동네 마실이라도 나가는 것처럼 가벼운 태도를 보이고 있었다. 인간이 아니라 해도 죽음이 두렵지 않은 건 아닐 텐데. 그랬다면 조세핀에게 그런 말을 했을 리가 없으니까.

도리언이 올렸던 양손을 거두고는 뺨을 긁적였다. 날렵한 눈매가 부드럽게 휘어졌다. 인형처럼 아름답지만, 인형이라면 보일 수 없는 움직임이었다.

"조세핀."

"응."

조세핀은 홀린 듯 대답했다. 완벽하게 아름다운 녹색 눈동자가 그녀를 똑바로 쳐다보았다.

"네가, 그 말을 해 주길 바라서 그랬던 거야."

무슨 말? 입술이 움직이지도 않았건만 도리언은 마음 속 소리를 들은 것처럼 대답했다.

"너를 위해 죽어 달라는 그 말."

조세핀의 눈꺼풀이 깜박였다. 희귀한 보라색 눈동자가 모습을 감췄다 드러내길 반복했다.

"조세핀. 난, 아주 명확한 목적을 가지고 만들어졌어."

조세핀은 놀라지 않았다. 어차피 인간이 아닌 건 이미 알고 있기도 했고,

"나는, 말하자면 베타테스터야. 시험용. 거쳐 가는 과정일 뿐, 내 자체가

어떤 의미를 갖지는 못하는 거지. 성공이니 실패니 하는 것도 없고, 그냥 기록이 될 수밖에 없는 것. 내가 어떤 과정을 거치든, 그저 다음 실험의 방향이 조금 달라질 뿐인 거."

도리언은 민망하게 웃었다. 소리는 삼켜져 입술 밖으로 나오지 못했다.

"그래서 난, 나밖에 할 수 없는. 꼭 내가 필요한 무언가를 원했어. 내가 아니라도, 내가 실패해도 상관없는 일 말고. ―그리고 그게 널 위한 거면 좋겠다고 생각했고."

말하자면, 도리언의 사랑법은 이렇다는 뜻이었다. 자신의 유일한 삶의 목적이 그녀가 되기를 원하는 것. 그녀를 위해서라면 죽어도 상관없다 생각하는 것. 목숨을 걸어 달라는 말에 오히려 기뻐하는 것.

정말 어디서 이렇게 죽이 척척 맞는 짝을 찾은 건지 기가 막힐 지경이었다.

* * *

"미스터 도가? 아밀스턴 섬에 있다고?"

도대체 왜? 에드워드로서는 전혀 이해가 가지 않는 상황이었다. 최소한 히비스커스이기라도 했으면 아, 우수한 픽들은 전부 다 아밀스턴 섬 출신이더라니 그 사람도 그랬나 보지, 하겠지만 동생도 전 약혼자도 일당도 전부 다 여기 있는데 왜 걔가? 무엇보다.

"미스터 도는 너희랑 같은 패거리 아니었어? 그럼 너희는 이제 아밀스턴 섬에 미련이 없어야 하는 거잖아."

결국 패거리 중 하나를 밀어 넣는 데 성공한 거니까. 하지만 릴리의 표정은 여전히 흐렸다.

"아니, 그렇지도 않아."

"왜?"

"걔가 우릴 배신했을 수도 있거든."

정말 산 넘어 산이었다. 제이가 걸린 일만 아니었어도 에드워드는 여기서 이 골치 아픈 일에 흥미를 잃었을 것이다. 하지만 제이, 그것도 목숨이 걸린 일이었기에 에드워드는 꿋꿋이 물었다.

"아, 좋아. 너희 패거리의 사정은 궁금하지도 않고. 대위님께서는 왜 갑자기 마음이 바뀌신 건데?"

"그게 중요한 건데."

릴리가 정말 내키지 않는다는 표정을 한번 짓더니, 꾸역꾸역 입을 열었다.

"일단 제이 르퀸이 주장하는 이유는 연후가 하얀 인더스트리의 부회장 이기 때문에 물어보고 싶은 게 있다는 거고, 우리가 짐작하는 이유는 연 후의 능력 때문이지 않나 싶어."

최대한 제이에 관련된 이야기만 듣고 싶었는데, 그럴 수가 없는 모양이 었다. 에드워드는 포기하고 하인을 불러 커피를 가져오라 시켰다. 아마 밤이 아주 많이 길 모양이므로.

"—많이들 헷갈려 하지만, 픽은 초능력자가 아니야."

그건 이미 들은 말이었다. 에드워드는 대충 고개를 끄덕여 듣고 있다는 표시를 했다.

"그리고 이 설명을 들으면 그 다음으로 하는 착각이 있는데, 초능력자 라는 단어는 픽을 보고 오해해서 만들어진 단어도 아냐. 이 세상에는 초 능력이라는 게 분명히 있어."

릴리는 에드워드가 마지못해 내어준 차로 입술을 적셨다.

"그리고 연후는 초능력자야."

이건 좀 놀라웠다. 미스터 도가 초능력자라고? 에드워드는 기억을 뒤 져 봤지만, 영 그런 기색은 없어 보였다. 그럼 하얀 인더스트리의 부회장에게 가만히 맞고 있던 이유는 초능력을 숨기려던 건가, 아니면 뒤에 있는 픽이 무서워서였나.

"그 애의 능력은, 이 세상에게 사랑받는 거고."

에드워드의 표정이 흐트러졌다. 포커페이스에 익숙한 그라도 그럴 수밖에 없는 말이었다.

"……그런 것도 초능력이야?"

"네가 생각하는 수준을 넘어서거든. 그냥 쉽게 호의를 받고 예쁨 받는 수준이 아니야. 숨만 쉬어도 모두가 자기를 사랑하게 만들 수 있는 능력이고, 자기 마음대로 조절도 할 수 있으니 초능력 범주에 넣어도 자연스럽지."

그 말을 듣고 나자 드디어 의문이 풀리는 느낌이었다. 그 회의. 결과며 기간을 마음대로 조절할 수 있다고 큰소리 친 게, 그 초능력 때문이었구나?

"이해가 안 가는 부분이 두 가지 있는데."

릴리가 고개를 갸웃했다.

"두 가지? 세 가지가 아니라?"

의문은 이제 세 가지가 되었다. 에드워드가 새로 생긴 질문을 먼저 입에 올렸다.

"왜 세 가지인데?"

"어떻게 연후가 하연 인더스트리의 부회장인지, 어떻게 친동생까지 있으면서 우리가 그걸 몰랐는지. 그리고 네 대위님이 아밀스턴 섬에 간 게 왜 얼굴도 안 보이는 연후의 능력 때문인지. 이렇게 세 가지여야 하는 거 아냐? 아, 앞의 두 가지를 하나로 쳐서 두 가지?"

딱히 그런 건 아니었지만, 상대가 그렇게 생각하면 대충 장단을 맞춰줄까 싶었다. 에드워드는 어물쩍 넘어갔다.

"역시 대화 상대는 똑똑한 편이 좋아. 설명할 필요가 없잖아?"

상식적으로 거짓말을 할 필요가 없는 부분이었기에 릴리는 의심 없이 대화를 진행시켰다.

"일단 앞의 두 개는 묶어서 말할게. 솔직히 말해서 우리도 몰라. 친동생도 몰랐고, 소꿉친구인 나도 몰랐거든."

릴리가 한숨을 폭 내쉬었다. 답답함이 여기까지 전해지는 기분이었다. 에드워드는 슬쩍 그녀를 떠보았다.

"그런데도 미스터 도가 하연 인더스트리의 부회장인 건 확신을 하고?"

"그 애가 부회장이라 치면 설명되는 것들이 좀 있거든. 설명해 주기엔 좀 복잡한 문제라 자세하게는 말 못 해 주지만."

흥미가 없는 건 아니지만, 굳이 파헤치고 싶을 만큼 궁금한 것도 아니라 에드워드는 여기서 멈추기로 마음먹었다.

"뭐, 좋아. 거기는 넘기자. 나야 하연 인더스트리에 대해 아무것도 모르고, 너희가 그렇다고 판단했으면 그런 거겠지. 실제로 지금 미스터 도가 아밀스턴 섬에 가 있다고도 했으니까."

부회장쯤 되는 인물이 아니라면 이런 시기에 섬 안에 들일 이유는 없겠지. 설사 부회장이 아니라 해도 하연 인더스트리에 연관은 있단 얘기고, 그 사실을 가족도 소꿉친구도 몰랐다는 사실은 여전하다.

그럼 이제 중요한 건 제이였다. 에드워드는 정말 제이가 직접 말해 주지 않는 한 그녀의 사정을 파헤치고 싶진 않았지만, 이게 저들이 주장하는 대로 제이의 의사가 포함된 건지 아닌지는 확인해야 했다.

"제이 르퀸은 연후에게 물어볼 게 있다고 했어. 사실 이상할 것도 없지? 제이 르퀸은 하연 인더스트리 출신이잖아. 회장은 감히 대화를 청할 수 없는 존재였고. 그런데 좀 더 만만한 부회장이 모습을 드러냈다면 이것저것 물어보고 요청하고 싶은 건 자연스럽지 않겠어?"

이유는 달라도 목적은 같았다. 도연후를 만나는 것. 그렇다면 제이와 로즈네가 손을 잡아 이런 연극을 벌이는 것도 이상하지는 않긴 하다.

다만, 제이 르퀸에게는 선택지가 하나 더 있었을 것이다.

"그리고 대위님께서는 현 부회장들과 친분이 있으시지. 원하신다면 그냥 달리아나 사파이어에게 면회를 요청하는 게 빠르지 않겠어? 굳이 너희와 짜고 이런 쇼를 벌이느니."

"—거기에 대한 아주 합리적인 대답이 있어."

릴리가 만면에 미소를 지은 채 찻잔 테두리를 톡톡 두드렸다.

"연후가 부회장이었다면 그건 회장의 선택이었겠지?"

"뭐, 그랬겠지."

"근데 지금 하연 인더스트리에는 회장이 없잖아?"

"바로 너희 패 중 한 명인 로즈 때문에 말이지."

"바로 그 부분이야."

릴리가 기다렸다는 듯 박수를 쳤다.

"우린 로즈와 한패니 알 수 있는 게 있지. —로즈는 회장의 코빼기도 보지 못했어. 하연 인더스트리의 수뇌부와 싸운 건 맞고 여러 부가적인 문제들이 많아서 공식적으로 반박하지는 않았지만."

그 말이 시사하는 바에, 에드워드의 얼굴이 찌푸려졌다.

"회장과 현 부회장들, 즉, 달리아가 반목했을 거다?"

"그럴 가능성이 높지. 로즈와 달리아가 싸운 그때 우연히 회장이 말도 없이 자취를 감춘 게 아니라면."

그리고 가족에게도 자기가 하연 인더스트리의 부회장임을 숨기던 소년. 모든 일이 끝나고 향한 곳은 아밀스턴 섬……. 에드워드가 자기도 모르게 헛웃음을 터트렸다.

"너희가 한 방 먹었을 거란 뜻이야?"

"……우린 그 가능성을 고민하고 있어."

회장이 사라졌고, 달리아를 꾀어내기 위한 로즈의 작전은 실패했다.

그리고 그 실패한 작전의 끝에 도연후는 아밀스턴 섬에 가게 되었고.

즉, 도연후가 한패를 배신한 게 아니라, 달리아가 회장에 이어 부회장까지 없애 버리기 위해 그들의 계획에 넘어가 주는 척했을지도 모른다는 뜻이다.

달리아가 제이의 부탁을 위해 목적 달성을 미룰 인물이 아니라면 다소의 위험을 감수해서라도 아밀스턴 섬에 꼭 잠입하고 싶을 수도 있는 거고, 이게 제이의 마지막 기회일 수도 있으니까. 죽지 않는 픽에게는 목숨을 거는 것처럼 보이는 이 상황이 더 안전한 선택지였을 수도 있는 거고.

"……좋아. 이 정도면 뭐, 대위님과 대화할 수 없는 상황에서는 일단 넘어가줄 만한 설명이야."

완전히 믿을 만큼은 아니어도, 기다려 볼 만은 하단 뜻이었다. 제이가 돌아와, 그녀의 입으로 진실에 대해 듣게 될 때까지.

다만, 아직 풀리지 않은 의문은 남아 있었다.

"그러니 이건 꼭 대답해 줘야 하는 건 아닌데 말이야. ……넌 왜 이 합당한 이유를 놓고 미스터 도의 초능력에 대해 얘기한 거야?"

제이 본인이 내세운 이유는 에드워드조차도 납득시킬 수 있는 거였다. 그런데 제이에 대해 잘 알지도 못하는 릴리는 왜 멀쩡한 이유를 놓고 다른 이유를 들먹였는가?

걱정이 해결되고 나자 궁금한 건 그 부분이었다.

필요도 없는 초능력 언급을 했던 아까처럼 시원시원하게 설명해 버리거나, 말하지 않아도 괜찮다고 했으니 바로 입을 다물어 버릴 거라는 예상과 달리 릴리의 표정은 복잡해 보였다.

"아까 말했지만, 난 일단 기다려 볼 만큼의 확신을 얻었어. 이건 개인적인 호기심일 뿐이니 굳이 대답해 주진 않아도 돼."

"아니, 그게 아니라. ……이해할 수 있을까 싶어서."

정말 절묘하게 사람 속을 긁는 발언이었다.

지금껏 제이에게 들은 거 말고는 능력 부족하다는 소리는 들어본 적이 없는 에드워드는 욱하고 말았다. 방금까지는 정말 굳이 캐낼 생각이 없었지만, 상대가 이렇게 나온다면 얘기가 달랐다.

에드워드는 릴리를 보고 의미심장하게 웃은 뒤, 시선을 끌어내려 커피 잔에 두었다. 대화를 지속할 생각은 있지만 화제에는 흥미가 없다는 것처럼.

어차피 말이 길어진다는 건 상대가 이미 몸이 달았다는 증거니까. 저 입을 열려면 채근이 아니라 방치가 필요하다. 아니나 다를까, 릴리는 금세 입을 열었다.

"로즈는 선택을 고민해 본 적이 없는 사람이고 제이 르퀸은 연후의 초능력을 몰라. 그러니 그 둘은 눈치채지 못했을 거라고 생각하지만……."

됐다. 에드워드는 느리게, 기다렸다는 느낌이 들지 않게 천천히 잔을 내려놓고 고개를 들었다. 환자의 얘기를 듣는 상담사처럼.

"말했지? 그 애의 능력은 사랑받는 거라고. 그런데 그 애가 진짜로 위험에 처할 수 있을까?"

있어 보였다. 에드워드는 일전에 봤던 폭행 장면에 대해 말해 주었다. 달리아가 지켜보는 가운데 사파이어가 연후를 패고 있었다고. 릴리는 과연 그 사실을 몰랐던 모양이었지만, 그닥 놀라는 눈치는 아니었다.

"그럼 그것까지 포함해서. 말했지? 사랑받는 건 연후의 능력이야, 조절이 가능하다고. 한마디로 모든 건 연후의 의지 아래 벌어진 일이야. 때릴 수 있게 해 줬으니 때린 거고, 데려갈 수 있게 해 줬으니 데려간 거고."

요약하자면 릴리는 '이 모든 게 연후의 손바닥 위'라고 말하고 싶은 모양이었다.

"그냥 모든 걸 다 배제하고 결과만 놓고 보자 이거지. 원래의 목적들을. 제이 르퀸은 이 싸움에 끼고 싶지 않아 했고, 달리아는 섬에 아무도 들여보내지 않으려고 했어. 우리는 섬에 들어가는 게 목적이었고. 평화적으로, 제이 르퀸을 들여보낼 수 있다면 그게 가장 좋고 안 되면 다소 폭력적인 방법을 써서라도 우리가 들어가야 했고. —지금 목표를 달성한 게 어느 쪽인지 볼래?"

채산만 따지자면 그럴 듯했다. 하지만 이건 너무 간 게 아닌가?

에드워드는 말뿐인 협박에도 아는 모든 걸 술술 털어놓던, 한 손으로 끌어당겨도 종잇장처럼 팔랑이며 끌려오던 소년을 떠올렸다. 그 소년이 한패까지 속이며 목적을 달성한다고?

게다가 설사 그렇다고 해도, 그럼 미스터 도는 집단의 대표로 목적을 이뤄준 게 아닌가? 연락이 없다 한들 그건 몰래 연락할 수단이 없거나 그랬던 거겠지. 그럼 릴리가 보일 반응은 지금처럼 모든 걸 의심하는 게 아니라 목적이 이루어졌다며 기뻐해야 하는 게 아닌가. 왜 이런 께적지근한 반응이지?

그렇게 말하려던 에드워드는, 순간 릴리의 눈을 보고 입을 다물고 말았다. 에드워드는 그 눈을 안다. 살면서 단 한 번도 승리해 본 적이 없는, 무언가를 성취해 본 적이 없는 자의 눈이다.

다만 알 수 없는 건 젊고 똑똑하고 아름답고 유능한, 심지어 여성 우월주의 사회에서 자라 성별이 벽이 되어 본 적도 없을 릴리가 왜 그런 눈을 하고 있는지였다. 최소한 에드워드만큼, 어쩌면 에드워드보다도 더 인생이 쉬웠을 이가 대체 왜. 너, 도대체 무슨 짓을 한 거야?

에드워드는 눈앞에 없는 소년에게 묻고 싶어졌다.

* * *

제이는 눈을 떴다. 왕골을 엮어 만든 지붕이 보였다. 지식으로만 알고 있을 뿐, 실제로 본 적 없는 건축 양식이었다. 즉, 이곳은 하연 인더스트리가 아니라는 뜻이었다. 그리고 르퀸 저택도 아니고. 그럼 난 어디에 누워 있는 거지? 의아해하는 제이의 귓가에 목소리가 들렸다.

"일어나셨습니까?"

제이는 습관적으로 소리가 난 쪽을 향해 눈을 굴렸다. 한유서가 서 있었다.

"여긴 어딥니까?"

"아밀스턴 섬이지요."

아밀스턴 섬? 하연 인더스트리에 이런 곳이 있었던가? 물론 제이가 하연 인더스트리의 모든 곳을 다 들어가 본 건 아니지만, 그래도 규칙성이라는 게 있는 법인데.

"하연 인더스트리에 이런 건축 양식을 쓰는 곳이 있었다고요?"

"아뇨, 여긴 하연 인더스트리가 아닙니다."

이게 무슨 소리지? 아밀스턴 섬에는 하연 인더스트리밖에 없잖아. 물론 하연 인더스트리가 세워지기 전에야 다른 나라가 있었다는 것 같지만 그거야 까마득한 옛날 일이고. 아, 혹시 하연 인더스트리의 건물이 없는 다른 지역에 세워진 별채 같은 건가? 의아해하던 제이는 그냥 제 눈으로 확인을 해 보기로 했다. 나가 보면 뭐든 보일 테니까.

한유서는 침대에서 내려와 문으로 향하는 제이를 말리지 않았다. 제이는 하연 인더스트리의 건축 양식과 달리 퍽이나 자연친화적으로 보이는 문손잡이를 돌렸다. 그리고 그 자리에서 굳어졌다.

인간, 인간, 인간. 밖은 인간들이 가득했다.

제이는 침착하게 문을 닫았다.

확신할 수 있었다. 이곳은 하연 인더스트리가 아니다.

"여기가, 아밀스턴 섬이라고?"

정중한 말투는 갖다 치운 지 오래였다. 한유서는 예상했다는 듯 그냥 웃을 뿐이었다.

"예, 여긴 아밀스턴 섬입니다."

말이 안 통했다. 제이는 예의를 저리 집어치우고 세계를 확장시켰다. 그래도 한유서를 죽이고 싶은 건 아닌지라 밀어버리진 않고, 적당히 한유서의 세계를 에둘러 가는 건 잊지 않았다.

그리고 그녀는 가장 중요한 사실을 알게 된다. 이곳에 달리아가 없다는 사실을.

* * *

도리언이 아밀스턴 섬까지 당도하는 데는 5일이 걸렸다. 픽에게야 뭐 그리 오래 걸리냐 싶을 수도 있는 기간이지만 아닌 사람에게는 기적에 가까운 기간이었다.

"연락은 미리 들었어. 힘들었겠네."

그리고 인간에게는 불가능한 속도로 달려와 한껏 지쳐 있는 도리언을 맞이한 것은.

"……부회장."

하연 인더스트리의 부회장, 도연후였다. 5일간 인간에게 불가능한 스케줄을 주파해 낸 이답지 않게 매끄러운 목소리에 소년이 눈을 동그랗게 떴다.

"날 알아?"

도리언은 지친 웃음을 지었다.

"네, 압니다."

소년이 고개를 갸웃했다.

"어떻게?"

"저는 이 섬 출신이거든요."

"이 섬 출신?"

머리가, 그리 잘 돌아가지는 않는 듯했다. 무슨 소리인지 전혀 못 알아듣는 걸 보니. 다만 그 사실을 소년 본인도 잘 알고 있는지, 소년은 손짓으로 연구원을 한 명 불렀다.

"제이는 일단 넘겨줄래? 달리아가 안에서 기다리고 있거든."

도리언은 기꺼이 그렇게 했다. 애초에 그러려고 여기에 온 것이니 말이다. 그래서 그는 왜 그가 제이의 머리를 넘겨줄 때 소년이 쓴웃음을 짓는지 이해할 수가 없었다.

그래서 이 애는 무슨 말을 하려고 했던 걸까. 도연후는 고개를 기울인 채 생각에 잠겼다. 그래도 들어 주는 게 좋았을까. 들어도 안 들어도 달라지는 게 없을 거라면. 듣기라도 해 줄 걸 그랬나.

"무슨 생각을 그렇게 골똘히 하세요?"

사파이어였다. 연후는 아무 생각 없이 머릿속 얘기를 그대로 입 밖으로 털어놓았다.

"이 애. 뭔가 나한테 할 말이 있어 보였거든."

사파이어가 흘깃 도리언을 내려다보았다. 마치 동화 속 잠자는 숲속의 공주가 떠오르는 모습이었다.

근데 동화 속 공주도 숨을 안 쉬었던가? 그건 백설 공주였나? 기억나지 않았지만, 그리 중요한 건 아닌 듯했다.

"그럼 깨워 드릴까요? 달리아한테 부탁하면 되는데."

"아니."

도연후는 눈을 감았다. 다시 눈을 뜨기엔 눈꺼풀이 조금 무거웠다. 그래서 그는 도리언의 말을 듣지 않기로 결정했다. 그가 무엇을 아는지도 궁금해 하지 않기로 했다. 그는 대신.

"……그냥 좀 자고 싶어."

"그럼 주무세요. 다들 잠들면 깨워 드릴게요."

응, 그렇게.

사랑받는 데 익숙한 소년은 아무런 경계도 의심도 없이 잠들었다. 모두가 잠든 섬 안에서.

세계가 잠들 그날까지.

* * *

한번 머리가 돌기 시작하니 확인은 쉬웠다. 앉은 자리에서 여러 가지를 시험해 본 결과, 제이는 몇 가지 사실을 알 수 있었다.

첫째, 이곳은 아밀스턴 섬이 맞는 것 같다.

둘째, 그런데 달리아만이 아니라 하연 인더스트리가 통째로 없다. 건물이고 나발이고, 그녀가 아는 하연 인더스트리의 구성 요소가 단 하나도 없으니까. 달리아를 포함해서. 락인 사파이어야 분간하지 못한다 쳐도.

그런데 한유서를 비롯해서 유수의 픽들은 남아 있다. 어쩐지 여기저기 좀 분산된 것 같기는 하지만, 그거야 뭐 굳이 짐에 머무를 필요도 없으니 나왔나 보다 싶고.

그럼 여기서 궁금한 것 하나. 하연 인더스트리와 달리아는 대체 어디로 갔는가? 혹은, 하연 인더스트리와 달리아, 그 외 부가적인 요소를 제외한 그들이 대체 어디로 옮겨진 것인가.

제이는 굳이 골치 아프게 머리를 고문하지 않기로 했다.

"있지."

"네."

"부회장은 어디 있어?"

"보셨잖아요? 여기 없는 거."

"달리아 말고."

"사파이어가 달리아 없는 곳에 있는 거 보셨어요?"

봤다. 하지만 입씨름이나 하자는 게 아니었기에 제이는 그 부분은 빠르게 넘어갔다.

"사파이어도 말고."

"아."

한유서가 난처한 웃음을 지었다. 곤란한 듯, 골치 아픈 듯 복잡한 얼굴이었다.

"연후 형도 달리아와 함께 있답니다."

"왜?"

"시험할 게 있어서요."

"뭘 시험하는데?"

"글쎄요? 전 그저 시기에 맞춰서 당신을 깨우라는 지시를 받았을 뿐이라서요."

픽 신뢰 가는 대답이었다. 한유서가 지금껏 보여 준 모습을 보자면 달리아가 아무 설명 없이 명령했어도 충실한 개처럼 따랐을 게 분명하고. 달리아는 설명을 좋아하는 편도 아니니.

하지만 그 달리아가 없다 보니 모르면 어쩔 수 없지 하고 물러날 수도 없는 노릇이라 제이는 가볍게 한유서를 윽박질러 보기로 했다.

그러니까, 제이는 한유서에게 진심으로 해를 끼칠 생각이 없었다는 뜻이다. 그냥 가볍게 세계를 억누르고 목덜미를 잡아 진짜 모르는지, 그럼 달리아에게 연락은 어떻게 하는지 살짝 강압적인 태도로 물어볼 생각뿐이었으니까.

하지만 한유서는, 픽이라면 모두 갖고 있는 기본적인 방어 태세마저도 전부 버렸다. 분명 방금 전에 세계를 확장시키며 확인한 강도가 있음에도 불구하고 종잇장 찢기든 찢겨 나가는 걸 보니 작정하고 벌인 짓이었다. 말하자면 거의 자해에 가까운. 눈앞에 퍼지는 핏방울에 제이가 눈을 크게 떴다 감았고.

다시 눈을 떴을 때. 보인 것은 왕골을 엮어 만든 지붕이었다. 낯설지만 처음 보는 건 아닌. 정확히 말하자면 방금 전에 딱 한 번 보았던.

"일어나셨습니까?"

제이는 습관적으로 소리가 난 쪽을 향해 눈을 굴렸다. 한유서가 서 있었다. 아, 제이는 달리아가 한다는 '시험'의 방식을 깨달았다. 시간 반복이었다.

"다른 궁금하신 점은 없으십니까?"

제이는 그 한마디로 확신했다. 한유서도 자신처럼 시간 반복의 굴레에서 벗어난 존재라는 것을.

그럼 시간이 돌아가는 조건은 무엇일까? 한유서의 죽음? 아니면 신호가 가면 달리아가 직접 돌리나? 그렇다 치면 걸린 신호는 뭘까.

제이는 일단 가장 먼저 걸리는 걸 시도해 보기로 했다. 뇌에 열이 퍼지며 의식이 까무룩해졌다.

까맣게 점멸했던 시야가 돌아왔다. 보인 것은 왕골을 엮어 만든 지붕이었다. 일부러 손을 들어 목 근처에 갖다 대자, 기겁한 목소리가 들려왔다.

"잠깐!"

제이는 목소리가 들려온 곳에 시선을 주었다. 한유서가 엉거주춤한 자세로 서 있었다. 그 사이에 안색이 희게 질려 있었다.

"아, 제발. 먼저 물어보고 움직일 수는 없어요?"

제이가 입꼬리를 끌어올려 웃었다. 신체 중 움직인 건 표정 근육밖에 없는데 왜 이렇게 호전적으로 보이는지 모를 일이었다.

"내가 왜?"

딱히 시비 거는 투가 아니라는 게 제일 소름 돋았다. 제이는 자리에 일어나 앉았다. 불량하기 짝이 없는 태도였다.

"도련님은 잘 모르나 본데. 원래 행동을 먼저 보여 주고 물을 때 사람은 더 고분고분 대답을 하는 법이더라고. 그래도 내가 도련님을 생각해서 행동 먼저 한 거야. 말로 물어서 안 들으면 더 심하게 굴어야 하거든."

이게 지금 한유서를 생각한다는 사람의 대사인지 아니면 가진 돈을 전부 내놓으라는 범죄자의 말인지 구분을 할 수가 없었다. 심지어 한유서에게 '도련님'이란 도연후의 별명으로 더 익숙한 단어였기에 그 괴리감은 더욱 커졌다.

한유서는 어쩐지 아까보다 좀 더 촉촉해진 듯한 눈으로 천장을 올려다보았다. 입 안에 고인 한숨이 퍽이나 무거워 보였지만, 제이는 한유서의 입 속 사정에 별 관심이 없었다.

"좋아. 그럼 이제 우리 둘 다 대화를 나눌 준비가 된 거 같아. 그렇지?"

달리아에게 대고 맹세컨대 그가 대화를 거부한 적은 단 한 순간도 없었으나, 그걸 지적했다가는 또 무슨 미친 짓을 벌일지 몰라 한유서는 냉큼 고개를 끄덕였다.

"네, 뭐든 말할게요."

"시간이 되돌아가는 기준이 뭐야?"

"주요 변수의 사망이요."

"주요 변수가 어디까지인데."

한유서의 얼굴에 긴장이 어렸다. 아무리 사람 얼굴을 못 읽는 제이라지만, 그 표정을 보자 대답을 미리 짐작할 수 있을 정도였다.

"진짜 몰라요. 아마, 당신과 저. 로즈와 릴리는 들어가겠죠? 그런데 락까지 그 범위에 넣을 수 있었을지 모르겠거든요."

"그럼 달리아에게 물어볼 수는 없고?"

"제 쪽에서는 불가능해요."

한유서는 깊은 한숨을 내쉬고 손짓을 했다. 이리 오라는 것 같았다. 굳이 자존심 싸움을 할 것도 없었기에 제이는 순순히 침대에서 내려와 그쪽으로 걸어갔다. 그러다 보니, 눈을 뜨고 처음으로 한유서가 만지작거리던 게 뭔지 보게 되었다.

"……모형정원?"

"네."

한유서 앞에 있던 물건은 제이가 익히 아는 거였다. 모형정원, 복제된 공간.

제이는 아주 지엽적인 공간만을 복제해서 썼기에 원래 공간 크기 그대로 복제하곤 했지만, 달리아는 이걸 항상 대규모의 범위로 썼다. 당연히 한 눈에 들어오지 않을 크기였기에, 달리아는 일부러 복제한 공간을 약 일억 분의 일의 축척으로 줄여서 보곤 했다.

지금 한유서의 눈앞에 있는 저 구체는 딱 달리아가 쓰던 모형정원의 모양을 하고 있었다.

"네. 우리가 있는 지금 이 지구죠."

어디 가서 멍청하다는 소리는 들어 본 적 없는 제이지만 이 말을 도무지 이해가 가지 않았다.

"……좀 더 자세히."

"그러니까, 달리아가 모형정원을 하나 만들었어요. 그리고 그걸 한 눈에 보기 위해, 모형정원을 일억 분의 일로 축소시킨 이 복제품을 만든 거죠. 그런 다음 진짜 모형정원에 우리와 함께 이 복제를 옮겨 넣었고요."

믿을 수 없다는 듯, 떨리는 목소리로 제이가 물었다.

"이게……. 진짜 모형정원이 아니라 복제였어?"

"복제라고는 하지만 진짜와 연결되어 있어요. 예를 들면……."

한유서가 구 위의 아밀스턴 섬 부분을 톡 건드리자, 그 순간 건물이 크게 흔들렸다. 제이와 유서야 멀쩡했지만 밖에서는 비명소리 같은 게 들려왔다. 둘 다 신경 안 썼지만.

제이는 기가 막혀 한숨을 내쉬었다. 생각해 보면, 제이가 모형정원을 만들 때도 축소가 안 됐던 것도 같다. 그리 적극적으로 축소시키려고 해본 적이 없어서 몰랐지만.

"즉. 원래는 언니가 컨트롤 타워를 갖고 있어서 여기에 간섭을 할 수 있어야 하는데 그것마저 너한테 넘겼다고. 그럼 지금 연결고리가 끊어진 거라 이거야?"

"에이, 그래도 자기가 만든 건 관리할 수 있겠죠. 다만 이걸 갖고 있었으면 화산 분화나 지구 멸망 같은 일이 일어나면 눈치챌 수 있겠지만 지금은 그럴 수 없을 거란 얘기죠. 뭐, 달리아가 뭘 원했건 간에 그 목적이 달성되면 다시 돌려놓지 않을까요? 그러니 그냥 긴 휴가라고 생각하고 쉬시면 어떨까요."

제이가 또 헛짓거리를 할까 봐 무서웠는지, 유서는 열심히 제이의 눈치를 살폈다.

"어차피 뭘 하든, 마음에 안 드는 게 있으면 다시 되돌리면 그만이잖습니까. 자해가 싫으시면 언제든 이곳으로 오세요, 죽어 드릴 테니까."

즉, 달리아의 계획을 방해할 생각 말고 처박혀 있으란 뜻이었다. 원래 충성스러운 개란 주인 눈에는 한없이 사랑스러워도 남이 보기엔 가당찮은 경우가 많은 법이라.

제이는 한유서의 소원을 들어주고 싶은 생각은 없었지만, 지금으로서는 딱히 다른 방법도 생각나지 않았다. 그렇다면 지금은 일단 협조해 주는 척해

놓는 게 좋으리라. 어차피 수틀리면 칠 수 있을 상대이고.

"내 협력은 아주 비싼데."

다만 한시적인 협조라 해도 싸게 넘길 생각은 없었다. 이쯤은 각오한 일인지, 유서가 지친 웃음을 지었다.

"제가 해 드릴 수 있는 거라면 뭐든 해 드리죠. 달리아도 당신께는 전면적으로 협조하라 말했으니까요."

하여간에 시작부터 끝까지 전부 달리아였다. 영혼까지 저당 잡힌 사랑의 노예와 대화해 봤자 딱히 유쾌할 일은 없을 것 같았기에, 제이는 일단 한유서는 놔두고 다른 곳부터 확인해 보기로 했다. 로즈와 릴리에게 도연후의 행방에 대해서도 얘기해 줘야 했고.

* * *

제이는 이래봬도 신의와 의리라는 게 있는 사람이다. 지킬 때가 극히 드물어서 그럴 뿐이지.

하지만 로즈나 릴리는 제이에게 흔치 않은 동질감을 불러일으키는 인물들이었고, 그렇기에 제이는 저 어딘가 메마른 우물 바닥의 이끼보다는 부피가 있을 의리를 닥닥 긁어모았다. 그러니 그녀는 처음 약속대로 도연후를 구해 내는 데 실패했어도, 그 사실만이라도 제대로 통보할 의지가 충분했다.

다만 로즈와 릴리를 찾아 그 사실을 전해 주기 전에 그녀에게 아주 중요한 사람들…… 이를 테면 조세핀이나 에드워드의 얼굴을 먼저 보고 그들을 안심시켜 주면 안 된다는 생각은 그 희박한 의리 안에 없었다.

그래서 제이는 르퀸 저택에 갔다. 정상적인 속도로는 아밀스턴 섬까지 왔다 갔다 할 수 있을 시간이 절대 아니었기에 창문으로, 몰래.

뭐, 그냥 당당하게 정문으로 들어가고 나중에 시간을 되돌려도 괜찮았겠지만 아직 그렇게까지 뻔뻔해지지는 않았다. 협력을 맺는 순간 수틀리면 뒤통수 칠 생각을 하고 있던 사람이 할 말은 아닌 것 같지만, 어쨌거나 그랬다.

2층 창문을 통해 저택에 들어온 제이는 당연하게도 조세핀의 방으로 향했다. 새벽이라 아직 침대에 있을 시각이었으니까.

하지만 제이가 예상한 풍경과 달리, 그녀를 반긴 것은 사람 사는 흔적이 보이지 않는 방이었다. 가구가 있고 화병에는 꽃이 꽂혀 있었지만 생활감은 전혀 없는.

고작 하루 이틀 안 들어왔다고 완성될 리 없는 분위기에 제이는 당황했다. 뭐지? 르퀸 저택 맞고, 조세핀 방 맞는데. 심지어 옆의, 제이 방으로 이어지는 방문마저도 똑같았다. 제이는 영문을 모르겠는 상황에 일단 저택 내 상황을 스캔하기로 결정했다.

필요에 의해 최소한도로 축소시켜 놓았던 세계를 막 팽창시키려는 찰나.

"뭐야, 누가 방문을 열어 놨어?"

제이는 미처 닫지 않은 방문을 열고 안으로 들어온 남자를 보았다.

"아."

조세핀의 방에 생활감이 없는 것보다 더 큰 문제가 그곳에 있었다. 엘리엇 쉴 르퀸. 조세핀의 친오빠이자 조세핀의 클론을 만들자고 제안해서 제이를 이 세상에 존재하게 만든 인물이.

제이는 그 순간 왜 조세핀의 방이 이런지 깨닫게 되었다.

외전 05
제이의 조세핀

제이에게 제 이름의 첫 글자를 주고, 그녀의 안전을 위해 뭐든 하겠다 마음먹은 조세핀이 찾아간 건 엘리엇 쉴 르퀸, 그녀의 오빠였다.

"그래. 무슨 일이니?"

조세핀이 엘리엇을 좋아하지 않는 이유는 많고도 많았지만, 그중 하나가 이거였다. 다 알면서도 굳이 자기 입으로는 얘기를 먼저 꺼내지 않는 그 음험함.

한 번쯤은, 한 번쯤은 아, 얘기 들었다. 이러저러한 일이 있다며? 하고 물어볼 수도 있는 게 아닌가? 무슨 피 섞인 동생 상대로 평생을 떠보기를 하지? 진저리가 나려는 걸 억지로 참고, 조세핀은 힘겹게 웃었다.

"엘리엇, 네 도움이 필요해서."

"그래? 무슨 일일까. 일단 차라도 마시면서 얘기하겠니?"

평소 때라면 거절했겠지만, 지금 조세핀은 부탁하는 입장이었다.

"……응, 부탁해."

곧 둘 앞에 찻잔과 쿠키가 놓였다. 차는 뒷맛이 깔끔하고 산뜻한 종류였지만, 문제는 조세핀이 그렇게 가볍고 깔끔한 맛을 좋아하지 않는 데 있었다. 쓰든, 달든, 어쨌거나 차는 향이 강하고 입에 남는 맛이 있어야지. 그러지 않을 거면 물을 마시지, 뭐 하러 차를 마신단 말인가?

물론 엘리엇에게 알려 줄 생각은 없지만, 이마저도 불호 요소였다. 원래 감정이란 비이성적인 것이니 어쩔 수 없는 일이었다.

"그래. 부탁이 뭐니?"

조세핀은 억지로 맛없는 차로 입을 축인 뒤 말했다.

"제이를 데려올 수 있게 도와 줘."

"제이?"

"내 클론. 이름이 없다기에 내가 지어 줬어."

엘리엇이 뭐라 할 말이 없단 얼굴을 했지만, 조세핀이 알 바는 아니었다.

"그 애가 사칙에 어긋난 존재라고 하더라고. 그러니 우리 쪽에서 데려가 달라고 했어."

실제 표현은 그보다 과격했지만, 조세핀은 그 말을 고스란히 전달할 생각이 없었다. 엘리엇이 곤란한 듯한 미소를 띠었다.

"보고는 들었거든."

들었으면 처음부터 얘기를 하든가. 조세핀은 굳어지려는 입꼬리를 억지로 끌어올렸다.

"그러니까 도와줘. 네가 허락해 주면 아버지도 허가를 내주실 거고, 그럼 원로원도 인정할 수밖에 없을 거야."

엘리엇이 대놓고 눈을 한 바퀴 굴렸다.

"조세핀. 음, 네가 지금 절박한 건 알겠어. 하지만 조금만 더 이성적으로 생각해 줄래? 클론, 은 그렇다 치자. 하지만 그 애는 픽이라며? 픽을 가문에서 보호하고 있다는 게 밝혀지면 르퀸 가문이 도대체 얼마나 큰 타격을 입을지 생각해 봤어?"

솔직히 말해서, 르퀸 가문이 어찌될지는 조세핀의 관심사가 아니었다. 어차피 결혼하면 반쯤 남인데 신경 써서 뭐 하겠는가? 픽이라는 사실을 들킨 제이가 어찌될지나 걱정을 해야지. 조세핀은 엘리엇의 헛소리를 무시하고 입을 열었다.

"내 인생을 줄게."

폭탄 같은 발언에 엘리엇의 얼굴에서 순식간에 미소가 걷혔다. 저 얼굴은 조금 마음에 드네. 조세핀은 이 자리에 앉은 후 처음으로 진심에서 우러난 미소를 지었다.

"내 결혼 상대든 뭐든 마음대로 골라. 결혼 후에도 내가 할 수 있는 모든 걸 다 해 줄게. 이건 르퀸 가문을 위한 협조가 아닌, 널 위한 협조야."

조세핀은 이 말이 먹힐 걸 알았다. 엘리엇은 결코 이 거래를 거부할 수 없을 것이다.

"말하자면, 교환을 하자는 거지. 제이를 내게 주면, 날 네게 줄게."

설사 이걸로 인해 그가 얻을 수 있는 게 없더라도.

"……알았어. 그, 애를. 데려오도록 하지."

조세핀의 예측대로 엘리엇은 한참을 망설인 끝에 결국 긍정의 대답을 내놓았다. 말하자면 조세핀이 이겼다고 할 수 있겠지만, 이긴 쪽도 진 쪽도 딱히 기분이 좋지는 않다는 게 문제였다.

* * *

방에 혼자 남겨진 엘리엇은 한동안 제정신을 차리지 못하고 멍하니 앉아 있었다.

왜, 저런 조건을 걸었지?

어차피 차기 가주로서 엘리엇은 조세핀의 인생에 얼마간의 영향력을 갖고 있었다. 그러니 말 그대로 받아들이자면 사실 조세핀의 제안은 그리 위험을 감수할 만한 것이 아니다.

결혼 상대를 마음대로 정해도 된다고?

어차피 조세핀에게는 이미 약혼자가 있고, 상대가 엄청난 실수를 저지르지 않는 이상 파혼은 말도 안 되는 일이다. 조세핀이 허락한다 한들 엘리엇이 이제 와서 조세핀의 상대를 바꿀 일은 없다.

그렇다면. 조세핀은 왜 저런 말을 했을까. 왜 그렇게 웃었을까. 왜. 왜.

엘리엇은 머리를 싸쥐었다. 설마, 설마. ……알았을까? 그가 꽁꽁 숨겨 둔 마음을? 그렇게 조심했는데? 말 한 마디조차 마음 편히 걸어본 적이 없는데? 어떻게…….

……어떻게.

엘리엇은 입술을 짓씹었다. 벌거벗겨진 듯 수치스러운 와중에도 마음 한편이 설렌다는 게 그를 가장 비참하게 했다.

엘리엇을 번민에 빠뜨려 놓고도 조세핀은 관심이 없었다. 엘리엇이야 수치심에 죽어 가든 말든 알 바가 아니니까.

애초에 조세핀은 엘리엇의 마음을, 엘리엇이 사관학교에 입학하기도 전부터 알고 있었다. 오히려 엘리엇이 조세핀이 자기 마음을 모를 거라고 생각한 게 놀라울 정도였다.

머리가 대가리 수준으로 나쁜 게 아닐까? 아니라면 조세핀의 육감이 무척 뛰어난 건데, 조세핀이 보기에는 솔직히 전자 같았다. 다른 일상생활에서 감이 좋다는 생각을 해 본 적은 없었으니까.

그러니 조세핀에게는 이미 오래 전부터 알고 있던 엘리엇의 마음 따위는 중요치 않았고, 무슨 수단을 써서건 간에 제이를 살렸다는 것만이 중요했다. 거기에 엘리엇이 세간의 이목을 신경 써 정말 그녀에게 무리한 요구를 하지는 않을 거라는 것도 뭐, 두 번째로는 중요했고.

* * *

그렇게 제이는 르퀸가에 무사히 편입되었다. 주변에 돌게 된 온갖 소문과 경악과 충격과 기타 등등은 그들이 신경 쓸 바가 아니었다.

중요한 건, 그들이 근 8년에 가까운 시간 동안 행복했다는 것이다. 이대로 이 삶이 지속된다면 다소의 불쾌함이나 위험 요소쯤은 눈감을 수 있는 게 아닐까 싶을 정도로. 베체트 허 르퀸이 알고도 모르는 척 현상 유지를 택하는 게 반쯤은 이해가 갈 정도로 말이다.

하지만 세월이 흐르면 변화는 생길 수밖에 없는 법이다. 그 변화는 제이의 사관학교 졸업을 앞둔 방학 때 벌어졌다.

그 당시의 제이는 고용인들에게 딱히 마수를 뻗치지 않은 상태였다. 그렇기에 조세핀이 엘리제 쥘 슈와르와의 약속으로 자리를 비운 날, 제이는 방문을 나서지 않을 작정이었다. 어차피 그녀에게는 방문을 나서지 않고도 다른 곳으로 갈 능력이 충분했으니까.

평소 때라면 취미생활을 하러 가겠지만, 지금은 쥰에게 전치 육 개월의 부상을 입혀 놓은 상황이었다. 이 당시의 제이는 쥰을 어느 부류에 넣어야 할지 결정하지 못한 채였고, 그렇기에 쥰이 얼마나 다쳤는지 확인을 해 보고 싶던 차였다.

그녀가 손을 대면 티가 날 수준인지 아닌지. 어떤 부상이든 그녀는 치료할 수 있지만, 혹시 픽이 개입한 게 아니냐는 의혹은 가설로조차 제기되면 안 되었기에.

너무 이르면 사람이 있을 수도 있고, 어느 시간이 좋을까? 조세핀은 슈와르 저택에서 자고 내일 온다고 했으니 시간은 넉넉하고, 아예 새벽에 다녀올까? 쥰이라면 알아서 르퀸가의 힘을 써서 들어왔다고 생각해 주지 않을까?

고민에 빠져 있던 제이는 복도의 기척을 느끼고는 몸을 일으켰다. 아무래도 쥰에게 가 보기 전에 손님맞이를 먼저 해야 할 모양이었다.

방문자는 엘리엇 쉴 르퀸이었다. 제이는 눈이나 간신히 보일까 싶을 만큼만 문을 열고 불퉁하게 말했다.

"조세핀은 없는데. 친구랑 논다고 나갔어."

가족 사이에 오갈 인사가 아니었지만, 어차피 형식상의 가족일 뿐이므로 둘 다 신경 쓰지 않았다.

"알고 온 거야."

그렇게 말하며 엘리엇은 문을 억지로 밀었다. 물론 힘 싸움을 하자면야 제이가 인간 따위에게 밀릴 리는 없겠지만, 아무리 그래도 이 저택의 차기 주인의 팔다리를 뽑을 수는 없었기에 제이는 순순히 밀려나 주었다.

"너한테 볼 일이 있었거든."

제이는 기말고사 전부터 근신 때문에 르퀸 저택에 처박혀 있었으니 볼 일이 있었다면 진작 왔으면 될 일이었다. 왜 굳이 조세핀 없을 때를 노려야만 할까? 대체 무슨 볼 일이기에? 평범한 사람이라면 위기감을 느껴 도망갈 일이었지만 제이는 그러지 않았다.

"아, 그러셔."

거의 열 살 가까이 차이 나는 오빠나 차기 가주를 대하는 태도로는 지나치게 불순했지만 엘리엇은 신경 쓰지 않았다. 사실, 엘리엇은 딱히 제이의 말을 듣는 것 같지도 않았다.

"넌 왜 크질 않냐."

"너라고 딱히 잘 큰 건 아니지 않아? 네가 지금 나한테 그런 말할 계제야?"

엘리엇이 장신은 아니라 할지여도 160을 간신히 넘는 제이가 할 말은 아니었다. 하지만 엘리엇은 역시 씩씩하게 제이의 말을 무시했다. 이쯤 되면 거의 둘 앞에 보이는 광경이 좀 다른 게 아닌가 하는 의심이 들 수준이었다.

"뭐, 이건 이거 나름대로 추억을 불러일으키는 모습이긴 하지만……."

피식 웃으며 엘리엇이 허리를 굽혀 왔다. 턱을 잡아오는 손길을 내치기 전, 제이는 잠시 고민했다. 물론 그 고민이 이 개수작을 가만히 받아줄지에 대한 고민은 아니었고.

"큭……!"

등 뒤에서부터 칼이 들어왔다. 앞에 선 제이에게만 신경을 쓰던 그는 손쉽게 공격을 허락하고 말았다.

"내가 집 비운 지 한 시간도 안 됐는데 말이야."

뒤에서 들려오는 목소리는 익히 아는 이의 것이었다. 더 정확하게는, 엘리엇의 눈앞에 선 자의 것과 거의 똑같은 것이었고.

"조세…… 핀……!"

몸을 뒤틀어 공격자를 보려는 엘리엇의 몸을 제이가 잡았다. 손 말고 능력으로. 손을 대기는 싫었지만 이런 엘리엇의 표정을 조세핀이 보게 만들기도 싫었으니까.

조세핀은 허공에 박제된 엘리엇에 놀라지 않고 칼을 한 번 뺐다가 다시 한 번 깊게 박아 넣었다.

졸업한 지 4년이 되어 간다지만 그녀는 사관학교 졸업자였고, 그렇기에 급소를 찾는 건 그리 어려운 일이 아니었다. 품속에 넣고 다닐 수 있을 만한 크기의 칼로도 조세핀은 손쉽게 사람의 척추를 긁어 낼 수 있었다.

엘리엇에게는 참 다행인 일이었다, 어차피 제이가 비명도 반항도 막아

버린 이상 그에게는 다른 결과가 없었을 테니. 이왕이면 급소를 찔려 빠르게 죽는 게 가장 나았겠지.

그리 길지 않은 시간, 약속 장소에 가서는 늦은 걸 변명해야 할 정도지만 가족 하나를 잃기엔 지나치게 짧은 시간이 지나고 엘리엇의 심장박동이 아예 멈추었다.

제이는 무심하게 엘리엇을 밀어 버리곤 조세핀을 보았다.

"괜찮아, 제이?"

칼에서 시선을 뗀 조세핀이 제이를 보고 웃었다.

"그건 내가 물어야 하는 거 아냐, 조?"

제이는 대답 대신 가만히 조세핀을 보았다. 조세핀이 힘겹게 웃었다.

"너무 아무렇지 않아서 그게 힘들 정도로 멀쩡해."

"그거 참."

제이가 손을 뻗어 조세핀의 손을 덮었다. 손등을 적셨던 피가 순식간에 사라졌다.

"다행이네."

허공에 매달린 시체 따위는 보이지도 않는 것처럼. 제이에게야 유전자만 이어졌을 뿐, 진짜 오빠가 아니라 해도 조세핀에게는 같은 배에서 태어나 이십 년 이상을 한 집에서 살아 온 진짜 가족이라는 사실을 모르는 것처럼. 사람의 죽음 따위는 조세핀의 가벼운 충격보다 사소한 일인 것처럼.

조세핀은 그 사실에 큰 위안을 얻었다.

제이 덕분에 조세핀은 손쉽게 마음의 평정을 찾을 수 있었다. 호수에 작은 돌멩이 하나를 던졌어도 이보다는 여파가 오래 갔을 정도였다.

조세핀은 원래도 그리 흔들리지는 않았던 마음을 다잡으며 제이의 손도 꼭 부여잡았다.

"조, 이대로 나가서 도망가."

"응?"

"이대로 있으면 집안사람들이 어떻게든 네게 혐의를 뒤집어씌우려고 할 테니까. 안 그래도 널 눈엣가시로 보는 인간들이잖아. ―그러니까 도망가."

조세핀은 울컥하는지 말을 멈췄다가 간신히 웃어 보였다. 이제야 간신히 가족이라 여길 수 있는 존재를, 사랑을 쏟을 수 있는 사람을 만났는데.

하지만 그녀의 선택 때문에 제이가 '폐기'된다는 건 상상만 해도 싫었다. 죽음도 아닌 폐기라니. 그런 끝이라니. 그런 건 싫었다. 차라리 이대로 헤어져 영영 못 보게 되는 한이 있더라도.

제이는 대답 대신 잡힌 손을 내려다보았다. 그녀에게 떠나라고 말하면서, 역설적으로 마치 그녀의 손이 이 세상의 마지막 구원줄이라도 되는 것처럼 꼭 잡고 있는 조세핀. 그녀와 같은 유전자를 공유한 인간을, 그녀가 픽이어도 여전히 인간이었으면 좋겠다고 바라게 만든 존재를.

어떤 핑계를 댈까. 제이는 잠시 망설였다. 조세핀의 제안을 거절할 이유는 얼핏 생각해도 많았다.

첫째, 제이가 세상 어디에 숨어도 설사 이 세계를 넘어 다른 세계로 도망가더라도 하여 인더스트리의 회장이 그녀를 놓칠 리가 없다. 즉 도망에 의미가 없다.

둘째, 달리아에게 부탁하면 르퀸가와 제이가 나눈 계약서에 그녀가 르퀸가의 사람에게 해를 끼치지 않겠다는 조약이 들어 있다는 점을 짚어 그녀를 옹호해 줄 것이다. 이 계약서는 약이자 독으로, 제이를 묶어 두는 역할도 하겠지만 반대로 르퀸가가 불합리하게 제이에게 누명을 씌우는 일도 막아 줄 것이다.

그리고 셋째, 조세핀을 지키는 건 제이가 제일 잘할 일이다. 즉, 후계자를 살해해 버린 이상 조세핀에게는 제이가 필요할 테다.

어느 이유를 들면 조세핀이 슬퍼하거나 절망하지 않고 제이의 의견을 받아들일 수 있을까.

잠시 고민하던 제이는 곧 중요한 사실 하나를 깨닫게 되었다.

실제 계약서며 현실이 어떻든, 조세핀은 르퀸가가 제이에게 누명을 씌울 수 있을 거라고 생각했다. 그 말은 인간들이 그 계약서의 강제성에 대해 충분히 이해하지 못하고 있단 뜻이고.

그렇다면.

제이는 손을 뒤집어 조세핀의 손을 마주 잡았다.

"제이, 엘리엇이 네게 아무 의미가 없다면. 베체트 허 르퀸은 어때? 그도 네게 별거 아냐?"

그러니까. 내친 김에 죽여 버려도 상관없을 만큼?

웃기게도, 제이가 자신이 인간이었으면 좋겠다고 바라는 건 조세핀 때문이었으나 그 조세핀을 위해 한 질문이야말로 가장 제이가 인간이 아니라는 것을 여실하게 보여 주고 있었다.

오빠를 죽이고도 태연한 조세핀이었지만, 이 김에 아버지도 죽여 보지 않겠냐는 제안을 듣고서는 과연 좀 놀랄 수밖에 없었다.

제이가 제안한 의견은 정말 가족애라고는 한 톨도 없는. 제작된 존재이기에 낼 수 있는 발상이었다.

한 가문을 크게 좌지우지하는 건 가주. 즉 현 가주인 베체트 허 르퀸이 살아 있다면 의견은 한 점으로 모인다. 게다가 후계자가 없다는 것도 그리 심각한 문제가 되지 않고. 그러니까, 다른 싹수 있는 애를 데려가 새로 키울 수 있을 만큼은 베체트가 버틸 테니 말이다.

하지만 그 가주가 사라진다면? 집단의 머리가 없다면?

그럼 원로원은 분열될 것이다. 위험분자를 없애자는 쪽과 일단 당장 빈 가주 자리를 메꿔야 한다는 쪽으로. 그 중에는 자신의 안위를 걱정해서 제이를 반대하지 못할 쪽도 나올 것이다. 그러니까 들키지 않는 이상, 제이가 얼마든지 자기들을 죽일 수 있다고 생각하면.

그러니 베체트 허 르퀸은 죽어야 했다. 하지만 제이는 계약서에 의거하여 베체트 허 르퀸을 죽일 수 없었고.

즉, 조세핀이 베체트를 죽여야 한다는 뜻이었다.

조세핀은 제이의 제안을 이해했다. 그게 그들이 가장 안전해지는 길이기도 하지만, 또한 지금껏 마음 한구석을 무겁게 짓누르던 미래 또한 해결할 수 있으니까.

엘리엇이 죽은 지금, 베체트도 죽는다면 차기 가주는 조세핀이다. 직계라는 건 그만큼이나 강력하고 또한 제이가 그녀를 뒷받침할 테니까. 그럼 당연히 자기 가문의 후계자인 약혼자와의 약혼은 깨지고, 조세핀은 이 집에서 계속해서 제이와 살 수 있다.

조세핀은 그런 긍정적인 것들을 생각해 보았지만 잘 되지 않았고, 그래서 이제는 부정적인 부분을 생각하기로 했다.

―그러니까, 베체트는 조세핀에게 딱히 나쁜 아버지였던 건 아니다. 베체트는 클론 계약서를 넘겨 준 것 외에도, 조세핀의 부탁을 딱히 거절했던 적이 없으니까.

그 외에도 르퀸가만 한 귀족가에서 딸에게 해 줄 법한 일은 전부 해 줬고, 조세핀의 약혼자도 꽤 까다롭게 골라 주었다. 그러니까, 사윗감을 까다롭게 고른 게 아니라 딸의 남편감을 까다롭게 골라 줬단 뜻이다.

그것 외에도 이래저래, 베체트는 아내를 일찍 잃고 자식 둘을 남자 홀몸으로 키운 것치고는 자식들에게 꽤 잘해 줬다고 할 수 있었다.

하지만 그건 조세핀 개인적으로 봤을 때의 이야기이고.

그는 아들이 나중에 시집가서 가문을 나갈 동생 생일 선물로 그 비싼 클론을 사 주겠다고 한데다 그 클론을 집에 데려오겠다고 하고 있는데도 깊게 캐고 들어가지 않았다. 그런 걸 보면, 아마 그들의 아버지인 베체트 또한 조세핀처럼 엘리엇의 마음을 눈치챘을 가능성이 높다.

그리고 그럼에도 불구하고 베체트는 그 어떤 제스처도 취하지 않았다. 그가 엘리엇에게 압박이라도 줬다면 엘리엇이 저렇게 멍청하게 조세핀이 자기 마음을 알고 있는 것에 놀랐을 리는 없으니.

아니, 그것보다.

그 마음을 접게 할 거라면 베체트는 결코 엘리엇에게 조세핀의 클론을 만드는 것을 허락해서는 안 됐다.

조세핀이 가문을 떠나고 나면 르퀸 가문에 소유권이 종속될, 조세핀과 똑같은 유전자를 지닌, 원래대로라면 교육이 결코 불가능한 지능을 가졌을 제작 인간. 조세핀은 결코 엘리엇이 오늘 자신이 집을 비운 틈을 타 제이에게 키스하려고 한 게 충동적인 결과라고는 생각할 수가 없었다.

그렇게 생각하자 놀라울 정도로 마음이 식었다.

한때는 쓸데없는 고민을 했던 적도 있다. 진짜 가족이면 이런 것쯤은 봐줘야 하는 게 아닌가. 엘리엇은 결국 나에게 아무 짓도 하지 않았는데.

아버지가 눈치를 챘는지 안 챘는지, 그걸 알아서 뭐할까? 어차피 아버지는 내게 잘해 주시는데. 엘리엇이 숨긴 마음을 알고도 묵과한다 한들 그게 나에 대한 학대는 아니지 않나?

그러니 자신이 저들에게 정을 붙이지 못하는 이유는 엘리엇의 마음이, 아버지의 의문스러운 태도 때문이 아니라 내 잘못이 아닌가?

하지만 이제는 아니다. 제이를 사랑하고 아끼는 조세핀은 이제 당당히 말할 수 있었다. 그녀는 사람을 사랑할 줄 알고 가족애라는 것을 아는 인간이다. 그녀에게는 아무런 문제도 없다.

그러니 그녀의 사랑을 받지 못한 건 그들의 잘못이지. 조세핀은 마음을 정하곤 눈을 떴다.

"―올라가자."

……일은 그렇게 된 거였다. 살인자는 양쪽 다 조세핀이었고, 그 시체를 매만지고 사망 시간을 조작하는 등 사후 처리를 맡은 건 제이였다.

그리고 그들은 입을 맞춰 원로원 앞에서 제이가 이 모든 일을 저질렀던 것 같은 암시를 주어 그들을 협박했고, 결국 조세핀은 르퀸가의 가주가 되어 제이와 함께 이 저택에 남았다. 모든 위험물은 사라졌다.

평온이 깨지는 것은 그로부터 4년 후, 에드워드 델 크뤼거가 졸업과 동시에 제이의 부관으로 임명되면서였다.

Chapter 13

오직 너를 위하여 모든 것에 이름이 있고 기쁨이 있단다

"뭐야? 너 누구⋯⋯."

살아 있을 리 없는 사람, 정확히는 살아 있으면 싫은 사람. 8년 전 죽어 버린 엘리엇 쉴 르퀸. 예상치 못한 이의 등장에 제이는 깜짝 놀라 자기도 모르게 엘리엇을 죽여 버리고 말았다.

다른 사람이 했으면 개소리를 참 다양한 방법으로도 한다며 감탄할 일이지만 제이 르퀸에게는 그게 핑계가 아닌 진실이었다. 그 어떤 발동 조건도 없이, 그저 눈앞의 저 존재가 숨을 쉬지 않았으면 좋겠다 바라는 것만으로도 상대를 지울 수 있는 게 픽이니까.

목숨을 앗는 게 그렇게 쉬운 것과 달리 사람을 되살리는 건 불가능하다는 게 큰 흠이긴 하지만.

순간 당황했던 제이는 곧 원하면 얼마든지 시간을 되돌릴 수 있다는 사실을 떠올리곤 안도했고, 그 다음 순간에는 자신이 다른 누구도 아닌 르퀸가의 사람을 죽였다는 사실에 놀랐다.

원로원이 그저 문서상의 제약일 뿐이라 생각한 것과 달리, 회장과 르퀸가가 나눈 계약서의 내용은 제이에게 실제로 유효하다. 이유는 딱히 생각해 본 적 없었지만, 이제 와서 돌이켜보면 아마 달리아가 포밍하며 설정에 계약서 내용을 섞었던 게 아닌가 싶고.

즉, 깜짝 놀라서든 작정하고든 제이는 엘리엇을 죽일 수가 없어야 한다. 엘리엇이 그녀에게 손가락 하나 대지 못하게 투명한 벽을 세우거나 그를 허공에 고정시킬 수는 있더라도.

그런데 어떻게 죽일 수 있었지?

가능성이 몇 가지쯤 있었다. 일단, 로즈가 제이의 세계를 억지로 포밍하느라 제이의 세계가 박살났을 때 그 제약이 깨졌을 수도 있다. 혹은 달리아가 직접 포밍을 풀었을 수도 있고, 그도 아니면 이곳에 원래 그녀의 세계가 아닌지라 제약이 제대로 발동하지 않는 걸 수도 있고.

생각해 보니 아무래도 상관없는 일이긴 했다. 제이는 눈도 감지 못한 엘리엇의 시체를 두고 밖으로 나왔다.

하연 인더스트리가 없던 아밀스턴 섬, 조세핀이 나가고 엘리엇이 살아 있는 르퀸 저택. 아마 이 지구는 단순히 제이가 살던 그 세계에서 하연 인더스트리만 지운 게 아니라 애초부터 하연 인더스트리가 설립되지 않은 지구가 아닐까?

제이도 한유서도 하연 인더스트리 출신의 픽이다. 즉, 하연 인더스트리가 없었다면 원래 없어야 할 사람들. 이 지구의 존재가 아니라, 원래 지구의 존재를 옮겨 왔을 이들.

그렇다면, 조세핀과 에드워드는? 과연 그 지구의 기억을 갖고 있을까?

아니라면 제이에 대한 기억은 어떠한가?

제이는 그게 궁금한 동시에 알고 싶지 않았다.

* * *

조세핀 라 로운이 엘리엇의 부고를 들은 건 오후 4시 반이었다. 딱 오후의 티타임이 시작되기 직전.

조세핀은 엘리엇이 급살을 맞아 뒈졌건 심장마비가 왔건 궁금하지가 않았지만, 그래도 말을 해 주니 들었다. 집에 강도가 들었다나. 조세핀은 무슨 강도가 훔쳐간 건 없이 죽인 사람을 벽에 전시하듯 매달아 놓는지 궁금했지만 그냥 들었다.

혹시 르퀸가에 대한 불온한 움직임이 목격되면 말해 달라는 말에 고개는 끄덕였지만 물론 그럴 마음은 없었다. 뭐, 알아서 하라지.

르퀸가에서 온 전령이 돌아가고 조금 늦게 참가한 티타임에서 남편이 무슨 일인지 물었다. 오빠가 죽었다는 말에 남편은 형식적인 조의를 표했고 그녀는 형식적으로 유족의 슬픔을 표했다. 여기서 괜히 정색하고 전혀 슬프지 않다고 하는 게 더 이상해 보일 것을 아니까.

조세핀은 남편과 함께 며칠 후 열린 장례식에도 참석했다. 엘리엇의 사인은 결국 밝혀지지 않았다고 하여, 장례식은 꽤나 시끄러웠다. 불안과 초조가 범람하는 장례식 안에서 조세핀만은 평온했다.

에힐드에 웬 미친놈이 돌아다니고 있는 건데도 놀라울 정도로 아무렇지가 않았다. 마치 그 미친놈이 조세핀에게 해를 끼칠 리 없는 걸 확신하는 것처럼. 참 이상한 기분이었다, 그녀는 그 미친놈의 정체도 알지 못하는데.

"레이디 로운."

아무리 그래도 오빠 장례식인데 조금은 슬픈 얼굴을 해야 하나 고민하고 있는 조세핀을 부르는 목소리가 있었다. 반사적으로 고개를 돌리자, 장례식 베일 너머도 청초한 미청년이 보였다.

에드워드 델 크뤼거.

보수파인 크뤼거가의 후계자가 진보파인 르퀸가의 장례식에 와 있는 것을 조세핀은 그리 특이하게 보지 않았다. 경사는 몰라도 조사는 널리 나누는 게 맞으니까. 파벌이 달라도 조의를 표하는 것쯤은 그리 특이할 게 없었다.

"에드워드 경."

"곤혹스러우시겠군요."

'삼가 조의를 표합니다'가 아니라? 조세핀은 잠시 당황했지만 뭐, 요새 애들은 규격화된 언어 사용에 거부감이 있으려니 하고 넘겼다. 예사치 않은 사인에 대한 얘기까지 합쳐서 하는 말이겠거니.

"엘리엇도 에드워드 경의 마음씀씀이에……."

"아뇨, 엘리엇 경은 아무래도 상관없고요."

지나치게 대담한 발언에 조세핀의 말문이 막혔다. 장례식에 와서 고인은 아무래도 상관없다니?

놀란 조세핀의 표정을 본 에드워드가 낮게 웃으며 허리를 굽혔다. 조세핀은 키가 큰 편인데도 에드워드의 키가 워낙 크다 보니 귓속말을 하려면 그럴 수밖에 없었다.

"딱히 사이가 좋지도 않은 사람 장례식이라고 끌려와 마음에도 없는 슬픈 표정을 짓고 계시느라 힘드실 당신에게 드린 말씀이었죠."

조세핀의 몸이 딱딱하게 굳었다. 뺨이 굳는 것을 기척으로 느낀 에드워드가 허리를 폈다. 조세핀의 눈에 비친 것은 은은한 미소를 짓고 있는 미남이었다. 장례식이라도 책잡힐 일 없을 만큼 완벽하게 선을 지킨 고인의 여동생이

기도 한 유부녀에게 의미심장한 귓속말을 속살댄 남자라고는 보이지 않을 만큼 우아하고 격식을 차린 미소였다. 당황해서 대답할 말도 찾지 못하고 있는 조세핀에게 에드워드가 인사를 건넸다.

"그럼, 인사를 드렸으니 전 이만 돌아가 보겠습니다."

멀어지는 에드워드의 등을 보며 조세핀은 격렬한 불안을 느꼈다. 에힐드에 정체를 모를 살인마가 돌아다니고 있다는 소식을 들었을 때도 느끼지 못한 불안을.

그녀는 그를 경계하고 멀리해야겠다고 생각했다.

다만 외부 사정으로 인해 그리 오래 가지는 못할 경계였지만.

* * *

제이는 조세핀에 대한 건 다 기억을 하고 있었다. 그러니 조세핀의 전 약혼자도 기억했고, 엘리엇이 죽지 않았다면 그와 결혼했을 테니 지금 그녀가 살고 있을 집도 손쉽게 알 수 있었으리라. 달라질 일 없는 에드워드의 거처는 당연하고.

하지만 그럼에도 불구하고 제이는 군이 둘을 보러 가는 걸 뒤로 미뤘다. 그녀를 모르는 조세핀도 에드워드도 꽤 봐 왔지만 그건 그래도 다른 사람이었으니까.

그녀가 익히 아는 복식을 입고 그녀에게 익숙한 건축 양식의 건물에 앉아, 그녀가 아는 모양새의 물건들로 둘러싸인 그들이 그녀를 몰라본다면.

그건 좀. 너무 힘들 것 같아서.

그래서 제이는 일부러 로즈를 찾았다. 로즈는 하얀 인더스트리 출신이니 확실하게 제이가 아는 로즈겠지. 원래도 불가능한 게 별로 없는 제이지만, 같은 상위급 픽을 찾는 건 그 중에서도 특히 더 쉬운 일에 속했다.

그냥 지상 1km쯤 되는 곳에 대고 세계를 넓혀 가기만 하면 되니까.

접선은 손쉽게 이루어졌다.

"제이 르퀸!"

이런 상황에서도 로즈의 얼굴은 평온했다. 그나마 다른 일행 얼굴에는 불안이니 짜증이니 하는 감정이 섞여 있어서 위안이 되었다. 지금 이게 무슨 상황인지 모르는 게 나 하나만은 아니라 다행이다. 제이는 속으로만 안도했다.

그들은 모이자마자 바로 정보 교환에 들어갔다. 이곳이 모형정원이라는 것, 주요 변수의 죽음으로 시간을 되돌릴 수 있다는 것, 실험의 목적은 한유서조차 모른다는 것, 달리아와 연락할 수단이 없다는 것. 그리고 마지막으로 도연후가 여기 없다는 것.

"……연후는 왜?"

릴리가 석연찮다는 얼굴로 물었다. 제이는 어깨를 으쓱했다.

"글쎄? 그것도 변수인가 보지. 부회장들끼리 기획한 실험인 거 아냐?"

제이로서는 정말 최선을 다한 대답이었건만 반응은 시원찮았다. 동지애는 있어도 인성이 바뀌는 건 아닌 터라, 제이는 욱해서 받아쳤다.

"그 애 소꿉친구가 너지, 나니? 궁금하면 직접 알아보면 되잖아?"

약간의 공방이 오갈 거라는 예상과 달리, 릴리는 선선히 고개를 끄덕였다.

"그러게. 그럼 되지."

"……주연아?"

옆에서 실버가 걱정스레 그녀를 불렀지만, 그녀는 이미 마음을 정한 듯 자리에서 일어났다.

"집에 다녀올래. 이곳의 도연후는 여기 있는 건지, 아니면 연후도 하연 인더스트리가 없으면 존재할 수 없는 사람으로 인식되어 그 자리가 없는지."

살짝 굳은 실버의 얼굴을 본 골드가 처음으로 입을 열었다.

"갈 거면 얘도 데리고 가."

연인을 혼자 보내고 싶지 않은 실버를 도와줄 셈인 듯 했다. 하지만 제이는 그 마음씀씀이보다 골드가 말도 할 수 있다는 사실에 새삼 감탄했다. 그러느라 릴리에게 아주 약간 일었던 반발심은 이미 가라앉은 채였다.

"굳이 뭐 하러?"

"굳이 안 데려갈 것도 없잖아? 지금 얘는 락도 아닌데."

하연 인더스트리가 없으면 락도 없다는 건지 아니면 변수 중에 락이 없는 것도 넣었는지, 이 세계에서 실버는 락이 아니었다. 다만 이상한 건, 릴리는 여전히 픽이라는 거였지만.

골드가 여전히 락인 거야 그가 하연 인더스트리의 생산품이므로 존재 자체가 이곳에 없을 거라 골드 본인을 옮겨서 여전히 락인 거라 생각할 수 있었다. 하지만 그렇게 치자면 릴리 역시 원래부터 이 세계에 있었을 텐데 왜 실버와 달리 픽의 능력은 유지되는 건지 알 수 없었다.

도대체 변수를 어떻게 짠 거지.

다만 여기서 그걸 궁금해 하는 건 이게 남 일인 제이 뿐이었고, 다른 이들에게는 되돌이의 기미가 보이는 대화의 행방이 더 중요했다.

"확인만 하고 오는 건데 굳이 같이 갈 필요가 있어?"

"그럼 반대로, 어차피 확인만 할 건데 굳이 혼자 갈 필요가 있어? 그렇게 사이가 좋으면서 이상—"

둘 다 고집을 굽히지는 않는 성격들인 터라, 로즈는 똑같은 말이 반복되기 전에 재빨리 개입했다.

"어차피 이건 한여름 밤의 꿈 같은 거잖아? 잘못되면 되돌릴 수 있는. 그럼 굳이 최선의 방안을 찾으려고 노력할 필요 없지. 그러니까 다녀와."

로즈가 그렇게 말하는데 누가 감히 반론을 말할까.

일은 그렇게 마무리 되었고, 제이는 릴리가 새로운 정보를 가져올 때까지 딱히 원치 않던 휴식을 갖기로 했다.

휴식 기간이라고는 하나, 제이는 정말 할 게 딱히 없었다. 왜냐하면 조세핀과 에드워드를 보러 가질 못하겠으니까.

그래서 제이는 남는 시간에 세계나 관찰했다. 세계의 진리를 탐구하는 자들이 들으면 억울해서 땅을 칠 사실이었지만 픽에게 있어, 그것도 숱한 다른 세계들을 봐온 제이에게 세계의 구성이란 평범한 인간들이 생각하는 것처럼 매력적이지 않으니 어쩔 수 없는 일이었다.

세계를 관찰한 결과, 제이는 몇 가지 사실을 알게 되었다.

하나, 이 세계는 기본적으로 제이가 살던 세계와 비슷하다.

이를 테면, 로쉔의 국가명은 로쉔이고 조세핀에게는 엘리엇이라는 이름의 오빠가 있고 어머니는 일찍 돌아가셨으며 제이가 알던 약혼자와 결혼을 했다는 사실 등등.

둘, 하지만 이 세계는 원래의 세계와 근본부터 다르다.

가장 큰 하연 인더스트리의 존재가 없고, 그렇기에 클론이니 제작 인간이니 하는 것들이 없다. 전부 다 사라졌다. 당연히 각 산업의 발달 정도도 다르고. 이 세계의 사람들은 유전자니 DNA니 하는 것을 모른다, 세포를 관찰한 적도 없을 것이다.

여기서 모순이 발생한다.

이 세계에서는 클론이 없으니 세계 각지의 권력자들 중 많은 수는 원래 세계에서보다 일찍 죽었을 것이다. 하연 인더스트리에서 골라 낸 우수한 픽들이 없으니 수많은 업적들이 사라졌을 것이다.

르퀸가만 해도 제이의 존재가 사라지며 엘리엇이 르퀸가의 가주가 되고 조세핀이 다른 가문으로 갔으니. 이게 천 년간 누적이 되었다면 분명 이 세계는 원래 세계와 크게 달라야 한다.

그런데, 같다. 르퀸 가문의 위치와 업적과 가족 관계와 그 모든 것이.

어떻게 이럴 수 있을까? 제이는 그 부분을 이해할 수가 없었다. 큰 줄기는 달라졌고, 파고들면 세부 사항들도 달라진 것들이 많은데, 왜 보이는 풍경은 비슷한지. 어떻게 그럴 수 있는지.

해 봤자 사실 답도 없고 실속도 없을 고민을 하며 눈을 감았다 뜨자, 왕골을 엮어 만든 지붕이 보였다.

제이는 잠시 이 상황을 이해할 수 없어 누운 채로 눈만 껌벅껌벅했다. 그러고 있자니, 그 사이에 퍽 익숙해진 목소리가 들려 왔다.

"……그 반응을 보니, 이번 건 당신이 되돌리신 게 아닌가 보네요?"

그 말을 듣고서야 제이는 이 상황을 이해했다. 그러니까, '주요 변수' 중 누군가가 자살을 해서 시간을 되돌렸다는 것이다.

뭐, 한 번쯤은 그러려니 했다. 정보 교류 때 굳이 이번이 최선일 필요 없다는 얘기도 들었었고.

뭔가 일이 꼬여서 그랬으려니 한 제이는 당장 로쉔으로 날아가 엘리엇을 곱게 죽였다. 그러니까, 정말 평범한 강도짓처럼 보이게.

굳이 죽일 필요는 없었지만 죽일 수 있는 걸 뻔히 아는데 살려 둘 필요는 더더욱 없었기에 저지른 짓이었다. 엘리엇을 죽이고, 이번에는 장례식장에 슬쩍 참석해 볼까 고민하고 있던 차에.

눈을 뜨자 왕골을 엮어 만든 지붕이 보였다.

제이는 시선만 돌려 한유서를 보았다. 한유서의 얼굴이 참 복잡 미묘하게 일그러져 있었다. 두 번의 회귀보다 그 표정에 제이는 더한 불안감을 느꼈다.

혹시 외국인인 자신은 모르는, 무언가 아주 큰 문제가 저들에게 있는 게 아닌가. 그런 의심이 들기 시작한 것이다.

그래도 제이는 꽤 많이 참았다.

그도 그럴 것이, 원래 픽이란 존재는 인내니 참을성이니 하는 것과 관련이 없어야 하지만 제이는 주변상황의 특이성 때문에 나름 자신을 깎아서 세계에 순응하는 법을 알고 있는 이였기 때문이었다.

하지만 빠르면 두 시간, 길면 일주일 단위로 열세 번을 회귀하자 그 제이도 폭발할 수밖에 없었다.

"—지금 장난해?! 야, 내가 한두 번은 참았어! 열 번도 참았어! 그런데 열세 번?! 그러고도 다 해결됐다는 말이 없어?! 이게 지금 모래성 놀이인 줄 알아!"

물론, 로즈가 자살을 해서 시간을 돌린 것은 아니다. 제이가 열세 번을 회귀하게 만든 주요 변수는 릴리였으니.

그러니 이 분노는 부당한 것이지만, 중요한 릴리는 코빼기도 비치지 않고 있으니 분노가 굴절되어 이 패거리의 우두머리와 같은 로즈에게 튈 수밖에 없었다.

다만 로즈도 책임감을 느끼는지, 그녀는 반론을 내거는 대신 할 말이 없다는 듯 시선을 떨구었다. 정말 드문 일이었지만 골드도 아니고 제이가 그런 것에 즐거워 할 리 없어, 그녀의 분노는 사그라들 줄을 몰랐다.

"나 이제 그 왕골 지붕 보면 나도 모르게 건물을 부수게 생겼어! 보기만 해도 짜증이 나서! 진짜 이유라도 알자. 이유가 있어? 해결될 때까지 필요한 시간이 얼만데? 몇 번 돌아가면 돼? 그거라도 알면 참을게! 잠이라도 잘게! 어? 좀 말 좀 해 봐!"

입이 열 개라도 할 말이 없었다. 열세 번 회귀가 문제가 아니라, 이후에 몇 번이 더 반복될지 확신할 수 없다는 것 때문에 더더욱 그랬다.

로즈는 이 와중에도 자기 편을 들어 제이에게 대거리를 하려는 골드를 말리고, 지친 목소리로 대답했다.

"……열 번. 열 번 안에 해결할게."

제이는 지끈거리는 이마를 짚었다.

"그 안에 안 되면."

이 말을 하는 게 제이라는 것도 이상하고 듣는 게 로즈라는 건 더 이상한 대화였다. 실패와 불가능을 논하는 세상에서 가장 강한 픽과 두 번째로 강한 픽이라니. 말도 안 되는 상황이었지만 그게 가능한 게 이 세계였다.

"안 되면 열한 번째 회귀부터 시간이 돌아가자마자 자살할 거야. 거의 너 눈 깜박할 때마다 초 단위로 시간이 돌아갈걸? 릴리가 결국 포기할 때까지 백 번이고 천 번이고. 그러다 보면 결국 그 애도 포기하겠지."

옆에서 골드의 눈이 뒤집히는 것과 반대로, 제이의 분노가 차분히 식었다. 비정기적인 회귀는 예상하지 못해 짜증나지만 한 자리에서 눈만 천 번쯤 깜빡이는 건 그래도 할 만할 것 같았다. 진짜 해 보면 또 기분이 달라질지는 모르지만.

"……알았어. 그럼 딱 열 번이야. 열 번까지는, 주기가 어떻게 되든 참을게."

"고마워."

로즈가 희미하게 웃었다. 그 얼굴을 보며 제이는 탈력감과 짜증을 꾹꾹 눌러 참았다.

그래. 상황은 모르지만 같은 픽으로서 스물세 번쯤이야 참아 줄 수도 있지, 어차피 돌아가면 다 없는 일 될 거. 제이는 마음을 비우는 연습을 하기로 했다. 생각해 보니 스물셋이면 득도하기 좀 좋은 나이처럼 보이기도 했다.

* * *

　제이는 달리아의 배려로 눈을 뜨자마자 옆에 한유서가 있었고, 그에게서 바로 이 세계의 본질에 대해 들을 수가 있었다. 로즈네는 약간 시간이 걸리긴 했지만 제이에게 그 말을 전해들을 수 있었고, 무엇보다 로즈와 릴리가 픽인 터라 그 어떤 일이 일어나도 놀라지 않을 수 있었다.

　하지만 에드워드 델 크뤼거에게는 그 어떤 배려도 없었다.

　그는 어느 날 아침 일어나 식사를 하며 데미안에게 르퀸가에 대해 물었다. 아무 변화 없다는 말을 여전히 조세핀이 칩거하며 모든 방문을 거절하고 있다는 뜻으로 받아들인 에드워드는 그의 방문이 르퀸가 원로원의 심기를 거스를 수 있으니 일단은 계속 놔두는 게 좋겠다는 생각을 했다. 제이라면 분명 남들에게 그들의 사이를 과시하는 것보다 조세핀의 의사를 존중해 주는 걸 더 좋아할 테니 말이다.

　그렇게 결정을 내린 그가 식사를 다 마쳤다는 표시로 식기를 내려놓고 우아하게 냅킨으로 입가를 두드리며 자리에서 일어난 바로 다음 순간.

　그는 식탁 앞에 앉아 있었다.

　나이프와 포크를 든 채로 그는 멍하니 굳어졌다. 방금 그가 싹 비웠던 접시는 반쯤 차 있었다. 딱 식사가 절반쯤 진행된 모습으로. 그가 입을 닦았던 냅킨은 방금 세탁한 것처럼 새하얗기 그지없었고. 누가 봐도, 식사 도중의 모습이었다.

　이게 대체 무슨 상황이지? 어떻게든 논리적 추론을 하려고 애쓰는 그에게 데미안이 조심스럽게 물어왔다.

　"저, 그런데 르퀸가에 대해서는 왜 물어보셨습니까? 혹시 무슨 트러블이라도 있으신가요?"

　이게 무슨 소리인가 어이없어 하던 그는 곧 접시 위의 상황이 딱 그가 르퀸가에 대한 오늘의 보고를 다 들었을 때 상황과 일치한다는 사실을 깨달았다. 그러니까, 데미안은 르퀸가에 대해 묻더니 갑자기 뻣뻣하게 얼어붙은 주인을 보고 그게 보고 때문이라고 여겨 감히 주제넘게 질문의 이유를 물어본 것이다.

하지만 트러블이라니, 무슨? 제이가 그렇게 됐는데 매일 르퀸가의 동향을 체크하는 건 당연하지 않나? 그나마 그는 릴리에게 제이가 무사하다는 사실을 전해 듣기나 했지, 데미안은 그 사실도 모르니 오히려 그가 물어보지 않아도 알아서 정보를 캐다 바쳐야 하는 입장 아닌가?

그런 요지의 질문을 하려는 순간.

그의 시야가 돌아갔다. 분명 데미안을 보고 있던 그의 눈앞에는 반쯤 찬 접시가 놓여 있었고, 그의 손에는 나이프와 포크가 쥐어져 있었다.

한층 더 혼란해진 머릿속에 식사를 멈추고 굳어져 있는 그에게 데미안이 조심스레 물었다.

"저, 그런데 르퀸가에 대해서는 왜 물어보셨습니까? 혹시 무슨 트러블이라도 있으신가요?"

그는 침착하게 식기를 내려놓았다.

그나마 에드워드에게 베풀어진 배려는 그가 집 밖에 나가기 전에 이상을 알아차린 것, 그것 하나뿐이었다. 그는 차근차근 주위를 떠본 결과 이 세계가 그가 알던 것과 다르다는 것을 깨달았다.

마차에는 말이 없었다. 도로를 깔고 있던 포석은 검은 모래 같은 것으로 바뀌었고 거리에는 타대륙인이 자주 보였다. 가족 관계며 측근, 친구들은 달라지지 않은 건 그나마 다행이었다. 그가 말을 잘못해도 약간 의아해할 뿐 의심을 사지는 않았으니까.

뭐가 달라졌는지 철저히 분석해서 적응해야 하는가, 아니면 몸을 사려서 들키지만 않게 조심하는 게 나을까. 고민하던 중 그는 충격적인 사실을 하나 전해 듣게 된다.

"르퀸가의 후계자, 엘리엇 쉴 르퀸이 살해당했다고 합니다."

4년 전에 사망했어야 할 사람의 부고였다. 정말 예상치 못한 소식에 묵묵히 있으려니, 데미안이 조심스럽게 물었다.

"뭔가 아시는 겁니까? 그래서 아침에 르퀸가에 대해 신경 쓰셨던 건가요?"

에드워드는 대답하지 않았다. 그럴 필요가 없었으니까. 대신 그는 물었다.

"그럼 르퀸가의 차기 후계자는 누가 되지?"

만약 조세핀이 집에 남아 있다면 데미안은 당연히 그녀의 이름을 입에 올릴 것이다. 적자니까. 제이가 있다면 보통은 그렇겠지만 사생아라는 점이 문제라고 얘기하겠지. 하지만.

"글쎄요? 조사해 볼까요?"

감을 잡지 못한다는 건 적어도 현재 르퀸가에 가주의 자식이 있지는 않다는 뜻이다. 뭐, 엘리엇이 살아 있었으면 조세핀은 평범하게 결혼을 했을 테니 그녀가 현재 르퀸 저택에 머무르지 않는 건 이상하지 않다.

하지만 제이는?

"아니, 괜찮아. 대신 장례식에 참석할 테니 일정을 알아 와."

"……알겠습니다."

주인님이 왜 갑자기 르퀸가에 관심을 보이는지 모르면서도, 이 세계의 데미안 역시 에드워드의 명령에 순종했다.

부른 적도 없는데 나타난 크뤼거가의 후계자는 쫓겨나지는 않아도 이상한 시선을 좀 받았지만, 에드워드는 당당했다. 제이도 없는데 남의 시선을 신경 쓸 필요가 있을 리가.

에드워드는 남들이 그를 흘끔흘끔 보든 말든, 형식적인 추도사를 들으며 조세핀에게 접근할 기회만을 노렸다. 조세핀은 제이를 기억하고 있을까? 이 세계가 이상하다는 것을 알고 있을까?

번득이던 그의 눈에 기회가 포착되었다. 조세핀의 남편이 베체트 허 르퀸에게 인사를 하러 자리를 뜬 순간이었다. 그는 그 순간을 절대 놓치지 않고 긴 다리로 성큼성큼 걸어 조세핀에게 접근했다.

"레이디 로운."

'레이디'도 '로운'도, 지금껏 조세핀을 부르며 써 본 적 없는 호칭이었다. 하지만 조세핀은 너무나도 당연하게, 그게 정말 자신의 이름인 것처럼 반응했다.

베일 너머로 시선이 마주친 순간, 그는 확신했다. 이 조세핀은 그가 아는 조세핀이 아니다. 제이를 그 누구보다도 아끼는, 그조차 모를 유대와 인연을 가진 이가 아니다.

"에드워드 경."

그럼에도 불구하고 그는 볼 일 다 봤으니 가 보겠다며 자리를 뜨지 않았다. 제이를 모르는 조세핀이라 하더라도 제이는 신경을 쓸 것 같았으니까.

"곤혹스러우시겠군요."

교묘한 말이었다. 일반적이진 않고 의도가 의심스럽지만 정색하기엔 애매한. 평범한 조의처럼 들리기도 하는. 잠시 당황한 듯 보이던 조세핀이 조심스레 대답을 골랐다.

"엘리엇도 에드워드 경의 마음씀씀이에……."

하지만 그 교묘함은 본성에 가까운 것이지 딱히 위장에는 관심이 없었기에 에드워드는 조세핀의 대답을 잘랐다.

"아뇨, 엘리엇 경은 아무래도 상관없고요."

숨을 크게 들이쉬는 소리가 들렸다. 남편의 위치를 확인한 뒤 에드워드는 허리를 굽혔다. 그러니까, 말을 마치기 전에 그녀의 남편이 달려와 그의 먹살을 잡을 수 없을 거라 확인한 뒤에.

"딱히 사이가 좋지도 않은 사람 장례식이라고 끌려와 마음에도 없는 슬픈 표정을 짓고 계시느라 힘드실 당신에게 드린 말씀이었죠."

조세핀이 얼어붙든 말든, 할 말을 마친 에드워드는 허리를 펴고 작별을 고했다. 애초에 그가 노린 것은 조세핀이 아니었으니.

"그럼, 인사를 드렸으니 전 이만 돌아가 보겠습니다."

만약 제이가 그들을 지켜보고 있다면 알 수 있을 것이다. 조세핀과 달리 이 에드워드가 제이의 에드워드라는 것을.

그렇다면, 그녀는 그를 만나러 올 수도 있지 않을까.

에드워드는 그걸 노린 거였다.

* * *

하지만 불행히도 제이는 장례식을 지켜보지 않았다. 무서웠기 때문이었다.

결국 기다리고 기다린 끝에 에드워드가 맞이한 것은 열 번이 넘는 회귀였다. 그쯤 되자, 무슨 사정인지는 몰라도 아마 쭉 제이는 자신을 찾아오지 않을 거라는 확신이 들었다. 시간이나 상황이 안 맞아서가 아니라, 제이 본인의 의지로 찾지 않는 거라고.

그런 확신이 들자, 에드워드는 그럼 자기가 직접 제이를 찾아가야겠다는 생각이 들었다. 왜 찾아오지 않는지는 모르겠지만 일단 그 사이에 그가 싫어졌을 것 같지는 않았으니까.

다만, 제이를 찾는 건 생각보다 훨씬 더 힘들었다.

매 회귀마다 엘리엇이 죽는다는 사실과 그 날짜는 항상 동일했기 때문에 그날 르퀸가에 쳐들어가기만 하면 될 거라고 쉽게 생각한 것과 달리, 에드워드는 그 타이밍을 도무지 맞출 수가 없었다.

몇 번의 실패를 겪은 에드워드는 결국 마지막 보루에 기대기로 했다. 현존하는 사람 중에서는 아마 가장 세계의 비밀에 근접하지 않았을까 싶은.

도연후였다.

* * *

소년이 잠에서 깨어났다. 모두가 잠든 세계에서, 들릴 리 없는 기도가 들렸기에. 불릴 리 없는 이름이 불리었기에.

소년은 그게 누구의 기도인지 알았다. 세계를 넘을 만큼 정확하게 그를 부를 수 있을 사람은 이번 생에서는 단 한 명뿐일 테니까.

잠시 망설이던 소년은, 결국 허공에 대고 그림을 그렸다. 말하자면 계시였다.

* * *

열몇 번의 회귀를 겪는 와중에도 제이가 결코 잊지 않는 루틴이 있었다. 바로 엘리엇의 살해였다.

로쉔에 돌아가기도 전에 시간이 돌아가지 않는 이상, 모든 회귀에서 제이는 엘리엇을 죽였다. 이번 회귀에서도 마찬가지였다. 엘리엇은 죽었고, 장례식이 치러졌다.

제이가 그 장례식에 참여하지 않는 것마저도 지금까지와 똑같은 터라, 제이는 엘리엇의 장례식이 진행되는 동안 군부청사의, 원래 세계에서는 제이 본인의 사무실이었던 방에 앉아 있었다.

열아홉 번 중 두 번은 제이가 진행시킨 회귀였으므로 열일곱 번. 로즈가 약속한 때까지는 여섯 번이 남아 있었다.

열 번 말고 다섯 번으로 타협을 해 볼 걸 그랬나. 진지하게 고민하고 있으려니, 지금껏 단 한 번도 일어나지 않았던 일이 일어났다.

사무실 문이 열린 것이다. 결코 일어나서는 안 될 일에 눈을 동그랗게 뜨고 열린 문을 보자니.

"—다시 뵐 때까지 정말 오래 걸렸네요. 그렇죠?"

그곳에서 이 세계의 에드워드 델 크뤼거가 그녀를 보며 웃고 있었다.

* * *

"괜찮으시다면 차를 끓일까요? 티 푸드도 좀 가져왔는데요."

에드워드는 무슨 긴 휴가라도 끝난 것처럼 태연하게 굴었다. 하지만 그들이 만나지 못한 이유가 휴가 때문은 아니고 이 세계는 그들의 세계도 아닌 터라, 태도와 달리 진짜로 평소처럼 굴 수는 없었다.

원래 제이의 사무실과 배치가 달라진 터라 티 포트를 찾지 못해 잠시 허둥거리는 그를 본 제이는 결국 웃음을 터트리고 말았다.

"아하하하하……."

에드워드는 결국 티 포트를 찾는 걸 그만두고 자리에 앉았다. 제이를 웃게 만들었다는 게 그나마 다행이었다.

"나를 기다렸어?"

에드워드는 잠시의 갈등 끝에 솔직하게 대답하는 쪽을 택했다. 보통은 예상하지 못할 장소까지 찾아내 놓고서는 안 기다렸다고 하는 건 너무 속보이는 거짓말 같았으니까.

"……꽤 오래요."

제이는 손을 뻗어 에드워드의 뺨을 어루만졌다.

"미안하게 됐네."

처음 이 세계가 그들이 살던 곳이 아닌 것을 깨달았을 때는 정말 두려웠는데. 희한하게도 자신의 에드워드를 눈앞에 두고 있자 그 감정이 눈 녹듯 사라지는 게 느껴졌다. 그냥, 한 번쯤은 만나러 갈걸 그랬다는 생각만 들었다. 어차피 그녀를 모르는 에드워드를 본 적 없는 것도 아닌데. 그냥, 한 번쯤은 감수해 볼 것을.

"아뇨, 괜찮습니다. 제가 만나러 오지 않았습니까."

흐려진 제이의 표정을 읽은 듯, 에드워드가 제이의 손바닥에 뺨을 부비며 웃었다.

"언제든 이럴 겁니다. 당신이 만나러 오지 못하신다면 제가 만나러 가지요. 그러니, 신경 쓰지 마십시오."

참으로 마음이 놓이는 말이었다. 제이는 누그러진 얼굴로 웃다, 불쑥 궁금해진 것을 물어보았다.

"그러고 보니, 내가 여기 있는 건 어떻게 알았어?"

에드워드는 가벼운 미소를 지은 채 대답했다.

"미스터 도가 알려 주었습니다."

첫 회귀 때도 이렇게 놀라지는 않았다. 제이는 자기도 모르게 몸을 벌떡 일으켰다.

"미스터 도? 미스터 도가 여기에 있어?"

"아뇨, 그건 아닙니다만."

"……그럼 세계를 넘어서 연락을 했다는 거야?"

다른 누구도 아닌 에드워드와 다른 누구도 아닌 도연후가? 양쪽 중 그 누구에게도 세계를 넘는 통신 능력은 없어 보였는데. 에드워드가 부연 설명을 덧붙였다.

"제대로 소통이 되는 건 아니고, 기도에 대한 계시 같은 겁니다. 언제 어디로 가면 당신이 있겠구나, 싶은."

제이는 고개를 갸웃했다.

"네 감이 아니라, 미스터 도가 보낸 메시지라는 건 확실해?"

에드워드는 단언했다.

"네, 확실합니다."

제대로 신을 믿기 시작한 건 4년 전이지만 종교는 태어날 때부터 갖고 있던 에드워드였다. 종교에 대한 지식이라면 해박했고, 그런 그가 볼 때 이건 계시에 걸맞았다. 물론 그렇다고 도연후가 신인 건 아니지만.

물론 종교를 가져 본 적 없는 제이로서는 이해할 수 없는 일이었지만, 그렇기에 그녀는 에드워드의 판단을 믿기로 했다.

"그래. 그럼, 그 계시라는 걸 좀 이용해 볼까."

물론 그건 여섯 번의 회귀가 있은 다음이 될 테지만.

에드워드는 눈앞의 접시를 내려다보았다. 반쯤 빈 접시, 그에 비례하여 적당히 채워진 위장. 지금 당장 일어나도 점심때까지는 버틸 수 있으리란 계산이 서자, 그는 포크와 나이프를 내려놓고 자리에서 일어섰다.

데미안이 보기에는 르퀸가에 대해 얘기하던 주인이 급작스레 식사를 중단한 꼴이 되는 셈이었다.

"주인님?"

"치워, 이거."

그나마 그 말을 해 준 것도 상대가 데미안이기에 베푼 배려였다. 그가 아니면 어차피 잊어버리고 어차피 사라질 인간을 위해 단 일 초라도 시간을 쓸 이유가 없으니.

물론 그 가뭄 같은 배려로는 도무지 이해할 수 없는 상황이었기에 데미안은 드물게도 에드워드의 명령을 따르기 전에 시간을 지체했지만.

에드워드는 이미 자리에서 일어나 식당의 문을 열고 있었다.

"가실까요, 공주님?"

탑 속에 갇힌 공주를 구하러 온 기사처럼, 입맞춤을 선사하는 왕자처럼. 혹은 데이트를 하러 온 연인처럼. 제이가 그곳에 서 있었고, 에드워드는 연인의 손을 잡았다.

"당신이 가시는 곳이라면 어디든지, 기꺼이."

여섯 번의 시간 속에, 그들은 하늘을 날 수도 달에 앉아 노래할 수도 있을 테니.

* * *

로즈는 약속을 지켰다. 약속 후 열한 번째, 그러니까 총 스물여섯 번째 회귀는 5초에 불과했다. 스물일곱 번째는 3초였다. 몸을 일으킬 수도 없을 만큼 짧은 간격에 제이는 아예 눈을 감고 있기로 했다. 눈을 감았다 뜰 때마다 세계가 돌아가는 감각을 견디기가 어려웠으므로.

몇 분, 몇 시간, 혹은 며칠의 시간이 흐르고. 지친 목소리가 들렸다.

"—이제 좀 눈을 뜨시죠."

제이는 그렇게 했다. 육체적인 피로가 아닌, 정신적인 피로에 잔뜩 찌든 한유서가 그녀를 보고 있었다. 참으로 할 말이 많아 보이는 얼굴이었지만 제이는 무시했다.

이런 말도 안 되는 세계를 만들 거라면 이 정도 각오는 했어야지. 불만이 있으면 달리아한테나 가서 징징대든가. 릴리에 대해 아무것도 모르고 골치 아프게 엮이게 된 나도 가만히 있는데, 어디서 감히.

마음을 읽기라도 했는지 아니면 한유서도 비슷한 생각이었는지, 그는 별다른 말없이 이렇게만 물었다.

"이제 어쩌실 겁니까?"

그쯤이야 대답이 어렵지 않았다. 제이는 관대하게 자신의 계획을 밝혔다.

"로쉔으로 돌아가야지."

그래서 엘리엇도 죽이고 에드워드도 데리고 오고. 대답이 영 마음에 들지 않던지, 한유서는 픽답지 않게 온갖 복잡한 감정이 뒤섞인 얼굴을 하고는 한숨을 삼키기에 급급했다. 그 표정이 퍽 마음에 들었기에 제이는 특별히 그 뒤의 계획까지 말해 주기로 했다.

"그리고 돌아가야지, 원래 세계로. 이제 이 세계에서 우리가 얻을 수 있는 건 다 얻은 모양이니."

"……그러실 수 있겠습니까?"

제이는 퍽 재미난 농담을 들은 것처럼 깔깔대고 웃었다.

"그걸 지금 네가 나한테 묻는 거야?"

픽인 네가, 픽인 나한테?

생략된 단어를 알아들은 한유서는 무거운 한숨을 내쉬며 어깨를 으쓱해 보일 뿐이었다. 듣고 보니 정말 맞는 말이라. 그들에게는 불가능이라는 것이 불가능했으니.

제이는 이 와중에도 엘리엇을 죽이는 건 잊지 않았다. 이쯤 되면 거의 세계의 법칙에 넣어도 될 정도였다. 엘리엇을 죽이고 그 몸에 온기가 빠져나가기도 전에 연인을 데리고 하늘을 날아, 제이는 로즈와 릴리를 만나러 갔다.

"오랜만에 보네, 에드워드 경."

반 폐인이 되어 있을 각오를 했는데, 릴리는 생각보다 아주 평온하고 멀쩡해 보였다. 이유도 알려 주지 않고 회귀를 반복하며 대화를 거부했던 사람답지 않은 얼굴이었다. 옆에서 안절부절못하고 있는 실버가 아니었다면 혹시 이 릴리가 다른 릴리가 아닌가 의심했을 수도 있을 만큼.

어쨌거나, 해결이 됐다면 아무래도 좋은 일이라 제이는 군이 캐묻지 않고 문제 해결에나 집중하기로 마음먹었다. 애초에 남에게 별로 관심이 없는 성격이기도 했고.

"그래서. 로즈, 넌 몇 번 돌렸어?"

로즈는 슬쩍 릴리를 보더니 변명조로 말했다. 꽤나 이색적인 모습이었다.

"얼마 안 됐어, 97번쯤?"

역시 어울리지 않는 짓이라 그런가 거짓말이 어설펐다. 97번 정도로 자세한데 쯤은 무슨 쯤인지. 아예 백 번쯤이라고 말을 하든가. 하여튼 어마 무시한 수치에 제이는 혀를 내둘렀다. 그녀 같으면 지겨워서라도 진작에 꼬리를 내렸을 수치였다.

그때까지 버틴 릴리도 대단하고, 기어코 약속한 대로 릴리의 고집을 꺾어놓은 로즈도 대단했다. 쉽게 가자면야 어차피 트러블을 만든 건 릴리이니 릴리의 목을 따는 수도 있었겠지만 로즈라면 그러지도 않았겠지. 그러니 우직하게 97번의 자살을 행했을 것이다, 세상에서 가장 강한 픽은.

절로 감탄이 나올 만한 근성이었지만 정작 릴리는 이미 감탄이고 경악이고 다 해 버린 건지 태연하기 그지없었다.

"아, 내가 횟수를 잘못 셌네. 난 백 번 찍었다고 생각했었는데."

하여간 잘난 픽들은 전부 또라이야. 세상에서 두 번째로 강한 픽은 그런 생각을 했지만, 현명하게도 입 밖에 내지는 않았다.

"어쨌거나, 해결이 됐다니 기뻐."

릴리가 이게 해결이 된 걸로 보이냐는 시선을 보내는 건 무시했다. 자살 안 하고 발광 안 하고 얌전히 앉아서 사람 말을 이해할 수 있는 거면 멀쩡한 거지, 뭐.

"그럼 이제 앞으로의 일을 논의해야지?"

"계획이 있다는 말투네?"

로즈가 퍽 상냥한 목소리로 물어 왔다. 묘하게 제이를 대하는 태도가 바뀐 것 같았지만 제이는 이것도 넘기기로 했다. 스물세 번에 구십칠 번. 합해서 백이십 번을 참아줬으면 상냥해질 만도 하지.

"응."

"무슨 계획인데?"

제이는 오늘 점심은 고기 말고 생선이 좋겠다는 말을 하는 것처럼 평온하게 대꾸했다.

"내가 평행세계를 통해서 원래 세계에 돌아간다. 달리아와 대화를 한다. 끝."

"평행세계?"

처음 들어보는 단어에 로즈가 살짝 고개를 기울였다.

"응. 모형정원과 비슷한 건데, 다른 건 모형정원은 인위적으로 만들어낸 거고 평행세계는 원래 있는 거라는 차이점이 있지."

애초에 제이가 평행세계의 존재를 눈치챈 것부터가 모형정원 때문이었을 정도로, 둘은 이론적으로 비슷한 공간이었다.

처음 모형정원에 대해 들은 제이는 그럼 만들어진 모형정원은 어떻게 되는 걸까 궁금해졌다.

회장은 몰라도, 달리아는 한 번 만든 모형정원을 제대로 폐기하지는 않았다. 만약 달리아 이전에도 모형정원을 만든 사람들이 있다면? 그들이 제대로 폐기하지 않아 모형정원이 그대로 굴러가고 있다면?

이론적으로 픽은 모든 분야에 만능이지만, 결국 능력의 발현과 활용은 개체차가 있기에 각기 자신 있는 분야들이 있기 마련이다. 제이의 경우 가장 자신 있는 건 통로였고, 공간과 공간을 잇는 능력.

그래서 제이는 장난삼아 통로를 만들었다. 이으려는 공간이 확정되지 않은, 존재 여부조차 확신하지 못할 곳이었기에 좌표값은 적당히 넣어서.

그런데, 이게 됐다. 제이는 통로가 연결되는 감각에 놀라며 반대편으로 건너갔고, 그때 처음 평행세계의 존재를 깨달았다. 그건 모형정원 따위가 아니다. 간 순간 알 수 있었다, 모형정원과 평행세계는 정원과 숲만큼이나 달랐으니까.

이를 테면, 모형정원은 다이아몬드를 흉내 낸 지르코니아고 평행세계는 전혀 다른 사파이어 같은 거라고 생각하면 좋았다.

모형정원에서는 복제한 원래 세계의 냄새가 난다. 변수를 바꿔서 일견 다르게 보이는 모양을 만들어도 똑같다.

모형정원은 원래 세계와 혼동이 가능하다. 지르코니아를 다이아몬드로 착각할 수 있는 것처럼. 하지만 평행세계는 아니다. 그것은 결코 다이아몬드로 오인할 수 없는, 말 그대로 또 다른 세계이다.

그렇기에 제이는 그 수많은 평행세계들 속에서 또 다른 제이 르퀸을 찾기 위해 수천 개의 세계를 돌아다녔지만.

"수가 몇 개나 되는지는 나도 모르고, 좌표 값이 고정된 게 아니라 아마 상대적인 거라서 한 번 간 곳에 다시 가는 건 불가능에 가까워. 장난 같은 취미 생활에나 쓰던 일이지."

그리고 결국 실패했고. 그래서 의미가 없다고 생각했던 행동이 이렇게 돌고 돌아 도움이 될 줄은 몰랐었지만. 노력이니 숙성이니 하는 단어와 거리가 먼 픽이기에 제이에게는 이런 기분이 퍽 낯설었다.

"하지만 지금은 도움이 될 수도 있을 거야. 왜, 모형정원과 원래 세계 사이는 그 정원을 만든 사람만이 오갈 수 있잖아?"

그간 제이도 엘리엇만 죽여 대고 있던 게 아니었다. 시험해 본 결과, 원래 세계와 모형정원 사이에는 통로를 만들 수가 없었다.

다른 픽들이 만든 모형정원과 달리 생명체가 있는 달리아의 정원이라 해도 제3자가 통로를 만들 수 없는 건 똑같은 모양이었다. 아니면, 달리아가 막아 놨을 수도 있고.

"하지만 시도해 보니까 여기서 평행세계로는 통로 생성이 가능하더라고."

물론 통로가 만들어진다고 해도 넘어갈 수 있을지, 넘어간 곳이 진짜 제이가 다녀봤던 평행세계일지 혹은 평행세계의 모형정원일지는 알 수 없었다. 통상적으로 생각했을 때, 모형정원과 진짜 세계 사이에는 넘을 수 없는 벽이 있을지도 모르는 일이니까.

하지만 제이는 이게 가능할 거라고 생각했다. 바로 원래 세계로 넘어가는 건 막혀도, 진짜 세계와 모형정원 사이는 분명 오갈 수 있을 거라고. 왜냐하면, 기도가 닿고 계시가 왔으니까.

에드워드의 기도가 어떤 방식으로 가닿았는지, 에드워드의 감이 진짜 도연후가 보낸 계시인지는 알 수 없다. 하지만 에드워드가 확신했기에 제이는 믿기로 했고, 그러니 둘 사이에는 분명히 통로가 존재할 수 있다. 그렇다면 중간지를 거치면 원래 세계로도 돌아갈 수 있을 테고.

가만히 듣고 있던 릴리가 핵심을 찔렀다.

"네 주장은 알겠어. 그래, 경유지라면 어디든 상관없겠지. 정확한 좌표 값 따위는 필요 없을 거야. 하지만 중요한 건 달리아잖아? 경유지에서 다시 달리아가 있는 세계로 넘어가는 건 어떻게 하려고? 그 수많은 세계를 계속 돌아다니는 걸 반복해? 고정된 좌표 값이라면 어딜 지나든 돌아가는 게 간단하겠지만 그것도 아니라며. 그럼 어떻게 돌아갈 건데?"

지금 막 설명을 들은 것치고는 과할 정도로 예리한 질문이었다. 제이는 흘끔 에드워드를 본 뒤 최대한 평정을 가장해서 대꾸했다.

"마커가 있어."

"아."

릴리는, 픽이면서도 드물게 사람의 비언어적 표현을 잘 이해하고 활용하는 이였다. 그녀는 제이의 시선이 돌아간 것과 묘하게 죄책감이 느껴지는 듯한 태도를 종합해 '마커'의 정체를 눈치챘다.

조세핀 라 르퀸. 수만 개의 세계 중 단 한 곳으로 제이가 회귀하게 하는, 제이 르퀸이 자신이 없는 수만 개의 세계 중 단 하나를 '자신의 세계'라 부르게 만드는 존재. 그리고 제이가 그 조세핀과 비등한 애정을 주는 존재가 에드워드 델 크뤼거이고.

릴리가 눈치챈 것을 에드워드라고 눈치 못 챌 리는 없었지만, 에드워드는 오히려 제이가 그 말을 하기 전에 자신의 기분을 신경 썼다는 사실에 큰 감동을 받았다.

상식적으로 제이가 그 평행세계라는 걸 알았던 것도 마커를 만들었던 것도 에드워드를 만나기 이전의 일이었을 테니까. 만약 제이가 에드워드를 조세핀보다 더 좋아한다 해도 마커는 당연히 조세핀일 것이다. 제이는 그걸로 인해 에드워드를 신경 쓸 필요가 없었다.

그럼에도 불구하고, 제이는 에드워드를 신경 썼다. 그런 불합리함과 비논리적인 배려들. 에드워드는 거기서 제이의 애정을 느낀다.

그래서 에드워드는 아무것도 눈치채지 못한 척했다. 생명체로서의 성능은 제이가 더 높을지 모르나 인간으로서의 사회적 기술은 에드워드를 따라갈 수 있을 리가 없어, 제이는 손쉽게 속았다.

"그럼 결정됐네. 우리가 뭐 해 줄 거라도 있어?"

남의 연애에 끼어들어 봤자 좋은 꼴 볼 일 없다는 걸 아는 릴리는 현명하게도 모른 척을 했다. 그 외의 사람들은 눈치를 챌 능력이 없거나 둘에게 관심이 없거나 둘 다거나 했기에 둘만의 염장질은 말 그대로 둘만의 것으로 남을 수 있었다.

자기가 눈치를 본 것도, 에드워드가 알고도 모른 척한 것도, 그걸 릴리에게 고스란히 들킨 줄도 모르는 제이는 손쉽게 원래 페이스로 돌아와 정색했다.

"있어. 절대, 절대, 시간이 돌아갈 짓을 하지 마."

주요 변수가 전부 여기 있을 때는 몇 번이 돌아가도 괜찮았다. 하지만 만약 변수에 변화가 있다면? 그러니까, 제이가 이곳에 더 이상 없다면.

모형정원은 말하자면 원래 세계에 종속되어 있는 하위 세계이다. 평행세계는 원래 세계와 동급의 위치일 테고. 그러니 모형정원에서 일어나는 회귀는 제이에게 영향을 못 미칠 것이다. 아마.

그리고 사실 미친다 해도 상관은 없다, 제이는 제이니까. 아주 강한 픽이니까, 그런 픽은 어떤 상황에서도 죽음을 두려워할 일은 없다.

그러니 제이가 걱정하는 건 이 세계, 정확히는 이 세계에 속한 존재, 범위를 좁히자면 에드워드였다. 달리아의 장치가 어떤 상황을 상정하고 만들어졌는지, 이러한 상황에서 어떻게 발동될지 모르는데, 지금의 에드워드는 락조차 아니라.

이 세계에서는 조세핀조차도 제이의 조세핀이 아니거늘, 에드워드만은 제이의 에드워드라서. 그래서 제이는 이 세계에 있는 수많은 복제품들 사이에서 단 하나 진짜인 에드워드를 염려할 수밖에 없었다.

말하자면, 조세핀을 걸고는 에드워드를 믿지 못했던 것처럼. 자신의 목숨은 얼마든지 내걸 수 있는 제이도 에드워드의 존재를 걸고는 차마 도박을 할 엄두를 내지 못한다는 뜻이었다.

"그래, 알았어."

선뜻 대답한 것은 로즈였다. 로즈와 제이. 강한 것으로는 1, 2위를 다투는 픽 사이에 시선이 오고 갔다. 그렇게나 전능한 존재에게는 먼지처럼 하잘 것 없는, 눈 깜짝할 새에 죽어 버릴 인간에게 애정을 주고 사랑을 받으며 기뻐하는 괴짜들끼리만 공유할 수 있을 감정이 오고 갔고 제이는 에드워드의 안전을 믿기로 했다.

로즈 역시 사람을, 인간을 사랑하고 있으므로 그녀는 자신의 연인을 지키듯 에드워드를 지켜 줄 것이다.

그러니 제이는 로즈를 믿고 아주 먼 여행을 떠나도 좋았다.

이미 이 세계에서 하고 싶은 건 차고 넘칠 정도로 해 보았다. 사실 안 했어도 지긋지긋해서 그냥 안 하고 떠나고 싶은 심정이었고. 그래서 제이는 더 기다릴 것 없이 먼 길을 떠나기로 했다. 배웅은 에드워드 혼자였다.

"그럼, 다녀올게."

아직은 서투른 작별인사를 남기고 떠나려는 제이를 에드워드가 붙잡았다.

"제이."

"응?"

에드워드는 가슴 속이 간질간질해지는 것을 느끼며 조용히 웃었다.

"저는 딱히, 당신에게 유일해지고 싶은 건 아닙니다."

"……응?"

애인이 하면 너무나 오해 사기 쉬운 발언이긴 했다. 하지만 그런 의미로도 틀린 말은 아닌지라, 에드워드는 굳이 변명을 하려 들지는 않았다.

"물론, 당신이 저를 선택해 주시고 사랑해 주시는 것은 좋습니다. 하지만 그 모든 건 결국 제가 당신을 사랑하고 경애하기에 기꺼운 게 아닙니까. 그러니, 저와 달리 당신의 최우선 순위가 제가 아니라 하여 신경 쓰실 건 없습니다. 그래서 당신이 기쁘십니까? 당신이 당신으로 남아 있기 위해 필요한 사람인가요? 당신이 행복해지는데 도움이 됩니까? 그렇다면, 얼마든지 사랑하세요. 저를 잊으셔도 되고 밀어놓으셔도 됩니다."

에드워드가 고개를 숙여 제이의 손등에 입을 맞추었다.

"우리는 당신의 가지 못한 길이 아닙니다. 하나를 선택했다고 하나를 포기해야 하는 게 아니지요. 타르트를 먹었다고 케이크를 못 먹을 리 없지 않습니까? 그렇게, 필요하면 전부 가지고 누리세요. 그로 인해 당신이 행복하다면."

에드워드는 말을 끊고 환하게 웃었다. 반사판과 추가 조명이 없어도 충분히 아름다운 미소였다.

"그게 저의 기쁨이고 행복이니까요."

제이가 자기도 모르게 키스할 만큼.

기습적인 입맞춤에 놀라 눈을 크게 떴던 에드워드는 곧 다시 웃으며 눈을 감았다.

* * *

요사이 에힐드는 퍽 분위기가 좋지 못했다. 연속적인 후계자 습격 사건 때문이었다. 피해자는 에드워드 델 크뤼거와 엘리엇 쉴 르퀸. 크뤼거가의 후계자는 납치를 당했고, 르퀸가의 후계자는 살해당했다.

크뤼거가는 보수파의 기둥이고 르퀸가는 진보파의 중심이다. 동일범의 소행인지 확신할 수 없을 만큼 수법도 타깃도 다른 건이었지만 둘 다 같은 날 벌어진 일이라 별개의 건이라 생각하기도 어려웠다. 그리고 사실 우연히 같은 날 두 후계자가 습격당한 거라면 더 문제기도 하고.

습격도 습격이지만, 무엇보다 둘 다 쟁쟁한 가문의 후계자고 저택 안에서 습격을 당했다는 사실 때문에 분위기는 배로 나빴다. 삼엄한 경비를 뚫고 후계자들만 노릴 수 있다는 건 아마 같은 귀족들일 확률이 높으니까. 그런데 정보가 돌지 않는다, 아무도 습격범의 정체를 모른다.

미지가 더욱 더 사람들의 공포를 불러일으켜, 요새 에힐드는 정말 분위기가 흉흉했다. 하지만 조세핀은 희한할 정도로 아무 생각이 들지 않았다. 심지어 피해자 둘 중 하나는 그녀의 친오빠였는데도 그랬다.

아무래도 난 역시 타고나길 이상하게 타고난 모양이지. 조세핀은 흐린 하늘을 올려다보며 그런 생각을 했다.

한때는 그녀가 정말 이상한 걸까 무서웠던 적도 있었지만 나이를 먹어서 순응이 된 건가, 이제는 그냥 그러려니 하는 마음뿐이었다.

"안녕?"

소리가 들린 건 바로 앞이었다.

놀란 조세핀이 시선을 내리자, 언제 나타났는지 눈앞 울타리에 걸터앉은 소녀가 보였다. 하늘을 올려다보고는 있었다 하나 그녀는 군인이고, 시야는 좁지 않았다. 누가 바로 앞까지 접근한다면 못 볼 리가 없었다.

갑자기 나타난 소녀, 흉흉한 에힐드의 분위기. 조세핀은 상대를 경계해야 옳았다. 하지만.

"……안녕."

조세핀은 자기도 모르게 평범한 인사를 건네고 말았다. 지금껏 별 위기감이 들지 않았던 것처럼, 지금도 영 불안하지가 않아서. 소녀가 웃으며 조세핀이 쓰고 있던 우산을 휙 밀었다.

"이거 안 써도 돼."

그리고 보니, 정말로 비가 그쳐 있었다. 하늘은 여전히 흐리지만. 조세핀은 순순히 우산을 접고 소녀를 다시 보았다.

"나를 만나러 왔니?"

"응."

분명 처음 보는 아이인데. 이상하게도 낯설지가 않았다. 어디에선가 본 것만 같은 느낌. 하지만 봤을 리 없는 아이. 말이 친근하게 나가는 건 아마도 그 기시감 때문이리라.

"너는 누구니?"

소녀가 다시금 웃었다. 마치 지금 이 순간이 즐거워 어쩔 수 없다는 것처럼, 조세핀의 존재만으로도 행복해진다는 것처럼. 아버지도 그녀를 보고 저렇게 웃은 적이 없었는데. 조세핀은 새삼 기분이 이상해졌다.

"난 너의 수호천사야."

그래서. 기분이 이상해서, 이성과 다르게 움직이는 감정 때문에 이 말이 그럴 듯하게 들리는 게 문제였고. 분명 농담일 텐데, 말도 안 되는 건데.

"농담 말고."

그 탓인지 당연히 믿지 않는다는 것처럼, 별 헛소리를 다 들었다는 것처럼 나가야 할 말이 생각보다 미심쩍게 들려서 조세핀은 당황했다. 꼭 저 헛소리를 믿는다는 것처럼 들렸기에.

"조세핀."

소녀는 미소를 지우지 않은 채로 그녀를 불렀다.

"응."

따라 나올 이름이 있을 것 같은데. 알지 못하는 이름이 혀끝에 남아 묘했다. 알지 못하는 소녀, 듣지 못한 이름. 그럼에도 불구하고 마치 영혼이 상대를 알고 있는 것만 같아서.

"나는, 네가 행복해졌으면 하고 바라는 사람이야."

조세핀은 아무런 대답도 하지 못했다. 이미 행복하다고 말해서 안심시켜 주고 싶은데, 왠지 모르게 그 간단한 거짓말이 입 밖에 나오질 않아서. 행복하지는 않다 해도 불행하지도 않으니 그리 큰 거짓말도 아닌데, 다른 이들이 행복하냐 물으면 웃으며 긍정할 수 있었을 텐데.

그런 조세핀의 상태를 눈치챈 것처럼 소녀는 손을 뻗어 그녀의 뺨을 가만가만 쓰다듬었다. 마치 공기를 어루만지듯 섬세한 손놀림이었다.

"……아주 큰 게 아니라도, 날이 맑은 날 햇살이 좋아서 기분 좋다고. 비오는 날 빗소리가 좋다고, 일이 일찍 끝난 날 누리는 짤막한 휴식이, 휴일 날 누리는 늦잠이, 디저트로 나온 럼 체리가 올라간 케이크 한 조각이 좋아서 행복하다고. 그렇게 생각할 수 있는 삶이면 좋겠어."

다행히도 소녀가 바라는 건 소박했다. 그 정도는 할 수 있는 터라,

조세핀은 자신 있게 대답했다.

"응, 그러고 있어."

소녀가 또 웃었다. 아까와는 또 다른 웃음이었다.

"다행이다."

그건 조세핀이 할 말이었다. 소녀가 웃을 수 있어서, 슬퍼하지 않아서 다행이었다. 조세핀으로 인해 슬프지 않은 건 더 다행인 일이었고.

정말, 오늘 처음 만난 아이에게 가족조차도 사랑하지 못한 여자가 가질 만한 감정은 아니었다. 지금껏 체념해 왔던 감정이 되살아나, 조세핀은 새삼스럽게 심장이 뛰었다.

어쩌면, 그녀는 이상한 게 아닐 수도 있다는 생각이 들어서.

"오늘보다 내일 더, 올해보다는 내년에 더. 그렇게 더 행복했으면 좋겠어, 네가."

그리고 그 행복에 내가 일조했다면 더 좋겠고.

역시 오늘 처음 만난 사람에게 할 법한 말이 아닌 속삭임을 들으며 조세핀은 눈을 감았다. 다시 눈을 떴을 때 소녀는 이미 없었고, 조세핀은 촌스럽게 주변을 두리번거리거나 발자국을 찾는 짓 따위는 하지 않았다. 그래 봤자 소용이 없다는 걸 잘 알았으니까.

그러는 대신 조세핀은 소녀가 조세핀의 어머니, 레이첼 로 르퀸을 닮았다는 생각을 문득 떠올렸다. 그 희귀한 보라색 눈동자까지도 말이다.

조세핀은 소녀의 말대로 어제보다 오늘 더, 작년보다 올해에 더 행복해질 수도 있을 것만 같았다. 다른 누구도 아닌 소녀 덕분에.

* * *

제이는 이곳에 머무를 수는 없었다. 당연히 이곳의 조세핀이 행복해지도록, 정말 수호천사가 되어 줄 수는 없었고 제이의 조세핀과 이곳의 조세핀이 함께 있어도 그녀는 제이의 조세핀을 선택할 것이다.

무엇보다, 달리아의 실험이 끝나고도 이 세계가 존속될지. 그러니까 이곳의 조세핀이 천수를 다할 때까지 존재할 수 있을지도 알 수 없고.

그럼에도 불구하고 제이는 이 세상의 모든 조세핀이 행복했으면 하고 바랐다. 그리고 그걸 그녀가 도울 수 있으면 더욱 좋을 것 같았고.

외전 06
군인 에드워드의 일지 —또 다른 너에게—

열이 심했다. 상처가 감염된 모양이지. 아, 여기까지인가 보다. 에드워드는 열이 오른 머리로도 그런 생각을 했다.

"에드워드."

그런 그를 부르는 목소리가 있었다. 가져 본 적 없는 연인의 달콤한 속삭임처럼 다정한 목소리였다. 그는 마지막 남은 힘을 짜내어 눈꺼풀을 밀어 올렸다. 처음 보는 소녀가 낯선 복장을 한 채 침대 옆에 앉아 있었다. 이곳은 민간인이 들어올 수 없는 구역인데. 어떻게 들어왔지?

의아해하는 에드워드의 이마에 소녀가 손을 올렸다. 뇌를 절절 끓이던 열이 순식간에 녹아내렸다. 개운해진 머릿속에 에드워드는 눈을 크게 떴다. 도대체, 어떻게? 약도 주사도 없었는데.

전황은 좋지 못했다. 새로운 마왕의 마력은 고갈될 줄을 모르는지, 아무리 마수를 죽이고 죽여도 새로운 소환수들이 그 자리를 메웠다. 불행히도 인간은 소환할 수 없는 터라 인간 측 군대는 꾸준히 줄고만 있었고.

에드워드의 부대 역시 고립된 채였다. 보급품이 있을 리도 없어 붕대를 간 지도 사흘이 넘었다. 위생병이 죽어 부상병들끼리 서로의 붕대를 감아 주고 물을 먹여 주던 처지였다. 감염되지 않았어도 그리 길진 못했을 거라는 얘기였다.

그런데, 이 한순간 모든 통증과 피로가 사라졌다. 부상의 통증도 감염의 열도 누적된 전투의 피로도 전부. 이대로 춤이라도 출 수 있을 정도였다.

에드워드는 벌떡 몸을 일으켰다. 기분 탓이 아니라 몸은 정말로 멀쩡해져 있었다. 다만, 피와 고름으로 더러워진 시트며 전투의 흔적이 남은 군복은 그대로였고.

"네가 한 거니?"

말도 안 되는 말이지만, 그 수밖에 없었다. 소녀가 담담한 얼굴로 고개를 끄덕였다.

"응, 내가 했어."

……마법일까? 그렇다면, 이 소녀는 마족인가? 그럼 왜 인간을 치료해 준 걸까.

궁금한 건 많고 많았지만.

"고마워."

에드워드는 일단 감사 인사부터 했다. 그는 예의범절을 아는 남자였으므로. 소녀가 낮게 웃었다.

"난 오히려 사과를 하고 싶은데."

"왜?"

"……내가 조금 늦어서."

무엇을? 그 의문을 입 밖에 내기 전에 에드워드는 이미 답을 알았다. 이곳에는 그 혼자만 있지 않았으므로. 에드워드는 주변을 보지 않으려 조심하며 천천히 입을 열었다.

"그래도······. ······고마워."

소녀는 그의 부대원들을 전부 살릴 수 있었을지도 모른다. 지금 그처럼 전부 낫게 해 줄 수 있었을지도 모른다. 그리하여 그와 그의 부대원들은 무사히 살아 돌아갈 수 있었을지 모르지. 하지만 그렇다고 해서 그를 구해 준 사람을 비난하고 싶은 마음은 들지 않았다.

그는 동료들과 동고동락하고 사선을 뚫으며 정을 쌓고 신뢰를 다졌다. 그러니 그에게 소녀 같은 능력이 있었다면 동료들을 구했겠지만 그건 그의 사정이다. 생판 남인 소녀가, 그럴 수 있다는 이유만으로 그의 동료들을 책임져야 할 이유는 없다. 그러니 그의 말은 진심이었다.

애초에 이곳은 전쟁의 한복판. 소녀가 늦지 않아서 그의 부대원들이 전부 쌩쌩하게 살아났다 해도 전쟁이 끝날 때까지 살 수 있으리란 법은 없기도 했고.

하지만 소녀의 표정은 밝아질 줄을 몰랐다.

"어렵네."

"뭐가?"

"너를 행복하게 해 주고 싶었는데 말이야."

소녀는 아주 잘 아는 사람을 대하듯 말을 했다. 맹세코 소녀를 꿈에서라도 본 적 없는 에드워드로서는 퍽 당황스러운 일이었지만, 그는 내색하지 않았다. 소녀가 그를 살려 줘서가 아니라, 그냥 소녀가 우울해하지 않았으면 해서.

"행복은 잘 모르겠지만."

애초에 밖에서 비명 소리와 마법, 총알이 날아다니고 있는 와중에 행복하다 말해 봤자 헛소리처럼 들릴 건 당연한 터라 그는 행복하다는 거짓말은 하지 않았다.

"더 이상 아프지 않은 게 좋다."

대신 그는 소녀가 그에게 준 것에 대해 말했다.

"정말 오래 아팠거든."

진통제는 가장 먼저 떨어졌다. 그 다음으로는 소독약이, 붕대는 천을 찢어 가며 버텨 봤지만 그것도 결국 바닥이 났다. 깨끗한 물이 없다보니 빨아서 재사용하는 것조차 불가능했고.

그 상태로 얼마를 버텼는지 기억조차 나지 않았다. 통증 때문에 시간을 셀 수가 없었으니까. 사실 소녀는 조금 늦은 게 아닐지도 몰랐다. 튼튼하고 건강한 에드워드조차 생사의 갈림길을 헤맬 정도의 시간이었으니까.

"그러니 넌 이미 차고 넘치게 해 준 거야. 네가, 그렇게 나한테 잘못이라도 저지른 것 같은 얼굴을 할 필요는 없지."

소녀의 표정이 오묘해졌다. 놀란 것 같기도 하고, 기쁜 것 같기도 한. 어쩌면, 어이없어 보이기도 한.

"넌 정말……."

소녀는 또 다시 아주 잘 아는 사람에게 말을 걸 듯 말했다. 나와 닮은 누군가를 아는 걸까? 아니면, 무슨 전생에라도 연이 닿아 있는 걸까.

"넌 정말?"

이어지지 않는 말을 캐묻는 그를, 소녀가 다시 밀어서 침대에 눕혔다. 순순히 자리에 누운 그를 보고 소녀가 생긋 웃더니 손으로 그의 눈을 가렸다.

"한숨 자. 푹 자고 일어나면, 모든 게 다 해결되어 있을 테니까."

전혀 졸리지 않았는데도, 그 목소리를 듣고 있자니 급격히 잠이 몰려왔다. 그는 대답조차 하지 못하고 수마에 잠겨들었다.

"……이게 내가 이곳의 네게 줄 수 있는 전부겠구나."

그렇게, 꿈도 없는 잠에 빠져들었다 다음날 일어나 밖으로 나갔을 때. 바깥에는 아무것도 없었다. 산도 숲도 마족도 아군도.

전쟁은 이해할 수 없는 이유로 끝나 있었고, 세계는 알 수 없는 이유로 평화로워졌다.

그리하여 그는 고향으로 돌아가, 단 한 번 만난 소녀에 대해 평생을 궁금해 하며 살게 된다. 평화롭게, 행복하게.

Chapter 14
심지어는 우리 자신을 사랑하게 될 수도 있겠지

문이 열렸다. 노크도 없이 문을 열 사람은 이곳에 더 이상 없었기에, 달리아는 그 순간 방문자의 정체를 눈치챘다.

"제이."

눈이 마주친 건 이름을 부른 다음이었다. 달리아는 모형정원을 만들어 모두를 가둬 놓은 사람답지 않게 태연하게 웃었다.

"생각보다 늦었어."

그런 말을 들으면 아무래도 변명을 하고 싶어지기 마련이지만, 제이는 꾹 참고 물었다.

"실험은, 끝났어?"

"실험? 아……."

달리아는 짜증이 난 건지 씁쓸한 건지 모를 얼굴을 했다.

"실패했어."

거 참 놀라운 소식이었다. 달리아와 실패라니. 조합만으로도 모순처럼 느껴지는데.

"언니가?"

무심코 나온 의문에 달리아가 어깨를 으쓱했다.

"내가 잘난 건 맞지만, 나 생각보다 실패 많이 했는데. 아마 너보다 더 많이 실패해 봤을걸."

달리아의 얼굴에 수심이 어렸다.

"하여간에 인생에 도움 안 되는 사람이 옆에 있어서 말이야."

회장 얘기였다. 그 대단한 달리아보다도 더 대단한 사람, 이 세상의 내로라하는 픽들을 전부 만들어 낸 사람. 그리고 이제는 없는 사람.

"하지만 회장 이제 없다며."

"대신 다른 골칫거리가 생겨서."

달리아는 턱짓으로 바깥을 가리켰다. 여기 남아 있을 사람이 사파이어와 도연후 밖에 생각이 안 나는데, 달리아가 사파이어를 골칫거리라고 부를 리도 없고 새로 생기지도 않았으니 그 골칫거리는 도연후일 터였다.

"이제 그만 돌아오고 싶은 거라면, 저 도련님 좀 설득해 줄래."

또, 도연후. 도대체 저 소년은 정체가 뭔지.

로즈니 릴리니 하는 애들은 제이도 알고 있었고, 그들이 고른 락 연인 또한 얘기를 들은 적이 있었다. 하지만 도연후는 아니다.

제이는 도연후가 릴리 때문에 로쉔에 올 때까지 그의 존재조차 알지 못했다. 그는 락도 픽도 아니고, 인간으로서도 특별하지 않다. 어떤 나라의 수장도, 온 세계가 주목하는 경국지색도 아니다. 말하자면, 그는 세계를 움직일 만한 요소가 아니라는 뜻이다.

그런데 왜 갑자기 이렇게 그가 모든 일에 엮여 있게 된 걸까. 도대체 그 정체는 뭘까. 제이는 얼굴도 이름도 능력도 알고 있는 소년이 새삼 궁금해졌다.

"설득? 모형정원은 언니가 만든 거 아냐?"

"만든 건 내가 만들었고, 종료도 내가 하는 건데, 쟤가 납득을 안 하면 중간에 무슨 오류가 생길 위험이 커. 나는 상관없는데 너, 르퀸 소장이랑 에드워드 경 놓고 그 위험 감수할 수 있니."

물론 없었다. 제이는 말없이 자리에서 일어났다. 뒤에서 짧은 웃음소리가 들렸다.

건물 밖에 있다는 도연후를 찾아, 제이는 밖으로 나왔다. 사위는 놀라울 정도로 조용했다. 사람 목소리는 물론, 새가 지저귀는 소리와 물이 흐르는 소리와 나뭇잎이 흔들리는 소리조차 없는. 마치, 모든 세계가 잠든 것처럼.

그런 고요 속에서 제이는 손쉽게 생명체의 기척을 찾아 걸음을 옮겼다.

소년은 그리 멀리 가지 않았었다. 건물을 돌아, 바람조차 잠든 산책로를 몇 발자국 걷자 제이는 곧 소년의 뒷모습을 볼 수 있었다. 아무 것도 없는 가운데 가만히 웅크리고 앉은. 그리고 그 순간, 제이는 갑자기 흘러넘치는 애정에 당황해 걸음을 멈추었다.

—그녀는 저 소년을 잘 알지 못한다. 단 둘이 대화를 한 적도 없다. 아니, 단 둘이를 떠나 그냥 말을 섞어본 적이 없는 것도 같았다. 취향이 어떤지, 뭘 좋아하는지, 무슨 생각을 하는지 가족 관계가 어떻게 가장 친한 사람이 누구인지 전부 모른다. 그녀가 저 소년에 대해 아는 거라고는 소년이 엮인 일치고 제이에게 좋은 일이 없었다는 것뿐이었다.

즉 싫어하면 싫어했지, 좋아할 일은 없어야 한다는 뜻이다.

그럼에도 불구하고 제이는 지금 이 순간 저 소년이 사랑스러워 어쩔 줄을 몰랐다. 이 세상의 모든 좋은 감정을 압축시켜 그녀에게 들이부은 것처럼, 이 세상의 모든 무해하고 연약한 것들을 아끼는 본능처럼.

"—아, 이런."

넘쳐흘러 주체가 되지 않던 감정은 소년이 뒤를 돌아보는 순간 사라졌다. 제이는 너무나 급격한 감정 변화에 탈진할 지경이었다.

"미안해. 누가 온 줄을 몰랐어."

소년이 눈꼬리를 늘어트리며 사과했다. 그리고 그때. 제이는 이 세상에서 처음으로 알게 된 것이다. 소년의 능력이란 세상에게 사랑받는 것이 아니라는 사실을. 반대로, 소년에 대한 사랑이 강제된 이 세상에게 그 의무와도 같은 애정을 면제해 주는 것이라는 진실을.

넌 대체 누구야? 그 질문은 혀끝에 걸려 나오지 않았다. 분명 소년이 듣고 싶지 않은 것이리라. 제이는 왜 달리아가 도연후를 설득해야 한다고 했는지 절절하게 이해했다. 그래야만 하는 존재이다, 저것은.

"얘기할 거면 이리로 와, 난 귀가 좋은 편은 아니니까."

제이는 순순히 그 말을 따랐다. 옆에 앉고 보자, 소년의 덩치는 일부러 청소년기에서 성장을 멈춘 제이와도 그리 다르지 않았다.

"……이 세계가 조용해진 건 네 뜻이야?"

소년은 눈을 감고 긴 한숨을 내쉬었다.

"아니, 반대야. 원래 이렇게 되어야 하는 거야. 그걸 달리아가 억지를 부리고 있는 거고."

"원래 이렇게라니? 이렇게가 무슨 뜻이야?"

"이렇게……."

소년은 손을 아무것도 없는 허공에 대고 휘저었다.

"……모든 게 끝나는 거."

소년은 설명에 재주가 없든지 설명을 하고 싶지 않든지 둘 중 하나였다. 그리고 아까 질문조차 던질 수 없던 걸 생각해 볼 때 아마 전자인 것 같았고. 제이는 참을성을 갖고 소년의 말을 해석해 보았다.

"모두가 죽는다는 뜻이야?"

"응, 일단은 전부 죽어야지. 전부 죽고, 조용해지고. ……그리고 다시 시작하고."

제이는 심장이 차갑게 식는 것을 느꼈다. 다시 시작? 뭘 다시 시작해? 전부 다 죽는다고? 지금? 조세핀과 에드워드가 있는데? 그들이 죽는다고? 죽어야 하는 거라고? 대체 왜? 누가 원해서?

제이의 표정을 읽었는지, 소년이 천천히 설명을 덧붙였다.

"누구 한 명이 바라서 되는 게 아니야. 아니, 누가 바라서가 아니지. 애초에, 그냥 더 버틸 수가 없어지는 거지. 너희 나름대로는 잘 해 보려고 한 선택인데, 그 선택들이 겹치고 겹쳐서."

그런 심각한 이야기를 하는 사람답지 않게 소년의 표정은 가벼웠다. 기뻐 보이지는 않지만 그냥 뾰로통한 정도로밖에 보이지 않을 정도였다.

"아, 반쯤은 내가 원해서라고 할 수 있겠네. 왜냐하면, 원래대로라면 지금 당장 끝은 아니니까. 너희는 항상 여러 번 실패를 하지. 똑같은 실패를, 똑같이. 그게 반복되다 결국 전부 다 죽는 거고. ……그러니까, 그냥 흘러가면 너희의 끝은 이것보다는 조금 더 느리게 올 거야. 몇 년 정도 걸리는지는 잘 기억나지 않지만."

"……그런데 왜."

지금이 끝이라고 해? 소년은 정말 하지도 않은 말을 찰떡같이 알아듣는 재주가 있었다. 제이조차도 자기가 정말 뒷말을 삼킨 건지, 아니면 자기도 모르게 내뱉은 건지 헷갈릴 만큼.

"말했잖아, 항상 똑같다고. 똑같은 짓을 하고, 그 뒤는 좀 더 나빠지고. 또 똑같은 짓을 하고, 좀 더 나빠지고, 이렇게 반복하다 결국은 끝. ……난 그거에 지쳤거든. 어차피 계속 버티는 것밖에 안 된다면, 그냥 처음에 끝내 버리는 게 편하잖아. 그럼 최소한, 쇠퇴는 없는 거니까. ……좋았던 때, 더 나아지는 때만 있는 거니까."

소년은, 이미 옹송그리고 있던 몸을 더욱 더 작게 웅크렸다. 소리가 혼 잣말처럼 퍼져 나갔다.

"······게다가 이대로 끝난다면 아무도 아프지 않은데. 아무도 힘들지 않은데. 지금껏 봐 온 끝 중에 가장 평화로운 끝이 오는 건데. ······그런데, 달리아가 싫다더라고. 끝내고 싶지 않대. 어차피 끝이라고, 지금껏 너희가 다른 결말을 맞이한 적이 없다고 말해 봐도. 설득이 안 돼."

소년은 눈을 감고 긴 한숨을 내쉬었다. 제 나이보다 한참 어려 보이는 그 얼굴에 깃든 것은 지독한 피로였다. 수십, 수백, 수천 번 똑같은 일을 반복한. 너무 오래 살아 죽을 때조차 넘겨 버린, 할 일을 잃어버린 자만이 느낄 수 있을 피로.

아직 인생을 채 살지 못한 제이로서는 아직 이해하지 못할 좌절. 제이는 자기도 모르게 입을 열었다.

"그럼, 다른 결말을 가져다주면 돼?"

소년이 고개를 돌렸다. 그 얼굴에 어린 것은 쓴웃음이었다.

"다른 결말이 뭔 줄 알고? 내가 영원을 바라면 어쩌려고, 제이 르퀸."

제이는 피식 웃었다. 딱히 자신감이 흘러넘치지는 않았다. 그냥, 모든 게 당연하다는 태도. 전능에 가깝지 않고서는 보일 수 없는 얼굴이었다.

"그 영원마저도 네 기준의 영원일 거 아냐. 결국 네가 자, 여기까지야, 하고 끝을 선언할 때까지 버티면 되는 거 아냐?"

제이는 정말 자신이 있었다. 어쨌거나 소년은 인간이고, 그녀는 픽이었으니까. 영원과 불멸에 더 가까운 존재를 고르라면 제이이다. 그러니 제이는, 소년이 만족하든 포기하든 할 때까지 버틸 자신쯤은 충분했던 것이다. 소년이 기가 막힌 웃음소리를 냈다.

"나한테 그 말을 한 애들이 정말 많았거든."

"그 말?"

"다른 결말을 보여 주겠다는 말."

제이는, 그 순간 도연후가 그녀의 생각보다 아주 오래 살았을지도 모르겠다는 생각을 했다. 그는 분명히 인간이지만, 불멸이니 전능이니 하는 것과는 연이 없는 존재지만, 그래도 억겁의 세월을 보냈을지는 모르겠다는 생각을.

"저번이 주연이었나……. 아니, 수현이었을지도 모르겠다. ……하여간, 정말 돌아가면서 한 번씩은 꼭 그 말을 했는데."

소년은 제이를 보고 빙그레 웃었다. 말하자면 그건, 어린아이를 귀여워하는 노인 같은 태도였다. 아직 채 살지 못한. 그래서 삶의 무서움을 모르는 생명체를 대하는 듯한.

"……근데 그중에 네가 제일 무모하다."

"그래서. 무모하니까 안 믿을 거야?"

"믿는지 안 믿는지는 중요한 게 아냐. 중요한 건, 기회가 있냐 없냐지."

그 말인즉슨. 제이는 소년의 의도를 기민하게 깨달았다. 과연, 소년은 한숨처럼 웃으며 말했다.

"나에게야 수많은 제안 중 하나라지만, 아마도 네가 내게 이 말을 하는 건 처음일 테고. ……그럼 기회를 줘야지. 그래야 공평하겠지."

제이는, 그 말을 듣고서야 자신이 긴장하고 있었다는 사실을 깨달았다. 소년이 혹시라도 '허가'를 내주지 않을까 봐, 제이에게는 성공이 당연해 보이는 계획을 제시해 놓고도 바짝 긴장하고 있었다는 것을.

안도의 한숨을 내쉬는 제이를 보며 소년은 여전히 은은하게 웃을 뿐이었다. 마치 웃지 않으면 이 세계가 끝날 것처럼 절박하게.

* * *

에드워드가 원래 세계로 돌아오자마자 한 것은 침대 옆 협탁을 열어 생일 선물이 제대로 있는지 확인하는 거였다. 그 모형정원에는 제이 르퀸의 자리가 없었고, 당연히 에드워드가 제이를 위해 준비한 선물도 없었으니.

블루 사파이어가 박힌 브로치. 에드워드는 다시 한 번 보석 부분에 키스한 뒤, 브로치를 품속에 소중하게 갈무리하고 집을 나섰다. 몇 번이고 반복되는 세계에서 그랬던 것처럼 제이가 그를 만나러 올 테니.

* * *

도리언은 눈을 떴다. 아주 긴 잠을 자고 일어난 것만 같은 기분이었다. 원래대로라면 안드로이드인 그가 느낄 수 있을 리 없을 기분.

지나치게 오래 자고 일어났을 때 특유의 무력감에 가만히 눈만 깜빡이고 있자니, 그를 부르는 목소리가 있었다.

"일어났어?"

부회장, 도연후의 목소리였다. 그러고 보니, 그에게 물어볼 말이 있었다. 제이를 달리아에게 넘기고 다시 돌아와 그에게 말을 걸려고 했었는데. 도리언은 이마를 짚었다. 머리가 멍하고 기억이 혼탁했다. 있을 수 없는 일이었다.

"……대체 무슨 일이 있었던 겁니까?"

부회장은 잠시 고민했다. 그는 본디 설명에는 재능이 없었으므로. 그냥 사파이어에게 맡길까, 아니면 간단하게 끝낼까. 고민하던 그는 사파이어를 불러오는 것도 귀찮다 싶어 짤막하게 대꾸했다.

"이제 됐어."

"네?"

"그 프로젝트는 종료됐고, 달리아가 널 찾던 이유도 사라졌으니까. 넌 이제 안전하고, 아무 제약도 없어. 도망갈 것도 두려워할 것도 없이 그냥 인간으로 살면 돼. 축하해, 제2의 인생을 살게 된 걸."

충격적인 말을 들어서인지 시간이 지나서인지, 대화를 하다 보니 머리에 낀 안개가 점차 걷히는 기분이었다. 도리언은 자리에 일어나 앉았다.

"아니, 제약은 아직 남아 있을 텐데요."

"응?"

부회장이 고개를 갸우뚱했다. 정말 모르는 것 같은 그 얼굴에 도리언은 도서관을 만든 건 다른 사람이겠구나 하는 생각을 했다. 회장도, 부회장도 아닌 제삼자. 도대체 누구였을까.

"안드로이드의 3원칙이요."

"3원칙……. 내용이 뭐지?"

세 개짜리가 하도 많아서 말이야. 변명이라기엔 허술했지만, 도연후라면 그것으로도 충분했다. 역시 상대는 별다른 타박 없이 순순히 3원칙에 대해 읊었다.

"하나, 안드로이드는 인간에게 해를 입혀서는 안 된다. 또한 위험에 처한 인간을 모른 척해서도 안 된다. 둘, 첫 번째 조항에 위배되지 않는 한 안드로이드는 인간의 명령에 복종한다. 셋, 이전 두 조항에 위배되지 않는 한 안드로이드는 안드로이드 자신을 지켜야 한다."

"아."

부회장은 얼굴을 감싸 쥐었다. 세부 사항은 기억하지 못했지만, 저 법칙 자체는 기억이 났다.

"잠깐만. 근데 그거 너한테는 적용 안 되어 있는 거 아냐? 너, 분명 사관학교 출신이잖아. 대련 같은 거 했을 텐데?"

"아뇨, 적용되어 있습니다. 다만 시한을 두고 면제되어 있었을 뿐이죠. 기간이 다 되기 전에 다시 면제를 적용해서 면제 기한을 늘리지 않으면 순종해야 합니다."

마지막 면제 기한 연장은 졸업식 날 새벽, 달리아가 해 준 거였다.

기한은, 10년. 길다면 긴 시간이지만 남은 시간은 이제 채 2년도 되지 않는다. 그렇다면 인간의 수명을 80년으로 잡아도 50년 가까이 되는 시간을 그 원칙에 묶여 살아야 한다는 뜻이고.

부회장의 고개가 다시 툭 떨어졌다.

"아, 그게…… 원래 실제 적용용이 아닌데……. 아, 달리아한테 아예 시스템에서 빼 달라고 말할게. 할 수 있을 거야, 걔가. ……한 20년 안 왔다고 무슨 문제가 이렇게……."

중간을 빼면 나머지는 혼잣말이었다. 한참을 그렇게 도리언은 도무지 이해할 수 없는 말을 중얼거리며 알 수 없는 상대에게 불평을 늘어놓던 부회장이 갑자기 고개를 번쩍 들었다.

"그럼, 문제는 다 해결된 거지?"

놀랍게도 그랬다. 알게 된 게 전혀 없다는 점에서 더욱 더 놀라운 사실이었다. 지금 도리언은 그래서 인간형 안드로이드의 최종 목적이 뭐였는지, 달리아가 왜 급하게 그를 찾았는지, 실제 적용용이 아니라던 안드로이드의 제3원칙이 왜 그에게 심겨 있었는지 전혀 알 수가 없었으니까.

그럼에도 불구하고 모든 문제는 해결되었다.

이제 그에게는 피해서 도망쳐야 할 것도 억지로 따라야 한다고 프로그래밍 된 규율도 없다. 말하자면, 그는 처음으로 진짜 인간과 똑같은 자유를 누리게 된 것이다. 만들어진 지 10년이 넘은 이제야.

"네."

그의 대답에 부회장은 무척 기쁜 것처럼 환하게 웃었다. 도무지 따라갈 수 없는 감정 변화였다.

"저, 부회장님?"

"응."

"제 말 중 뭐가 마음에 드셨던 건지 궁금한데, 혹시 대답해 주실 수 있으십니까?"

"응? 그거야, 문제가 다 해결됐으면 넌 이제부터 행복해질 수도 있는 거 아냐."

문제가 있다고 사람이 꼭 불행해야 한다는 법은 없다. 또한 문제가 없다고 행복해질 준비가 된 것도 아니고.

하지만 도리언은 굳이 그런 예외에 대해서는 말하지 않았다. 논점에서 벗어나는 이야기기도 했고, 기분 좋아 보이는 부회장의 미소를 깨고 싶지도 않았으니까.

"그렇죠. 하지만, 그건 부회장님과는 상관없는 일 아닙니까."

프로젝트 구상을 부회장이 했다 하나 결국 프로젝트의 발주와 진행에는 참견하지 않았다. 도리언과 만난 것은 지금, 잠들기 전이 처음이었고, 도리언이 불행해지든 행복해지든, 부회장과는 아무런 상관이 없을 텐데. 지구 반대편에 있는 한 아이가 굶어죽고 있다 해도 그게 도리언과는 상관이 없는 것처럼. 부회장은 여전히 미소를 지우지 않은 채 입을 열었다.

"예전에, 아주 예전에. 누가 그런 주장을 한 적이 있었거든. 어느 한두 사람이 죽을 만큼 기쁜 것보다, 평범한 행복이라고 해도 아주 많은 사람들이 행복해질 수 있다면 그게 더 좋은 거라고. 난 멍청해서 철학이니 뭐니 하는 건 이해할 수 없었지만, 그 말만큼은 마음에 들더라고. 내 옆의 누군가를 행복하게 만들어 줄 수 없는 나라도, 너희 중 몇몇이 불행해지지 않게 막아 줄 수 있는 건 되니까. 그게, 누군가를 행복하게 만드는 것만큼이나 가치 있을 수도 있다잖아."

일견 엉뚱하게도 들리는 대답이었다.

"그게 기뻐."

소년은 마치 온 세상의 사람들이 그의 책임인 것처럼 말을 하고 있었다. 하연 인더스트리의 부회장이라 한들, 이 아밀스턴 섬의 생산물 외의 생명체에게는 아무런 책임도 없을 텐데.

그리고 더 놀라운 건, 그게 전혀 허황되거나 헛소리처럼 들리지 않는다는 점이었다. 도리언은 이해하지는 못했지만 납득했다. 그가 행복해질 수 있다는 그 가능성만으로도 부회장이 웃을 수 있다는 것을.

눈앞의 소년은 본디 그러한 존재라는 것을 말이다.

로쉔에 돌아온 것은 총 셋이었다. 몸을 바꿔서 멀쩡해진 제이 르퀸, 도리언 그레이하운드, 그리고 도연후.

잠들었던 것도 모형정원도 기억하지 못하는 조세핀은 멀쩡한 몸으로 돌아온 동생을 감격의 눈물로 끌어안으려다 멈칫했다. 돌아올 때는 혼자일 거라 생각한 것과 달랐기 때문이었다.

조세핀은 일단, 가장 예상과 다른 방문자를 처리하기로 했다.

"……방문의 목적을 여쭈어도 될까요?"

"네 동생을 도와주려고."

도연후는 말갛게 웃었다. 그리고 그에게 더 이상의 말은 필요가 없었다.

그럼 그 다음은 도리언이었다. 조세핀은 일단 위험을 무릅쓰고 제이를 아밀스턴 섬으로 옮겨 준 것에 대한 감사를 표했다.

"정말 고마워. 내가 이런 말을 해도 마음에 닿진 않겠지만……. 보답으로 내가 해 줄 수 있는 게 있다면 뭐든 말해 줘, 해 줄게."

조세핀은 정말 자기가 해 줄 수 있는 모든 걸 다 해 줄 생각이었다. 제이에 대한 고마움도 그렇고, 도리언에 대한 호감도 그렇고. 하지만 돌아온 그의 대답은 예상을 벗어나게 간단했다.

"그럼 여기서 계속 지낼 수 있게 해 줘."

해 준 일에, 감당한 위험에 비해 너무나도 소박한 요구였기에 조세핀은 알아서 그 말을 재해석했다.

"아, 에힐드에? 응, 알았어. 당장 괜찮은……. 아니, 좋은 저택을 수배해 줄게. 일할 사람도. 뭘 하면서 지내고 싶어? 뭐든 커넥션도 만들어 줄 테니까—"

"아니, 아니."

도리언은 쓴웃음을 지으며 책상을 톡톡 두드렸다.

"나는 여기를 말하는 거야. 르퀸 저택에서 지내고 싶다고."

조세핀은 눈을 깜박였다.

"……왜?"

도리언은 헛기침을 하고 슬쩍 시선을 피했다. 감정도 깊은 속마음도, 전부 말했지만 이 말까지 하려니 조금 쑥스러웠기에.

"……그래야 널 꼬시기가 편하잖아."

어디 가서 머리가 나쁘다는 말은 들은 적이 없는데, 도무지 이해가 안 되는 흐름이었다. 조세핀은 앵무새처럼 도리언의 말을 반복했다.

"꼬셔?"

"너 좋아한다고 내가 말 안 했었나?"

"좋아해?"

도리언은 견디지 못하고 얼굴을 손으로 감쌌다.

"……조세핀, 내가 부끄러운 걸 모른다고 생각하지는 말아 줘. 나, 지금 진짜 민망하거든……."

뒤늦게 조세핀은 도리언이 쏟아 낸 말들을 이해하고 얼굴을 붉혔다.

"아니, 들었지만. 그렇지만 그건 내가 너보고 죽어 달라고 하기 전의 얘기잖아."

"그 말을 원했다고 했잖아."

"그렇다고 해도 내게 제이가 우선인 건 변하지 않는 건데. 이건 좀 그렇잖아? 동생, 아니, 동생도 아니지. 하여간 자기가 가장 소중한 사람은 좀 그렇지 않아?"

"알면서도 나는 네가 좋다고 말했어."

"그건 그때 얘기고. 그러니까, 지금 너는."

자기도 모르게 조세핀의 입이 움직였다.

"……꼭 내가 아니어도 되는 거잖아."

드디어 도리언의 시선이 다시 조세핀에게 향했다.

"혹시, 부회장이……."

조세핀은 순순히 정보원을 불렀다.

"응, 말했어. 왜 갑자기 네 얘기를 하는지 이해하지 못했는데, 이제는 알겠네. 지금 이 상황을 예상했나 보지. 들었어, 네가 왜 너만 할 수 있는 일을 원했는지. 남을 위해 죽고 싶었는지. 하지만, 이젠 아닌 거잖아. 그렇지?"

자기만 아는 여자보다, 분신 같은 동생을 위해 죽어 달라고 하는 매정한 인간보다, 가족조차 사랑할 수 없었던 사람보다 훨씬 더 멀쩡하고 좋은 사람을 도리언은 찾을 수 있으리라. 제약을 걸고 생각하면 그는 잘생기고, 젊고, 유능하고, 헌신적이기까지 한 남자니까. 그러니 굳이 조세핀이어야 할 이유가 없는 것이다.

도리언은 얼굴을 가렸던 손을 내리고 고개를 가까이 했다. 숨결이 닿을 정도로 가까이 얼굴을 붙이자, 보이는 건 눈뿐이었다.

녹색과 보라색, 둘 다 자연에서는 희귀하기 짝이 없는 색깔들. 만들어진 색과 자연에서 나온 색이 서로를 응시했다.

"그렇게 치자면 넌 처음부터 그랬잖아."

"나는……."

"넌 네가 너밖에 모른다느니 이기적이라느니 하지만 말이지. 어차피 사람들은 대부분 자기가 제일 소중하기 마련이고, 그런 부탁을 하게 된 건 아주 특수한 경우였을 뿐이잖아. 그럼, 그걸 배제하고 나면 남는 건 네가 명문가의 아가씨라는 사실이지. 너와 내가 처음 말을 섞었을 때 너한테는 번듯한 약혼 자까지 있었고, 다시 만났을 때는 이 대단한 르퀸가의 가주였고."

도리언은 설탕처럼 달콤하게 웃었다.

"너야말로, 가문도 부모도 없는 나 말고 다른 사람이어도 상관없잖아. 조건을 너무 까다롭게 따지지 않고, 너보다 좀 많이 어려도 괜찮다면 데릴사위로 데려올 사람은 발에 채일 정도로 많을 거고. 그런데도 넌 내가 좋았던 거지. 이기적이고, 제이 르퀸이 세상에서 가장 소중하고, 그 애를 위해서는 사랑 따위는 아무렇지도 않게 희생시킬 수 있는 네가. 말하자면, 그리 중요하지 않아서 아무에게나 주어도 괜찮고 아무에게도 주지 않아도 괜찮을 감정을, 넌 굳이 나한테 준 거지."

생각지도 못한 시각의 접근이었다. 조세핀이 멍해져 대답도 하지 못하는 사이에도 도리언의 말은 계속되었다.

"잘난 척 말하고는 있지만, 사실 내 사랑이라는 것도 그리 정상적인 건 못 되니까 말이야. 이렇게 말해 놓고 위기가 닥치면 내가 먼저 변심해 버릴 수도 있지. 우리는 동화 속 공주님과 기사님도 아니고."

이미 충분히 가깝던 거리가 한층 더 가까워졌다. 이마가 닿고, 호흡이 입술을 간질인다. 마치, 지금 당장이라도 키스할 것처럼.

"그러니까, 그런 위기 없어. 산들바람조차 불지 않게 온실 안의 화초처럼 사랑을 하자. 우리가 우리의 얄팍한 사랑을 시험할 일 따위는 없게. 마치 우리의 사랑이 영원불멸한 것처럼, 매일매일 좋은 나날들 앞에 서로를 보고 웃고 입 맞추자. 꿀과 같은 사랑의 언어와 꽃과 같은 애정, 보석 같은 사랑을 나누자."

네게는 평생이고 내게는 영원이 될 시간 동안.

마지막 말이 들린 것은 입술 안이었다. 조세핀은 눈을 감았다.

둘이 얄팍한 애정을 굳건한 설탕 코팅으로 덧바르는 와중에 밖의 정원에는 단 한 사람이 있었다.

도연후는 눈을 감은 채 고개를 들었다. 태양빛이 고스란히 얼굴에 쏟아졌다. 영원히 자라지 않을 아이가, 끝없이 행복할 소년이 웃었다.

"거기서 뭐 해?"

에드워드의 방문 소식을 듣고 맞이하러 나가던 제이가 그를 발견하고 다가왔다. 흘깃, 조세핀과 도리언이 있을 서재를 올려다 본 그녀가 고개를 까딱했다.

"엿듣는 건 아니지?"

소년은 눈을 뜨고 고개를 틀어 제이를 보았다. 여전히 웃고 있는 채였다.

"에이, 안 그래. 너희는 그런 거 싫어하잖아."

"그런 거 신경 써? 상관없잖아, 너는. 무슨 짓을 해도 사람들은 널 좋아할 테니까."

"그건 그렇지."

소년은 순순히 인정했다. 심지어 방금 저 말조차 비난의 여지는 전혀 없었을 정도니까.

"막내아들을 바치라고 해도, 매일 갓난아기의 심장을 식사로 달라고 해도 사람들은 나를 사랑하겠지. 하지만, 역으로 그러니까 난 그런 짓을 하진 않아. 그런 대접을 받는다고 내가 행복해지는 것도 아니고."

제이가 고개를 갸웃했다.

"그럼 갑자기 왜 웃은 거야?"

왜냐고? 소년은 웃으려다, 자신이 이미 웃고 있다는 것을 깨달았다. 그만큼 희한한 질문이었다. 아마 누군가는 물었겠지만, 익숙해질 만큼 자주 듣지는 않은 질문. 내일 해가 어느 방향에서 뜨겠냐는 것처럼 당연한 질문.

"그야, 너희가 행복해질 테니까."

정작 가장 행복해졌으면 하는 사람은 행복하게 만들어 줄 수 없었지만.

그래도 제이 르퀸과 도리언 그레이하운드는 도연후의 선택으로 행복해질 수 있을 터였다. 그로 인해 조세핀 라 르퀸과 에드워드 델 크뤼거 역시 행복해질 수 있을 테고. 그를 사랑하는 인간들 중 넷씩이나 행복해진다니, 그가 웃을 이유로는 차고 넘치지 않는가.

소년은 다시금 웃었다.

제이가 돌아왔다는 소식을 듣자마자 만사를 제치고 르퀸 저택에 달려온 에드워드가 본 것은 도연후와 제이가 오순도순 앉아서 대화를 나누고 있는 장면이었다.

"넌 정말 이상하네. 우리가 행복해지는 게 왜 네가 기뻐할 이유가 되는지 모르겠어."

"자, 반대로 생각을 해 보라고. 내가 행복해. 그럼 넌 기쁘지 않겠어?"

"물론 그렇겠지만, 그건 너라서 그런 거지."

"그러니까, 내 행복을 기뻐해 주는 사람들이면 나도 반대로 그 사람들이 행복할 때 기쁘지 않겠어?"

"작용 반작용도 아니고 그게 그렇게 대응이 되는 거야? 그럼 넌 미친 살인마가 살인을 해서 기뻐지면 어때? 기뻐, 아니면 피해자가 죽었으니까 슬퍼? 저게 너무 극단적이면 도박판은 어때. 누군가는 돈을 따고 누군가는 돈을 잃었다면, 그럼 넌 기쁜 거야 슬픈 거야?"

"아니, 지금 이게 그렇게 누가 피해자가 나오는 상황이야? 너 누가 죽어야 행복해져? 너도 도리언도 그런 애들이 아니라서 기쁘다는 건데 왜 꼭 문제를―"

아니, 내용을 들어 보니 그리 오순도순 한 것 같지도 않고.

"……도대체 지금 무슨 대화를 하고 계신 겁니까?"

견디다 못한 에드워드가 끼어들자, 둘이 확 고개를 돌려 그를 보았다.

"에드워드!"

"에드워드 경!"

둘 다 겉으로 보이는 연령대가 낮다 보니 퍽 귀여운 모습이었다. 심지어 한 명은 그가 목숨보다 경애하고 사랑하는 연인이자 신이고 다른 한 명은 인류 전체에게 애정 할당제가 시행되고 있는 존재다. 에드워드는 당장 마음이 누그러지는 것을 느끼며 표정을 풀었다.

"쟤가 지금 왜 사람들이 행복해지면 내가 기쁜지 이해를 못 하겠다잖아."

"아니, 좋아하는 사람이 행복해지면 기쁜 건 나도 알아. 에드워드 너나 조세핀이 행복해지면 나도 당연히 기쁠 테고. 그런데 쟤는 그게 아니잖아."

좋아하는 사람. 그저 행복하기만 해도 기쁨을 불러일으키는 존재. 제이에게 그런 말을 듣게 된 에드워드는 제대로 된 대답을 할 수 있는 상태가 아니었다.

그가 감격을 곱씹고 있는 사이 둘의 쓸데없는 논쟁은 계속되고 있었다.

"글쎄, 나한테는 너희 전부가 그런 거래도? 애초에 날 좋아해 주는 사람이 좋아지는 건 당연한 거니까―"

드디어 감격을 추스른 에드워드가 대화에 끼어들었다.

"딱히 그러지도 않은데? 상대가 날 좋아하는 것과 내가 상대를 좋아하는 건 별개의 문제잖아. 물론 날 좋아하면 나한테 잘해 줄 테고, 그럼 그로 인해 호감을 쌓을 수 있을 계기가 마련될 수도 있겠지. 하지만 그건 말 그대로 계기일 뿐이지 절대가 아닌데."

도연후가 침통하게 대꾸했다.

"아, 넌 거기서부터 막히는 거구나."

"……그런가?"

에드워드만큼 일방적인 애정을 많이 받아 보지 못한 제이가 고개를 갸웃했다.

실력 때문에 동경하는 걸 빼면, 그녀를 인간적으로 좋아해 주는 사람은 많지 않았다. 조세핀, 에드워드. 달리아와 사파이어를 여기에 넣어도 될지는 좀 애매하고. 로즈나 다른 이들과는 필요에 의해 손을 잡았을 뿐이고. 준은, 좋아해 줬던 것 같았지만 관계를 정리했고.

"되게 새삼스러운데."

생각해 보면, 그녀는 그녀를 좋아해 주는 사람들을 좋아했을 뿐이었다. 조세핀도 에드워드도 달리아나 사파이어도, 준조차도 먼저 손을 뻗어 주었으니까. 하지만 그러지 않을 수도 있는 거였다니. 애정에 꼭 애정으로 보답해야 할 필요가 없는 거라니.

"그럼, 에드워드 넌 내가 널 좋아하지 않을 수도 있다고 생각하면서 내게 온 거네."

에드워드의 표정이 오묘해졌다. 정말, 다른 사람이 물었다면 대체 무슨 멍청한 소리냐고 되물을 만한 질문이었다.

"아뇨, 정확히는."

에드워드는 손을 뻗어 제이의 손을 잡아 올렸다.

"당신이 저를 사랑해 줄 거라고는 생각하지 못하고 사랑했는데요."

에드워드는 물론 잘생기고 키가 크다. 명문가의 후계자에 돈도 많고, 세련되었다. 사랑받을 이유는 차고 넘치지만 그건 확률을 올려줄 뿐 확신을 가져다주지는 못한다.

제이는 키 차이가 너무 많이 나는 남자는 별로였을 수도 있다. 정석적인 미남보다는 좀 더 개성적인 미남이 취향일 수도 있고 근육질보다는 좀 더 마른 예술가 타입이 좋을 수도 있다.

그리고 무엇보다 크뤼거가는 르퀸가와 파벌이 달랐고.

설령 제이가 키가 큰 남자를, 동화 속 왕자님같이 정석적인 미남을, 어깨가 넓고 근육이 잘 짜인 남자를 좋아한다고 해도 가문의 벽 앞에 제이는 그를 거절할 수도 있었다.

그의 애정을 부담스러워 하고 곤란하다 생각할 수도 있었다. 받아준다면 그건 그저 크뤼거가의 후계자인 그를 이용하기 위함일 수도 있었고. 그 수많은 가짓수 중, 제이가 진심으로 그를 좋아해 주는 경우의 수는 너무나 적었다.

그러니 그는 정말 보답을 바라지 않는, 신앙 같은 애정을 바친 것이다. 신의 목소리를 듣지 못해도 매일 기도하는 수많은 신도들처럼. 평생 신을 영접하지 못해도 그 존재를 확신하는 이들처럼.

"……그러지 않아 다행이네."

제 손등에 키스하는 에드워드를 보고 제이는 한숨처럼 중얼거렸다.

보답 받지 않을 각오가 쓸모없게 돼서, 사랑받지 못할 것 같다고 처음부터 포기하지 않아서. 그러지 않아서 우리가 이렇게 사랑하게 됐으니. 그러니 정말 다행이지 않아.

"그러게요."

신앙을 가지지 않을 수 있었을 리 없으면서. 여전히 제이가 그를 사랑하지 않아도 사랑을 거두지 않을 거면서 에드워드는 태연하게 거짓말을 해냈다. 그리고 도연후는 바로 옆에서 이 모든 염장을 다 지켜보고 있었다.

즉, 그는 둘의 연애에 희생되고 만 것이다.

"그래서. 뭘 어떻게 도와줄 건데?"

"그건 너희가 준비해야지."

"그럼 그대가 여기 있는 이유가 뭐야?"

에드워드가 정색을 하자, 도연후는 유들유들한 미소로 받아쳤다.

"나는 만능 열쇠 같은 거야. 모든 문을 열 수 있는. 근데 그러려면 문이 있어야 하잖아? 문을 만드는 건 열쇠의 역할이 아니고, 간단하게 말하자면, 너희에게 문을 준비하라는 거지. 지금 너희한테 있는 문제가 뭐야? 그걸 해결하려면 누굴 설득해야 하지? 말해. 난 누구라도 설득할 수 있고, 누구라도 납득시킬 수 있는 사람이야. 내가 저 밖에 나가, 태양은 사실 거대 이형 생물이고 그것 때문에 사람은 노화해서 죽는다고 하면 사람들은 그걸 믿고 태양을 쏘아 떨어트리려고 할 정도지. 너희에게 지금 있는 건 그 정도의 신뢰인 거야."

도연후는 어깨를 한번 으쓱하고는 말을 이어 나갔다.

"뭐, 나보고 알아서 하라고 하면 난 그냥 보이는 모든 사람들에게 제이르퀸을 배척하지 말라고 할게. 그럼 사람들은 자기 행실을 반성하며 상냥해질 테니까. 근데 보통 너희는 그런 걸 별로 안 좋아하더라고. 나라는 존재로 인해 완성되는 계획을. 그러니까 맡기겠다는 거지. 너희 나름대로 그럴 듯한 시나리오를 짜라는 거야."

도연후는 양손을 펼쳐 보였다. 자신의 무해를 증명하려는 것처럼. 그의 해로움은 그런 것으로 결백을 입증할 수 있는 부류가 아니거늘.

"난 완성된 대본대로 대사를 읊고 연기를 할게. 사람들은 그걸 진짜로 믿을 거야."

그러니까, 너희가 원하는 무대를 꾸며 봐.

실존하는 데우스 엑스 마키나가 극의 성공을 보장했다. 어떤 의미로는 신보다도 믿음직한 확증이었다.

계획을 짠 것은 조세핀과 에드워드였다. 도연후는 자기가 사람 홀리는 재주만 넘치지, 머리는 좋지 않다고 말했고 머리도 좋은 제이는 머리만 좋지, 사람 속이는 데는 재주가 없었으니까.

"제이의 가장 큰 문제라면."

"사생아 꼬리표겠지요."

"그렇죠, 사실 다른 문제들은 그로 인해 파생된 오해들에 가까우니까요."

여기에 스웬이나 쥰, 적어도 엘리제만 있었어도 제이의 문제는 그것만이 아니라고 짚어 줬을 것이다. 물론 가장 큰 문제는 태생이겠지만, 그걸 뺀다고 제이 르퀸이 세상만사에 사랑받을 이가 되지는 않으니까.

일단은 사회성이 문제고 그 다음은 성격이 문제다. 사람들이 제이 르퀸을 욕할 때, 명분은 대부분이 사생아와 그로부터 파생된 의혹 건이 되겠으나 감정적인 이유는 딱히 그것만은 아니라는 얘기다.

하지만 이곳에 있는 것은 제이 본인과 제이가 사람을 고문하고 죽이고 시체를 잘라다 남에게 먹여도 마냥 귀엽고 사랑스럽게만 볼 수 있는 조세핀과 무엇을 하든 경탄하고 발밑에 엎드려 발등에 입 맞출 준비가 되어 있는 에드워드, 그리고 조세핀에게 감히 이의를 제기할 수 있을 리 없는 도리언 뿐이었다.

"쓸 수 있는 건 귀여운 남자애 하나."

"참, 걔는 락이 아니니까 외모는 내가 바꿀 수 있어. 즉, 머리색이니 눈색이니 인종 같은 건 신경 쓸 필요 없다는 거지."

그렇다면 가장 쉬운 건 혈연을 가장하는 것이지. 조세핀과 에드워드는 각본의 핵심 주제를 정했다. 피가 절반씩 이어진 자매와 남매의 이야기가 좋을 듯했다.

그럼 이렇게 다른 이들이 모여 각본을 쓸 동안 도연후는 뭘 하고 있었기에 저 자리에 없었냐.

"원로원이 전부 모였습니다."

"응, 고마워."

그는 르퀸 저택에 남아 있었다. 자리를 비우기 전에 원로원을 소집해 달라는 부탁을 하고.

그 결과, 이 저택의 주인도 지배자도 없는 곳에 얼굴 한번 본 적 없는 르퀸가의 원로원과 도연후만이 있게 되었다. 그러니까, 고용인들을 머릿수에 넣지 않는다면 말이다.

"안녕?"

당연히 조세핀이 나타날 거라 예상하고 있던 원로원은 난생 처음 보는 무해한 얼굴의 소년을 보고 당황할 수밖에 없었다.

"누구십니까……?"

"조세핀 라 르퀸은?"

"아, 손님이 와 있다고 하던데 그 분이신가."

"이름이?"

서서히 소란이 가중되기 시작되는 무렵, 도연후는 입을 열었다.

"얘들아."

그 순간 모든 소리가 멎었다. 최대한으로 억제를 한 상태에서 보이는 태도가 이랬다. 그의 말 한마디 한마디에 기민하게 반응하고, 복종에 가깝게 따르는. 삽시간에 조용해진 방을 보고, 도연후는 생긋 웃고 억눌러 왔던 애정을 풀었다.

"착하게 굴어야지."

이걸로 이제 그들은 도연후를 사랑할 수밖에 없을 것이다. 세상 그 무엇보다, 자식보다 부모보다, 그들 자신의 목숨보다도.

"안 그럼 내가 너무 슬프잖니."

원로원은 제 나이의 1/3 토막밖에 되지 않아 보이는 소년에게 정중히 고개를 숙였다. 우화 속 깨달음을 얻은 인물들처럼, 공손하고 예의바르게.

"예, 알겠습니다."

"회장이랑 나눈 계약서는 알아서들 폐기하고."

"네, 그러지요."

이렇게 손쉬운 일이다. 누군가는 평생이 걸려도 극복하지 못할 문제가, 그에게는 고작 말 한두 마디로 해결되는 문제였다.

그게, 그는 기쁘고도 슬펐다.

"즉, 조세핀과 내가 이복 자매, 너랑 내가 이부 남매인 거야. 나이 순서는 조세핀, 나, 너, 이렇게."

"그럼 나랑 르퀸 소장 사이에는 피가 아예 안 섞인 거네?"

"그렇죠. 똑똑하십니다."

마치 어린 아이를 가르치는 것 같은 모양새였다. 본질적으로는 비슷한 일일지도 모르지만, 그래도 일단 신체 연령이 스물이 넘은 남자를 저렇게 대하는 건 어떨까 싶긴 했다. 심지어 대청소를 끝냈다는 도리언 그레이하운드까지 합류해서.

"너랑 내 나이 차이는……. 그래, 여덟 살 정도로 하자."

"여기 나이로 열다섯이네."

"제이와 제 나이차가 네 살이니까, 베체트와 제이 어머니가 만난 건 내가 두 살 때 정도로."

"이왕 하는 거, 흠 잡을 곳 하나 없이 결혼식 먼저 올리고 제이를 임신하신 것으로. 신분 차이와 아이들이 아직 어린 걸 고려해서 공표하지는 않았고."

"그렇게 5년쯤 비밀스러운 결혼 생활을 유지하다 그 생활에 염증을 느낀 어머니가 이혼을 제안."

"그대의 아버지와 재혼해서 그대를 낳는 거지."

"그리고 얼마 지나지 않아 사고사. 병은 조세핀 어머니랑 사인이 겹치니까."

"제이의 새아버지는 평민이었고, 혼자서 둘을 기를 자신이 없어서 베체트에게 연락을 하지."

"그렇게, 내가 르퀸 저택에 나타나게 되는 거고."

"한때 사랑했던 여자가 다른 남자를 만나 애까지 낳은 것에 분노해서, 베체트 허 르퀸은 제이를 인지하지 않고—"

"그 부분 말인데."

가만히 듣고 있던 도연후가 처음으로 각본에 손을 댔다.

"그건 제이 르퀸이 제안한 거라고 해."

"……내가 사생아를 원했다고?"

"응."

"음, 저기, 짐에서는 사생아 취급이 어떤지 모르겠지만 로쉔에서는 정말 안 좋거든. 심지어 귀족 계급에서는 더해."

"응, 짐에서도 안 좋아."

"……그럼 왜?"

"나 때문에."

질문은 왜 각본에 그런 귀찮은 장치를 넣느냐는 뜻이었고, 대답은 각본상의 이유였다. 거기 앉아 있는 이들은 도연후 빼고는 전부 다 똑똑하기 그지없는 이들이었고, 그렇기에 그 간극을 이해하는 데는 고작 몇 초면 충분했다. 그리고 도연후에게도 충분한 시간이었고.

"괜찮은 각본이야, 그럴 듯해. 허점은 아마 없을 테고, 사람들이 혹할 만한 요소도 잘 넣은 거 같아. 하지만 말이야, 너희는 내 가장 큰 장점이 뭔지 이해를 못 하고 있네. 있지, 난 존재만으로도 사랑받는 애고 신뢰와 애정이 공기와도 같은 애야. 내 가장 큰 장점이 그거라고."

도연후는 허공에 대고 손가락을 빙빙 돌렸다.

"사람들은 안 좋은 얘기를 좋아하지? 칭찬보다 루머가, 성공기보다 남 인생 망한 얘기가 더 빨리 돌잖아. 하지만 나한테만큼은 그러지 않아. 내가 엮인 순간, 사람들은 그 재밌다는 남 망하는 얘기보다도 아침 출근길에 도로 포석 사이에 들꽃이 피어 있다는 식의 사소하고 따스한 이야기들을 더 좋아하게 된다고. 그런데 이런 기회를 날려? 기껏 출생 비화를 세탁하면서 하는 짓이 질척한 치정 싸움 넣기야? 안 되지, 안 돼."

짐짓 어른스러운 얼굴을 하고 고개를 저어봤자, 외모가 워낙 어리니 어른 흉내내는 소년 같을 뿐이었다.

실제 나이는 어떤 방식으로 세도 어른이 맞지만.

"고쳐. 베체트 허 르퀸은 사랑하는 여자를 햇빛 아래 드러내지 못한 것에 죄책감을 느껴서 기꺼이 이혼을 하고, 위자료도 듬뿍 준 거야. 내 아버지는 생활고가 아니라 제이 르퀸이 친아버지 밑에서 풍족한 생활을 누리기를 원해서 연락을 한 거고, 당연히, 베체트 허 르퀸은 재혼 사실을 밝히고 제이 르퀸을 인지하려 했지만, 제이 르퀸이 거부한 거야. 왜냐하면, 여덟 살 아래 동생을 위해서. 적자로 인지하면 제이 르퀸의 이름은 르퀸가의 명부에 오르게 될 테고 그럼 동생과의 연이 완전 끊어지게 되는 거라서."

"……그건 좀 억지가 아닐까요? 제이가 사생아 오명 때문에 뒤집어 쓴 오해가 얼마인지—"

"제이 르퀸은 그걸 몰랐어. 르퀸 가문은 괜히 대응을 했다가 제이가 더러운 소문들을 알게 되는 게 무서워서 입을 다문 거고."

"너무 나이브한 거 아냐?"

조세핀과 에드워드가 번갈아서 부정적인 의견을 내놓는 가운데. 제이가 입을 열었다.

"아니, 믿을걸."

도연후가 다른 사람들 앞에서도 초능력을 완전히 해제한 적이 있는지는 알 수 없다. 하지만 적어도 이곳에서, 애정의 면제 없이 진짜 도연후를 목도한 것은 제이 르퀸 혼자뿐이다. 인류에게 이 애정이 얼마나 강압적인지 이해하는 것도 제이 뿐이고.

그녀는 안다. 조금 억지스러울 수도 있는 이 설정을, 관객들 모두가 납득하게 될 것임을. 다름 아닌 도연후가 연기하는 배역이니.

—한마디로 모든 건 연후의 의지 아래 벌어진 일이야. 때릴 수 있게 해 줬으니 때린 거고, 데려갈 수 있게 해 줬으니 데려간 거고.

에드워드 혼자 들었던 릴리의 그 말을, 제이가 들었다면 분명 깊이 공감했을 것이다.

제이는 알 수 있었다. 지금 이들이 미지근한 반대나마 낼 수 있는 건 도연후가 그걸 허했기 때문이라는 것을. 또한 이 미적지근한 반응이, 도연후가 허락할 수 있는 최대한의 반항이라는 것을. 그의 능력으로도 이보다 더 그에게 적대적인 반응은 만들어 낼 수 없다는 것을.

"그럼, 그렇게 가도록 하죠."

조세핀에게서 최종 허가가 나왔다.

* * *

에힐드에 커다란 특종이 터졌다. 제이 르퀸의 출생 비화였다.

근 십여 년간, 에힐드의 귀족 사회의 가장 큰 미스터리는 제이 르퀸의 존재였다. 도대체 왜 르퀸가는 그녀를 사생아라고 인정했는가? 다른 그 누구도 아닌, 델라한 제국 사관학교 역사상 유일무이한 실기 부문 오버스코어를. 그 어떤 수단을 쓰더라도 공식적인 인정보다는 훨씬 나았을 것을.

너무나 말도 안 되는 일이기에 모두가 궁금해 했던 그 진상이 드디어 밝혀졌다.

제이 르퀸의 생모는 창부도 같은 르퀸도 아닌 평범한 평민이었다. 아내를 잃은 베체트 허 르퀸은 지방 시찰 중 그녀를 만나 사랑에 빠졌다. 허나 가문의 반대가 두려웠고, 어차피 후계자도 있었기에 그는 가문에 비밀로 결혼식을 올렸다.

정당한 결혼이었으나 마치 첩이라도 된 듯 숨어살아야 하는 생활에 지친 상대는 5년 만에 이혼을 부탁한다. 자신이 힘든 생활을 강요하는 것을 알고 있었기에 베체트 허 르퀸은 이혼에 합의하였고, 상대는 딸을 데리고 재혼, 새로운 남자와의 사이에서 아들을 하나 낳는다.

그대로 엇갈려 갈 줄 알았던 베체트 허 르퀸과 제이 르퀸의 삶이 다시 마주치게 된 것은 생모의 죽음 후였다. 제이 르퀸의 새아버지가 장례식에 그를 부름으로 인해서 부녀는 다시 만나게 된다.

10년이 넘어 딸을 다시 보게 된 베체트 허 르퀸은 한 눈에 그녀의 재능을 알아보았다. 시골에서 평온하게 살아가기엔 너무나 아까운 재능에, 베체트는 딸을 데려가기로 했다. 비록 이혼했다고는 하나 제이가 태어날 당시에는 엄연히 혼인 관계 하에 있었으니 엄연한 적자.

뒤늦게나마 재혼 사실을 밝히고 제이를 데려가려던 베체트는 생각 외의 반대에 부딪히게 되었다.

제이 본인의 반대였다.

—아버지도 제 아버지시지만, 저를 길러 주신 아빠와 동생 또한 가족이에요. 가족과 완전히 남이 되는 건 싫어요.

서류상으로라도 르퀸가에 이름을 올리고 싶지 않다는 딸의 고집에 진 베체트는 결국 재혼 사실을 밝히지 않고 제이를 데려오게 되었다.

베체트의 눈은 정확해, 제이는 그 누구도 해내지 못한 업적을 달성하고 현장에서 혁혁한 공을 세우며 르퀸가의 이름을 드높였다. 하지만 그 어떤 업적을 쌓든 사생아의 꼬리표는 여전한 채였다.

제이 르퀸이 꼬리표를 떼기로 한 것은 그녀의 어린 남동생이 수도로 올라왔기 때문이었다. 그간 계속 교류를 가지고 있던 제이의 남동생은 이제 열다섯을 맞아 고등 교육 기관에 입학하기 위해 수도로 올라왔다.

그리고 알게 된 것이다. 누나가 그와 가족으로 남기 위해 어떤 수모를 감수해야 했는지.

남동생은 눈물로 그녀를 설득했다. 겨우 문서 따위가 그들의 천륜을 갈라 놓을 수는 없다, 제이가 어떤 성을 쓰고 어느 가문에 소속되든 그들은 가족이다. 제이가 사생아 꼬리표를 달고 있던 와중에도, 조세핀이 아버지와 오라비의 살해 의혹을 받고 있을 때조차도 그들이 사이좋은 자매였던 것처럼.

안 그래도 제이가 오해를 사는 게 가슴 아프던 조세핀이 그를 거들어, 결국 제이는 고집을 꺾고 10년 만에 제 이름을 찾기로 한다.

베체트 허 르퀸과 글렌시아 르퀸 사이의 적자, 제이 델 르퀸. 이름과 함께 찾은 것은 그녀의 명예였다.

* * *

상식적으로는 말도 안 되는 일이었다. 다른 건 다 그렇다 쳐도, 제이가 르퀸가에 소속되고 싶지 않다고 했다면 그냥 재능 있는 아이를 후원하는 거라고 하면 끝이다. 그럼 애초부터 성을 바꿀 필요도 없었을 테니까.

게다가 이런 미담이라면 굳이 비밀을 지킬 필요도 없다. 적당히 얘기를 흘려 두면 최소한 근친 오해는 없었겠지. 사실 이제껏 본 적 없는 방식으로 제이를 다룬 것만 봐도 결코 미담으로 풀릴 수는 없는 사정이다.

하지만 도연후가 끼었기에 모두는 그 말을 믿었다.

흔치 않은 미담에 사람들은 열광했다. 심지어 새로 나타난 제이 르퀸의 남동생은 외모도 귀엽고 사랑스러웠다. 외모만은 귀엽고 예쁜 제이 르퀸과 함께 있으면 꼭 인형 한 쌍이 있는 것 같아 보기가 참 좋았다.

이왕 이미지를 바꾸기로 한 거, 할 수 있는 건 다 하는 게 좋겠지 싶어 제이는 도연후와 함께 몰려드는 초대장을 전부 받아들였다. 그리고 일주일 만에 결국 항복을 선언했다.

지금껏 딱히 무도회에 갈 일이 없어 몰랐는데, 제이 르퀸은 무도회를 싫어했다. 사람 많은 공간에 있기만 해도 기가 빨렸다.

"넌 참 대단하구나……."

결국 중간에 도망치고 만 제이가 도연후에게 말했다. 사흘 밤낮 전투를 벌여도 지칠 리 없는 이의 뺨에 눈그늘이 졌다. 도연후가 쓰게 웃으며 들고 나온 우유잔을 건넸다. 꿀이 들어 있어 달콤한 우유는 평범한 파티에서는 제공될 리 없는 음료였다.

"대단하고 말고 할 것도 없지, 난 너희랑 다른데. 너희가 사람을 만날 때 느낀다는 피로를 느낄 일이 없어. 난 말을 고를 것도 표정을 관리할 것도 감정을 숨길 것도 없으니까 말이야."

그것까지 해서 대단하다는 뜻이었다. 그 어떤 것도 가다듬지 않는다는 도연후의 말과 행동이, 손짓 하나까지 전부 다 계산하는 귀족들보다 더 상대의 호감을 불러일으키는 모양새여서.

"그럼 이미지 쇄신은 이쯤에서 그만둘까?"

제이는 아주 잠시 고민했다. 자기 평판이 올라가면 올라갈수록 조세핀과 에드워드는 이익을 볼 것이다. 어쩌면 에드워드와의 연애 사실을 밝혀도 별 비난을 받지 않을 상황까지도 만들어 낼 수 있을지 모르고.

하지만 고민해 본 결과, 제이는 조세핀이나 에드워드가 제이가 이렇게 힘들어하면서까지 그들을 위해 뭘 해 주기를 원하지는 않을 거라는 결론에

도달했다. 제멋대로인 듯 들리지만 통찰력 있는 결론이었다. 제이는 마치 도수 높은 술이라도 들이켜듯 비장하게 꿀 넣은 우유를 한 입에 털어 넣고 진지하게 대답했다.

"그래, 그만두자."

가벼이 웃은 도연후는 우유로 입술만 적신 뒤 물었다.

"그럼, 이제 내가 뭘 도와주면 돼?"

"그만둔다는 게 이 파티에서 지금 당장 돌아간다는 뜻이 아니거든. 파티에 불려 다니는 걸 그만두겠다는 뜻이거든."

머리가 좋지 못하다고는 했지만 천치라고는 한 적 없는데. 도연후의 입꼬리가 가볍게 경련을 일으켰다.

"그러니까 물어보는 거잖아. 이 다음 목표가 뭐야? 뭘 하면 네가 행복해지겠어? 에드워드 경의 부모님을 설득해 줄까? 네가 잃어버렸다는 친구와 다시 화해하게 도와 줘? 네 후배들이, 락들조차 널 존경하게 만들어 줘? 영혼의 존재가 궁금하다고 했던가? 내가 확증해 줘?"

물처럼 쏟아지던 말이, 숨을 쉬기 위해 잠시 끊어졌다. 제이는 그 틈을 타 계속 궁금하던 것을 물어보았다.

"왜 그렇게까지 해 주려고 해?"

도연후가 제이를 좋아한다는 것은 안다. 하지만 도연후는 애초에 모든 인류를 사랑한다는 자이다. 그러니 좋아한다는 이유만으로 이렇게까지 해 줄 리는 없다. 그러려면 몸이 일억 개쯤 필요할 테니까.

도연후는 일단, 제이의 옆자리에 앉았다. 정신적인 피로 외에는 피로를 느끼지 않는 제이와 달리 그는 아주 연약한 소년이었으니까.

"네가, 다른 결말을 만들겠다고 했잖아."

제이는 빈 잔을 입가에 댄 채 고개를 갸웃했다.

"딱히 기대하고 있지도 않잖아."

그 말을 한 사람은 수없이 많았다고 했다. 공주연도, 박수현도. 그리고 전부 똑같은 결말이 되었다고 했고. 그러니 도연후는 기대하지 않는다. 정말 제이 르퀸이 결말을 바꿀 수 있으리란 생각 같은 건 하지 않는다. 그러니, 도연후는 결과에 대한 대가를 지불할 필요도 없는 것이다.

철저하게 타산적인 논리에 도연후는 쓰게 웃었다.

"그래서 그래. 너한테는 결과가 달라질 수도 있는 거지. 그러니 네 호언장담이 입증되면 그때 값을 받으면 된다고 생각하는 거고. 하지만 나는 달라. 어차피 결과는 똑같아. 원래 열 번 실패하고 끝날 걸 백 번 실패하고 끝나게 만들 수 있을지도 모르지. 하지만 그래 봤자 똑같아. 너희는 실패하고, 끝은 올 거야. 그럼 다시 모든 게 처음부터 시작하고. 근데, 그렇게 생각하니까 난 과정을 보는 거지."

도연후는 시선을 허공에 고정시킨 채 천천히 말을 이었다. 갈 곳 없는 손가락이 잔 위에서 꼼질거렸다.

"말했지만 정말 많은 애들이 나에게 다른 결과를 보여 주겠다고 했어. 인간의 힘을 보여 주겠다느니, 나를 위해 하겠다느니, 이유도 다양했지. 뭐, 너처럼 자기에게 소중한 사람들을 위해 뭐든 할 테니 도와달라던 애들도 있었고. 그리고 그만큼 방법도 다양했어. 전쟁을 일으킨 애도 있었고 제물을 바치는 애도 있었지. 괜히 민중을 선동해서 어떤 집단을 박해하는 애도 있었고."

입맛이 영 돌지 않아, 도연후는 결국 잔을 내려놓았다. 그 잔은 아주 자연스럽게 제이의 손으로 넘어갔고. 옆에서 제이가 자기 잔을 홀짝이는 건 신경도 쓰지 않고 도연후는 말을 이었다.

"이유가 뭐든 상관없어. 결과도 마찬가지고. 나는 그냥, 네가 그런 수단을 쓰지 않는 것만으로도, 그러지 않고서 어쨌거나 인류 전체에 도움될 일을 해 보겠다고 나서는 게 좋아. 물론 이런 말을 하면 넌 네 만족을 위해 한 거지, 그렇게 거창한 이유가 아니라고 하겠지?"

정곡을 찔린 제이는 우유나 마셨다. 아까 마신 것보다 꿀이 더 많이 들어 있는 것 같았다.

"말했지만, 내가 일부러 끝을 앞당기지 않는 한 너희가 진짜로 끝나는 건 이것보다 훨씬 뒤야. 네가 아무 일도 하지 않아도, 인류는 몇 번의 실패를 감당할 여력은 있을 테니까. 즉, 넌 고작 몇십 년을 살 네 사랑하는 사람들을 위해 몇백. 몇천 년을 기다려야 한다는 거지."

도연후는 빈 잔을 채워 줄 능력 같은 건 있지 않았다. 그래서 그는 대신 호주머니에서 손수건에 싼 쿠키를 꺼내어 주었다. 제이는 얌전히 쿠키를 오물거렸다. 정말 남매 같아 보이는 모습이었다.

"그러니까 그 몇십 년만큼은 행복한 기억들로 채워 주고 싶어서 말이야."

세계의 종말을 기다리는 동안 곱씹을 수 있을 만큼 행복하고 강렬한 기억들을.

쿠키를 다 먹은 제이가 갑자기 화제를 돌렸다.

"그럼 릴리는? "

정말 뜬금없는 질문이었다. 천치 아닌 도연후지만, 그런 그조차도 질문의 의도를 파악하지 못해 대답을 지체해야 할 정도로, 그걸 깨달은 제이가 부연 설명을 덧붙였다.

"공주연도 네게 똑같은 말을 했었다며. 그때 걔는 무슨 수단을 썼는데? "

하지만 이해해도 대답이 궁한 건 똑같았다. 도연후는 망설이다, 그냥 웃었다.

"글쎄? 잘 기억이 안 난다."

거짓말은 아니었다. 정말로 공주연이 어떤 수단으로 세계 멸망을 막으려 했는지는 기억이 안 났으니까.

기억이 난 건, 다른 추억들이었으니.

도연후는 수백, 수천 년의 대가로 무엇이든 제이가 원하는 걸 해 주겠다고 했다. 아주 좋은 일이다, 누구든 설득할 수 있고 무엇이든 가질 수 있는 소년의 조력이란. 대가를 지불할 필요도 없으니 더할 나위가 없다.

그럼에도 불구하고, 제이는 왠지 그러고 싶지 않았다. 당연히 도연후가 꺼려져서는 아니다. 픽이 인간의 범주는 넘어섰어도 생명체 바운더리 안에는 들어가는 모양인지, 그녀는 도연후가 기꺼웠으니까. 그럼 대체 왜일까.

양심? 양심적으로 말하자면, 제이에게는 양심이랄 게 없었다. 원래대로라면 제이는 기꺼이 도연후의 협조를 받아들였을 것이다. 에드워드의 집안도 설득해 달라고 하고, 기왕 이렇게 된 거 여기에 몇 년 머무르면서 귀찮은 사람들 전부 다 견제도 좀 해 주고.

다른 결말을 만들겠다고 한 건 그리 원대한 이유가 아니고 도연후가 말한 아름답고 좋은 세상을 만드는 데도 별 관심이 없으며, 어차피 픽이라 수백 년이든 수천 년이든 살기 위해 별다른 희생이 필요하지 않다는 건 상관없이.

하지만 그럼에도 불구하고 제이는 도연후의 협조를 전적으로 받아들이고 싶지 않았다. 그녀는 알지 못하는 이유로. 이성적으로 생각하면 말도 안 될 이유였지만, 그럼에도 불구하고 제이는 마음이 시키는 대로 움직이기로 했다.

그리하여 그녀는 성소(聖所)로 갔다.

롤랜드 웁 크뤼거는 아내인 에르제베트 바 크뤼거처럼 독실하지는 않아도 충분히 신심이 깊은 남자였다. 그러지 않다면 아무리 사돈인 마리엔트가의 부탁이라고 해도 락의 밀매 같은 위험한 일을 도울 리 없으니까.

오늘 대신관과의 독대도, 예의 그 건 때문이었다. 슬슬 교체기가 다가오고 있었으니까.

번거롭더라도 좀 나눠서 들여오는 게 나을까, 아니면 아직까지는 꼬리가 잡힌 것 같지 않으니 그냥 한 번에 들여올까. 나눈다면 얼마씩 나눠서 얼마의 기간을 둘까. 정보가 흘러나간다면 어느 쪽이겠느냐.

변수가 많았기에 대화는 길어질 수밖에 없었다. 미사가 끝나고도 한참동안 이어진 긴 독대를 끝내고 본당으로 나온 그를, 누군가가 불러 세웠다.

"좀 늦으셨군요."

제이 르퀸이었다. 아, 이제는 제이 델 르퀸인가. 얼굴을 직접 보는 건 지금이 두 번째인 것 같지만 롤랜드는 곧바로 상대를 알아보았다. 알아볼 수밖에 없지, 평생 속 한번 썩인 적 없는 이상적인 후계자가 처음으로 골머리를 썩게 만든 원인이니까.

그는 제이의 목깃에 달려 있는 브로치에 필사적으로 눈길을 주지 않으려 하며 물었다.

"신자도 아닌 이가 성소에는 무슨 일이지."

"어라? 성소란 가장 낮은 자에게조차 열려 있는 곳이 아닙니까."

"그건 가장 비천한 자조차도 신앙을 갖고 있다면 너그러이 감싸 안아줘야 한다는 뜻이지, 불신자가 흙발로 더럽혀도 된다는 뜻이 아닌데."

"아, 그러던가요?"

평생 성서를 들춰 보지도 않았을 것만 같은 여자는 무신경하게 웃었다. 그 미소에 함의된 오만함에 롤랜드는 눈살을 찌푸렸다. 저런 미소를 지을 수 있는 건 상대보다 우위에 선 자 뿐이다.

그렇다면, 제이 델 르퀸은 지금 롤랜드 윰 크뤼거보다 우위에 서 있는가? 사생아 꼬리표가 떨어졌다 해도 고작 르퀸가의 일원일 뿐인 그녀가, 크뤼거가의 수장인 롤랜드보다?

"하지만 당신은 이런 나를 받아들여야 할 겁니다."

오판인가? 건방인가? 그도 아니면.

그의 머릿속을 읽기라도 하듯, 제이가 턱을 치켜들었다.

"마리엔트가와 함께 몰락하고 싶지 않다면."

……아니, 아니다. 아직 확정된 것은 아니다. 그냥 떠보기일 수도 있으니까. 물론 이 사실을 알고 있는 에드워드가 제이에게 미쳐 있기는 하지만, 설마 그만큼 미쳤을까? 적대 가문에게 납죽 제 가문을 멸문 위기로 몰아넣을 수도 있을 거대 스캔들의 증거를 넘겨줄 만큼?

"에드워드를 의심하진 마시지요. 제겐 그 말고도 유용한 정보통들이 있거든요."

제이는 보란 듯 양 손을 들어올렸다. 롤랜드는 브로치를 보지 않으려던 필사의 노력을 포기하고 시선을 아래로 돌렸다. 팔꿈치 아래에는 파일 철이 하나 놓여 있었다. 그 파일 철 외부에 찍힌 문양은 하연 인더스트리의 것이었다. 그것을 알아차린 롤랜드가 경악했다. 그 와중에도 근엄한 표정을 잃지 않은 건 정말 연륜의 힘이라고밖에 볼 수 없는 일이었고.

"보여 드릴까요?"

제이는 친절하게 파일을 내밀기까지 했다. 직접적인 단어는 아무것도 없었고 본다고 해서 사태가 더 나빠질 건 없었기에, 롤랜드는 순순히 파일을 받아들어 열었다. 그리고 생각했다. 하연 인더스트리는 아무래도 사업을 지속할 생각이 없는 모양이라고. 역시 픽들이란 믿을 게 못 된다니까. 롤랜드는 혀를 찼다.

"그렇다 한들 네가 뭘 할 수 있겠나? 이 건에서 에드워드는 자유로울 줄 아느냐? 그 애는 심지어 양쪽 가문의 피를 전부 다 이었거늘. 나를 치겠다고 그 애까지 같이 치려고? 그래서 네가 얻는 게 무엇인데? 그게 무엇이든, 에드워드를 잃을 만한 가치가 있다고?"

"아버님."

정말 경악스러운 호칭이었다. 인신매매, 심지어 자기들이 악마의 무리로

규정하여 욕하던 하연 인더스트리와의 거래에도 태연하던 롤랜드의 표정이
뒤집어질 만큼.

"전 할 수 있는데요."

이미 너무나 큰 충격을 받은 롤랜드건만 제이는 사정을 봐주지 않았다.
그녀는 롤랜드의 표정이 보이지 않는 것처럼 태연하게 바깥을 가리켜 턱
을 까딱했다.

"에드워드보고 밖에서 기다리라고 했습니다."

충격에 충격이 더해지자 오히려 차분해졌다. 롤랜드는 차분하게 제이의
눈을 들여다보았다. 오늘 두 번째로 보는 만큼 당연하다면 당연한 일이지
만, 롤랜드는 지금에서야 제이의 눈이 보라색이라는 사실을 깨달았다. 그러
고 보니 르퀸 소장의 눈색도 보라색이었다든가.

"그러니, 불러서 물어볼까요? 가문, 명예, 부, 권력, 그 모든 걸 천칭
반대편에 단다 해도 그는 나를 선택할 텐데."

제이가 씩 웃었다. 십 대 중반으로밖에 보이지 않는 얼굴 위에 어른만
이 지을 수 있는 사회적인 미소가 덧씌워졌다.

"해 볼까요? 직접 들으셔야 인정하시겠습니까? 에드워드 델 크뤼거가
제이 델 르퀸이라면 가문도 목숨도 다 팔 수 있을 거라는 사실을?"

보통은 적당히 중간에서 말을 끊을 텐데, 롤랜드가 신중한 모습을 보여
서인지 제이는 정말 말을 참는 법이 없었다. 자기가 판 함정인지라 롤랜
드는 지적 대신 한숨을 내쉬고 말았다.

물어보지 않아도 롤랜드 역시 잘 알았다. 아니, 아마 제이보다도 롤랜드가
더 잘 알 것이다. 에드워드의 그 기질은 롤랜드로부터 내려간 것이니.

말하자면, 에드워드의 혈관에 흐르는 광신도의 피가 모계 유전이듯 그
의 사랑꾼 기질은 부계 유전이라는 뜻이었다. 롤랜드 융 크뤼거는 에드워
드가 제이를 사랑하듯 에르제베트 바 크뤼거를 사랑하니까. 아이를 낳아

그 아이가 성인이 된 지금도 그렇게 사랑하니까.

롤랜드 윰 크뤼거는, 에드워드와 같은 길을 걸었던 적이 있다. 신에게 온 인생을 바치겠다는 에르제베트를 설득하기 위해 없는 거나 다름없이 희미하던 신앙을 그러모아 재창조해 낸 적이 있었다.

그는 물론 지금은 신앙만으로도 대신관의 가문인 마리엔트 가와 생사를 함께 할 수 있는 독실한 신자다. 하지만 그 신앙의 원류(原流)는 결국 에르제베트였으니.

젊은 시절의 에르제베트는 신에게 제 생애를 다 바치고자 하는 처녀였고, 그녀를 설득하여 평생을 함께 하려면 롤랜드가 누구보다도 독실한 신자가 되어야 했으므로.

그래서 롤랜드는 옅은 신앙을 거르고 걸러 진득하게 증류시켰다. 종교마저도 수단이라 생각하던 이가, 제 가문의 흥망을 바칠 수도 있는 독신자로 탈바꿈한 원천은 결국 사랑의 힘이었다. 그러니 에드워드 역시 그럴 수 있으리라, 롤랜드가 그랬듯이. 롤랜드는 그것을 알았다.

"에르제베트에게는 협박이 통하지 않는다. 그리고 그녀를 겁박하는 건 좌시할 수 없으니, 그녀는 말로 설득하거라."

제이가 고개를 갸웃했다.

"제 요구 사항이 뭔지 궁금하진 않으신가요?"

롤랜드는 파일 철을 돌려주며 무심하게 대꾸했다.

"말했잖느냐, 널 받아들여야 할 거라고."

말 돌리기와 쓸데없는 확인 절차를 집어 치운 롤랜드는 그야말로 빠르고 편한 상대였다. 복잡한 수단을 쓸 필요가 별로 없던 제이에게는 역시 이쪽이 좋았기에, 그녀는 처음으로 편한 미소를 선보였다.

물론 그 미소를 받는 롤랜드는 그리 편하지 못하다는 게 문제였지만.

* * *

에힐드의 성소 밖 공원에는 두 남자가 제이를 기다리고 있었다. 에드워드 델 크뤼거와 도연후. 세상에서 가장 사치스런 기다림이었다.

예배가 끝난 직후에는 에드워드를 알아보는 신자들도 몇 지나갔지만, 시간이 흐르자 그나마도 끊겼다. 잎사귀를 간질이는 바람 소리밖에 없는 공원 안에서, 한참을 묵묵히 입을 다물고 있던 에드워드가 결국 먼저 침묵을 깼다.

"보는 사람도 없는데 왜 계속 웃고 있어?"

도연후가 흘깃 에드워드를 올려다보았다. 입만이 아니라 눈과 뺨까지 전부 웃고 있는 표정이었기에, 다른 사람이 본다면 에드워드가 괜한 트집을 잡는다고 생각할 얼굴이었다. 에드워드도 근 한 시간 동안 계속 저 표정이 유지되는 모습을 보지 않았다면 이상하게 여기지 않았을 테고.

"……보는 사람은 없어도 보는 눈은 있어."

소년은 손가락을 세워 하늘을 가리켰다.

"하늘의 그물은 넓고 성기어 보이지만, 빠트리는 게 없는 법이니까."

비유인 걸 알면서도 괜히 한번 하늘을 올려다보게 만드는 말이었다. 에드워드는 하늘을 한번 보았다가 다시 소년을 보았다.

"그대가 웃지 않으면 큰일이라도 난다는 말투네."

소년이 즐겁게 웃었다.

"응, 큰일 나."

"무슨 큰일?"

소년은 한번 숨을 멈추었다가, 천천히 입을 열었다.

"끝이 나."

그놈의 끝. 에드워드는 고개를 비딱하게 기울였다.

"어차피 다시 시작한다며? 그대한테는 상관없는 거 아냐?"

"원래대로라면 그랬겠지만. 지금은 제이 르퀸이 다른 결말을 맞이하게 해 주겠다고 약속했잖아, 처음으로. 그럼 여기서 끝이 나면 안 되지."

"처음에 어지간히도 연연하는구나, 그대."

자기 정체를 말해 줄 때도 에드워드가 처음 물어봤다는 걸 짚던 소년이었다. 자칫 잘못하면 성적인 농담으로 들릴 수도 있을 말이었지만, 나이로는 어엿한 성인인 소년은 이해하지 못한 것처럼 순진하게 대답했다.

"내겐 아주 중요한 문제라서."

"……뭐, 내게는 잘된 일이라만."

끝과 시작을 기억하는 소년과 달리, 에드워드에게는 이 생이 처음이자 마지막이 될 테니. 가만히 소년을 내려다보던 에드워드가 입을 열었다.

"그러니, 감사 인사를 할까. 원하는 거라도 있어?"

이건 상대가 도연후이기에 건네는 말이다. 강요된 애정의 대가다. 그걸 알면서도 에드워드는 소년의 부탁을 들어주기로 했다. 소년은 그럴 만한 존재였으므로.

"그래? 그럼."

도연후의 눈이 아주 살짝 깊어졌다.

"부디 행복해 줘."

그 눈은, 지나치게 오래 살아 버린 노인 같기도 했고 죽을 때를 놓친 망령 같기도 했다.

"내 삶에도 목적이라는 게 있다면, 내 삶은 처참한 실패작이 될 테지. 그럼 이왕 실패한 거 최대한 많은 사람이 행복해지기라도 해야 수지타산이 맞지 않겠어?"

그러니 행복해 줘, 내 행복을 위해.

도연후가, 그 말을 입 밖에 내어 말했던가? 확신할 수 없었다.

자기도 모르게 입이 먼저 대답을 하려는 찰나, 저 멀리 성소의 문이 열리는 소리가 들렸다. 보통 사람이라면 듣지 못할 거리였고 에드워드에게도 힘들 거리였다. 그럼에도 불구하고, 대화 중이었는데도 에드워드는 그 소리를 들었다. 그는 제이를 기다리고 있었으니까.

"그거 참 쉬운 일이네."

에드워드는 도연후에게서 시선을 떼어 제이를 본 채로 뒷말을 이었다.

"난 이미 행복하거든."

"그거 참 다행인 일이네."

아래쪽에서 웃음소리가 들려왔다.

지금 이 순간 소년의 웃음은 지어 낸 게 아닌 진심이었을까? 에드워드로서는 알 수 없는 일이었다.

제이가 다가와 그들 앞에 섰다.

"떠난다지 않았어?"

도연후에게 하는 말이었다. 도연후는 싱긋 웃고 턱으로 발치의 가방을 가리켰다.

"응, 떠날 거야. 그러기 전에 인사나 하려고."

"굳이? 뭐 더 할 말이라도 남았던가?"

도연후는 현재 르퀸 저택에서 머물고 있었고, 필요한 대화는 이미 전부 나눴는데. 도연후가 어이없다는 듯 피식 웃었다.

"할 말 없으면 인사하면 안 돼?"

"아니, 그런 건 아니지만……."

제이는 아직도 도연후가 친근하게 구는 것에 적응이 안 된 모양이었다. 그도 그럴 것이, 도연후는 기본적으로 모두에게 친절하고 소수 마음에 안 드는 사람에게만 박해지는 부류라면 제이는 기본이 배척이고 소수의 특별한 사람에게만 착해지는 부류였으니. 둘 사이에 뭐가 쌓이지도 않았는데 쏟아지는 이런 배려는 익숙하지 않은 일이었다.

"대화가 길었잖아."

"상관없어, 어차피 시간도 많은데, 뭘."

도연후는 장기적인 의미의 시간을 말했고 제이는 단기적인 의미의 시간으로 받아들였다. 그러니까, 길 떠나기 전 여유 시간이 많다는 뜻으로.

"그래서. 대화는 잘됐어?"

내가 도와주지 않아도 돼? 정말 이대로 떠나도 돼?

도연후가 정말 묻고 싶었던 건 그거였지만, 직설적인 제이와 달리 도연후는 말을 아낄 줄 알았다. 거짓말이 필요 없기에 역설적으로 거짓말에 능숙한 도연후는 본심을 훌륭하게 숨겨 냈고, 제이는 도연후의 속내를 눈치채지 못한 채 순진하게 대답했다.

"응, 잘 해결됐어."

도연후는 물론 롤랜드는 그렇게 생각하지 않을 거라는 것을 짐작했다. 정말 잘, 예쁘게 말하고 싶었으면 남을 시켰겠지. 에드워드든 도연후든, 누가 가서 대화를 했어도 제이보다는 나았을 테니까. 아니, 조세핀보고 대신 담판을 지어 달랬어도 제이보단 나았겠지.

하지만 현재 도연후에게 우선순위를 매기라면 롤랜드보다야 제이가 순위가 높았기에 그는 롤랜드에 대한 동정을 잊기로 했다. 그는 원체 기억력이 좋지 않은 편이니 그건 그리 어려운 일이 아닐 것이다.

"아, 그런데 네 어머님은 따로 설득해 달라시던데. 그건 너한테 맡겨도 돼?"

이러니 내가 남았지. 도연후는 에드워드에게 가야 할 말을 중간에서 잽싸게 가로챘다.

"에르제베트? 그럼 그거 나한테 맡겨주라."

제이가 눈을 동그랗게 떴다.

"응? 진짜 더 안 도와줘도 되는데."

"아니, 도와주는 걸 떠나서 꼭 한 번 만나 보고 싶은 사람이라 그래."

에드워드나 제이와는 다른 의미로, 도연후는 종교에 관심이 많았다. 더 정확히는 종교에 심취한 사람들에게 관심이 많았다.

너희가 매달려 비는 대상은 대체 누구야? 대체 무엇을 바라 신앙을 가지고 종교를 만드니. 매번, 매번. 어떻게 그렇게 다양하게, 허나 똑같이. 그저 수렵 시대가 지나면 농사를 짓게 되는 것처럼 생존에 더 유리한 방식이라 자연스레 그렇게 되는 거니, 아니면 본능에 뭐가 박히기라도 한 거니.

만난다 한들 궁금증이 해결되는 것은 아니다. 어차피 기억은 잊히고 그는 인류의 본질을 꿰뚫어 볼 통찰력이 없으니. 그럼에도 불구하고 그는 에르제베트를 만나 보기로 했다.

말했듯이, 그에게는 이제 시간이 정말 많았으니까.

* * *

"만나 주셨으면 하는 사람이 있습니다, 어머니."

사랑해마지 않는 아들이 진지한 얼굴로 그렇게 말해 왔을 때, 에르제베트는 각오를 굳혔다. 롤랜드에게 언질을 듣기도 했으니까. 그, 제이 르퀸인지 제이 델 르퀸인지 하는 여자를 데려올 모양인가 보지.

여러모로 마음에 안 차는 상대지만, 에드워드는 아직 어리다. 결혼을 논하기엔 이르고, 그렇다면 적당히 사귀다 자연스레 헤어질 수도 있는 법. 괜히 반대하다 불을 붙이느니 자연스레 흘러가게 두는 게 나을 것 같아 에르제베트는 예의를 차려 주기로 했다. 홀대하지도, 환대하지도 않고.

"그래, 알았다. 데려오렴."

하지만 예상을 엎고, 에드워드가 데리고 나타난 것은 소년이었다. 본 적 없는 얼굴이지만 에르제베트는 바로 소년의 정체를 눈치챌 수 있었다. 갑자기 나타나 사생아 꼬리표를 떼어 버렸다는, 제이 델 르퀸의 동생.

"그럼, 편히 대화 나누십시오."

아무래도 에드워드는 오늘 그녀를 놀래기 위한 계획만 잔뜩 짠 모양이었다. 예상치 못한 손님의 얼굴도 놀라운데, 에드워드 없이 독대를 청한 것일 줄이야. 그나마 제이라면 여자 대 여자로 할 말이 있나 할 텐데, 이 소년과 무슨 대화를 하라고?

당황했지만, 일단 집주인이기도 하고 연장자이니 에르제베트는 대화의 물꼬를 트고자 입을 열었다.

"반가워요. 얘기는 많이 들었어요."

소년이 눈을 접어 가며 활짝 웃었다. 그 얼굴을 본 순간. 에르제베트는 영문 모를 기시감에 사로잡혔다. 나는 이 존재를 알고 있다는. 본 적도 들은 적도 느낀 적도 없건만, 그럼에도 불구하고 나는 이 존재를 안다.

"그래, 내가 누구냐?"

알지 못하는 이름이 혀끝에서 맴돌았다. 저것이 무엇인가. 저것은 신인가, 악마인가, 혹은 신의 가장 선한 피조물인가. 무지가 혼란을 불러와 혀가 굳었다.

그녀의 혼란을 알았는지, 소년이 가까이 다가와 얼굴을 맞댔다.

"나는 너희의 목적이자 이유이고 처음이자 끝이다. 파멸이자 희망이고 너희에게 가치를 부여하는 동시에 가장 비천하게 만드는 이이지."

역광에 표정이 가려 에르제베트는 소년의 얼굴을 보지 못했지만, 맞닿은 이마와 귓가를 간질이는 목소리에서 그녀는 진리를 읽었다.

"그러니, 기뻐하라. 너는 지금 신앙의 근원을 보고 있으니."

소년의 정체를 알게 된 에르제베트는 눈을 감고 손을 모았다. 기도를 올릴 때처럼.

다만 지금은 신에게 기도를 올릴 시간이 아니라 계시를 받을 시간일 뿐이었다.

에르제베트와 도연후의 독대는 그리 길지 못했다. 한 30분이나 될까? 솔직히 준비 시간이 더 오래 걸렸을 지경이었다. 하지만 그걸로도 충분할 것이다. 약간의 도움이 있기는 했지만, 에르제베트는 도연후가 누구인지 깨달았으니.

"그래서. 어디로 갈 작정이야?"

하인에게 도연후의 짐을 들고 따라오라 명한 에드워드가 그에게 물었다. 도연후는 제이에게 이미 했던 대답을 다시 읊었다.

"아밀스턴 섬으로 갈 거야. 달리아에게 약속한 게 있거든."

"그렇구나, 무운을 빌어. 아마 네게는 필요 없겠지만."

말이 쓸데없이 한마디가 많았지만 그게 에드워드의 매력인 법이라 도연후는 그냥 픽 웃고 말았다.

"필요 없다 해도 염려는 언제나 기분 좋은 법이지. 불청객은 이만 떠나 줄 테니, 즐겁게 잘 살렴."

"불청객이라니, 무슨 그런 섭한 소리를. 누가 들으면 내가 구박이라도 한 줄 알겠어."

"물론 그러진 않았지."

애초에 이번 방문 때는 계속 르퀸 저택에 머물렀던 터라 에드워드가 구박을 하고 싶었어도 할 수도 없었을 테고.

"그래도, 애인에게 가장 큰 도움이 된 사람이 네가 아니라는 건 기분 상할 일이잖아?"

자칫 잘못 들으면 시비를 넘어 싸움을 거는 말이 될 수도 있을 말을 도연후는 아무렇지 않게 입에 담았고, 에드워드는 아무렇지 않게 들었다. 사실 그럴 수 있는 이였기에 도연후는 이 말을 한 거였고.

"미스터 도."

예상대로 가던 걸음을 멈추고 도연후를 돌아보는 그 얼굴에 어린 것은 그저 흥미와 즐거움 뿐, 질투는 없었다.

"성직자는 헌금이 누구 주머니에서 나오든 상관없어, 그걸로 신의 명예를 드높일 수만 있다면 말이지."

어느 순간인가에는 애정과 종교를, 사랑과 신앙을 구분하고 싶었을지도 모른다. 하지만 그런 적이 있다 해도 찰나에 불과하겠지. 에드워드는 그 둘을 분리하는 것을 포기했다. 신을 연모한다든가 애인을 숭배한다 한들 세계가 뒤집히지는 않으니.

오해를 풀어 준 에드워드는 발걸음도 가볍게 다시 가던 길을 가기 시작했으나, 따라오는 발소리가 없었다. 어이가 없어서 그런가? 에드워드는 자기 객관화를 잊지 않고 뒤를 보았다.

하지만 도연후는 딱히 어이가 없다거나, 도를 넘은 애정 표현에 질린 얼굴이 아니었다. 소년은 그냥, 웃고 있었다.

"에드워드 경."

"그대가 날 부르는 호칭을 잘 알고 있다는 건 나도 잘 알아, 굳이 불러 주지 않아도 돼."

"넌 정말 독특한 사람이야. 이 내가 신기하게 느낄 정도로 말이야."

슬쩍 눙쳐 보려던 시도는 수포로 돌아갔다. 하긴, 살아 온 세월만 따져 봐도 에드워드가 이길 수 있는 상대는 아니었다.

"그래서 난 네가 마음에 들어. 그러니 제이 르퀸에게 전해, 내가 필요할 때면 언제든지 아밀스턴 섬으로 오라고. 제이 르퀸과 네 권리에 더해 내 호의까지. 전부 지불해 주겠다고."

영원히 늙어 가지 못할 소년은 조용히 웃었다.

"너는 네게 주는 것보다 제이 르퀸에게 주는 게 더 기쁠 테니까 말이야."

그야말로 에드워드의 속내를 들여다 본 듯한 말이었다. 에드워드는 도연후가 주겠다는 것과 제 권리가 뭔지도 모르면서 이미 만족했으니 말이다.

"그래, 전해 주도록 하지."

둘의 대화는 그걸로 끝이었다. 이것이 '도연후'와 '에드워드 델 크뤼거'의 마지막 만남이었으니.

외전 07
사람은 무엇으로 살아가는가

조세핀은 요새, 도리언 그레이하운드의 진정한 꿈은 사실 정원사가 아니었을까 의심하고 있는 참이었다.

"여름 장미에 디디스커스를 조금 장식해 봤어."

꽃은 싱그러웠다. 막 꺾어 온 거라 꽃잎에 이슬마저 맺혀 있어 더욱 그랬다. 조세핀은 일단 꽃다발을 받아 안과 아래쪽을 확인했다. 가시는 깨끗하게 제거되었고 아래쪽은 물이 떨어지지 않게 잘 감싸여 있었다. 보이지 않지만, 잘린 줄기의 단면 역시 깔끔하겠지.

"……정원사 양성소에 다녀 볼래?"

솜씨를 보면 딱히 그럴 것도 없어 보이지만. 조세핀의 질문에 도리언은 참 재미있는 농담을 들었다는 것처럼 즐겁게 웃었다. 백 퍼센트 진심은 아니지만, 농담은 더 아닌데…….

조세핀의 의혹을 모르는 도리언은 마냥 해맑았다.

"꽃다발이 그렇게 예뻐? 마음에 든다니 다행이야."

밝게 웃은 도리언은 다시 몸을 돌렸다.

"그럼 해가 더 더워지기 전에 가지 손질을 마쳐야 해서, 이만 나가 볼게."

……그러니까 그건 정원사가 신경 쓸 일 아니냐고. 조세핀은 의문을 꾹 눌러 삼키고, 그저 손을 흔들어 보였다.

꽃만 꺾어 오는 거면 그냥 구애의 일환이라고 생각할 것이다. 하지만 도리언은 나무와 관목, 흙까지도 전부 손댔다. 출근을 하려고 집을 나서면 어느 날은 가지를 자르고 있고 어느 날은 땅을 고르고 있었으며 또 어느 날은 나무에 비료를 주고 있고, 이런 식이었다.

제이가 적당히 뇌를 주물러 놓은 게 아니었다면 고용인들이 새 정원사가 왔다며 도리언에게 밥을 같이 먹자고 했을 정도다.

"대체 걔는 뭘 하고 싶은 걸까?"

조세핀은 심각한 얼굴로 물어보았다. 상대는 엘리제 쥘 슈와르였다. 조세핀과 제이와 아밀스턴 섬과 기타 등등이 얽인 대서사시를 모르는 엘리제로서는 그냥 8년 만에 첫사랑과 재회한 조세핀이 염장을 지른다고 생각할 수밖에 없었다.

당연히 그녀의 표정은 썩 좋지 못했고, 엘리제 말고는 이런 말을 할 이도 딱히 없는 터라 조세핀은 모른 척을 했다. 엘리제는 남은 우정의 잔고를 확인한 다음에야 대답을 주었다.

"어…… 글쎄다, 돈 많은 여자 잡은 김에 기둥서방 놀이?"

잔고가 너무 많았던 탓인지, 엘리제는 결코 입 발린 소리를 하지 않았다. 솔직히 부모 없는 평민 출신 미남이 사관학교 수석이라는 경력은 내팽개쳐 놓고 집에서 꽃이나 다듬고 있다고 하면 좋은 소리를 듣기는 힘들었다.

"그런 거면 열심히 놀아야 하잖아. 솔직히, 걔라면 정말 놀고먹어도 평생 책임져 줄 수 있거든, 내가?"

도리언의 명예를 위해서라면 꼭 말했어야 했으나 개인적인 이유로 엘리제에게 말해 주지 못한 사실이 있었으니. 그건 바로 도리언이 목숨 걸고 제이를 아밀스턴 섬까지 옮겨 주었다는 거였다.

결과적으로 사지 멀쩡하게 살아 돌아왔다 하나 그가 조세핀을 위해 목숨을 내걸었다는 사실은 변하지 않는다. 그것만으로도 조세핀은 평생 그를 먹여 살릴 이유가 충분한 것이다. 물론 그 사정을 모르는 엘리제가 듣기에는 친구가 남자 얼굴에 홀렸다고 생각하겠지만.

어쨌거나 얼굴에 홀렸다고 해도 남자 하나에 거덜 날 재산이 아니었기에, 엘리제는 대충 대답했다.

이제야 동생의 오명이 벗겨졌다고 해도 예전에는 사생아 동생에 존속살해 의혹까지 있던 몸이다. 그때보다 인생이 더 망하진 않겠지. 존속살해의 누명을 뒤집어쓰고 있는 사람과도 대범하게 친구를 하며 알리바이 증언까지 해 주었던 엘리제는 오늘도 똑같이 대범했다.

"식물이 너무 좋아 미치겠나 보지. 자아실현, 뭐 그런 걸 수도 있어."

"사관학교 시절에는 그런 경향 안 보이지 않았어?"

"그땐 주변에 식물이 없었잖아."

듣고 보니 그럴 듯해, 조세핀은 혹하고 말았다. 진짜 그런 거면 좋을 텐데. 그냥, 자기가 하고 싶은 걸 하면서 제2의 인생을 즐기는 거라면.

그러니까, 괜히 조세핀의 눈치를 보면서 그녀를 기쁘게 하겠다는 일념 하에 즐겁지도 않은 일을 하고 있는 게 아니라 말이다.

"―그런 의견이 나왔던데, 어떻게 생각해."

조세핀은 제이를 좋은 연애 상담사로 생각하지 않았다. 생각했더라도 그녀의 머릿속에서는 여전히 아기 같은 동생에게 연애담을 털어놓는 건 거부감이 무척 컸겠지만.

하지만 그럼에도 불구하고 제이는 조세핀과 엘리제의 대화를 알고 있었다. 엿들었기 때문이었다.

제이의 명예를 위해 살짝 변명을 하자면, 제이도 조세핀의 상담이 좀 더 내밀했으면 중간에 엿듣는 걸 관뒀긴 했을 것이다. 하지만 조세핀의 상담은 소소했고, 제이는 어떻게든 조세핀에게 도움이 되고 싶었다. 그 결과가 이거였다.

쪼그려 앉아 새로 심은 덩굴장미에 엮어 줄 지지대를 파묻고 있던 도리언이 고개를 들었다. 얼굴도 타지 않는 주제에 밀짚모자는 왜 쓴 건지 모를 일이었다, 어울리기야 기가 막히게 어울렸지만.

"……내가 기둥서방이여도 사랑해 주겠다는 말에 감동을 느껴야 할지, 아니면 날 그런 놈으로 보고 있다는 사실에 비탄에 젖어야 할지 모르겠는걸"

가뜩이나 꽃에 둘러싸여 있는 꽃 같은 미남은 꽃의 정령 같아 보일 텐데, 심지어 도리언은 신록의 눈동자와 덧없기 그지없는 회색 머리카락을 갖고 있기까지 했다. 그야말로 요정이었다.

정말 무슨 개소리를 하든 얼굴에 홀려 자기도 모르게 달래 줄 것만 같은 외모였지만 제이는 넘어가지 않았다. 넘어가기엔 그녀의 애인인 에드워드가 너무 잘생겼기 때문이었다.

"억울하면 의심 갈 짓을 말든가."

"아니, 내가 진짜 놀고먹었으면 말이나 안 해. 이렇게나 열심히 일하고 있는데?"

"그게 수상하단 거지. 왜 정원 일을 하는데? 차라리 놀고먹든가, 아니면 군대로 돌아와. 조세핀이 힘써 주면 중위부터 시작할 수 있을 테고 아니어도 너 정도의 실력이면 1년 만에 진급 가능할걸? 그쪽이 훨씬 더 적합하잖아, 아무리 생각해도."

아까의 헛소리와는 달리, 이번 말은 맞는 말이었다.

"네가 정원을 꾸며 봤자 달라지는 건 없지, 원래도 우리 정원사는 솜씨가 괜찮으니까. 하지만 군대는 얘기가 달라. 너보다 유능한 군인은 전국을 다 뒤져도 별로 없을걸? 아마 나 정도나 되려나."

이 와중에, 일부러 생색을 내는 것도 아니면서 우열을 가리는 게 그야말로 제이다웠다. 실수로라도 너만큼 유능하다고 하지 않고 너보다 유능하다고 딱 잘라 말하는 것이.

어쨌거나, 아무리 인간형 안드로이드라고 해도 상대가 픽이면 반발하는 것조차 말이 안 되는 일이라 도리언은 얌전히 제이의 말을 들었다.

"그런데 그렇게나 적성에 맞는 직업을 거부하고 딴 짓을 하고 있으면 당연히 수상해 보이지 않겠어? 식물이 좋은 거면 주말에 온실이나 가꿔, 한 시간 안에 에힐드에서 제일 멋진 유리 온실을 만들어 줄 수 있으니까."

도리언은 그럴 거면 아예 평생 지지 않는 정원을 만들지 그러냐고 하고 싶었지만, 생각해 보니 제이라면 정말 그럴 수도 있을 것만 같아서 무서워졌다. 그래서 도리언은 그렇게 받아치는 대신 솔직하게 본심을 털어놓기로 했다. 아마 높은 확률로 이 말은 조세핀에게 들어가겠지만, 뭐. 이런 식의 선언도 나쁘지는 않겠지.

도리언은 밀짚모자와 장갑을 벗었다. 조세핀의 퇴근에 맞춰 꽃의 정령 같은 모습을 보여 주려고 일부러 꾸민 모습인데, 조세핀이 돌아오지 않으니 더 이상 쓰고 있을 필요가 없었다.

"……정원을 꾸미는 건 사전 준비 단계야, 사실."

그래, 그렇겠지. 제이는 놀라지 않았다. 정말 도리언의 평생의 꿈이 정원사 노릇을 하면서 사는 거라면 그게 더 놀라웠을 테니까.

"나는, 사실 이 집안을 전부 총괄하고 싶어."

······르퀸가를 먹고 싶다는 얘기인가? 과연 현역 군인답게 제이의 상상은 펙 호전적이었다. 제이의 표정을 읽은 도리언이 황급히 변명을 덧붙였다.

"아니, 그게 아니라! 그러니까, 좀 더 자세하게 설명을 하자면······."

도리언은 잠시 수줍어하며 얼굴을 붉혔다. 언니의 애인이 그러고 있으면 경악스러울 만도 하건만, 얼굴이 하도 잘생겼다 보니 제이는 그리 끔찍하지 않은 기분으로 그 모습을 지켜볼 수 있었다.

"······나는, 조세핀의 생활 전반에 내 손길이 닿아 있었으면 좋겠는 거야."

부끄러움을 무릅쓰고 말한 게 무색하게, 제이는 이해할 수 없는 감정이었다.

"······집사라도 되고 싶다는 말이야?"

도리언의 얼굴에서 홍조가 싹 가셨다. 제3자에게 한 거긴 하지만, 거의 고백이나 다름없는 말에 돌아온 대답이 저 모양이면 그럴 만도 했다.

"아, 좀 생각을 하고 말해 줄래?"

아무래도 그간 같은 집에 살면서 펙 제이가 편해진 모양이었다. 저렇게 짜증을 부리는 걸 보면. 마음 같아서는 첫 만남 때 했던 스킨십을 다시 한 번 선보여 주고 싶었지만, 그리 멀지 않은 시일 내에 형부가 될 사람인지라 제이는 한 번 참아 주기로 했다.

"뭐, 일의 내용만 따지면 집사랑 비슷할 수도 있지. 하지만 집사는 돈 받고 하는 거고 나는 사랑 때문에 하고 싶다는 큰 차이가 있어. 절대 같은 선상에 두지 말라고. 알겠어?"

연애 소설 중에서는 집사와 아가씨 사이의 연애도 있던데, 그런 거랑은 비슷한 건가. 그런 의문이 들었지만, 제이는 고등 교육을 받은 성인답게 말을 자제할 줄 알았다.

"그럼 가주의 배우자가 되고 싶단 거네. 마침 조세핀은 가주니까 간단한 거 아냐? 프러포즈를 해."

사라졌던 홍조가 돌아오는 건 아주 간단한 일이었다. 도리언은 기어들어가는 목소리로 말했다.

"……그건 너무 빨라. 난, 좀 더 조세핀의 생활에 스며들고 난 다음에 관계를 진전시키고 싶다고."

할 말은 정말 많았는데, 하지는 않았다. 다시금 말하지만, 제이는 고등 교육을 받은 성인이었으니까.

"그렇대. 넌 어떻게 생각해, 제이?"

고등 교육을 받은 성인으로서, 없던 사회성을 점차 길러가고 있는 이로서, 제이는 이 일을 재빨리 해결할 수 있는 방법은 도리언이 아니라 조세핀을 공략하는 것임을 알았다. 그래서 그녀는 조세핀에게 쪼르르 달려가 모든 것을 일러 바쳤다.

일부러 숨긴 연애의 세부사항을 동생 입으로 듣게 된 조세핀은 죽을 맛이었지만, 제이의 눈은 순수했다.

"……조. 나 진짜 너랑은 이런 얘기 하기 싫거든……."

제이는 책상에서 내려와 손등에 턱을 올렸다. 아밀스턴 섬에서 돌아오며 조금은 성숙해졌지만 여전히 어린 티가 남은 얼굴은 깜찍하기 그지없었다. 본판이 조세핀 본인이라고 해도 귀여운 건 귀여운 거였다. 애초에 조세핀은 자기가 예쁜 걸 잘 알고 있기도 했고.

"그래? 난 모든 얘기를 다 너와 나누고 싶은데."

정말 사람 맘을 잘도 흔들어 놓는 말이었다. 조세핀은 심호흡을 하고 고개를 들었다. 그리도 원하신다면, 해 줘야지 뭘 어쩌겠어.

"……걘 내 나이가 몇이라고 생각하는 걸까."

조세핀의 나이는 스물일곱. 가주들의 평균 결혼 연령보다는 좀 어리지만, 그래도 대충 결혼 적령기라고 볼 수는 있다.

심지어 보통 가주들은 가주 노릇을 하던 부모에게서 가주 자리를 물려받는 시기에 결혼을 해서 배우자가 집안 총괄을 맡아 준다.

그런 점을 생각할 때 조세핀은 근 4년 간 배우자 없이 혼자 르퀸가를 꾸려 왔다. 지금 당장 결혼을 해도 절대 이르지 않고, 오히려 이제야 하냐는 소리를 들을 수도 있는 것이다.

그런데 뭐? 생활에 스며들어? 그건 결혼을 한 다음에도 충분히 할 수 있는 일이다. 차라리 그냥 연애를 하고 싶은 거면, 뭐 기다릴 수 있다. 부부 간에 금슬이 좋은 것과 결혼 전의 연애는 사정이 다르니까.

하지만 도리언이 지금 하려는 건, 오히려 결혼을 한 뒤에야 떳떳하게 할 수 있는 일이다. 그럼 그냥 시원시원하게 결혼하자고 하면 되는 문제 아닌가? 그럼 그가 하고 싶은 일이 아예 의무가 될 텐데.

"글쎄. 그 애는 평범한 인간과는 좀 다르니까. 시간의 흐름에 대해서도 생각이 다른 거겠지."

"……너처럼?"

제이는 눈을 동그랗게 떴다가 사르르 웃었다. 이 세상에서 조세핀과 에드워드, 단 둘만이 볼 수 있는 얼굴이었다.

"응, 나처럼. ……우린 인간처럼 보이고, 어느 정도는 인간과 같지만 완벽하게 똑같지는 않으니까."

물론 픽과 안드로이드는 같지 않다. 픽은 본인의 의지로 단 하루를 살 수도 있고 영원을 살 수도 있다면 안드로이드는 정해진 수명이 없는 대신 주기적인 정비가 필요하다는 차이점이 있다.

하지만 둘의 공통점은 자살을 택하지 않는 이상 그들의 수명은 인간보다 아주 길다는 것이다. 심지어 그들은 가장 젊고 건강하고 아름다운 때의 모습 그대로 그 긴 시간을 살 수 있다는 것. 그러니 도리언은 조세핀이 이제 스물일곱이고, 그들이 헤어졌던 열여덟 때와 다르다는 걸 자각하지 못하고 있을 가능성이 높았다.

스물일곱 살이 상대의 생활에 침투하고 싶다면 결혼을 수단으로 쓰는 게 당연하지만 열여덟 살짜리가 너와 평생을 함께하며 너와 나의 삶을 같이 엮어 나가고 싶다며 프러포즈를 하면 당황할 수밖에 없는 것처럼.

그렇다면.

"그러니까, 제이 네가 먼저 행동에 나서는 게 나을지도 모른다는 거지. 우린 아주 오래 사는 만큼 정말 느리게 자라거든."

제이는 즐거워 죽겠다는 얼굴이었다. 이게 지금 연애 얘기의 즐거움을 깨달은 건지 아니면 조세핀의 개인사에 대해 대화하게 되어 즐거운 건지, 조세핀으로서는 알 수가 없는 노릇이었다.

도리언은 차곡차곡 조세핀의 삶에 스며들기 위한 계획을 진행하고 있었다. 정원 다음에는 부엌이었다. 요리책에 적힌 대로 소고기 셰리주 찜을 시도해 보던 도리언은 요리에 정신이 팔려 문이 열리는 걸 미처 알지 못했다.

"한참 찾았네. 이젠 정원에 미련이 사라진 거야?"

하지만 발소리는 놓쳐도 조세핀의 목소리는 놓치지 않는다. 도리언은 황급히 고개를 돌렸다. 문가에 조세핀이 서 있었다.

"조세핀! 여긴 어쩐 일이야?"

당연한 일이지만, 조세핀은 부엌에 들어오지 않는다. 가끔 아밀스턴 양을 요리하는 제이마저도 그녀를 위해 준비된 전용 부엌을 쓸 뿐이고.

"널 찾으러 온 거라니까? 정원을 한 바퀴 다 돌았는데도 안 보여서 외출했나 했네."

"외출할 일이 뭐가 있겠어, 필요한 건 전부 다 갖다 주는데. 왜, 저녁은 좀 더 기다려야 하는데?"

"아니, 그게 아니라……. ……말할 게 있는데, 좀 나가지 않을래? 여기선 좀 그렇다."

고기찜은 이제 끓어오르기 직전이었다. 진행 상황을 보면서 셰리주를 활용해 소스도 만들고, 타지 않게 뒤적여도 주고, 소스를 끼얹어도 줘야하는. 그리고 지금 불을 끄면 요리를 완전 망칠 수 있는 타이밍.

그러니 지금 도리언이 할 말은 그냥 여기서 하라거나 아니면 이따가 식사 후에 대화하자는 말일 것이다.

하지만 그는 감으로 깨달았다. 지금 조세핀이 하려는 말은 고작 한 끼 식사보다는 훨씬 더 중요한 일이다. 고기 한두 덩이 정도야 큰 문제가 아니고, 필요하다면 제이가 복구시켜 줄 수도 있겠지.

도리언은 마음을 정하고 냄비의 불을 껐다.

"그래, 나가자."

조세핀이 도리언을 데리고 간 곳은 정원이었다. 도리언은 요리를 하러 부엌으로 쳐들어가기 전에 오늘도 정원 손질을 했고, 그래서 르퀸가의 정원 구성을 분명히 기억하고 있었다.

그리고 지금 르퀸가의 정원은 그가 마지막으로 정리를 했던 때와 분명 달라져 있었다. 아니, 다른 걸 다 떠나 클레마티스는 지금까지 피어 있을 꽃이 아니다, 진작 졌을 꽃이지.

즉, 지금 르퀸가의 정원은 완벽하게 인위적으로 구성되어 있다는 뜻이었다. 그 말은, 그 말은……. 도리언은 심장이 빨리 뛰는 기분을 느꼈다. 물론 그의 심장은 엔진이고, 긴장했다 한들 기능이 달라질 리 없으니 비유에 불과하지만.

"도리언."

세 발짝 앞서 걷던 조세핀이 뒤를 돌았다. 알록달록한 꽃들 위로 쏟아지는 달빛은 부드러웠고, 조세핀은 언제나 도리언에게 완벽했다. 새 지저 귀는 소리조차 들리지 않는, 마치 그들 둘만을 위해 마련된 듯한 공간.

새삼 도리언은 자신이 평생 이 순간을 잊지 못할 것임을 느꼈다. 그가 앞으로 백 년, 천 년을 살게 되고 만약 모든 기억을 리셋하게 되더라도 이 순간만은 기억을 할 것이라고.

"너를 사랑해."

도리언에게 인간이 가질 수 있는 것 중 가장 좋은 감정, 사랑을 가르친 여자. 살기 위해 기억을 지우는 와중에도 차마 단 한 조각의 추억마저 지울 수 없었던 사람. 그가 목숨을 걸 수도 있다고 생각한 상대, 그리하여 도리언의 인생을 거머쥐게 된 이.

"그러니, 내 인생을 네게 줄게."

"……내 인생을 달라는 게 아니라?"

조세핀이 소리 내어 웃었다. 웃음소리에 꽃이 흔들리기라도 했는지 꽃 내음이 물씬 퍼졌다. 흐드러진 꽃향기에 머리가 어지러울 지경이었다.

"네 인생은 이미 내게 줬잖아."

조세핀이 손을 뻗어 도리언의 손을 잡아 끌어당겼다. 도리언은 순순히 끌려가 주었다.

"그러니까 이젠 네가 내 인생을 가질 때지."

조세핀은 도리언의 손을 잡지 않은 반대쪽 손을 폈다. 도리언의 눈동자를 닮은 에메랄드 반지가 그 모습을 드러냈다.

"도리언 그레이하운드."

반지는, 마치 도리언의 손가락에 대고 만든 것처럼 사이즈가 꼭 맞았다.

"나와 결혼해 줄래?"

그 순간, 하늘에서 별이 쏟아져 내렸다. 정확히는, 하늘의 별을 닮은 빛의 조각들이 쏟아져 내렸다. 반짝거리는 빛이 반딧불처럼 주변을 밝혔다.

도리언은 제 손을 잡은 조세핀의 손이 떨리고 있는 것을 눈치챘다. 그렇게나 자신만만한 얼굴로 네 인생은 이미 내 게 아니냐고 했으면서. 머리로는 자기가 내놓을 대답을 이미 알고 있을 거면서.

견딜 수 없는 사랑스러움에 도리언은 대답보다 먼저 입을 맞추고 말았다. 아니, 대답 대신.

* * *

짝, 짝, 짝. 소리 없는 박수가 허공에 터질 때마다 자그마한 불꽃이 터져 나갔다. 그때마다 빛의 조각들은 위치와 크기를 달리하여 환상적인 빛의 반사를 선보였다.

빛 번짐과 음영을 적절하게 조절하느라 둘의 대화를 여상히 흘려 넘기고 있던 제이는 조금 늦게 둘의 입맞춤을 깨달았다. 화들짝 놀란 그녀는 빛을 조절하던 것도 잊고 자리에서 일어나 빙그르르 반 바퀴를 돌았다. 평범한 어린애도 아니고, 고작 입맞춤에 놀랐다기보다는 조세핀의 프라이버시를 지켜주고자 하는 마음 때문이었다.

하지만 뒤를 돌았다 한들 이미 본 건 본 것이고. 그게 허락의 의미임을 모를 만큼 제이는 비관적이지 않았다.

"잘됐다, 제이."

······약 5년 쯤 전에. 오빠와 아빠를 죽이고 그로 인해 르퀸가의 가주가 되어 혼담이 파기되었을 때.

조세핀은 가족 따위는 필요 없다고 제이에게 말했다. 제이가 있다면 다른 가족은 없어도 괜찮다고. 하지만 괜찮다는 건 말 그대로 괜찮다는 것뿐이지, 그게 더 낫다는 뜻은 아니다.

그리고 제이는 조세핀이 나쁘지 않은 것에 만족하지 않기를 바랐다.

최소한 둘 중에 더 나은 쪽을 고를 수 있다면. 그리고 욕심을 부리자면 가장 좋은 것을 가질 수 있었다면.

그래서 제이는 지금 이 순간이 매우 기뻤다. 조세핀이 한 번 포기한 것을 다시 거머쥔 이 순간이.

Chapter 15

Happily ever after?

"슬슬 결혼할까."

참 좋은 순간이라는 것은 에드워드도 인정했다. 날은 맑았고, 공기는
쾌청했고, 바람은 딱 적당하게 시원했다. 신장개업한 음식점은 맛과 서비
스, 인테리어 모든 면에서 훌륭했다.

하지만 그건 평범한 나날 중에 좋은 순간이라는 것이지, 이런 인생 중
대사를 결정하기에 좋은 순간이라는 뜻은 아니었다. 그래서 에드워드는
되물었다.

"네?"

진짜 무슨 뜻인지 못 알아들어서, 혹은 못 들어서 되물은 건 아니란 뜻
이다.

"왜, 조세핀도 결혼했고 너도 이제 슬슬 결혼할 나이……. ……아."

제이는 조금 뒤늦게 자신의 실언을 알아차린 모양이었다. 그녀는 푸딩

을 뜨던 스푼을 내려놓고 얼굴을 감쌌다.

"미안. 프러포즈 이렇게 하는 거 아니지."

"아니, 그, 저……."

에드워드는 제이에 대한 무조건적인 애정과 상식 사이에서 갈등했다.

"……괜찮습니다."

지금껏 계속 그랬듯, 이건 건 애정이었다.

"아니, 아냐. 이거 못 들은 걸로 해. 알았지? 다음번에, 다음번에…….
아니, 이렇게 말하는 것도 안 되나?"

혼란스러워 보이는 제이의 팔을 붙잡고, 에드워드가 달래듯 말을 걸었다.

"제이. 괜찮으시다면, 제게 계획이 있는데요."

하지만 뜻밖에도 제이가 고개를 저었다.

"아니, 그건 안 돼."

에드워드와 시선을 맞추어 오는 보랏빛 눈동자가 강경했다. 에드워드
는 고개를 기울였다.

"왜죠?"

제이와 연애를 시작한 지 근 10년이 다 되어 가는 시점이었다. 그간,
그는 수많은 프러포즈 계획을 세웠다.

봄, 여름, 가을, 겨울, 낮과 밤, 비와 눈이 오는 날과 안개가 낀 흐린
날, 화창한 날, 그 모든 날에 걸맞는 프러포즈를. 어느 날 어느 순간에 결
혼을 청하고 싶어져도 괜찮을 만큼 수많은 계획들을.

그러니, 사실 오늘 당장 프러포즈를 하라 해도 에드워드는 할 수 있었
다. 수많은 계획들 중 하나쯤은 오늘에 어울리는 계획이 있을 테니까.

그런데 왜?

순수한 의문에 제이가 입술을 달싹였다. 만약 제이가 대답하기 싫다고
한다면, 에드워드는 물론 기꺼이 이 의문을 폐기할 것이다. 하지만 제이

는 그러지 않았다. 그녀는 민망해 시선을 돌리면서도 대답을 돌려주었다.

"······내가 해 주고 싶으니까."

그 말로 충분했다. 해 주고 싶어서. 에드워드가 언제 쓰게 될지, 할 수는 있을지도 알 수 없는 청혼 계획을 수도 없이 준비하고 아껴 뒀던 것처럼, 제이도 그렇게 말하고 싶어서. 네가 나와 함께 남은 인생을 계속 함께 살아 주었으면 좋겠다는 말을, 가장 아름답고 가장 황홀한 순간에 가장 행복하게 말해 주고 싶어서.

어차피 돌아올 게 승낙인 걸 알면서도, 그래도 말을 가다듬고 그가 기뻐할 만한 상황을 고르며.

제이의 말에 함축된 의미는 그것이었다.

"그래서 말인데, 어떻게 생각해. 어떻게 하면 에드워드가 감격해서 말을 잊어버릴까?"

할 말은 정말 많았는데. 도연후는 일단 질문부터 했다.

"그걸 왜 나한테 물어?"

"너라면 인간에 대해 잘 알 거 같아서."

할 말은 더욱 늘기만 했다. 도연후는 그 중 대화가 이어질 만한 문장을 신중하게 골라 제거했다.

"근데 나 청혼 한 번도 안 해봤는데."

상대의 문제인지 도연후의 문제인지, 최대한 대답이 곤란할 말을 골랐음에도 불구하고 대화는 끊어지지 않았다.

"받아 본 적은 있을 거 아냐."

"받은 적도 없는데."

"단 한 번도?"

제이의 눈이 동그래졌다. 몸 상태가 좀 더 좋았다면 친절한 설명을 덧붙여 줬을지 모르지만, 매우 피곤했기에 도연후는 부연 설명을 포기했다.

"그렇게 되어 있어서."

그는 모든 인류에게 사랑받는 존재지만, 그 사랑은 연정이 아니니. 뭐 그게 큰 문제는 아닌 터라, 제이는 곧 화제를 돌렸다.

"그래도 보고 듣고 한 게 있을 거 아냐, 주변 사람들이 프러포즈를 단 한 번도 안 했다거나 너한테 그런 화제를 금기시하진 않았을 테니까."

물론이었다. 금지되어 있었다면 제이가 이런 걸 묻지도 못했을 테니까. 하지만 중요한 건 그게 아니었다.

"옆에서 보고 듣기만 한 나보다 더 적합한 고민 상대가 있잖아."

"달리아 청혼 받았어?"

도연후는 다 때려치우고 잠이나 자고 싶었다. 상대가 이번에 처음으로 다른 결말을 위해 노력하겠다고 말한 제이가 아니었다면 그랬을 것이다. 하지만 제이였기에, 도연후는 남은 힘을 그러모아 보았다. 거의 황금의 뇌를 가진 사나이의 마지막 금가루 수준이기는 했지만.

"조세핀 라 르퀸."

"조세핀은 이미 결혼을 했잖아."

어찌나 당당한지, 다른 사람이었다면 자기가 대화 흐름을 잘못 이해했는지 고민할 정도였다. 하지만 상대는 도연후였기에 그런 고민 따위는 하지 않았다. 그는 당당하게 되물었다.

"그래서 물어보는 거잖아. 경험자한테 묻는 게 최고 아냐?"

제이가 한숨을 폭 쉬었다. 마치 이런 것까지 설명해야 하냐는 태도였다.

"지금 내가 조세핀한테 최고의 프러포즈 법에 대해 물으면, 조세핀은 열심히 궁리를 해 줄 거란 말이야. 조세핀이 결혼하고 십 년 가까이 지났으니 어쩌면 더 좋은 방법을 생각해 낼 수도 있고."

"그래. 그러니까 더 상담상대로는 좋은 거 아니냐고."

아무리 좋은 계획을 갖고 있어도, 제이에게 그걸 알려줄 생각이 없다면 쓸모가 없다. 하지만 조세핀은 없는 계획도 쥐어짜 내줄 것이고.

"그럼, 조세핀은 최고가 아닌 프러포즈의 기억을 갖게 되는 거잖아."

제이의 눈이 도연후가 아닌, 저 멀리 어딘가를 더듬었다. 이곳에 없는 그녀의 분신을 생각하는 모양이었다.

"난 조세핀이 언제나 자기가 아는 한 가장 좋은 것들을 가졌으면 하거든."

최고는 줄 수 없어도, 조세핀의 삶이 최선으로만 가득 찼으면 해서. 제이의 말을 다 들은 도연후는 어깨를 으쓱했다.

"그걸 그대로 청혼 건에도 적용하면 될 거 같은데?"

제이가 고개를 갸웃했다.

"나 지금 조세핀 얘기 하고 있었거든, 프러포즈는 에드워드한테 할 거고."

도연후는 낮게 웃었다.

"그리고 넌 둘 다 사랑하잖아. 애정의 갈래는 달라도, 본질은 결국 다 똑같거든."

도연후는 침대 옆에 놓여 있던 물 잔을 들어 입을 축였다.

"행복의 기준에 대해 가장 잘 아는 건 아마 나겠지. 물론 내가 세상에서 가장 행복한 사람은 아니겠지만, 일생의 행복을 평균으로 내면 아마 내가 가장 많이, 자주 행복했을 테니까 말이야."

도연후는 잔을 내려놓는 대신 제이에게 보여 주듯 눈높이보다 조금 더 높게 들어올렸다. 물이 더 필요하다는 뜻은 물론 아니었다.

"하지만 봐, 그렇다고 내가 이 세상의 온갖 사치와 가장 귀한 것만 갖고 사는 건 아니잖아. 내가 있는 곳에서 대체적으로 사람들이 착해지는 건 맞지만, 착하고 우수한 순으로 사람들을 잘라서 내 주위에 밀어 넣는 것도 아니고."

원한다면 도연후는 금으로 만든 잔에 담긴 와인에 진주를 녹여 물처럼 마시고 다이아몬드로 포석을 깔지 않은 길에는 걸음도 대지 않을 수 있었다. 하지만 그건 그의 행복에 하등 상관이 없었을 것이다. 술은 마셔 봤자 취하기나 하고, 보석은 밟아 봤자 미끄럽기나 할 테니.

"그러니까, 최고라고 다 좋은 건 아니라는 거지. 그냥 에드워드 경이 좋아하는 걸로 채워 줘. 그게 그의 최선이 될 테니."

듣고 보니 정말 그랬다. 제이가 가장 좋아하는 디저트는 위에 금가루를 뿌린 가나슈 케이크가 아니라 오렌지 쇼콜라니까.

"고마워, 도연후. 청첩장 나오면 한 장 보낼게."

"아니, 괜찮아. 시기상 식에는 참석 못할 거 같거든. 달리아 편에 결혼 선물 보낼게."

결혼식 일정은 나오지도 않았는데 왜 벌써 참석을 못한다는 건지 모를 일이었다. 제이는, 시간의 문제가 아니라 개인적인 이유로 인해 오지 못하는 거라 생각해 주기로 했다.

에드워드가 좋아하는 것. 제이 델 르퀸, 종교적 색채가 강한 것들.

제이는 말할 것도 없고, 에드워드는 성복처럼 품이 넉넉하고 소매가 긴 옷과 성가 특유의 고색창연한 멜로디를 좋아한다. 색색깔의 유리 너머로 들어오는 빛의 편린도 좋아하고, 향신료를 넣지 않은 채식 위주의 식단과 제주(祭酒)도 좋아한다.

간단하게 말해서, 에드워드는 성소에서 제이가 프러포즈를 해 주면 그걸 가장 행복하게 여길 것이다. 하지만 그랬다가는 대소란이 벌어질 테지. 둘 다 신자라면 모를까, 제이는 신적에 오르지도 않았으니까.

그렇다면 어찌 해야 하나?

만들면 된다.

그리고 그건 제이에게 있어 숨 쉬는 것처럼 손쉬운 일이었고.

* * *

　제이의 실언 이후, 에드워드는 하루하루 피가 마르는 듯한 기분을 느낄 수밖에 없었다. 예고된 청혼이라니! 청혼을 하는 입장이라면 시기를 정할 수 있다지만 받는 입장에서는 그것도 안 된다.

　조만간 청혼이 오고, 그때 에드워드는 이 세상 그 누구보다도 잘생겼으면 했다. 제이가 결혼 의사를 나타내는 그런 자리에 상대가 부족해서는 안 된다. 제이에게 걸맞는, 즉, 그의 신에게 어울릴 법한 남자가 되어야 하는 것이다.

　여기서 문제가 되는 게 수면 시간이었다. 깨어 있는 시간이야 에드워드는 원래도 항상 잘생기고 멋있게 스스로를 유지하는 데 익숙하니 상관없고.

　하지만 잠든 시간은 얘기가 달랐다. 화장을 하고 자거나 몸에 딱 맞는 옷을 입고 침대에 누울 수는 없으니까. 물론 상식이 있는 인간이면 자는 사람을 깨워서 청혼을 하진 않겠지만, 상대는 제이다.

　제이는 상식을 알기는 하지만 필요에 따라 얼마든지 폐기할 수 있는 인간이고, 자다 깬 에드워드도 충분히 잘생기고 멋지다고 생각해 줄 것이다. 그러니 허점을 찌르기 위해 새벽 세 시에 에드워드의 방 창가에 서 있을 가능성도 충분하겠지. 하루 이틀이라면 밤이라도 새겠지만 장기전이 되어서야 그럴 수도 없는 노릇이고.

　에드워드는 고민 끝에 침대 옆에 세숫물과 외출복을 챙겨 두는 것으로 타협을 했다. 누가 봐도 가출 준비물을 매일 챙기게 된 데미안은 얼굴 표정이 썩 좋지 않았다.

　"주인님."

　"응, 왜."

　"열흘 안에는 돌아와 주세요."

하하. 에드워드는 관대하게 웃었다. 크뤼거가의 후계자가 적대 가문의 연인과 종적을 감추는 데 열흘까지는 수습이 가능하다니. 그는 정말 우수한 집사를 둔 모양이었다.

에드워드의 준비가 무색하지 않게, 제이는 정말 새벽 네 시에 그의 침대 옆에 서 있었다.

"에드워드, 일어나 볼래?"

제 뺨을 쓰다듬는 연인의 손길에 눈을 뜬 에드워드는 깜짝 놀라 상체를 일으켰다. 뭐지? 잠든 상태에서도 인기척을 느끼는 것에는 자신이 있었는데. 에드워드의 표정을 읽었는지, 제이가 상냥하게 말했다.

"전에 네가 바로 깨던 걸 기억해서, 일부러 소리 없이 들어왔거든. 네가 둔해진 게 아냐."

제이가 말하는 때가 언제인지 기억이 났다. 그때 에드워드는 잠결에 제이에게 총을 겨눴었고. 오래 전 부끄러운 기억에 에드워드는 얼굴을 감싸쥐고 신음했다.

"……죄송합니다."

"오히려 내가 미안해해야지, 애인이라고 해도 이 시간에 찾아오는 게 비상식적인 건 나도 알아."

"아뇨, 사과하실 것 없습니다. 당신은 무얼 하셔도 괜찮으니까요."

그간 언제 제이가 프러포즈를 할지 몰라서 골머리를 썩인 건 없었던 일처럼, 에드워드는 뻔뻔하게 대답했다. 제이가 조용히 웃었다.

"그럼 너도 내게 사과할 필요 없겠지."

근 십 년간 연애하며 수십, 아니 수백 번쯤 반복된 대화였다. 그럼에도 불구하고 단 한 번도 질리지 않는.

에드워드가 제이에게 괜찮다고 하는 것도, 제이가 에드워드에게 사과하지 말라 하는 것도 전부 상대에 대한 애정에서 비롯된 것이라.

에드워드는 낮게 웃고 손등에 입을 맞추었다.

"그렇군요. 그럼 대신 사랑한다고 해야겠네요."

이 역시 수도 없이 반복된, 제이가 가장 좋아하는 수작이었고. 제이는 이미 수백 번은 들었던 말에도 기쁘게 웃으며 키스했다.

"……조금만 시간을 주시면, 곧 준비를 마칠 수 있습니다."

"시간이야 얼마든지 줄 수 있어. 다만, 옷은 이걸로 갈아입어 줘."

제이가 내민 것은 넉넉한 품의 튜닉풍 의상이었다.

에드워드는 눈으로 옷의 품이며 기장을 확인했다. 에드워드가 입어도 손등이 덮일 만큼 품이 큰 옷이었다. 어지간한 기성품은 이 크기가 안 나올 텐데, 주문을 맡겼거나 제이가 직접 만들었거나 둘 중 하나일 것이다.

흰 천위에 놓인 자수를 살펴보자, 사람의 손으로 하기 어려울 만큼 섬세한 것이 아무래도 제이가 직접 만든 듯 했다. 그때부터 준비해서 만들 수 있는 퀄리티의 옷이 아니었으니까.

일부러 맞춘 거겠지? 딱 그의 취향인 것을 보니. 다만, 에드워드가 잘 입는 타입의 옷은 아니었고.

에드워드는 이런 류의 옷을 좋아하는 것치고는 잘 입지 않는다. 어울리지 않아서가 아니라 더 잘 어울리는 옷이 있어서였다. 에드워드에게는 각지고 몸에 딱 맞는, 정장이나 군복 류가 잘 어울렸다. 어깨가 넓고 허리가 날씬한 체형과 기껏 길러 놓은 근육이 돋보이기 때문이었다.

"이거 내 거랑 세트야."

에드워드가 싫어한다고 생각했는지, 제이가 양 팔을 벌려 옷을 보여 주었다. 하지만 그건 옷을 살펴보았을 때부터 이미 알고 있던 사실이었다. 에드워드는 바로 입겠다고 하는 대신 이렇게 물었다.

"제가 이걸 입었으면 하십니까?"

당연한 얘기였다, 옆에 갈아입을 옷이 있는 걸 보고도 건넸으니까. 그럼에도 불구하고 이걸 물어보는 건.

"응, 네가 이걸 입으면 좋겠어."

제이의 입에서 이 말을 듣고 싶어서. 그의 행동이 제이의 기쁨이 된다는 확언을 듣고 싶어서.

그가 원하는 거라곤 고작 말 한 마디였기에 제이는 기꺼이 주었고, 에드워드는 기꺼이 그녀의 계획에 자신을 맞추었다. 항상 그랬듯, 그가 좋아하는 스타일의 옷을 입는 것보다도 제이를 기쁘게 하는 게 더 기분 좋은 일이었다.

어쨌거나 군인인 터라, 에드워드가 준비를 하는 데는 그리 긴 시간이 걸리지 않았다. 치밀하게도 데미안에게까지 메모를 남겨 둔 뒤 그는 제이와 집을 나왔다.

모형정원에서처럼 하늘을 날거나 공간을 접는 건 불가능했다. 이곳에서는 그가 락이니까.

그리하여, 그들은 꼬박 세 시간이 걸려 이동했다. 목적지에 도착했을 때는 희뿌옇게 동이 트고 있었다. 제이는 이걸 노려서 새벽 네 시에 찾아온 거였을까?

그런 생각을 하며 안으로 들어가자, 에드워드는 잠시 눈을 깜박였다.

그의 눈앞에 펼쳐진 건, 그야말로 그의 이상향이었다. 묵직한 색채의 스테인드글라스, 불규칙한 듯 꽉 맞물린 돌 벽과 바닥, 천장의 성화, 그리고…….

에드워드가 천천히 건물 안을 둘러보는 것을 보고, 제이가 손가락을 튕겼다. 그러자 8D 서라운드로 성가가 깔렸다. 아무도 없는데 갑자기 사방에서 울려 퍼지는 아이들의 목소리에, 에드워드는 화들짝 놀라 눈을 크게 떴다.

제이는 이 시스템을 구축하기 위해 도서관 내의 모든 음향 정보 기기를 다 뒤져야 했다. 축음기도 보편화되지 않은 시절에 말이다. 지금 들리는 성가 또한 그랬다. 이 세계의 성가를 가져오자니, 그건 에드워드 안에서 순위가 명확하게 정해져 있을 것 같아 내키지 않았다.

아예 처음 듣는 게 낫지, 이미 들었고 더 좋아하는 노래가 있는데 다른 노래를 쓰는 건 싫었으니까. 그렇다고 프러포즈 할 때 쓸 거니까 네가 가장 좋아하는 성가를 알려 달라기에도 뭣했고.

그러니 이곳은 성소이되 성소가 아니었다. 이곳을 꾸민 것은 전부 도서관에 남아 있는 기록들이었으니. 언제, 어디서 시작되었는지 모를 기록들을 추려내어 제이는 단 한 번의 프러포즈를 위한 공간을 재구성해 냈다. 적어도 그들의 역사 안에서는 존재한 적 없는 공간을.

이렇게까지 하지 않아도 만들 수 있는 공간이기에 더한 사치였다. 이미 있는 성소를 베끼나, 도서관을 이 잡듯 뒤져 새로이 재창조해 내나 에드워드의 감상은 아주 조금 달라질 뿐일 것이다.

그럼에도 불구하고 제이는 그걸 해냈다. 밤마다 아밀스턴 섬까지 가서 도서관을 뒤져, 그 안에서 에드워드의 마음에 들 만한 요소들을 골라내어 이 공간을 꾸몄다. 그 조금의 차이를 위해.

제이의 애정은 그런 것이다. 고작 숨 한 번의 가치를 가질 만큼 사소한 차이를 위해 세상을 쏟아 부을 수도 있는 것.

"에드워드 델 크뤄거."

제이가 손을 뻗었다. 홀린 듯 안을 둘러보며 소리의 근원을 찾던 에드워드의 시선이 대번에 제이에게 고정되었다. 에드워드의 애정이란 이런 것이고. 그 어떤 상황, 어떤 때에서도 제이의 부름에 답하는 것. 그녀에 대한 애정을 드러내는 걸 삼가지 않는 것.

"예, 제이. 당신의 종복이 여기 있습니다."

이 공간에 어울리는 대답이었다. 제이는 제 손을 마주 잡아 오는 에드워드의 손을 끌어당겨 그와의 거리를 좁혔다. 제이의 의도를 읽은 에드워드는 그녀의 등 뒤로 팔을 둘렀다.

"네 삶이 끝나는 날까지 네 옆에 있을게."

사람의 수명은 알 수 없는 것이라지만, 픽은 사람이기엔 어정쩡한 존재다. 그것은 인간의 모습을 하고 인간의 감정을 느끼고 인간에게서 태어나 인간 사이에 섞여 살지만 온전한 인간은 되지 못한다.

그렇기에 제이 델 르퀸은 당연히 에드워드 델 크뤼거보다 더 오래 살 것이다. 그녀는 살아남아 해야 할 일이 있으니. 이 세계의 지속을 위해, 고작 백 년도 되지 못할 시간을 벌기 위해 그녀는 억겁의 세월을 바치기로 했으니.

"그러니, 네 인생을 내게 주겠어?"

내 인생이라는 날실에 네 인생이라는 씨실을 엮어 우리의 삶을 짜자. 내가 나의 평생 동안, 즉 영원에 가까운 시간 동안 기억하고 반추할 태피스트리가 될 수 있게.

"요컨대, 나와 결혼해 줘."

에드워드는 대답 전에, 제이가 오로지 그만을 위해 만들어 낸 공간을 다시 한 번 둘러보았다. 무슨 대답을 할지 고민하는 건 아니었다. 제이의 부관으로서 제이에게 처음 인사할 때부터, 아니, 제이를 처음 만났던 그 때부터 그의 대답은 정해져 있었으니까. 그저 그는 제이의 애정을 호흡하여 그의 폐와 혈관을 가득 채운 뒤 대답을 하고 싶었던 것이다.

"예, 나의 신이시여. 기꺼이 제 삶을 그대에게 바치나니."

에드워드는 맹세의 키스를 하고, 표현을 조금 바꾸어 다시 대답했다.

"좋습니다, 결혼합시다."

"축하합니다, 이건 도연후가 보내는 결혼 선물이에요."

주는 걸 거절할 이유도 없어, 에드워드는 상자를 일단 받았다.

"그런데 왜 저입니까? 주면 제이에게 주는 게 맞지 않나요?"

먼저 본성을 터놓은 건 에드워드지만, 좀 더 특별해진 쪽을 고르라면 제이일 것이다. 어쨌거나 대륙을 넘어와 사기극에 동참해 줄 정도니.

그러니 결혼 선물을 보낸다면 제이 쪽에게 보내야겠지. 하지만 사파이어는 생글생글 웃을 뿐이었다.

"글쎄요? 저는 도연후가 부탁한 대로 한 것뿐이라서요. 결혼선물이니 이성보다는 동성에게 보내는 게 낫다 생각한 게 아닐까요?"

아무리 생각해도 도연후가 그런 걸 챙길 성격은 아닌 것 같았지만, 모른다니 어쩔 수 없는 일이었다.

"시기도 미스터 도가 정했습니까?"

사실 지금은 결혼 선물이라는 말도 무색한 시점이었다. 그도 그럴 게, 청첩장은커녕 아직 결혼 날짜도 잡지 않았으니까. 더 자세하게 말하자면 제이가 프러포즈를 하고 그걸 양가에 막 알린 상황이었다. 에힐드의 사교계에 소문이 퍼지려고 해도 시간이 조금 걸릴 시기.

"네."

사파이어가 어깨를 으쓱했다.

"앞으로의 일정에 도움이 될 거라고 하더군요."

그런 말을 들으면 당연히 안을 확인해 보고 싶어진다. 에드워드는 자기도 모르게 상자의 뚜껑에 손을 댔다. 그런 에드워드의 손을 사파이어가 잡아 저지했다.

"그건 추천하고 싶지 않군요."

에드워드의 시선이 상자에서 잡힌 자기 손으로, 사파이어의 손으로, 사파이어의 얼굴로 옮겨갔다.

"……선물이라더니?"

"예, 선물이지요."

그의 표정에 오묘한 미소가 어렸다. 음흉해 보이기도, 점잖아 보이기도 하는 미소였다.

"그냥 갖고만 있으면 모든 일이 잘 풀릴 수 있는, 선물입니다."

"꼭 사기꾼처럼 들리는 말이네요."

사파이어가 낮게 웃었다.

"부정하지는 않겠습니다. 하지만 도연후의 선물이잖습니까? 이 정도 효험쯤은 있어야지요."

듣고 보니 그렇긴 했다. 에드워드가 아니라 제이에게 보내는 선물이라 하면 더더욱 그 정도는 필요하겠지.

제이와 에드워드는 일단 서로의 가문 내에서는 인정을 받고 있었다. 조세핀이야 제이의 선택을 반대할 리 없고, 르퀸가의 원로원은 거의 세뇌 수준으로 제이에게 순종적으로 바뀌었다.

크뤼거가로 가자면, 에르제베트는 당연하고 처음에는 협박으로 억눌렀던 롤랜드 또한 제이가 아주 우수한 락이라 에힐드 전체를 혼자 커버할 수 있다는 것을 알게 되자 태도를 바꾸었다. 그에게 있어 한 번 고객의 정보를 유출시킨 적 있고 픽이 수장인 하연 인더스트리보다야 에드워드에게 푹 빠져 있는 제이 쪽이 훨씬 더 믿음직한 거래 상대일 테니까.

지지 기반이 따로 없던 조세핀과 달리 롤랜드와 에르제베트는 크뤼거가를 온전히 휘어잡고 있었기에, 그 둘이 제이를 인정하자 크뤼거가 역시 제이에 대해 반대 의견을 드러낼 수 없게 되었다.

하지만 제이와 에드워드의 문제는 양쪽 가문만의 문제가 아니다. 애초에 르퀸가와 크뤼거가 사이에 개인적인 불화가 있는 건 아니니까.

문제는 진보와 보수, 양측이다. 그들은 르퀸가와 크뤼거가, 두 명문가의 결합을 반기지 않을 것이다. 아마 도연후는 그걸 위해 이 선물을 보냈겠지. 다시 이곳에 와서 모두를 설득해 주는 대신……

……대신?

"이거, 열어 보면 안 되는 겁니까? 효험이 떨어진다거나?"

"아뇨, 그건 아닙니다. 그저 정신건강상 보지 않으시는 게 나을 거라는 의미죠. 보지 않으셔도 효험에는 아무 영향이 없으니까요."

"그러고 보니 제이에게 들었는데, 미스터 도는 우리 결혼식에 참석하지 못하신다고요."

"네. 아쉽다고 전해 달라더군요."

에드워드는 보지 않고도 상자 안에 무엇이 있는지 짐작할 수 있을 것만 같았다.

"……그럼 나중에라도, 미스터 도를 만나게 되신다면 선물 고마웠다고 좀 전해 주시겠습니까."

돌아가면, 도 아니고. 시간이 된다면, 도 아니고. 그저 일이 있어 결혼식에 빠진 지인에게 보낼 메시지로는 들리지 않는 말에, 사파이어는 눈을 동그랗게 떴다가 곧 다시 눈꼬리를 휘며 웃었다.

"예, 절대 잊지 않고 기억해 두었다가 전해 주겠습니다."

에드워드는 결혼 준비보다도 이르게 도착한 결혼 선물을 곱게 받아 들었다.

* * *

제이와 에드워드의 결혼식 날은 날씨가 정말 좋았다. 흐리지도, 그렇다고 해가 지나치게 뜨겁지도, 바람이 세지도 아예 없지도 않은. 마치 일년의 날씨를 미리 알아서 가장 좋은 날을 고른 듯 야외 결혼식을 올리기에 최적의 날씨였다.

"다행이구나, 비라도 내렸으면 손해가 막심했을 텐데."

동감이었다. 물론 제이의 능력이라면 비를 막는 것쯤이야 간단하겠지만 픽 금지국인 로쉔에서 그런 일을 벌일 수는 없는 노릇이니.

"야외 결혼식을 한다고 했을 때, 우리가 말렸었지. 이 시기는 날이 변덕스러우니 날짜를 바꾸든가 실내에서 식을 올리자고."

"그러셨죠."

"하지만 너희는 괜찮다고 했지."

"그랬고요."

"에르제베트를 온건하게 설득하라고 했을 때, 나는 너희가 최소 반년은 투자해야 할 거라고 생각했단다."

"그러셨나요?"

"하지만 실상은 반시간 만에 끝났었지."

"그랬었죠."

일견 무성의하게 들리는 대답에도 롤랜드는 굴하지 않았다. 그는 손님들에게서 시선을 떼어 아들을 보았다. 제이에 관한 일을 빼면 단 한 번도 속을 썩인 적 없는 자랑스러운 후계자를.

"……이게 전부 우연일까?"

에드워드는 아까부터 짓고 있던 접대용 미소를 지우지 않았다.

롤랜드가 의심을 하는 건 너무나도 당연한 일이다. 제이를 만나기 전까지 에드워드는 신앙에도 비딱했고 감정에는 부정적이었으니까.

그에게 사랑꾼과 광신도의 피가 깨어난 건 제이를 만난 이후다. 양친에게서 물려받은 기질이라고는 하나, 남이 보기에는 안 그러던 애가 갑자기 다른 사람처럼 변한 것이다.

그러더니, 그 원흉은 어느 날 갑자기 가장 큰 문제이던 자기 출생의 문제를 풀어 버리고는 각기 다른 의미로 골치 아픈 에드워드의 부모님을 입 다물게 만든 뒤 이제는 모두가 파투내고 싶어 안달 났을 결혼을 성공시키기까지

한 것이다. 게다가, 그 결혼식 날은 마치 예지라도 한 듯 맑고.

물론 에드워드는 이게 제이가 수를 쓴 게 아니라는 사실을 안다. 오히려 모든 일은 그가 움직이며 시작된 것을 안다. 픽이라고 해서 전능한 게 아니라는 사실도 알고.

하지만 픽에 대해 잘 알지 못하는 롤랜드라면 그런 의심을 해도 이상한 건 아니겠지.

"우연이 아니라고 생각하십니까?"

에드워드는 잠시간의 고민 끝에, 굳이 롤랜드의 의심을 풀어 줄 필요 없다는 결론을 내렸다. 롤랜드가 상상하는 건 실제 제이보다도 더 골치 아픈 상대니까. 의심이 풀리지 않는 이상 롤랜드는 제이를 다루기 힘든 종기처럼 조심스레 대하겠지.

"그렇다면, 신의 안배겠지요."

의미심장한 말만을 남겨놓은 채 그는 자리를 떴다. 롤랜드가 혼자 생각할 시간이 필요할 테니까. 혼자 고민하다 잘못된 결론에 이를 시간이.

"신랑, 에드워드 델 크뤼거는 신부, 제이 델 르퀸을 맞아 영원히 사랑할 것을 맹세합니까?"

"맹세합니다."

"신부, 제이 델 르퀸은 신랑, 에드워드 델 크뤼거를 맞아 평생토록 사랑할 것을 맹세합니까?"

"맹세합니다."

주례문을 쓴 것은 에드워드였다. 신관의 주례문을 바탕으로 했기에 아무도 이상한 걸 눈치채지는 못했겠지만, 원래 평범한 사랑의 맹세에서는 신랑과 신부, 양 측이 똑같은 맹세를 한다. 평생을 사랑하겠노라고.

하지만 제이의 '평생'은 에드워드의 '평생'보다 훨씬 길 것이다. 거의 영원에 가까울 평생과 고작 백 년도 살지 못할 인간의 평생이 동등한가?

고작 말 한마디였지만, 그는 그 말 한 마디조차도 제이에게 불평등한 거래를 제안하고 싶지는 않았다. 그렇기에 그는 직접 주례문을 썼다. 겨우 사랑의 맹세 단 한마디를 바꾸기 위해.

제이의 '평생'에, 자신의 '영원'을 걸기 위해.

신을 믿는 광신도의 영원이란, 말 그대로의 영원이다.

그는 그의 영혼이 존재하는 모든 시간의 애정을 걸었다. 이전과 현재, 이후까지 전부. 세계가 파멸해 하늘의 그물에 그의 영혼이 갈가리 찢길 그날까지의 모든 시간을 전부.

"그럼, 맹세의 키스를."

에드워드는 베일을 걷고 제이에게 키스했다. 그의 맹세에 증거 따위는 필요 없으니, 이것은 애정의 과시이다. 모두의 앞에 선보이는 그의 신앙과 사랑의.

* * *

하지만 열흘 붉은 꽃은 없고, 사람은 영원히 살 수 없는 법이다. 모든 일에는 끝이 오나니.

제이에게 있어 그 끝은 에드워드의 임종이었다.

"……기분이 복잡하네요."

"왜?"

그에 반해, 물어오는 목소리는 평온했다. 사랑해마지 않는 배우자의 임종을 기다리고 있는 이답지 않게. 하지만 속까지 정말 평온할 리 없는 것을 알아 에드워드는 슬펐다.

"알고 있었어요, 이런 날이 올 거라는 건."

제이의 정체를 알았을 때부터 그녀와 자신의 수명이 다르다는 것도 짐작하고는 있었다. 그러니, 그녀와 맺어지더라도 자신은 언젠가 그녀를 두고 먼 길을 떠나야 할 거라는 각오를 했고.

그게 확신으로 바뀐 건 아밀스턴 섬에서 돌아온 후였고.

하지만 각오를 다졌다고 생각했는데도 막상 죽음을 앞두자 생각이 많아졌다. 그의 삶을 후회하는 건 아니었다. 그는 평생토록 행복했고, 제이 또한 행복했으리라고 확신할 수 있었다.

하지만 그가 죽은 후에는?

사람은, 처음부터 가지지 못했던 것보다 한때 가졌다가 잃은 것이 더 힘들 때가 있다. 에드워드의 존재가 제이에게 그러지 않을까? 언젠가, 시간이 흘러, 제이는 차라리 에드워드 델 크뤼거 따위는 몰랐고 그와 보낸 시간 따위는 없던 게 더 나았을지 모르겠다고 생각하게 되지 않을까? 그와의 추억 때문에 힘들어하게 되지 않을까?

고민해 봤자 그는 시간을 되돌릴 수도, 수명을 바꾸어 제이의 옆에 계속 남을 수도 없건만, 그럼에도 불구하고 아무 짝에도 쓸모없는 고민을 그만둘 수가 없어.

"제이."

"응, 에드워드."

대답은 빨랐다. 그녀도 그의 남은 수명이 길지 않은 것을 알아, 온 신경을 다 집중하고 있는 것이다. 그 애정이 기쁘고도 슬퍼, 에드워드는 눈을 감았다.

"내가 죽고 나면, 이곳에 더 머무르지 마세요."

아까 그 빠른 대답과 달리, 제이는 대답하지 않았다. 곧 죽을 에드워드에게 거부 의사를 드러내고 싶지는 않지만 그러고 싶지도 않아서일 것이다. 에드워드는 뻔히 보이는 제이의 머릿속에 그만 웃어 버리고 말았다.

웃음에 기침이 섞여들자, 제이가 협탁에 놓여 있던 물잔을 들어올렸다.

"마셔."

그 정도야 들어주는 게 어렵지 않아, 에드워드는 얌전히 물을 마셨다. 기침이 잦아들고, 그는 물잔을 대 주고 있던 손을 잡았다. 제이는 멈칫했지만 손을 빼내지는 않았다.

"제이."

에드워드는 감았던 눈을 떠 제이를 보았다.

조세핀이 죽었을 때, 제이는 임종을 지키고 모든 장례식 절차에 전부 참석했다. 그리고 무척이나 슬퍼했고.

그나마 그때는 옆에 에드워드가 있었지만, 이제는?

이제 제이에게 남은 소중한 사람은 없다. 절교했던 쥰마저도 죽었고, 도리언은 조세핀이 죽었을 당시 자의로 기동을 멈추었으니.

"아예 슬퍼하지 말라는 건 무리겠지요. 한 번 슬퍼하고 말라는 것도 안 될 거예요. 제가 뭐라 하든, 언제 얼마나 어떤 식으로 슬퍼하든 당신은 십 년쯤, 어쩌면 백 년쯤 후에는 다시 울 것을 알아요. 그러니 제가 바라는 건, 당신의 슬픔이 오늘 당장이 아니었으면 하는 겁니다."

겪어 보지 않았고, 자신의 일이 아니어도 에드워드는 제이의 미래를 짐작했다. 제이조차 상상하지 못할 미래를.

"그러니, 제 죽음을 너무 오래 바라보지 마세요. 장례식 따위의 격식에 슬픔을 끼워 맞추지도 말고요. 그냥 떠나세요. 그래서 감정이 마음껏 흐르게 두세요. 슬프면 슬퍼하셔도 좋습니다, 다만 일부러 슬픔에 집중하지는 말라는 겁니다."

그러지 않아도, 그녀가 슬퍼할 시간은 많을 테니. 인간의 규정에 따라 감정을 욱여넣지는 말기를.

한참을 망설이던 제이는 딱 한 번 고개를 끄덕였다. 말은 없었지만,

에드워드는 그것만으로도 충분히 만족했다. 이제는 걱정 없이 먼 길을 떠날 수 있을 것 같았다.

* * *

에드워드의 마지막 숨이 거둬진 후, 제이는 에드워드의 유언을 지켜 곧바로 그 자리를 떴다. 잡은 손의 온기가 채 식기도 전의 일이었다.

장례식이 어떻게 진행될지, 남은 이들이 갑자기 사라진 에드워드 델 크뤼거의 미망인 때문에 어떤 감정을 느낄지는 제이가 알 바 아니었다. 그녀에게는 에드워드와의 약속이 더 중요했으니.

저택을 떠나는 제이의 걸음은 나이와 겉모습에 걸맞게 느렸지만, 그 누구에게도 걸리지는 않았다. 그녀는 천천히, 느긋한 걸음으로 계속 걸었다. 에힐드를 나선 게 자정이 다 되어서일 정도였지만 신경 쓰지 않고. 어차피 이제 그녀에게 시간의 흐름은 상관이 없으니.

변화가 일어난 것은, 에힐드를 떠나 주변에 사람이 아무도 남지 않게 되었을 때였다. 걸음걸음마다 흰 머리카락이 하나씩 다시 검게 물들었다. 주름진 피부가 팽팽해지고, 검버섯이 사라졌다. 좁은 보폭이 넓어지고, 걸음은 빨라졌다.

말하자면, 에힐드를 떠난 것은 '에드워드 델 크뤼거의 미망인'이었고 아밀스턴 섬에 도착한 것은 '제이 델 르퀸'이라는 뜻이었다.

외전 08
석상의 노래

　제이는 도연후와의 약속을 지켰다. 조세핀과 에드워드의 사후 그녀는 아밀스턴 섬으로 와, 그곳에서 세계의 정세를 살폈으니까. 세계가 말려들 만한 큰 위험이 없도록, 세계가 한쪽으로 지나치게 치우치지 않도록. 그러니까, 인류가 이전과 같은 전철을 밟지 않도록.

　십 년, 이십 년……. 백 년이 지난 후였을까, 지나기 전이었을까? 그녀는 알게 된다. 왜 그렇게 도연후가 그녀를 염려했는지, 왜 회장이 아밀스턴 섬을 자신이 만들어 낸 생명체만으로 가득 채웠는지, 왜 다른 결말을 이끌어 내면 되는 단순한 일을 모두가 실패했는지.

　사람이, 생명체가 살아가기 위해서는 기본 3대 욕구 외에 두 가지가 더 필요했다. 첫째, 소통. 둘째, 교감. 풀어서 설명하자면 이성과 감정의 충족.

　제이는, 픽은 인간에서 벗어나 3대 욕구를 채울 필요도 없으니 혼자서도 온전할 수 있으리라 생각했다.

조세핀과 에드워드를 떠나보내고 혼자 아밀스턴 섬으로 오면서, 그녀는 자신이 무언가가 부족해 힘들어질 수도 있다고는 상상도 하지 못했다.

옛날 그 시절에 그녀를 조금이라도 귀찮거나 번거롭게 만들 수 있었던 것은 언제나 과잉이었으니. 하지만 픽조차도 생명체인 터라, 물리적인 필요는 없어도 정신적인 필요는 있었다.

제이는, 어느 순간 자기가 굉장히 오랫동안 웃지 않았다는 사실을 깨달았다. 얼굴 근육이 굳어져 입꼬리가 당길 정도로. 하지만 그게 문제가 될 거라고는 생각지 않았기에 제이는 방치했다.

방치하고, 방치하고, 방치하고, 그리고 제이는 깨달은 것이다. 이제 그녀는 웃지 않는 수준이 아니라, 언제나 분노에 차 있게 되었다는 사실을.

스치는 바람에도 짜증이 일 지경이 되어서야 제이는 당황해서 그 근원을 찾았다. 하지만 예전 같으면 쉽게 웃었을 광경이나 재치 있는 문장도 그 어떤 감흥을 주지 못했다. 문제는 외부 환경이 아니라는 뜻이었다.

그래서 그녀는 깨달았다. 이전에, 그녀가 쉬이 웃고 온갖 압박을 아무렇지 않게 흘려보내던 시절과 지금의 차이를. 그녀가 사랑하고 사랑받을 수 있었던 이들의 부재를.

그렇게나 사랑하고 사랑받았으면서도, 정작 그들이 있을 때는 몰랐던 사실이었다. 그녀는 인간과 달리 타인이 필요치 않은 존재이다, 혼자서 오롯이 존재할 수 있는 픽이다. 그녀는 이 세상 천지에 생명체라고는 그녀 혼자 남아도 멀쩡해야 한다, 이론상.

그럼에도 불구하고 그녀는 타인이 필요했다. 수치화할 수 없는, 논리적으로 설명 불가능한 감정의 영역 때문에.

인간을 벗어난 픽이라 해도 결국은 생명체인 터라, 그녀 안에서는 감정이 계속 생겨났다. 생명이란 본디 그런 것이므로. 하지만 그 감정을 주고받을 상대가 없었기에 감정은 그녀 안에서 고이고 썩어 그녀를 이리도 힘들게 만든 것이다.

그것을 깨달은 그녀는 새로운 애정의 대상을 만들기로 결심했다. 어려울 것 없으리라, 조세핀이야 또다른 그녀였다 하나, 그녀는 결국 생판 남인 에드워드를 사랑하게 되었으니까. 가족이니 애인이니, 그런 인연을 또다시 찾는 게 어려울 리 없어야 하므로.

그리고 그녀는 실패했다.

"……차라리 르퀸가나 크뤼거가를 다시 찾아볼까? 그 애들은 자식을 보지 않았지만, 그래도 그 애들의 흔적이 조금이라도 남아 있으면 내가 사랑할 수도 있을지 모르잖아."

"가문을 타고 내려가면서 계속해서 사랑하겠다고? 뭐, 그 방법을 쓴 애도 있었지."

그래서 어떻게 됐어? 제이는 혀끝까지 나왔던 말을 삼켰다. 소년은 지금껏 그 누구도 성공한 적 없다고 했으므로. 그래서 그 안은 시작도 되지 못하고 폐기되었다.

그 다음으로 제이는, 아주 오랫동안 잊고 있었던 취미 활동을 떠올렸다. 그리고 그 수많은 평행세계를 돌아다니다 만났던 에드워드와 조세핀들을.

그래, 그들 외에 그 누구도 사랑할 수 없다면 그들을 사랑하면 된다. 평행세계로 가서, 평행세계의 그들을. 세계를 돌보는 것은 가끔씩 해도 좋으니, 다른 곳에서 지내다 충분히 감정이 충족되고 나면 그때 돌아와서 살펴보아도 충분하리라.

생각지도 못한 방안에 신이 난 그녀는 당장 평행세계로 이동할 수 있는 통로를 만들었다. 아주 오랜 기간 쓰지 않은 능력이지만, 쓰지 않았다고 녹스는 류의 능력이 아닌 터라 그녀는 쉬이 성공했다. 수많은 좌표 점 중 하나에 통로의 끝이 걸리고, 두 세계가 연결되었다.

기쁜 마음으로 통로를 건너려던 제이에게 불현듯, 지금껏 단 한 번도 궁금해 본 적 없던 의문이 떠올랐다.

평행세계의 좌표 값은 상대적이다. 즉, A세계에서 B세계로 넘어갈 때와 C세계에서 B세계로 넘어갈 때 입력해야 할 좌표 값은 다르다는 것이다. 당연히 제이의 원래 세계로 돌아오기 위한 좌표 값은, 제이가 돌아다닌 수많은 평행세계마다 전부 다 달랐다.

그럼에도 불구하고 제이가 돌아올 수 있었던 것은 제이가 그 상대 좌표 값을 전부 다 알 수 있어서도, 그렇다고 아무렇게나 때려 찍어서 맞았기 때문도 아니었다. 그건 이 세계에 마커가 있었기 때문이었다.

조세핀 라 르퀸. 다른 세계의 조세핀들이 아닌, 제이의 원본이자 제이와 영혼을 나누고 그녀에게 이름을 준 그 존재에게 제이는 마커를 찍어 놓았고, 그 흔적에 따라 이 세계로 돌아왔었다. 그렇기에 그녀는 그 불확실한 세계들 사이를 거침없이 누빌 수 있었지만.

그렇다면 지금 그녀가 다시 이곳에 돌아올 수 있을까? 도연후와 약속한 세계는 이 세계다. 그 약속을 지키려면 그녀는 이곳에 돌아와야 하고.

하지만 이 세상의 그 어떤 것에 마커를 찍으면 그녀가 헤매지 않고 돌아올 수 있을까?

그녀는 자신할 수 없었다. 아니, 그럴 수 없다는 걸 확신할 수 있었다.

그녀는 절망했다.

"넌 이걸 어떻게 견뎠어?"

소년은 낮게 웃었다. 더 이상 자라지 않는 노인답게 가라앉은 웃음이었다, 허나 웃음이었고.

"난 너보다 좀 더 상황이 낫잖아. ……난 너처럼 모든 감정을 몇 명의 사람들에게 전부 주고 마는 순정은 없거든."

순정. 그런 짧막한 단어로 설명할 수 있는 것일까, 이게. 제이는 이를 악물고 무릎 사이에 고개를 처박았다. 곧 소년의 손이 등에 얹혔다. 어린

아이답게 제이보다 조금 높은 체온이 그녀의 등을 천천히 쓸어내렸다.

그 무엇보다도 효과적인 위로. 하지만 이어지는 말은 없었고, 제이는 고개를 들지 않은 채 웅얼거렸다.

"릴리가 왜 그랬는지 알겠어."

도연후는 모형정원에 오지 않았다. 그리고 릴리가 했던 행동은 많고도 많았고. 그럼에도 불구하고 소년은 그 중 무엇을 얘기하는 거냐고 묻지 않았다. 어차피, 그들이 도달할 결론은 결국 하나였기에.

소년은 그런 이들을 아주 많이 봐 왔어서.

문제는 간단하다. 제이가 포기하면 된다. 애초에 그녀가 약속을 하게 된 원인들은 이미 오래 전에 사망했으니. 말하자면, 그녀는 비용을 이미 다 써 버린 채 프로젝트를 진행하고 있는 것이다. 파기한다 한들 그녀에게 손해 하나 입힐 수 없는 프로젝트를.

제이는 책임감이라는 것을 모르고, 이기적이기 짝이 없는 인간이다. 이미 비용을 신나게 다 쓰고 즐겼다면, 따라오는 의무쯤은 방기해도 상관없다. 그녀가 죄책감 따위를 느낄까? 그럴 리 없다는 건 제이 본인이 누구보다 더 잘 알고 있다.

그런 그녀가, 강제하지도 않은 임무를 끌어안고 서서히 죽어 가는 이유는 단 하나, 소년 때문이었다. 소년은 모든 생명체의 애정을 받는 존재이니까. 이미 받아 버린 비용 때문이 아니라, 소년의 소원 때문에 제이는 이 맹세에 묶였다.

그리고 그걸 알면서도, 소년은 결코 제이에게 이제 포기해도 좋다는 말을 해 주지 않고 있고. 단 한마디면 제이가 이 주박에서 풀려날 것을 알면서도, 제이가 힘들어하는 것을 모르지도 않으면서, 아니, 힘들어하는 제이를 달래주는 와중에도 소년은 결코 그 약속을 포기하지 않는다.

그게 결국 모든 불행의 원인이고, 그걸 알면서도 제이는 소년을 미워할 수가 없었다.

그리고 그게 제이를 가장 힘들게 하는 요소였고.

근본적인 문제가 해결되지 않는 상황에서, 제이는 소년의 협조를 받아 몇 가지 방편을 세웠다.

하나, 그녀가 유일하게 증오하지 않고 배척하지 않고 까칠하게 대할 수 없는 상대인 소년과의 대화를 늘린다. 둘, 이제는 기동을 중지한 도리언의 하드웨어 기록을 뽑아 안드로이드를 제작해 근무자를 대체한다. 셋, 잠을 잔다.

소년의 조언을 통해 재개했던 수면은 생각보다 큰 효과가 나타났다. 신체적인 피로는 제거할 수 있고, 그렇게 치면 어차피 자는 동안 그걸 자각도 못하니 차라리 의식을 유지한 채로 그냥 쉬는 게 낫지 않나 싶었던 제이의 생각은 틀렸다.

수면 시간 동안 휴식을 자각하지 못해도, 신체적인 피로를 다른 방식으로 제거했어도 픽에게 수면은 유효했다. 다만 인간처럼 매일 잠드는 건 사이클을 챙기기 귀찮았기에 제이는 아예 겨울잠처럼 시기를 정해 놓고 몰아서 잠을 자기로 했다.

물론 그녀가 계절 같은 걸 기억할 리 없으므로 아예 업무 사항에 따로 추가를 해 놨고. 그럼 때가 되었을 때, 직원이 그녀에게 전달을 해 줄 거였다. 잠이 들 때라고.

"회장님, 이제 주무실 때입니다."

바로 이렇게. 제이는 읽고 있던 서류의 남은 양을 살펴보았다. 뭐, 이걸 다 보고 분석한 다음에 잠들어도 그리 큰 차이는 없겠지.

"알았어."

"지금 바로 주무시지 않아도 되는 건가요?"

하도 오랜만에 들어서 그런가, 사람의 목소리는 너무나 쉽게 그녀의 집중력을 흐트러뜨렸다. 그녀는 세 번째로 같은 문장을 읽으며 인상을 찌푸렸다.

"됐으니까 가서 볼일 봐. 이거 다 하고 갈 테니까."

"아, 상관없는 거군요. 근데, 회장님은 잠이 필요 없으신 거 아닌가요? 왜 이런 일정이 있죠?"

도리언을 제외하면, 모든 안드로이드는 자유 의지가 없었다. 인간형 안드로이드라 해도, 누가 일부러 장난을 친 게 아닌 이상 그녀가 지시한 적 없는 일을 하고 있는 걸 보면, 지금 그녀 옆에서 종알대는 애는 아무래도 살아 있는 사람인 듯싶었다.

그런데, 왜 여기에 살아 있는 사람이 있지? 그녀의 짜증을 불러일으킬까 봐 안드로이드조차도 인간형으로 만들지 않게 된 지 제법 되지 않았던가? 방침을 누가 바꾼 거야? 아, 바꿀 사람이 한 명밖에 더 있나. 근데 걘 왜 갑자기 방침을 바꾼 건데?

제이는 온갖 의문이 물처럼 밀려드는 것을 느끼며 고개를 들었다.

"아, 드디어 이쪽을 보시네요."

보석과도 같은 파란 눈동자가 그녀를 보고 있었다.

툭, 감정의 댐이 터지고 고여 있던 감정을 더한 애정이 휩쓸어 나갔다.

다시 한 번, 시간이 돌아.

그들의 두 번째 첫 만남이었다.

〈마침〉

제목 인용 출처

Chapter 05. 달빛이 곱다고 전화를 다 주시다니요
-김용택 시인의 시 「달빛이 곱다고 전화를 주시다니요」 중 한 구절

Chapter 09. 그저 스쳐 지나던 호기심인 줄 알았지
-김구식 시인의 시 「그게 바로 사랑이었나」 중 한 구절

외전 03. 도리언 그레이하운드의 초상
-오스카 와일드의 소설 『도리언 그레이의 초상』의 변용

Chapter 12. 솔직히 말하자면 아프지 않고 멀쩡한 생을 남몰래 흠모했을 때
-심보선 시인의 시 「청춘」 중 한 구절

Chapter 13. 오직 너를 위하여 모든 것에 이름이 있고 기쁨이 있단다
-김남조 시인의 시 「너를 위하여」 중 한 구절

Chapter 14. 심지어는 우리 자신을 사랑하게 될 수도 있겠지
-황인찬 시인의 시 「종로사가」 중 한 구절

외전 07. 사람은 무엇으로 살아가는가
-레프 톨스토이의 소설 『사람은 무엇으로 살아가는가』의 제목

외전 08. 석상의 노래
-라이너 마리아 릴케의 시 「석상의 노래」의 제목